Galsan Tschinag

Der Mann, die Frau, das Schaf, das Kind

Zu diesem Buch

Ein Mann, eine Frau, ein Schaf – eine Begegnung, nicht auf dem Land, sondern im Hausflur eines großstädtischen Hochhauses. Die junge, gut aussehende Frau hat in einem Fernsehquiz ein Schaf gewonnen, doch was soll sie in ihrem schäbigen Wohnblock damit anfangen? Er ist ein alter, gestrandeter Nomade und vertraut im Umgang mit Tieren. Sie ist jung und hilflos, nicht nur gegenüber dem Schaf. Die Angehörigen ihres ehemaligen Liebhabers, eines Oligarchen, stellen ihr nach. Beide haben ihre Erfahrungen gemacht in der neuen Metropole. Gier, Neid, Gewalt, alles was Menschen sich antun können, haben sie erfahren, und nun werden sie einander Zuhörer und Fürsorger. Sind sie Vater und Tochter, Mutter und Sohn? Liebende?

»So überraschend das Schaf im Hochhaus als Romaneinstieg auch sein mag, so natürlich entwickelt Tschinag daraus seine Handlung, die vor allem die Annäherung zweier nur scheinbar sehr unterschiedlicher Menschen zeigt.«
Katharina Granzin, Berliner Zeitung

Der Autor

Galsan Tschinag, geboren 1943 in der Westmongolei, ist Stammesoberhaupt der turksprachigen Tuwa. Von 1962 bis 1968 studierte er Germanistik in Leipzig, seither schreibt er viele seiner Werke auf Deutsch. Er lebt den größten Teil des Jahres in der Landeshauptstadt Ulaanbaatar und verbringt die restlichen Monate abwechselnd als Nomade in seiner Sippe im Altai und auf Lesereisen im Ausland. Galsan Tschinag wurde mit mehreren Auszeichnungen, darunter das Bundesverdienstkreuz, geehrt.

Im Unionsverlag sind außerdem lieferbar: *Im Land der zornigen Winde; Das Ende des Liedes; Tau und Gras; Der Wolf und die Hündin; Die Karawane; Dojnaa; Auf der großen blauen Straße; Der singende Fels; Die Kraft der Schamanen* und *Gold und Staub.*

Mehr über Buch und Autor auf *www.unionsverlag.com*

Galsan Tschinag

Der Mann, die Frau, das Schaf, das Kind

Roman

Unionsverlag

Die Originalausgabe erschien 2013 im Unionsverlag.

Im Internet
Aktuelle Informationen, Dokumente, Materialien
zu Galsan Tschinag und diesem Buch
www.unionsverlag.com

Unionsverlag Taschenbuch 736

Neptunstrasse 20, CH-8032 Zürich
Telefon +41 44 283 20 00
mail@unionsverlag.ch

Reihengestaltung: Heinz Unternährer
Umschlaggestaltung: Martina Heuer, Zürich
Umschlagbild: benicce
Druck und Bindung: CPI – Clausen & Bosse, Leck
ISBN 978-3-293-20736-3

Als E-Book erhältlich

Zur vorgerückten Stunde eines schwülen Mittsommertages betritt ein Mann in ebenso vorgerücktem Alter und gedämpftem Zustand den schummrig-schmutzigen Flur eines Hochhauses mitten in einem brodelnden, lärmenden Wohngebiet. Von der ruppig zuklappenden Tür im Rücken hineingeschubst, von der plötzlich eingetretenen Stille um sich herum verblüfft und von der schweißig beißenden, stickig moderigen Raumluft angewidert, bleibt er einen Pulsschlag lang stehen, wie eingeschüchtert, und blinzelt vor sich hin. Sogleich sichtet er in der Ecke mit dem Fahrstuhl zwei Gestalten, deren eine er für einen schmalen, stehenden Menschen und die andere für einen breiten, hockenden Hund hält. Doch da erschallt das unverwechselbare, lebhafte Blöken aus einer unverkennbar gequälten Schafskehle.

Unter weiteren Pulsschlägen schleicht sich der Mann an den beiden Gestalten vorbei, gelangt an eine Wohnungstür, öffnet sie und entschwindet dahinter. Das alles dauert wirklich nicht sehr lange, doch es scheint alle Anwesenden zu belasten, denn sie schauen währenddessen angespannt aneinander vorbei und halten sogar den Atem an; selbst die glänzenden, gelben Augen des Schafs, das auf beiden Vorderfüßen hockt, da sein Hinterteil bis zum Widerrist in einem Sack steckt, glotzen ins Leere, während der ganze sonstige Körper Stille bewahrt, sodass ihm in der Tat etwas von einem gut abgerichteten Hund anhaftet.

Überlassen wir das Schaf einstweilen seinem tierischen Schicksal und wenden uns den Menschen zu. Diese haben sich doch echt menschlich verhalten, was heißen will, sie haben einander versteckt beobachtet und dabei schon manches Urteil übereinander gefällt. Ja, aus dem Augenwinkel, unter angehaltenem Atem lassen sich die Dinge oft schneller und genauer erforschen und erkennen als mit vollem Blick.

Die Frau hat dem Mann das Alter und die Müdigkeit angesehen. Aber nicht etwa richtend, auch nicht bedauernd, sondern vielmehr mitfühlend und vor allem auf sich selbst bezogen: Auch ich werde eines Tages alt sein; und was die Erschöpfung betrifft, wer ist schon nicht erschöpft, der aus der Mühle der Großstadt, dieser täglich wahnsinniger wirkenden Hölle, endlich aussteigen und unter das ihm zustehende Dach flüchten darf? Wobei ich in diesem Augenblick schlimmer dran bin als jeder andere, weil ich ja gar nicht weiß, wann ich heute die Schwelle zu meinen eigenen vier Wänden überhaupt betreten werde!

Da beneidete sie den unbekannten Mann mit dem schütteren, grauen Haar und dem zerfurchten schwitzigen Gesicht, das alle Erschöpfung der Welt auszustrahlen schien. Es war ein aufrichtiges und heftig empfundenes, dabei sogar liebenswertes Gefühl. Denn sie wusste, gleich würde er sich der lästigen, an der Haut haftenden Kleidung entledigen, mit kühlem Wasser die ermatteten, klebrigen Hände und das brennende Gesicht waschen und möglicherweise sogar mit dem ganzen Leib kindsnackt unter zischendem, belebendem Duschstrahl stehen.

Dieser Gedanke an die Dusche schoss ihr wohl durch den Kopf, da ihr sein Hemdkragen einfiel – der, zumindest nach außen, blitzsauber strahlte. Jedem Mann, der ihr begegnete, prüfend auf den Kragen zu schauen war eine ihrer Gewohnheiten, und so wusste sie, dass in dem Land nur wenige Männer ihrer Prüfung standhielten. Dieser betagte, erschöpfte Mensch, ausgerechnet, und dazu der strahlend saubere Kragen, ja, das war eine überraschende Ausnahme. Hinzu kam: Das Hemd, das er trug, war zwar kein modernes, aber ein himmelblaues – himmelblau war ihre Lieblingsfarbe!

Der Gedanke ging wie im Flug weiter: Wenn einer in dem Alter so sauber gekleidet war, musste er in Vorzeiten etwas Besonderes dargestellt haben. Nur, fragte sie sich, wieso war sie ihm denn in den zwei Jahren, die sie in dem Haus wohnte, noch nie begegnet? Er könnte ja erst in letzter Zeit zugezogen sein – ja, so etwas gab es hin und wieder.

Unterdessen hat der Mann sich nur annähernd nach der Spielleitung verhalten, welche die Frau vor der Tür für ihn ausgedacht. Er hat sich seiner verschwitzten Kleidung zwar tatsächlich entledigt, aber nicht geduscht, sich auch ganz anders vom eigenen Schweiß und fremder Schlacke gesäubert, als die Fantasie der Unbekannten ihm hat vorschreiben wollen: Er hat seinen ganzen Körper mit einem Lappen eingeseift und sorgfältig abgerieben, wie er es sich vor Jahren angewöhnt. So wurde Wasser gespart, Wasser, das Geld kostete, Geld, das man auf Schritt und Tritt benötigte, um der lauernden Armut zu entkommen, in die sich tagtäglich unzählige Menschen gedankenlos stürzten.

Nun war er wieder angezogen und fühlte sich erfrischt und in der Lage, den nächsten Schritt seines geregelten Lebens zu tun: das Zubereiten des Abendmahls. Doch er ertappte sich dabei, vor dieser so einfachen Tätigkeit zu zögern, und er ahnte den Grund dafür: Es musste mit den beiden Wesen zu tun haben, die er vorhin draußen gesehen, an denen er sich, nicht anders als ein Schuldbeladener, mucksmäuschenstill vorbeigeschlichen hat und die immer noch da waren, wo sie gewesen. Denn das Geblöke des Schafs dröhnte durch die hellhörige Tür hindurch, wieder und wieder, in immer kürzeren Zeitabständen, und es schien mit jedem weiteren Mal tiefer in sein Gehör einzudringen.

Vielleicht weil vom anderen Ende jener unsichtbaren, soeben gezogenen Leitung hirnwarme, seelenhelle Gedanken zu ihm herüberströmten, hat er unaufhörlich an die beiden denken müssen. Schon während er die Wohnung betrat, sein Mitbringsel ablegte und sich seines Öffentlichkeitspanzers entledigte, dann, während er seine alte, zähe Hülle säuberte und erfrischte, und schließlich, während er sich wieder anzog. Er hat die Frau aus dem peinlich nahen Winkel seines geziemend niedergeschlagenen Blickes wiedererkannt, so wie man die Mehrheit der Bewohner im Haus von Gestalt und Gesicht her zu erkennen pflegt. Dabei hat er, ohne sagen zu können, wie sie hieß noch wo sie genau wohnte, schon manches über sie gewusst: Seit wann sie zur Hausgemeinschaft gehörte und welcher Bevölkerungsschicht sie zuzuordnen wäre, wer alles sie begleitete und aus welchem Fahrzeug sie ausstieg, wenn sie hin und wieder recht spät auftauchte. Auch konnte er sich gut daran erinnern, dass sie einmal unverkennbare Spuren äußerer Gewalt auf ihrer noch jungen, auffallend dünnen und hellen Gesichtshaut aufwies.

Nun ging er, ohne es selber zu merken, den Gedanken an das Schaf nach. Das Schaf war wohl dem Körperumfang und den Hörnern nach ein Hammel, und zwar einer von mindestens drei Jahren, und die Atemwolke hat nach jenen berauschend würzigen Lauchstängeln der südlichen Wüstensteppe geduftet. Seine Besitzerin musste ihn wohl geschenkt bekommen haben, denn man mochte ihr unmöglich zutrauen, dass sie solch einen Prachtkerl aus einer wimmelnden Menge verängstigter Schafe auf dem Tierbasar selber ausgesucht, eingefangen und schließlich auch niedergezwungen haben könnte. Dafür war sie eine zu feine, zu zerbrechliche Person, deren ganze Erscheinung an ein hauchdünnes, schneeweißes Porzellanstück denken ließ, das eher zum Glasschrank in der guten Stube angeberischer Städter gehörte und als Alltagsgeschirr ganz und gar ungeeignet war.

Zum ersten Mal hat er sie vor gut zwei Jahren gesehen, als sie mit ihrer eher spärlichen, jedoch auffallend feinen Wohnungseinrichtung in das Haus einzog. An dem Tag und zu der Stunde hat er mit zwei, drei Alten auf einer Bank unweit vom Hauseingang gesessen, wie so oft abends vor dem Untergang der Spätfrühlingssonne. Da hat es kleine Bemerkungen über die noch wildfremden, aber künftigen Mitbewohner gegeben: an und für sich harmlose, aber im Flüsterton gehaltene Worte schüchterner Alter angesichts des lauten Auftretens junger, machtstrotzender Menschen. Zu jenem Gefühl der Unterlegenheit muss die gepflegte Erscheinung der Noch-Fremden und das glanzvolle Aussehen ihrer Habseligkeiten geführt haben.

Damals kam die blütenzarte, zerbrechliche Frau in Begleitung eines Mannes, der einem Bild aus einer Modezeitschrift glich. Es war ein richtiger Herr in jeder Hinsicht. Er strahlte, wohin er trat und sogar nur schaute, gnadenlose, eiskalte Vornehmheit und überzogene mongolische Urmännlichkeit aus. Später tauchten andere Männer auf. Wie viele genau, war schwer zu sagen. Vielleicht drei oder vier oder noch mehr sogar. Denn es dürfte ja gut sein, dass man nicht jeden zu Gesicht bekommen hat.

Aber eine Sache fiel ihm, dem Außenstehenden, jedes Mal auf: Der Neue, der kam, schien immer weniger von der aufgesetzten und angestrengten Männlichkeit aufzuweisen. Es war auch möglich, dass man sich an die zeitgemäßen Erscheinungen um sich herum einfach gewöhnte. Bei all dem Auftauchen von männlichen Gestalten und Gesichtern schien die Frau zu jedem Neuen den gleichen Abstand und das gleiche Schweigen wie zu seinem Vorgänger zu bewahren. Man sah sie nie Hand in Hand mit jemandem gehen, auch hörte man sie zu keinem je ein Wort sprechen. Schweigend trat sie morgens aus dem Fahrstuhl, schritt, Kopf und Blick gerade, auf den Ausgang zu, und der Begleiter folgte ihr zuerst und eilte alsbald an ihr vorbei, um ihr die Tür aufzumachen. Und sie schritt in den Tag hinaus. Abends dasselbe Bild, nun in umgekehrter Richtung: Die Dame kam tadellos artig und durchschritt die geöffnete Tür, zuerst des Hauses und dann des Fahrstuhls. Gewiss kam es manchmal vor, dass man auf den Fahrstuhl warten musste. Da schaute sie, kerzengerade und einem Standbild gleich, vor sich hin, scheinbar, ohne sich um das Getue und Gerede der Leute ringsum zu kümmern.

Diese sonderbare Haltung, die sie für andere wohl unnahbar machte, beschäftigte seine Gedanken immer wieder, was mit seiner eigenen Schrulle zu tun hat, welche wiederum von unsichtbaren Wunden herrührte. Er war wohl daher schnell bereit, ihre Eigenart zu billigen, indem er sich sagte, sie wäre eben ein höheres und edleres Wesen als die niederträchtigen Menschen, die vom Klatsch lebten wie Geier von Aas. Wobei er zugestehen musste, die junge, vornehme Frau habe bestimmt viele Feinde. Doch hörte er einmal, wieder auf der wackligen Bank vor dem Haus, eine alte Frau sagen, dass jene es goldrichtig machte, indem sie die Männer – diese dämlichen, geilen Gockel – um sich herum trippeln und trappeln ließe, ohne sie dabei auch nur mit dem kleinen Finger anzurühren! Wie dankbar war er dieser Klatschtante, obwohl er von ihrem zahn- und zaumlosen Mund als Mann mitgepeitscht worden war! Die junge, auffallend Erhabene aus einem der oberen Stockwerke des Hochhauses beschäftigte also die Gedanken mancher Mitbewohner, darunter die eines alten, unscheinbaren Junggesellen hinter der blechernen Tür neben dem Fahrstuhl im dreckigen, lärmigen Erdgeschoss!

So ertappte sich der Mann jedes Mal in hellster Aufregung, wenn er ihr begegnete. Eine Aufwallung tief in ihm, die er niederzuhalten und in eine dicke Wolke der Gleichgültigkeit einzuhüllen versuchte. Und nun heute – die Erhabene bar jeder Begleitung und mit einer so lästigen Bürde, die ein so edles Wesen wie sie glattweg erniedrigte! Die harngelben Augen einer gepeinigten Kreatur, die sie und ihn samt dem schmutzig-stickigen Raum im Spätnachmittagslicht wie bettelnd anglotzten, waren ihm schier unerträglich. Wie sterbenspeinlich muss es erst für sie gewesen sein, o Himmel, dachte er voll Schauder und kam sich schuldbeladen vor.

Wobei er wusste, dass solches Nachgrübeln die Vorkommnisse meist näher rückte, als man sie sonst erlebte. Doch er fand es gut so und hatte in der Hinsicht seine festgebackene Meinung: Den Bewohnern und Geschehnissen dieser Welt ständig gepanzert begegnen und das, was an der Außenfläche des Panzers hängen geblieben, erst durch den Verstand seihen, um möglicherweise auf einen Hauch Geist und eine Spur Honig zu kommen; dann den Fund emsig in den Innenraum tragen und sorgfältig aufbewahren, als Dauernahrung für die Seele, auf dass sie sich, wann nötig, daran labte! Das war der Hauptertrag, den er sich auf den kunterbunten Feldern dieser Welt in den langen Jahren seines wechselvollen Lebens abgeerntet hat.

Es wurde an die Tür geklopft, leise und zaghaft, doch er hörte es trotz seiner alterstauben Ohren mehr als deutlich. Er wusste, es musste, es konnte nur sie sein. Er eilte zur Tür und öffnete sie, ohne zu fragen. Sie war es auch. Nur, welch wunderlicher Anblick bot sich ihm dar! Im Blick derer, die vor ihm stand, wiederum las er, dass er selbst um keinen Deut besser aussah. Es erkannten wohl beide, was es sie kostete, das Eis der Fremdheit zu brechen, um erst einmal in die Atemnähe des anderen zu gelangen. Durch dieses Bild der Bestürzung im Gegenüberstehenden fühlte man sich selbst entblößt, was beiden unerträglich komisch und albern vorkam. Und so brachen sie im gleichen Augenblick in Gelächter aus. Vielleicht war es auch eher ein Gebrüll, ein gruseliges Geschrei, der Kehle unwillkürlich entfahren, mit einem Nebengeräusch, dem die Nähe schlotternder Tränen anzuhören war.

Der peinliche Aufzug dauerte zum Glück nur ein paar Herzschläge. Dann kamen sie mit einem Mal zur Ruhe. Wie wunderlich, wie wunderbar, da war von der eisigen Fremdheit, die vorhin auf ihnen gelastet und sie gelähmt hatte, kein Hauch mehr zu spüren. So standen sie jetzt mit ernsten, aber gelösten, offenen Mienen: ein älterer Mensch und ein jüngerer – ein Mann und eine Frau – einander gegenüber und führten ein Gespräch, wie es unter allen Menschen an allen Enden der Welt zu allen Zeiten und Anlässen geführt wurde.

Sie brauchte Rat, brauchte Hilfe. Er wusste Rat und war bereit zu helfen. So viel erst einmal. Über die Einzelheiten könnte später geredet werden.

Sie schafften das Tier in seine Wohnung. Es war schwer und schweißnass obendrein, zu zweit schleppten sie es mit Mühe bis an die Tür, über die Schwelle und ließen es im finsteren Flur stehen. Dann ging sie. Und er blieb zurück. Nun war er nicht mehr allein. Das fettpralle, wesenhafte Tier war Mitatmender der Luft seiner vier Wände. Dass es sich um ein männliches Schaf handelte, stand mittlerweile fest. Auch in der Einschätzung des Tieralters hatte er sich nicht geirrt: Drei Ringe zeichneten sich um die gebogenen, stämmigen Hörner ab.

Bedeutete das für den Junggesellen mit dem verwitterten Aussehen einen Trost? Vielleicht. Aber der hatte auch seinen Preis: Das Tier strömte einen durchdringenden Geruch nach Urin, Schweiß und Kot aus, der die ganze Wohnung mit den zellenartigen Räumlichkeiten schnell füllte und nun die ohnehin dicke Luft in einen beißenden und ätzenden Dunst verwandelte. Gut, das war für die Nase und die Lunge eines Menschen, der ursprünglich vom Land kam, nichts Besonderes. Fragwürdiger erschien mit der Zeit etwas anderes: das Geblöke, das jetzt im engen Raum und in der Nähe der Blechtür noch bedrohlicher dröhnte. Dabei schien es, als ob sich die Geduld des Tierwesens bald erschöpfte – jeder weitere Stoß aus der Schafskehle glich immer weniger dem natürlichen Mitteilungslaut eines Lebewesens, sondern immer mehr dem Notgeschrei eines Sterbenden. Die Atemnähe des Gepeinigten zu spüren und sein verzweifeltes Gebrüll zu hören war höllisch anstrengend. Doch ein Gedanke vermochte den Mann mit der augenblicklichen kläglichen Lage um ihn herum zu versöhnen: Es galt, was auch geschähe, das Übel zu ertragen, da er es einem anderen Menschenkind abgenommen … Also gab es doch einen Trost!

Die Zeit verging langsam, doch es verging ein ganzer Zeitenberg. Die Besitzerin des lästigen *Taviul* blieb aus, obwohl sie gesagt hatte, sie würde so bald wie möglich zurückkommen und ihn abholen. Der Besitzer der Wohnung, im Augenblick vor allem Hüter eines fremden Besitzes, konnte sich nicht einmal an seine längst fällige Aufgabe, die

Zubereitung des Abendmahls, machen. Stattdessen ging er Grübeleien über jene nach, auf deren Rückkehr er wartete.

Die Erhabene … So hatte er sie bislang in Gedanken genannt. Würde er es weiterhin tun, nachdem sie vorhin mit ihm zusammen an dem klitschnassen, nach allen Ausscheidungen stinkenden Hammel gezerrt, dabei hörbar gestöhnt und davor ihn, den armen Kerl aus dem namenlosen Volk und dem vor Schmutz starrenden, nach Muff stinkenden Erdgeschoss, um Rat und Hilfe gebeten hatte? Ja doch, nun erst recht! Seine Begründung dazu lautete: Sie hat sich in einem notwendigen Augenblick dazu durchgerungen, den Dünkel ihres Stands als jüngere Bewohnerin der oberen Stockwerke des Lebens zu überwinden und hinabzusteigen zum Untergeschoss, wo Namenlose mit ihrer selbstlosen Dienstbereitschaft warteten.

Den wenigen Worten nach, die sie gesprochen, konnte sie nicht in ihre Wohnung. Vielleicht hatte sie ihren Schlüssel verloren? Oder das Schloss streikte? Oder der Mann, der sie zurzeit begleitete – Der Grübler brach den Gedanken ab, denn ihm fiel sein Alter ein, in welchem jede Mutmaßung über andere Menschen untersagt sein musste.

Je weiter der Tag auf die Nacht zuging, umso bedrohlicher wurden die Laute, die das Tier von sich gab, und umso mehr verdüsterten sich die Gedanken des Menschen. Wie würden die Nachbarn dies aufnehmen? Bestimmt fänden sie es nicht lustig! Was, wenn gleich an die Wand, an die Tür gepocht wird? Solches war immer wieder vorgekommen und hatte so manches Mal mit Prügelei und sogar mit Polizei geendet! Jetzt schien das menschliche Hirn Funken zu sprühen, wovon der ganze Körper heiß anlief, und er glaubte zu wissen, was zu tun war.

Der Mensch eilte in die Küche, nahm ein Messer nach dem anderen in die Hand und prüfte es auf seine Schärfe hin, indem er mit der Fingerkuppe leicht gegen die Schneide fuhr. Er entschied sich für eins und rieb dessen Spitze noch ein paar Mal an einem Wetzstein hin und her. Dann schritt er mit der blanken Waffe in der Hand auf den Hammel zu, der immer noch hündisch dahockte, regungslos an seinem ganzen gewaltigen Leib, auch an dem behörnten Kopf, wobei sich allein die großen, vollen Augen so heftig verdrehten und goldene Strahlenbündel in alle Richtungen auszuschütten schienen.

Man wird dich von dort, wo du auch immer zu Hause gewesen sein magst, nicht herübergeschleppt haben, um dich etwa weiterleben und wachsen zu lassen, mein vierbeiniges Brüderchen, lauteten die Gedanken des Menschen mit dem entschlossenen Ausdruck auf seinem runzligen Gesicht und dem gleißenden Dolch in der Faust. So will ich dich erlösen von deinem Leiden, sprach er weiter mit seinem Blick, während er dem Tier mit der freien Hand sanft übers Gesicht fuhr.

Dabei verspürte er, welch ein glühheißes Leben durch das dicht behaarte Fell hindurch strahlte. Welch gebündelte Restkräfte könnten aus dem gepeinigten Tierkörper noch losbrechen gegen den, der sich erdreistete, in ihn einzudringen und sein Leben auszulöschen? Da meldete sich im menschlichen Hirn die Vorsicht. Er schaute auf die immer noch aufgerichtete Tiergestalt und auf die eigenen menschlichen Hände am Ende der holzdürren Altmännerarme und kam sich kräftemäßig so nichtig gegen den ausgewachsenen, vor Fett quellenden und vor Muskeln strotzenden Hammel vor. Weitere Überlegungen mahnten zu noch mehr Vorsicht.

Wann hatte er denn das letzte Mal ein Tier geschlachtet? Vor gut zwanzig Jahren vielleicht. Ach, wie jung und stark musste er da gewesen sein! Und das damals war ein mickriger Schafsjährling gewesen, mit Sicherheit kein ausgewachsener Hammel! Nun war es schier unmöglich, die beiden Vorderfüße des Hammels in seiner dürftigen linken Faust zusammenhalten und dabei das rechte Bein mit dem krachenden Knie, dem geschrumpften Schenkel und der schlaffen Wade über die Hinterbeine des Opfers schwingen und sie niederdrücken zu wollen, während sich die rechte Hand mit dem Messer nach der Kuhle am Vorsatz des Brustbeins hintastet.

Aber der Hammel musste geschlachtet werden, damit sein sinnlos andauerndes Leiden beendet und auch die menschliche Gemeinschaft ringsum von dieser widersinnigen Plage befreit war! Doch wie sollte man dem armen Tier nur den Tod beibringen? Ihm die Kehle durchschneiden, wie die Kasachen es tun? Da fiel dem Mann etwas ein: Wie mancher mit einem Großvieh verfährt – ihm vorher einen Betäubungsschlag versetzen. Zwar würde sich jedermann über ihn lustig machen, der davon erführe, aber hier war nun einmal niemand.

Gedacht, getan. Unter dem eher sanften als barschen Fall eines armdicken Hammers zwischen die Hörner zuckte das Opfer für einen kurzen Augenblick zusammen und sank dann mit verdrehten Augen stumm und langsam nieder. Alles Weitere führte der Mensch schnell und gewissenhaft aus, treu den Griffen des nomadischen Handwerks, das sich seit alters her bewährt und darum auch erhalten und längst die Gültigkeit eines Gesetzes erlangt hatte.

Erst als das Wesen, dessen durchdringende Stimme in seinen Ohren immer noch nachklang, endgültig tot war und nun reglos dalag, kam dessen Schlächter, nein, dessen Erlöser wohl zu sich. Denn er stand, schnaubend und zittrig, vor seinem Opfer wie jeder, der soeben ein fremdes Leben ausgelöscht hat, und schaute erschüttert darauf hinunter. Er nahm es als strahlend hell, sanft hügelig und tief friedlich wahr, woraus er einen kleinen Trost für sich zu erhaschen wusste und woran sich eine rührselige Verschnaufpause anschließen konnte.

Dann stürzte sich der Mensch schwungvoll in die Arbeit, die jetzt erst richtig anfing und Muskeln anstrengte und Schweiß austrieb, jedoch nicht weiter schlimm war. Denn dieses Handwerk hatte er in jungen Jahren erlernt, weshalb ihm alle erforderlichen Griffe traumwandlerisch sicher von den Fingern gingen. Er arbeitete langsam und gewissenhaft, bedacht auf Genauigkeit und Sauberkeit, und in seinem Hirn kreisten die Gedanken.

Einer davon: Bei jeder ausgeführten Arbeit wird später selten danach gefragt, wie lange sie gedauert, öfter aber, wer sie verrichtet hat. Das hatte er einmal von seinem Vater gehört. Wie viele Jahre mochten seitdem verflossen sein? So viele, dass man sich bei der Zahl leicht wie ein Lügner oder wie ein Toter schon vorkommen konnte. Weshalb aber die Worte immer noch in seinen Ohren geblieben sind? Weil sie die Wahrheit getroffen haben!

Ein anderer: Was wäre, wenn in diesem Augenblick die Besitzerin des Hammels wieder auftauchte? Es wäre gewiss eine Überraschung für sie, aber was für eine – eine böse oder eine freudige? Was, wenn die wildfremde vornehme Dame seine Entscheidung eigenmächtig und unverschämt fände? Das wäre zwar unschön, aber er würde ihr erklären, warum er es getan. Wäre die Arbeit sauber und sachgemäß ausgeführt, würde dies vielleicht seine Schuld mildern. Wohl aus diesem Grund wünschte er sich jetzt, die Besitzerin käme nicht, solange er nicht fertig war!

Ein weiterer: Merkwürdig, warum das Kleinvieh ohne jegliche Betäubung bei klarem Bewusstsein geschlachtet wird. Es müssen doch höllische Schmerzen sein, die das arme Tierwesen zu erleiden hat, wenn ihm der Bauch aufgeschnitten, die menschliche Faust in seinen Innenleib gerammt und der Lebensfaden, der entlang des Rückens, einem Bach gleich klopft, durchgerissen wird! Warum wollen die Menschen, die mittlerweile selber bei jeder Kleinigkeit zu Betäubungsmitteln greifen, den sie ernährenden Wesen nicht wenigstens die Vortodesqual lindern? Ist es menschliche Dummheit oder falscher Stolz, der sie davon abhält?

Das Abziehen ging schwer vor sich, zäher als bei allen Schafen, die ihm in der Vergangenheit unter die Faust gekommen waren, sollte seine Erinnerung stimmen. Oder lag das schon wieder am Alter? Oder an den Umständen? Ja, jeder Abdecker brauchte einen Gehilfen, der ihm den Tierkörper aufrecht hielt. Unser Mann wusste sich zu helfen, indem er die beiden Vorderfüße mit einem Strick zusammenband und dessen Ende an der Türklinke befestigte. Nachdem der Körper endlich enthäutet war, galt es, ihn auszuweiden. Da hätte es richtig schwer werden können, wäre das Tier direkt von der Weide gekommen, mit prallvollem Bauch, der frisch abgerupften Grasmenge im Pansen. Aber es hatte den langen Leidensweg gehen müssen und alles, was es zu sich genommen, schon zu einem Brei verdaut. Das meiste davon hatte den Körper längst verlassen. So waren der Pansen, die drei Mägen und die weiteren Gedärme fast leer. Dank des Wassers aus dem Hahn, das alles, was wegzukommen hatte, ins Unsichtbare mitnahm, war es sogar einfach, die Innereien sauber zu spülen. Also gab es doch manches, was die Mühsal verringerte, sosehr diese ganze Notschlachterei in einer Stadtwohnung den Gepflogenheiten der neuzeitigen Lebensweise widersprechen mochte.

Der Rumpf wurde bis auf Keulen und Flanken, Hals- und Rückenwirbel und der Kopf in Schädel- und Kieferteil gelöst. Man hätte diese Brocken weiter zerlegen, die Glied- und Wirbelmassen in einzelne Knochenteile zertrennen können, damit die Dame und ihr Begleiter es einfacher hätten, bei der Lagerung wie beim Kochen. Aber er ließ es sein, aus Vorsicht, es könnte falsch ausgelegt werden, in welche Richtung auch immer.

Jetzt durfte die Besitzerin schon kommen. Aber sie kam nicht. Er überlegte, was noch zu erledigen wäre: Der Fleischhaufen auf der ausgebreiteten nassen Haut könnte umplatziert werden, um das Fell zusammenzuklappen, ehe es an den freien Rändern zu vertrocknen anfinge! Er holte Bretter und Schüsseln herbei und schichtete die Fleischbrocken um. Dann schabte er die Fettreste von der Haut wie früher und dachte an das Salz, das daraufgestreut werden müsste. Nach kurzem Überlegen ließ er es jedoch sein. Erstens war das Fell riesengroß, und es würde bestimmt viel Salz gebraucht, und Salz war teuer. Und zweitens: Was würden die Eigentümer des Fells und alles Übrigen denken!

Das Fell wurde also lediglich zu einem sauberen, rundlichen Ballen zusammengelegt. Mochte die Besitzerin nun endlich erscheinen! Doch trotz der fortgeschrittenen Zeit blieb sie weiter aus. Da fiel dem Wartenden eine weitere Erledigung ein: Das Blut, das zu einer glänzenden Masse geronnen in einem Topf stand, rühren, verdünnen, veredeln und in Gefäße gießen! Er stürzte sich auf diese Tätigkeit, bei der nicht nur Wille und Erfahrung, sondern auch Fingerfertigkeit und Denkfähigkeit gefragt waren. Die geronnene Masse war, verglichen mit der Größe des Spenders, gering, aber es war verdicktes, wertvolles Blut, das eine gehörige Menge Flüssigkeit und einige Zusätze brauchte, um zur Grundlage so mancher Leckereien verarbeitet zu werden. So schüttete der Mensch Wasser hinein, mengte dem fein gehackte Zwiebeln und zerriebenen Knoblauch bei und streute Mehl, Salz und Pfeffer darauf. Dann rührte, quetschte und schüttelte er das Gemisch, schaute wieder und wieder prüfend darauf und schnupperte schließlich daran.

Nun goss er es in den Magen und den Zwölffingerdarm, wissend, so entstanden die einfachsten, aber auch leckersten Blutwürste. Was viel Zeit und Anstrengung kostete. Denn in die schlabberigen Mündungen der glitschigen Gedärme die schleimige Flüssigkeit zu gießen war für nur zwei Hände etwas fast Unmögliches. Aber zu guter Letzt schaffte er auch das. Und wie stolz er auf dies gute Ergebnis seiner Anstrengung war!

Doch die Besitzerin, die – aus welchem Grund auch immer – irgendwo in dieser kopf- wie fußlosen Stadtwelt zur Mitternachtsstunde, einer läufigen Hündin gleich, herumstreunen musste, kam und kam nicht, Himmel und Erde! Er war blindwütend auf diese Frau, die ihm einerseits wildfremd war, andererseits aber auch nicht, da er sie schon seit Langem für ein erhabenes, übermenschliches Wesen gehalten und dann, vor wenigen Stunden erst, mit ihr auf dem gleichen Boden gestanden hatte, Mensch zu Mensch. Deshalb hatte er sich dieser blutig schweißigen Plackerei ergeben, ohne zu wissen, ob sie ihm Anerkennung oder Schererei bescherte!

Mit einem Mal spürte er einen solchen Hunger im Magen, dass er schmerzte und seinen ganzen Leib mit einem lähmenden Schwächegefühl erfüllte. Was tun?

Er hätte sich ein Stück von den Blutwürsten ins Wasser tun, es kochen und damit seinen Heißhunger stillen können. Doch an so etwas wollte er nicht einmal denken. Denn das wäre ein Sichvergehen an fremdem Eigentum. So musste er sich mit einer dicken Scheibe Graubrot, ebenso dick bestrichen mit einem blassen Butterersatz, begnügen. Er verschlang das Notfutter hastig, mit andauernder Wut in der Kehle und auch woanders, vielleicht immer noch auf die fremde Frau. Oder auf den altersblöden Kerl, der er war und der möglicherweise den Eindruck von einem tadellos Edlen erwecken mochte, wenn die nun mit Ungeduld Erwartete demnächst doch noch erschiene. Dieser ketzerische Gedanke gegen sich selbst ließ den Druck in ihm schwinden und erheiterte ihn beinah. So lächelte er. Nur, es war, zugegeben, ein müdes, trauriges Lächeln.

Die Besitzerin blieb weiterhin aus. Also beschloss er nach wiederholtem Gähnen, ins Bett zu gehen. Und tat es auch, zögernd und immer noch horchend auf jedes Geräusch im Raum. Im Bett merkte er, wie geschafft er war. Im Kreuz, in den Knien und Arm- und Handgelenken – überall war Schmerz. Es dauerte lange, bis er endlich einschlief. Dabei mochte ein Teil seines Bewusstseins wachen, falls sich das ungeduldig erwartete Klopfen an der Tür doch noch ergäbe. Der Schlaf hatte sein Opfer fest im Griff und lag steinschwer auf ihm. Beim Erwachen konnte er sich an keinen Traum erinnern.

Da fand sich der Mensch in hellem Tageslicht wieder, und gleich fielen ihm das Schaf und seine Besitzerin ein. Erst nach einem gewissen Zögern öffneten sich seine Sinne für die durchdringende tierische Stimme, das stumme Zusammensinken des Hammels, dessen hügeligen, friedlichen Leib, dann die glänzenden Eingeweide, die unter der Schneide des Messers aufquollen und im nächsten Augenblick auseinanderflossen, und schließlich der Riesenhaufen aus nichts anderem als Fleisch, Fleisch und nochmals Fleisch. Nun kam es ihm unwirklich vor – vielleicht war das alles geträumt? Hastig fuhr er aus dem Bett und trat aus dem Zimmer. Die ganze Küche und die halbe Diele starrten von rohem, aufeinandergehäuftem Fleisch. Erschüttert und angewidert schaute er darauf. Es war also doch kein Traum!

Während er sich von der Nacht sauber und wach rieb, beschloss er, gut zu frühstücken. Allen Fährnissen und Quernissen, die er in seiner knochigen Brust mit dem hämmernden Herzen spürte, zum Trotz. In flackernder Verbindung mit der Frau, die ihn mit so einer Last hat sitzen lassen und selber dann verschwunden war und deretwegen dieser lächerliche Alte, der er war, sich am Ende aus lauter Verzweiflung offensichtlich zu einer Tat hatte überwinden müssen, die in den Augen der heutigen Menschen bestimmt eine Straftat darstellte! Schließlich bereitete er sich tatsächlich ein fürstliches Mahl nach seinem Verständnis zu und versuchte, es in aller Ruhe und Behaglichkeit zu genießen.

Doch mit jedem Bissen, den seine wenigen Zahnstummel taten, schienen seine Sinne immer deutlicher zu spüren, wie das tote, rote Fleisch ihn von hinten und von der Seite anstarrte, als beschuldigte es ihn, dass es, aus einem herrlich lebendigen Tierkörper herausgeschnitten, nun da herumlag, werdender Müll, längst auf dem Weg zur Verwesung. Somit tauchte in einer hinteren Nische seines Hirns und leise eine Frage auf, die mit weiteren Bissen immer hörbarer zu werden schien, bis sie mit einem Mal die Stirnhöhe erreichte und anfing, laut zu pochen: Was soll mit dem vielen Fleisch geschehen, wenn die Frau weiterhin ausbleibt? Das war nun bei der Hochsommerhitze und in der stickigen Wohnung eine wichtige Frage. Ihm mit der nomadischen Erziehung tat es jedes Mal in der Seele weh, wenn eine Kleinigkeit in der Küche nicht mehr genießbar wurde und daher weggeworfen werden musste. Nun ein ganzer Hammel, großer Himmel! Und wenn dieser, so gewaltig an sich und dazu so mühselig zurechtgemacht, auch nur den kleinsten Schaden auf dem Weg zur

legte ihr stattdessen seine Hand auf die Stirn und die Schläfe, schüttelte den Kopf, schwieg jedoch weiterhin. Dann fing er an, sie zu verarzten, indem er die Schmerzstelle mit einer angenehm kühlen, wohlriechenden Flüssigkeit wieder und wieder bestrich und anschließend einen Verband darüberlegte. Nun sagte er, an den Mitbewohner gewandt, der stumm zugeschaut hatte: »Sie hat eine Gehirnerschütterung und hohes Fieber. Du kommst gleich mit. Ich habe zu Hause eine echt amerikanische Kühlhaube, die bekommst du leihweise bis morgen und setzt sie ihr gleich auf!«

Dann verließ er den Raum, und jener ging mit. Die Tür fiel zu. Kein Schlüsselgeräusch war zu hören. Mit pochendem Herzen erhob sie sich, zog sich schnell an und eilte zur Tür, die tatsächlich nicht abgeschlossen war! Sie nahm die Treppe und ging so schnell, wie ihr schmerzender Kopf es erlaubte. Dabei betete sie, dass jener ihr nicht entgegenkäme! Und überlegte, was sie tun sollte, wenn doch: Kämpfen! Sich mit Händen und Füßen, mit Fingern und Knien, Krallen und Zähnen zur Wehr setzen! Sie würde es können und müssen! Denn vor nicht allzu langer Zeit hatte sie einen Lehrgang zur Selbstverteidigung mit anderen jungen Frauen abgeschlossen. So wusste sie wenigstens theoretisch, wie sie sich gegen einen männlichen Gewalttäter, von Natur aus größer gebaut und stärker ausgerüstet, durchzusetzen habe: Ihm mit zwei gerade gestreckten, gespreizten Fingern in die Augen stechen! Mit einem Knie ihm von unten her zwischen die Beine fahren! Ihn mit der Handkante an der Kehle oder der Schlagader unterhalb der Schläfe erwischen! Sich ihm an der Gurgel, der Nase oder am Ohr festbeißen! Seine beiden Augenbrauen gleichzeitig zerkratzen, dass strömendes Blut die Augenlichter trübte! Und wenn das alles nicht hilft und man doch überwältigt wird, dann: Schreien! Brüllen! Tun, dass man gehört wird!

O ja, sie war entschlossen wie nie in ihrem bisherigen Leben, sich kämpfend durchzusetzen gegen die brutale Macht eines unwürdigen Mannes! Denn sie war in ihrer weiblichen Liebe, in ihrer menschlichen Würde erniedrigt und beschädigt worden, und so war sie nun die sprichwörtliche verwundete Tigerin! So würde sie auch, wenn das zweibeinige Raubtier ihr in diesem Augenblick begegnete, all ihr Kopfwissen und all ihre Muskelkraft zu einem Ganzen zusammenrufen, auf dass es zu einer durchbohrenden Spitze gefeilt, zu einer aufreißenden Schneide gewetzt, mit dem Salz ihrer Tränen, der Galle ihrer Verbitterung und dem Gift ihres Hasses getränkt, gegen jenes Biest eingesetzt würde! Doch dazu kam es nicht. Sie vermochte ungestört das Erdgeschoss zu erreichen, an die Tür heranzutreten und anzuklopfen.

Nüüdül kauerte mit geducktem Kopf, gesenktem Blick und musste die zittrigen Lippen angestrengt gegeneinanderpressen, da es ihm die Kehle zuschnürte, in der Nasenwurzel schmerzte und an den Augenrändern kribbelte. Dabei wusste er, dass er als Hausherr auf den ungeschminkt offenen, empörend schaurigen Bericht Dsajaas, dieses leidgeprüften Wesens, etwas sagen und ihr als gereifter Mensch mit Lebenserfahrung einen Rat geben sollte. So fand er nach einer Weile endlich die Kraft, es zu tun.

»Das Wichtigste ist, mein Kind, du bist mit dem Leben davongekommen. Und jetzt werden wir gemeinsam überlegen, was zu tun ist«, sprach er.

Damit war vielleicht nicht viel gesagt, aber es half. Ihr, die nicht wusste, was nun geschehen würde, nachdem sie ihre gewagte Beichte der längst geschehenen, schwerwiegenden Versäumnisse abgelegt hatte für eine erhoffte, nachträgliche Vergebung. Ihm, der nicht erst zu überlegen brauchte, ob er einem Menschenkind in Not beistehen wollte, der aber nicht wusste, wie weit er mit diesem Beistand gehen und wie nah er dabei an jenes Menschenkind treten dürfte. Auch halfen die recht allgemeinen Worte dem Zwiegespräch, das gerade hätte lossprudeln sollen, aber mit einem Mal ins Stocken geraten war.

»Ja, es ist wahr«, sagte Dsajaa nachdenklich, »ich darf froh sein, dass ich mit dem Leben davongekommen bin. Nun hätte ich eine Bitte an Euch: Würdet Ihr mich bitte noch ein paar Stunden in Eurer Wohnung beherbergen? Erst bei Einbruch der Dunkelheit werde ich mich aus dem Haus stehlen.«

Nüüdül hob den Kopf und blickte sie scharf an. Sein sonst gutmütiger Blick aus den schafbraunen Augen war eine Frage: Wohin denn?

»Vielleicht fahre ich zu einer Freundin, die im Vorort wohnt«, sagte sie kleinlaut.

Er duckte sich mit dem ganzen Oberkörper, als hätte ihn ein Schlag getroffen. Dann schüttelte er leise den Kopf und sprach: »Nein. Du bleibst hier. In dieser Wohnung. Bis der Kerl aus der deinigen rausgeschmissen und ihm jeder Weg zu unserem Haus durchkreuzt ist.«

Das war nicht sonderlich laut gesprochen. Aber die Stimme klang fest, jeder Satz zog eine Atempause nach sich, jedes Wort fiel mit fester Betonung, was sie wissen ließ, es duldete keinen Widerspruch. Und noch ehe sie zu Wort kommen konnte, fuhr er fort. Und diesmal war es eine Frage: »Die Wohnung gehört doch dir?«

»Ja«, antwortete sie leise.

»Na, siehst du? Aus den eigenen vier Wänden flüchten, das geht nicht!«

Sie wollte ihm entgegnen, sie würde auf alles verzichten, könnte sie sich dafür nur von dem fiesen Kerl trennen. Doch nachdem sie die fast leisen, aber so bestimmt klingenden Worte dieses ausgereiften Menschen gehört hatte, schwieg sie lieber und wartete, was noch käme. Und es kam bald.

»Ich kenne einen Polizeioberst, den ich für einen der letzten echten Menschen in diesem Land halte und dessen Grundstück unweit der Stadt ich seit vielen Jahren verwalte. Ich werde zu ihm gehen und ihn um Rat fragen.«

Er machte sich tatsächlich auf den Weg – und kam bald wieder zurück. Sie erfuhr, dass der Oberst nicht da war, aber durch den Assistenten benachrichtigt würde, dass sein Gärtner dringend Hilfe brauche.

Bei seiner Rückkehr sieht Nüüdül Unglaubliches: Dsajaa, die er für ein erhabenes Wesen gehalten und seit wenigen Stunden als Notleidende bei sich beherbergt hat, ist daran, die Schlachthaufen auseinanderzunehmen, das Fleisch zu schnetzeln und eine erste Menge davon in dem größten Topf, der da ist, im eigenen Saft zu kochen.

»Was machst du, Kind?«, ruft er halb erschrocken, halb begeistert.

»Nachdem ich gesehen habe, dass der ohnehin kleine Kühlschrank schon voll ist, habe ich gedacht, man kann das viele Fleisch nur als Schuuz retten«, antwortet sie sachlich.

»Also bist du doch ein Nomadenkind vom Land?«

»Ja. Bis vor zehn Jahren habe ich in der südlichen Gobi Schafe gehütet und Ziegen gemolken.«

Da schaut er sie sprachlos, mit funkensprühendem Blick an und gesellt sich zu ihr, und so werken sie zu zweit. Was ihm ein unnennbares Wohlbehagen bereitet! In dieser Hochstimmung legt er die Knochenstücke, deren Fleisch schon heruntergeschnitten ist, in einen weiteren Topf, füllt ihn halb mit kaltem Wasser, stellt ihn auf den Herd und spricht: »Das wird eine kräftige Brühe geben!«

Da sagt sie: »Gebt doch den vielen Knochen eins der Schulterblätter mit den vier hohen Rippen bei!«

Er stockt kurz, sagt aber nichts und tut, wie ihm geheißen. Dabei glaubt er zu ahnen, wozu, doch er unterdrückt das Gefühl, indem er sich im Stillen einen törichten Alten schilt: An die Möglichkeit, das viele Rohfleisch zu Schuuz zu verarbeiten, hatte er mit seiner gegerbten Haut und seinem ergrauten Haar nicht gedacht, sie trotz ihrer Jugend und der zehn Jahre in der Stadt aber schon.

Stunden später ist die schweißtreibende, beflügelnde Arbeit getan. Die Haufen rohen, roten Fleisches, die die enge Wohnung halbwegs gefüllt und deren ohnehin schwüle Luft verpestet haben, sind verschwunden und haben sich verwandelt in eine geordnete Menge abgetrennter Knochenstücke und eine gebändigte Fülle duftender Fertignahrung, so weit zusammengeschrumpft, dass sie in zwei schafmagengroße Behälter hineinpasst. Da ist auch die Brühe längst fertig und scheint ungeduldig darauf zu warten, dass man sie endlich kostet und rühmt, wie sie es wohl verdient.

Nun ist der Augenblick gekommen, und er erweist sich als hoch feierlich und ein wenig knifflig, für ihn wie auch für sie. Denn er meint, sie sei es, die ihn verköstigt, da das Fleisch ihr gehört, während sie denkt, er sei es, der sie bewirtet, da es seine Wohnung ist. Freilich merkt sie, dass bereits eine unverzeihliche Entgleisung passiert ist, mit dem Schulterblatt und den vier hohen Rippen, weil durch ihre bestimmende Art der Eindruck erweckt worden sein müsste: Sie sei die Person, die über das Fleisch zu entscheiden habe! Dabei hat sie in Gedanken den ganzen Hammel längst dem Menschen überlassen, den sie damit überfallen und dessen Ruhe sie dadurch folgenschwer gestört hat. Und es ist lediglich ihr Wunsch gewesen, dem lieben, weisen Menschen die Ehre zu erweisen, indem gerade die beiden Stücke, die in der nomadischen Küche seit alters her etwas Erhabenes darstellen, nun ihm vorgesetzt werden!

Wie gut, dass das ungeschriebene Gesetz über das Vorrecht des Alters immer noch wirkt! Denn in Hinblick darauf, wer zu sitzen und wer zu arbeiten hat, gibt es keine Fragen, wenn es darum geht, das fertig Gekochte aus der Brühe zu fischen, in eine flache Schüssel zu legen und zur Essecke zu tragen. Sie tut das alles. Und er hockt, gefasst, als komme er einer Pflicht nach, am kniehohen Tisch, schaut ihr andächtig zu und begleitet sie bei jeder ihrer Bewegungen mit einem halb entzückten, halb bestürzten Blick.

Als die beiden einander gegenübersitzen, getrennt durch den schmalen Tisch und verbunden durch die Dampfwolke, redet Dsajaa. Sie klärt ihn über ihre Entscheidung wie auch über ihre Entgleisung auf.

Nüüdül hört ihr aufmerksam zu, erhebt aber sogleich Widerspruch: »Früher, in meiner Heimatecke, habe ich einen mittellosen Witwer gekannt, der viele Jahre lang Tag um Tag mit nichts anderem beschäftigt war, als Tiere für die Kreisgaststätte zu schlachten. Der Lohn für sein blutigtes Handwerk bestand aus dem, was über den Rumpf und die Haut des jeweils Gefällten hinaus abfiel. Das waren das Blut, die Eingeweide, der Kopf und die vier Spitzbeine. Diese galten in unserer satten, übermütigen Ära damals als Abfall, da ihre Bearbeitung zu Nahrung mühevoll war, also durfte er das alles behalten. Und davon ernährte er sich und seine Kinder. Wenn du also darauf bestehst, Kind, will ich dem Beispiel jenes Mannes folgen. Das gute Fleisch aber nimmst du zu dir, sobald du wieder in deine Wohnung darfst.«

Die Stimme wirkt weder überlaut noch überstürzt, trotzdem so bestimmt und gewichtig im Klang, als duldete sie keinen Widerspruch. Doch wagt sie diesmal, sich ihm zu widersetzen, indem sie sich genauso sanft, aber mit einer unverkennbaren Entschiedenheit zu Wort meldet: »Das Fleisch wird hierbleiben. Ich werde kommen und es mit Euch teilen. So habe ich einen Grund, Euch immer wieder zu besuchen. Und auf diese Weise auch die kleinen Freuden und Kümmernisse des Tages und der Stunde mit Euch zu teilen. Nun aber fangen wir endlich an. Das Schulterblatt, begleitet von den vier hohen Rippen, ist für Euch. Bitte, greift zu!«

Nach solchen Worten immer noch den Besserwissenden herauskehren zu wollen? Nein, so ein Dummkopf ist Nüüdül nicht. Sogleich greift er nach dem Messer, das, sauber gewaschen und blank gewetzt, längst dagelegen, und macht sich an die Schüssel heran. Seine freie linke Hand berührt das Schulterblatt zuerst sanft, eh sie es der Schüssel entnimmt. Darauf fährt das Messer in der Rechten bedächtig am Rand des viereckigen Brockens entlang und schneidet eine dünne Fettscheibe herunter, die in die Schüssel fällt. Dieser folgt eine zweite. Die dritte schließlich, nun noch dünner und fast gänzlich aus Fleisch, wird aufgefangen von drei Fingern und in sachter Bewegung endlich in den Mund geschoben.

Dsajaa schaut dem wie gebannt zu und versucht sich zu erinnern, ob die ehrwürdigen Männer mit den versilberten Haaren und gezeichneten Gesichtern bei ihr zu Hause auch so mit dem Hammelschulterblatt verfuhren. Es fällt ihr nicht ein, doch glaubt sie, den dahintersteckenden Sinn zu erahnen. Die Scheiben, heruntergeschnitten und unberührt gelassen, dürften für die Geister gedacht sein, vielleicht für den des Herdes, der sich in dieser neuzeitlichen Stadtwohnung als ungeeignet erweist für die herkömmliche Art der Bewirtung durch Verbrennung.

Während Nüüdül der ihm erwiesenen Ehre nachkommt, indem sein Mund den ersten Bissen mit der umständlichen Gründlichkeit bejahrter Menschen kaut, arbeitet seine Hand an dem Brocken weiter. So wird eine weitere, diesmal etwas dickere Scheibe abgetrennt, die zwischen Daumen und Messerklinge kleben bleibt und dann sanft in die Kuhle der Handfläche gleitet. Schließlich wird sie, begleitet mit einer feierlichen Gebärde, vom Hausherrn an den Gast gereicht. Und sie empfängt die Gabe beidhändig und erfreut.

Das so angefangene Mahl verläuft in friedlicher Eintracht und zieht sich in die Länge. Kurze Bemerkungen, kleine Fragen und knappe Antworten darauf fallen. Eigentlich sind beide schnell gesättigt, bleiben aber dabei, knabbern bald dieses und dann jenes Stückchen ab. Wunderbar sind die Knochen, um dem Gegenüber Zeit zu lassen, damit es sich satt äße. Doch irgendwann müssen sie aufhören. Und da spricht Nüüdül: »Es hat köstlich geschmeckt. Da wir uns uneinig sein werden, wer sich bei wem zu bedanken hat, wollen wir es beide am besten beim Himmel tun. Es war wieder einmal ein großes Geschenk, dessen wir uns erfreuen durften, Vater!«

Somit bleibt er mit nach innen gekehrtem Blick sitzen. Dsajaa folgt seinem Beispiel und glaubt bald, die Stille zu hören. Wie wunderbar, so etwas mitten in der Großstadt zu erleben! Ein erhabenes Gefühl, bestehend aus Ehrfurcht und Dankbarkeit, erfüllt ihren Innenraum. Dabei spürt sie die Anwesenheit des Gegenübersitzenden so deutlich wie eine Garbe Sonnenstrahlen und den Hauch einer Brise. Und sie meint, wer solches auszustrahlen vermag, muss wohl eingefügt sein in das Grundgeflecht des Alls, das diese Stille erzeugt.

Wie erwacht aus der Besinnlichkeit, spricht Nüüdül mit einem Mal: »Nun, Kind. Es geht langsam auf die Nacht zu. Ich gehe und komme morgen früh. Du kannst auf meinem Bett schlafen, vorher werde ich es dir frisch beziehen.«

Dsajaa erschrickt, blickt ihn fast entrüstet an und legt dann los: »Den Hausherrn aus seiner Wohnung vertreiben? Das geht nicht! Ihr bleibt hier! Oder ich gehe!«

Da hält er ihr mit leiser, schuldbewusster Stimme entgegen: »Aber Kind. Es ist eine Einzimmerwohnung.«

»Na und!« Ihre Gefühlswallung ist noch nicht gänzlich gewichen. »Geboren und groß geworden in der Jurte, wissen wir doch beide, wie viele Menschen in einem Raum leben und schlafen!«

»Ja. Das ist aber damals auf dem Land gewesen, in unserem Vorleben sozusagen. Hier nun sind wir in der Stadt mit ihren anderen Gesetzen. Und du bist zu einer verwöhnten Teilnehmerin des sesshaften Lebens geworden«, sagt er geduldig, denn er ist darauf bedacht, sie schonend sanft zu behandeln.

Nur Dsajaa ist keinesfalls gewillt nachzugeben. Mit blitzendem Auge und bebenden Nüstern sagt sie: »Mag sein, dass wir uns äußerlich den städtischen Gewohnheiten haben anpassen müssen. Aber ist das, was sich seit gestern in diesem Raum abgespielt hat, nicht Beweis genug, dass wir im Kern das geblieben sind, zu dem uns das Jurtenleben geprägt hat?«

Nüüdül gibt auf, getroffen und gerührt von den Worten, die so schlecht zu dem Bild passen, das er sich von diesem jungen Menschen gemacht hat. Mehr zu sich als zu ihr brummt er: »Ich dachte nur, ich könnte schnarchen und andere im Schlaf stören. Außerdem wohnen im Nebenhaus zwei noch ältere Menschen als ich, die sich von Herzen freuen, wenn ich mich bei ihnen blicken lasse.«

Dem hört sie aufmerksam zu und spricht dann nachdenklich: »Solche Freunde in der Nähe zu haben ist schön, nicht wahr? Ihr seid ein lieber Mensch und verdient sie wohl auch. Was mich angeht, wüsste ich nicht, ob es unter den vielen Menschen in dieser Stadt jemanden gibt, der sich wirklich freut, wenn er mich sieht.«

Er will sie trösten: »Hast du nicht von einer Freundin gesprochen, zu der du gehen wolltest?«

Sie sitzt eine ganze Weile mit gesenktem Kopf da. Schließlich redet sie: »Ja, schon. Eine Frau in meinem Alter, die ich Freundin nenne und zu der ich manchmal fahre. Gewiss zeigt sie Freude, sooft wir zusammenkommen. Nur bin ich mir nicht sicher, was wirklich in ihrem Herzen vorgeht. So wäre es heute in meinem Zustand, mit dem verbundenen Kopf, auf keinen Fall klug, ihr vor die Nase zu treten. Darum bin ich Euch dankbar, dass Ihr mich hierbehalten habt.«

Endlich hebt sie den Kopf, schaut ihm ins Gesicht und zwitschert mit einer ansteckenden Fröhlichkeit los: »Ich bitte Euch darum: Schnarcht nur! Und dabei möchte ich wetten, es wird, verglichen mit dem Sägen und Grunzen des stockbesoffenen Unmenschen der letzten Nacht, das liebliche Atemgeflüster eines unbeschwerten Kindes sein!«

Darauf erhebt sich Dsajaa flink und tritt aus der Küche. Nüüdül folgt ihr, stößt die Tür zum anderen Raum auf, macht Licht und lässt sie herein.

Das ist also das Zimmer. Ein schmales Bett, ein ebenso schmaler Schrank. Ein paar Koffer, übereinandergestapelt. Einige weitere Möbelstücke, alles an die Wand gerückt. Die Zimmermitte ist frei, der Fußboden mit einem einfachen Teppich belegt. Das Ganze wirkt frisch aufgeräumt. Eine bescheidene, aber gemütliche Wohn- und Schlafstätte, die aus jeder Ecke Ordnung und Sauberkeit ausstrahlt. Und dieser kleine Raum zeichnet sich mit einer Besonderheit aus: Drei der vier Wände sind mit Regalen bis zur Decke ausgefüllt, und diese sind mit Büchern vollgestellt. Was in Dsajaas Vorstellung den Wert des Hausherrn um ein beträchtliches Stück erhöht.

Sie überlegt, ob alles vielleicht erst heute ihretwegen aufgeräumt und abgeschrubbt worden ist. Da fällt ihr der Hemdkragen ein und die Sachen, die ihn in diesem Augenblick bekleiden. Er ist wohl einfach ein Mensch, der ordentlich und sauber lebt!

Während der Hausherr sich anschickt, einen Koffer aufzumachen, wohl wegen frischer Bettwäsche, sagt der Gast beschwörend: »Macht Euch bitte um Himmels willen keine Umstände. Ich brauche nicht mehr als eine Matte und eine Decke.« Allein, er scheint nicht darauf zu hören, setzt seine Beschäftigung ungestört fort und holt aus dem Koffer tatsächlich glatt gebügelte und zusammengefaltete Wäsche. Dann erst spricht er: »Wie oft im Leben hat man als Einzimmerbewohner vom Erdgeschoss die Ehre, einen so hohen Gast – Oberstockbewohnerin und Aufseherin über vertraute Schriften – bei sich zu beherbergen? Vermutlich nur einmal. Daher muss es sein, damit sich der Gast einigermaßen wohlfühlt.«

Mit der frischen Wäsche tritt er ans Bett; da setzt sie sich zur Wehr und erreicht, dass sie unten auf dem Fußboden schläft. Doch er stapelt so manches übereinander, bis eine richtig bequeme Liegestätte entsteht. Freilich, der Abstand zwischen Bett und Lager ist nicht sehr groß. Man vernähme, selber den Atem anhaltend und die Ohren gespitzt, das Atemgeräusch des anderen.

Dsajaa überlegt, sobald das Licht gelöscht ist, ob sie dem Hausherrn nicht gleich eine gute Nacht wünschen solle, damit er, bejahrter Mensch, nach einer schweren Nacht und einem geschäftigen Tag, möglichst schnell zu Schlaf kommen und sich ausruhen möge. Doch entscheidet sie sich, damit zu warten, denn sie möchte die gastliche Wohnstätte nicht verlassen, ohne ihren Bewohner ein wenig über sich selbst aufgeklärt zu haben. So schickt sie eine Frage in den dunklen Raum: »Seid Ihr sehr müde und schläfrig, Onkel Nüüdül?«

»Gewiss, ein wenig erschöpft, und knirschend, das alte Knochengerüst. Aber der Kopf ist wach und gewillt, sich auf eine Rundreise durch Gottes Welt zu begeben«, lautet die Antwort.

»Darf ich Euch dann etwas mehr über jenen Menschen, der Euch so viele Unannehmlichkeiten bereitet hat, offenbaren, damit Ihr Euch später ein fundierteres Urteil über ihn bilden mögt?«

»Ich habe ohnehin vorgehabt, dich nach diesem und jenem zu fragen.«

Still bleibt es eine ganze Weile. Sie überlegt wohl, wo und wie anzufangen wäre. Er spitzt die Ohren, hält den Atem an. Wild pocht dabei sein Herz, was ihn verwundert und beschämt. Irgendwann erklingt die erwartete Stimme, deutlich schwingt darin Aufregung mit, die sich aber nach und nach legt. Dem Zuhörenden fällt schnell auf, dass sie eine gute Rednerin ist. Freilich entgeht ihm – der still daliegt und mit geschlossenen Augen und gebündelten Sinnen lauscht – nicht, dass ihre Zunge hin und wieder ausgleitet zwischen Ländlichem und Städtischem, Vergangenem und Laufendem. Sosehr der Redefluss den Horchenden durch Unbekanntes führt, denkt dieser nicht daran, zu fragen und sich Klarheit zu verschaffen. Er ist entschlossen, sie ungestört zu Ende reden zu lassen. Und irgendwann hört sie auf, hat sie sich ausgesprochen. Wie lange das Selbstgespräch gedauert hat, weiß keiner.

Und weiter verharrt er im Schweigen. Nach vielen qualvollen Herzschlägen erklingt wieder ihre Stimme, diesmal leise und ängstlich: »Seid Ihr noch wach?«

Sogleich kommt die Antwort: »Aber sicher!« Es ist die Stimme eines Erschreckten. Und nicht weniger Beschämten.

Also hat man mir bis zum Ende zugehört, denkt sie erleichtert. Daraufhin schläft sie ein. Und wenig später versinkt auch er in den Schlaf.

DIE GESCHICHTE DES KINDES, DAS SICH MIT DEM HIMMEL GEZANKT HAT

Der Höhenhimmel. Die Steppenerde. Viel Windsturm. Wirbelnder, staubender Sand. Fliegender, prasselnder Kies. Die flinke, gefräßige Herde von vielen stummen, wolkenweißen Schafen und wenigen lärmenden, schieferblauen Ziegen. Die tränenden, rot geäderten Augen der Erwachsenen. Die rotzenden Nasen und blau gefrorenen Hände der Kinder. Die wacklige Jurte mit dem knarrenden Holzgerüst und der flatternden Filzdecke. Der viergeäugelte Hund Bankar, unten feuergelb, oben rußschwarz und mit der Gewohnheit, tags zu schlafen und nachts zu wachen.

Wieder Himmel und Steppe. Diesmal von anderen Farben, Gerüchen und Klängen. Und dazwischen andere Lichter und andere Geschehnisse. Dieselbe Herde, nun nicht mehr so flink und gefräßig. Wie gedämpft eher, wie betäubt sogar. Schafe wie Ziegen mit gesenkten Köpfen, dicht aneinandergedrängt, keuchend und schwitzend. Sengend heiß und berauschend würzig die Luft. Ein jedes Wesen giert nach Schatten, so klein dieser auch sei. Der Hund hat eine ganze Menge davon erwischt, da er sich an der linken Seite der vor sich hinbrütenden, beinah rauchenden Jurte ausgestreckt hat und nun mit starrem Blick daliegt und fortwährend hechelt.

Zuallererst müsste ich von der Welt doch Vater und Mutter wahrgenommen haben. Und zwar sie noch eher, viel länger und vor allem aus größerer Nähe als ihn. Dennoch sind es der Höhenhimmel und die Steppenerde, was mir heute zuerst einfällt, sooft ich in Gedanken zu den Anfängen meines Lebens zurückreise. Und die Bruchstücke, die dann folgen, werden einen von hier und heute erschrecken, verletzen Euch aber nicht, da Ihr auch von dort seid. Gut, nicht ganz von dort, wo ich als menschliches Wesen herangereift bin, aber einige Berge und Steppen weiter entfernt, mehr aber nicht. Darum erwähne ich das alles Euch gegenüber.

Das Gesamtbild, das die Bruchstücke zusammen ergeben, nenne ich meine Kindheit. Mein Leben. Unser Leben. Das Leben. Da alle, die mich umgaben, ihren Anteil daran hatten. Ob ich jenes Leben damals gut, nicht ganz so gut oder gar unerträglich gefunden habe, vermag ich heute nicht zu sagen. Da es nun einmal so war, meine ich, eine Frage danach wäre unsinnig. Seit Langem schon trage ich den Verdacht in mir, dass jede Frage nach Glück oder Nichtglück eines der unzähligen Hirngespinste von sesshaften Menschen ist, die ahnen, dass mit ihrem Leben irgendetwas nicht mehr stimmt. Ich selbst schlage mich schon seit geraumer Zeit mit der Frage herum: Ist denn das, womit ich heutzutage meine befristete Erdenzeit vergeude, überhaupt noch Leben? Als klitzekleine Mitläuferin der seelenlosen Spaßgesellschaft bin ich doch heute dazu verdammt, auf Schritt und Tritt zu spielen: die Schöne, die Nette, die Kluge, die Gebildete, die Erfolgreiche, die Leidenschaftliche und noch vieles mehr. Spielen im Sinn von den Schein erwecken. Damals aber habe ich gelebt!

Wir waren vier Geschwister. Das waren die Übriggebliebenen von fast einem Dutzend Sprösslingen, die unsere arme Mutter auszutragen und zu gebären hatte. Sie war eine herzensliebe, unermüdlich tätige Frau. Dazu auch eine durchaus ansehnliche Erscheinung, ausgestattet mit einem handfesten, strammen Leib und einem für ländliche Verhältnisse recht hellen, ebenmäßigen Gesicht. Ich hing sehr an ihr, und auch sie schien von all ihren Kindern mich am meisten zu mögen, obwohl ich weder die Älteste noch die Jüngste war. Ich war die Mittlere von drei Mädchen. Und vor mir kam noch ein Junge. Ich galt als aufgeweckt, selbstständig und frech.

Unser Vater war ein fast zu vollkommener, in jeder Hinsicht tüchtiger, dabei aber wortkarger und strenger Mann. Der Bruder war sein Lieblingskind. Was wir Mädchen so hinnahmen, weil wir es einfach mussten. Unsere Familie galt als wohlhabend, da viehreich. Was für uns Kinder vor allem mehr Pflichten bedeutete als für die Ärmeren aus der Nachbarschaft. Doch es machte keinem von uns etwas aus, sich um die Tiere zu kümmern und den Eltern beizustehen. Die Nähe der Tiere machte Spaß: Lämmer zu hüten, Ziegen zu kämmen, Schafe zu scheren, Kühe zu melken und überhaupt Aufsicht über die Herde zu haben, Geschwächte zu füttern, Kranke zu pflegen, Gebärenden beizustehen. Und dann auch: Milch zu säuern und zu stampfen, um zu buttern, zu quarken und Milchschnaps zu brennen, Wolle zu klopfen, Filz zu walken, Häute zu gerben – das alles war schweißtreibende Arbeit, gleichzeitig aber pulsierendes Leben, das den Geist wetzte und die Seele zügelte und beruhigte!

Ich sang gern. So kam es hin und wieder vor, dass ich Muttertiere besang, die ihre Jungen nicht annehmen wollten. Und ich tat es mit großer innerer Hingabe und Liedzeilen, die ich selber erfand. Einmal zur Wurfzeit vom Kleinvieh brach ein Unwetter los und dauerte viele Tage und Nächte an. Und da geschah es häufig, dass die eine oder andere Mutter sich weigerte, das glitschige Wesen, das sie ausgetragen und in die Welt gesetzt hat, an sich heranzulassen. So hatten wir Menschen viel zu tun, und ich mit meiner Stimme war besonders eingespannt. Morgens und abends, da die Frischlinge gestillt wurden, hatte ich viel zu singen.

Eines Nachts wütete der Sturmwind besonders grausam, und ich war längst heiser und zittrig. Letzteres kam gewiss von der Kälte, aber nicht davon allein. Es steckte viel mehr dahinter, alles, was mein kleines Kinderherz beherbergte: Liebe, Hass, Wut. Liebe zu dem kleinen Wesen, das so gewillt war, am Leben zu bleiben, indem es mit seinem kleinen, spitzen Mäulchen gierig nach dem Euter stocherte und zittrig nach den Zitzen suchte. Hass auf die hartherzige, selbstsüchtige

Mutter, die weiterhin einem Felsbrocken glich und ihr eisiges Gesicht von keinem Lied erwärmen lassen wollte. Wut auf den Himmel, der uns alle, Tiere und Menschen, so hart und grausam bestrafte. Wofür denn? Ich grübelte und fand und fand keine Antwort darauf. Was meine Wut nur noch steigerte.

Und mit einem Mal erwischte ich mich inmitten eines Gezänks mit dem Himmel. Reime schienen mir von selber auf der Zunge zu landen, und sogleich verwandelte ich sie mit meiner heiseren Stimme in ein brüchiges Lied, das sich gruselig frech anhörte und mich immer wieder mit Gänsehaut überzog.

So sang ich, von meinem eigenen Werk angetrieben, weiter und weiter, leidend dabei, aber auch eine gewisse Genugtuung erfühlend und meine gekränkte und verletzte Seele daran labend. Doch der mörderisch eisige Sturmwind verminderte sich um keinen Deut. Der Himmel war noch immer gewillt, uns mit seiner grausamen Strafe zu peinigen. Er ging mich mit seiner Kälte und seinem Schweigen an und ich ihn mit meiner ungezähmten Wut und meinem unerschrockenen Geschrei.

O du kalter Himmel!
O du alter Lümmel!
Hast du Augen, sieh!
Hast du Ohren, höre!
Hier verhungern Tiere!
Und erfrieren Menschen!
Was haben wir
Dir Schlechtes getan,
Dass du uns Lebewesen
So quälst, so peinigst?
Du siehst nicht, o Blinder!
Du hörst nicht, o Tauber! …

Irgendwann wurde mir bewusst, dass ich mich in der Umarmung der Mutter befand. Dabei schrie ich immer noch. Nun war es ein ohrenzerreißendes Gebrüll unter Tränen, aber ohne ein Sterbenswörtchen. Ich spürte: Mutter, die mir mit ihren kalten, doch immerhin vertrauten, weichen Händen die Tränen vom Gesicht wischte, weinte selber auch. Und das steigerte meine Wut ins Unermessliche und meinen Schmerz ins Unerträgliche, sodass mir mit einem Mal die Stimme wegblieb und ich anfing, mich zu übergeben. Was ich aus mir herauswürgte, war dünnflüssig wie Speichel, bitter wie Galle. Es war die Galle. Sie könnte aus ihrem Sitz heraufgesprudelt sein, als die Stimme wegblieb. Die giftbittere Galle musste der Kehle, die ihren Dienst versagte, und mir, die ich immer noch so vieles loszuwerden hatte, zu Hilfe geeilt sein.

Der Vater kam. Die Geschwister kamen. Ich vernahm ihre Stimmen, nahm ihre Gegenwart wahr. Es wurde für eine kleine, aber entscheidende Weile still. Trotz des Windgeheuls und des Lärms der frierenden, hungrig-unruhigen, vielhundertköpfigen Herde. Dann packte mich der Vater mit seinen großen, starken Händen und trug mich davon. Die Mutter und die Geschwister folgten uns. Dabei weinten sie alle. Ich hörte weder ein Schluchzen noch ein Schnaufen. Aber ich witterte Tränen und Galle in der Luft, besonders in den Augen und in der Kehle des armen, von Hunger und Kälte geplagten Lämmchens, dem ich nicht helfen konnte, das in diesem Augenblick eins der Geschwister in seiner Umarmung halten durfte und die Mutter nachher mit dünnem Mehlbrei aus einem Rinderhorn säugen musste.

In jener Nacht erkrankte ich. Anfangs war es fürchterlich. Ich meinte, gleich würden mir Kopf und Brust platzen. Aber sobald sich die Schmerzen legten, genoss ich das Kranksein irgendwie. Da hatte ich es besser als sogar meine jüngere Schwester, unser Kleinstes. Ich durfte den ganzen Tag im Bett bleiben. Und zwischendurch lauter leckere Sachen essen und trinken. In dieser Zeit bestand meine ganze Aufgabe darin, auf das sonnenrote Seidenband um meinen rechten

Arm gut aufzupassen, dass es nicht abging, nicht nass noch schmutzig wurde, und abends zur angezündeten Butterleuchte auf dem Jurtenaltar innig zu beten. Die Mutter war besorgt, der Himmel könnte mir zürnen. Ich sollte, während ich mich auf dem Boden vor der Leuchte wieder und wieder niederstreckte, Gebete aufsagen. Was ich mit genauso viel innerer Hingabe tat wie beim Weichsingen hartherziger Tiermütter. Dabei hatte ich gegen die Tränen zu kämpfen, die mir im Hals saßen und bis in den Rachen aufzusteigen drohten. Denn jetzt fühlte ich mich vor dem, mit dem ich mich vor Kurzem so frech gezankt hatte, klein und schuldig und war mir unsicher, ob ich es je fertigbringen würde, mit meinem Gebet nun den Allmächtigen zu erreichen.

Hinzu kam, dass das arme Lämmchen, das wohl der Zünder für mein Gezänk mit dem Himmel gewesen war, es trotz aller Zuwendung nicht schaffte zu überleben. Ich sah es nicht tot und hörte auch kein Wörtchen darüber von den anderen. Mit einem Mal fehlten seine kleine, mickrige Erscheinung unter den anderen Pflegebedürftigen und sein schwaches, dem Echo eines Vogelgezwitschers ähnelndes Stimmchen im Stimmengewirr des Lämmervolks. Ich fragte nicht nach, nahm es einfach zur Kenntnis und spürte danach den kühlenden Schatten einer Trauer in meinem Innern.

Das war eine der ersten Niederlagen, die ich hinzunehmen hatte. Sie trug einen bitteren Beigeschmack, eine lähmende Nachwirkung für meine Glieder und schien meinen Schädel mit düsterem Nebel zu füllen. Und der erste zusammenhängende Gedanke, der irgendwann aus diesem Schädel blitzte, ließ mich über die ganze Leibeshaut erschauern: Der Vater oder der Bruder wird das tote Körperchen mit einem Messer aufgeschnitten, ihm das wolkenhelle Fellchen mit wenigen Handgriffen abgezogen, den Inhalt als blauvioletten, erstarrten Kadaver dem heimlich und gierig darauf wartenden Hund zugeworfen und dieser es genussvoll gefressen haben! Während der Hund sich an der schalen Frucht meiner Niederlage labte, wird es geknackt und geschmatzt haben von brechendem Bein und reißendem Fleisch, und der vertilgte Fraß wird mittlerweile hündisch geschissen in der Steppe herumliegen und den Himmel anstinken!

Da bekam ich einen Schreck, denn es war wohl wieder ein unerlaubter Gedanke. Einmal habe ich mitbekommen, als die Mutter die große Schwester mahnte, man könne auch mit Gedanken sündigen! Ich wusste weder, warum sie es zu ihr hat sagen müssen, noch, was Sünde genau bedeutete. Aber so viel meinte ich schon zu wissen: Es war etwas Ungutes, und es stand mit dem Himmel in Berührung. Hatte ich mich doch erst neulich mit der Zunge an Ihm vergangen. Und nun schon wieder in Gedanken! Mir wurde schlecht.

Diese Ohnmacht musste ich auch Jahre später immer wieder tief in mir erfühlen. Und da war mir jedes Mal, als wenn ich für eine alte, untilgbare Schuld zu büßen hätte. Vielleicht habe ich es in jener Nacht so gründlich mit dem Himmel verdorben, dass er sich für alle Zeiten von mir abgewandt hat?

Damals, als ich kleines, dummes Kind mich mit meinem kleinen, verwirrten Verstand und meiner kleinen, gekränkten Seele am Allmächtigen verging, waren die große Schwester und der Bruder bereits die meiste Zeit im Schulinternat. Der Zeitpunkt, als sich das Verhängnisvolle ereignete, ist mitten in den Frühjahrsferien gewesen – damals hat die Schulleitung sie immer der Wurfzeit angepasst, wegen der Viehhalterfamilien, die die Hilfe ihrer Kinder nötig hatten. Wenige Monate später verließ auch ich die elterliche Jurte und folgte den beiden älteren Geschwistern. Das Lernen in der Schule fiel mir leicht. Aber trotzdem schaffte ich es nicht, zu den Besten in der Klasse zu gehören. Es waren immer Kleinigkeiten, die mich daran hinderten. Entweder war es der Füllfederhalter, der plötzlich verschwand, oder er hatte keine Tinte mehr, oder er wollte trotz der vorhandenen Tinte nicht mehr schreiben. Oder … oder … oder … – immer eine Nichtigkeit, die, wenn ich heute darüber urteile, mit der schulischen Leistung wenig zu tun hatte.

Ich galt auch bei den Lehrern und Mitschülern als frech. Wenn bereits die eigenen Eltern und nun die Fremden in der Schule das von mir sagten, musste es wohl stimmen, und ich war ein freches Wesen. Wie sich diese Frechheit äußerte? Ich wollte nichts hinnehmen, wovon ich selbst nicht überzeugt war. Ebenso wollte ich nichts auf mir sitzen lassen, wenn einer etwas von mir behauptete, und ich glaubte zu wissen, es war nicht so. Jene Eigenschaft, die an mir haften sollte, hatte auch einen anderen Namen: Eigenwilligkeit. Das hat der Klassenlehrer zu meiner großen Schwester gesagt und dann den Eltern überbracht. »Ach, Kind, kannst du dich nicht einfach wie die anderen verhalten?«, sagte die Mutter besorgt. Ich versprach ihr kleinlaut: »Ich werd es ab jetzt versuchen.« »Nein!«, trat in diesem Augenblick der Vater für mich ein. »Ich kenne meine Tochter und weiß, was die Beauftragten und dafür Bezahlten damit meinen. Das ist blinder Gehorsam, zu dem alle gezwungen werden. Bleib lieber so, wie du bist! Lass dich nicht einschüchtern und tu immer, was nach deinem Gutdünken getan werden muss! Und nenne krumm, was sich in deinen Fingern krumm anfühlt, und hässlich, was in deinen Augen hässlich ausschaut!«

Ich war verwirrt. Und blieb es lange, eigentlich ganze Jahre noch. Als ich eines Tages von der Heimatecke wegfahren wollte, beschenkte mich der sonst wortkarge Vater mit einer weiteren Rede, die mir für immer im Gedächtnis bleiben sollte. Da war die Mutter schon seit fast drei Jahren tot, und in mir gärte ein seelisch angeschlagener, tieftrauriger, körperlich so gut wie erwachsener Mensch, der aber geistig erst zu werden hatte. Und zu diesem an jedem Strang unterschiedlich gefestigten menschlichen Wesen sprach also der Vater: »Dass du in die Fremde, ins Ungewisse gehen willst, will ich dir nicht verwehren. Denn es beweist deinen Mut. Ich habe keine Sorge, dass du untergehen könntest, doch wirst du dich durchzuschlagen haben, und das wird nicht leicht. Aus einem Grund schon: Du kannst dich nicht verstellen. Die Wahrheit ist etwas, das keinen ernährt, aber jeden ehrt.

Wie ich gelebt habe und lebe, wäre schon ein Beweis für die Richtigkeit dieser Behauptung. Alle werden zugeben müssen, dass ich ein guter Schäfer und rechtschaffener Mensch bin. Keiner kann mir etwas Schlechtes nachreden, außer dass ich ungesellig sei. Ungeselligkeit, das ist nun mal mein Makel. Wollte ich es durchaus, könnte ich auch gesellig sein. Was aber ist dies in unserer Zeit? Saufen und klatschen mit anderen über wieder andere, batzen- und brockenweise von der begrenzten Lebensfrist vergeuden. Dabei keinem widersprechen, vor allem den Vorgesetzten nicht, aber vor ihnen katzbuckeln. Und immer dort, wo viele Ohren sind, revolutionäre, patriotische Phrasen dreschen. Hätte ich das gewollt, wäre ich längst mit dem Titel *Held der Arbeit* ausgezeichnet worden. Doch was solls! Meine Herden, die süßsauren Früchte meiner ehrlichen Arbeit, haben mich samt meiner Familie bisher ernährt und werden es auch künftig tun! Und genauso wahr und wichtig wird sein, dass an dem Tag, an dem ich ende und den Neidern endlich Ruhe gebe, so mancher Held eine Gänsehaut bekommen und sich wie ein Dieb vorkommen wird!«

Dann hielt er inne. Ich ahnte schon, was jetzt kommen würde. Und er fuhr fort: »Ich weiß, du kannst mir nicht nachsehen, dass ich an die verwaiste Stelle eurer Mutter jemand anderen holen will. Doch nichts ist so schrecklich wie die Einsamkeit des Menschen! Da ihr alle mit wachsenden Flügeln aus eurem Nest ausschwärmen werdet, bin ich gezwungen, den rauen Griff des Schicksals halbwegs zu dämpfen. Die Frau, die bald kommen wird, ist in nichts mit eurer wunderbaren Mutter zu vergleichen. Eine alte, unansehnliche Schachtel, aber sie hat ein gutes Herz und ist gewillt, unsere Jurte wieder zu wärmen, mir morgens den Tee und abends den Eintopf zu kochen und mit mir Pflichten und Anrechte, Sorgen und Freuden des Lebens zu teilen – mit mir, der ich so gut wie keine Freunde habe, nun auch ohne euch zurückbleibe und längst dem Alter entgegentrotte.«

Er hatte sich ausgesprochen. Ich hatte ihm nichts zu entgegnen. Er beroch mich flüchtig an der einen Schläfe, die andere für später lassend, für das Wiedersehen, wie ich wusste. Und in der Tiefe meines Herzens wusste ich auch, es wird kein Wiedersehen geben. So begann ich, Tränen zu vergießen, sobald wir uns trennten und der Abstand zwischen uns groß genug war. Nachdem ich mich ausgeweint hatte, war mir mein Inneres, erstmals verwundet durch den Verlust der Mutter, wie von Neuem verwüstet. War es die Leber oder der Magen – etwas schien unter ätzenden Schmerzen heftig zu bluten. Den Vater sah ich tatsächlich nicht wieder.

Es gab Briefe. Anfangs. Die vor allem ich schrieb. Doch das waren eher trockene, materielle Kurzberichte. Dabei die Lage, in der ich mich gerade befand, stark beschönigt und jegliche Schwernisse und Quernisse, mit denen ich zu tun hatte, gänzlich ausgeschlossen. Seltener kamen Antworten darauf. Geschrieben zum Teil von einem der Geschwister, dessen Weg gerade die elterliche Jurte gekreuzt. Noch trockenere Berichte, vor allem wetterbezogen. Stürme. Kälte. Hitze. Dürre, Dürre und wieder Dürre. Und natürlich: die Herden. Sie schienen gut zu gedeihen, entgegen dem, wovon das Fernsehen seit Jahr und Tag zu berichten wusste. Unser Vater war wohl doch ein ganz außerordentlicher Viehzüchter, ein herausragender Meister seines Faches, der es tatsächlich längst verdient hätte, zum Helden der Arbeit erhoben und landesweit gerühmt zu werden! Dann, in einer eher halben als ganzen Zeile, wurde von sich selbst berichtet: Es geht mir, uns gut. Manchmal sah dies Wohlergehen so aus: Im Frühjahr hatte ich mir ein Bein gebrochen, mittlerweile ist es wieder geheilt. Der Brief war im Spätherbst geschrieben. Oder: Der Mensch unserer Jurte musste für ein paar Tage ins Kreiskrankenhaus, ist jetzt wieder zurück, und es geht uns beiden gut. Mit dem Menschen unserer Jurte ist seine neue Frau gemeint.

Diese nachträgliche, verwischende Mitteilung über jegliche Unannehmlichkeiten! Himmel, wann werden wir Nomaden und deren ländlich geprägten Nachkommen lernen, seelische Bekenntnisse aus unseren Brustkästen hinauszulassen? Dabei sind wir doch Menschen, die durch und durch einfühlsam veranlagt und mit nichts anderem so beschäftigt sind als mit unserer Seele!

Wäre diese verfluchte Beiläufigkeit nicht gewesen, hätte ich meinen Vater noch einmal sehen und ihm in seiner letzten Stunde die Hand halten können! Letztes Jahr im Frühherbst kam ein Brief, von ihm selber geschrieben, in dem es hieß, seit einiger Zeit sei er dabei, wegen seiner anfälligen Lunge täglich den Sud einer seltenen, starken Pflanze zu trinken, und verspüre schon deutliche Besserung. Ich schrieb besorgt zurück, wie es ihm inzwischen ergehe, und bat ihn, den Kreisarzt nach möglichen Arzneien zu fragen, die die Heilung beschleunigen könnten. Erst in der Mitte des Winters bekam ich eine Antwort. Der Brief war wieder von ihm selber geschrieben und kam mir in mancher Hinsicht verdächtig vor, denn er war sehr kurz und enthielt kein Wort über sein Befinden. Dennoch waren die Arzneien erwähnt, und zwar, er brauche keine weiteren, da er davon eine ganze Menge habe. Und das Verdächtigste: Ich bräuchte nicht zu kommen, da eine Reise in Winterskälte auf der langen Strecke für mich, die an das Stadtleben Gewohnte, viel zu anstrengend und auch in der heutigen schwierigen Zeit gewiss sehr teuer sei. Stattdessen sollte ich meine Zeit und mein Geld lieber dafür verwenden, engere Beziehungen zu den Geschwistern zu pflegen.

Auf der Stelle schrieb ich Briefe an alle drei Geschwister, die im Bezirk beziehungsweise im Kreis wohnten, und schickte sie per Eilpost ab. Da nach einer Woche von keinem eine Nachricht kam, wollte ich selber hinreisen. Ich buchte schon einen Flug. Aber am Vorabend des Abflugs kam ich auf den Einfall, die Kreispoststelle anzurufen, und ich erfuhr, dass mein Vater verstorben und schon bestattet war. Ich weinte, überlegte und ließ schließlich die Buchung löschen. Ich wollte nicht in der knackend kalten, leblos öden Steppe vor einem Grabhügel stehen. Wollte nicht in der Jurte übernachten, die einst die unsere gewesen und nun eine fremde geworden war. Wollte nicht einer Frau begegnen, die ich nicht kannte und die dennoch die Stelle meiner Mutter besetzt hielt, wohl in ihrem Bett schlief und aus ihrer Schale trank.

Ich habe einen zeitlichen Sprung gemacht und bin schon ziemlich am Ende gelandet. Doch gibt es noch einiges zu berichten. Und dabei muss ich Euch im Schutz der Finsternis vor allem meine Schanden beichten. Nun werde ich der Reihe nach gehen.

Da kam ich achtzehnjähriges, rotbackiges Landmädchen also in der Hauptstadt an und landete in deren polterndem, qualmendem Bauch. Schon damals, vor gut einem Jahrzehnt, war sie für unsereinen gewaltig: laut, grell, eng – und dennoch vor allem end- und randlos in ihrer Größe. Und auf den ersten Blick gewiss auch schön. Obwohl man auf dem Land sein ganzes Leben lang durch eine unüberwindbare Entfernung von dieser Märchenwelt getrennt war und trotzdem täglich und stündlich von ihrem lauten Namen und ihrem glanzvollen Ruhm beeindruckt gelebt hat, war man auf diese Schönheit doch irgendwie vorbereitet. Und ganz so schön wie erwartet war die viel gelobte und laut besungene Hauptstadt dann doch nicht. Aber schwierig, das war sie!

Nach den anfänglichen Irrungen und Wirrungen – wie schon von manchem Provinzler, der Richtung Stadt ging, ausführlich beschrieben – landete ich am dritten Tag schließlich an meinem Ziel, der Fachhochschule für Handel und Wirtschaft, für welche ich die Aufnahmeprüfung in der Bezirksstadt abgelegt und bestanden hatte. Also wurde ich Studentin. Das war wunderbar. Doch es war auch eine teure Angelegenheit.

Die Frau, die meinen Namen und sonstigen Daten in ein Journal eintrug, drängelte mich, das Studiengeld gleich auf den Tisch zu legen. Es war eine Wahnsinnssumme, die mir zuerst wie ein Irrtum, wie ein danebengeratenes Ergebnis einer Rechenaufgabe durch Kopf und Hand eines schwachen Schülers vorkam. Dann jedoch belehrte mich die Frau, dass da kein Irrtum vorläge. »Wir leben eben im Zeitalter der Marktwirtschaft, und da kostet alles Geld«, dozierte sie und lachte höhnisch, wie so manche Städter mit einem umzugehen pflegen, der soeben vom Land eingetroffen ist und darum mit manchen städtischen Gepflogenheiten nicht ganz zurecht kommt. »Vielleicht haben deine Lehrer da draußen verschlafen, dass über dem Grabhügel des Sozialstaats längst Gras wächst und wir seit einem ganzen Jahrzehnt dabei sind, eine neue Leistungsgesellschaft aufzubauen!« Und wie zum Beweis dessen verlangte sie eine unverschämte Summe.

Erschrocken blickte ich auf: »Wofür denn?« »Für den Studentenausweis, das Prüfungsheft und die Mappe mit den Auskunftsmaterialien für jeden, der bei uns studieren will!«, knatterte sie unwirsch, und dabei war auf ihrem glatt beschmierten, aber unrettbar von Zeichen des fortschreitenden Alters gezeichneten Gesicht deutlich eine Genugtuung zu erkennen. Eine Genugtuung, der ich von da an so oft begegnen musste auf den bis zur Leblosigkeit geschminkten Porzellangesichtern so mancher Bürofrauen. Das also war die Stadt!

Später sollte ich dieselbe Frau, die mir an jenem Tag zur Visitenkarte der Hauptstadt geworden war, näher kennenlernen, mich sogar ein wenig mit ihr befreunden und dabei erkennen, wer sie in Wirklichkeit war: ein wimmerwinziges, bettelarmes und tief unglückliches Persönchen, dazu verurteilt, zu begaunern und zu diebern, wo sie auch nur die Gelegenheit witterte, da ihr Gehalt als Sachbearbeiterin der Kaderabteilung – klingt wichtig, nicht wahr? – nicht reichte, ihren Bedarf zu decken.

Irgendwann erinnerte ich sie, im Scherz gewiss, an unsere erste Begegnung. Ich wollte wissen, warum sie damals so grausam zu mir gewesen war. Und siehe da, jetzt rückte sie damit heraus, was sie mit der Geldsumme machen wollte, die ja erst zum Ende des Semesters fällig gewesen wäre: »Die Schulleitung braucht das Geld so früh wie möglich, um es sofort in Zirkulation zu bringen, damit es sich täglich vermehrt. Bei den schlauen Städtern ist es schwieriger, die Studiengebühren früher einzuziehen. Eher klappt es bei den ahnungslosen Landleuten, die die Verwirrung noch im Kopf und den

Schreck im Bauch haben. Und als Eintreiberin von solchen gewinnbringenden Mitteln bekomme ich einen Anteil. Außerdem gönnt man sich«, lachte sie herzhaft, »ein süßes Viertelstündchen mit einem solch ahnungslosen Neuling wie mit jenem rotbackigen Mädelchen, um die Macht zu genießen und den Ärger des langen Bürotages, wie auch die Schrecknisse des Alters, das über einen hereinflutet, zu zerstreuen.«

Ihre Ehrlichkeit kam mir bewundernswert vor. Jetzt leuchtete mir manches ein, und meine Vermutungen begannen sich zu bestätigen. Der Umgang mit der Frau war für mich ein beschleunigter Zugang in das Leben, ja, in die Küche der Stadt, der heutigen Gesellschaft. Dank ihr begriff ich vieles. Zum Beispiel, dass jede Behörde ein Geheimbund von Verschworenen war, unterstellt einem Höheren und durch unsichtbare Drähte verschlungen mit vielen Gleich- und Niedrigrangigen.

Ich muss wohl erwähnen, wie es kam, dass ich jener rätselhaften Frau überhaupt nähertrat, vor allem, nachdem mein erster Eindruck von ihr so erschreckend abschlägig gewesen war. Hierfür muss ich von einer anderen Begebenheit berichten, die mich ahnungslose Provinzlerin in den Augen der schlauen Hauptstädterin verkehrswürdig gemacht hat.

Es war gegen Ende des ersten Studienjahres und zur Stunde eines Vortrags. Der Lektor war wieder mal ein Neuer, einer von auswärts. Sicherlich dürfte er uns zur Anfang der Stunde mit Namen, Titel und Dienststellung vorgestellt worden sein. Ich muss das alles irgendwie verpasst haben. Vielleicht habe ich in Gedanken an seinem Äußeren gehangen, denn er war ein durchaus ansehnlicher Mann zwischen Ende zwanzig und Ende vierzig. Anscheinend einer von jenen Erfolgsmenschen, die immer und überall selbstsicher auftreten, weil sie wissen, wer sie sind und wie sie auf andere wirken. Wobei ihn doch etwas unterschied von den meisten dieses neuen Menschenschlages, den Vollgefressenen und Rundleibigen. Was genau, vermochte ich zunächst nicht zu benennen. Trotzdem fand ich ihn einnehmend und folgte achtsam seinen Ausführungen.

Auch er nahm mich genau wahr – unsere Blicke trafen sich öfter, als es sich geziemte. Und jedes Mal schlug das stark bei mir ein. War es Schreck? Oder Scham? Oder Freude? Nein, Freude nicht, eher Zorn. Ach was – wie konnte ich kleine Provinzlerin auf einen so hohen Herrn zornig sein, nur weil er mich mit seinem Blick gewürdigt hatte? Es war halt Aufregung. Dumm war nur, dass ich nicht woanders hinsehen konnte, wenn ich seinem Vortrag wirklich folgen wollte. Also musste ich gerade auf seinen vollen Mund mit den gleichmäßigen, tadellos weißen Zähnen schauen. Nur, da traf mich sein Blick schon wieder, und ich drohte, die Fassung zu verlieren. Ich nahm mir fest vor, jenem unverschämten Blick gleichgültig zu begegnen. Seltsam war, dass mir bald derselbe Blick zu fehlen begann, sodass ich nun unruhig wurde, wenn er mich eine Zeit lang zu vergessen schien, da er wohl an anderen, an denen der hübschen, stolzen Städterinnen, haften blieb. Zielte er mich dann endlich wieder an, hatte ich gegen eine noch heftigere Aufregung anzukämpfen. Vielleicht war es doch Freude? Oder Scham? Ja, Scham vor mir selbst!

Er schien ein Gewissenhafter zu sein – ließ zum Schluss Zeit für Fragen. Einer der wenigen Jungen fragte, wie sich die Gerechtigkeit, von der er soeben gesprochen, mit dem krassen Unterschied zwischen den Einkommen der Bevölkerung in der heutigen Gesellschaft vereinbarte. Ich fand die Frage berechtigt, vielleicht auch, weil der Fragesteller ebenfalls vom Land war. Der Herr fing an, den Jungen auszufragen nach seiner sozialen Herkunft, seiner Familie, deren Vermögen, dem Einkommen einzelner Mitglieder. Der Junge antwortete treuherzig. Dann fiel die gewünschte Antwort. Sie klang erbarmungslos hart für die Menschen, die keinen anderen Ausweg hatten, als ihr Leben zu fristen von dem bisschen, was die vier, fünf Kühe und vierzig, fünfzig Schafe und Ziegen, die sie besaßen, abgaben. Und sie endete mit den Worten: »Faule und Dumme dürfen so lange in Armut leben, bis sie lernen, fleißig und einfallsreich zu werden!« Faule und Dumme … dürfen in Armut leben … bis sie lernen … – welch eine Frechheit! Der Junge war vernichtet.

Mich packte die Wut. Und ich meldete mich. Das sah er sogleich und nickte mir zu. Ich hätte die Frage auch sitzend aussprechen können. Aber eine wilde Kraft federte mich vom Sitz weg, und ich stand in Augenhöhe mit ihm und musterte ihn für einen Augenblick, um mich in den Griff zu bekommen. Dann sprach ich, so leise wie nur möglich, jede Silbe sanft zwischen den Zähnen hinausschiebend: »Darf ich, Ihrem Beispiel folgend, Sie zuerst nach ein paar Einzelheiten fragen, um dann mit meiner eigentlichen Frage zu kommen?«

Seine Augenbrauen gingen in die Höhe, der Blick erhellte sich. War es der Schalk, der darin erwachte? Umso besser, wenn er mich bislang unterschätzt hatte! Dann ließ er mit einer angenehm sanften Stimme vernehmen: »Ja, bitte.«

»Wovon leben Sie?«

»Ich lebe von meinem Kopf.«

»Das war eine Nullantwort, denn das tut auch jeder Hund. Die Zähne sind nur sein Arbeitswerkzeug.«

»Ach so. Dann müsste ich wohl sagen: Ich lebe von meiner Lederfabrik.«

»Wo haben Sie das Geld her, mit dem Sie die Fabrik mit allem Drum und Dran bezahlen konnten?«

»Ja, bezahlen … Im eigentlichen Sinne musste man das damals nicht … Sie wurde privatisiert … Mein Vater ist seinerzeit dort Direktor gewesen … Hat sie dann bekommen … Gegen Gutscheine, die zu Anfang der Wende vom Staat unter alle Bürger verteilt worden waren … Ja, sicher … Um genügend viele Gutscheine zusammenzuhaben, musste man bei der Bank einen Kredit aufnehmen … Auch heute hat man immer wieder mit Krediten zu tun … Es ist eine sehr verzwickte Geschichte. Schwierig, dir das verständlich zu machen …«

»Denken Sie? Ich habe sehr gut verstanden! Auch auf dem Land hat es ein paar Kleinbetriebe gegeben. Und die Vorgesetzten, damals flammend rote Spitzenkommunisten und daher gewohnt, lautes Geschrei gegen das Privateigentum zu erheben, haben sich über Nacht alles unter den Nagel gerissen und sind so zu brutalsten Kapitalisten geworden. Heute fahren sie alle dicke Land Cruiser Jeeps, haben Hängebäuche, Schnauzbärte und wären auch nicht abgeneigt, das arme Volk als dummes, faules Pack anzuschnauzen! Ich hätte Ihnen weitere Fragen stellen können auf die gleiche Art und Weise, wie Sie den armen Jungen vorhin gelöchert haben. Doch ich tu es nicht, sondern erlaube mir nur eine Bemerkung dazu: Ihr Opfer hat, ohne zu zögern, auf alle Ihre Fragen geantwortet. Sie aber haben auf meine wenigen, harmlosen Fragen gestammelt und gestottert! Nun meine Hauptfrage: Schämen Sie sich nicht, wenn Sie in Ihrem gewiss schönen Wagen und schönen, sauberen Anzug an Fußgängern in Lumpen vorbeigleiten? Und kommen Sie sich nicht wie ein Dieb vor in Ihrer sicher ertragreichen Fabrik?«

Der Raum, wie erstorben gleich bei meiner ersten Frage, blieb von Grabesstille erfüllt. Der Mann stand fassungslos da. Ich sah sein Kinn zittern, während die Augen immer größer und runder wurden. Er konnte nicht antworten. Er brauchte es auch nicht. Denn die Rettung kam.

Sie kam vom Publikum, es war die Frau, die jeden neuen Lektor den Studenten vorzustellen, am Ende der Stunde Dankesworte auszusprechen und ihn schließlich aus dem Raum hinauszugeleiten pflegte. Nun eilte sie nach vorn, stellte sich neben den Verwirrten, zielte mit ausgestrecktem Arm auf mich und schrie: »Setz dich, Unverschämte! Mit dir werden wir nachher reden und dir zeigen, welche Strafe die Beleidigung verdient!«

Ich hatte keinen Grund, weiter zu stehen, setzte mich also. Und zwar auffällig umständlich. Da merkte ich, dass ich mich beruhigt hatte. Ja, ich fühlte mich sehr wohl, wie nach einer gelungenen, wichtigen Arbeit. In diesem Augenblick spürte ich, was in der Luft des

Raums stand: die Anerkennung meines Muts und die Bewunderung meiner Person. Und ich kam mir vor wie eine Heldin, die sich nicht gescheut hat, für die Beleidigten aufzutreten und dem die Stirn zu bieten, der sich erdreistet hat, die Bestohlenen und Beraubten Faule und Dumme zu nennen. In meinem Rausch hatte ich kein Auge für das, was sich vorn noch abspielte.

Der drohenden Ankündigung der Einführenden folgte nichts. Später erfuhr ich den Grund: Es war der Mann, der die Wutschnaubende besänftigt und gebeten hat, nichts daraus zu machen. Was klug war – beleidigt hatte er doch zuerst und viele, und erst dann habe ich ihn, eine Einzelperson, angegriffen. Wessen Schuld würde wohl schwerer wiegen, käme es zu einem Verfahren? Oder einfacher: Er hat einen Namen, der keinen Schmutz verträgt, und ich hatte keinen. Doch die Schicksalsfäden der Beteiligten waren verzwickter geknüpft.

So wurde ich am nächsten Tag statt des versprochenen Disziplinarverfahrens von der Sachbearbeiterin der zuständigen Abteilung zu einer sehr vornehmen Limousine geführt. Freilich meinte ich in dem Augenblick, in ein normales Auto einzusteigen. Wenig später lernte ich zu unterscheiden, wenn ich in meiner Nähe ein Fahrzeug wahrnahm.

Die Frau verriet mir nichts, bis wir am Ziel waren. Sie hatte mich sofort wiedererkannt, als der Bereitschaftsdienst habende Student mich zu ihr brachte, mir die Hand gegeben und mich richtig beim Namen genannt. Dann musterte sie mich von Kopf bis Fuß und sagte: »Toll, wie schnell und tadellos du dich zu einer richtigen Städterin gemausert hast!«

Als die Limousine vor einem hohen Glashaus hielt, stiegen wir aus. Und wen sah ich nach wenigen Schritten? Den Lektor! Heute war er anders gekleidet, lockerer: in feuergelbem Pulli, wolkenblauem Hemd und heller Jeans. Er sah zehn Jahre jünger aus. Schüchtern lächelnd trat er auf uns zu. Sich unsicher, was tun, was sagen.

Da kam die Sachbearbeitern, die ich bald Schwester Maa nannte, weil sie selbst es so wollte, zu Hilfe. Sie reichte ihm die Hand und sprach scherzhaft: »Herr Generaldirektor! Auftrag erfüllt! Darf ich mich nun zurückziehen?« Fast erschrocken, vielleicht, weil er entgegen seiner herausgekehrten Jugend mit seinem Posten genannt wurde, der für so viele Menschen in der heutigen Zeit ihren Lebenstraum bedeuteten würde: »Hören Sie doch auf, Schwester Angirmaa! Natürlich bleiben Sie hier. Es ist ein Tisch für drei Personen bestellt.«

Jetzt erst ließ er ihre Hand los, die er die ganze Zeit in der seinen gehalten hatte, und wandte sich mir zu. Da erkannte ich auf seinem Gesicht doch manche unverkennbare Spuren verwelkter Jahre und las daraus die Verlegenheit noch deutlicher als vorhin. Und das drohte mich anzustecken, die ich mich noch im Nachhall des Rausches befand und mir daher als diebessicher vorgekommen war – die unerschrockene und uneinnehmbare Volksheldin eben! Ich bemühte mich, mir diesen Anflug Schwäche auf keinen Fall durchgehen zu lassen. Erst später erfuhr ich, was ich da falsch machte – von wegen Städterin, zu der ich mich herausgemausert haben sollte! Ich als *Dame* hätte dem Mann die Hand zuerst reichen sollen, was ich in jenem schicksalhaften Augenblick natürlich nicht tat – ab der Zeit aber ja! Schwester Maa war eine strenge Lehrmeisterin.

Was blieb dem armen, feinen *Herrn* übrig? »Darf ich dir die Hand reichen?«, sagte er zurückhaltend und tat es. Ich streckte ihm die meine entgegen. Unsere Hände berührten einander und blieben ineinander. Ich hätte meine nach einem Lidschlag schon zurückziehen wollen. Aber seine, die einen tüchtigen Griff hatte, hielt sie fest. Und er sprach: »Ich habe die Nacht schlaflos zugebracht und nachgedacht. Du hattest in allem recht, es war dumm von mir. Ich bitte dich um Vergebung und möchte, wenn du es mir gestattest, dich ein wenig näher kennenlernen. Du bist ein tolles Mädchen. Hast deinen natürlichen, im Leben verwurzelten Verstand, bist ehrlich und trittst leidenschaftlich und unerschrocken für das ein, was du für richtig hältst. Ich bewundere dich, und ich danke dir, dass du gekommen bist!«

Er ließ meine Hand los. Ich war sprachlos, und es schwindelte mir. Himmel, so viel Lob auf einmal. So klare Worte in einem Atemzug, alles wie aus einem Guss. Gewiss wird er es sich vorher gut überlegt haben. Aber dennoch! Ich war überwältigt von seinem Scharfsinn. Und erst recht von seinem Großmut.

Dann betraten wir das riesige, grell blendende Haus aus getöntem Glas und geschliffenem Stein. Eifrige Pförtner hießen uns an jeder Tür willkommen. Unter unseren Fußsohlen lagen dicke, farbige Teppiche stumm und saugend, und ringsum standen strahlend saubere Sofas und Sessel. Ein Fahrstuhl hob uns leise summend und betäubend schnell himmelwärts. Kaum erschienen wir am Eingang eines Raumes, vollgestellt mit weiß und bunt dekorierten Tischen, eilte uns schon ein Kellner entgegen und geleitete uns an einen kunstvoll gedeckten Tisch in einer Ecke.

Ich erlebte alles in einem Zustand, von dem ich mir selbst in den abgehobenen Augenblicken meiner krankhaft hochstaplerischen Sehnsüchte bislang nicht zu träumen gewagt hätte. Nur stellte mich dieser Traum aus einem Batzen fassbarer, erlebter Wirklichkeit auch vor Schwierigkeiten. Vieles war für mich unbekannt, und ich wusste nicht damit umzugehen. Ich versuchte, bei der Frau abzuschauen, für die alles, was in den Mauern dieser Stadt steckte, eigentlich selbstverständlich sein musste. Aber das war nicht der Fall. Dann merkte ich sogar bei unserem Gastgeber so manche Unschlüssigkeiten. Später gestand er, auch er wäre in diesem neuesten Restaurant der höchsten Ansprüche zum ersten Mal. Da war ich erleichtert.

Während der zwei Stunden, die wir dort am Esstisch verbrachten, gewann ich den Eindruck, es ginge bei den feinen Leuten nicht so sehr ums Sattwerden, sondern ums Spielen: feine Leute spielen, Kenner und Genießer spielen, Kultivierte und Vermögende spielen. Es war eine zeitraubende, schweißtreibende und vor allem schreiend unsinnige, denn so teure Spielerei, dass man sich verrückt vorkam, wenn man auf die Preise schaute. Doch die schier unzähligen Happen und Bissen, jeder auf einem gesonderten Tellerchen, schmeckten wirklich vorzüglich. So genoss ich als kleine Hinterweltlerin und arme Studentin das Spiel der verrückten Reichen und fühlte mich, als es endlich ausgespielt war und man aufstehen durfte, kugelrund und igelflau.

Bumlham – so hieß der Generaldirektor – blieb bei allem recht bescheiden. Ersuchte den Kellner hemmungslos um Rat bei den vielen rätselhaften Feinheiten und stand uns *Damen* rechts und links zu Hilfe. Er war die Aufmerksamkeit in Person. Und war dabei unterhaltsam auf eine sehr angenehme Art und Weise. Keinerlei Spur von der Grobheit, mit der er erst gestern den armen Landjungen und mit ihm, in Abwesenheit, ein ganzes Volk erledigt hatte.

Irgendwie wollte es mir nicht gelingen, den hässlichen Vorfall aus meinem Gedächtnis zu verbannen. Ebenso wenig konnte ich den Blick vergessen, der mich zuvor immer wieder getroffen und in Verlegenheit gebracht hatte. Da waren wir uns Wildfremde. Wie konnte so ein Blick – war er womöglich das Antlitz einer menschlichen Seele auf einer nachtwandlerischen Suche? – zu einem Wesen gehören, das sich mit einem Mal in ein Unwesen verwandelte und den Scharfrichter aus sich herausschleuderte? Wohnten in ihm zwei Seelen, die sich in entscheidenden Augenblicken entzweiten? Und welche der beiden wird die Stärkere, die Führende sein?

Der Rotwein, genippt aus einem bauchigen Kristallglas, mochte meine Sinne ein wenig benebelt haben, aber er schärfte sie an manchen Strängen auch. Ich vermochte auf Bumlhams erhitztem und gerötetem, aber tadellos sauberem Gesicht unterschiedliche Züge auszumachen. Berechnend Kühles und ersehnend Warmes flossen ineinander. Welche würden mir gelten? Trotz meiner Begierde als hungriges, nachholbedürftiges Wesen blieb ich auf der Hut. Diese Wachheit verließ mich auch später nicht. Ich vertraute ihm keinen Tag und keine Stunde lang ganz.

Von da an trafen wir uns häufiger. Anfangs ein-, zweimal in der

Woche, später fast täglich. Schwester Maa war unser Bindeglied. Kam in der Pause der Bereitschaftsdiensthabende auf mich zu, ahnte ich schon, wer ihn zu mir geschickt hatte und warum. Bald darauf wusste die ganze Gruppe, gegen Ende wohl auch die halbe Schule Bescheid. Mein äußerer Wert stieg. In den Augen so mancher war ich die unerschrockene Kämpferin, die kühne Eroberin. Gewiss gab es auch Neid, vor allem unter den Mitstudentinnen. Und Gekränkte gab es, vor allem unter den Jungen. Besonders schwer war einer verletzt, richtiger: Nun war er gänzlich vernichtet – der arme Kerl vom Land, den ich zu Beginn dieser unheilvollen Geschichte in Schutz genommen hatte. Tugul hieß er, Kalb also. Weiß der Kuckuck, wieso Eltern ihr Kind so nennen können! Als hätten sie mit dem Namen bewirkt, was später mit ihm geschah. Am Tag des nächsten Essens mit Bumlham, *Hunderttausend Gottheiten,* erhielt ich von ihm, dem armen Kalb, einen Brief, der war so herzzerreißend gefühlvoll geschrieben – der einzige Liebesbrief, den ich bis dahin bekommen hatte.

Ich war glückselig, da ich nun wusste, jemand liebte mich. Aber ich wartete ab. Ich hatte meinen Grund dazu. Bislang hatte Bumlham kein Sterbenssilbchen über seine Liebe verlautbaren lassen, aber ich wusste ziemlich genau, er würde es noch tun. Ich überlegte, nein, ich rechnete. Kälbchen hatte keinerlei Gewinnaussicht gegen hunderttausend Götter. Jeder mag mich für diese simple Rechnerei verdammen, aber er sollte wissen, ich liebte keinen von beiden wirklich. Und dies Geständnis kann ich gern erweitern, ich war bis zum heutigen Tag in keinen Mann richtig verliebt, so wie es, von Schriftstellern beschrieben, in Büchern steht.

Meistens kam die Limousine, gefahren von einem schweigsamen, älteren Mann, brachte mich irgendwohin, und wenn ich ausstieg, tauchte Bumlham auf. Hin und wieder kam er selber gefahren, dann in einem protzigen Jeep mit verdunkelten Fenstern. Einmal fuhr er mich im Schritttempo durch die ganze Innenstadt an prächtigen Häusern und noch größeren, gespenstisch wirkenden Gebäudeskeletten vorbei und erwähnte immer, welches wem gehörte. Da fielen lauter bekannte Namen: der Staatspräsident, der Ministerpräsident, der Parlamentspräsident, der Minister A, der Minister B, der Minister C …, die Abgeordneten X, Y, Z, und zwischendurch auch unbekannte, das sollten Bosse von Firmen sein. Und Bumlham erzählte, während ich eingeschüchtert und schweigsam dasaß: »Im Grunde hast du recht, es ist auf Schritt und Tritt Raub, Diebstahl und Betrug, wovon all diese Denkmäler der Macht zeugen. Was bleibt unsereinem da übrig? Entweder mitmachen oder arm bleiben. Ich habe mich für Ersteres entschieden und daraufhin meinen Happen erwischt. Als ich damals von Faulen und Dummen geredet habe, ist der Unmut über diesen Zustand, der auch in mir steckt und meine Seele krank zu machen droht, gewiss mit herausexplodiert. Denn ein kranker Kopf – der Staat – macht den gesamten Körper – das Volk – krank. In der neuesten Weltstatistik für Volksgesundheit steht die Mongolei von zweihundert Staaten des Planeten an 138. Stelle. Ich weiß, du weißt, alle wissen: In einer Gesellschaft, in der weniger als fünf Prozent der Bevölkerung mehr besitzen als die restlichen fünfundneunzig, kann nicht von Gerechtigkeit und Menschlichkeit die Rede sein. Und doch reden die Machthaber und ihre Untergeordneten unermüdlich davon. Wie in früheren Jahren auch. Da haben gerade die Obergenossen und ihre Lakaien viel von Demokratie und Freiheit geschwatzt. Warum? Weil jeder Staat das Machtinstrument derer ist, die oben sind, und weil diese für ihre Betrügereien einen Strohmann an der Spitze brauchen. Und dazu taugt am besten das Aberwitzigste. So war es in der Menschheitsgeschichte, so ist es, und so wird es anscheinend immer bleiben!«

Ich brauchte nichts zu sagen, denn er hatte recht. Nur, davon wurde ich tieftraurig. Das sah er mir wohl an. Denn er machte mir daraufhin ein Angebot, das ich annehmen musste, wollte ich mich nicht als hoffnungsloser Dummkopf entpuppen. Ich dürfte während der Sommerferien in seiner Fabrik arbeiten. »Es wäre für dich wichtig, die neue Wirklichkeit besser kennenzulernen. Außerdem verdienst du auch etwas Geld.« Ich sagte zu, denn die Sommerferien sollten gerade beginnen, und ich hatte vorgehabt, nach einer Gelegenheitsarbeit zu suchen.

Die Fabrik war nicht gerade ein Traumbetrieb, aber die Aufgaben, die ich zu erfüllen hatte, waren übersichtlich, und ich kam damit gut zurecht. Von etwas Geld hatte er gesprochen. Ich bekam viel Geld dafür, so viel, dass es mir schwerfiel, es anzunehmen. Ich sagte es ihm. Er erwiderte, ich müsste doch aufkommen für das Studium, die Wohnstätte, die Verpflegung und vieles mehr, und so könne von zu viel Geld nicht die Rede sein. Womit er recht hatte.

Als er mich einmal zum Studentenwohnheim fuhr, fragte er, ob er mich bis aufs Zimmer begleiten dürfe. Ich erstarrte vor Scham und Schreck. Denn es war ein altes Haus, in dem die Renovierungsarbeiten noch immer andauerten. Und unser Zimmer war winzig, vollgestellt mit drei Betten. Was sollte ich tun? Das war die Wirklichkeit, die mich im Griff hatte, mein Leben. Also sagte ich Ja. Und er sah alles. Setzte sich sogar für ein Weilchen auf den Rand meines Betts, das ein schmales, rostiges Eisengestell war und ursprünglich Soldaten in Kasernen gedient haben sollte. Dann ging er. Am nächsten Tag nahm er mich zu sich nach Hause mit, zeigte mir, wie er wohnte. Es war ein großes, dreistöckiges Haus, mit vielen Räumlichkeiten, bewohnt von einer Großfamilie. Als wir das Haus betraten, flüsterte er mir zu, ich solle leise auftreten. Wir stiegen auf leisen Sohlen bis zum Oberstock. Er schloss eine Tür auf und sagte drinnen, dieser Flügel gehöre ihm. Das war eine schmuck eingerichtete Vierzimmerwohnung mit allem Drumherum. Er führte mich durch die ganze Wohnung, zeigte mir alles und sagte schließlich, nachdem er gesehen hätte, wie ungemütlich ich im Studentenwohnheim untergebracht sei, würde er nun wagen, mir ein zweites Angebot zu machen. Und sein Angebot lautete: Ich könnte bei ihm ein Zimmer mieten, und die Miete würde daraus bestehen, dass ich die Wohnung mit meinem weiblichen Verstand und meinen weiblichen Händen ein wenig in Ordnung und Sauberkeit hielte.

Mir wollte das Herz zerspringen, mehr vor Schreck als vor Freude. Aber ich beherrschte mich und fragte, ob er mir zwei, drei Tage Zeit lassen könnte. Selbstverständlich, lautete seine Antwort. Nach einem Tee mit Imbiss fuhr er mich zurück. Da war mir, als schwebte im Raum ein Dritter. Und ich sprach zu diesem: Mein liebes, armes Kälbchen Tugul! Du verlierst mich also Stück für Stück an diesen Mann. Warum? Weil du in dieser Zeit mit ihren wölfischen Gesetzen die falschen Eltern gehabt hast, während er einfach bei den richtigen gelandet ist!

Nachdem ich die erste richtig städtische Großwohnung gesehen hatte, kam mir meine Wohnstätte unerträglich vor. Ich blieb noch drei Nächte dort, die ich so gut wie schlaflos verbrachte. So lange musste ich es noch aushalten, immerhin hatte ich meinen Stolz. Dann zog ich um. Wohin, dürfte allen klar gewesen sein. Doch ich sagte, ich hätte ein Zimmer bei einer Familie gemietet. Womit es doch nur halb gelogen war. Ich wurde im Gästezimmer untergebracht. Es war traumhaft schön, mich in einer richtigen Wohnung mit so viel Freiraum und unter all diesen vielen schönen, blitzsauberen Gegenständen ringsum aufhalten, abends in der kühlen Stille ins Bett gehen, morgens aufstehen und alles, was jeglichen menschlichen Bedürfnissen angepasst ist, benutzen zu dürfen! Bumlham sah mir dies an und zeigte sich erfreut und beglückt darüber. Er ermunterte mich, mehr und ausgiebiger davon Gebrauch zu machen. Mal brachte er mir eine vornehme Seife, mal ein Shampoo, das ich zu besonderen Anlässen benützen könnte.

Eines Morgens fand ich neben dem Kopfende meines Betts einen Blumenstrauß und eine Tüte. Das erste Gefühl, das in mir erwachte, war Schreck. Was, dachte ich bestürzt, jemand ist in der Nacht hier drinnen gewesen? Darauf fiel mir ein, dass es mein Geburtstag war. Mir wurde ganz seltsam: Ich habe ihn vergessen, aber jemand anders hat daran gedacht! Ich hatte nie Geburtstag gefeiert. Darin war ich bis zu der Stunde eine richtige Nomadin geblieben. Wie alle im Nomadenland wusste ich am ersten Morgen des Mondneujahres: Heute bin ich um ein weiteres Jahr älter geworden, also habe ich mich von nun an um ein wenig reifer zu zeigen als bisher! Und ebenso nomadisch war meine Beziehung zu Blumen: Ich hatte keinerlei Gefühl für geschnittene Blumen. Schön waren sie für mich, wenn sie lebten. Gewiss hatte ich in den letzten Jahren mitbekommen, dass Kinder und Jugendliche Geburtstage feierten. Ich fand das albern, überdreht: Wen ging es überhaupt an, wann ich im Leben angekommen war?

Aber jetzt, in diesem Augenblick, mit den geheimnisvollen Gegenständen in greifbarer Nähe wurde ich von einer prickelnden Unruhe gepackt. Und da fiel mir ein, dass die Mutter – o meine liebe Mutter! – irgendwann erzählt hatte, ich hätte am frühen Morgen das Weltlicht erblickt. Also müsste ich gerade in dieser Stunde zwanzig Jahre alt, zwanzig Jahre reif geworden sein! Ich sprang auf und betrachtete die Gegenstände, ohne sie zu berühren. Der Strauß war üppig, flimmerte regenbogenbunt und bestand aus vielerlei Blumen, die ich nicht kannte, und einer einzigen, einsamen, feuerroten Rose. Plötzlich bekam ich eine Gänsehaut, und mir wurde irgendwie zum Weinen zumute. Ich richtete den Blick auf die Tüte. Es war eine sehr edle, wie man sie manchmal in den Schaufenstern teurer Geschäfte gesehen hat. Und darin lag ein Päckchen aus golden funkelndem Seidenpapier, kunstvoll verschnürt mit einem daumenbreiten, schneeweißen Seidenband. Sosehr es mich gelüstete, die Hülle von außen zu befühlen, brachte ich es nicht fertig, sie anzurühren. So stand ich auf, trat aus meinem Zimmer und ging ins Bad.

Und ich beschloss, es erstmalig lange zu benützen. Heute darf ich es, dachte ich und lächelte wohl dabei. Zumal war jener Tag ein Samstag. Also hatte ich doppelten Grund dazu. Ich probierte die Seife und das Shampoo aus und föhnte mir sogar das Haar. Und als ich endlich das Bad verlassen wollte, stieß ich, wie zufällig, mit dem Hausherrn zusammen. Er grüßte, machte ein anerkennendes Gesicht und sagte: »Welch eine Duftwolke! Aber du hast sie heute wirklich verdient!« Da fragte ich ihn schüchtern, ob er nicht für einen Augenblick mit in mein Zimmer kommen mochte. Auf der Stelle folgte er mir und sah sofort, dass die beiden Gegenstände immer noch unberührt waren, so wie sie hingelegt wurden.

Er schaute mich an. Verwunderung lag auf seinem Gesicht. Ich deutete auf den Blumenstrauß und die Hülle hin und fragte ihn, was das sei. Die Verwunderung schien sich in einen Schreck zu verwandeln. Dann fragte er: »Stimmt es mit dem Geburtstag etwa nicht?«

»Doch«, sagte ich. »Heute soll mein Geburtstag sein.«

»Also dann«, sprach er erleichtert. Schaute mich dabei jedoch immer noch verwundert an. Und fragte schließlich: »Hast du nie ein Geschenk zu deinem Geburtstag bekommen?«

»Nein«, erwiderte ich schlicht.

Sein Blick irrte ein kurzes Weilchen im Raum umher, kehrte dann zurück und traf mich, meinen Blick, der das bestätigen müsste, was soeben mein Mund ausgesprochen hatte. Ich musste an damals denken, da unsere Blicke einander trafen, aneinander hängen blieben und sich nicht trennen wollten.

»Dann«, sprach er und wartete. »Dann bekommst du das erste Geburtstagsgeschenk von mir, zu deinem Zwanzigsten.«

Ich sah ihn fragend an. Er schien zu verstehen. Sagte leise: »Nimm wenigstens den Strauß in die Hand und schau dir die Blumen an. Ich hole eine Vase.«

Ich tat, wie mir geheißen. Führte die Blumen vor die Nase und schnupperte daran. So hatte ich es bei anderen Leuten gesehen. Nun nahm ich eine erdig-modrige, unangenehme Mischung von Gerüchen wahr und glaubte, einen leichten Schwindel im Kopf zu spüren. Aber ich log, es röche wunderbar – auch das hatte ich bei den Leuten abgehört, die ich damals beneidet und bewundert habe –, und bedankte mich bei dem Mann, der neben mir stand mit der Vase in der Hand und dem erwartungsvollen Gesicht eines Kindes, das ein lobendes Wort hören wollte. Da nahm er mir den Strauß ab, steckte ihn in die Vase, halb voll mit Wasser, und stellte sie auf den Tisch. Jetzt streifte sein Blick abwechselnd die Tüte und mich. Ich verstand, dass ich die Tüte vom Boden aufheben sollte. Ich packte das Bündel aus. Es war ein wunderschöner, himmelblauer und rohseidener Morgenmantel. Mir wollten die Tränen kommen, ein bisschen kamen sie auch. Morgenmäntel habe ich auch nur im Fernsehen und in Modezeitschriften gesehen. Und die besondere Farbe – woher man sie gewusst hat? Wohl werden die Sachen, die ich trug, jedem aufmerksamen Menschen meine Lieblingsfarbe verraten haben.

Gerührt schaute er mir zu und sagte, ich solle den Morgenmantel gleich anziehen und in fünf Minuten in die Küche kommen, der gedeckte Tisch würde längst auf das Geburtstagskind warten. Dann verließ er das Zimmer. Ich musste den Tränen erst einmal freien Lauf lassen, trotz meines frisch angehübschten Gesichtes. Und in der Küche hatte ich gegen das lästig verräterische Salzwasser erst recht anzukämpfen. Einen so erschreckend und rührend festlichen Tisch hatte er gedeckt. Ein ganzes Flammenmeer darüber – zwanzig Kerzen sollten da brennen und ich sie möglichst mit einer Puste ausblasen. Um dem erwachsenen Menschen, der mit einem Mal zu einem spiellustigen Kind geworden zu sein schien, Freude zu bereiten, holte ich tief Luft und blies. Bei Weitem nicht alle Lichter gingen aus. Ich musste zwei weitere Male blasen. Und was es da nicht alles an Leckereien und Köstlichkeiten gab! Lauter Liebhabereien, die bei Leuten, die sich für was Besonderes halten, zwar geschätzt sein mochten, sich für unsereinen aber mehr als Spielerei entpuppten als als wirklicher Genuss.

Der arme Kerl gab sich so viel Mühe, mich ein wenig fröhlicher zu stimmen. Was ihm so nicht gelingen wollte. Ich war gerührt, dankbar, möglicherweise glückselig sogar. Aber fröhlich sein konnte ich nicht. Denn mir war, als spürte ich tief in mir eine unheilbare

Wunde. Oder auch: eine unüberwindliche Grenze zwischen ihm und mir. Wir waren, in einem Land lebend, unter einem Dach steckend, an einem Tisch sitzend, zwei so unterschiedliche Wesen, dass wir uns in den hintersten Nischen unserer Seelen nie ganz verstehen würden. Woher dieser verzwickte Gedanke gekommen sein mochte, fragte ich mich später, als ich wieder allein war. Und die Antwort, die ich fand, lautete: Weil ich mich ihm gegenüber schuldbeladen fühlte und wusste, ich würde das nur ausgleichen können, indem ich ihm mein Leben in die Hand legte. War das nicht ein zu hoher Preis, gleich, was er für mich an Gutem getan haben mochte? Und dennoch verlor ich Tag für Tag Stück um Stück die Zügel meines Lebens an ihn, in die geübte, gefahrvolle Generaldirektorenhand!

Er erzählte viel. Nicht etwa, weil er ein Schwätzer war, sondern, weil ich ihm kaum statthaft Gesellschaft leisten konnte an dem festlich angerichteten Tisch und in dieser für mich so bedeutsamen Stunde. Er erzählte unter anderem, sein Geburtstag sei in neun Tagen. Das würde sicherlich zuerst in der Fabrik, dann im Kreise der ganzen Großfamilie gefeiert werden. Aber zum Schluss würde er sich wenigstens eine beschauliche Stunde zu zweit mit mir in den eigenen vier Wänden wünschen. Und dabei würde er von mir als Geburtstagsgeschenk einen Brief begehren. Der bräuchte gar nicht lang und formvollendet zu sein. Ihm genügten neun Sätze. Also könnte ich heute anfangen, den ersten Satz. Morgen den zweiten. Und jeden weiteren Tag einen weiteren Satz. Neun Sätze, vielleicht auch neun Abschnitte. Neun Bündel Gedanken. Ob ich über die Zahl Neun nachgedacht hätte? Er habe sich mit der Entschlüsselung ihrer Geheimnisse auseinandergesetzt. Unsere Geburtstage lägen durch diese heilige Neun voneinander getrennt – Zufall?

Mir tat es leid, dass der gute Mann an so einem feinen Geburtstagstisch wie ein Alleinredner wirken musste. Trotzdem genoss ich das Schöne der Stunde wenigstens in einem Winkel meines Wesens. In Gedanken hielt ich Gericht und fragte mich abermals, womit ich das alles verdient hätte. Und gerade diese Dankbarkeit war es, die mich mit einem Schuldgefühl beschwerte und in der Seele bedrückte.

Die unvermutete Geburtstagsfeier hatte Folgen, die ich deutlich spürte und dennoch eine Zeit lang nicht bereit war, mir selbst gegenüber zuzugeben. Ich war fester an den Haushalt und somit auch an ihn gebunden. In jeder freien Minute war ich bemüht, die Wohnung sauber und in Ordnung zu halten. Und der Hausherr erwies sich als aufmerksam und dankbar. Ich hörte dauernd Lobesworte. »Seitdem du gekommen bist, ist die Wohnung beseelt«, sagte er einmal. Und das konnte auch stimmen, wenn mit Seele das gemeint sein sollte, was jede Wohnstätte auf ihre Bewohner ausstrahlte.

Ich vergaß Bumlhams Geburtstag nicht. Genauso wenig seinen Wunsch hinsichtlich eines Geburtstagsgeschenks von mir. In der Schule hatte ich meistens gute Aufsätze geschrieben. Also fiel es mir nicht allzu schwer, einen Brief an meinen Gönner zu verfassen, zumal ich als Landnomadin über die Bedeutung der Neun bestimmt besser Bescheid wissen müsste als das Stadtkind Bumlham. So fing ich an zu schreiben, mit den Gedanken hinauszielend auf die neun Planeten im Sonnensystem, die neun Öffnungen eines jeden Lebewesens, die neun Kostbarkeiten und nicht zuletzt natürlich die neunmal Neune, in welche der Winter aufgeteilt wurde. Es wurde ein überlanger Brief, der mich, als ich ihn zuletzt selber las, ein wenig bange und verlegen machte, da er fast zu vertraulich klang, ja, bald nach einer Liebeserklärung, gerichtet an einen Menschen, den ich mir wohl, vom ersten Tag meines Lebens an, zur Seite gewünscht, dem ich aber bislang nicht hatte begegnen dürfen. Doch ich ließ das Kind meines sehnsüchtig-wählerischen Geistes so, wie es geraten, da ich meinte, der Bumlham, dem ich es vorlegen, schenken, anvertrauen wollte, war zwar noch nicht dieser, aber ich wünschte, er würde ab dem Tag anfangen, sich in diesen meinen Wunschmenschen zu verwandeln. Ein kindliches Hirngespinst gewiss, doch Tausende von lichten Tagen und dunklen Nächten später, da alles vorbei war und ich an jene heilig einfältige, aber auch heilig ehrliche Lebensstunde zurückdenken musste, wollte es mir so vorkommen, als wäre der gute Mann danach tatsächlich bemüht gewesen, sich dem von mir entworfenen Mannesbild wenigstens einigermaßen anzupassen.

Als der Tag kam, war ich heillos aufgeregt und konnte den Augenblick kaum abwarten, da ich mein Geschenk überbringen würde. Möglicherweise war es die berühmte künstlerische Eitelkeit, die mir die Ruhe nahm, da ich mir einbildete, ich hätte mit meinem Geschreibsel ein Kunstwerk vollbracht! Aber ich hatte mich noch weitere Stunden zu gedulden, da die Geburtstagsfeier erst am Nachmittag stattfinden konnte – es war Montag, und da musste erst gearbeitet, gewerkt werden. Schließlich war die herbeigesehnte Stunde da. Alle waren bei der Mutter versammelt, die im Erdgeschoss den linken Flügel bewohnte. Bumlham hatte mich als seine Bedienstete, nun als Küchenpersonal, hereingeschleust, was mir recht war.

Zu bedienen waren an die zwanzig Personen, die Hälfte davon Kinder, alle Bewohner des Hauses, das vor Zeiten ein Kulturhaus gewesen war und nun der Sippe gehörte. Ich war schon einmal bei der Mutter gewesen, hatte ihr auf Bitten des Sohns hin im Haushalt geholfen, da sie selber alt war, kränkelte und nur mit zwei halbwüchsigen Enkelkindern wohnte. Sie war eine Gesprächige und hatte mir viel erzählt, sodass ich ein gewisses Bild von der Sippe bekam. Bevor ich ging, hatte sie mir Süßigkeiten geschenkt und mich gebeten, sie öfter zu besuchen. Nur hatte ich bis dahin keine Zeit gefunden. Heute waren wir zu dritt in der Küche. Die beiden Enkelkinder, die bei der Großmutter wohnten, waren meine Gehilfen. Das dreizehnjährige Mädchen war genauso gesprächig wie die Oma und auch zutraulich. Der um zwei Jahre ältere Junge war wortkarg und verschlossen – vielleicht aber auch nur schüchtern.

Das, was man Geburtstagstisch nannte, bot kein besonders feierliches Bild. Drei unterschiedlich große und hohe Tische waren zusammengerückt und mit den unterschiedlichsten Tellern, Schalen und Tassen, so auch mit Speisen und Getränken beladen. Zu meiner Entschuldigung kann ich anbringen, dass alles bereits dastand, als ich hinzukam. Eine große Geburtstagstorte und ein Meer von flammenden Kerzen. Ein Lied wurde von einer jüngeren Frau angestimmt, und schnell fielen andere ein. Es war in englischer Sprache. Ich hatte es woanders schon mal gehört. Die Oma kannte es wohl nicht. Sie saß schweigend und verlegen da. Es mutete schon merkwürdig an, lauter rundgesichtige Mongolen im mongolischen Land, in Gegenwart der eigenen Mutter, Schwieger- und Großmutter, in einer fremden Sprache singen zu hören. Und als der Gesang abflaute, stand das Geburtstagskind auf, bückte sich über die Lichtflammen und blies. Es war ein kräftiges Blasen, und dennoch blieb eine Hälfte der Lichter weiter brennen. Ein zaghaftes Gelächter erschallte. Das waren Kinder, die sich wohl darüber freuten, dass selbst ein Erwachsener es nicht schaffte, mit einer Puste alle Kerzen auszublasen. Bumlham holte nochmals tief Luft und prustete mit einer solchen Stärke, dass alle Lichter erloschen. Es gab Beifall. Ich sah alles von der Tür aus, die die Küche von der Stube trennte.

Während ich am Geburtstagstisch bediente, sagte Bumlham, auf die jüngere Frau neben sich deutend und an mich gewandt: »Meine süße, kleine Schwester, aber meine strenge, große Chefin – die stellvertretende Direktorin!« Zu der Zeit, als ich in der Fabrik arbeitete, war sie nicht da gewesen. Sie sei erst vor Kurzem von einem Studium in Amerika zurück, erfahre ich später. Am anderen Ende des Tisches vernehme ich ihre zurechtweisende, kalte Stimme: »Was soll so viel Vertraulichkeit einer Fremden gegenüber?«

Die Schwester stand mir von Anfang an abweisend gegenüber. Und ihre Kälte bewegte sich immer mehr in Richtung Feindseligkeit. Ich dachte an die Worte der Mutter: Ihre fünf Kinder wären fünf verschiedene Welten, so unterschiedlich im Charakter; ihr seliger Mann hätte sie durch viel Geduld und manchen Dreh unter einem Dach versammelt; Sohn Bumlham sei unter allen Geschwistern am meisten nach ihr geraten, sei weich im Gemüt, vor allem im Unterschied zu seiner jüngeren Schwester.

Auf einmal kamen die Geschenke zum Vorschein, womit das Geburtstagskind buchstäblich überfrachtet wurde. Ich wartete bis zum Schluss. Dann trat ich vor ihn und überreichte ihm mein Werk, eingehüllt in einen lederartigen, goldgelben Umschlag, den ich nach langem Überlegen ausgesucht hatte. Dabei trafen sich unsere Blicke wieder. Ich las in dem seinen eine Spur freudigen Schrecks oder vielleicht auch liebevollen Tadels, die ich in die Worte verwandelte: Das hätte doch Zeit gehabt, Kind! Ich war mir sicher, dass ich mit meinem Umschlag manch neugierigen Blick auf mich gezogen hatte. Aber ich brachte es nicht übers Herz, ihn, den ich bei dieser feierlichen Stunde als eine lichte Mitte seiner Sippe, als ein liebes Kind seiner Mutter erlebte, noch länger in der Ungewissheit darüber zu belassen, wie ernst ich seinen Wunsch genommen, aber auch, ob ich überhaupt in der Lage war, einem solchen geistigen Anspruch gerecht zu werden.

Später wurde ich auf der Treppe schamlos von der Schwester gefragt, was in dem Umschlag gesteckt hätte. Ich antwortete: Ein Essay. Sie stutzte und fragte, was das sei. Ich erklärte: Eine literarische Gattung. Sie fragte weiter, ob ich mich denn literarisch befasste. Ich log: Ja. Und vernahm darauf auf beiden Ohren ein gewaltiges Rauschen. Sie ließ von mir ab, doch ich sah, wie sich ihre Lippen nach innen einzogen und ihre Nüstern flatterten.

Am Abend saßen wir eine weitere Stunde oder noch länger in *unserer* Wohnung, nun bei Rotwein und zu zweit. Es war sehr gemütlich. Er hatte meinen Brief überflogen und schien recht beeindruckt zu sein. Das war nun wirklich schwach ausgedrückt von mir, der Hochstaplerin, die gerade noch angegeben hatte, sich sogar literarisch zu betätigen. Er glich vielmehr einem Musikinstrument, das neu besaitet und soeben eingestimmt worden war. Auch ich war ihm dankbar für die Aufgabe, die er mir zugemutet hatte. Dank dessen fühlte ich mich jetzt ein wenig in Augenhöhe mit ihm. Es gab ein zwangloses, sanft dahinplätscherndes Gespräch. Er gestand mir, dass er von meinem Geschenk in Gegenwart aller ein wenig überrascht war. Fügte dem gleich hinzu: Es sei aber völlig in Ordnung, sogar noch besser gewesen, da alle sehen mochten, ich sei mehr als nur eine Untermieterin und Küchengehilfin.

»Wieso mehr?«, wollte ich wissen. »Vielleicht hat das manchem nicht gepasst?«

»Es geht nicht darum, dass alles allen passt. Es wird immer ein paar Nörgler geben, die an diesem oder jenem etwas auszusetzen wissen. An unserer heutigen feierlichen Stunde könnte einer quengeln: Was soll eine Fremde bei so einer vertraulichen familiären Angelegenheit? Dass ich dich dorthin gebeten habe, war eine vorgezogene Antwort auf solch möglichen Sippendünkel. Und dass du mit deinem geheimnisvollen Umschlag auftratst, ist die ebenso vorweggenommene Antwort auf eine Frage gewesen, an die ich bisher nicht zu denken vermocht habe.«

Ich sah ihn gespannt an.

»Du hast gesehen«, fuhr er fort, »was ich an Geschenken bekam. Lauter Materialismen! Der Ausdruck dessen, was materiell orientierte Menschen für Werte halten, die mich noch glücklicher machen könnten. Nun kommst du mit einem Umschlag. Dass du mir kein Geld schenkst, wissen alle. Was könnte es dann sein? Nur Geschriebenes oder Gemaltes oder Gezeichnetes – ein anderer Wert, eine Art Futter für den Geist und die Seele. Und ich hoffe, dass jene Menschen, die mich heute mit Schnäpsen, Schokoladen, Hemden, Socken und Ähnlichem beladen haben, bei der nächsten Gelegenheit nicht nur an meinen noch praller zu füllenden Magen und meine noch dichter zu bedeckende Blöße, sondern auch an meinen Geist und meine Seele denken, die auch versorgt werden möchten!«

Ich war ihm so dankbar für diese Worte. Denn ich hatte in meinem Brief von dem hungernden Geist und der frierenden Seele des Menschen in der heutigen Zeit geschrieben.

Später fragte er mich, ob ich gezählt hätte, wie viele Kerzen da gebrannt haben. Ich verneinte die Frage. »Danke«, sagte er in einem Ton, der so spöttisch wie auch wehmütig erklang. Und antwortete darauf selber. Es sind vierzig Kerzen gewesen. Ich bekam einen Schreck: So viele? Mit vierzig Jahren ist man doch ein alter Mensch!

Er hatte mir wohl den Schreck angesehen und meinen Gedanken erraten. Sagte, nachdem er einen kräftigen Schluck aus seinem Glas genommen hatte, mit einer fremd klingenden, tiefen Stimme leise und kühl: »Ja, ich habe schon doppelt so lange auf Gottes Erde verweilt wie du. Sonderbar, es kommt mir unglaublich vor, dass ich schon vierzig geworden sein soll.«

Hätte ich denselben Gedanken vor neun Tagen nicht erst selber gedacht, hätte ich das wohl nicht verstehen, ihn mit meinem urteilenden Verstand sogar der Eitelkeit bezichtigen können – er mochte sich für jünger ausgeben, als er ist. Nein, ich nahm die Worte als einen weiteren Beweis für seine Ehrlichkeit auf. Denn ich hatte in jener Nacht nach meiner ersten und einzigen Geburtstagsfeier erschüttert gedacht: Die Zehnerjahre sind nun vorbei! Ab heute bin ich vor dem statistischen Amt und vor jedem Außenstehenden kein Mädchen mehr, sondern eine Frau! Dennoch war ich mir selbst dabei vorgekommen wie immer, wie an jedem Tag und in jeder Nacht in all den zuvor verlebten Jahren. Also verstand ich ihn. Und mehr noch – ich fand jenen Gedanken wieder, der mich in jener Nacht beruhigt hatte und ihn nun, in Worte gefasst und aus meinem Mund gehört, sichtlich aus einer Tiefe hinaufzuheben schien: »Doppelt so alt bedeutet auch doppelt so reif. In diesem Sinne vertraue ich Euch doppelt so viel als mir selbst.«

Ob das meine wahre Überzeugung war? Vielleicht in jener besinnlichen Stunde. Oder ich hatte gefühlsmäßig gespürt, dass das männliche Wesen, das gerade sein schwaches Weilchen hatte, ein tröstendes Wort von mir brauchte. Ansonsten war ich aber durchaus wach, was zeitweilig heißen wollte: misstrauisch ihm gegenüber gewesen. Das eine oder andere Mal hatte dieses Misstrauen sogar in sehr hässlicher Gestalt hinter meiner Stirn gewacht, denn da dachte ich von ihm: Das ist bestimmt ein gefährlicher getarnter Schauspieler, der sich an mir rächen will, so könnte es sein Ziel sein, meinen jungen und frischen Mädchenkörper zu gebrauchen, bis er ausgelaugt und geschwängert ist, und mich dann rauszuschmeißen!

Aber an jenem Abend befanden sich meine Sinne weit weg von solchen Hässlichkeiten. Und seitdem ich wusste, wie alt er war und wie schwer ihm der große Altersunterschied zwischen uns zu schaffen machte, kam er mir wie ein Benachteiligter und Schwerverletzter vor, der unbedingt meiner weiblichen Fürsorge bedurfte, und ich war durchaus geneigt, ihm was Gutes zu tun und Liebes zukommen zu lassen. In mir war wohl die Mutter erwacht. Und er, der Doppeltsoalte, war mein Schützling.

Er musste die Gunst der Stunde mit seinem Scharfsinn und seiner männlichen Erfahrung erkannt haben. Oder es war einfach sein natürliches Gespür. Jedenfalls überschritt er eine Schwelle, die unsichtbar, aber immer deutlich spürbar zwischen uns war: Er legte seine Hand auf meine. Ich bekam einen Schreck, aber es war keinerlei Zucken noch Zittern spürbar von außen. Vermutlich, weil ich das Nahen von so etwas längst gespürt und insgeheim darauf gewartet hatte. Womöglich wäre ich sogar enttäuscht gewesen, wäre es nicht passiert, wer weiß? Innerlich aber nahm ich deutlich ein Funken und Flammen wahr. Jetzt schloss er meine Hand in seine beiden Hände ein. Dann führte er sie an seinen Mund und drückte die Lippen sanft darauf. Ich ließ es geschehen. Später, im Bett liegend, fragte ich mich, was, wenn er sich angeschickt hätte, mich wie im Fernsehen, in Filmen und Büchern auf den Mund, die Lippen küssen zu wollen? Ich wusste keine Antwort darauf.

Das kam noch. Alles kam. Aber bis dahin musste ein Haufen Zeit, nämlich ein reichliches Jahr verstreichen. Bumlham war ein Mensch, der warten konnte. Und in diesem Zeitabstand erfuhr ich manches über sein vergangenes Leben. Er war zehn Jahre lang verheiratet gewesen. Die beiden Halbwüchsigen bei der Großmutter waren von ihm. Die Frau hatte ihn mitsamt den Kindern vor fünf Jahren heimlich verlassen. Dabei ließ sie einen Brief und ein offizielles Schreiben zurück, in dem sie nicht nur ihre Ehe, sondern auch jede familiäre Beziehung mit der ganzen Sippe für beendet erklärte und die Behörden bat, auch den gewesenen Ehemann von allen seinen Ehepflichten zu entbinden. Keiner wusste, wo sich die Entschwundene nun befand. Vermutet wurde, in Amerika, denn dort hatte sie sich ein halbes Jahr lang aufgehalten, ehe sie sich aus dem Staub machte. Bumlham gab mir ihren Brief zum Lesen. Anfangs wollte ich nicht, da es mir wie Schnüffelei in einer fremden Ehe vorkam. Aber da er darauf bestand, las ich den Brief dann doch. Ich bekam einen Eindruck von der mir fremden Frau. Sie musste gebildet sein und über ein scharfes Urteilsvermögen verfügen. Sie warf ihrem Ehemann die Gier nach Besitz und Macht und die Abhängigkeit von seiner Sippe, vor allem von seiner ebenso geld- wie machtgierigen Schwester vor. Aber sie tat es in indirekten, schonenden Worten. Die einzige Stelle, die in dem Brief verletzen konnte, lautete: »Mittlerweile ist mir klar geworden, dass ich dich von Anfang an nicht geliebt habe. Ich war nicht mit dir, sondern mit deinem Besitz und deiner Stellung verheiratet, und wie es sich nachträglich herausstellte, mit deiner Familie auch noch.«

Diese Aussage schmerzte mich in der Seele, weil ich glaubte, sie beleidigte den Ehemann schwer, später aber wusste ich, es hatte mit mir selbst zu tun: Liebte ich ihn denn überhaupt? Oder steckte ich vielmehr in einer Zwangslage, da ich verpflichtet war, wenigstens den Schein zu erwecken, ich liebte ihn? Ach, ich war mir unsicher! Ein paar Mal versuchte ich sogar, klare Verhältnisse zu schaffen, indem ich wieder ins Studentenwohnheim ziehen wollte. Doch gerade da meinte ich, nicht nur die traumhafte Behaglichkeit der großen, schönen Wohnung, sondern auch die vertraute Nähe Bumlhams zu brauchen. Dabei erinnerte ich mich an die Worte meiner Mutter: Anfangs habe sie sich vor meinem Vater gefürchtet, dem ihre Eltern sie im Alter von kaum siebzehn Jahren nach einer Absprache mit seinen Eltern zur Frau gegeben hatten. Später habe sie sich an ihn gewöhnt, und zum Schluss habe sie angefangen, ihn zu vermissen, wenn er für ein paar Nächte von zu Hause weg war.

Dann willigte ich ein. Doch ehe ich ihn in mein Bett ließ, stellte ich ihm eine gesetzliche Bindung zur Bedingung. Was sich als nicht möglich erwies, da die vorherige Ehe trotz des Schreibens von Seiten der anderen Ehehälfte nicht gelöst werden konnte. Als ich nun sah, wie sehr er litt, beschloss ich, ein Opfer zu bringen, und ließ ihn an mich heran. Außerdem kam es gerade in Mode, dass Mann und Frau als Lebensgefährten zusammenlebten. Bumlham war ein lieber Ehemann und ein großzügiger Mensch. Von der Geld- und Machtgier, die ihm jene Frau vorgeworfen, spürte ich kaum etwas. Vielmehr merkte ich, wie sehr er sich bemühte, zu einem besseren, edleren Menschen zu werden. Ich musste ihm also viel bedeuten.

Ich hatte mein Studium beendet. Er fragte mich, wie es wäre, wenn er mir die Stelle der persönlichen Sekretärin eines Ministers verschaffen würde. Wie das gehen sollte, war mir unklar. Was ich hingegen wusste, war: Die Arbeitslosigkeit grassierte, und es war unwahrscheinlich, dass ich auf eigene Faust zu einer Stelle kam, also sagte ich, meinetwegen.

Bald darauf trat ich die Arbeit an, worum mich meine Mitabsolventen beneideten. Die wenigsten von ihnen hatten eine Stelle gefunden. Es war, wenn auch nicht sehr gut bezahlt, eine Traumstelle: sauber, leicht, wichtig – ich war indirekt am Steuern des Staates beteiligt. Abgesehen von den vielen Geschenken und den festen, mir als persönlicher Sekretärin des Ministers zustehenden Prozentsätzen von den Schmiergeldsummen, ohne welche sich auf der ministerialen Höhe nichts, aber auch gar nichts bewegte, hatte ich einen guten Überblick. Ja, es war der Überblick, weswegen mich Bumlham dort untergebracht hat. Als denkender Kopf und lenkende Hand eines

Betriebs brauchte er diesen Überblick, je früher und genauer, umso besser.

Es denke nur keiner, er hätte diese Aufsichtsstelle für mich, seine Lebensgefährtin und Leibspionin, umsonst bekommen – nein, er hatte dafür gezahlt, hatte sie sich und mir erkauft. Das sagte er mir auch. Sagte, ich brauchte nicht alles zu wissen, eins aber schon, und dies, falls man versuchte, mir in seiner Abwesenheit den Posten streitig zu machen, dann sei die Bestätigung der Summe durch den Minister höchstpersönlich unauffällig aufbewahrt unter den Blättern meines Briefs noch im selben Umschlag, und der Umschlag sei im Geheimfach seines Panzerschranks zu finden.

Das kam mir anfangs gefährlich und schmutzig vor, aber ich gewöhnte mich daran. So lernte ich mit der Zeit die verschiedensten Tricks, an Auskünfte heranzukommen, die *unserem* Betrieb irgendwie nutzen könnten. Es ging sogar so weit, dass ich auf eigene Faust mit Leuten, die ich für wichtig und nützlich erachtete, Beziehungen anbahnte und ausbaute, indem ich sie mit Tee und Kaffee oder Whisky des Ministeriums bewirtete und ihnen mitunter sogar kleine Geheimnisse unbedeutender Dritter zuflüsterte. Noch wichtiger, ja am wichtigsten dabei war, ungetrübte und vertrauensvolle Beziehungen zum Chef und zu allen seinen Vertrauten zu pflegen. Bumlham hatte mir, bevor ich die Stelle antrat, manche wichtigen Ratschläge erteilt. Wörtlich hatte er gesagt: »Bitte, versteh mich nicht falsch – der Minister ist für dich während der Dienstzeit das, was ich danach und davor bin.« Ich gab mir Mühe, ihm alles recht zu machen. Und er schien meine Bemühung mit dem gleichen Entgegenkommen zu vergüten und war zu mir meistens gütig und lieb. Weiter lautete der Ratschlag: Das Ministerium sei mein Zuhause, meine Sippe und meine Heimat während der Arbeitsstunden. Also solle ich von Anfang an versuchen, viele Freunde zu gewinnen und jegliche Feindschaft zu vermeiden. Diese Belehrung endete mit den Worten: »Brennt es in dir auch lichterloh, sorge dafür, dass dein Mund verschlossen bleibt, aus den Nasenlöchern kein Rauch hinausdringt und das Gesicht ein Lächeln zeigt!«

Gewiss versuchte ich, den Anweisungen des väterlichen Mannes zu folgen. Nur, sie erwiesen sich im Leben als schier undurchführbar. Und hatten doch manche Folgen, vor allem in meiner inneren Einstellung zu ihm. Ich fing erst recht an, nachzusinnen: Wer so denkt, kann doch kein ganz Einfacher sein! Ist er nicht doch ein Schauspieler? Auch mir gegenüber. Und ein Spießer?! Wenn eine Frau nach zehn Jahren Ehe alles stehen und liegen lässt und abhaut, muss sie doch ihre Gründe haben!

Sosehr ich auch grübelte und immer mehr Makel an meinem großzügigen Gönner und Ratgeber zu entdecken glaubte, erkannte ich sehr klar: Es gab keinen Ausweg mehr für mich! Der Stadt den Rücken zu kehren und aufs Land zurückzugehen war nicht möglich, da mein Zuhause dort längst von einer Fremden besetzt war. Weiterhin in der Stadt zu bleiben und da ein eigenes Obdach zu finden war schwer und teuer. Im Ministerium brauchte man nur zu wittern, wie es um mich stand, und ich würde gleich hinausfliegen; auf eigene Faust eine Arbeitsstelle zu finden war in dieser Zeit der immer grausamer wütenden kapitalistisch-mongolischen Wirklichkeit mit Vetternwirtschaft, Bestechlichkeit und Arbeitslosigkeit schier unmöglich. Und wie jene Frau alles hinzuschmeißen und ins Ausland zu gehen, konnte ich nicht, da mir dafür alles fehlte: Erfahrung in der Außenwelt und Kenntnisse von Fremdsprachen.

Also musste ich bleiben, wie und wo ich war. Im schlimmsten der Fälle wäre dies nun das kleinere Übel. Gut nur, dass Bumlham von all dem, was in mir vor sich ging, nichts ahnte. Oder womöglich ahnte er etwas, wusste aber nichts Genaues. Doch schlimm genug: Ich, die ich ihn im Geheimfach meines Gehirns der Schauspielerei verdächtigte, musste selber schauspielern und war eine Zweigesichtige! Damals tröstete mich ein Gedanke, der mich aber heute in der Seele schmerzt: Vielleicht gehört es zum menschlichen Schicksal, zu schauspielern, um Zusammenstöße zu vermeiden und einander überflüssige Schmerzen zu ersparen? Nur, wer vermag zu sagen, wie schnell und unbemerkt man da in den Abgrund der Falschheit ausgleiten kann?

Geschauspielert oder nicht, wir lebten das durchaus erträgliche Leben eines frischen Paars. In beachtlichem Wohlstand, müsste ich sagen, eingedenk des Elends, das ringsum herrschte. Ich wurde schwanger. Das war ein sonderbares Gefühl. Als wenn ich mich plötzlich in einem von außen dicht verschlossenen Raum befände. Der schien aber nach innen, in die Mitte hin dünne, durchlässige Wände zu haben. Die Mitte, das war die Frucht, die ich in mir trug und die tagaus, tagein aufquoll. Ich wurde weicher. Stieß allen Zweifel von mir. Lebte zuversichtlich und zufrieden, erfüllt von Dankbarkeit, die dem Menschen galt, von dem ich jetzt dachte: mein Mann. Denn ich hatte einen Grund dazu – er freute sich an der Frucht, die er Nacht für Nacht von außen behutsam abtastete und zu der er zärtlich flüsterte: Unser Kind. Ja, das war es: unser Kind. Darum eben: unser Bett, unsere Wohnung. Warum dann auch nicht: unser Betrieb? Unsere Interessen, unser Leben, unsere Zukunft ... Mit einem Mal verstand ich meine Mutter.

Der siebte Monat unseres Kindes brach an. Es war Mitte Januar. Berg und Steppe lagen längst unter einem bläulich weißen Panzer, und die Kälte nahm mit jeder Nacht zu. Es war ein Freitagnachmittag. Bumlham rief mich auf der Arbeit an. Er müsse dringend aufs Land. Ein fahriges Gefühl beschlich mich. Warum denn? Und wohin? Auf eine Wolfsjagd, in die östlichen Berge, sagte er. Jetzt bekam ich einen eisigen Schreck. Tu es bitte nicht, sagte ich. Passiert doch nichts, versuchte er mich zu beruhigen. Es wären lauter erfahrene Jäger mit zuverlässigen Jeeps und mächtigen Gewehren. Trotzdem, widersetzte ich mich, ich hatte ein ungutes Gefühl und heftige Angst! Er sagte, die ganze Betriebsleitung fahre mit und wichtige Partner auch. Mir blieb nichts anderes übrig, als ihn zu bitten, wenigstens auf keine Wölfe zu schießen, kein Blut zu vergießen. Ich sagte, ich wüsste doch, was für ein toller Kerl er wäre, bestimmt imstande, viele Wölfe zu erschießen und alles, was leibt und lebt. Aber heute möge er es bitte nicht tun, ihnen einfach das Leben schenken, unserem Kind zuliebe, dessen winziges Herzchen schon unausgesetzt und fühlbar klopfte, in Eile, ans Weltlicht zu treten, zu leben und zu gedeihen. Sagst mir dann, wie vielen Wölfen du das Leben geschenkt hast. Und du bekommst von mir so viele Küsse! Er versprach es.

Dennoch kam ich nicht zur Ruhe. Blieb lange im Büro wegen nichts. In Wahrheit fürchtete ich mich, nach Hause zu gehen. Schlief die Nacht schlecht. Stand früh auf und putzte alles, was mir unter die Finger geriet. Am frühen Samstagnachmittag ereilte mich die Unglücksbotschaft, auf die ich im Grunde seit vielen Stunden gewartet hatte. Bis heute frage ich mich, wieso ich darüber vorweg Bescheid wusste. Vielleicht verfügt eine Mutter, die ihr werdendes Kind im Leib trägt, über Fühler, die imstande sind, Kommendes abzutasten. Bumlham war tödlich verunglückt. Beim Verfolgen eines angeschossenen Wolfs im Auto hatte er offensichtlich eine Erdfalte übersehen. Oder die Bremse hatte versagt. Der sonst so wendige, zuverlässige Jeep war in einen Abgrund gestürzt.

Verfolgen eines angeschossenen Wolfes – bedeutete dies nicht, dass er sein Versprechen nicht eingehalten, auf einen Wolf geschossen und Blut vergossen hatte? Das schmerzte mich zusätzlich. Später versuchte ich zu denken, den Schuss habe bestimmt nicht er, sondern einer der erfahrenen Jäger abgegeben, und er sei dem Opfer nur als Jägergehilfe hinterhergeeilt. Doch das vermochte mich nicht zu trösten: Denn er hatte sich an dem Mord beteiligt, war dem blutenden Tier nachgestürzt, um dessen Leben auszulöschen, und hatte währenddessen den Gedanken verdrängt, bei ihm zu Hause keimte ein anderes Lebewesen, dem er Nacht für Nacht seine väterliche Liebe und Treue bekundet hatte.

Ich verdächtige die Schwester seines Todes. Sie war die ganze Zeit mit im Auto gefahren, aber draußen geblieben, als das Unglück passierte. Der Leibwächter war ebenso ein-, zweimal mit im Auto gesehen worden, obwohl er zu einem anderen Auto gehörte. Wer weiß, wie die Schicksalsfäden geknüpft worden sind! Vielleicht tue ich meinen Mitmenschen unrecht, aber das, was sich später ereignete, veranlasst mich zu der hässlichen Vermutung.

Ich will und kann all die Einzelheiten danach nicht wieder auffrischen, da sie verletzen und beschmutzen. Aber was zum Verständnis für das Fortsickern meines fehlgeleiteten, beinah trockengelegten Lebensflusses von Belang ist, muss ich kurz erwähnen. Ich wurde krank und in die Entbindungsklinik eingeliefert, obwohl es mit der Niederkunft noch Zeit gehabt hätte. Dort hörte ich, eher zufällig, den Namen meiner Krankheit: Nervenzusammenbruch. Ich erhielt Dauerinfusionen, wovon ich in den ersten Tagen eine gewisse Erleichterung fühlte. Dann aber wurde es mir übel und immer übler. Ich bekam arge Kopfschmerzen, was vom Blutdruck kommen sollte. Wieder zufällig erfuhr ich, woher der Blutdruck kam, der von Tag zu Tag immer mehr anstieg: von der Flüssigkeit, die mir seit meiner Einlieferung Tropfen um Tropfen unaufhörlich in die Vene gepumpt wurde. Ich fragte, warum sie das täten. Um die Geburt frühzeitig einzuleiten, lautete die Antwort. Ich erschrak. Fragte aber wieder, wozu. Um wenigstens die Mutter zu retten. Ich erstarrte. Sollte das bedeuten, ich würde mein Kind, unser Kind verlieren?

Ich beschloss, die Infusion abzubrechen, um mein Kind zu retten, und sagte das der Schwester. Aber sie blieb taub. Da zog ich die Hohlnadel an der Spitze des Schlauchs selber heraus. Es blutete aus der Wunde und gab eine heidnische Aufregung. Der Arzt kam und wollte mich durch Schelten und Schimpfen einschüchtern. Ich sei eigenmächtig und so weiter. Aber ich blieb fest. Da fing er an, mich aufzuklären. Eigentlich würde ich gar nicht in die Entbindungsklinik gehören, er hätte es nur genehmigt, da die Frau Direktorin vom Betrieb ihn so inständig darum gebeten hätte. Ich wurde hellhörig. Aha, sie hatte ihre Hände im Spiel! Da musste ich erst recht wach bleiben!

Die Aufklärungen des Herrn Doktor gingen weiter: Eine frühe Geburt bedeute ja nicht unbedingt die Aufgabe des Kindes, es werde in einem Brutkasten aufgezogen und so fort. Aber ich ließ mich nicht von meinem Vorhaben abbringen. Der Arzt gab auf, warnte mich aber, die Auftraggeberin benachrichtigen zu müssen. Er solle ihr ruhig erzählen, wie eigenmächtig ich gehandelt habe, aber dann auch dies: Als Mutter würde ich für das Leben meines Kindes kämpfen, sollte ich dabei auch mein eigenes Leben verlieren!

Ich war sehr angespannt, besorgt und auch wütend. Vielleicht setzten deswegen die Wehen in derselben Stunde ein. Die Schmerzen waren heftig, aber nicht dermaßen, wie ich von anderen gehört und selber erwartet hatte. Stunden, Ewigkeiten später durfte ich das Ankunftsgeschrei meines Kindes vernehmen und seinen dunkelroten, wurzelhaften Umriss zwischen den Händen der Hebamme entdecken. Die Stimme war lebhaft laut, aber das Körperchen, aus dem sie kam, war rührend klein, kaum größer als ein Welpe, dessen Augen sich gerade öffneten. Man gab es mir nicht in die Hand, legte es mir nicht einmal auf den Bauch, den Busen. Sogleich trug man es weg. Es hieß, es käme noch mutterwarm in den Brutkasten. Aber auch in den nächsten Tagen bekam ich es weder zu Gesicht noch zu fühlen. Mir wurde gesagt, es läge im Brutkasten und würde künstlich beatmet und ernährt. Ich solle mir keine allzu große Hoffnung machen, weil es einfach ein zu eiliges Frühchen gewesen und daher noch ungewiss sei, wie alles ausgehe. Bei alldem erkundigte ich mich nach seinem Geschlecht und erfuhr: ein Junge.

Von Anfang an wurde den Brüsten die Milch abgenommen. Ich fragte nicht, was damit geschehe. Dachte und wünschte im Stillen aber, vielleicht würde sie einen Weg zu ihm finden. Und eines Tages hieß es tatsächlich, mein Kind hätte meine Milch getrunken! Ab da war ich Feuer und Flamme. Begann, Pläne zu schmieden. Ich würde noch wacher und tüchtiger werden, um meinen Jungen gesund aufzuziehen und gut durchs Leben zu bringen. Ich fand einen Namen für ihn: Bum-Otgon, Bum-Jüngster. Das war der Anfang einer ganzen Reihe von Dingen, an denen ich mich wieder festhalten und sogar erfreuen konnte. Sicher hätte ich mich auch gefreut, wenn mein Kind ein Mädchen gewesen wäre. Aber so, ein Junge, war gerade das Richtige. Er würde bald die leere Stelle, die sein Vater in meinem Leben zurückgelassen hatte, wieder auffüllen. Wir zwei würden die beiden Pole des Planeten, die beiden Seiten des Daseins darstellen und das Feuer des verwaisten Herds der Familie Bumlham aufrechterhalten und es auf keinen Fall ausgehen lassen.

Eines Tages aber hieß es, dem Kind gehe es nicht gut. Zu früh geboren, hieß es, zu schwach. Mir wurde schwindlig, und Taubheit fuhr in meine Glieder. Am nächsten Tage hieß es, sein Herz habe aufgehört zu schlagen. Als ich wieder zu mir kam, nahm ich eine andere Welt um mich herum wahr – es war, als wäre das Sonnenlicht durch ein düsteres, wackeliges Mondlicht vertauscht worden.

Ich wollte mein Kind sehen. Ich bestand darauf, mich mit eigenen Augen zu überzeugen, ob es nicht in einen festen Schlaf verfallen war, anstatt wirklich tot zu sein. Wieder musste der Chefarzt kommen, und er sagte, es gehe jetzt nicht, weil es dort, wo es war, so lange liegen bleiben müsste, bis sich der Körper abgekühlt habe, und ringsum weitere Brutkastenkinder wären. Stunden später erlaubte man es doch, aber ich dürfe es weder anfassen noch laut werden, wegen der öffentlichen Ruhe ringsum. Sie ließen mich im Leichenraum an das winzige, vor Blässe fast durchsichtig wirkende Körperchen heran. Ich starrte stumm darauf, so lange, bis ich auch innerlich erstarrt sein musste. Irgendwann nahm mich das junge Mädchen, das mich hergebracht hatte, behutsam am Ellbogen und führte mich aus dem kühlen Raum im Schummerlicht hinaus.

Ich wollte mein Kind wenigstens selber bestatten, stieß aber erneut auf Widerstand. Die Begründung lautete, ich hätte mit der Frucht – so hieß es jetzt – noch keinerlei Körperkontakt gehabt, und so bleibe sie laut Vorschriften Eigentum des Krankenhauses.

Sollte das heißen, dass mein Kind in Formalin gelegt und zum Lehrgegenstand für Medizinstudenten werde? Nein, lautete die Antwort, es würde nach allen gängigen Sitten der Menschlichkeit bestattet.

Wo und wann denn?

Im Viertel der Namenlosen auf dem krankenhauseigenen Friedhof. Und ich könnte, wenn ich durchaus darauf bestünde, innerhalb von vier Wochen eine schriftliche Bestätigung darüber erhalten.

Mein Kind hat doch schon einen Namen – Bum-Otgon heißt es!

Nein, die verfallene Frucht habe keinen Namen. Als gültig gelte jeder Name erst dann, wenn er amtlich eingetragen sei!

Könnte ich wenigstens bei der Bestattung mit dabei sein?

Nein, das sei wegen betriebsinterner Bestimmungen nicht zulässig.

Alle Regeln waren gegen meine Wünsche gerichtet. Und so gab ich jeglichen weiteren Versuch auf, ein letztes Mal an mein totes Kind heranzukommen.

Mir blieb nichts anderes übrig, als den Weg nach Hause zu nehmen. Gut, ich musste nicht gehen noch mit dem öffentlichen Verkehrsmittel fahren, nein, der ältere, schweigsame Fahrer, der mich damals immer abzuholen pflegte, saß draußen wartend in der Limousine, die jetzt, wie ich erfuhr, der Schwester gehörte. Zu Hause warteten die beiden Bumlham-Kinder mit frischem Tee und heißer Brühe. Das fand ich an dem Tag und in der Stunde lieb. Als ich dann aber sah, dass sich die beiden längst in der Wohnung eingerichtet hatten, schöpfte ich Verdacht. Und mit der Zeit merkte ich, alles hatte einen anderen, tieferen Hintergrund. Die Frau Direktorin, die, kaum dass der neunundvierzigste Tag verstrich, zur Generaldirektorin wurde, hatte aus teuflischer Überlegung gehandelt.

Nach einer Woche, die mir unendlich lang vorkam, ging ich wieder arbeiten. Dort wurde ich mit mitleidigem Wohlwollen empfangen, was schwer auszuhalten war. Doch ich musste es aushalten, weil es keinen anderen Weg gab, und dachte an die Worte des lieben, armen Menschen: Dort waren mein Zuhause, meine Sippe, meine Heimat.

Und von da an begann ich mich zugunsten dieses meines Zuhauses, dieser meiner Sippe und meiner Heimat bedenkenlos und gewissenhaft zu verausgaben.

Die hellen Werktage inmitten des Arbeitskollektivs und die dunklen Nächte am Rand einer Blutsverwandtschaft lösten einander still und schnell ab. Der Winter ging, das Frühjahr kam. Darauf auch der Sommer. Und da wurde ich eines Samstags zur Frau Generaldirektorin bestellt. Ich ahnte, worum es da gehen dürfte, und ordnete meine Gedanken. Mittlerweile war ich kein ahnungsloses Landmädchen, auch keine leichtfertige Studentin mehr, sondern zu einer Verantwortung und Geheimnisse tragenden Mitarbeiterin eines Staatsministeriums geworden. Und ich verfügte über eine gewisse Erfahrung im Umgang mit Menschen und den Widrigkeiten des Lebens, war also durchaus gewillt, mich zu widersetzen, sollte mein Gegenüber das letzte, witwenblasse bisschen, was von meinem nicht allzu hochfliegenden Zukunftsgebilde noch übrig geblieben war, zerstören wollen, um meine nackte Existenz auszulöschen.

Wieder war es der Fahrer mit der Limousine, der mich abholte und hinfuhr. Und da geschah etwas Seltsames: Er sprach mich an. Bislang hatte ich seine Stimme nie gehört, nun aber sagte er: »Wisse eine Sache, mein Kind. Alle Gesetze sind gegen arme Leute gemacht. Vergehe ich mich an einer Kleinigkeit, sagen wir, an einem fremden Fahrrad oder einem fremden Schaf, hat das beobachtende Auge des Gesetzes es längst erspäht, und ich werde als Dieb in den Knast gesteckt. Entfährt dir eine unerlaubte Aussage, sagen wir, du nennst einen Betrüger Betrüger, hat das lauschende Ohr des Gesetzes es längst abgehorcht, und du wirst als Verleumderin mit einer Geldstrafe belegt. Die Reichen aber dürfen um Millionen- und Milliardensummen betrügen und stehlen, dürfen sogar morden. Darauf passiert nichts. Denn sie haben Geld, und damit lässt sich jede Wahrnehmungsöffnung zukleben!«

Ich schloss daraus eins: Er musste wissen, was mich erwartete. Erzählte er das, um mich zu warnen? Gewiss. Aber warum? Damals fragte ich mich das und tue es bis heute.

Das Büro der Generaldirektion war nicht wiederzuerkennen. Alles darin war brandneu. So auch die Platzordnung. Waren früher alle Möbelstücke mattbraun gewesen und hatten recht gedrängt zur Raummitte hin gestanden, so waren sie jetzt purpurrot bis schwefelgelb, und der Cheftisch mit dem Sessel, der einem Thron glich, war deutlich in die Ferne gerückt. Neu war auch ein gerahmtes Bild mit einem blassblauen Hadak darüber. Es nahm die Mitte der Wand im Rücken der Chefin ein. Auf den ersten Blick erschien mir das Bild wildfremd, wenig später jedoch vermochte ich den Menschen darauf wiederzuerkennen. Es war ein Bumlham, den ich nirgends so gesehen hatte. Denn er steckte in einer dicken Sportkleidung, trug ein geschultertes Gewehr und war im Begriff, einen Feldstecher aus dem Gehäuse zu ziehen oder wieder zu verstauen. Das musste an dem unheilvollen Tag, an dem unseligen Ort gewesen sein. Eines seiner letzten Bilder wohl, wenn nicht überhaupt das allerletzte.

Dass gerade dieses Bild so aufgehängt war, bestätigte meine dunkle Vermutung. Alles kam mir wie ein Hohn gegenüber dem Toten, mir und der ganzen Welt vor. Gewiss mochte das nach außen wie ein Liebesausdruck zu ihrem verunglückten Bruder, dem vormaligen Generaldirektor, wirken. Doch wer vermochte zu wissen, welch teuflische Freuden sie verspürte, den Hilflosen, ein für alle Mal Verstummten als eine Dekorationspuppe in ihrem Rücken aufzuhängen, um das Mitgefühl Ahnungsloser zu erwecken und die Folge davon zum Schluss für sich abzuernten? Angewidert dachte ich daran, dachte aber auch an die Worte des Fahrers, die mich schmerzhaft an meine Ohnmacht erinnerten.

Die Frau ließ mir Zeit, damit ich die Welt ihrer Macht betrachten konnte. Sie las in einem Blatt, in dem sie gelesen hatte, als ich das Büro betrat, noch eine ganze Weile weiter. Darauf machte sie einen Anruf, in einer Sprache, die ich nicht verstand, und klingelte, worauf ein junges Mädchen in der Tür erschien. Sie sagte kurz: »Mein *tang!*« Die Antwort fiel ebenso knapp aus: »Sofort!« Dann endlich richtete sie ihren Blick auf mich und sprach: »Du siehst, ich habe alle Hände voll zu tun. Darum machen wir es kurz. Du bist ein Unglücksgeschöpf. Der, dem du dich an den Hals geworfen hast, hat ein böses Ende gefunden.«

Ich schaute sie an. Sie verstand, mein Blick war eine Frage.

»Ich meinte es nicht juristisch«, sagte sie, »bloß psychologisch. Wollte ich, könnte ich aber alles auch in ein juristisches Licht rücken. Der Mann mit zwei halb erwachsenen Kindern war noch gesetzlich verheiratet. Und doch bist du in die für dich fremde Wohnung eingedrungen, und die Bewohner sind auseinandergestoben. Den hilfsbereiten, leichtgläubigen Menschen mit seinen vierzig Jahren hast du durch dein junges Fleisch und deine süßen Liebeleien in einen Halbwüchsigen verwandelt. Ja, seitdem du auftauchtest, wurde er merkwürdig: verträumt und nachlässig gegenüber seinen Aufgaben. In dieser Zeit hat die Firma manch finanzielle Einbußen und die Familie manch seelischen Schaden erlitten, was ich als Firmen- wie auch Familienangehörige gut bezeugen kann. Am Ende haben ihn eben jene Gefühlsseligkeit und jener Schlendrian in den Tod geführt – er übersah bei der Jagd eine Stelle, die ein so guter Fahrer wie er hätte wahrnehmen müssen! Wer weiß, womit du ihn die ganze Zeit gefüttert, und auch, was du an dem Tag mit ihm getan hast!«

Ich war sprachlos. Umso deutlicher dürfte jene Hilflosigkeit, möglich nur bei lauterster Unschuld, aus meinem Blick gesprochen haben. Denn sie sah mich so verzweifelt an, als wären unsere Rollen mit einem Mal vertauscht. In diesem Augenblick betrat das Mädchen den Raum, stellte eine große, schneeweiße Porzellantasse vor sie auf den Tisch und ging wieder, so geräuschlos, dass ich an ein Licht-und-Schatten-Spiel denken musste. Die Frau schien weder die Bedienstete noch die Tasse bemerkt zu haben und rührte die Tasse bis zum Schluss nicht an.

Jetzt wusste ich genau: Sie war die Mörderin. Und sie hatte in ihrer Seele keine Ruhe mehr. So konnte sie nie wieder glücklich werden. War sie denn jemals glücklich gewesen? Vielleicht brauchte sie das Glück gar nicht, so wie manche Menschen sich weder aus Tabak noch Schnaps etwas machen. Was sie benötigte, war die Macht. Mit der Menge des Geldes würde ihre bisherige Macht zunehmen. Ja, sie war die Mörderin, und sie würde, wenn die Notwendigkeit bestand und sich die Gelegenheit ergab, gut und gern weitermorden. Ich musste also wachsam bleiben und schlau sein! Durfte sie auf keinen Fall wittern lassen, dass ich durchschaute, warum sie versuchte, mich zur Mörderin ihres Opfers zu machen! Vielleicht aber ahnte sie es längst, denn wozu würde sie sich sonst mit mir abgeben?

Offensichtlich hatte sie sich gefangen. Sie holte Luft und sprach mit klarer Pause zwischen den einzelnen Wörtern und mit harter Betonung am Ende jedes Satzes: »Davon, was gewesen ist, reden wir nicht mehr! Was hier zählt, ist einzig das: Wie geht es weiter? Eigentlich könnten wir dich einfach aus unserer Eigentumswohnung hinausjagen und samt deinem bisschen Zeug auf die Straße setzen, was wir aber nicht tun! Dafür wollen wir dir eine Abfindung anbieten, gebunden an eine Bedingung!«

Meine Zunge war noch immer unfähig zu reden. Aber mein Blick tat es: Welche Bedingung war es?

»Die Stadt zu verlassen!«

Endlich löste sich meine Zunge: »Das geht nicht. Hier habe ich meine Arbeit, der ich gern nachgehe. Das Ministerium ist mir die Familie und die Heimat zugleich. Und die Arbeitskollegen sind meine Verwandten!« Das sagte ich mit Betonung, mit einem gewissen Stolz. Dabei verspürte ich eine schmerzhafte Liebe, die in diesem Augenblick schlichtweg der andere Name für Bumlham war.

Auf dem kalten Porzellangesicht der Frau zeichnete sich für einen Augenblick Verwunderung ab. Dann sagte sie ungehalten: »Wie die Abfindung ausschaut, willst du gar nicht wissen?«

Nein, das interessierte mich wirklich nicht, da sich die Bedingung als unannehmbar herausgestellt hatte. Aber die Frau fuhr fort: »Siehst du? Hier ist sie: Ziehst du dich wieder aufs Land zurück, so bekommst du fünfzig Millionen auf die Hand ausgezahlt. Du kannst aber auch nach Südostasien als Hausmädchen gehen mit einem guten Taschengeld. Oder in Amerika studieren, und da werden wir dir die Studiengebühren im ersten Jahr bezahlen!« Sie erzählte das alles recht lebhaft und fast freundlich. Sie musste meinen Blick falsch gelesen haben.

»Nein«, sagte ich ruhig. »Ich will nicht ins Ausland. Was soll ich dort? Ich beherrsche keine Fremdsprachen, bin ein ungebildeter Mensch, der aber darüber nicht unglücklich ist.«

Sie wollte etwas sagen, hielt sich aber zurück. Ich merkte, sie war von Unruhe gepackt, was mir Kraft gab. Und so sagte ich: »Nun weiß ich, was Sie von mir wollen: aus der Wohnung und aus den Augen. Lassen Sie mich darüber nachdenken! Und mich bei meinem Chef und den Beratern erkundigen, dann werde ich Ihnen Bescheid geben.«

Damit stand ich auf. Wobei ich sehen konnte, wie flatterig die Frau geworden war, die vor wenigen Augenblicken wie die Festigkeit in Person schien. Das war ein günstiger Augenblick, und so sagte ich: »Sie haben doch damals bei der Geburtstagsfeier zugeschaut, als ich Ihrem Bruder den Umschlag schenkte, von dem Sie bereits wissen, was darin steckt: ein Aufsatz, ein kleines geistiges Eigentum von mir. Wenn Sie es mir gestatten, werde ich ihn als Erstes von meinem Zeugs zu mir nehmen, bevor ich die Wohnung räume.«

»Woher soll ich wissen«, sagte sie genervt, »wo er das Kinkerlitzchen hingetan hat? Sicher wird es in der Wohnung auf seinem Schreibtisch liegen!«

»Nein. Dort ist der Umschlag nicht. Er ist hier aufbewahrt. Bei seinen Wertsachen«, sagte ich ruhig, aber fest.

»Wertsachen!«, äffte sie mich nach. »Verrate mir den Ort, wo deine *Wertsache* aufbewahrt liegen soll, wenn du es so genau weißt!«

»Ja«, sagte ich, immer noch ruhig und fest. »In seinem Panzerschrank. Im Innenfach.«

Sie schickte einen schneidenden, stechenden Blick in meine Richtung und rief dann: »Urnaa!« Worauf die Bedienstete in der Tür erschien. »Im Innenfach des Panzerschranks soll noch ein Umschlag mit einem Schriftstück gewesen sein?«

»Richtig«, pflichtete die Bedienstete bei. »Er ist noch dort.«

Die Chefin schrie schrill: »Und wieso bin ich darüber nicht unterrichtet worden?«

»Das schien etwas sehr Persönliches zu sein. Ein Brief, offensichtlich geschrieben von einer Frauenhand.«

»Und weshalb ist er nicht mit entsorgt worden?«

»Der Chef hatte darauf mit eigener Hand und einem Rotstift geschrieben: *Hundert Jahre aufbewahren! Fremde haben hierin nichts zu stochern!!!* So habe ich es nicht übers Herz gebracht, ihn mit auf den Haufen zu werfen.«

Ein paar bedrohliche Sekunden vergingen. Dann erschallte die Stimme der Chefin: »Nun, her damit!«

Die Bedienstete verschwand und kam schnell zurück. Sie trug in der Hand den goldgelben Umschlag. Als sie an mir vorbeiging, entriss ich ihn ihrer Hand und sagte gut hörbar: »Ich bin diejenige, die dieses Schriftstück verfasst hat, und nun nehme ich es zurück!«

Der Schreck der armen Bediensteten war nicht unbedingt heftiger als die Wut, die in der Brust der Chefin explodierte. Denn ich sah für ein kurzes, geronnenes Zeitteilchen die flatternden Nüstern inmitten zweier sorgfältig gepflegter Frauengesichtslandschaften. Später vermochte ich noch wahrzunehmen, wie sich die Blicke der beiden trafen: der der Sklavin und der der Herrin. O das war der heilige Sternaugenblick meines erniedrigten und gefährdeten Wesens an jenem Lebens- und Leidenstag!

Die Herrin hätte ja einen Schrei nach dem Leibwächter erheben können, der mit finsterem Gesicht und bulliger Gestalt knüppelbewehrt draußen vor der Tür gesessen hatte, aber nichts Annäherndes geschah. Sie bedeutete der Bediensteten, sich zurückzuziehen, und sprach mich an, die ich im Begriff war zu gehen: »Ich beglückwünsche dich zu deinem geretteten und zurückerlangten *geistigen Eigentum!*« Die besondere Betonung der beiden Wörter verrieten zwar Gift und Hohn, aber so war es besser als der Ruf nach dem Leibwächter.

Ich strengte mich an, gleichgültig zu bleiben vor dem geringschätzigen Ton, und wartete gefasst darauf, was noch kommen würde. Und da kam es schon: »Wie wärs, wenn ich dich, von Mensch zu Mensch, um einen kleinen Gefallen bitten dürfte?« Sie sprach nicht weiter, schaute mich, nun nicht mehr so giftig, sondern nur aufmerksam an. Oho, dachte ich überrascht, sie bittet mich? Nun galt es, besonders wach zu bleiben! So überlegte ich kurz, bevor ich sagte: »Es kommt darauf an.«

Dann merkte ich, wie stark diese kurze Aussage auf sie wirkte. Sie spitzte ihren Blick, der auf mir geruht hat. Kein Hass noch Geringschätzigkeit, sondern Neugier war in diesem unverhohlen abwägenden Blick. Er galt mir. Dem, was ich darzustellen taugte. Als Weib. Als Mensch. Als Gegnerin. Und ich verfolgte den Verlauf ihrer Erkundigungen, wandelte ihre Zeichen in die meinigen um und kleidete die Ergebnisse in Gedankenworte ein: Schau mal, gar nicht so übel … Eine durchaus ansehnliche Erscheinung … Ein schmales, helles Gesicht mit recht ebenmäßigen Zügen … dichtes, kräftiges Haar … schlanker, strammer Körper mit gut ausgeprägten Erhebungen und Senkungen … die Stirn klar und gewölbt … die Augen still und wach … die Lippen voll und scharf geschnitten … offensichtlich auch einigermaßen bei Verstand … eigenwillig und selbstgefällig … eigentlich nicht ganz zu Unrecht … Der arme Tropf wird nicht der Einzige gewesen sein, der seinen Kopf darüber verloren hat … also aufpassen … denn sie verfügt offensichtlich über mehr, als man anfangs gedacht hat …

Schließlich sprach sie: »Es geht letzten Endes um den guten Ruf meines herzenslieben Bruders und deines großzügigen Freundes über den Tod hinaus. Überleg bitte daher noch einmal gut, ob du tatsächlich Fremde zurate ziehen musst. Im Gegenzug werde auch ich alles noch einmal in Ruhe durchdenken. Nachdem ich nun weiß, dass du um jeden Preis in dieser Stadt bleiben willst, werde ich Wege erkunden, die das vielleicht ermöglichen.«

Es wäre menschlich nicht verkehrt gewesen, wenn ich mich bei ihr für solche Worte bedankt hätte. Aber ich tat es nicht. Denn ich wusste, ich hatte mit jemandem zu tun, bei dem nur eins wirkte: Stärke. So sagte ich kurz und zweideutig: »Mal schauen!« Dann ging ich, ohne ein Wort oder eine Geste.

Dem Vorzimmermädchen, das mich mit ihren schmalen Augen groß anschaute und mir dabei sehr blass und noch jünger vorkam als vorhin, nickte ich stumm, aber mit einem kleinen, freundlichen Lächeln zu und dachte dabei mitfühlend: Danke für dein weiches, warmes Herz gegenüber unserem gemeinsamen teuren Toten, und verzeih, Schwesterlein, wenn du von deiner Chefin meinetwegen eine Rüge bekommen musst! Und während ich die Tür ihres Zimmers schloss, schaute ich aus dem Augenwinkel auf den Leibwächter, der soeben erwacht zu sein schien aus einem Schlummer. Während ich weiterging und seinen musternden Blick auf meinen nackten Waden spürte, musste ich daran denken, was gewesen wäre, wenn die Chefin vorhin nach ihm gerufen hätte. Mir lief es eiskalt den Rücken herunter.

Der Fahrer brachte mich zum Haus zurück, wo ich vorerst ein Obdach hatte. Sicher musste er mich beobachtet und konnte sich über meine stolze Haltung durchaus gewundert haben. Aber er sagte nichts. Auch ich blieb stumm. Wäre ich sicher gewesen, seine unerwartete Bemerkung vorhin habe meinem Wohl gegolten, dann hätte ich ihm jetzt eine Menge erzählen können. Zum Beispiel: Ihre Chefin ist eine gute Lehrerin. Ich habe heute viel von ihr gelernt. Hätte ich noch länger mit ihr zu tun, könnte ich mich schon gewaltig verändern. Nur könnte die Frage dann einmal sein, ob ich noch ein Mensch bin!

Zu Hause angekommen, holte ich aus der Handtasche den Umschlag heraus, schaute darauf und musste erst einmal Tränchen weinen. Denn der handgeschriebene Eintrag, vorhin aus dem Mund der Bediensteten gehört, war tatsächlich da. Ich löste den fest zugeklebten Rand behutsam und fand zwischen den Blättern einen Zettel, auf dem ich die mir wohlbekannte schräge Handschrift meines Chefs, des Herrn Ministers, erkannte. Dann las ich: meine drei Namen, mein Geburtsdatum, die beiden Identitätsnummern meines Personalausweises. Nachfolgend noch, jedes Wort doppelt unterstrichen: *USD zehntausend erhalten. Für persönliche Sekretärin. Garantiere für mindestens zehn Jahre.* Zum Schluss: Unterschrift und Datum. Das war noch während meines Studiums geschehen. So geht es also!, dachte ich mit pochendem Herzen und einem unbestimmten Gemisch von Gefühlen: dankbar, beschämt und enttäuscht. Der Dank galt natürlich dem Mann, der es für mich, für uns getan, die Enttäuschung dem Minister, den ich gottgleich verehrte, und die Scham wohl so gut dem einen wie dem anderen. Alles in allem war ich bis auf den Grund meines Wesens erschüttert. Und ich fand zur Ruhe, indem ich mir einredete, ich sei ja nicht die Einzige, die in so etwas verwickelt ist!

Selbstverständlich erkundigte ich mich und bekam heraus: Laut Gesetz hatte ich weiterhin Anspruch auf die Wohnung, in der ich wohnte, da ich darin seit Jahren gewohnt, mit dem Vater eines Kindes, das ich hatte austragen müssen. Wäre das Kind nicht gestorben, hätte es über noch viel mehr Ansprüche verfügt. Mit einem Mal leuchtete mir grell ein, was bis dahin bloß undeutlich in mir geschlummert und gedämmert hatte: Wieso ich so viele Infusionen hatte bekommen müssen? Damit mein Kind aus seinem beschützten Wohnort, meinem mütterlichen Schoß, vorzeitig herausgestoßen wurde und starb! Also hatte die Hexe nicht nur ihren leiblichen Bruder, sondern auch dessen Sprössling ermordet! Und das Personal, diese sauber und sanft tuenden, bestechlichen Typen in weißen Kitteln aus der Entbindungsklinik, waren die Mitmörder unseres Kindes!

Da fuhr ich fast aus der Haut. Am liebsten hätte ich mich schleunigst zu der Hexe begeben, sie auf der Stelle erdrosselt und wäre weitergeeilt zu der Klinik, um mit der Meute von bezahlten Mördern abzurechnen. Aber als der erste Schock nachzulassen begann, fielen mir die Worte des Fahrers ein. Und bald wurde mir schmerzhaft bewusst: Ich war machtlos vor den Mördern. Daher sollte ich vernünftig sein. Was für mich hieß, aus der Patsche zu kommen, ohne, wie die Nomaden zu sagen pflegen, einer Ziege noch verlustig zu werden zu dem Kamel, das längst verloren war. Doch ich war entschlossener denn je, wach zu bleiben und stark zu werden, um das bisschen, was mir die Ausgeburten einer beispiellos grausamen Zeit noch übrig gelassen, meine nackte Existenz, vor dem Untergang zu verteidigen.

Eines Abends erschien die Frau Generaldirektorin bei mir in der Wohnung. Ohne Sekretärin, ohne Leibwächter. Auch waren die beiden Halbwüchsigen, die sonst um die Zeit immer da waren, heute nicht anwesend – wohl hatte es ihnen die Tante so befohlen. Es war also eine Begegnung unter vier Augen, ohne jeglichen Zeugen. Ich hatte soeben geduscht und steckte im Morgenmantel, in jenem geschichtsträchtigen Geburtstagsgeschenk. So dürfte ich nicht gerade zu der Rolle gepasst haben, in welcher mich der ungebetene Gast gern gesehen hätte.

Dazu kam, dass ich sie zu Beginn fragte, ob und was sie gern trinken mochte: Tee, Kaffee, Wasser, Saft oder Wein. Wovon sie sich sichtlich überrascht zeigte und mein Angebot nicht etwa dankend, sondern pöbelhaft schroff ablehnte. Allein ich gab nicht nach, sagte: »Sie sind am Herd Ihres Bruders, an dem Sie doch sehr hingen, nicht wahr? So würde es mir, die ich nach der guten nomadischen Gastlichkeit erzogen bin und Sie in all den Jahren hier erstmalig sehe, schwerfallen, Ihnen nichts anzubieten!«

Ich sah ihrem Gesicht an, ich hatte sie an ihrer wunden Stelle getroffen. So sagte sie nach einem kurzen Stocken: »Gut. Was gibt es denn für einen Wein?«

»Einen sehr guten französischen Rotwein, den mir vor Kurzem mein Chef geschenkt hat, weil ich Überstunden machen musste«, sagte ich und eilte in die Küche, in der ich eine angebrochene Flasche wusste, noch aus der Zeit mit Bumlham. Dann kam ich mit zwei halb gefüllten bauchigen Gläsern zurück und stellte eins vor sie hin. Später merkte ich, sie verstand vom Wein noch weniger als ich, denn sie trank ihn wie Saft.

Sie fragte mich nicht, ob ich jemanden zurate gezogen hätte. Aber sie musste schon gespürt haben, wie entschlossen ich war, mich zur Wehr zu setzen. So versuchte sie diesmal nicht erst, mir Furcht einzuflößen oder mich mit Worten zu erniedrigen. Sprach von einer Zweizimmerwohnung in einem vornehmen Wohnviertel der Hauptstadt, die ihre Managerin in Aussicht gestellt hätte. Ob ich bereit wäre, in diese umzuziehen?

Ich fragte zurück: Ob es eine Eigentumswohnung wäre?

Selbstverständlich, lautete die Antwort. Sie würde von Anfang an und über meinen Tod hinaus mir gehören.

Das klang nicht schlecht. Aber ich nahm mir Zeit. Schwieg. Nippte an meinem Glas und versuchte dabei, mein Gesicht in eine Gleichgültigkeitswolke einzutauchen. Was ein weiteres Zugeständnis zu bewirken schien. Denn sie sagte, ich könnte ihretwegen die Möbel und den grundlegenden Hausrat, soweit er dort Platz fände, von hier mitnehmen. Dann sprach sie mit der wohlbekannten Betonung der Chefin, die keinerlei Widerrede duldete: »Aber Schluss jetzt! Keinen Fingerbreit weiter gehe ich! Sei nicht zu unverschämt!«

Sie hat recht, dachte ich merkwürdigerweise. Sosehr ich sie im Grunde meines Herzens hasste, war ich mir meiner Unterlegenheit vollkommen bewusst. Sie, die in der Lage gewesen war, meinen Mann und mein Kind ermorden zu lassen, würde in der Lage sein, auch mich zu beseitigen. Also darf ich den Bogen nicht zu sehr überspannen. So sprach ich: »Gut!«

»Ich darf dich beglückwünschen zu deiner vernünftigen Entscheidung«, sagte sie mit einer Stimme, aus der weder Überheblichkeit noch Feindseligkeit, sondern kühle Sachlichkeit und vielleicht auch ein wenig Bewunderung herausklang, und erhob ihr Glas. »Denn sehr bald wäre für dich hier kein Platz mehr, da der Junge dich vom ersten Tage an gehasst hat, weil sein Vater ihn und die Schwester deinetwegen von ihrem Geburtsnest hat aussetzen müssen.« Ich ging darauf nicht ein, doch spürte ich ein schmerzhaftes Ziehen entlang des Zwerchfells. Dann fuhr sie fort, nun mit einer Stimme, die ich, wäre es bei einer anderen Person gewesen, ohne Weiteres freundlich nennen würde: »Ich hoffe, du wirst Verständnis aufbringen, wenn dieses freizügige Entgegenkommen an eine kleine Bedingung geknüpft ist.«

Ich wurde hellhörig. Und merkte erst zu spät, dass ich sie fragend anschaute. Da kam auch schon die Antwort, die mein dummer, gieriger Blick verdient hatte: »Wir müssen dir für die erste Zeit einen Begleiter mitgeben!«

Ich wollte fast in die Luft fahren: »Wieso das?«

»Weil du eine geheimnistragende Person für unsere Firma bist!«

»Ich muss gestehen, ich verstehe nichts!«

»Du bekommst einen Leibwächter, der dich begleiten und sich um deine und dadurch auch um unsere Sicherheit kümmern wird!«

Ich mit einem Leibwächter – stellte ich mir vor, und fing an zu lachen. Sie lachte weder mit noch ärgerte sie sich über meine Albernheit, sondern wartete geduldig ab, bis sich mein Lachanfall gelegt hatte. Dann sagte sie mit ernster Stimme: »Das ist so üblich in Politik, Armee, Wissenschaft und Wirtschaft – jede Person, die Geheimnisse trägt, bekommt für eine bestimmt Zeitdauer einen Leibwächter!«

»Was soll die Aufgabe meines Leibwächters sein?«

»Dich vor möglichen Typen wie Dieben, Räubern und Gewalttätigen beschützen.«

»Welche Ehre!« Ich meinte, ich würde von Neuem anfangen zu lachen, aber plötzlich wurde mir hundeelend.

Sie ergriff die Gelegenheit und sagte: »Nicht wahr? Wir meinen, dies schulden wir unserem teuren Toten. Aber es kommt noch etwas hinzu – du wirst, wie jede geheimnistragende Person, vor unliebsamen, überflüssigen Kontakten ferngehalten, bis sich die Neugier deiner neuen Umgebung gelegt hat.«

Ich hätte mich weigern können. Aber irgendetwas hinderte mich daran, weil ich meinte, ein unnötiger Streit könnte die gute Aussicht gefährden. So tröstete ich mich in Gedanken: Kommt Zeit, kommt Rat! Außerdem kam mir das Affenspiel recht lustig vor. So stellte ich Fragen, die darauf hindeuteten, dass ich mit der Begleitung einverstanden war. Und wie ich verstand, sollte sich das Ganze so abspielen: Ich würde morgens, bevor ich die Wohnung verließ, von jemandem abgeholt und zur Arbeit gefahren werden und abends das Gleiche in die umgekehrte Richtung; und dieser Jemand würde einer von den Leibwächtern, nun aber in Zivil, sein. Sosehr mir bei dem Gedanken an die bullige Gestalt unwohl wurde, zuckte mir dabei auch ein anderer Gedanke über die Stirn: Ach, da werde ich ja weiterhin die mit dem persönlichen Fahrer bleiben! Wie oft habe ich mich später wegen dieses kreuzdummen Gedankens gescholten, der ein Ausbund von Gier, Bequemlichkeit und Eitelkeit war!

Wenige Tage später war es so weit. Ich fragte den Mann, der sich um den Umzug kümmerte, ob es nicht besser wäre, wenn ich mir vorher die Wohnung anschaute, wegen der Unterbringung der Möbel. Er sagte, das sei nicht nötig, da mein Begleiter sie sich schon angeschaut und die Räume ausgemessen hätte. Mir war ein wenig komisch dabei zu hören, ein Fremder habe für mich schon Entscheidungen getroffen, als wäre er der Hausherr. Doch was blieb mir übrig, ich musste Ruhe bewahren, um keine unnötigen Spannungen auszulösen – steckte ich doch in einer absonderlichen Sache, die lieber heute als morgen ein Ende finden sollte!

Der Kleinlaster war fertig beladen. Es war nicht viel, bestimmt weniger, als man angenommen hatte. Als ich mich für den mitzunehmenden Hausrat entscheiden wollte, kam mir der Brief der Frau von Bumlham dauernd in den Sinn. Sie hatte den Leuten Gier vorgeworfen und selber stolz auf alles verzichtet. Auch ich wollte meinen Stolz zeigen. So entschied ich mich nur für Dinge, die ich unbedingt brauchte und an denen angenehme Erinnerungen hafteten. Die Frau Generaldirektorin, die von Anfang an alles mit dem Blick einer Jagdadlerin überwacht hatte, schien darüber mehr beschämt als erfreut zu sein. Denn als ich den Möbelträgern zu verstehen gab, Schluss, entglitt ihr der Ausruf: »Mehr nicht?!«

Aber das hinderte sie nicht daran, von mir die Wohnungsschlüssel zu fordern, noch bevor ich sie ihr abgeben konnte, und mich gleich darauf zu einer Unterschrift zu nötigen, womit ich bestätigen musste, *eine frisch renovierte und voll ausgestattete Zweizimmerwohnung als Abfindung erhalten zu haben und damit auf jegliche zusätzliche Forderung sowohl an die Verwandtschaft als auch an die Firma des verstorbenen Freundes verzichten zu wollen.* Was ich zwar ungern, aber dennoch tat, um schnell von dort wegzukommen.

Mit der Unterschrift jedoch war ich noch nicht in meine erhoffte Freiheit entlassen. Nein, das Stärkste kam zum Schluss. Nachdem sie das Blatt behutsam gefaltet und in ihre Tasche gesteckt hatte, blickte sie mir scharf in die Augen, wobei sich eine eisige Kälte über ihr ganzes Gesicht zu verbreiten schien, und sagte: »Hör gut zu, Kleine! Vergiss hiermit für immer, dass du mit einem Firmenchef zu tun gehabt und im Obergeschoss der Gesellschaft gewohnt hast! Und lässt du darüber nur eine Silbe verlautbaren, dann wirst du dem Griff meiner Hand nicht entkommen, die dich, wo du auch seiest und auf wessen Schoß und unter wessen Fittichen du auch hockst, erreichen und erwürgen wird!«

Gut war, dass das soeben gespritzte Gift noch Zeit brauchte, in meine Tiefen einzudringen. So vermochte ich, das Gesicht still und die Augen trocken, mich umzudrehen und wegzugehen von ihr mit ihrem bei Weitem noch nicht ausgeschöpften Gift. Schlecht dabei war jedoch, dass ich die auf mich gerichtete und in mich bohrende Spitze der Ahle nicht abfing, nicht abstumpfte und nicht wieder eine klitzekleine Zweideutigkeit im Raum ließ, die sie verunsicherte – dann hätte sie, die Doppelmörderin, schon von selber gewusst, diese erneute Zweideutigkeit in ihren Hirnrillen aufzuzüchten, bis sie ihr ins Blut fließen, ins Fleisch spießen und eines Tages aus ihr als Beule hervorbrechen würde!

Endlich war ich draußen und konnte wieder frische Luft einatmen. Und bekam den Begleiter zu Gesicht. Das war ein wunderlicher Kerl, eigentlich ein ansehnlicher, kraftstrotzender Mittdreißiger, aber mit zu vielen Anhängseln, angefangen bei einem üppigen Schnauzbart, dessen gezwirbelte und aufwärts gerichtete Enden an die Hauerspitzen eines Ebers erinnerten. Ohr- und Fingerringe sowie Ketten, die aus zahllos vielen Taschen einer Weste herausschauten, die damals die hauptstädtische Männermode mitbestimmte. Und zu all diesem neuzeitigen Schnickschnack ein paar funkelnd schwarze Chromlederstiefel mit langen Spitzen und ein blaurotblauer *nationaler* Hut – jene Kopfbedeckung also, die in Vorzeiten chinesische Offiziere getragen haben und heutzutage mongolische Ringer und all diejenigen tragen, die bemüht sind, sich als reinrassige Patrioten zu zeigen – unmöglich! Aber als unmöglich und schier unglaublich entpuppten sich bald auch weitere, wichtigere Dinge.

»Assar heiße ich«, sagte er mit einer Stimme, die unpassend sanft zu seinem äußeren Aussehen klang, und streckte mir seine auffallend breite Hand mit dicken, kurzen Fingern entgegen. Ich reichte ihm die meine und musste sie dann ziemlich grob zurückziehen, da mir der Druck seiner Hand zu vertraulich wirkte und zu lange dauerte. Überhaupt gebärdete er sich erstaunlich vertrauensselig und dennoch unmäßig selbstbewusst, und das gefiel mir nicht. Er riss die Beifahrertür eines kleinen, grauen Autos auf und machte eine spielerische Geste, ich sollte mich hineinsetzen. Dann schlug er sie derb zu. Das Auto war wirklich keine Limousine, wie ich später herausbekam, ein *Moskvich* und fast so alt wie ich.

An jenem ersten Tag mit der schroffen Kurve meines Schicksalswegs ertappte ich mich bei einem merkwürdigen Gemisch von Gefühlen und Gedanken. Ich war enttäuscht über das Fahrzeug, das mich von nun an hin und her fahren würde. Offenbar hatte ich mich an die Schwelgerei schnell gewöhnt! Mitleidig belächelte ich das unverschämte Wesen, das selber nicht einmal ein Fahrrad besaß, aber es fertigbrachte, ein fremdes Auto nicht gut genug für seinen armseligen Hintern zu finden. Die harmlose Selbstentblößung rief eine seelische Befriedigung hervor: Wie gut nur, dass es dem komischen Gockel neben mir verwehrt war, eine so edle Limousine zu fahren, er wäre vor lauter Einbildung glattweg dem Wahnsinn verfallen! Diese kindische Einsicht verschaffte mir weiteres Behagen an der Lage, in welche ich hineingestoßen war. Und je weiter ich darüber nachdachte oder je länger ich mich darin sitzen sah und aufhörte zu denken, umso mehr Gefallen fand ich am Dasein. Zum Schluss war ich sogar so weit, mich an den Stolpereien des einstigen Kindes zu vergnügen, das so dummfrech gewesen war, sich mit dem Himmel zu zanken, und sich nun auf einer Irrfahrt durch das Höllenparadies Stadt befand. Ja, ich genoss das Dasein, die Fahrt und auch die Stadt, die ich bisher im Grunde meines Herzens gehasst hatte. Ich hasste sie wohl weiterhin, aber ich bewunderte sie auch, denn jetzt schaute ich mit zweierlei Augen auf sie: Das eine sah die Hölle, das andere das Paradies.

Später habe ich öfter an jene Fahrt zurückdenken müssen. Da bin ich ein Lamm gewesen, überlassen einem Wolf, der es zu seiner Höhle mitzunehmen und sich daran zu laben gedachte. Hätte ich diese Sachlage gleich erkannt, hätte ich angefangen, mir unnötige Schreckensbilder auszumalen, und wäre am Ende vielleicht wirklich lammschwach geworden. Stattdessen bin ich bunten Bildern gefolgt, die das unbedarfte Kind in mir erweckt haben. Heißt es denn nicht, in jedem Kind wohnt ein Gott?

Also fuhren wir zwei vorn, in *unserem Moskvich*, und der Kleinlaster mit dem Hausrat folgte uns mit den Beauftragten, das Zeug in die Wohnung hineinzutragen. Ich muss völlig abgehoben gewesen sein. Denn ich kann mich nicht daran erinnern, wie viele Männer da waren. Ich weiß nicht einmal mehr, wie die Sachen nach oben kamen. Ich musste mich an gar nichts beteiligen. Mir fällt lediglich ein, wie Assar neben mir ging, den feinen Herrn spielte, was seine Lieblingsbeschäftigung war. Er brachte mich mit dem Fahrstuhl nach oben. Ich sah, bei der leuchtenden Zahl 11 ging die Tür auf. Er ließ mich mit einer betonten Höflichkeitsgebärde zuerst aussteigen, eilte darauf an mir vorbei, ging mit tänzelnden Schritten auf eine der Türen zu, fummelte kurz daran, riss sie weit auf und machte wieder die Geste, nun noch mit einer Verbeugung dazu: Ich solle eintreten. Affe!, dachte ich, sagte aber nichts, sondern trat ein. Der Flur. Ein Zimmer. Ein weiteres. Die Küche. Das Bad. Die Toilette. Und der Balkon. Das Ganze frisch gestrichen. Und alles geräumiger, als ich gedacht hatte. Ich hätte ruhig mehr Möbel mitnehmen können, überlegte ich nebenbei, ohne jeglichen Anflug von Bedauern.

Ich stand auf dem Balkon, als Assar an mich herantrat und fragte, ob ich so gütig wäre, mir anzuschauen, was die Beauftragten gemacht hätten, und zu sagen, wie es mir gefiele. Die Möbel waren aufgestellt und die Teppiche ausgerollt. Es sah recht nett aus. Die Männer waren schon fort. Ich war in einer unbekannten, ungewohnten Wohnung, die aber mir gehören und in der ich möglicherweise den Rest meines Lebens verbringen sollte. Zurück geblieben allein mit dem absonderlichen Menschen. Es war unheimlich. Und da sagte der Mensch: »Wir brauchen zu essen und zu trinken. Wollen wir einkaufen gehen?«

Wieso *wir?*, dachte ich beunruhigt. Da war ich endlich wieder wach und fragte: »Wo sind die Schlüssel?«

Er tastete die vielen Taschen seiner Weste ab und holte aus einer einen Metallring mit zwei gleichen Schlüsseln hervor. Den einen löste er ab und streckte ihn mir entgegen, den anderen steckte er mit dem Ring wieder in die Tasche. Ich rang nach Luft. Dann vermochte ich gerade noch hervorzubringen: »Wieso behältst du denn einen Schlüssel zurück?«

»Na, weil jeder einen braucht«, sagte er seelenruhig.

Ich tobte: »Nein! Die Wohnung gehört mir! Du hast hier drinnen nichts zu suchen! Wenn es dich danach lechzt, kannst du mich von der Wohnungstür bis zum Ministerium bringen und zurück! So war es mit deiner Chefin ausgemacht!« Dem Himmel sei Dank, jetzt hatte ich meine Stimme zurück. Aber nicht nur das, auch mein Geist war wieder da. Und ich war bereit, mich mit diesem fremden, unverschämten Kerl in Streit einzulassen und ihn auszufechten, bis ich mir Klarheit verschafft haben würde.

Der Mann zeigte sich von meinem Ausbruch nicht besonders beeindruckt. Sagte eher selbstsicher als verdutzt oder ärgerlich: »Mit mir hat sie was ganz anderes ausgemacht!«

Ich griff nach meinem Handy und forderte ihn auf, die Nummern seiner Chefin zu nennen.

Er sagte spöttisch zu mir: »Sie, als persönliche Sekretärin eines Staatsministers, sollten doch wissen, dass die Weitergabe von bestimmten Nummern nicht gestattet ist!«

Ich überlegte kurz und wählte darauf die Nummer von Bumlham, da ich meinte, die gierige Frau würde sich auch diese angeeignet haben. Ein gruseliges Gefühl, einem Toten einen Anruf hinterherschicken zu müssen. Das Merkwürdige war: Es klingelte! Aber es blieb dabei, bis nach einer langen Minute vielleicht der Apparat von selber abschaltete. Als ich eine Weile später auf die Wiederholungstaste drückte, war er bereits ausgeschaltet. Also hatte die Hexe beschlossen, mich in ein Freiwild für ihre Knüppelhorde zu verwandeln! In mir erwachte wilde Lust, mich zu wehren. Ich wählte die Nummer der Polizei. Da geschah etwas Unglaubliches: Der fremde Mann, der bis eben mit verschränkten Armen lässig dagestanden und mir belustigt zugeschaut hatte, fuhr zusammen und stürzte sich auf mich. Ich zog den angewinkelten Arm zurück, verschloss die Hand um das Handy fester. Doch der Büttel erwies sich als rücksichtslos, packte mich derb am Gelenk und entriss mir das Telefon.

Ich war fassungslos! So viel Frechheit und Rohheit! Ich fühlte mich erniedrigt und beschmutzt. Ich hätte ihn umbringen können, wenn ich über die nötige Kraft verfügt hätte! Doch ich war ein schwaches, schmächtiges Weib, ohnmächtig gegen diesen prallvollen Sack von Knochen und Sehnen. Wieder einmal war ich böse auf die Schöpfung, die mich weiblich erschaffen und hinausgeschickt hatte auf eine Erde voller derb beschalter, harsch beseelter Rüpel. Ich konnte nichts tun, zumindest im Augenblick nicht.

Der Rohling zeigte sich derweil in einer Siegerpose: Stand schnaubend und erhaben in der Raummitte, wie ein Denkmal, in welches soeben Leben reingehaucht worden ist; ihm bebten die Nüstern, glänzten die Augen. Schließlich sprach er: »Die Polizei! Jede Berührung mit ihr ist dir untersagt! Du hast es vielleicht nicht so genau gewusst, jetzt aber weißt du es, Kleine! Und was du noch zu wissen hast …« Da brach er ab, und der Blick seiner Augen schaute mich so höhnisch an, dass ich ihn richtig teuflisch fand, obwohl ich nie einen Teufel gesehen hatte. Dann fuhr er fort: »Was du noch zu wissen hast, meine Hübsche, dir ist nicht gestattet, mit irgendjemandem in diesem Haus Bekanntschaft zu schließen. So lange zumindest, bis die Neugier der Menschen an dir erloschen sein wird. Was viel leichter geht, als du dir vorstellen magst. Denn alle Menschen haben Angst voreinander, nicht ganz zu Unrecht. Und das ist der ganze Sinn dieses Affenspiels. Solange diese Frist andauert, bin ich verpflichtet, dich zu überwachen und an deine Pflicht zu binden, zur Not auch mit den äußersten Mitteln!«

Ich hätte ihn in ein Gespräch verwickelt, wenn mein Abscheu nicht so maßlos gewesen wäre. In ihm war die Lust erwacht, sich mir, der hilflosen Geißel, gegenüber wichtigzutun. So sprach er nach kurzem Innehalten weiter: »In den Augen der Außenwelt, die uns beobachtet, haben wir zusammenzugehören wie Mann und Frau!«

Mir wurde schlecht, so sehr, dass ich mich eilends auf die Toilette begeben musste. Und dort übergab ich mich. Mann und Frau, mit diesem Rohling? Nein, nie! Dann schon lieber: Herrin und Leibwächter!

Als ich zurückkam, fand ich ihn dabei, mein Handy auseinanderzunehmen. »Was machst du da? Das ist mein Eigentum!«, fuhr es aus mir heraus.

»Ich erfülle meine Pflicht«, sagte er seelenruhig.

Das verschlug mir die Sprache. Doch umso besser begriff ich, dass ich mein Hirn anzustrengen hatte, weil er sich sonst alles mit mir erlauben würde, um dann zu sagen, er habe nur seine Pflicht erfüllt. So ging ich ins Nebenzimmer, wo das Bett und der Kleiderschrank aufgestellt waren und meine künftige Schlaf- und Erholungsstätte hergerichtet werden sollte. Ich schloss die Tür und fing an, die Taschen und Koffer, die im Raum herumstanden, auszupacken und die Sachen zu ordnen. Dabei überlegte ich. Und irgendwann hörte ich draußen die Tür auf- und darauf wieder zugehen. Ich öffnete die Zimmertür leise, linste vorsichtig hinaus, schlich auf Zehenspitzen durch die ganze Wohnung und schaute nach. Der Mensch war weg. Da eilte ich zur Wohnungstür und schloss sie von innen ab. Ach, war ich erleichtert!

Dann fand ich mein Handy auf dem Küchentisch. Ich sah, es war tot, der Akku war weg. Das überraschte mich nicht sehr, es regte mich eher an, denn dies bestätigte meinen bereits getroffenen Entschluss, mein Hirn anzustrengen. Und das Tröstliche war, ich schien über ein durchaus funktionierendes Hirn zu verfügen. Aus der vermeintlichen Sackgasse gingen doch so manche Pfade ab und führten in verschiedene Richtungen hinaus. Nur: Welcher war der beste? Und welche Hindernisse und Gefahren konnten dahinter lauern?

Auf solche Weise mein Gehirn abmelkend, richtete ich meine

neue Wohnstätte so weit her, dass sie allmählich Ähnlichkeit mit einer Wohnung bekam. Ich stand in der Küche und war gerade dabei, die Schachtel mit dem Besteck auszupacken, als ein klirrendes Geräusch vernehmbar wurde und darauf die Tür aufging. Ich erschrak beinah zu Tode. Und dieser Schreck musste bewirkt haben, dass ich nach dem Messer griff, das groß und scharf war und recht schauerlich aussah mit seiner langen Spitze. Bumlham hatte es mir gekauft, nachdem er gesehen hatte, dass ich gern kochte. Schwedenstahl hatte er dazu gesagt und mir erklärt, das sei das Beste, was eine tüchtige Köchin sich wünschen könnte. Nun ertappte ich mich dabei, dass ich wie erstarrt dastand und mit angehaltenem Atem wartete, die Finger um den Griff dieses Messers festgekrallt. Dann sah ich die abscheuliche Gestalt. Erstaunlich, wie schnell mein Hirn Gedanken lieferte: Also hat er ein Sonderschloss bauen lassen, das er jederzeit von außen aufschließen kann! Aber auch dagegen ließe sich etwas tun – am einfachsten einen Riegel anbringen!

Diese Blitzgedanken beruhigten mich seltsamerweise. Jetzt galt es nur, weiter und noch feiner zu denken! Und das tat ich. Mit Gleichgültigkeit in der Miene griff ich mit der Linken nach dem spannenlangen, fast spiegelglatten Wetzstein, während die Rechte weiterhin am Messergriff blieb. Dann begann ich, die ohnehin scharfe Spitze des Messers daran zu schleifen, so behutsam wie unser Vater, wenn er einem Stück Rinderfell die Haare abrasieren wollte, einmal herüber, einmal drüber.

Der Mensch rief vom Flur aus mit fröhlicher Stimme: »Bin wieder da!« Wackelte dann mit einem stattlichen Plastikbeutel in jeder Hand in die Küche, stellte die Mitbringsel auf den Tisch und fing an, alles auszupacken. Es waren lauter Tüten, Schachteln, Dosen, Gläser und Flaschen, darunter auch eine Sektflasche und – großer Himmel! – eine Rolle Klopapier! Letzteres empörte mich besonders, doch ich tat, als wäre ich in die Arbeit vertieft, die ich gerade verrichtete, und hätte daher kein Auge für seinen Kram.

Da hörte ich ihn sagen: »Was wetzt du denn da für ein langes Messer – willst du einen Hammel schlachten?«

Die Stimme klang so klebrig, dass ich spürte, wie mir die Finger um den Messergriff zuckten. Und bei dem Atemzug traf mein Blick aus dem Augenwinkel sein schweißglänzendes, mir zugewandtes Gesicht, auf dem auch noch ein breites Lächeln stand. Gerade hatte ich noch gedacht, ich würde eisiges Schweigen bewahren, jetzt aber konnte ich mir die Worte nicht mehr verkneifen, die mir schussbereit auf die Zunge fielen: »Eher einen Ochsen!«

Mir entging die Blässe nicht, die vielleicht nur einen Wimpernschlag lang auf seiner Stirn auftauchte und darauf von den Wellen eines weiteren, noch breiteren Lächelns überspült wurde. Jetzt sagte er: »Mit dem Blick und dem Messer dazu siehst du ja richtig furchterregend aus! Aber ich verstehe deinen Zorn, denn ich habe mich vorhin nicht sehr fein benommen. Das habe ich eingesehen, deshalb bin ich schnell zum Geschäft gestiefelt und habe ein paar Kleinigkeiten geholt, um um Verzeihung zu bitten.«

Ich erwiderte nichts, setzte meine Beschäftigung fort und überlegte.

Er richtete den Tisch. Öffnete die Sektflasche mit einem angeberischen Knall und ließ den schäumenden Inhalt in zwei Schalen einlaufen, da keine Gläser zu finden gewesen waren. Dann bat er mich zum Tisch. Diesmal klang die Stimme nicht so gekünstelt, nicht so widerlich süß. Darum ging ich und setzte mich. Er reichte mir eine der Schalen. Ich nahm sie und trank daraus, ohne darauf zu warten, dass er mit einem Spruch kam und um Vergebung bat. Dann fragte ich ihn streng und mit ernster Miene: »Du willst dich wirklich hier in meiner Wohnung einnisten?«

Er antwortete ebenso ernst: »Ja, natürlich. So lautet mein Arbeitseinsatz.« Und nach einer kurzen Unterbrechung fügte er hinzu: »Zumindest für eine bestimmte Zeit.«

Ich schwieg dazu, aß eine Kleinigkeit, trank einen weiteren

Schluck aus der Schale und erzählte dann: »Offensichtlich scheint ein Missverständnis im Raum zu liegen. Sonst würden weder meine Schwägerin noch du, ihr armer Kettenhund, euch mir gegenüber so benehmen. Ich bin keine Mittellose, wie ihr vermutlich meint. Mein lieber Mann, der immer weitsichtig gewesen ist und an alle Möglichkeiten dachte, hat mich rechtzeitig und großzügig mit eigenem Geld versehen. Auch bin ich alles andere als hilflos. Die persönliche Sekretärin eines Staatsministers hält alle möglichen wichtigen Drähte in der Hand, und diese könnten, wenn es nottut, schnell ins Spiel gebracht werden. Das ist die eine Seite meiner Person. Die andere ist: Ich bin um meinen Mann und mein Kind gebracht worden. Habe alles verloren und keine Freude mehr am Dasein. Ich gleiche einer verwundeten Wölfin, kann also manches Unheil anrichten und im süßen Rausch der Rache mit mir Schluss machen, sollte einer es wagen, mich zu sehr zu reizen!«

Dann schwieg ich. Auch er schwieg. So blieben wir weiter am Tisch und taten, als kämen wir der Pflicht nach, unsere Körper mit Essen und Getränken zu füllen, und vertilgten dabei eine ganze Menge. Schließlich griff ich nach der Sektflasche und schenkte den Rest in beide Schalen ein. Meine führte ich zum Mund, trank aber nicht, sondern wartete. Er folgte meinem Beispiel. Da sagte ich leise, aber bestimmt: »Nachher gehst du und kommst, wenn es unbedingt sein muss, morgen um sieben.«

Und was tat der Lümmel? Er sagte: »Das kann ich nicht. Ich muss hier bleiben und meine Dienstpflicht erfüllen!«

Ich stellte die Schale so heftig auf den Tisch, dass es knallte. Sprang auf, ergriff das Messer und streckte die Hand nach ihm. Das ging schnell. Unmöglich konnten dabei zwei Sekunden verstrichen sein. Die Messerspitze ruhte fingerkuppendicht an seiner Gurgel; er hatte es nicht fertiggebracht, die Schale abzustellen, also stand die Rechte mit der Schale eine Handbreit entfernt vor dem Mund in der Luft; die Linke lag, halb zur Faust gekrümmt, auf dem Tisch. Sein Gesicht wirkte blass und starr, nur die halb offenen Lippen zitterten merklich – ein erbärmliches Bild, das mir Erniedrigter die verletzte Seele ein wenig besänftigen und sogar belustigen durfte. Nur war ich weit davon entfernt, Befriedigung darin zu finden. Ich spürte in meinen Muskeln die Lust, die Messerspitze immer dichter an seine Haut zu bringen, hinter welcher die Schlagader hämmerte. Ja, ich hätte das blanke Messer mit der blinkenden Schneide hineingestochen, ohne mit den Wimpern zu zucken, wenn der Kerl die leiseste Anstalt gemacht hätte, sich zu widersetzen. Zu seinem und meinem Glück tat er das nicht. Stattdessen wurde er immer bleicher.

»Bleib hübsch sitzen und hör gut zu!«, sprach ich bedrohlich bestimmt. »Nicht nur ihr könnt befehlen und morden. Andere können es auch. Beim geringsten Ungehorsam wird diese schreckliche Gefängniswohnung mit deinem Blut begossen, und ich stelle mich der Polizei. Jetzt kannst du alles, was ich nenne, auf den Tisch legen, mit der linken Hand! Es geht los: Schlüssel!«

Die halb offene Hand bewegte sie sich zum eigenen Körper, zu der berühmten Weste, fuhr mit drei Fingern in eine der Taschen, holte den glitzernden Ring mit dem Schlüssel heraus und legte ihn auf den Tisch.

»Akku!«

Wieder kam er gefügig nach; er nahm meine Warnung ernst.

Dann befahl ich, beide Hände über den Nacken zu legen und die Finger zu verschränken. Was auch geschah. Ich sprach: »Du sollst bis morgen gut überlegen. Was mich angeht, werde ich sofort dafür sorgen, dass mein Leben wohlbeschützt ist. Dabei hätte ich nichts dagegen, wenn du mich weiterhin zwischen Ministerium und Wohnung begleitest. Was du meiner Schwägerin erzählst, ist deine Sache. Von mir wird sie nichts erfahren. Ich will nicht, dass du deine Arbeit verlierst. Nun steh auf und beweg dich langsam auf die Tür zu!« Er tat, wie ihm geheißen. Ich ging mit, das Messer immer noch auf die Kehle gerichtet, öffnete die Tür und ließ ihn hinaus. Zum Glück war auf dem Etagenflur niemand zu sehen. Ich sagte, fast fröhlich: »Also, bis morgen, sieben Uhr!«

Darauf schlug ich die Tür zu und schloss schnell ab. Atmete endlich tief und merkte dabei, wie aufgeregt ich doch war. Ich zitterte am ganzen Körper, der mir wie fremd vorkam. Fühlte die Angst, vermischt mit der Erschöpfung, in den Knochen. Aber ich wusste, jetzt durfte ich nicht nachgeben. So setzte ich den Akku wieder ein, er funktionierte. Ich konnte im äußersten Fall die Polizei herbeirufen. Doch was ich in der Hinsicht gehört hatte, war nicht gerade ermutigend. Dafür suchte ich mir ein paar Nummern heraus: ehemalige Mitstudenten, mit denen ich immer noch Kontakt pflegte, und Arbeitskollegen, von denen ich meinte, sie mochten mich und würden mir bei Bedarf helfen. Rief aber keinen an. Denn ich war zu dem Entschluss gekommen: Einer, der sich anfangs so angeberisch gebärdet, dann aber dermaßen blamiert hatte, würde es nicht wagen, etwas Ernsthaftes zu unternehmen – dafür war er zu eitel und zu feige.

So legte ich mich ins Bett, konnte aber nicht einschlafen. Mir kam es vor, als lauschte jener hinter der Tür und wartete nur darauf, dass ich in Schlaf verfiel. Ich stand auf, holte das Messer und legte es unter mein Kopfkissen. Bald darauf schlief ich ein. Und ich schlief ruhig. Lange blieb das Messer dort. Manchmal kam es mir so vor, als läge ich nicht mehr einsam in dem verwitweten Ehebett, sondern mein lieber Bumlham, den ich mit der dahinrinnenden Zeit immer mehr schätzte und immer bitterer vermisste, läge neben mir und bewachte und beschützte mich im Schlaf. Wie wäre ich froh gewesen, läge mein Bumlham einmal tatsächlich da, körperhaft und quicklebendig, mit dem leise pustenden Geräusch und dem leicht angezogenen Bein! Leider war solches nicht mehr möglich. Dennoch musste ich eines Tages das Messer von dort wegnehmen, denn ein Mann kam und nahm Bumlhams Stelle ein.

Ich bin vorausgeeilt, wir waren bei der ersten Nacht. Am nächsten Morgen klingelte Assar Schlag sieben Uhr an der Tür. Ich war auf manches gefasst. Wir wechselten einen flüchtigen Morgengruß, dann sagte ich: »Tritt also deinen Dienst an!« Er eilte zum Fahrstuhl, drückte auf den Knopf. Die Tür ging auf. Ich stieg ein. Er betrat die Kabine und drückte abermals auf einen Knopf. Keiner sagte ein Wort, bis wir unten ankamen und die Tür aufging. Ich stieg aus. Er eilte an mir vorbei, machte die Haustür auf und ließ mich durch. Dann ging er vor, ich folgte ihm. Wir kamen ans Auto, stiegen ein, und er fuhr los. Der Verkehr war noch nicht so dicht wie heute, also kamen wir nach einer Viertelstunde am Ministerium an. Ich sagte danke und stieg aus. Hörte keine Antwort. Also schien es mit dem Affenspiel ganz gut zu klappen.

Tatsächlich stand Assar mit seinem vergreisten Vehikel wartend da, als ich eine halbe Stunde nach offiziellem Arbeitsschluss aus dem Ministeriumsgebäude trat. Ich hatte den Zeitpunkt absichtlich hinausgezögert, da ich nicht wollte, dass andere mich sahen. Ich stieg wortlos ein, und er fragte nicht, weshalb ich so spät dran war. Ich hätte ihm während der Fahrt einen Grund dafür angeben können, aber ich tat es nicht. Auch sonst war ich darauf bedacht, jegliche Bindung zu ihm möglichst zu vermeiden. Im Fahrstuhl oben sagte ich: »Du brauchst nicht erst auszusteigen. Morgen kannst du erst sieben Uhr dreißig hier sein.«

Ich sah Unwillen in seinem Blick und begriff: Er wollte gern für meinen Mann gehalten werden, und vielleicht wollte er es in der Tat auch sein! Doch schon kehrte ich ihm den Rücken und eilte zur Tür. Noch während ich den Schlüssel drehte, hörte ich den Fahrstuhl abfahren. War ich erleichtert! Denn ich hatte geargwöhnt, er könnte versuchen, mit in die Wohnung zu kommen. Ich wünschte mir jemanden, der im selben Geschoss mit ausstieg. Doch zu meinem Kummer war da niemand.

Assar erschien am nächsten Morgen zu der genannten Uhrzeit und blieb am Abend, als er mich nach Hause brachte, im Fahrstuhl zurück. Das fand ich artig. Überhaupt schien es mit uns beiden, jeder in seiner Rolle, gut zu klappen. Wobei ich mehr als einmal von neugierigen Arbeitskolleginnen nach dem Mann in der auffälligen Bekleidung und mit dem genauso auffälligen Auto gefragt wurde. Ich hatte rechtzeitig an diese Frage und an eine passende Antwort darauf gedacht. So gab ich sie von Mal zu Mal überzeugender zum Besten, dass ich mit der Zeit wohl selbst daran zu glauben anfing: Dass ich inzwischen allein in einem etwas unheimlichen Hochhaus wohnte, gleich am ersten Tag dort von einem garstigen Typ belästigt worden war und beschlossen hatte, mir gegen ein geringes Entgelt einen Begleiter zu nehmen. Ein Leibwächter also?, wollte man wissen. Sozusagen, sagte ich arglos und fuhr dann lächelnd fort: Eigentlich zwischen Hauseingang und Wohnungstür. Und danach gefragt, ob ich denn nicht einen Besseren hätte nehmen können, gab ich vor: Der Inhalt wäre völlig in Ordnung! Mit der Häufigkeit der Wiederholung musste ich begonnen haben, selbst an diese Aussage zu glauben. Denn ich spürte den Widerwillen gegen den Begleiter immer deutlicher schwinden. Das musste jener auch gespürt haben; er begann, nach und nach gesprächiger zu werden und nicht so klebrig wie am Anfang. Auch seine Aufmachung ließ nach.

Eines Morgens auf dem Weg zur Arbeit fing er an, von sich zu erzählen. Er würde im Jurtenviertel im Norden der Stadt mit seiner betagten, kranken Mutter und den vielen jüngeren Geschwistern leben. Es wäre schwer, da keiner außer ihm eine Stelle hätte und dazu ein Bruder zum Trinken neigte. In meinem Hirn erwachte schnell der Verdacht, er würde mich anbetteln, ihm Geld zu leihen.

Also galt es, schnell und nachhaltig zu reagieren. Sosehr ich mein Hirn auch anstrengte, fiel mir nichts Besseres ein als ein Sprichwort: Wenn du es dir mit jemandem verderben willst, dann leih ihm Geld! Ich beschloss, mich auf diese Weisheit der Sesshaften zu berufen, doch die erwartete Bettelei blieb aus. Dafür fielen am Abend auf dem Heimweg weitere Worte, die fast nach einer Liebeserklärung klangen. Anfangs schmunzelte ich in Gedanken wehmütig darüber, ja, ich gestehe, ich war erfüllt mit dem Hauch einer Freude. Vielleicht war ich in meiner Weiblichkeit angerührt und darauf aus, anerkennende Worte zu hören. Freilich erwachte ich aus dem Traum der süßen Schmeichelei, als alles zu deutlich wurde.

Was er begehrte? Er wollte mit in die Wohnung und bei einer Flasche edlen Getränks, an einer Unterhaltung spinnend, eine kleine Ewigkeit mit mir verbringen. Und über Nacht in der Wohnung des gefahr- wie geheimnisvollen weiblichen Wesens bleiben, jenseits aller irdischen Sorgen. Ja, er hätte davon geträumt, in der Atemnähe eines edlen Geschöpfs als beschützende und helfende Hälfte, zumindest eine Zeit lang, leben zu dürfen.

Da hörte ich genauer hin und witterte darauf auch einen verdächtig säuerlichen Geruch. Ich bat ihn, an der Ecke, einen Block vor dem Ziel, an einer Bankfiliale zu halten. Er tat es, ohne zu fragen. Ich stieg aus und sagte, er solle morgen früh zur gewohnten Zeit kommen. Warum, wollte er wissen. Ich hätte verschiedene Rechnungen zu begleichen, log ich, das würde sicher länger dauern. Dann warf ich die Autotür zu und begab mich eilig ins Bürohaus. Von drinnen beobachtete ich das Auto. Es blieb stehen, wo es war. Schließlich fuhr er jedoch weg, und ich ging nach Hause. Der Flur war menschenleer. So schien es mir zumindest.

Als ich die Fahrstuhlkabine betrat und auf den Knopf drückte, zögerte die Tür irgendwie, sich zu schließen. Da stieg jemand ein. Ich erschrak und stieß einen leisen Schrei aus. Denn das war Assar. Die Tür ging zu, aber der Fahrstuhl setzte sich nicht in Bewegung. Jetzt witterte ich den Schnapsgeruch deutlich. Denn er stand mit dem Gesicht so dicht vor mir, dass ich seinen Atem spürte und dabei die brennende Lüsternheit in seinen Augen sah. »Gib den Schlüssel her!«, sagte er nicht allzu laut, aber sehr bestimmt. »Nein!«, erwiderte ich ebenso bestimmt. Er packte mich mit einer Hand am Hals und drückte mich mit der anderen so unsanft gegen Mund und Nase, dass mein Hinterkopf gegen die Metallwand knallte. »Bei Weigerung oder

Geschrei werde ich dich Aas sofort erwürgen, verstanden?!« Ja, ich verstand sehr wohl, welcher Gefahr ich ausgeliefert war. Verstand dies nun als eine Gelegenheit, eine Prüfung vor mir selbst und vor dem Leben: Der Augenblick war gekommen, endlich zu zeigen, was ich damals gelernt hatte und wofür ich überhaupt taugte!

Schnell überdachte ich meine Lage. Sie hätte besser nicht sein können: Meine beiden Hände waren frei, der Angreifer bot sich mir zum Greifen nah und arglos, dass ich nur kühl im Kopf und genau in der Ausführung zu sein brauchte. Ich sammelte mich zwei oder drei endlos lange Sekunden lang. Dann tat ich, was zu tun war: fuhr mit dem rechten Knie zwischen seine Beine, streckte die gespreizten Zeige- und Mittelfinger der Linken gegen seine Augen und stieß ihm mit den zusammengelegten, gespitzten Fingern der Rechten in die Achselhöhle. Dem Menschen entfuhr ein dumpf glucksender Laut, der Körper zuckte zusammen, krümmte sich und schnellte zurück. Und in diesem Augenblick geschah etwas Wunderliches: Die Kabinentür ging auf. Möglich, sie ist die ganze Zeit nur angelehnt gewesen.

Ich stürmte hinaus, indem ich das zusammengekrümmte Scheusal abrupt zur Seite stieß. Hätte er versucht, mich zu hindern, ich hätte weitere Übungen an ihm ausprobiert. Ja, in mir war das Feuer entfacht, zu kämpfen auf dieser Welt stinkender Ungerechtigkeiten. Aber er ließ sich widerstandslos aus dem Weg räumen. In mir war der Schock so groß, dass ich nicht wagte, nach Hause zurückzukehren. Ich fuhr mit dem Taxi zur Freundin, die über mein Aussehen erschrak. Ich sagte, ich sei im Fahrstuhl überfallen worden, von einem Fremden, und erzählte von meiner erfolgreichen Abwehr, was mir half, aus dem Schock zu kommen. Die Mutter der Freundin legte um meinen Hals und auf mein Gesicht einen Umschlag, getränkt mit starkem, milchlosem Salztee.

Am nächsten Morgen fuhr ich mit dem öffentlichen Bus zur Arbeit. Fragen neugieriger Kolleginnen wimmelte ich mit vorgefertigten Antworten ab. Wo der Leibwächter denn wäre? Entlassen wegen einer Saufgeschichte! Kurz vor Dienstschluss kam ein junger Mann, der sich als Nachfolger von Assar vorstellte. Anfangs wollte ich von ihm nichts wissen. Sagte, Schluss wäre mit dem Affenspiel. Ich würde das nicht mehr mitmachen. Er solle seiner Chefin ausrichten, wenn sie nicht aufhörte, wäre ich gezwungen, das Gericht einzuschalten. Da überzeugte er mich mit Folgendem: Unabhängig von dem Ziel, das die Schwägerin verfolgen mochte, solle ich die Gelegenheit ergreifen und alles Aufbauende für mich ausnützen. Man müsse heute in der Stadt motorisiert sein, um einigermaßen bequem leben zu können. Wäre mir nicht ein Dienstwagen mit Fahrer angeboten worden, was mich nichts kostete außer ein wenig Nerven? Das war erstens. Und zum Zweiten: Durch die Annahme des Angebots wäre mein Leben besser geschützt, vor möglichen Eingriffen vonseiten der – Firma! Was mich verblüffte: Was konnte hinter dieser ungeschminkten Wahrheit stecken?

Schließlich fragte ich den jungen, fremden Mann ebenso ungeschminkt: »Was verspricht sich deine Chefin von diesem Theater, das sie ja Geld und sicherlich auch Nerven kostet?«

Die Antwort fiel ebenso unvermittelt: »Es sind einerseits der Größenwahn, andererseits die kühne Überlegung, die diesen kleinen praktischen Schritt nötig machen. Die pflichtgemäße Vorsichtsmaßnahme, gegenüber einer Person, die gewisse Dinge weiß, einem daher gefährlich erscheint und wenigstens halbwegs unter Kontrolle gehalten, mehr aber, an eine Verpflichtung gebunden werden muss.«

»Meinst du, das wäre alles?«, sprach ich streng. »Dann wäre ich von der Ernsthaftigkeit deiner Person doch ein wenig enttäuscht!«

»Gewiss gibt es einen dritten Grund, aber den kennen Sie doch selber«, sagte er geduldig. Er siezt mich?, dachte ich überrascht und schätzte ihn auf keinen Fall jünger als mich. War das Ehrfurcht?

»Ich soll im Blick der Mitmenschen ausschauen wie eine merkwürdig Bemannte, nun, wie eine, die Männer wechselt – richtig?«

»Ja. Und ein weiterer Grund wäre gewiss, über Ihre Person so gut wie möglich im Bilde zu sein und Sie kraft dessen klein zu halten!«

Wieder war ich verblüfft über so viel Offenheit. Das war rätselhaft und quälte geradezu. Doch es verlockte auch. So weigerte ich mich nicht länger und war später froh über diese Entscheidung. Denn Bairaa – so hieß er – war anders beschaffen als sein Vorgänger, ein voller Kerl mit klarem Verstand und einer unbeschmutzten Gemütsart. Er war, wie ich bald zu spüren bekam, einer von denen, die sich nach ihrem vormaligen Chef sehnten und unter der neuen Machthaberin litten. Und er hatte ein besseres Fahrzeug, und darin gefahren zu werden machte sogar Spaß. Das war vielleicht der Grund, weshalb ich eine weitere Mär ins Ministerium entließ: Der Betrieb meines verstorbenen Mannes hätte mir nach einem unliebsamen Vorfall einen Begleiter zur Verfügung gestellt.

Mit Bairaa verstand ich mich gut. Gewiss wird er, seinem Dienstauftrag entsprechend, dies und jenes über mich weiterberichtet haben. Aber auch ich bekam von ihm Berichte über den Lebensalltag im Betrieb wie auch in der Sippe. So erfuhr ich durch ihn, was mit Assar passiert war. Er war mit einem schuldbleichen Gesicht und zwei angeschwollenen, roten Augen bei der Chefin erschienen, vor ihr auf die Knie gefallen und hatte seine Schande gestanden, allerdings in einer gemilderten Fassung – hatte von einem Kuss erzählt, den er in einem schwachen Augenblick mir hatte geben wollen, weswegen ich ihm völlig überraschend mit zwei gespreizten Fingern in die Augen gefahren sei. Worauf die Chefin ihn nachgeäfft hatte: »Wegen eines Kusses, den ich ihr in einem schwachen Augenblick habe geben wollen!« Dann hatte sie ihn angeschrien: »Hast du nicht so eine satte Fresse zur Schau getragen, dass man meinen musste, du hast die stolze Stute längst windelweich geklopft und spindeldürr beritten?« Und schließlich hatte sie den Stümper wegen der vollzogenen Schande an dem guten Ruf der Firma blaubunt verprügeln lassen.

Eine der wichtigsten Auskünfte, die ich bekam, war: Ich solle so lange bewacht werden, bis ich einen Mann neben mir haben würde. Das konnte man auch so verstehen: Bis ich einen der Wächter – alles Junggesellen! – an mich heranlassen und so in der Falle sitzen würde. Wenn das so ist, dachte ich in einer schwachen Stunde, in der mich die Einsamkeit besonders quälte, wäre da nicht dieser Bairaa die beste Wahl? Und sofort kam ich mir wie eine Schuldige vor Bumlham und unserem Kind vor, als wenn sie mir aus nächster Nähe zuschauten. Und da beschloss ich, mein Leben als Junggesellin zu verbringen. Wenig später kam ein weiterer Gedanke hinzu: Wir werden sehen, wer geduldiger ist, Hexe – ob dir der Mut reicht, mich mein Leben lang im Dienstwagen fahren zu lassen!

Von da an bekam ich jedes Mal heftiges Herzklopfen, wenn ich meinen Begleiter sah. Ich weiß nicht, ob ich dabei auch errötete. Der gute Mann blieb freundlich und zurückhaltend auch. Doch er wurde bald abgelöst. Durch wen? Durch den, der mir an jenem Tag, an dem mich das Machtweib hatte erniedrigen wollen, begegnet war und mich gleich mit Gänsehaut überzogen hatte. Eine wahrhaft böse Überraschung! Dabei war der Mensch gar nicht so unverschämt wie der Erste. Dennoch konnte ich seine Nähe nicht ertragen.

Und da ritt mich der Teufel – ich ließ den Entschluss, bis zum Lebensende Junggesellin zu bleiben, von der Windhose meines unbeständigen Gemüts wegtragen und fing an, ernsthaft daran zu denken, wie ich denn an ein männliches Wesen käme, das mich von der Rolle befreite, weiterhin Freiwild in den Augen jenes machtgierigen, geldreichen Weibes und aller ihrer gehaltenen Lakaien zu bleiben. Kaum gedacht, fiel mir schon ein, wer dieser Mann sein könnte. Ein nicht unbedingt schlecht aussehender und recht drahtig wirkender Kerl, der seit Langem hinter mir her gewesen, für dessen dümmlich-langweilige Liebeserklärungen ich jedoch bis zur Stunde nur Spott und bestenfalls eine Hungerportion gönnerhafter Duldsamkeit übrig gehabt hatte. Ich rief ihn an und bat ihn zum Test um eine kleine

Gefälligkeit. Bald erschien er mit erfülltem Auftrag. Ich sah ihm den Freudentaumel und die hündische Bereitwilligkeit an, mir weitere Aufträge abzunehmen. Was mich ehrte und auch rührte.

Also erteilte ich ihm den nächsten Auftrag. Er sah mich ungläubig an, denn es war ein unverschämter Auftrag, der an eine Verrücktheit grenzte – eigentlich eine Frage zunächst, in der aber die Antwort von vornherein mit eingeschlossen war: Ob er bereit wäre, meinen Geliebten, meinen Mann zu spielen?

Ja, es fing als Spiel an. Und was gespielt ist, geht immer leichter über die Bühne. So auch da. Zuerst stellte ich ihn dem Wächter als meinen Freund vor, darauf nahmen wir ihn ein Stück im Auto mit. Dann kam er mit bis zum Haus, ging bis zur Wohnungstür und betrat die Schwelle, während der Wächter, wie immer, draußen blieb. Und eines Morgens machte er die Wohnungstür auf, als es klingelte. Und kam mit, stieg unterwegs vor dem Justizministerium aus, wo er angeblich eine Sitzung hatte. Bei der Weiterfahrt erzählte ich, dass der Freund ein erfolgreicher Ermittler wäre, der im Auftrag von Firmen und Privatleuten arbeitete. Wir trieben das Spiel so weit, dass ich am nächsten Morgen, nachdem wir wieder zu dritt vor dem Ministerium angekommen waren, selber ausstieg, während der Freund seelenruhig sitzen blieb und zu dem Wächter, nun: Fahrer, befehlerisch sagte: »Du hast ja den ganzen Tag sowieso nichts zu tun. So fang ab heute an, dich ein wenig nützlich zu machen, indem du meinem Mann dienst!« Darauf entfernte ich mich eilig, ohne auf seine Antwort zu warten.

Gegen Mittag rief mich der Möchtegernermittler an. Der Fahrer sei abgehauen. Als ich nach Dienstschluss hinaustrat, waren weder das Auto noch der Wächter zu sehen. Dafür kam mir der Spielfreund entgegengelaufen und sah mich mit einem strahlenden Gesicht an, das besagte, Auftrag erfüllt! Sogleich erfuhr ich, was vorgefallen war. Der Wächter habe eine Weile gezögert, sei dann losgefahren und habe erst auf der Hauptstraße gefragt: »Wohin soll es denn gehen?«

Der Spieler habe gesagt: »Immer nur geradeaus!« So seien sie eine gute Stunde gefahren, schweigend beide, bis die Stadt aufhörte und die Steppe begann. Dann habe der eine gesagt: »Rechts ab und auf der Piste bleiben!« Der andere sei der Aufforderung gefolgt. Sie seien so lange gefahren, bis sich am Horizont ein Owoo zeigte. Der neue Befehl habe gelautet: »Darauf zufahren!« Dort angekommen, sei der Ermittler aus dem Auto ausgestiegen und habe sich alles angeschaut und Notizen gemacht. Darüber sei eine weitere Stunde vergangen. Dann sei er wieder eingestiegen und habe gesagt: »Zurückfahren!« Wieder in der Stadt, habe man vor einer Kreuzung den neuen Befehl erteilen wollen: »Links und bei der dritten Straße wieder links!« Da sei der Geduldsfaden des Wächters endlich gerissen, und er habe das eisige Schweigen beendet.

»So geht es nicht weiter!«, habe jener gebrummt.

»Wieso nicht?«, habe dieser den Erstaunten gespielt. »Du und das Auto stehen doch meiner Frau während der ganzen Arbeitszeit zur Verfügung!«

»Das denkst du vielleicht?«

»Ja, das denke ich!«

»Falsch gedacht!«

»So? Habe ich wieder falsch gedacht, wenn ich dir sage, meine Frau wird dich wegen Dienstverweigerung entlassen?«

»Die mich entlassen? Hahaha!«

»Unterschätze sie nicht, armer, armseliger Wächter!«

»Unterschätze du mich nicht, Schnüffler! Sonst werde ich dich auf der Stelle rauswerfen und dir obendrauf noch die Nase platt schlagen!«

»Wage es, du vierbeiniger Kettenhund! Und wisse, ab hier und heute wirst du dem Adlerauge der Justiz nicht mehr entgehen, du bezahlter Verbrecher!«

»Raus, ehe ich dich erschlage!«

Der eine stieg aus, der andere brauste davon.

So ist das, dachte ich erleichtert. Und sprach doch mit einer gewissen Wehmut: »Nun habe ich kein Auto und keinen Wächter mehr.«

»Dafür hast du mich!«, sagte der Spielfreund fröhlich.

Ich erwachte wohl aus einem Tagtraum und schaute mir den Mann zum ersten Mal aufmerksam an. Es kam mir vor, als hätte ich ein schweres, sperriges Gepäck eingetauscht gegen ein anderes, kleineres, nicht wissend, was darin war. Mir war seltsam zumute. Unmöglich konnte ich zu ihm sagen: Geh nun, ich brauche dich nicht mehr, Fremder! Ich fühlte mich des Dankes schuldig. Also sollte ich ihn wenigstens zu einem Essen einladen. Gedacht, getan. Ich ging mit ihm in das Restaurant auf der anderen Seite der Straße.

Es war gemütlich dort. Wir aßen gut, tranken dazu. Führten dabei ein lustiges Gespräch. Sehr bald merkte ich, ich hatte auf den Richtigen gesetzt – er war der geborene Spieler. Ich lachte viel an dem Abend. Später, jedes Mal, wenn ich mit den Tränen kämpfte, habe ich an diese Stunden denken müssen: Das viele, affige Gelächter, schlecht passend zu einer Witwe, ist es wohl gewesen, das künftiges Weinen als Gegenpreis verlangte! Ach, so angeheitert bin ich vorher und nachher nie gewesen. Denn ich war trunken, betrunken. Das hatte der Spielmann erreicht. Irgendwann fuhren wir mit dem Taxi nach Hause. Zu meiner Rechtfertigung sollte ich wenigstens erwähnen, dass ich ihm zuerst unten vor der Haustür Auf Wiedersehen, dann oben vor der Wohnungstür Gute Nacht gesagt habe. Aber er bestand darauf, mich ganz bis zu mir gebracht zu haben, damit er selber nachher in Ruhe zu Bett gehen könnte. So kam er mit in die Wohnung und zum Schluss noch ins Bett. Es war wohl ein Leichtes für einen berufsmäßigen Spielmann, eine besoffene, dazu noch ausgehungerte junge Witwe weichzubekommen.

Ich möchte Euch zweierlei unumwunden gestehen. Erstens, seinen üblen Kern durchschaute ich nicht gleich. Ich dürfte in der Hinsicht noch blind gewesen sein, trotz allem, was ich erlebt hatte. Er war wohl die hohe Schule, die ich noch zu durchlaufen hatte, um das Wesen Mann endgültig ergründen zu können. Zweitens, er war noch jung – um ganze drei Jahre jünger als ich – und hatte einen festen, von Muskeln durchzogenen Körper, trotz seines Lasters, der Trinksucht. Es verstrich eine Menge Zeit, bis mein dummes, gieriges Fleisch befriedigt war und ich erkennen konnte, wen ich am Hals hatte. Da war es bereits zu spät. Das behauptete er zumindest, da er sich meinetwegen von einer Frau getrennt hätte, die ihm ein sicherer Hafen im Leben gewesen sei. Nun war ich dazu verpflichtet, ihm jene zu ersetzen. Freilich versuchte ich, dagegen anzugehen. So warf ich ihn aus meinem Bett. Also hielt er sich im anderen Raum auf. Doch welche Belastung, einen Arbeitslosen und Trunksüchtigen nebenan beherbergen und beköstigen zu müssen! Das Biest war schlau. Sagte keineswegs, er wäre gewillt, sich ein Leben lang von mir versorgen zu lassen. Nein, er sprach immer wieder von Aussichten auf eine Arbeitsstelle. Sobald er eine Arbeit hätte, würde er zu seinen Eltern und Geschwistern gehen, die in großer Not lebten, irgendwo am Stadtrand. Aber ich wusste, er war durchaus gewillt, mich auszunützen, so lange es nur ging.

Ihr werdet mich fragen, warum ich nicht die Polizei holte und ihn rauswerfen ließ. Daran dachte ich schon öfter, doch ich kannte den Kerl mittlerweile gut genug. Er war nicht nur schlau, er konnte auch gewalttätig werden, besonders wenn er getrunken hatte. Würde mich die Polizei ein Leben lang vor ihm und seinen Saufkumpanen schützen können?

Das Traurige war, er durchschaute mich mit meiner Angst. Und so wurde er mit der Zeit immer dreister. Das, was gestern passiert ist, muss nicht unbedingt der Gipfel gewesen sein. Nein, es fehlt nur wenig, ihn zu einem Mörder und mich zu einer Leiche werden zu lassen. Das habe ich begriffen, als ich letzte Nacht aus dem Vortod erwachte und den Unmenschen auf meinem Bett und neben meinem Körper, seit Stunden besinnungslos, liegen spürte und seelenruhig schnarchen hörte.

Nun hat dieser unerträgliche Zustand ein Ende. Was dem auch folgen mag, wird besser sein als das Gewesene, denn ich bin Euch begegnet. Was das bedeutet, habe ich begriffen, während ich meine Lebens- und Leidensgeschichte vor Euch ausgebreitet und mir von den Schultern gewälzt habe. Mir ist endlich etwas geglückt, nach dem ich mich seit Langem schmerzhaft gesehnt habe: Ich habe einen Menschen gefunden, dem ich mich ohne Angst nähern und an den ich mich ohne Scham anlehnen darf, sooft mir danach ist. Ihr seid dieser Mensch, die Stütze meines müden Rückens, der Unterschlupf meiner Seele. Das fühle ich. So werde ich beim Aufstehen wieder fest auf den Beinen stehen und jedem, wer er auch sei, in Augenhöhe begegnen, dabei aber auch verletzlich bleiben, sobald ich dem neuen Tag entgegentrete.

Nüüdül hatte sich anfangs wieder und wieder leise geräuspert, um wissen zu lassen, er sei noch wach und höre zu. Dann fing er an, immer vernehmbarer zu schnaufen. Und schließlich hatte er gegen den Weinkrampf kämpfen müssen, der mit einem Mal so weit war, seinen ganzen Körper von innen heraus zu erschüttern, um ihn wohl zu sprengen. Endlich ließ er dem Druck freien Lauf. Es war das schwerfällige, qualvolle Weinen eines alten Mannes, bei dem allein der Himmel wissen mochte, wann er das letzte Mal so heftig geweint hatte. Die abgehackten, hohen Laute wurden bald leiser und ruhiger und gingen in regelmäßiges Schluchzen über.

Sie, die diesen Gefühlsausbruch ausgelöst hatte, bewahrte Schweigen, wartete ab. Und als endlich Stille eingetreten war, sprach sie: »Sollte ich die Saiten Eurer Seele zu sehr angespannt haben, so bitte ich um Vergebung!«

»Ach wo«, entgegnete er, wie beschämt. »Wenn hier einen Schuld treffen soll, dann bin ich es, der es gewagt hat zu weinen. Aber du musst wissen, liebes Kind, es hat dem alten Kerl mit dem ausgehenden Herd gutgetan, ein wenig Salz und Asche loszuwerden.«

Dsajaa war so gerührt von diesem Geständnis, dass nun auch sie anfing zu weinen.

Sanftes Klopfen an der Tür. Die beiden, in tiefem Schlaf, nehmen es dumpf wahr. Aber keiner bringt es fertig, sich vom festen Griff des süßen Schlafes zu lösen. Es wird wieder geklopft, nun lauter. Sie erwachen. Es ist helllichter Tag. Sie nehmen einander wahr. Zuerst ist sie es, die ruckartig auffährt, von Panik erfasst. Er, selber auffahrend, sagt mit sanfter Stimme bestimmt: »Keine Angst, das ist der Oberst. Du kannst, wenn du willst, ins Bad gehen. Ich mache auf.«

Ein junger Polizeileutnant grüßt den Hausherrn in Schlafanzug und berichtet: Der Oberst habe ihn geschickt. »Komm rein, mein Kind«, sagt Nüüdül, geleitet ihn in die Küche, und während er Wasser aufsetzt, erzählt er, dass man recht spät ins Bett gekommen sei. Der Gast hat am niedrigen Tisch Platz genommen, mit geübtem Blick alles gestreift und nickt verständnisvoll. Dann hört er sich an, was vorgefallen ist und wo Hilfe gebraucht wird. Auf Nüüdüls Ruf hin betritt Dsajaa die Küche. Der Leutnant fragt sie nach der Nummer ihrer Wohnung und nach Sachen, die sie sofort braucht. Das Handy und den Schlüssel, sagt sie. Dann trinken sie Tee. Nach einer Schale erhebt sich der junge Mann, der eine angenehme Frische ausstrahlt, und sagt: »Trinkt euren Tee weiter, ich bin gleich zurück.«

Der Leutnant stellt schnell fest, dass die betreffende Tür kein Guckloch hat und der Klingelknopf frisch abmontiert worden ist. Eher sachte als derb klopft er gegen die tadellos saubere Platte mit der ebenso sauber gemalten Nummer. Schlurfende Schritte sind zu hören, und die Tür geht auf. Der junge Mann in Unterwäsche mit dem leicht aufgedunsenen Gesicht, aus dem ein Paar zorniger, schräger Augen späht, fährt zurück – offenbar hat er jemand anderen erwartet. Der Besuch, die Hand längst auf der Türklinke, schaut ihn scharf an, sagt kurz: »Polizei!« und betritt die Schwelle.

Der Leutnant schickt in alle Räume einen prüfenden Blick, dann tritt er an den Mann und spricht mit klarer Stimme: »Gib das Handy der Bewohnerin und die Wohnungsschlüssel her!« Der Mann streift den Uniformierten mit einem entmutigten Blick und wendet sich ab, um dem Befehl zu folgen. Er bringt tatsächlich die beiden genannten Gegenstände herbei und legt sie wortlos in die Hand, die sich ihm ungeduldig entgegenstreckt. Der Leutnant sagt unwirsch: »Warum nur *ein* Schlüssel?«

Der Mann entgegnet: »Den anderen brauche ich.«

»Die Zeit ist vorbei, du Eindringling!«, sagt der Leutnant streng. »Ab jetzt hast du hier nichts mehr zu suchen. Gib also auch den Schlüssel, den du bisher widerrechtlich besessen hast!« Der Mann zögert. Der Leutnant wartet stumm, dann jedoch spricht er laut und abgehackt: »Zieh dich an, aber schnell!« Der Mann trottet in das Zimmer mit dem breiten Bett, das nach übelster Unordnung ausschaut. Bald kommt er in Hosen und einem Sporthemd heraus. Der Leutnant empfängt ihn ungeduldig: Packt mit der Linken die Rechte des Gegenüberstehenden, schon kommt die andere Hand hinzu, und – er steckt in Handschellen!

Der Leutnant lässt einstweilen von ihm ab, zückt eine kleine Kamera aus der Uniform und fängt an, die Wohnung zu filmen. Zum Schluss nimmt er auch den Gefesselten auf – von vorn, von der Seite und aus nächster Nähe. Diesem bricht der Schweiß aus, und die Lippen fangen an zu zittern. Ihm, der bisher gedacht und gehandelt haben dürfte wie Hunderttausende andere Rohlinge in diesem patriarchalischen Land, steht plötzlich die Macht der Staatsgewalt gegenüber. Da überkommt ihn großer Respekt. Dieselbe Angst, die ihn auch packen müsste, würde er in seiner Nähe einen lebendigen Wolf entdecken.

Der Staatsvertreter spricht: »Du hast zwei Möglichkeiten. Die erste ist, ich nehme dich mit und übergebe dich der Rechtsbehörde. Die zweite ist, du nimmst deine Sachen und verschwindest, um dich hier nie wieder blicken zu lassen. Nun!?«

Der Mann in Handschellen antwortet, ohne zu zögern: »Ich gehe.«

»Dann brauche ich deine schriftliche, eidesstattliche Erklärung, dass du dieses Haus nie wieder betreten und die Bewohnerin dieser Wohnung nie mehr belästigen wirst.«

Der Mann in Handschellen nickt und sagt: »Ich bin mit allen Bedingungen einverstanden.«

Der Staatsvertreter befreit ihn von den Handschellen, holt einen Notizblock aus der Tasche und hält ihn mit einem Stift jenem vor. Dieser fängt ergeben an zu schreiben, dann gibt er ihn dem Besitzer zurück.

Der Staatsvertreter schaut sich das Geschriebene flüchtig an und sagt: »Wir werden das Haus, die Wohnung und die Bewohnerin unter besonderen Schutz stellen. Solltest du von deinem Versprechen abweichen, werden wir dich schnell finden und zur Verantwortung ziehen!«

Der Mann gibt den bisher verweigerten Schlüssel heraus und packt seine Sachen. Sie füllen eine Reisetasche und etliche Plastikbeutel; um alles unterzubekommen, zieht er sich an diesem längst angebrochenen Hochsommermorgen manche dicke Wintersachen an – er muss hier schon lange gehaust und sich daheim gefühlt haben. Zum Schluss verlässt er vollbepackt die Wohnung. Der Leutnant schließt die Tür ab und kommt mit. Im Etagenflur stehen schon Leute, und der Fahrstuhl lässt lange auf sich warten. Als er endlich kommt, stehen darin weitere Leute, doch der Leutnant schiebt den Bepackten gnadenlos hinein und denkt: Eigentlich ist das genau der richtige Abschied für einen Ungebetenen, der hier nichts zu suchen hat!

Der Leutnant sieht den Mienen von Dsajaa und Nüüdül an, wie ungeduldig sie auf seine Rückkehr gewartet haben. So schickt er schon ein Lächeln voraus, bevor er die Küche betritt und das Handy und die beiden Schlüssel auf den Tisch legt. Dann sagt er: »Die Operation Befreiung der widerrechtlich besetzten Wohnung ist erfolgreich durchgeführt! Ich bürge dafür, dass der Eindringling es nicht wagen wird, zurückzukehren! Sie, Bürgerin, können sofort wieder in die Wohnung einziehen!« Die Körperhaltung und die Stimme des jungen Mannes verraten das Selbstbewusstsein eines Menschen, der seine Dienstpflicht erfüllt hat und rundum damit zufrieden ist.

Dsajaa weiß nicht, wie sie sich bei dem kraftstrotzenden, blutjungen Menschen bedanken soll. Am liebsten möchte sie losweinen, aus mancherlei Gründen: Sie fühlt sich als Mensch geachtet, als Frau beschützt und als Staatsbürgerin eines Irrtums behoben – bis jetzt hat sie von der Polizei keine eigene Meinung gehabt, und das, was sie darüber hörte, ist vorwiegend Abschlägiges gewesen. Erst vor zwei Tagen hat sie im Fernsehen von einem Staatskritiker gehört: Nicht, dass unser Rechtswesen gänzlich aufgehört habe zu funktionieren, nein, es könne sich als ein durchaus fähiges Instrument erweisen, jedoch nur, wenn es um Aufträge von oben geht, gerichtet nach unten.

Verwirrt schaut sie vor sich hin und denkt: Was wäre geworden, wenn Nüüdül nicht gewesen und er den Oberst nicht gekannt hätte? Wenn sie, eine Frau aus dem Volk, sich selbst an die Polizei gewandt hätte? Da sie keine Antwort darauf weiß, glaubt sie umso besser zu wissen: Sie hat alle Gründe, dem, der längst in ihrem Herzen thront, Dankbarkeit zu erweisen. Gleich darauf berichtigt sie den Gedanken: Grenzenlose Dankbarkeit!, denkt sie von Neuem. Doch merkt sie, auch das befriedigt sie nicht. Wenn schon, denn schon – grenzenlose Dankbarkeit und ewige Treue!

Sie bekommt sich in den Griff und öffnet ihre Sinne dem, was nebenan im Gange ist.

Die Männer führen ein reges Gespräch. Oh, Nüüjäh!, denkt Dsajaa voller Bewunderung mit einem sanften Blick auf den Hausherrn. Hatte der forsche Kerl vorhin nicht den Anschein erweckt, er würde gleich aufbrechen, um seinem Chef die Erfüllung des Auftrags zu melden und den nächsten Auftrag zu empfangen? Nun habt Ihr ihn in einen Gast verwandelt, der behaglich dasitzt und mit Euch Tee und Gedanken teilt! Der neue Name drückt Höflichkeit wie auch Liebe aus, und so ist sie glücklich über ihre Erfindung und nicht minder stolz darauf.

»Also war er gar nicht so gefährlich, wie ich befürchtet habe«, sagt der Ältere, sichtbar erleichtert, und schaut den Jüngeren fragend an.

Dieser aber berichtigt mit der Überlegenheit eines Fachkundigen: »Als Laie nimmt man gern an, die schlimmsten Verbrechen würden von denen begangen, die sich auf Schritt und Tritt barsch benehmen und nach Räubern und Mördern ausschauen. In Wirklichkeit aber sind gerade die Ängstlichen und Unsicheren die Gefährlichsten. Erstens, weil sie in brenzligen Momenten viel eher Waffen einsetzen, und zweitens, weil sie, ihrer Schwäche bewusst, Hass in sich tragen, der sie dazu treibt, der verhassten Mitwelt Schaden zuzufügen, wann immer nur möglich!«

Der Hausherr schaut ehrfurchtsvoll auf den Gast, der trotz seiner jungen Jahre schon so klug zu dozieren weiß, und fragt schließlich: »Muss man also doch mit Gefahren vonseiten jenes Menschen rechnen?«

Dem Gast huscht ein Schatten über das klare Gesicht. Er hat begriffen, dass ihm wegen seines Eifers ein Fehler unterlaufen ist. Jetzt spricht er bedächtig: »Ich würde, lieber Onkel mit dem versilberten Haupt, Eure Frage mit einem klaren Nein beantworten. Das, was ich vorhin geschildert habe, war etwas Grundsätzliches. Was unseren Kerl betrifft, bin ich voll und ganz davon überzeugt, dass er künftig möglichst das Weite suchen wird. Denn er hat nicht nur den Kampf verloren, sondern sich auch in vielfacher Hinsicht blamiert. Er ist kein hart gesottener Verbrecher, sondern bloß ein kleiner Schmarotzer. Und was seine Trinksucht und Gewalttätigkeit angeht, ist er lediglich einer von vielen. Wollte ich ihn deswegen einsperren lassen, müsste ich auch eher die größere als die kleinere Hälfte des Volks samt einem Großteil der leitenden Staatsfunktionäre hinter Gitter bringen. Was natürlich nicht geht. Irgendwann würde ich meine Arbeit, möglicherweise auch noch mein Leben verlieren, da unter den Opfern – so heißen die Bestraften mehrheitlich – wahrscheinlich auch ein Ministersöhnchen oder ein Abgeordnetenneffchen oder ein Milliardärstöchterchen gewesen sein wird!«

Dsajaa fällt ihr Gedanke über das lahmende Rechtswesen wieder ein, und jetzt glaubt sie, den jungen Menschen in neuem Licht zu sehen. Da wendet der sich an sie. »Sie, Bürgerin«, sagt er in einem strengen Ton, der nicht zu seinem Alter, wohl aber zu seiner Uniform passen mag, »sollten künftig achtsamer bei Ihren Beziehungen sein. Denn der Mann, den Sie mit unserer Hilfe soeben losgeworden sind, wird unmöglich Sie aufgegabelt haben. Vielmehr müssen Sie ihn irgendwo aufgelesen und über Ihre Schwelle mitgeschleppt haben!«

Sie zuckt zusammen und denkt: Woher weiß er denn das? Dabei schickt sie Nüüdül einen Seitenblick. Der schweigt und schlürft an seinem Tee. Da richtet sie sich auf und spricht gut hörbar: »Ich danke dir, lieber kleiner Bruder, für den weisen Ratschlag und darf dir mitteilen, was die große Schwester längst beschlossen hat. Sie wird zeitlebens versuchen, den rauf- und sauflustigen, stramm bemuskelten und schwach behirnten Männern dieser Welt mit dem Spürsinn einer angeschossenen Wölfin aus dem Weg zu gehen!«

Der Leutnant zeigt ein belustigtes, aber keinesfalls abschätziges Lächeln um seinen schönen Mund und sagt: »Das hört sich kraftvoll an und verrät wohl manche künstlerische Ader!«

»Wieso künstlerisch?«, entfährt es ihr.

»Weil übertrieben.«

»Ist denn Kunst Übertreibung?«

»Die ganze Kunst lebt von Übertreibung, wie alle Lebewesen vom Sauerstoff leben!«

»Sind denn demnach die Künstler Übertreiber?«

»Ja natürlich!«

»Das enttäuscht mich aber, von einem so gebildeten jungen Menschen ein so dummes Urteil über die Künstler zu hören, die meiner Meinung nach die Seele der Menschheit darstellen!«

»Dieser Meinung bin auch ich. Und darum habe ich es gar nicht geringschätzig gemeint. Denn ich sehe in der Übertreibung lediglich einen Überschuss an Kraft und Leidenschaft. Damit wir uns richtig verstehen und uns am Ende dieser gastlichen und erholsamen Stunde in Freundschaft voneinander trennen, liebe große Schwester: Malen ist mein Hobby, besonders gern erprobe ich mich an Porträts. Jeder von Ihnen beiden hat auf seine Art ein ansprechendes, schönes Gesicht, sodass ich vorhin gedacht habe: Wenn ich mich in meiner Malkunst um einiges sicherer fühle, werde ich Sie bitten, Sie porträtieren zu dürfen, am besten zusammen.«

Sie sieht den Hausherrn groß an. Dabei meint ihr Blick nicht Nüüdül, sondern Nüüjäh. Er blickt zurück, als hätte er den feinen Unterschied bemerkt. Der Leutnant bedankt sich für die Bewirtung und erhebt sich. Die beiden folgen seinem Beispiel.

»Ich danke dir für alles, mein Junge«, sagt der Hausherr, »überbringe bitte diesen Dank eines Bürgers auch im Namen einer Bürgerin des mongolischen Staates dem Herrn Oberst mit der Versicherung, ich werde ihm weiterhin zur Verfügung stehen, wann immer er mich braucht!« Damit streckt er die Hand aus. Der Leutnant ergreift sie, wirft dabei einen Blick auf das dritte Glied in der Runde und sagt: »So manche der älteren Kollegen witzeln über meinen Diensteifer und wollen voraussehen, dass ich mich bald an der Wirklichkeit stumpf gerieben haben werde. Doch ich träume weiterhin von einer Zeit, da die Polizei nicht mehr das Machtinstrument einer bevorrechtigten Minderheit sein, sondern sich zum Schutzschild für das ganze Volk vor jeglichen unliebsamen Eingriffen entwickeln wird.« Darauf greift er mit seiner Linken nach der rechten Hand der Frau, zieht sie zu den beiden ineinanderliegenden Händen der Männer heran, legt ihre behutsam darauf und sagt: »Mich freut es immer, die Mitmenschen in gutem Einvernehmen miteinander zu wissen. Bitte, gehen Sie nicht gleich auseinander, weil der Knoten, der Sie zusammengeführt hat, nun gelöst ist! Pflegen Sie weiterhin gute Nachbarschaft und stehen Sie einander in allen großen und kleinen Herausforderungen des Lebens bei! Denn wir Menschen sind vereint immer stärker!« Dann endlich lässt er die Hände los und geht.

Die beiden bleiben zurück. Ihre Herzen pochen etliche Male laut, ohne dass ein Wort fällt. Endlich spricht er, in die Küche zurückgekehrt, wo sie bereits angefangen hat, den Tisch aufzuräumen: »Ein prächtiger Junge!«

»Ja, ein Mensch mit Seltenheitswert!«, entgegnet sie ihm.

Dsajaa ruft, da sie nun ihr Handy wieder hat, die zuständige Person im Ministerium an und tischt ihr eine heroisch-tragische Geschichte mit einem gewaltigen Hammel auf: Sie habe ihn in der Quizsendung als Hauptpreis gewonnen, und zu Hause habe er sie so unglückselig ins Gesicht gestoßen, dass ihr dabei fast ein Augapfel geplatzt wäre. An dieser Geschichte hat sie schon lang in Gedanken gestrickt und bekommt jetzt die Möglichkeit, der Arbeit fernzubleiben.

Sie nimmt einen der Schlüssel und will gehen, um nach ihrer Wohnung zu schauen. Sagt, sie werde bald wiederkommen, nennt das Stockwerk und die Tür und bittet ihn, mit dem anderen Schlüssel hinaufzufahren und nach ihr zu schauen, falls sie allzu lange wegbleibe. Er solle bei allem äußerste Vorsicht walten lassen.

Schon nach ein paar Stunden ist sie zurück und sagt mit zärtlich vertrauter Stimme: »Ich hab mich beeilt, weil ich dachte, jetzt bin ich schon so lange weg, dass Ihr nach mir schauen kommt, und ich wollte die Bude wenigstens halbwegs in Ordnung gebracht haben, wenn Ihr sie betretet!« Und erzählt, was sie dort gemacht hat: Der Unmensch habe alles mitgenommen, was zu ihm gehörte, sodass einzig unliebsame Spuren und witterbare Ausdünstungen zurückgeblieben seien. Sie habe alles, was sich waschen lasse, abgezogen und in die Maschine gesteckt, sämtliche Möbelstücke abgewischt und den ganzen Fußboden gescheuert, alle Fenster weit aufgerissen und an drei Stellen zerriebenen Wacholder angezündet.

Darauf geht sie wieder. Ist sie denn nur gekommen, um mir das zu sagen?, denkt er gerührt, begleitet sie mit einem warmen Blick und bleibt zurück, zittrig in den Knien. Laut tickt die Uhr in dem dicken Gehäuse von der Wand herunter. Der Sommertag zieht sich hin, erscheint leer und endlos lang. Um die Leere zu füllen und die zehrende Länge zu verkürzen, beginnt Nüüdül, an einem Gericht aus Resten des Vorabends zu arbeiten. Er schnetzelt die größeren Fleischhappen in hauchdünne Scheiben und schabt die Fleischfetzen von den Knochen. Verrührt zwei Handvoll Mehl zu Teig, knetet ihn durch und rollt ihn aus. Schält Zwiebeln. Und wartet, entschlossen, alles erst dann auf den Herd zu bringen, wenn Dsajaa zurückkehrt.

Aber es bleibt still hinter der Tür. Es wird spät, wird Abend. Schon wieder die Warterei!, denkt er mit angespannten Sinnen. Nur ist es nicht mehr zu vergleichen mit dem anderen Mal, versucht er sich zu beruhigen. Dabei schielt er immer wieder nach dem Schlüssel, der auf dem Küchentisch liegt und ihm zuzuzwinkern scheint. Er hat ihn bis jetzt nicht angefasst. Jetzt aber weiß er, es ist Zeit, sich zu entscheiden. Und er entscheidet sich – ergreift den Schlüssel, drückt ihn fest gegen die schwielige Haut seiner Handfläche und hält dabei die Augen einen guten Pulsschlag lang geschlossen. Dann geht es schnell. Er legt den kleinen Topf mit dem geschnetzelten Fleisch und den mit der Restbrühe vom Vorabend, die geschälten Zwiebeln und den in ein Tuch eingerollten Teig in eine Henkeltasche und begibt sich aus der Wohnung.

Zu seinem Unbehagen befinden sich einige Leute im Fahrstuhl, und als endlich das Stockwerk erreicht ist, steigt eine dürre Frau unbestimmten Alters mit aus. Verstört denkt er: Musste das sein? Dabei fallen ihm die dünnen Lippen und die spitze Nase der Person auf: Menschen mit solchen Körpermerkmalen gelten als besonders neugierig und klatschlustig! Daher versucht er, sich langsam zu bewegen, damit die Lästige schnell hinter ihrer Tür verschwände. Allein, sie nimmt sich ganz offenbar Zeit, um zu sehen, auf welche der Türen er zuginge und wer ihn empfange. Also bleibt ihm nichts übrig, als das Ziel anzusteuern. Nur, jetzt fühlt er sich vor eine erneute Entscheidung gestellt: Wegen der Neugierigen sollte er als Fremder eigentlich anklopfen, aber täte er das wirklich, würde die gute Seele dahinter bestimmt einen Schreck bekommen. Der Besuch entscheidet sich für den Seelenfrieden der Bewohnerin und schließt die Tür mit dem Schlüssel auf, den er die ganze Zeit fest umklammert in der Hand gehalten hat und der nun fast heiß ist.

Dsajaa zeigt sich überschwänglich im Ausdruck ihrer Gefühle. »Himmel!«, ruft sie, ihm entgegenstürmend. »Ich bleibe sooo lange weg, und Ihr kommt erst jetzt, um nach mir zu schauen!«

Nüüdül entgegnet treuherzig: »Ich dachte, du würdest zum Essen kommen.«

»Ist davon die Rede gewesen?«

»Nein. Aber es ist doch selbstverständlich, dass man hin und wieder was isst, besonders an so endlos langen Tagen wie dem heutigen. Zumal du bestimmt schwer hast schuften müssen, Kind. So nahm ich an, du wärest hungrig.«

»Das bin ich auch!«

»Du hättest nur zu kommen brauchen, Ärmste. Du hast doch gewusst, es ist so viel zu essen da!«

»Nein, ich wäre nicht gekommen!«

»Und warum nicht?«

»Weil Ihr mit dem Schlüssel betraut wart und mit der Bitte, nach mir zu schauen, sollte ich zu lange wegbleiben!«

»So? Und ich Blöder habe es nicht verstanden und mich dafür anders nützlich gemacht. Seit Stunden bin ich mit dem Essen fertig und habe auf dich gewartet, mein Kind.«

»Das ist so lieb. Aber ich wäre nicht gekommen und lieber müde und hungrig irgendwann ins Bett gesunken, auf dass Ihr mich an einem der nächsten Tage verhungert im Bett vorfindet!«

Darauf bricht sie in ein so lautes Gelächter aus, dass er zuerst fast erschrickt und sich zum Schluss heftig und fortwährend darüber freut. Denn dieses Gelächter rückt das soeben Gesagte ins Licht des Spaßigen. So packt er seine Mitbringsel beherzt auf dem Küchentisch aus.

Dieselbe Wirkung hat das Gelächter auch auf sie. Anfangs erschrickt sie über ihre eigene schallende Stimme. Seit dem Verlust des Mannes und ihres Kindes hat sie kein einziges Mal so laut gelacht. Überhaupt hat sie ihr Benehmen für äußerst unpassend befunden, ohne dass sie ihr affiges Gehabe, abgeschaut womöglich bei mancher Städterin, hätte ablegen können. Hineingeschlittert ist sie aus schlechtem Gewissen gegenüber dem Mann, den sie erst seit drei Tagen kennt, der ihr aber vorkommt, als hätte sie ihn schon immer gekannt und als möchte sie alle ihre verbliebene Lebenszeit in seiner beschützenden Nähe verbringen. Sie war gekränkt, weil er nicht kam. Die ganze Zeit hat sie damit gerechnet, dass es gleich an der Tür klappern und die himmelliebe Gestalt im Flur erscheinen würde. Sie hat im Tagtraum gesehen, wie er vor ihr stand und ihr beim Waschen half. Auch hat sie Lust auf einen Tee verspürt. Aber dann hat sie beschlossen, so lange damit zu warten, bis er käme. Aber er kam nicht. Was sie kränkte, ja fast verletzte. Weswegen ihr Hirn an lauter ungereimtem Zeug zu spinnen anfing. Als er zu guter Letzt doch erschien, erschrak sie und bekam so ein schlechtes Gewissen, dass sie die Fassung verlor. Dem setzte das Gelächter, der Aufschrei ihrer verwirrten Seele, ein Ende.

Wie sie sieht, was alles zum Vorschein kommt, bemerkt sie schlicht: »Es ist ja alles vorbereitet. Umso besser. Ich mache daraus etwas Essbares, und Ihr könnt Euch inzwischen die Wohnung anschauen.«

Nüüdül stellt erfreut fest, dass der Verband verschwunden ist und die Augen hinter einer dunklen Sonnenbrille versteckt sind. Er fängt an, sich die hellen Räumlichkeiten und die wenigen, aber offensichtlich teuren Gegenstände darin anzuschauen. Dabei kann er sich noch recht deutlich an die vornehm glänzenden Möbelstücke damals beim Einzug erinnern. Aus der Nähe betrachtet, kann er den ersten Eindruck bestätigen: Ja, das ist ein Vermögen! Dann sehen sie ihn wie alte Bekannte aus der Erzählung der Besitzerin an: das Zimmer, in dem die Besoffenen gelegen und geschnarcht, das unglückselige Bett, das Bad mit dem Spiegel, der Küchentisch – und irgendwo in einer der Schubladen wird das schreckliche, aber segensreiche Messer stecken! Bei dem Gedanken pocht sein Herz, und zum Schluss befällt ihn leichte Übelkeit. Doch da schaut er sie mit umso liebevollerem Blick an, und seine Brust schwillt dabei vor Stolz auf sie: tolles Menschenkind, das sich von keiner Ungerechtigkeit dieser Welt unterdrücken lässt!

»Nüüjäh!«, erklingt es sanft von nebenan. Worauf er die Küche betritt und ihrem beschämten wie erfreuten Blick begegnet. Sie fragt sogleich: »Ihr habt verstanden, wem der Ruf galt?«

»Aber sicher! So hat mich mein Vater genannt.«

»Ist das wahr?«

»Ja, er hat diesen Namen gebraucht, wenn er guter Laune war. Und er war es sehr oft, eigentlich fast immer.«

»Darf ich den Namen benützen, wenn ich nach Euch rufe?«

»Ach, Kind ... warum denn? Warum denn auch nicht?«

Eigentlich hätte sie seine verworrene Antwort ulkig finden und darüber nun erst recht loslachen können. Allein ihr ist gar nicht danach. Doch sie überwindet sich irgendwie und bittet ihn, der mit einer etwas bedrängten Körperhaltung im Raum steht, zum Tisch und sagt: »Nun seid Ihr mein Gast!« Wobei sie dem auch so gern hätte anhängen können: *mein lieber Nüüjäh,* da reicht ihr aber einfach nicht der Mut. Das Gericht, so einfach in der Zusammensetzung, schmeckt vertraut und verleiht den Sinnen etwas Erfrischendes und Beruhigendes in einem.

»Vorhin spracht Ihr von Eurem Vater«, fängt Dsajaa ein Gespräch an. »Es muss eine sehr enge Beziehung zwischen Vater und Sohn gewesen sein, wenn Ihr nach so vielen Jahren so zärtlich von ihm redet.«

Nüüdül schweigt, bedächtig kauend, mit einem leicht nach vorn geneigten Kopf. Offenbar überlegt er, was er denn vorhin von seinem Vater erzählt hat. Und schickt, nachdem es ihm eingefallen ist, einen liebevollen Blick hinüber, der in die Worte gekleidet werden könnte: Du bist aber gut, Kind, wenn du daraus schon die Zärtlichkeit herausgehört hast! Aber dann sagt er: »Ja doch, ich hatte den liebsten Vater, den man sich je vorstellen könnte.«

»Gehörte zu dem liebsten Vater auch eine ebenso liebe Mutter?«

Er kaut und schweigt. Beides wirkt auf sie mühsam. Aber sie wartet geduldig auf die Antwort. Dann kommt sie auch. Nur, sie ist eine unerwartete, sogar erschreckende. Denn sie lautet: »Nein. Mit der Mutter habe ich nichts als Pech gehabt!«

»Ist sie denn so früh verstorben?«

»Ja, das wohl auch – im doppelten Sinne des Wortes.« Darauf entgeht seiner Brust ein unterdrücktes, aber gerade deswegen umso schwerer treffendes Seufzen.

Ein betretenes Schweigen tritt ein. Dies wirkt auf sie bedrückend und ermattend. Außerdem kommt ihr seine Antwort wie ein Rätsel vor, doch sie bringt es nicht fertig, weiterzubohren. Stattdessen sagt sie Dinge, die man aus dem Mund entlässt, um einfach dem Schweigen zu entgehen. Und auch er weiß darauf passend leere Antworten zu geben, sie jedes Mal durchschauend: Ja, nicht wahr, Kindchen, zu dem nicht gerade leicht zu kauenden Essen wenigstens eine leichte, denn inhaltsleere, nichtssagende Plauderei!

Dann geht er, und sie bleibt zurück. Sie muss es. Und die Nacht schläft sie gar nicht gut. Drückende Gedanken. Verworrene, verdächtige Träume. Schwer vergehen darunter die Stunden. So steht sie in aller Frühe auf und schlägt die Zeit im Haushalt tot, innerlich auf den Augenblick wartend, den sie für zumutbar hält, um bei jemandem an der Tür zu klopfen. Schließlich tut sie es. Dass dahinter recht bald Geräusche vernehmbar werden und das Gesicht, das ihr daraufhin entgegenschaut, keinerlei Überraschung, geschweige denn Groll, verrät, beruhigt sie schon ein wenig. Aber nicht nur das.

Nüüdül flüstert wie erfreut und erleichtert, während er sich selbst hinter dem Türspalt rückwärts drückt und sie in den Flur einlässt: »Du kommst zum goldrichtigen Zeitpunkt, Kind – mein Tee ist gerade dabei aufzusieden!«

Ach, wenn er wüsste, wie warm und weich sich diese schlichten Worte aus seinem Mund in ihren Ohren anhören und wie besänftigend sie auf ihre wogende Seele wirken! Unaufgefordert betritt sie die Küche, eilt zum Herd mit der dampfenden Kanne und sieht: Das Teewasser mit der zugesetzten Milch kocht tatsächlich gerade auf. Sie greift nach der Kelle, taucht sie rasch in die sich aufblähende Blase hinein und rührt mit sanften Bewegungen um. Dabei fällt ihr das Wort *goldrichtiger Zeitpunkt* ein, und sie denkt: Ja doch – wäre ich ein paar Pulsschläge früher gekommen, hätte ich einen glatten Sud angetroffen, und ein paar Pulsschläge später, wäre ich der Grund für einen übergekochten Tee und einen besudelten Herd gewesen!

Nüüdül steht, nun sprachlos und wie überflüssig, in der Küchentür und schaut verlegen auf die dampfende und duftende Ecke, wirkt jedoch durchaus gut aufgelegt. Dann scheint ihm endlich einzufallen, was zu tun ist: Er hastet zur Essecke, zieht die Seitenschublade des halbhohen Tischleins heraus und stellt zwei Trinkschalen darauf.

»Seid Ihr gut ausgeruht?«, fragt sie, während sie sich anschicken, den Tee zu trinken.

Er bejaht und fragt zurück: »Und selber?«

Sie erzählt unverblümt von ihrer Nacht und fügt anschließend hinzu: »Ich bin gekommen, um Euch zu fragen, ob ich die nächste Nacht wieder bei Euch verbringen darf, in dem schönen Lager, das mich an meine Kindheit erinnert und mit einem so festen Schlaf beschert hat!«

Er zuckt zusammen und bringt beim nächsten Atemzug heraus: »Aber, Kind, warum?«

»Warum?!«, sagt sie gereizt. »Hab ich Euch das nicht soeben erzählt? Ich kann in der verflixten, von Hässlichkeiten vollgestopften Wohnung keine Ruhe, keinen Schlaf finden – das Unwesen ist ausgezogen, hat aber Erinnerungen dagelassen, die mir auf der Seele liegen, an die Gurgel gehen!« Daraufhin greift sie sich tatsächlich an die Kehle.

Er eilt ihr überstürzt zur Hilfe: »Natürlich kannst du hier schlafen, Kindchen. So oft und so lange, wie du es nur aushältst. Das wäre mir sogar eine Ehre. Und ein großer Beistand, weil das Ungeheuer Einsamkeit, als dessen Gefangener ich seit so viel tausend Tagen und Nächten lebe, wenigstens für die eine oder andere Weile zurückweichen darf!«

Sie schaut sprachlos auf ihn. Ihr Gesicht wirkt blass und ihr Körper wie erstarrt. So vergehen ein paar zähe, qualvolle Pulsschläge. Dann jedoch kehren sachte, aber unverkennbar Farbe und Regung in sie zurück, sogar ein sanftes Lächeln mündet ein und endet mit einem lauten Bekenntnis: »Wie gut, dass Ihr Eure Lage so unverschleiert gezeichnet habt! Ihr habt für mich mitgesprochen. Ja, auch ich bin eine unglückliche Gefangene jenes Ungeheuers, das Euch schon so lange peinigt. Wärs nicht weise, wenn sich zwei Gefangene zusammentäten und aneinander Schutz suchten?«

Jetzt schaut er auf sie. Ungläubig flimmert der Blick seiner schmalen, altersmüden Augen. Etliche Male setzt er an, etwas zu sagen, doch es gelingt ihm nicht. Da kommt sie ihm zu Hilfe – legt ihre Hand auf die seine und sagt mit einer tiefen Bruststimme: »Mein lieber Nüüjäh! Ihr müsst nicht reden. Denn was gerade geschehen, ist mehr gewesen als manche Aussage!«

Darauf trinken sie ihren Tee im Stillen, sich lediglich mit der Sprache ihrer feierlichen Körperhaltung verständigend und zwischendurch auch mit ihren Blicken. Zum Schluss der Teestunde, die einem erholsamen Ritual geglichen, sagt sie, heute könne sie wieder zur Arbeit fahren, denn es gehe dem Auge schon gut. Sie bittet ihn, bei Gelegenheit nach der Wohnung oben zu schauen, da sie nicht sicher sei, ob sie alle Wasserhähne zugedreht und Lichter ausgeschaltet habe, und nennt die Uhrzeit ihrer Rückkehr. Dann geht sie.

Nüüdül hätte sie gern gefragt, ob er sie begleiten solle. Doch da ist ihm das merkwürdige Bild jener stummen, unerreichbar hohen Dame mit der wechselnden Begleitung aus Vorzeiten eingefallen.

Und dieses gespenstische Bild, passend zu dem grauenvoll grellen Zeitalter, hat ihm das Herz prompt in die Hose stürzen lassen. Dennoch scheint der Gedanke, sie begleiten und beschützen zu müssen in dieser Welt voller Gefahren, so einfach nicht weichen zu wollen. So hängt er einem feinmaschigen Tagtraum nach und begegnet Bildern, die lebensecht wirken und einander rasch ablösen.

Eine Menschentraube, die sich nicht zerstreuen zu wollen scheint, füllt den Hausflur. Alle Augen richten sich auf die beiden. Doch sie, Dsajaa, würdigt niemanden eines Blicks, stürmt erhobenen Hauptes mit ihren flatternden blauschwarzen Haaren auf die Tür zu, während alle, die im Weg stehen, auseinanderdriften. Und er? Er geht nicht hinter, sondern neben ihr, geraden Blicks und festen Schritts – schiebt die gaffende Meute mit auseinander. Da bemerkt er in der Menschenmenge die neugierige Frau mit den dünnen Lippen und der spitzen Nase. Jetzt empfindet er keinerlei Scheu. Es ist vielmehr packender Stolz, der in seinem Brustkorb prickelt. Aus seiner sicheren Haltung dürfte die Schau- und sicher auch Klatschlustige herauslesen: Der, den du gestern Abend so verdächtigend angegafft hast, ist durchaus einer, der zum Haus gehört und mit keinem Geringeren als mit dieser verkehrt, bitte schön!

Sollte er sich als Begleiter nicht beeilen, der hohen Dame die Haustür aufzumachen? Nein, *er* nicht! Da passiert es im Gegenteil, dass sie *ihm* die Tür aufmacht und so lange festhält, bis er in den Tag hinausschreitet. Und in Gedanken an die ihnen sicher hinterhergaffende Meute gewand, meint er: Da habt ihrs – ich bin keiner von diesen erbärmlichen, bezahlten Bodyguards oder wie die Typen auch immer heißen! Bin ich vielleicht der Vater oder der Großvater oder der Chef der Dame, vor der ihr eben Spalier habt bilden müssen? Jedenfalls ein Ehrwürdiger, wie ihr seht!

Sie erreichen die Bushaltestelle. Eine weitere Menschentraube, darunter eine Handvoll Verdächtiger, die sehr nach Dieberei und Gewalt ausschauen, steht da und wartet. Und er, Nüüdül, sagt zu ihr, Dsajaa, etwas im Flüsterton, worauf sie aufmerksam zuhört, und dabei schaut er mit den Augen eines kampferprobten Leithengstes abwechselnd bald auf seinen Schützling und bald auf die Verdächtigen. Da kommt auch schon der Bus und speit eine dicke Menschenmenge aus, die anzukämpfen hat gegen manche ungeduldige Vordrängler aus der Masse der Wartenden draußen. Nun hat man zu zeigen, was man ist: der Beschützer. Und so steht man, seinen Schützling vor sich, beide Arme schirmend um ihn herum ausgestreckt, und rückt auf den Fußspitzen langsam voran und steigt ein. Im anfahrenden, schaukeligen Bus weiß man, dass man besonders wach und schlau zu sein hat. So vergisst er keinen Augenblick lang, während er sie immer noch von hinten sanft voranschiebt und dabei selber mit vorrückt, sein Alter und ihre Weiblichkeit herauszukehren. Was auch wirkt – ja, nach den ersten schweren Schaukelstößen bekommen sie von zwei Jugendlichen Sitzplätze angeboten!

Ankunft am protzigen Glasgebäude des Industrieministeriums. Ein Gewimmel von Autos und Menschen. Dsajaa wird von vielen erkannt, und so wird sie von allen Seiten gegrüßt. Eine ebenso junge und vornehme Dame kommt auf sie zu und überschüttet sie mit Worten, die von besonderer Nähe und heftiger Freude zeugen. Hierbei wirft die Unbekannte einen freundlichen, aber unverhohlen neugierigen Blick auf ihn, Nüüdül. Da wird er ihr vorgestellt: »Mein väterlich vertrauter Wohnnachbar und treuer, tapferer Leibwächter!« Worauf ein kurzes, aber geradezu stürmisch anmutendes Gespräch zwischen beiden zustande kommt: »Was, du hast den bisherigen wieder entlassen?«

»Ja! Und Schluss gemacht mit der Art Angeberei für alle Zeiten! Dafür werde ich ab nun von diesem lieben Abgesandten des Schicksals persönlich geführt und beschützt!«

»Das sind aber Worte, Mädchen! Sie lassen vermuten, du hast jemanden getroffen, auf den du seit Jahr und Tag gehofft und gewartet hast!«

»O ja, ich bin endlich einer Menschenseele begegnet, nach der ich seit dem ersten Tag meines Erdendaseins Ausschau gehalten habe, nicht anders als ein verdurstendes Tierwesen nach Wasser!«

Dem Mann, der diesem Gespräch zweier Frauenwesen beiwohnt, ist zumute, als wenn sein Gesicht – und nicht nur das bisschen altersgraue und runzlige Gesicht! – Feuer finge und in Flammen stünde. Aber er muss zugeben, es ist eine wunderbare Pein.

Nüüdül erwacht aus dem Tagtraum, fährt jäh zusammen und schüttelt, sichtbar beschämt, den Kopf. Entschlossen greift er nach dem Schlüssel, der liegt, wo er am Tag zuvor gelegen hat, und begibt sich zur Tür. Diesmal erwischt er eine angenehme Lücke im Betrieb der Hauswelt. Kein Mensch ist zu sehen, kein Laut zu hören. Der Fahrstuhl steht unten, auch im vornehmen Oberstock herrscht Stille. Es ist, als könne er allein über alles verfügen, er, der bescheidene Rentner vom Erdgeschoss mit einem unvermuteten Zugang zu manch unbescheidenem Tagtraum. In der ihm anvertrauten Wohnung läuft – natürlich! – kein Wasser und brennt kein Licht. Auch sonst herrscht beste Ordnung: Sauber und glatt wirkt das gemachte Bett, ebenso das Sofa mit dem Tisch und den beiden Stühlen im anderen Zimmer und dann das Bad und die Küche mit dem ganzen glanzvollen Zubehör. Alles strahlt Klarheit aus und duftet nach jugendlicher Frische und weiblicher Milde. Im Bann all des Angenehmen ertappt er sich bei dem mauseflink erwachenden Wunsch, länger in diesem seligen Raum zu verweilen, auf einem der edlen Stühle oder dem goldgelben Sofa mit der prallen Rückenlehne zu sitzen oder gar auf dem einschüchternd breiten, anmutig zugedeckten Bett zu liegen und das Dasein in neuem Licht zu genießen. Doch schnell erstickt er den unschicklichen Wunsch im Keim, indem er den Kopf schüttelt und unwirsch brummt: »Nun aber genug, Alterchen!« Worauf er schleunigst die Wohnung verlässt.

Dsajaa kehrt mit leichter Verspätung heim. Die wenigen Minuten, die sich über die angekündigte Uhrzeit hinausdehnen, kommen Nüüdül unendlich lang vor. Die Abendmahlzeit mit dem Tee ist längst fertig und steht auf dem Herd, sodass in der Küche nichts mehr zu tun ist. Um sich bei der Überwindung des zähen Zeitflusses zu helfen, fängt er an, ihre Schlafstätte zu richten, obwohl draußen noch helllichter Tag ist. Er begründet sein Unternehmen in Gedanken damit, dass sie heute alles Angehäufte der letzten Tage mit zu erledigen, also noch härter zu arbeiten habe als sonst und daher besonders erschöpft sein müsse. So solle sie sich, sobald sie den Durst gelöscht und ihren Hunger gestillt habe, zur Ruhe begeben können. Wobei ihn nachträglich ein schlechtes Gewissen darüber plagt, wie er ihr beim ersten Mal die Schlafstätte bereitet hat. Denn mittlerweile hat er das Bett gesehen, auf dem sie sonst lag, und befunden: Kein Vergleich mit dem Behelfszeug, das er ihr anzubieten wagte! So bemüht er sich heute, dem Notlager etwas mehr Behaglichkeit zuzusetzen. Was ihm wohl gelingt, denn später ernten seine alterstauben Ohren genügend Lobesworte aus ihrem Mund.

Nüüdül ist mit seiner Annahme, was Dsajaas Arbeit betrifft, so verkehrt nicht gewesen. Mit schmerzhafter Anteilnahme hört er, wie sie das Angehäufte hat anpacken müssen. »Ich hätte auch noch ein paar Stunden länger bleiben können, um alles erledigt zu haben«, erzählt sie sichtlich begeistert, »habe mir aber selber gleich befohlen, alles noch während der Arbeitszeit zu schaffen, damit ich rechtzeitig heimkehren kann!« Dann hat sie eine, wie sie sagt, kleine, für ihn aber große, ja beinah erschlagende Überraschung: ein Handy, das sie ihm in die Hand drückt mit den Worten: »Für Euch!« Einen Lidschlag später legt er es auf den Tisch und sagt entschieden: »Nein, Kind! Nein, nein!«

Sie schaut ihn ratlos an und stammelt schließlich mit beinah tonloser Stimme: »Wie, wieso denn, Himmel?«

Er steht da mit gesenktem Blick. Erbärmlich sieht er aus. Wie innen ausgelöscht und außen vertrocknet sein Antlitz, das von zahlreichen tiefen und breiten Furchen durchzogen ist und eigentlich immer erhaben ausgeschaut hat wie ein Stück urwilder Gebirgslandschaft. Genau wie seine hagere, zähe Statur, die an ein Mischwesen so gut aus Pferd und Kamel wie auch aus Baum und Fels erinnert und stets etwas Anziehendes ausgestrahlt hat. Nach langem Zögern bringt er mühevoll stockend doch etwas heraus: »Nüüdül und Handtelefon … sind ganz einfach zwei Dinge … die nicht zusammengehören … zwei Welten … die einander nicht vertragen …«

Nun kehren in Dsajaas Miene wieder Licht und Farbe zurück. Und Erleichterung verraten die Worte, die sie haucht: »Ach, deswegen …« Später entweicht ihrem schönen Gesicht ein müdes, aber glückliches Lächeln. Und so gleicht sie einer Mutter – und Nüüdül einem hochgeschossenen Jungen im Pubertätsalter, der sich wieder einmal bockig benommen hat und nun verlegen dasteht mit Siebentagesturmwettergesicht.

Irgendwann spricht sie mit der belehrenden, aber grundgütigen Stimme einer Mutter: »Es ist wahr, eine Zeit lang hat das handliche Telefon zu den Gegenständen gehört, die das Volk spalteten. Wer so ein Ding besaß, war von vornherein verdächtig – entweder ein Neureicher, also ein Halunke, oder ein Angeber. Darum zückte der eine wie der andere es bei jeder Gelegenheit und tat, als würde er sich mit irgendjemandem irgendwo auf der Erdkugel todernst beraten und an der Lösung einer dringlichen Frage der Weltgeschichte basteln. Ja, damals telefonierten die wenigen Handybesitzer immer lang und meist in einer Fremdsprache. Mittlerweile hat sich unsere Welt gewandelt. Gewisse Dinge, die vor einem Jahrzehnt noch zum Zubehör der Reichen gehörten, wie das Handy und das Auto, haben in der kurzen Zeitspanne an Reiz verloren und sind zu jedermanns alltäglichem Gebrauchsgegenstand geworden.«

Die Belehrende hält kurz inne und schaut mit mildem Blick auf den Zuhörenden, der nun erst recht an einen pubertierenden Jungen erinnert, der angestrengt zu lauschen scheint. Die Mama fährt fort: »Von vorgestern, da ich in einer tödlichen Notlage steckte, will ich gar nicht erst reden. Gestern wartete ich verzweifelt auf Euch und das Essen. Auch heute hätte ich Euren gütigen Beistand dringend gebraucht: Eine Einladung musste zweihundertfünfzig Mal in einen Umschlag gesteckt werden. Ich dachte an Eure geschickten Hände und disziplinierte Arbeitsweise – wäret Ihr mit dabei gewesen, hättet Ihr mir diese zeitraubende Kleinigkeit gut abnehmen können. Aber ich konnte Euch weder gestern noch heute erreichen und sagen: Hallo, kommt und helft mir! Und warum nicht? Weil Ihr noch über kein Handy verfügt! Da Ihr davor wohl eine heidnische Hemmung habt, bleibt Ihr mir unerreichbar! Und dies in der heutigen Zeit, da die räumliche Entfernung zumindest für das menschliche Gehör überwunden scheint – ja, vor einer Stunde hat mich mein Chef aus England angerufen und mir Eilaufträge erteilt! Und genauso kann es leicht geschehen, dass ich in zwei Monaten eines Nachts in diesem Raum anrufen und Euch nach Euren Wünschen aus dem chinesischen Süden fragen will. Denn ich soll zu der Mannschaft gehören, die den Chef dorthin begleiten wird! Nun, mein lieber Nüüjäh, was habt Ihr gegen diese Möglichkeit, mit mir und der ganzen übrigen Welt, so mit Eurem Bekannten, dem gütigen Polizeioberst, augenblicklich verbunden zu werden, wann es nottut?«

Der Junge mit dem Greisengesicht schaut wie gebannt noch zwei, drei Atemzüge auf die Mama, nachdem sie ihre Standpauke beendet hat. Dann aber stottert er verlegen: »Aber Kind … ich fürchte … ich glaube … es ist teuer … und … schwer … für unsereinen … mit so etwas umzugehen …«

Die Mama, nein, nun das Mädchen, kindhaft erfreut über das Nachlassen des Widerstands, schwatzt überstürzt: »Es hat mich gar nichts gekostet, ich habe es geschenkt bekommen – überhaupt bekommt die persönliche Sekretärin eines Staatsministers vieles geschenkt, und ich habe beschlossen, es an Euch weiterzuschenken.

Und der Umgang damit ist überhaupt nicht schwer. Die paar Knopfdrücke werde ich Euch beibringen, und Ihr werdet es schnell begreifen und mit Eurer Handfertigkeit sicher ausführen können!«

Jetzt schaut Nüüdül auf sie mit einem Blick, aus dem Verlegenheit wie auch Begeisterung sprechen. Dabei verrät seine Miene alle möglichen Züge: hier die neckische Fratze eines ungezogenen Kindes, da das nachdenkliche Gesicht eines gestandenen Mannes und dort das milde Antlitz eines Greises, dem Lachen und Weinen so dicht beieinanderliegen wie Mund und Auge.

Dsajaa bringt ihm lediglich das An- und Ausschalten des Geräts bei und tut so, als wäre damit alles getan. Nachdem sie gegessen, das Geschirr gespült haben und sich anschicken, die Küche zu verlassen, greift der immer noch verlegen wirkende Handybesitzer nach seinem neuen und kostbaren Besitztum, führt es dicht vor seine Lippen und haucht: »Ach, wenn ich nur wüsste, wie ich mit dir jemanden in der Ferne erreichen kann!« Darauf hat die Spenderin nebenan nur gewartet, und sie verrät dem Wissbegierigen auf der Stelle, wie sein Wunsch zu erfüllen sei: Zuerst auf acht Tasten drücken, auf dass jeder Druck eine schwarze Zahl im Fensterchen hinterlässt, und dann auf den grünen Bogen links oben! Zum Schluss das Zauberschächtelchen dem Ohr nähern und warten!

Sie hat sogar einen goldgelben Zettel mit zwei Reihen gedruckter schwarzer Zahlen mitgebracht. Vor der oberen Reihe ist ein großer Mann und vor der unteren ein schmächtiges Mädchen hingemalt. »Das seid Ihr«, sagt sie lachend, »und das bin ich.« Worauf sie den Zettel an den Kühlschrank drückt und dieser dort kleben bleibt.

Jetzt rückt sie an ihn heran, nimmt seine Hand mit dem Handy in die ihre und sagt: »Nennt meine Nummer, Ziffer um Ziffer!«

Er schaut auf den Zettel und sagt: »Neun!«

Sie führt den kleinen Finger der anderen Hand an eine der Tasten und fragt: »Könnt Ihr lesen, was daraufsteht?«

Er antwortet willig: »Die Ziffer Neun.«

»Drückt bitte darauf!«

Er zögert eine kleine Weile und drückt dann gründlich mit dem kleinen Finger.

Sie lacht vergnügt, deutet auf das Zahlbild im Fensterchen und sagt: »Gu-ut! Aber Ihr könnt ruhig den Zeigefinger nehmen, denn damit ist es leichter. Und bitte nicht zu kräftig! Nun die nächste!«

»Wieder die Neun.«

»Und was machen wir damit?«

»Drücken.«

»Ja!«

Jetzt nimmt der Schüler den Zeigefinger und drückt auch sanfter. Dann schaut er auf, guckt nach dem Zettel, senkt den Blick zurück, sucht, findet und drückt. So geht es weiter, immer schneller. Das Atmen des Schülers wird hörbar. In seinem Blick brennt die Frage: Was nun?

Die Lehrerin wartet geduldig. Und da die erwartete Handlung ausbleibt, sagt sie: »Die Nummern sind gewählt. Was nun?«

Der Schüler überlegt angestrengt und sagt unsicher: »Da war etwas mit einem grünen Bogen …«

»Richtig. Und wo ist er?«

»Hier wohl …«

»Genau! Und was machen wir damit?«

»Darauf drücken.«

»Gut!«

Der leicht gekrümmte Finger mit dem schwieligen Knoten im Gelenk nähert sich langsam der Taste und drückt vorsichtig darauf.

»Was jetzt?«

»Ans Ohr und lauschen.«

»Sehr gut!«

Der Zeitfluss scheint sich zu verdicken. Nichts scheint zu geschehen. Dann aber schießt ein Lichtstrahl auf das gepeinigte Gesicht des Schülers. Und im gleichen Augenblick flötet es deutlich vernehmbar und wohlklingend aus der nächsten Nähe. Dsajaa greift nach ihrer Tasche, eilt aus der Küche, macht die Tür zu und betritt das Zimmer nebenan, dessen Tür sie ebenfalls schließt. Das Handy hat sie schon gepackt.

»Ja, bitte.«

Schweigen am anderen Ende, aber deutliche Atemgeräusche.

»Hallo! Sagt doch etwas!«

»Was … wie … ach, ich weiß … ich kann … es nicht …«

»Gut! Schon habt Ihr gesprochen. Aber nun nicht mehr so ängstlich tun! Sprecht doch einfach frei! Und sagt etwas Sinnvolles, an die gerichtet, die Ihr gerade hört!«

»Mir fällt nichts ein, großer Himmel!«

»Sonst seid Ihr doch so weise und sprachgewandt, Nüüjäh. Sagt mir etwas Nettes!«

»Was soll ich denn sagen, Kind?«

»Dann fragt mich was!«

»Fragen … Was denn? … Ich habe doch nichts zu fragen …«

»Dann habe *ich* einen Mundvoll Fragen. Wer hat für wen und warum so früh das Schlaflager hergerichtet?«

Nüüdül verharrt im Schweigen.

»Hallo! Hört Ihr mich, Nüüjäh?«

»Ja … aber … Kind … ich kann nicht mehr …«

»Gut. Dann kommt doch herüber!«

Er überlegt eine Weile, öffnet dann die Küchentür, tritt hinaus und schließt sie wieder. Öffnet leise die andere Tür und sieht Dsajaa rücklings auf dem Schlaflager liegen und mit den Beinen strampeln, ein aufgeregtes, übermütiges Kind. Federnd leicht springt sie auf und zeigt ihm den roten Bogen rechts oben, auf den er nach dem Ende jedes Gesprächs zu drücken hat.

Während sie dann die Schlafdecke wieder glatt streicht, sagt sie: »Das ist die schönste Liegestätte, auf die ich mich je habe hinlegen dürfen!« Er schaut sie gerührt an und denkt: Welche Übertreibung!

Doch er merkt, Übertreibungen dieser Art könnte er öfter gebrauchen und wohl auch unbeschadet vertragen. Als hätte sie seine Gedanken erraten, sagt sie leidenschaftlich: »Ich möchte es noch einmal sagen, es ist die schönste Liegestätte, auf der ich mich je habe ausstrecken dürfen. Denn ich habe gefühlt, hier sind nicht nur Matten und Decken, sondern auch Aufopferung und Zuneigung ausgebreitet!«

Er steht sprachlos und zittrig in der Tür, sichtlich bestrebt, keinem Schwächeanfall zu erliegen. Da redet sie wieder und kommt ihm zu Hilfe, jetzt ist ihre Stimme beherrscht: »Doch vorerst muss ich für eine Weile hinauf und werde zur Schlafenszeit ganz bestimmt zurück sein.« Dann geht sie.

Nüüdül begleitet sie mit dem Blick eines Kindes, das weiß, dem Gebot der Mama mucksmäuschenstill zu folgen. Dabei ertappt er sich mit einem Mischgefühl in der Brust: erleichtert wie auch enttäuscht. So setzt er sich an den Küchentisch, lehnt sich mit dem Rücken an die Wand und schließt die Augen. Jetzt erst nimmt er die heftige Wallung in sich und die wilde Strömung durch die Adern wahr. Was da hilft, ist ihm bekannt: die Augen weiter geschlossen halten und dabei tief ein- und ausatmen. Nur, diesmal will er so lange wie möglich in dem angespannt bibbernden und knisternden Körper- und Gemütszustand bleiben. Denn er verspürt nicht nur Qual, sondern auch eine eigenartige Genugtuung. Es ist wie ein ernstes Spiel – peinigend grausam, aber immerhin ein Spiel, wie man es in der Kindheit hin und wieder auf sich zu nehmen, am eigenen Leib auszukosten und den Geist daran zu entzünden gehabt hat. Nun aber im Alter mit dem gekrümmten Rücken und dem gebändigten Geist?

Immer noch die Augen geschlossen, doch manches klarer sehend als je, erkennt er einen Schlussstrich, vor den er soeben gestellt worden ist: Hatte er bis zu diesem Tag seinen Geist dem Körper anzupassen getrachtet, würde er ab heute dem Geist die Führungsmacht übertragen. Was da wohl passierte? Schafft die verwitterte, rissige

Hülle es nicht, dem Führenden zu folgen, soll sie ruhig zurückbleiben, indem sie ihren ungestümen Bewohner freigibt und ihn davonflattern lässt, auf dass dieser sich endlich nach Herzenslust austoben darf! Hatte früher die Schwäche des einen zur Hemmnis für zwei ausgereicht, warum sollte dann künftig die Stärke des einen nicht zum Flügel für zwei ausreichen?

Endlich macht er die Augen auf und nimmt den Grund für die ganze Erschütterung auf dem Tisch vor sich wahr. Sogleich fällt ihm ein, was er für den bereits eingeschlagenen lichtzittrigen Pfad zu tun hat: Er darf keinen Augenblick vertrödeln und muss üben, üben und noch mal üben! So nimmt er das Wunderding, das ihn anzulachen scheint, behutsam in die Hand und fängt an, mit dem gerade gestreckten Zeigefinger der Rechten auf die Tasten zu picken, ohne sie wirklich zu berühren.

Unterdessen schwelgt Dsajaa in den Annehmlichkeiten der eigenen Wohnung. Duscht die Ausdünstungen des eigenen Körpers samt den Spuren der Großstadtluft und der zahlreichen Begegnungen mit anderen Menschen während eines langen, schwülen Sommertags herunter. Atmet die betörende Duftwolke, ausgelöst aus diesen und jenen Dosen und Flaschen, genießerisch ein. Erquickt sich an den herrlich frischen Handtüchern, die die Haut wohlig umhüllen und die Wassertropfen darauf augenblicks absaugen, und erfreut sich ihres wohlgeformten und immer noch berückend jung wirkenden Körpers. Bei all dem lächelt sie fortwährend, denkt an die kleine Wohnung im Erdgeschoss, wo ihre Schlafstätte für die bevorstehende Nacht, längst liebevoll eingerichtet, auf ihre Rückkehr wartet. Denkt an die Ordnung, die dort herrscht, und die Sauberkeit, die, wie eine Filmschicht, über allem liegt. Aber auch an das, was der Zwergwohnung trotz Ordnung und Sauberkeit fehlt: die Frische. Ja, sie ist gealtert wie ihr Bewohner. Und sosehr sie, das einstige Nomadenkind, sich in der Umgebung der alten Gegenstände und ihres Besitzers wohl und geborgen fühlt, es würden ihr auf Dauer gewisse Annehmlichkeiten doch fehlen.

Sich dies einzugestehen ist beschämend für sie, da es ihr wie undankbar und gemein gegenüber ihrem Dauergastgeber, dem Menschen mit dem erdgesteinweisen Verstand und der himmellichtlieben Seele, vorkommt. Das Stadtleben mit all seinen Behaglichkeiten hat mich offensichtlich verdorben, urteilt sie verlegen, aber was soll ich tun? Ich bin, wie ich ein Kind meiner Eltern bin, auch ein Kind dieser Zeit und habe ein Recht darauf, mein irdisches Leben so zu verbringen, wie es mir am angenehmsten ist.

Dann arbeitet sie an einem Bericht für den Chef, der bis zum Morgen fertig sein soll. Auch da macht sie es sich behaglich: hüllt ihren nackigen Körper in ein bauschiges Badetuch, setzt sich aufs Sofa und zieht den Tisch heran, auf dem alles ausgebreitet liegt, was sie braucht. Sie überlegt, rechnet und schreibt. Dabei wirkt ihre Miene gesammelt und streng. Zwischendurch aber bricht darauf ein milder Zug herein und erscheint ein kleines Lächeln, und zwar immer, wenn ihr Blick das Handy streift. Da wird ihr Nüüdül sichtbar mit seinem gütigen, verlegenen Gesicht, seinen knochigen Arbeiterhänden, dem knotigen Zeigefinger und dem dazu so wenig passenden, ladenneuen Handy. Doch sie ahnt ihn damit in Verbindung, glaubt zu wissen, wie andächtig er über seinem geheimnisumwitterten Vermögen hockt und damit übt, ein zuverlässiger Schüler.

Sie will sich einen kleinen Scherz erlauben und ihn anrufen, um zu erfahren, ob und wie er sich meldet. So greift sie nach dem Handy, gerade in dem Augenblick vibriert und flötet es. Er ist es!

»Ja, bitte.«

»Ich wollte nicht stören, Kind …«

»Ihr stört gar nicht. Sagt, was ist!«

»Wollte nur wissen, wie lang es bei dir noch dauert.«

»Ich bin gleich fertig und bin in den nächsten fünf bis zehn Minuten bei Euch …«

Sie hätte ihm gern noch erzählt, dass er ihr mit seinem Anruf zuvorgekommen sei. Aber er war schon nicht mehr da. Wofür sie ihn wiederum loben musste. Denn erstens, sie ist grundsätzlich für kurze Telefongespräche. Und zweitens, so hat sie gleich was zu erzählen, wenn sie bei ihm ankommt.

Am nächsten Morgen macht sie eine Entdeckung, die sie äußerst berührt und ihr auch schwer aufs Gewissen drückt. Sie hat, während er im Bad war, um ihm einen kleinen Liebesdienst zu erweisen, sein Bett zurechtgemacht und dabei gesehen, wie dünn die Unterlage war, auf der er gelegen hat. Dann hat sie auch ihre Schlafstätte auseinandernehmen wollen. Was aber musste sie da sehen? Er hat ihr nicht nur zwei seiner drei Filzmatten geopfert, sondern auch alles Mögliche an Kleidungsstücken und Textilien darunter und darüber aufgeschichtet – das dicke Polster ist eine einzige kunstvoll ausgeführte Flickarbeit gewesen.

Während des Frühstücks sagt sie: »Ich habe mich zwei Nächte bei Euch auf hohem Gastlager ausruhen dürfen. Wie wäre es nun, Nüüjäh, wenn ich Euch für die kommende Nacht zu einem Gegenaufenthalt bei mir einlade?« Worauf er leicht zusammenfährt und sie ratlos anblickt. Da fügt sie rasch hinzu: »So wie die diplomatischen Gepflogenheiten solches nicht nur ermöglichen, sondern auch erfordern.«

Jetzt ist es Dsajaa, die zusammenzuckt, überrascht von der eigenen Unverschämtheit und wie erschlagen von der Angeberei. Dabei weiß sie nicht, ob Nüüdül überhaupt versteht, was diplomatisch ist. So genau weiß sie es selber auch nicht – gehört und sich gemerkt hat sie es bei ihrem Chef. Doch glaubt sie wahrzunehmen, dass gerade jener unangemessene Wortschwall den armen Kerl zu beeindrucken scheint.

Von der Arbeit aus ruft sie ihn an und bittet ihn, das Abendmahl heute oben zu kochen, und lässt ihn wissen, sie würde direkt dorthin kommen. Und so geschieht es auch.

Gleich nach dem Essen geht sie in die Stube und richtet eine Schlafstätte auf dem verstellbaren Sofa her. Darauf ein Laken, das Kopfkissen und die Wolldecke, beides frisch bezogen. Dann kehrt sie in die Küche zurück und erzählt fröhlich: »Gute Beispiele sind zum Befolgen da. Also bin ich Eurem guten Beispiel gefolgt und habe eine Schlafstätte für Euch hergerichtet. Wenn Ihr nachher müde werdet, könnt Ihr Euch zurückziehen und hinlegen. Aber vorher, dachte ich, wollen wir uns endlich mal was Gutes gönnen!«

Dann eilt sie in ihr Schlafzimmer, kommt mit einem stattlichen Einkaufsbeutel zurück und sieht mit Erstaunen: Auf dem Tisch stehen zwei Flaschen, dieselben, die sie auf dem Nachhauseweg in dem Laden an der Bushaltestelle gekauft hat! Mit einem würgenden Druck im Hals, fast böse auf Nüüdül, da sie meint, er habe ihre Schlafstube betreten und jene aus dem Beutel genommen, stellt sie den Beutel unsanft auf den Tisch und schaut hinein – die Flaschen sind noch drinnen! Da richtet sie fassungslos ihren Blick auf den guten alten Mann, den lieben, unschuldigen Menschen, unfähig, die unseligen Dinger aus dem Beutel zu heben und zu den anderen beiden zu stellen. Ach, sie ist so verwirrt von einem Mischgefühl aus Schuld, Scham und Bestürzung!

Natürlich entgeht dies dem Gast nicht. Und er meint, er wäre daran schuld, mit den Flaschen. So fängt er an zu erklären: »Ich dachte … ich meinte … Kind … die jungen Menschen heute … mögen … solche Getränke nach einem guten … ich meine … schwer verdaulichen Fleischgericht … und dabei habe ich … auch etwas für mich genommen …«

Mit einem Mal begreift sie, was für ein Missverständnis sie gestiftet hat. Ein Weinkrampf droht sich ihrer zu bemächtigen, während sie auf ihn schaut, denn sein gütiges Gesicht ist verfinstert und wirkt um weitere Jahre gealtert. Da tut sie, was sie längst hätte tun sollen: Packt die vermaledeiten Pullen eine nach der anderen am Hals und zerrt sie ans Licht. »Nein, nein, nein! Nicht das wars, was Ihr vermutet habt, mein lieber Nüüjäh, sondern dies!« Dann reiht sie die dunkle Flasche zu der dunklen und die helle zu der hellen.

Nüüdül gleicht für eine kleine Weile einem Standbild. Dann aber kommt Bewegung in seine Gestalt, so schießt auch Licht in sein hageres, dunkles Gesicht und seine schmalen, schrägen Augen. Der Greis hat sich wieder einmal in den Jungen verwandelt. Und dieser schaut Dsajaa begeistert an und spricht geheimnisvoll leise, aber mit Nachdruck: »Einfach unglaublich!«

»Ja, nicht wahr? Kaum zu glauben, aber: Es ist passiert!«

Sogleich eilt sie davon und kommt bald mit zwei bauchigen, aber unterschiedlich großen Gläsern und einem glitzernd schmucken Gegenstand zurück, den Nüüdül nach der anfänglichen Ratlosigkeit für einen Korkenzieher hält. Sie stellt alles auf den Tisch, schwungvoll, aber sichtlich bestrebt, die zauberhafte Stimmung möglichst beizubehalten und weiterhin spielerisch leise zu bleiben. So spreizt sie die beiden verchromten Schenkel des Geräts mit einer stummen, aber deutlichen Geste auseinander und schiebt es dem Mitspieler zu, der sich nach einem kaum merklichen Zögern daranmacht, eine der beiden dunklen Flaschen zu entkorken. Sie nimmt eine der hellen in die Hand, dreht mühelos die Verschlusskappe ab und schenkt mit geübten, anmutigen Bewegungen in das größere der Gläser ein.

Derweil wird auch er mit der ihm anvertrauten Ehrenaufgabe fertig und schenkt den Flascheninhalt, ihrem Beispiel folgend, in das übrige Glas ein. Dann geschieht etwas, das die beiden völlig durcheinanderbringt, da sie das von ihr gefüllte Glas zu sich nimmt, während er das von ihm gefüllte vor sie hinschiebt. Wovon beide gleichermaßen betroffen sind. Denn ein jeder hat schließlich seinen guten Grund für die Entscheidung gehabt.

Das dunkle Getränk ist ein fremdländischer Portwein, versehen mit einer vornehmen Beschriftung, vor allem aber mit einer dreifachen Fünf. Und das helle ist zwar nicht so schreierisch, dennoch aber die Sinne fesselnd, schon durch seine funkelnd goldene Farbe, dann auch durch seinen schlichten Namen: Gastgeber. Die eine wie die andere Flasche hat bei ihm wie bei ihr sofort gewirkt. Diese ist es!, hat man bei ihrem Anblick gedacht und sie genommen. Wobei er den Wein von Anfang an für sie und den Saft für sich gedacht hat, während sie für eine Weile gewillt gewesen war, den dunklen Inhalt in der ansehnlichen Flasche zu zweit zu genießen wie seinerzeit mit Bumlham. Doch dann ist ihr das armselige Bild junger, leichter Weiber an der Seite älterer zahlungskräftiger, besitzlüsterner Männer eingefallen, und sie hat sich entschieden: Nein, ich werde das edle Getränk meinem verehrten Gast überlassen, damit er davon mehr hat, und mich mit meiner Rolle als Gastgeberin begnügen!

Es ist schließlich Nüüdül, der sich zu einer Erklärung verpflichtet fühlt. Und so sagt er: »Ich darf solches nicht trinken.«

»Warum denn nicht?«, fällt sie ihm fast ins Wort. »Seid Ihr etwa krank?«

»Ja, sozusagen«, antwortet er zögernd. »Zumindest bin ich es gewesen.«

»Gewesen. Jetzt aber seid Ihr doch gesund. Auf mich jedenfalls wirkt Ihr kerngesund. Rüstiger als viele in den Fünfzigern und wendiger sogar als manche in den Vierzigern.«

»Ach, Kind, danke für die schmeichelhaften Worte, die mich zwar auch ein wenig glücklich, aber mehr verlegen machen. Doch ich darf das wilde Getränk nicht trinken.«

Dsajaa schaut ihn verwirrt an und überlegt: Er hat doch schließlich den gleichen Wein gekauft! War der denn für mich gedacht? Die junge Frau soll teuren Portwein genießen und der betagte Mann sich mit einem Säftchen begnügen – welch Widersinn in einem Land, wo Mann und Alter himmelhoch stehen!

Nüüdül hat die Gedanken aus ihren Augen so klar herausgelesen wie groß und fett gedruckte Titelworte von einer Überschrift. Also entschließt er sich zu einer Erklärung: »Ich sehe, du hast den Wein für mich gekauft. Ich danke dir für die Ehre, mein Kind. Und ich meinerseits hab es für dich getan, in der Annahme, du wirst dieses vornehme Getränk gewohnt sein und es zu schätzen wissen. Nun bitte ich dich, die Herzensgabe eines alten Menschen anzunehmen!«

Sie fragt vorsichtig: »Geht es denn gar nicht, dass Ihr wenigstens ein Glas mittrinkt, damit wir miteinander anstoßen könnten?«

»Nein«, sagt er recht schroff. Und fügt nach etlichen Atemzügen so leise hinzu, dass es sich flehentlich, ja fast weinerlich anhört: »Keinen Tropfen. Sogar bei Tabletten und Bonbons muss ich aufpassen, ob darin nicht das enthalten sei, was mir strikt verboten ist.«

Sie hält betreten inne. Aber er sieht in ihrem Schweigen ein ganzes Bündel Fragen. Weswegen er sich verpflichtet fühlt, einen Lichtstrahl auf das Dunkel fallen zu lassen, das den schönen Abend zu verschlingen droht. So spricht er: »Ich bin Trinker gewesen.«

»Ach!«, fährt sie zusammen. »Das hätte ich von Euch am wenigsten erwartet. Ist das lange her?«

»Eigentlich ja«, flüstert er mit gesenktem Kopf. »Etwa zwischen meinem dreißigsten und vierzigsten Lebensjahr.«

»Das ist sehr lange. Anzunehmen, mittlerweile seid Ihr längst davon genesen.«

»Das habe ich gut zehn Jahre später auch einmal gedacht und bin dem Leichtsinn verfallen, mit einem Bekannten, den ich ewig lange nicht gesehen hatte, auf ein Gläschen anzustoßen. Da ging es mit dem Leiden wieder los, mit einer solchen Wucht, dass ich schier machtlos erschien.«

»Und dann?«

»Ja, dann … sauste ich wie im freien Fall auf den Abgrund zu … Bis ich, dem Himmel sei Dank, auf einen guten Geist stieß, der mich hart anpackte, erst einmal gründlich zusammendrosch und so wieder zur Besinnung nötigte. Das war ein Arzt, der sich mit solchen wie mir abzuquälen und dabei mehr Niederlagen als Erfolge zu verbuchen hatte. Ich war einer der wenigen Glücklichen, da Rettbaren.«

Er, der mit verhaltener Stimme dieses bittere Geschehnis erwähnt, sieht sie mit einem Mal forsch an und sagt heiter: »Das war eine alte, schäbige Geschichte, die es nicht verdient, noch eingehender aufgewärmt zu werden. Nun, was solls! Lassen wir uns das, was Geld und Gefühle gekostet hat, zugute kommen!«

Damit schiebt er das Glas mit dem dunklen Inhalt näher vor sie hin. Und sie schaut dem stumm zu, greift aber mit einem Mal entschlossen nach dem Glas mit dem hellen Inhalt und führt es in einem sanften Bogen vor ihn hin. Somit nimmt ein jeder das Glas, das nun seines ist, und hebt es hoch. Dann stoßen sie an. Was stumm geschieht. Doch während die Zungen stillhalten, reden die Blicke umso deutlicher. Es ist die Sprache des gegenseitigen Einvernehmens, die weder Übersetzung noch Erklärung braucht. Was da aneinanderstößt, sind zwei gleich schwingende Seelen, was da erklingt, ist die Stimme ihrer Berührung, was die Gläser enthält, ist das Mark des Lebens, zugesetzt mit achtsamer Liebe – aus dieser Sicht könnten die Gläser auch nur schieres Wasser enthalten, und dennoch würde sich die ehrfürchtige und dankbare Freude erhalten und das, was eben geschehen, der Höhepunkt des Abends bleiben.

Überwältigt von dem berückenden Gefühl, trinken sie bedächtig, in winzigen Schlucken. Ob man das so richtig Trinken nennen kann? Wohl nicht, denn sie kauen fast, eingehüllt in ein genüssliches Schweigen. Neu ist der Portwein für sie wie auch der mit Sauermilch gestreckte Sanddornsaft für ihn. Und der eine wie der andere scheint vorzüglich zu schmecken. Zwischendurch fallen gewiss auch Worte, nur gleichen sie eher Einzelfunken, nicht in der Lage, sich zu einer Flamme zu bündeln und so eine geziemende Unterhaltung zu ergeben. Vielmehr wirken sie wie der Widerhall eines erfüllenden und beschwingenden Gefühls. So versetzen sie die Seelen in den Zustand einer großen Dankbarkeit und tiefen Friedens.

Die Gastgeberin bietet ihrem Gast an, das Licht im Bad brennen zu lassen, falls er in der Nacht aufstehen muss. Doch dieser entgegnet mit einer erschrockenen, wohl auch tadelnden Stimme: »Nicht doch! So eine sinnlose Verschwendung! Ich habe meine kleine Taschenlampe.« Daraufhin zieht er aus seiner Hosentasche ein daumengroßes Metallröhrchen heraus, schaltet die Küchenbeleuchtung aus und macht, klick, das Dingchen an – ein grellheller Lichtstrahl schießt durch den Raum. Dsajaa ist entzückt von der Leistung des winzigen Geräts und will wissen, wo man solches kaufen kann.

»Ich weiß nicht, ob diese im Handel sind«, sagt er, »es ist ein Geschenk, rate mal, von wem?«

»Vom Oberst.«

»Richtig! Und es ist gleichzeitig auch eine Waffe zur Selbstverteidigung gegen Hunde und Halunken in der Nacht. Bekommen sie den Lichtstrahl ins Auge gerichtet, verlieren sie mindestens für eine halbe Minute die Sehfähigkeit!«

»Toll. Aber die Batterien müssen doch sehr teuer sein, oder?«

»Auch das weiß ich nicht. Doch die Ladung reicht für tausend Stunden, das Gerät selbst hat eine Garantie für 100 000 Betriebsstunden!« Aus dem Greis, der er hin und wieder gewesen sein mochte, ist im Lauf des Abends ein rüstiger, verträumter Mann geworden. Jetzt hat sich dieser in einen Jungen verwandelt, dessen begeisterte Stimme unverkennbaren Stolz verrät.

So begeben sie sich heiter zur Nachtruhe.

Dsajaa liegt lächelnd in ihrem Bett und denkt: Geschenke bekommen nicht nur Sekretärinnen … Wenn der Oberst seinem Gärtner so eine tolle Taschenlampe schenkt, muss er ihn sehr schätzen … Wohl handelt es sich da um ein militärisches oder wenigstens polizeiliches Fachgerät … Nüüjäh lebt offensichtlich sehr sparsam … Muss er wohl, um mit seiner sicher sehr knappen Rente auszukommen … Jetzt lächelt sie schon nicht mehr. Dafür merkt sie, dass ihr Herz immer schneller geht und heftiger pocht. Auch ich werde eines Tages lernen müssen, so sparsam wie nur möglich zu leben, um mich mit meiner kleinen Rente durchzubringen … Ob ich bis dahin wirklich allein bleiben werde? … Dass es meinen lieben Bumlham gegeben hat, Nüüjäh, seinen Oberst und den Leutnant von neulich, spricht ja dafür, dass es auch gute Männer gibt … Ach, bin ich dumm, ich hab ja den Oberst gar nicht gesehen, den Leutnant nur einmal … und Nüüjäh kenne ich erst seit ein paar Tagen … Am längsten war ich mit Bumlham zusammen, es waren zwei reichliche Jahre … Kann ich dennoch sagen, ich habe ihn gekannt? … Wie merkwürdig, dass mir in diesem Augenblick Nüüjäh … vertrauter vorkommt als Bumlham … Verzeih mir, du Vater meines Kindes! …

Inmitten solcher Gedanken schläft sie ein und wird über kurz oder lang von einem Albtraum heimgesucht. Sie ist im Fahrstuhl, wird überfallen. Wie damals. Wie der Schurke mit dem Namen eines Bluthundes und dem Gehabe eines nationalistischen Blaumongolen, Assar, hat nun auch dieser sie erdrosseln wollen. Aber diesmal ist es nicht jener Schwächling. Ein viel Gewaltigerer. Der Bullige, vor dem sie sich am meisten gefürchtet hat. Nun stürmt dieser auf sie zu, packt sie mit seinen schweren, schwarzen Pranken am Hals, um sie wohl gleich zu erwürgen. Hat sie sich damals gegen den anderen erfolgreich gewehrt, fällt ihr heute nichts ein, auch würde es ihr hier nichts nützen, denn der Typ ist einfach zu mächtig und sie selbst zu schmächtig, zudem sie sich längst betäubt vorkommt, irre im Kopf und bleischwer in den Gliedern …

Mit einem heiseren, gurgelnden Würgegeschrei erwacht sie. Bemerkt, ihre Kehle ist wie zugestopft. Eilt ins Bad und übergibt sich ausgiebig. Schüttelt und fragt sich dabei, ob sie nicht zu viel getrunken habe. Dann sieht sie ihr angstverzerrtes, bleiches Gesicht im Spiegel und erschrickt von Neuem. Sie wäscht sich das Gesicht kalt, spült den Mund und putzt die Zähne. So fühlt sie sich erfrischt und einigermaßen auch beruhigt. Da denkt sie an den Gast, der im Nebenraum schläft und vielleicht auch wach geworden sein könnte von ihrem Würgen. Und da schämt sie sich vor ihm. Was, wenn er dächte: Die Kleine ist aber auf dem Weg zu einer Säuferin?!

Später ermüdet sie, während sie einem ganzen Knäuel aus kunterbunten, wild zerzausten Gedanken aus ihrem erregten Hirn folgen muss, und schläft endlich wieder ein. Aber schon gerät sie in einen weiteren Albtraum, der auch die Fortsetzung des Vorhergehenden sein könnte. Jetzt liegt sie auf ihrem Bett und entdeckt den fürchterlichen Typ von vorhin neben sich schlafend und schnarchend, genauso selbstherrlich und schamlos laut wie neulich der andere. Da stockt ihr das Herz und erstarrt der ganze Leib. Zum Glück erwacht sie sogleich, aber mit einem gellenden Schrei und rasendem, hämmerndem Herzen.

Ein Lichtstrahl schießt entlang des Flurs hinter der Tür, die sonst nachts immer zugeschlossen ist – vorhin aber hat sie sie weit offen gelassen, vielleicht in der Hoffnung, aus dem Nebenzimmer mögliche Geräusche des Schlafenden zu vernehmen und so das nagende Gefühl der Einsamkeit gedämmt zu wissen. Oder aber in der Vorahnung dessen, was schon unterwegs war, und um so jeder möglichen Hilfe den Weg frei zu halten –, und eine menschliche Stimme erschallt: »Was ist, Kind?«

Sie springt auf, eilt dem Licht, der Stimme entgegen und stammelt: »Nein! Das gibt es nicht! Ich will es nicht!« Da ist sie schon im Flur, steht neben dem Menschen, dessen nackte Fußzehen unter den langen, weiten Hosenbeinen zu erkennen sind. Nun spricht sie mit endlich erwachter, einigermaßen beruhigter Stimme, beinahe flüsternd: »Seid Ihr es, Nüüjäh?«

»Ja natürlich, mein Kind. Was ist denn geschehen?«

»Ich habe wohl geträumt. Entschuldigt, ich habe Euch geweckt.«

Darauf streckt sie ihren Arm nach der Wand aus, tastet nach dem Schalter. Ein schnalzender Klick, und hinter der angelehnten Badezimmertür geht Licht an. Da erkennt jeder den vollen Umriss der

Gestalt neben sich. »Entschuldigt mich bitte, ich habe Euch ja aus dem Schlaf gerissen. Und versucht nun, weiterzuschlafen«, spricht sie erneut, immer noch sehr leise, und verschwindet dann hinter der Tür, die geräuschlos zugeht.

Nüüdül begibt sich in das Zimmer zurück, zieht die Tür hinter sich zu, lässt aber die Klinke nicht aus der Hand, drückt nach einiger Überlegung wieder darauf, sodass die Tür leise aus dem Schloss springt und angelehnt bleibt. Dann legt er sich ins Bett. Ohne sichtbare Eile und spürbare Lust, wohl wissend, er wird so schnell nicht wieder einschlafen können. Denn er hat auch vorher nicht wirklich geschlafen, nur vor sich hingedöst. Er hatte den ersten Schrei zwar nicht vernommen, aber mitbekommen, was dann im Bad geschah. Überhaupt hat die Nacht ihm wenig Raum für Schlaf gelassen. Zu viele Gedanken haben sich hinter seiner runzeligen Stirn gedrängelt und gewälzt und haben zu heftig getobt. Der wesentlichste war der, der sich um eine Tochter drehte, die ihm, wohl als ein Geschenk des Himmels, in den Schoß gefallen sein könnte.

Nun, hellwach und dennoch traumnah, fragt er sich, ob es denn nach den Gesetzen des mongolischen Staates einem Bürger erlaubt war, einen anderen im erwachsenen Alter an Kindes statt anzunehmen. Der Oberst könnte es ihm gewiss sagen. Aber bevor er einen aufklärte, würde man wahrscheinlich die Frage gestellt bekommen: »Na, was ist denn, Bruderherzchen, wollt Ihr etwa jemanden adoptieren?« Und er, Nüüdül, würde darauf fest und stolz antworten: »Ja. Ein bildhübsches Mädchen, das mir eine verspätete Tochter oder auch verfrühte Enkelin sein könnte!« Nur, er fürchtet, solches werde nicht gehen. Wenn aber doch, dann müsste er sie natürlich vorher fragen. Und wie sie fragen?

Er überlegt angestrengt und schmunzelt dabei trotzdem. Besser, vorweg kleine versteckte Proben auf den Weg schicken. Und wenn sie sich einem immer noch so zugewandt zeigt, bei einem Gespräch wie dem heutigen eine Geschichte über zwei Menschen erfinden, angeblich aus dem Bekanntenkreis … Am besten … eine alte, einsame, aber herzensliebe Frau und ein junger, ebenso herzenslieber, aber ebenso einsamer Bursche … Die beiden sind irgendwann, irgendwie einander begegnet … Bleiben dann für eine längere Zeit in lockerer Verbindung … Ein jeder geht seiner Beschäftigung nach … Bleibt in der Nische, die ihm vom Leben zugewiesen … Begegnen sie sich aber zwischendurch, dann freuen sie sich und vergessen dabei die Einsamkeit, die sonst ihr wie ihm ständig an der Leber zu nagen scheint … Bald merken sie das, machen sich Gedanken darüber … Und so geschieht es, dass eines Tages er sie fragt: »Darf ich Euch adoptieren?«

Nüüdül, der erzählt, sieht hier Dsajaa, die zuhört, heftig auffahren und laut sagen: »Wie das? Ein jüngerer Mensch adoptiert einen älteren – das geht doch nicht!«

»Warum nicht? Jede Adoption ist ja gegenseitig«, entgegnet er gefasst. »Dadurch kommt der Mutterlose zu einer Mutter und die Kinderlose zu einem Kind.«

Sie überlegt, den Kopf in den Nacken geworfen. Und sagt nach einem Weilchen: »Das stimmt. Soeben ist mir eingefallen, dass einsame alte Menschen bei uns oft von jüngeren zu sich geholt wurden, an Mutter oder Vaters Stelle. Vorhin hat mich wohl das amtliche Wort Adoption verwirrt.«

Nüüdül hört und sieht sich reden, mit geschlossenen Augen und nach vorn geneigtem Kopf, wie immer, wenn er seine Gedanken sammeln muss: »Adoption heißt ja, wenn ich es richtig verstehe, Annahme. Aber da wir in einer Zeit leben, in der einem alles ohne amtliche Genehmigung schwer gemacht und schiefgenommen wird, kann ich dem jungen Menschen seinen hölzernen Ausdruck nicht verübeln.«

Sie wirft den Kopf schon wieder in den Nacken und überlegt. Dann fragt sie: »Und die gute Frau hat darauf Ja gesagt?«

»Ja!«

»Und was dann?«

»Der junge Mensch ist mit einem Gesuch in beider Namen und mit beiden Unterschriften den langen, verschlungenen Weg gegangen, bis er das halbe oder volle Dutzend Anweisungen und Stempel eingesammelt und so die ohnehin fetten Beamten um weitere Summen Gelder an Gebühren und Bestechungen bereichert hat. Dann haben sie ihr bisschen Hab und Gut zusammengetragen und sind unter das bessere der beiden Dächer gezogen. Und leben seitdem als Mutter und Kind zusammen, dem Dämon Einsamkeit zweimal einen Tritt in den Hintern verpassend und sich nun aneinander wärmend und stärkend.«

»Das ist ja toll!«

»Ja, nicht wahr? Übrigens war solches bei unseren Vorfahren schon immer geläufig. Es geschah in früheren Zeiten auf gegenseitigen Schwur und hieß darum Schwurverwandtschaft.«

»Aha! Jetzt begreife ich, was das für ein Band gewesen sein muss, das Temudshin und Dshamuha so schicksalhaft miteinander verbunden hat.«

Nüüdül sieht den nachdenklichen, warmen Blick Dsajaas auf sich und weiß den ersehnten Augenblick gekommen. So spricht er die Worte, die er schon lang auf der Zunge gespürt und erwogen hat, endlich aus: »Und was würdest du dazu sagen, mein liebes Kind, wenn ich alter, einsamer Mensch, wie der junge Bursche von vorhin, zu dir sagen würde: ›Darf ich dich adoptieren?‹«

Darauf sieht er sie auffahren. Dann, nach einer Unzahl von endlos langsamen, lauten Pulsschlägen, glaubt er, ihre Stimme, so leise wie gehaucht, zu vernehmen: »Nüüjäh!«

Er zuckt zusammen. Und dann hört er dieselbe Stimme, immer noch leise, aber deutlich: »Schlaft Ihr schon?«

Sogleich fährt er hoch und sagt mit heiserer, zittriger Stimme: »Nein doch! Aber was ist, Kind?«

»Darf ich kurz zu Euch reinkommen?«

Er bekommt einen Schreck. Darauf will er nichts eiliger als ein Ja aussprechen. Nur, seine Kehle versagt den Dienst. Bei einem weiteren Versuch kommt ein heiseres, gurgelndes Ja aus ihm heraus. Und gleichzeitig schießt ein Lichtstrahl durch den Raum, also hat seine Hand längst nach der Taschenlampe gegriffen und auf den Knopf gedrückt. Da gewahrt er einen nackten Fuß, der ihm hell, klein und kindeszart vorkommt. Und darüber den Saum eines ebenso hellen Kleidungsstücks, das luftig und schwebend wirkt. Hörbar wird die silberhelle, zittrige Stimme eines Kindes: »Ich habe so Angst, mein Zimmer zu betreten … Mir ist, als wäre jemand dort …«

Er schickt sich an, dem dick gepolsterten Lager zu entkommen. Dabei findet er sich unerträglich plump, ja trostlos lahm, zudem muss er jenes lästige Klacken und Knacken in den Gelenken peinlich deutlich vernehmen. Während er sich abmüht, auf die Füße zu kommen, ist ihm wohl bewusst, dass er allem voran ein tröstendes Wort auszusprechen hat. Doch ihm fällt nichts ein. Dafür weiß er, was getan werden muss. Er schaltet das Licht ein, streift die zusammengekrümmte Gestalt mit einem flüchtigen Blick, ohne ihn auf dem verängstigten Gesicht ruhen zu lassen, und sagt in festem Ton: »Du bleibst hier, und ich gehe nachschauen!«

Damit geht er. Und Dsajaa bleibt wie angenagelt stehen, regungslos, doch bebend. Unendlich lang erscheint ihr die Zeit und unerträglich drohend die eigene Wohnung. Schon tut es ihr leid, den armen Nüüjäh der Lebensgefahr aussetzen zu müssen. Dabei wartet sie voller Anspannung auf das Unheil. Wird es ein Geschrei geben? Oder Gepolter? Oder gar einen Schuss? Am liebsten würde sie ihm folgen, um in seiner Nähe zu sein und ihm auf das erste Anzeichen von Gefahr sofort zu Hilfe zu eilen. Doch kann sie sich unmöglich vom Fleck rühren. Zumal Nüüjäh angeordnet hat, sie solle hierbleiben.

Nüüdül sichtet alles gewissenhaft. Und findet – natürlich – niemanden. Dafür entdeckt er die Spuren ihrer Angst – die zusammengeknüllte Schlafdecke. Er schaut kopfschüttelnd und gerührt darauf und zieht sie an den Rändern ein wenig zurecht. Dann verlässt er die Schlafstube und begibt sich zur Küche. Dabei schwenkt er den Lichtstrahl seiner Taschenlampe bewusst hin und her, ein Gebet im Sinn: Das Unwesen, das Angst erzeugt, möge zerstochen und zerschnitten werden! Auch die Küche ruht, wie man sie vor Stunden verlassen hat, in Frieden und im Duft des guten Essens und der vornehmen Getränke.

Dann kehrt er zu dem nächtlichen Besuch und dem großen, zahmen Licht zurück und sagt mit einem breiten Lächeln auf seinem alten, gütigen Gesicht: »Niemand und nichts, mein Kind, was auch nur irgendwelche Gefahr bergen könnte!«

Jetzt blickt er sie zärtlich an, bestrebt, sie aufzuheitern. Und sieht: Ihr junges Gesicht wirkt völlig aufgewühlt – die Angst muss mächtig gewesen sein. Nun aber zeigt sie sich bereit, zur Ruhe zurückzufinden, indem sie versucht zu lächeln. Es endet aber mit Tränen, aus denen ein befreiendes, beruhigendes Weinen wird. Nüüdül, der das kommen sieht und sie in Ruhe weinen lässt, nimmt sie nach einer Weile an der Hand und führt sie zum Sofa. Er selbst setzt sich mit einem kleinen Abstand daneben. Und schwelgt in Erinnerung dessen, was soeben geschehen ist.

Es ist das erste Mal gewesen, dass er sie so richtig an der Haut hat spüren dürfen. Oh, die Hand hat sich wunderbar angefühlt: fest und zart! So also würde sich die Tochterhand anfühlen: Als wenn Jugend und Weiblichkeit in einem Wettlauf durch sie hindurchströmte! Und er würde – sie einmal an Kindes statt angenommen – sich von jener kräftigsten und zärtlichsten aller Menschenhände führen und umsorgen lassen, sollte er noch älter und pflegebedürftig werden! Angenommen, er erblindete – das zu hohe Alter führt doch manchmal zur Blindheit –, dann würde sich der gewesene Pechvogel Nüüdül von einer so wunderbaren Hand durch das aufregende Treiben des elsterbunten Lebens führen lassen. Manche Außenstehende würden den blinden Greis vielleicht bedauern, aber er würde lächelnd und leuchtend in der Seele daherschreiten und denken: Menschen, wenn ihr wüsstet, wie glücklich ich bin!

Dsajaa, ausgeweint und beruhigt, spricht schließlich: »Ach, Nüüjäh, ich bin ja ein dummer, schlimmer Mensch, nicht wahr? Hab Euch die ganze Nacht nicht zu Schlaf kommen lassen!«

Er versucht, sie zu trösten: »Wichtiger ist, dass du ausgeruht bist, Tochter. Ich, der ich alle Zeit der Welt habe, werde immer ausschlafen können.« Dabei fällt ihm auf, dass er das Wort *Tochter* erstmals laut ausgesprochen hat, und nun meint er, eine Flamme huscht über sein Gesicht hinweg.

Dann erhebt sie sich, um ihn endlich schlafen zu lassen. Doch ihm entgeht ihr Blick nicht, der das schummerige Licht im Flur unruhig streift – darin eine unausgesprochene Frage: Hoffentlich ist immer noch niemand drüben? So steht er schnell auf und sagt: »Ich werde dich in dein Zimmer bringen, Tochter!« Diesmal verwendet er das Wort bewusst und spürt darauf nichts von dem, was zuvor gewesen. Sie widerspricht seinem Angebot nicht. Er geht vor, schaltet das Licht in ihrem Zimmer an und tritt an den zugezogenen Fenstervorhang, um sie davon zu überzeugen, dass niemand außer ihnen beiden im Raum ist. Ihr dankbarer Blick spricht deutlich aus, wie sehr sie diese Fürsorglichkeit zu schätzen weiß. Als sie dann sieht, dass er gehen will, sagt sie hastig: »Ach, bleibt doch noch einen Augenblick da, lieber Nüüjäh! Ich möchte Euch erzählen, was mir soeben eingefallen ist. Vor vielen Jahren war ich einmal mit Vater allein in den Bergen, es war die Heuerntezeit, wir haben geheut. Und als es Nacht wurde, sollten wir schlafen. Ich aber hatte Angst. Gleich zu welcher Seite des Vaters ich auch lag, es kam mir vor, als näherte sich mir ein unheimliches Wesen. Da stand Vater auf, griff nach der langen Weidenstange, an deren anderem Ende die messerscharfe Sense befestigt war, und begann, damit um sich herum zu schwingen. Er drehte sich dabei und führte ganze Kreise aus. Ich hörte das Pfeifen der Stange, sah das Blitzen der Sense im Mondschein, und es war gruselig schön. Dann kam er zurück und sagte: ›Hast du gesehen, alles, was in der Nähe auf dich gelauert hat, habe ich niedergemäht!‹ Da war ich schon ziemlich beruhigt.«

Nüüdül schaut gerührt auf sie, einige Atemzüge lang stumm, fragt dann: »Kam die Angst später zurück?«

»Später schon, da ich in der Nacht von einem unheimlichen Gelächter geweckt wurde. Da sagte Vater, den ich gar nicht erst zu wecken brauchte, weil er schon wach war, ich brauchte mich nicht zu fürchten, denn es sollte ein harmloser Fuchs sein, der wohl seinen Grund hatte zu lachen. Dennoch rief er in die Nacht hinaus: ›Hör auf, Schlitzauge, sonst werde ich dich morgen ausfindig machen und erjagen und dir das Fell übers Ohr ziehen, um damit meiner buckligen Großmutter die Füße und meinem tuckligen Großvater die Hände zu wärmen!‹ Man hörte das Gelächter nicht wieder. Später erfuhr ich, dass Gelächter von Füchsen zu den bösen Omen gehört und das, was Vater getan hat, zum Abwenden des Unheils diente.«

»Ja, das ist unser nomadisches Mantra gegen ungute Vorzeichen«, sagt Nüüdül verständnisvoll.

»Ach so! Gibt es auch welche gegen die Angst?«

»Sicher. Jede Menge.«

»Könnt Ihr mir eines beibringen, für alle Fälle?«

»Warte mal … Ja, jetzt fällt es mir ein: *Om dari dud dari duri om su ha.*«

»Om dari …«

»… dud dari …«

»… dud dari …«

»… duri om su ha.«

»… duri om su ha. Noch einmal: Om dari dud dari duri om su ha, richtig?«

»Jawohl. Damit kannst du gegen so manche Angst angehen!«

»Und was heißt das in unserer Sprache?«

»Wenn ich das wüsste! Aber meine Erfahrung besagt, von einem Mantra braucht man nicht die wörtliche Bedeutung zu kennen. Hauptsache, man wiederholt es möglichst oft und glaubt dabei fest an die gewünschte Wirkung.«

Dsajaa schweigt und überlegt. Nüüdül verharrt ebenso still. Irgendwann begegnen sich ihre Blicke. In seinem wohnt eine Frage. Und sie wird von ihr entschlüsselt: *Soll ich jetzt lieber gehen?*

Der ihre bekommt einen Schreck. Dann sagt sie: »O entschuldigt. So interessant das, was ich eben gehört habe, auch war, ich habe wohl das Gespräch auf eine andere Bahn gelenkt. Denn was ich Euch sagen wollte, war etwas anderes. Darf ich es noch kurz anbringen?«

»Bitte. Meinetwegen können wir uns bis morgen früh verplaudern. Nur, deinetwegen, liebe Tochter, habe ich Bedenken, du musst ja morgen arbeiten.«

»Ihr habt recht, ich muss erholt sein und frisch ausschauen, wenn ich mich auf meinen Broterwerb stürze. Aber ein-, zweimal kann ich auch zur Schlacht springen, ohne in der Vornacht ein Auge zugemacht zu haben, dazu bin ich noch jung genug. Bevor ich mit dem, was mir auf dem Herzen liegt, beginne, möchte ich Euch bitten, eine bequemere Stellung einzunehmen. Setzt Euch doch herüber aufs Bett, oder noch besser, lehnt Euch an das hohe Kopfende und streckt die Beine aus!«

Nüüdül bekommt einen Schreck. Der steht in seinem Blick und trifft, gleich einer herausschießenden Kugel, Dsajaa, sodass in ihr wohl eine Schamblase platzt. Für einen Augenblick fühlt sie sich wie betäubt. Dann aber fängt sie sich, und trotziger Stolz lässt sie wach werden wie in so manchen entscheidenden Augenblicken ihres von Schlachten und Siegen geprägten Lebens. So kommt es zu einem heftigen Zwiegespräch aus Rede und Gegenrede, doch nicht Zungen, sondern Blicke sind es, die es tun.

Nein doch, Menschenskind, ich werde mich niemals auf das Bett set-

zen – geschweige denn mich darauf ausstrecken –, auf dem du mit deinem seligen Mann gelegen und glückselige Tage und Nächte verbracht hast!

Danke dir, guter alter Mann, der du aber auch ein Armer und Vergesslicher bist – ich habe dir doch von meiner Schande erzählt, davon, wie ich diese heilige Stätte meiner unschuldigen Jugend und ihres kurzen Glücks später versaut habe mit einem Unwürdigen!

Keinesfalls, mein liebes Kind! Deine Schmerzen sind auch die meinen. Ich will nicht, dass ich alter Mann, an dem so wenig Mannhaftes geblieben, diese heilige Stätte auch noch betrete und so deine Wunde wieder aufreiße!

Nein, du wirst meine Wunde nicht aufreißen, wirst mir im Gegenteil die Schmerzen lindern und die Schandflecken abschwächen, heilender, heiliger Mann!

Sie überzeugt ihn. Und so steigt er, zittrig vor innerer Hemmung, schließlich doch auf das Bett und lehnt sich, ihrem Beispiel folgend, an dessen hohes, gepolstertes Kopfende. Sie schickt ihm einen warmen, dankbaren Blick und fängt sogleich an:

»Genannt habt Ihr mich von Anfang an *Kind, mein Kind*. Und heute auch einige Male *Tochter,* eben sogar *meine liebe Tochter*. Genau darum geht es. Früher, bevor ich Euch kannte, habe ich selten an meinen Vater gedacht. Ich erzählte Euch neulich, wer ich zu Hause war: ein Mutterkind. Seitdem ich Euch kenne, muss ich aber umso öfter an den Vater denken. Denn Ihr erinnert mich immer wieder an ihn. So kam mir vorhin ein Gedanke, der unfassbar ist, dennoch aber wesentlich: Vielleicht ist mein Vater gar nicht gestorben – ich habe ihn ja als Toten nicht mit eigenen Augen gesehen! Vielleicht hat er sich tot gestellt oder ist einfach weggegangen, als ihm drüben alles zu eng wurde mit der neuen, aber alten, fremden Frau, den hartherzigen Kindern, die ihn verließen und dem über ihn hereinbrechenden Alter überließen, und mit den vielen Neidern, die nichts taugten, aber es genau verstanden, ihm das Leben zur Hölle zu machen! Darauf hat er nach mir gesucht. Dazu gibt es einen sehr triftigen Grund – er hat seine Frau, unsere Mutter, sehr gemocht, und so hat ihn seine Sehnsucht nach ihr nun auf mich zugetrieben, da ich ihr von allen Kindern am meisten ähnele! Schließlich hat er mich aufgespürt und es fertiggebracht, sich in meiner Nähe niederzulassen! Dass er dabei ein wenig älter geworden ist und ein wenig anders ausschaut als in früheren Jahren, darüber braucht man sich kaum zu wundern, die Gerbe- und Knetküche des Lebens kann alles verändern, was die äußere Hülle betrifft, doch das Wesen bleibt einem auf ewig erhalten!«

Sie hält inne und schaut ihn mit ihrem redenden Blick zutraulich und dankbar an: Das wars! Ihm stockt der Atem, und es ist ihm sehr zum Weinen zumute. Aber er will den heiligen Augenblick auf keinen Fall mit salzbitteren Tränen verderben. So bemüht er sich, Festigkeit zu zeigen. Da sagt sie: »Ihr könnt ja hierbleiben. Platz ist genug da. Auch die Decke reicht gut für zwei. Oder ich kann Euch die andere Decke von drüben holen. Da muss sowieso das Licht ausgemacht werden.«

Aus ihm kommen in panischer Eile die Worte: »Nein, nein! Ich gehe und lasse dich, mein Kind, endlich schlafen!«

Schnell kommt sie ihm entgegen: »Mich wirds nicht stören, wenn Ihr hier nebenan liegt. Im Gegenteil, ich werde mich beschützt fühlen!«

Er gibt nicht nach: »Nein, nein! Das wird nicht gehen!«

»Warum denn nicht?!« Ihre Stimme verrät Befremdung, möglicherweise auch einen Hauch Entrüstung.

Doch ihm scheint das Gehör für diese Feinheit zu fehlen, und so sagt er: »Ich werde schnarchen …«

Sie lässt in ihrer Brust ein leises Lachen aufsteigen, das sich aber so trauer- wie auch wutgeladen anhört, und sagt darauf: »Schnarchen werdet Ihr? Da haben das arme Bett und die armselige Frau schon Schlimmeres erlebt!«

Selbst das vermag den alten Mann nicht zur Besinnung zu bringen. So steigt er hastig vom Bett und verlässt den Raum. Freilich vergisst er dabei nicht, das Licht auszuschalten und zu murmeln: »Schlaf schnell ein und ruh dich gut aus, Kind!«

Dsajaa ist gekränkt. Sie fühlt sich unverstanden und verlassen und droht, in Trauer zu verfallen, vermischt mit Wut, was schwer auf ihren Magen drückt. Doch eine erfreuliche Sache merkt sie dabei: Das Angstgefühl ist weg, wie ihrem Innenraum abgeschält und spurlos verflogen. Da fällt ihr das Mantra ein. Sie will es aufsagen, merkt aber, es ist ihr entfallen. Mantra weg, Angst weg, denkt sie, und der Gedanke verschafft ihr eine kleine Erheiterung. Nun fällt ihr ein, was Nüüdül ihr verraten hat: So richtig wisse keiner, was der Zungenbrecher eigentlich zu bedeuten habe – es kommt im Grunde nur darauf an, dass man ihn möglichst oft wiederholt und dabei an die gewünschte Wirkung fest glaubt. Der Gedanke führt sie zu einem weiteren: Ein Mantra muss ja, wie alles andere auch, irgendwann von irgendjemandem erfunden worden sein. Worauf sie meint, auch sie müsse eins, das ihrige, erfinden. Kaum gedacht, spürt sie etwas auf ihrer Zunge kribbeln, und sogleich hat sie es:

Teneg, dsönög Nüüjäh!
Tan ruu bi nüüjeh!

Dummer, sturer Nüüjäh! Lasst mich zu Euch ziehen! Sie lächelt, lacht entzückt und fängt an, es eins ums andere Mal auszusprechen. Und siehe da: Nach einer kurzen Weile merkt sie, dass das Drückende gänzlich aus ihr gewichen ist!

Nüüdül wälzt sich schlaflos auf seinem Lager hin und her. Und findet es dabei unerhört dumm, wie er sich vor Dsajaa benommen hat: federgrasfies und altmännerstur. Nicht so sehr, weil er ihr Angebot nicht angenommen hat – nein, das konnte er unmöglich, denn dafür, sich auf einer so vornehmen Bettstatt auszustrecken und neben einem so holden Wesen zu liegen, hält er sich einfach für zu gering.

Das mit dem Schnarchen war nur eine Ausrede; vielleicht hätte er gar nicht geschnarcht, und sie hätte in Frieden geschlafen, aber er hätte in der Atemnähe eines so erhabenen Geschöpfs nie und nimmer einzuschlafen vermocht. Also, nicht deswegen, weil er die duftige Ruhestätte fluchtartig hat verlassen müssen, trifft ihn der Eigentadel, sondern weil ihm die blöde Zunge, die in diesem Leben schon so viel unnützes Zeug hat schwatzen dürfen, in einem so entscheidenden Moment versagt hat und sein wässeriges Hirn wie ausgeschaltet gewesen ist – er hätte nur zu sagen gebraucht: Ja, ich bin dein Vater! Oder etwas verhüllter: So denke ich manchmal auch! O Himmel, gerade hatte er von einer Tochter geschwärmt, und kurz darauf kommt die bejahende Antwort von dieser Tochter selbst – und was macht er, Dummkopf? Er verpasst die Gelegenheit seines Lebens!

Gegen Morgen schläft er dann doch ein und träumt sogar. Es ist ein recht merkwürdiger und überaus klarer Traum. Es muss der erste September sein: viele Kinder in Schuluniformen, Musik und Transparente, auch Erwachsene, wohl Eltern und Lehrer. Er, Nüüdül, hastet mit einem kleinen Jungen an der Hand durch die Menschenmenge und fragt die Leute immer wieder nach der Klasse Eins D. Endlich sagt ihm ein junger Mann mit einem Block und einem Stift in der Hand: »Hier ist Eins D! Wie heißt denn Euer kleiner Held mit Vaters- und Eigennamen?« Nüüdül antwortet, erleichtert und stolz: »Na, Nüüdüls Gegeen-Öglöö!« Da trifft sein Blick, einige Menschen weiter, Dsajaa, die so eindringlich herüberschaut, dass er einen Schreck bekommt und davon auch erwacht.

Am Morgen sagt er, von ihr gefragt, ob er sich doch ein wenig hat ausruhen können, Ja. Sie aber antwortet auf die gleiche Frage von ihm nicht direkt. Erzählt dafür treuherzig und wahrheitsgemäß alles: das Gekränktsein, gegen das sie anfangs anzugehen gehabt, das gewichene Angstgefühl, das vergessene Mantra und das neue, von ihr erfundene. Dabei weiß sie schon ihrer Eigenschöpfung die kleinen

Dornen, die ihr Gegenüber verletzen könnten, abzufeilen. So macht sie daraus nun lediglich: *Nüüjäh, Nüüjäh, Nüüjäh! Tan ru bi nüüjeh!* Nachdem sie dies in einem Atemzug mehrmals hintereinander aufgesagt, steigert sie sich in ein kindliches Gekicher, das zeigt, sie hat die erwünschte Wirkung erlangt und den inneren Frieden gefunden.

Beim Frühstück erzählt er, dass er sein Bett nicht weggeräumt habe, da er vorhabe, sich nachher wieder hinzulegen, um vielleicht noch ein Stündchen zu schlafen. Und fragt dann: »Das darf ich doch?«

»Ja, ja, ja!«, eilt sie ihm entgegen. »Ihr dürft in meinen vier Wänden alles!«

»Ach, ich danke dir, Kind«, sagt er sichtlich beschämt. »Doch ich möchte deine Freizügigkeit nicht überfordern und werde mich mit meinen Ansprüchen zurückhalten und mich, wo ich nur kann, nützlich machen. So habe ich mir längst vorgenommen, den Raum gut zu lüften und den Fußboden zu scheuern, ehe ich die Wohnung verlasse.«

»Ach, das solltet Ihr nicht tun. Der Fußboden ist sauber. Und um die Raumluft braucht Ihr Euch auch keine Gedanken zu machen. Wenn es hier ein wenig nach Euch riecht, dann umso besser«, sagt sie gerührt, da ihr vorhin eingefallen ist, was der Adleropa einmal gesagt hat: Alten Leuten hafteten unangenehme Gerüche an, darum solle sie, die kleine Dsajaa, nicht zu nah an ihn herankommen, aber sein Geruch, erinnernd an gemahlenes, in Butter geknetetes Gerstenmehl, zog sie, das wuschelköpfige, rotznasige Kind, gerade an. Und nun fügt die erwachsene Frau nach einer kurzen Atempause entschieden hinzu: »Es ist reinigend und beruhigend, eine Art Dauermantra, Einhalt gebietend möglichen Resten von manchen sudeligen, feindlichen Ausdünstungen!«

Stunden später wird Dsajaa mitten in einer Sitzung von ihrem stumm eingestellten Handy in der Blusentasche gekrault. Unwillig greift sie danach und holt es näher vor die Augen. Da aber hellt sich ihr Gesicht auf. Denn im Schaukästchen steht *Nüüjäh*. Sie drückt es fest an ihr Ohr und sagt leise: »Was ist?« Und hört seine stotterige Stimme, die der eines Kindes gleicht, das etwas verbrochen und nun mit einer Rüge zu rechnen hat: »Eigentlich nichts … oder doch … mir ist ein Gericht eingefallen … das mir vor Jahren jemand beigebracht hat … und ich habe gedacht … ich könnt es heute mal probieren …« Sie sagt: »Ist doch wunderbar! Ich bin gespannt darauf! Noch was?« Die Stimme stammelt weiter: »Nein … ja … ich dachte … ich mach es wieder oben … weil … weil …« Sie kommt ihm entgegen: »Ist recht. Tut, wie es Euch richtig erscheint!« Sie hört ihn aufgeregt atmen und hüsteln, worauf sie lächeln muss, vor Rührung, wie man sie hilflosen Wesen gegenüber manchmal empfindet. Da piepst das Zeichen, das zeigt, drüben ist die Stopptaste betätigt worden.

Nüüdül empfängt Dsajaa in der Küche, die voller Duft nach gegartem Fleisch und gesättigtem Wasserdampf ist. Sie hatte vorgehabt, wieder im Eckladen vorbeizugehen, um eine Kleinigkeit für ihn mitzunehmen. Doch kurz vor Dienstschluss hat der Leutnant angerufen und berichtet, er sei gerade in der Nähe, habe sich an sie erinnert und ihr wenigstens Guten Tag sagen wollen. Worauf sie ihm angeboten hat, sich kurz zu treffen, da sie gleich unten sei und außerdem manche Neuigkeiten habe, die ihn interessieren könnten. Dann haben sie sich getroffen. Er hat sich gleich nach dem *lieben Alten* erkundigt, und sie hat berichtet: von dem Handy, den gemeinsamen Mahlzeiten und einigem mehr. Was ihm die begeisterte Aussage entlockte: »Da seid ihr ja so gut wie Vater und Tochter oder noch besser zueinander als manche Väter und Töchter, wunderbar!« Dann hatte er sein Vorhaben, die beiden zu porträtieren, wieder erwähnt und die Handynummer des Alten haben wollen und gesagt, er würde sie auch an dessen Freund und seinen Chef weitergeben, worüber sich jener ganz bestimmt freuen würde.

Zum Schluss hat er eine Pralinenschachtel aus seiner Aktentasche geholt und erzählt: »Heute war ich bei einer bejahrten, begüterten

Frau und ihrem ach so verhätschelten Enkel, die miteinander manchen Kummer haben. Am Ende meiner Schlichtungsbemühungen schenkte mir die gute Oma diese Schachtel, die edel und teuer ausschaut, nicht wahr? Eigentlich wollte ich sie meiner Freundin mitbringen. Aber jetzt schenke ich sie weiter an den lieben alten Mann und seine warmherzige Wahltochter.« Anfangs wollte sie das Geschenk nicht annehmen, da es schon für jemand anders gedacht gewesen. Aber der Leutnant bestand darauf, indem er in seiner begeisterten und begeisternden Art loslegte: »Ich werde meiner Freundin erzählen, was heute alles passiert ist: mit der unglücklichen Großmutter, ihrem ebenso unglücklichen Enkel, mir, der Pralinenschachtel und mit weiteren Mitgliedern der großen Menschheitsfamilie: ihr, Euch und Eurem Wahlvater. Jeder war bestrebt, dem Nächsten eine kleine Freude zu bereiten, und derjenige, der die Gabe erhielt, hat sich gefreut, und als er sie an einen anderen weiterreichte, da war sie schon verdoppelt, denn die Freude beim Geben ist, wenn es vom Herzen geschieht, mindestens so groß wie beim Empfangen. Ich werde meiner Freundin diese Geschichte schenken, und sie wird sich noch mehr darüber freuen als über die Pralinenschachtel!«

Da hat sie das Geschenk annehmen müssen. Und nun eilt sie damit zu Nüüdül, auf dessen gütigem, erhitztem Gesicht sie schon beim Betreten der Küche Spuren einer Freude erkennt: Na, das Gericht ist ihm gelungen, ich bin zu ihm zurückgekehrt, und gleich werden wir uns an dem guten Essen laben und aneinander freuen – wenn das nicht für Freude reicht?! Dann denkt sie: Es gibt einen Grund zu noch mehr Freude, mein lieber Nüüjäh! Und jetzt schaut her: »Hier!«

Sein Mund öffnet sich zwar, aber kein Laut kommt heraus. Es ist wieder der Blick, der redet: *Was ist, Kindchen?*

»Ein Geschenk für Euch!«

Jetzt ist die Stimme da, und zwar mit einem tadelnden Ton: »Ach, Kind! Warum denn? Es ist bestimmt etwas unverhältnismäßig Teures! Und ich bin ein grobsinniger Mensch aus der armen Ecke des Lebens, sodass ich mich nicht unbedingt zu freuen weiß!«

Dsajaa lacht fröhlich, anstatt etwa enttäuscht zu sein, und sagt: »Nichts Gekauftes! Sondern etwas Geschenktes, und zwar vielfach Weitergereichtes! Und darum schon eine Kostbarkeit, behängt mit einer gewichtigen Geschichte, die Euch gefallen wird!« Dann erzählt sie die Geschichte.

Nüüdül zeigt sich davon sichtlich gerührt. Sie übersieht dabei seinen zahmen, schuldbewussten Blick nicht: *Tut mir leid, dass ich wieder einmal so dumm und voreilig war mit meiner Zunge!*

Und ihr beschwichtigender Gegenblick darauf: *Macht nichts, lieber, lieber Nüüjäh! Ihr konntet es ja nicht wissen. Und Ihr wolltet mich nur verschonen. Ich danke Euch dafür. Doch ich werde Euch trotzdem hin und wieder kleine gekaufte Geschenke mitbringen, weil ich mich dabei selber freue und es außerdem mag, Euch nicht immer weise, sondern zwischendurch auch verlegen zu sehen.*

Nüüdül stellt einen Topf auf den Tisch und hebt den Deckel ab. Eine Dampfwolke steigt auf, und Dsajaa glaubt darunter zuerst einen weiteren, zur Formlosigkeit geschmolzenen Topf zu sichten. Doch dann erkennt sie einen zugeschnürten, prallen Schafspansen. »Was ist da drin?«, ruft sie aus.

»Der Kopf und die Läufe vom Hammel mit Allerlei«, sagt er sachlich.

»Ist das wahr? So was habe ich noch nie gesehen!«, zwitschert sie.

»Auch bei uns kennt man das nicht«, gibt er zu. »Ich habe es vor vielen Jahren bei einem weit gereisten und sehr erfahrenen Menschen gesehen.«

Die Schnur wird durchtrennt. Eine neue Dampfwolke entsteigt dem Topf. Der Pansen wird aufgeschnitten. Endlich wird der Kopf sichtbar.

»Meine Güte! Dem sind ja alle Haare abgesengt!«

»Das muss natürlich getan werden.«

»Aber wie habt Ihr das geschafft? Hier, wo es keine Möglichkeit zum offenen Küchenfeuer gibt!«

»Ich habs bei meinen Freunden nebenan gemacht. In dem Haus gibt es noch Feuerherde. Übrigens, den beiden alten Menschen habe ich versprochen, morgen Kopfbrühe hinüberzubringen, da ich dachte, zu zweit können wir die ganze Menge unmöglich vertilgen.«

»Oh, bitte. Sie werden sich bestimmt freuen. Ich werde übrigens langsam auf Eure Freunde neugierig, auch auf den Oberst. Vielleicht werde ich sie eines Tages kennenlernen?«

»Schön, dass du das sagst, Tochter. Denn ich habe auch schon daran gedacht. Daran und an manches andere.«

»Nämlich?«

»Ach, ja … Spinnereien vielleicht … Aber jetzt sollten wir lieber essen …«

»Das Gericht wird uns bestimmt vorzüglich munden. Aber es wird noch zu heiß sein. Vom Adleropa weiß ich, dass man Hammel- und Pferdefleisch nie zu heiß essen sollte. Mir ist es so vorgekommen, als wenn Ihr mir heute am Telefon noch etwas sagen wolltet, es dann aber doch nicht über die Lippen gebracht habt. Habe ich recht?«

Nüüdül grinst, wie ertappt. Versucht einige Male anzusetzen, hält sich aber immer wieder zurück und gibt dann schließlich zu: »Ja, du hast recht.«

Dsajaa hält inne, hält still im Warten. Aber es kommt nichts. Dann fangen sie an zu essen. Es ist mit seinem gesättigten Duft von Knoblauch und Zwiebeln, von Knochenmark und Fleischsaft und dem rauchig-rußigen Geschmack etwas äußerst Kräftiges, ein Labsal für Zunge und Gaumen und dabei auch eine Augenweide. Die holzbraune, lederraue Haut hat sich schon vom Knochen gelöst. Droht Finger und Lippen zu verbrennen und klebt daran wie Honig. Sie liegt, kribbelnd und prickelnd, zwischen Zahn und Zunge und zergeht zu einem Brei, der sich, gemächlich und betörend, über den Gaumen schiebt, in Richtung Rachen und Magen.

So verführerisch die weich gedämpfte Tierhaut auch auf die Sinne einwirkt, lassen die beiden davon bald ab und schnuppern an dem kunterbunten Allerlei aus Schwanzfettscheiben, Muskelfleisch und verschiedenen Gemüsesorten, die längst zerkocht sind, aber wohl daher besonders verlockend schmecken – in jedem Löffel von jedem etwas, wohl auch von dem Gras, der Luft und dem Wasser, die am Anfang von allen Kostbarkeiten mitgewirkt haben müssen. Das denkt jedenfalls Nüüdül, dem an diesem Abend viele Gedanken in den Kopf kommen, und alle zielen sie in dieselbe Richtung; Dankbarkeit heißt die Zielrichtung und das Mündungsbecken seiner Gedanken.

Dsajaa denkt an Nüüjäh – mittlerweile kann sie ihn gar nicht anders nennen – und rätselt über den Grund seines merkwürdigen Verhaltens. Vielleicht ist er wirklich ihr Vater, auf welchem Weg auch immer? Und er hat es noch früher erkannt als sie. Möglicherweise zu einem Zeitpunkt, als sie ihn gar nicht wahrzunehmen vermocht hat. Aber warum ist er dann gestern, während sie ihr Inneres nach außen gekehrt hat, so dumpf und kalt geblieben, anstatt in Tränen auszubrechen und sie in die Arme zu schließen? Zum Schluss hat er sie sogar fluchtartig verlassen! Oder hatte es damit eine andere Bewandtnis? Hat er sich etwa in sie verliebt? Bei diesem Gedanken fängt ihr Herz an zu pochen. Sie überlegt, betäubt bis ins Innere, wie sie sich in einem solchen Fall zu verhalten habe. Zuerst glaubt sie, einen leisen Groll gegen ihn empfinden zu müssen. Doch es will ihr gar nicht gelingen, vielmehr verspürt sie ein brennendes Ziehen übers ganze Zwerchfell und weiß dem einen Namen zu geben: Es ist ein bodenlos tiefes Mitleid mit ihm und sich selbst. Und da begreift sie, auf gar keinen Fall hat sie ein Recht, auf ihn böse zu sein oder sich beleidigt zu fühlen, sollte es mit ihrer Vermutung tatsächlich stimmen.

So sagt sie, nachdem sie darauf gewartet hat, dass er mit dem Essen fertig ist: »Was würdet Ihr meinen, lieber Nüüjäh, wenn ich vorschlüge, wir genehmigen uns von dem, was uns der gestrige Tag geschenkt hat, je einen Schluck?«

»Ich würde dem zustimmen, natürlich, nach einer solchen Mahlzeit und an einem solchen Tag überhaupt!«, antwortet er sofort, ungewohnt feierlich in Ton und Geste.

Worauf sie flink aufsteht und mit ebenso feierlichen wie auffällig wendigen Gesten den Tisch abräumt. Er bleibt sitzen, hält sich, wie ihr erscheinen will, aus der Pflicht mitzuhelfen absichtlich heraus. Bravo!, denkt sie schmunzelnd, ihn im Augenwinkel. Waschecht in der Rolle eines würdevollen, mit sich und der Welt durchaus zufriedenen Papas! Zuerst holt sie aus dem Küchenschrank die beiden angebrochenen Flaschen. Dann aus der Schlafstube die nötigen Gläser. Zum Schluss, nachdem sie eingeschenkt und das Glas behutsam vor ihn gestellt hat, fällt ihr noch die Geschenkschachtel ein. So holt sie sie herbei, legt sie beidhändig und mit einer kleinen Verbeugung neben das Glas und sagt in der spielerisch gekünstelten Art einer Kellnerin: »So, Herr. Wenn ich nur wüsste, womit ich Euch noch eine Freude bereiten könnte!«

Nüüdül grinst verlegen. Er greift nach der Schachtel und versucht, mit zusammengekniffenen Augen die Schrift auf der Rückseite zu lesen. Dsajaa wartet darauf, dass er mit dem Lesen fertig wird, denn dann will sie mit ihm anstoßen. Dabei fragt sie sich, ob und wann er mit dem herausrücken würde, was ihm am Herzen liegt. Was es auch sein mag, sie ist gespannt darauf.

Schließlich reicht ihr die Geduld doch nicht, und sie sagt: »Was studiert Ihr denn da so genau? Ist es so wichtig, was dort geschrieben steht? Die Süßigkeiten werden aus China stammen und entzückend schmecken!«

Unglaublich ist der Blick, der sie darauf trifft. Erschreckend? Kränkend? Empörend? Unheimlich und unnennbar – einfach unglaublich! Doch die Worte, die dem folgen, bringen sie sofort zur Besinnung: »Man muss ständig auf der Hut sein und wissen, was man zu sich nimmt!«

»Ach ja, natürlich!«, entfährt es ihr nach kurzem Sinnen. »Bitte, gebt sie mir!« Damit streckt sie die Hand schon nach der Schachtel aus. Aber er hält sie weiterhin in den Händen und versucht, die Schrift selber zu entziffern. Erst nach einigen qualvollen Herzschlägen reicht er sie ihr, und es dauert auch bei ihr weitere Herzschläge, bis sie in winzigen Buchstaben gedruckt: *Ingredients* und darauf das Wort *Cognac* findet. Sie erschrickt und sagt kleinlaut: »Verzeihung! Ich hätte vorher darauf schauen und Euch warnen müssen. Das so gut gemeinte kleine Geschenk kommt von jemandem, der nicht weiß, welch böse Folgen es für Euch haben könnte!«

»Ach was, Kind!«, entgegnet darauf Nüüdül. »Dich trifft keine Schuld. Daran hätte sich auch dann nichts geändert, wenn ich aus lauter Freude nichts Eiligeres getan hätte, als die Schachtel aufzureißen, mir eine der schönen Kugeln in den Mund zu schieben und wieder meinem alten, schrecklichen Laster verfallen wäre. Schließlich ist jeder für sein eigenes Leben selbst verantwortlich, nicht wahr?« Die Stimme dröhnt hart und belehrend. Dsajaa, die dies in Gedanken feststellt und gegen eine Gänsehaut zu kämpfen hat, denkt bei sich: Schon gut, er hat ja recht!

Da erklingt mit einem Mal eine völlig andere, schmelzend junge und sprudelnd heitere Stimme: »Nun sei das liebe Geschenk weitergereicht! Und damit sei die Freude, die das bisschen Leckerei verursacht, weitervermehrt! Ja, behalt es, Kind, und genieß die süße Gabe, und ich als ihr Mitspender werde mich freuen, wenn ich dir dabei zuschauen darf!«

Dsajaa scheint ein Stein vom Herzen zu fallen. Denn das Düstere, Schwere, das soeben gedroht hat, den Raum zu füllen, ist mit einem Zug wie weggeblasen. Dann geschieht noch etwas, das dem Augenblick zusätzliches Licht verleiht. Denn Nüüdül spricht, weiterhin im Schwung des vorher Gesagten: »Gib mir die Hand, die linke, die rechte brauchen wir zum Anstoßen!« Sie tut, was ihr geheißen, beschwingt von jener Dringlichkeit, und spürt den festen Druck seiner Hand. Er greift nach seinem Glas, hebt es bis zur Augenhöhe und fährt fort: »Endlich will ich das aussprechen, wofür mir gestern Nacht, so auch heute am Tag Mut und Kraft nicht ausgereicht haben. Denn jetzt halte ich deine Hand, die mich, den vielfach Entmutigten, andauernde Jugend und ewige Mütterlichkeit spüren lässt und mir Schneid und Schutz gibt. So denn. Um einiges früher als du, nämlich vor zwei Jahren, an dem Spätnachmittag, an dem du mit deinen Habseligkeiten in Begleitung des schrecklichen Angebers kamst und in das Haus einzogst, habe ich dich wahrgenommen und angefangen, in Gedanken an deinem Leben teilzunehmen. Und letzte Nacht, bevor du mir dein Inneres nach außen kehrtest, habe ich wach geträumt, dich zu adoptieren und mich, wenn ich eines Tages altersschwach werden oder gar erblinden sollte, von dir, meiner Tochter, an der Hand führen zu lassen und dabei den Menschen und dem Himmel erhobenen Hauptes mein Glück als Vater zu zeigen. Nun wirst du mich fragen, weshalb ich dir nicht entgegenkam, als du mich auf den Vaterthron erhobst und mir deine zärtlichste Tochterliebe eingestandest. Das habe ich mich, als ich wieder allein war, auch gefragt. Und in der Zeit, die seitdem verflossen, habe ich es immer wieder getan und keine Antwort darauf gefunden! Vielleicht war ich, verängstigter, verblödeter Alter, dem einfach nicht gewachsen, als ich sah, wie der soeben geträumte Traum im Handumdrehen wahr wurde? Hast du eine Antwort darauf? Dein Hirn ist noch jung und denkfähig.«

Dsajaa schaute wie erstarrt mit gesenktem Blick vor sich hin. Hätte sie den Inhalt von Nüüdüls Rede vor einer Viertelstunde geahnt, sie hätte wahrscheinlich gedacht, sie würde ihm vor Freude um den Hals fallen, möglicherweise auch mit Freudentränen. Nun aber muss sie zusehen, wie anders alles herauskommt. So hat sie zumindest eine überzeugende Antwort. Sie ist schlicht und fällt leise wie alle wahren Dinge. Und lautet: »Ja, ich verstehe Euch.«

Nüüdül, der eindringlich auf sie geschaut hat, fährt leicht zusammen. Er blickt, wie erwachend, auf ihr Glas, während er das seinige ein wenig anhebt, und sagt dann: »Nun, worauf wollen wir trinken?«

Die Antwort kommt, weiterhin schnell und schlicht: »Auf Vater und Tochter, die einander gefunden haben!«

»Ja, darauf trinken wir!«

Sie stoßen an und trinken.

Endlich lösen sich auch die linken Hände.

Die beiden nippen und scheinen in winzigen Mengen andauernd herunterzuschlucken, was den Eindruck erzeugt: Auch die Zeit rieselt unaufhörlich. Alles geschieht unter geruhsamem Schweigen, hin und wieder treffen sich lediglich die Blicke. Sie sind diesmal sanft und stumm, bis auf ein, zwei Worte, die sich ihnen ablesen lassen:

Vater, mein Vater!

Ach, Tochter, meine Tochter!

Die Tochter verlässt einmal die Küche, kommt nach einer Weile zurück und berichtet, sie habe sein Bett gerichtet, was ihm wie ein großer Liebesdienst vorkommt. Schön ist es, zuckt es durch sein Hirn, Vater zu sein!

Nach ihrem zweiten Glas haucht sie leise, wohl aus der Tiefe eines Wachtraums: »Nur diejenigen, die den eisernen Griff der Einsamkeit am eigenen Leib erfahren haben, wissen zu schätzen, was es heißt, einen Menschen zu haben, an dessen Schulter man bei Müdigkeit den Kopf anlehnen und in dessen Arme man sich bei Traurigkeit hineinkuscheln darf …«

»Und das Gefühl, von jemandem gebraucht zu werden und für diesen nützlich zu sein …«, greift er nach dem endlich aufgetauchten Gesprächsfaden und führt ihn fort, in gemächlichem Ton und mit gedämpfter Stimme. »Tage, Monate, Jahre lang hat man daran gedacht, davon geträumt und darauf gehofft und gewartet. Aber was einen in diesem Zeitmeer umgab und annagte, das war die Einsamkeit. Nun soll es anders werden …« Also träumt er ihn mit. Einen Traum, der die Schwere aufhebt, die Grenzen verwischt und die räumlichen wie auch zeitlichen Fernen zusammenrückt.

Zuerst bleiben sie in der Küche sitzen. Dann gehen sie auseinander, um sich für die Nacht herzurichten. Darauf treffen sie sich im Zimmer, wo sein vorbereitetes Bett mit dem strahlend weißen Laken und der himmelblauen Decke auf ihn wartet. Schließlich kommen sie in der Schlafstube, auf dem herrschaftlich feinen Bett zusammen, das ihm noch gestern unberührbar und unbetretbar erschien. Er hat sich von ihren Worten leiten lassen, die die ganze Zeit in seinem Ohr gerauscht haben, ohne ihn an Schlaf auch nur denken zu lassen. Denn nachdem sie in ihrem himmelblauen Morgenrock zu ihm ins Zimmer getreten und am Bettrand eine reichliche Weile mit ihm geplaudert hat, hat sie zu ihm gesagt: »Findet Ihr selber keinen Schlaf, so wisset, auch ich bin schlaflos. Und so, wie ich eben zu Euch gekommen bin, dürft Ihr jederzeit zu mir kommen, auf dass wir, gemütlicher platziert als hier, gemeinsam wachen und uns aneinander freuen!«

Sie freut sich über seinen Besuch. Empfängt ihn mit einem unterdrückten Ausruf und rückt gleich zur Seite, auf dass er es sich bequem im Bett einrichte. Dann schiebt sie ihm eins der beiden Kissen zu, zum Zeichen, er soll sein Haupt darauf legen. Und flüstert ungeduldig und überstürzt: »Bitte, legt Euch hin! Kommt näher in die Mitte! Lasst mich Euch zudecken! Nehmt sie schon, die Decke ist groß genug!« Dabei hört sie nicht zu, was er sagt, obwohl er laut genug gesprochen hat, er brauche keine Decke, da er bald wieder gehe. Doch der aufregende Anfang auf beiden Seiten endet vorläufig damit, dass er mit im Bett liegt, zugedeckt bis zum Kinn wie ein kleines Kind von der Mutter und tief eingebettet sein schmaler Schädel in das schaumweiche, schneeweiße Kissen. Ein handspannenbreiter Zwischenraum trennt die beiden. Oder sollte man sagen: Ein lediglich schmaler Raum schützt sie voreinander?

Quälend lang herrscht Schweigen. Keinem fällt etwas ein, das mitteilungswürdig und imstande wäre, die Spuren des soeben über die Seelenlandschaften gebrausten Windsturmes wieder zu glätten.

In dieser Zeitspanne, die in Wirklichkeit aus nur ein paar Sekunden besteht, vernimmt jeder das Atemgeräusch des anderen zusammen mit dem Pochen des Herzens in der eigenen Brust. Wie merkwürdig, dass man sich vorkommt, als würde man etwas verbrechen! Ach, die zweigesichtige, vermoderte Moral! Die nicht einmal die eigene ist, sondern gegen Abgabe eigener Werte aus der Fremde eingeschleppt wurde, in der blinden Annahme, dadurch edler zu werden! Die sich aber mit der Zeit ins Hirn hat einfressen dürfen, gleich Maden, und dabei das zarte Gewebe, das Jahrtausende und Jahrmillionen lang alle Einzelteile miteinander verwob und das mächtige Ganze am Leben erhielt, ausgehöhlt hat!

Es ist Dsajaa, der es endlich gelingt, das Eis des Schweigens zu brechen. So sagt sie: »Woran habt Ihr zuletzt gedacht, als Ihr vorhin drüben wart?«

»Oh, an etwas Trauriges!«, kommt er ihr vernehmlich erleichtert entgegen. »An einen Fuchs, der am helllichten Tag auf unser Ail zulief und sich mit unserem Hund verbiss. Unser Hund, das war ein Riese, ein Kämpfer, hat einmal sogar einen Wolf zur Strecke gebracht. Gut, der Wolf war ein uralter, hatte fast keine Zähne mehr. Aber immerhin! Nun spurtete der schmächtige Fuchs, anstatt sofort Reißaus zu nehmen, auf den Hund zu und biss sich ruckzuck in ihm fest. Der wutentbrannte Hund schüttelte das freche Bündelchen hin und her, es hatte sich aber dermaßen fest verhakt, dass es nicht von ihm abließ, bis es tot war. Anschließend musste Vater den prächtigen Hund erschießen, weil er meinte, ein Fuchs würde sich nur dann so benehmen, wenn er tollwütig ist.«

»Wie alt wart Ihr da?«

»Vielleicht an die sechs, sieben.«

»Oh, das ist sehr lang her.«

»Das kann man wohl sagen.«

»Aber wie kommt man nach so langer Zeit plötzlich darauf, daran zu denken?«

»Wenn ich das wüsste! Mit einem Mal scheint man wieder jenes Kind zu sein. Steht neben seinem warmen Nest, der Jurte, die so greifbar nah wirkt, dass man an dem alten, löcherigen Filz sogar einzelne Haare erkennt. Und da kommt der Unglücksfuchs aus der östlichen Steppe schon angerannt, und das prächtige, nun arme Hundewesen prescht dem nichts ahnend entgegen!«

»Wie hieß er, der Hund?«

»Bars.«

»Toll! Als hätte man schon gewusst, was für ein mächtiges Geschöpf sich eines Tages aus dem Welpen entwickeln würde!«

»Oder er hat schon früh Anzeichen verraten, dass in ihm etwas ganz Besonderes steckt.«

»Und was hat das Kind, das Ihr wart, getan, als der Vater sagte, der Hund müsse erschossen werden?«

»Geflennt, wie alle Kinder es in einem solchen Fall wohl getan hätten.«

»Und das hat den Vater nicht beeindruckt?«

»Sicher hat es ihm eine Wunde ins Herzfleisch geritzt. Aber was solls? Um ein größeres Unglück zu vermeiden, hat er den Hund, an dem nicht nur mein Herz hing, beseitigen müssen.«

»Und wie?«

»Auf der Stelle. Der Hund kam nicht zur Ruhe, tobte weiterhin und sprang das Aas immer wieder von Neuem an, vermutlich weil er selber auch verwundet war und Schmerzen verspürte. Da holte der Vater den Mauser aus der Jurte, hockte sich hin, zielte und drückte ab.«

»Das Kind hat dem zugeschaut?«

»Sicher. Hier kracht es unter rußschwarzem Rauch, drüben macht der Hund einen Sprung in die Höhe und fällt daraufhin auf die Erde zurück.«

»Was macht das Kind da?«

»Dreht sich schleunigst um und rennt schreiend weg. Aufs andere Ende der Steppe zu.«

»O je!«

Dsajaa glaubt, das Jammergeschrei des Kindes zu hören und dessen Nachhall an ihrem Körper zu spüren. Sie fragt nicht weiter, um den Menschen in Atemnähe nicht zu stören, sollte er es sein, der die weich gefederte Matratze leise zum Schwingen bringt, weil er weint, nach so vielen Jahren wieder einmal. Denn sie selber kämpft gegen ein Wellen in sich, mit brühheißen Tränchen an den Rändern ihrer fest zugekniffenen Augen. Nachdem sie sich beruhigt hat, wagt sie, an dem abgerissenen Gespräch zu rühren.

»Nüüjäh!«

»Ja?«

»Ist der Vater oder jemand anders dem Kind nachgerannt?«

»Nein.«

»Warum nicht? Das war sicher eine sehr große Steppe. Und einem so kleinen Kind könnte da manches zustoßen.«

»Gewiss war das eine weite Steppe. Und sie konnte diese oder andere Gefahren in sich bergen. Aber man ließ das Kind einfach gehen, wohin es flitzte. Was richtig war, aus meiner heutigen Sicht. Denn der Vater, ein weiser Mann, ein lieber Mensch, hatte das menschliche Dasein in der irdischen Welt und seine Tücken und Härten längst erkannt und daher gemeint: Ein Versteck gibt es davor nirgends. Darum sei es besser, wenn sein Kind früh und in seiner Gegenwart beginne, sie am eigenen Leib kennenzulernen.«

»Und wann kam das Kind zurück?«

»Am Abend, mit der hereinbrechenden Dämmerung. Denn es hatte Angst vor der Finsternis.«

»Und was geschah mit den Tierleichen?«

»Eine Grube war ausgehoben, wo sie lagen, und sie müssen dort hineingekommen sein. Das Kind sah es am nächsten Morgen. Fragte nichts. Begriff alles.«

»Nüüjäh!«

»Ja?«

»Was glaubt Ihr – ist das Kind, von dem wir gerade sprachen, noch da?«

»Ich meine, ja. Denn sonst kann es doch nicht immer wieder vor einem stehen, wie soeben, sogar in diesem Augenblick, denn ich sehe es uns zulauschen.«

»Nüüjäh!«

»Ja?«

»Darf ich bitte das Kind umarmen?«

»Wie meinst du das? Es ist doch nicht körperhaft! Wie kann man es dann umarmen?«

»Und ob, mein lieber Nüüjäh! Es hat ja nur sein Äußeres geändert, wie jedes Lebewesen das tut!«

»Du meinst, es sei in meiner Haut, in meinem Brustkorb, in mir drin verborgen?«

»Genau das meine ich. Aber ich weiß es auch, weil es in diesem Augenblick greifbar nah und fassbar echt neben mir liegt. Nun, darf ich es umarmen?«

»Wenn … wenn du meinst …«

Sachte nähert sie sich ihm, umarmt ihn mit einem Ruck stürmisch und lockert den Griff lange, lange nicht. Nüüdül bekommt anfangs einen höllischen Schreck, und es fällt ihm nichts anderes ein, als sich zu sträuben. Es ist ihm, als bräche eine Flammenwelle über ihn herein, schlösse sich eine glühende Zange um seinen Leib und platzten daraufhin der Hals, das Gesicht und die Hirnschale rasch hintereinander. Aber dann, nach und nach, hört er auf, sich krampfhaft anzuspannen. Und nach unendlich langen und qualvollen, unerhört lauten Herzstößen fängt er an, sich ein wenig an die prickelnde und sengende menschliche Nähe zu gewöhnen und von Pulsschlag zu Pulsschlag wohler zu fühlen. Als die Spannkraft der jungen Arme um seinen Brustkorb endlich nachlässt, fängt er an zu weinen. Da schmiegt sie sich erneut an ihn, aber er weint weiter. Es ist ein stilles, dankbares Weinen.

Später. Sie liegt wieder auf ihrer Hälfte des Bettes. Der Abstand von einer Handspanne ist weiterhin da. Jetzt erzählt sie, und er hört zu, ohne Zwischenfragen zu stellen.

»Jene Herbstnacht in der Bergsteppe mit meinem Vater ist mir wohl nicht nur wegen der Angst, von der ich Euch neulich erzählte, in Erinnerung geblieben. Sie ist trotz und dank der Angst, die ich hatte, die schönste, ja merkwürdigste Nacht meines bisherigen Lebens gewesen. Wir lagen inmitten von frisch gemähtem Heu, das einen in Abständen mit immer neuen Düften anwehte! Mal waren sie zärtlich, eine Brise, die einen streichelte und einschläferte. Mal waren sie heftig, ein Sturm, der über einen hereinbrach und einem die Sinne betörte, gleichzeitig aber auch anfachte. Das konnte auch der Grund gewesen sein, dass ich die Finsternis im matten Schein der Himmelsgestirne so deutlich zu erkennen glaubte mit ihrer Brüchigkeit und ihren Löcherigkeiten, die an eine Unzahl von großen und kleinen Augen erinnerten und die Angst in mir schürten. Ja, in jener Nacht nahm ich den berauschenden, beängstigenden Geruch des männlich-menschlichen Wesens erstmalig bewusst wahr. Es war in meiner neugierigen, kindlichen Nase ein anderer Geruch, aber ein wunderbarer, ein Gemisch von säuerlich und süß, was von einer Vielzahl herrühren mochte: Pferdeschweiß, Yakmilch, Murmeltierblut, Sonne, Wind, Erde und dann noch etwas, das ich lange vergeblich zu benennen trachtete, bis ich mir schließlich sagte: Das ist das Männliche! Ich konnte mit verbundenen Augen einen Hengst von einer Stute, einen Bullen von einer Kuh, einen Bock von einer Ziege unterscheiden – und ich war entzückt von meiner Entdeckung. Doch nicht nur das. Ich freute mich für meine Mutter, der es gegeben war, Nacht für Nacht den berückenden Geruch aus nächster Nähe einzuatmen. Tage oder Monate später sagte ich einmal zu meinem Bruder, der bei jeder Gelegenheit sich brüstend den Mann herauskehrte: ›Gib nicht so an – ein Mann riecht schon anders, Kleiner!‹ Worauf er gereizt fragte, wie der denn röche. Ich sagte, wie unser Vater. Und das war mein Ernst. Vielleicht war das auch später der Grund, weshalb ich in den ersten Jahren meiner Jugend die Gleichaltrigen kaum beachtete, weil ich sie nie ernst nahm. Und noch später, weshalb ich meinen guten Bumlham, zu dem Zeitpunkt doppelt so alt wie ich, gewählt habe. Womöglich hat jene Nacht im Rausch des Meeres von Gerüchen und Düften meine reifenden Sinne für immer geprägt!«

Dsajaa hält inne. Vielleicht will sie ihre Stimme ein wenig erholen. Oder sie meint, er könnte eine Frage oder eine Bemerkung zu dem haben, was sie bisher erzählt hat. Oder aber sie fürchtet, er könnte eingeschlafen sein. Da räuspert er sich leise, als wolle er sie wissen lassen, dass er noch wach sei und zuhöre. Jetzt winkelt sie ein Knie an und wälzt sich auf die Seite, ihm zugekehrt, wodurch sich die Handspannengrenze um ein paar Fingerbreit verringert. Dann fährt sie flott fort:

»Nun zu dem Kind, das ich habe umarmen dürfen. Es ist wirklich noch da, hat dabei aber seinen milchigen Kindergeruch verloren und dafür den berückenden Geruch des Mannes angenommen. Ja, dieser Zustand hat in mir die Erinnerung an jene Nacht geweckt und wohl eine Sehnsucht nach allem Reifen ausgelöst …«

Sie erzählt noch lange. Aber mit einem Mal scheint die Stimme sich zu entfernen. Er vermag ihr nicht mehr zu folgen. Dafür glaubt er, eine andere Stimme zu vernehmen. Sie dringt aus großer Ferne herüber. Es dauert seine Zeit, bis er begreift, was damit ist. Es ist ein Warnruf. Da entschließt er sich zu etwas, vor dem er sich bislang gedrückt hat.

Als Dsajaa endlich zu reden aufhört, ergreift er entschlossen das Wort. Sagt unumwunden: »An manchen Krümeln dessen, was mir zu ertragen beschieden war, habe ich dich bereits schnuppern lassen. Aber du weißt, dass ich eine ganze Herde von Lebensjahren hinter mir gelassen habe und sich bereits einiges auf meinem Buckel angehäuft hat. Ich will dir daraus wenigstens das aus meiner Sicht Wesentliche auftischen. Und dies, um dich, mein Kind, über den Schutthaufen, als den ich mich betrachte, vorweg aufzuklären!«

Dsajaa sagt schnell: »Darf ich Euch an der Hand, am Arm halten?«

Nüüdül entgegnet ihr, nach kurzem Zögern: »Ja, wenn es dir so Spaß macht.«

»Was für ein unpassendes Wort aus Eurem Mund! Nein, es geht nicht um Spaß. Vielmehr höre ich, Ihr wollt anfangen, über Euer Leben zu erzählen. Und ich ahne, Ihr werdet durch Schweres und Bitteres tappen, und da will ich Euch nicht allein lassen, will Euch begleiten. Den vergangenen Zeiten zum Trotz will ich Euch Stütze sein, im Nachhinein, will, dass Ihr keinen Augenblick lang vergesst: Am Ende aller bitteren Monate und düsteren Jahre gibt es die heutige Zeit, den jetzigen Augenblick und mich, Eure vom Himmel lang bereitgehaltene und zu guter Letzt Euch zur Seite gegebene Tochter!«

Damit fasst sie mit ihrer Hand die seine fest an, streichelt mit der zarten, heißen Daumeninnenseite den rauen, kühlen Rücken der Hand, die an Herbstespenholz erinnert. Da kommt seine andere Hand, deckt mit der schwieligen Innenfläche ihre Faust, lässt sie einen festen, kurzen Druck spüren und zieht sich wieder zurück. Worauf er sich leicht räuspert und fortfährt zu erzählen.

JEGLICHEM DING EINE LICHTE HAUT ABGESCHÄLT UND ALLEN FINSTERNISSEN GETROTZT

Auch bei dem Kind, das ich war, dürfte alles mit der Steppenerde und dem Höhenhimmel angefangen haben. Es waren dieselbe Erde und derselbe Himmel wie bei dem Kind, das du warst, Tochter. Es gab schon immer nur eine Erde und einen Himmel, und so wird es auch in Zukunft bleiben, selbst dann, wenn sie infolge der menschlichen Gier eines Tages zu Tode gequält werden sollten. Dann gäbe es im All lauter Tote: Himmel tot, Erde tot, Menschheit tot, Tier- und Pflanzenwelt tot – alles tot. Mitunter kommt es mir so vor, als wären wir längst auf dem Weg zu diesem toten All. Aber noch ist es nicht so weit. Damals, als es anfing, mich zu geben, war es erst recht nicht so. Es war eine putzmuntere Erde, auf der das Kind taumelte und tobte. Und ein quecksilbriger Himmel, in den es hinaufschaute und träumte. Ja, dieselbe Erde, die auch dich trug, und derselbe Himmel, der auch dich bedeckte. An zwei verschiedenen Flecken ein und desselben Erdenkörpers befanden sich die beiden Kinder. Jetzt habe ich so gesprochen, als wären wir zum gleichen Zeitpunkt da gewesen. Aber was sind schon dreißig, vierzig Jahre im Zeitozean aus Milliarden von Jahren? Dreißig, vierzig Tröpfchen nur!

Dieselbe Jurte, die auch dich beherbergt, derselbe Windsturm, der auch an deiner Herberge gerüttelt hat. Dieselbe Kälte und Hitze. Dieselben Tierherden, die euch umgeben und ernährt haben. Derselbe, fast derselbe Hund – der unsere suchte in der sommerlichen Hitze den Jurtenschatten, streckte sich dort aus und schlief fest. Derselbe mächtige, liebe Vater. Mir kommt es so vor, als hättest du in Bezug auf deinen Vater, damals, das Wort *lieb* nie gebraucht. Der meinige war vor allem lieb. Ja, er war es, obwohl er den Hund erschoss und auch viele andere Tierwesen tötete – er war eben ein angesehener Jäger, ein Hirtennomade, der sich und seine Familie mit Tiermilch und Tierfleisch ernährte. Und hier scheint die Grenze zu beginnen, die die Welten der beiden Kinder auseinanderhielt, ihre Schicksalsfäden ungleich knüpfte und in unterschiedliche Richtungen führte.

Mit der Mutter hatte ich Pech. Ich habe nur ein verschwommenes Bild von ihr. Und aus dieser Verschwommenheit schälen sich verschiedene Gesichter und Gestalten heraus. Mal eine schmale, finstere Miene zu einem hageren, flinken Körper mit einer Haut, die sich kühl und schuppig anfasst. Diese Mutter hat mich, wie ich später erfahren musste, nie richtig angenommen, und sie hat den Vater, ihren Mann, verlassen, als ich etwa vier Jahre alt war. Und zwar meinetwegen – ich muss ihr ein Dorn im Auge gewesen sein. Weshalb denn, großer Himmel? Zu einer Antwort darauf bin ich erst viele Jahre später gekommen. Sie hat mich aber nie ganz zu überzeugen vermocht, da ich mittlerweile manche Menschen kenne, die als Kind ihre Mütter, ihre Eltern wechseln mussten und dennoch ein erträgliches Dasein führen durften. Ich war von einer anderen Frau woanders geboren worden, Vater hatte mich gebracht, ohne seine Frau vorher zu fragen – dazu hatte es keine Zeit gegeben. Wahrscheinlich wollte die gute Frau selber Kinder gebären, was ihr aber versagt blieb. Bestimmt ist sie darüber sehr unglücklich gewesen. Und dann hat sie ihren Mann beargwöhnt, als er ein Bündel aus dem Brustlatz zog und daraus ein winziges, glitschiges Wesen auspackte, er hätte bei einer anderen Frau ein Kind gemacht und es nun ihr gebracht. So war das Erste, womit ich die Familie bescherte, der Grund für einen Streit. Bis heute erinnere ich mich manchmal dumpf an die unschönen Streitereien.

Dann ein rundes, helles Gesicht zu einem fülligen, kurzen Hals und einem schwammigen Leib. Die Stimme aus dieser wabbeligen Fleischmasse steckt mir bis heute in den Ohren. Sie ist nicht etwa weich, nein, sie war hart und scharf, messerscharf. Ja, sie muss mir viele Wunden zugefügt haben, die unheilbar zu sein scheinen, denn noch in diesem Augenblick spüre ich Schmerzen in mir, es ist, als wenn entlang meiner Leber und meines Zwerchfells eine Wunde nach der anderen aufplatzte und anfinge zu bluten. Wie ich später von der Mitwelt erfuhr, ist sie als Witwe mit zwei eigenen Kindern zu uns gekommen. Sie war zu mir nicht gut. Schlug mich oft, meistens dann, wenn der Vater nicht da war. Auch eines ihrer Kinder, ein Junge, liebte es, mich bei jeder Gelegenheit zu peinigen. Er war größer als ich, also konnte er es sich leisten, zumal die Mutter ihn sichtlich dazu ermunterte. Das andere Kind, ein Mädchen, nur ein, zwei Jahre älter als ich, war ein friedliches Wesen – es fügte mir nie Leid zu, und wir spielten miteinander. Es stahl sogar hin und wieder aus der Speisetruhe dies und jenes und gab es mir. Denn Mutter und Sohn wachten um die Wette darüber, dass ich nicht zu viel aß. Von zu viel konnte gar nicht die Rede sein, Hunger war mein ständiger Begleiter.

Und er brachte mich eines Tages auf einen Einfall. Ich nahm ein ellenlanges Pfriemrohr und versteckte es in der Jurte. Nahm es dann nachts, als alle schliefen, und kroch damit an den Herd, über dem der große gusseiserne Kessel mit der randvollen gekochten und zu Schaum gebrachten Milch stand. Ich tastete den Kesselrand ab, steckte das Grasrohr vorsichtig hinein und sog am oberen Ende – es ging! Stumm und honigsüß rann die herrlich rahmige, lauwarme Milch in meine durstige Kehle und weiter in meinen hungrigen Magen hinab! Das wiederholte sich Nacht für Nacht. Eines Morgens hörte ich die Mutter zum Vater sagen, die Milch unter der Rahmdecke wäre gesunken. Er antwortete, vielleicht sei der alte Kessel leck geworden. Von da an achtete ich darauf, dass ich nicht zu viel trank.

Einmal ritt der Vater mit anderen Männern zusammen für etliche Tage auf die Großjagd. In der Zeit geschah etwas, das leicht mein

Ende hätte sein können. Eines Morgens wurde ich von der Mutter sehr früh geweckt. In der Jurte war es schummerig, und die beiden anderen Kinder schliefen noch. Die Mutter hieß mich einen Holzkübel in einem Dungkorb auf dem Rücken tragen, während sie selber ein steif geräuchertes Ledergefäß schulterte. Es hieß, wir würden sauberes Trinkwasser holen, bevor die Tierherden kämen und die Quelle trübten. Wir gingen aber nicht dorthin, wo man sonst das Wasser holte. Gingen jetzt unterhalb der Quelle, zu dem See inmitten des großen Sumpfmoors in der Senke. Und als wir dort ankamen, hieß es, wir hätten die Schöpfkelle vergessen. Aber sie wüsste da einen Ausweg: Ich sollte, so wie ich den Korb auf dem Rücken trug und in welchem der Kübel lag, in den See hinein waten, da sich der Kübel mit der offenen Mündung von selber mit Wasser auffüllen werde. Ich zögerte nach ein paar Schritten, weil meine Füße immer tiefer in den sumpfigen Seegrund sanken. Aber da hörte ich sie gellen und geifern, dass Tränen schon meine Augen trübten und mein Herz anfing zu pochen und zu schmerzen. Also machte ich weitere zwei, drei Schritte und konnte mit einem Mal meine Füße nicht mehr aus dem schweren, kalten Schlamm lösen. Und was sah ich da? Die Mutter eilte von mir weg, ging wohl zur Quelle. Ich begann zu weinen, zu kreischen, zu brüllen, so laut ich nur konnte.

Da war ich etwa sieben Jahre alt. Ob ich meine Lage einschätzen konnte? Meine Antwort ist: Ja! Voll und ganz! Ich durchschaute die Absicht des Weibes und erkannte den Tod, dem ich ausgeliefert war – einen tiefen, feuchten, schwarzen Abgrund! Und da geschah etwas Eigenartiges: Ich hörte mit einem Mal auf zu schreien, wurde ganz ruhig und fing an zu überlegen: Wie könnte ich dem Ungeheuer, das mich an beiden Füßen bereits fest gepackt hatte, entgehen? Ich musste mich sofort von der Last befreien! Was ja noch ging, denn dazu brauchte ich nur meine Hände, meine Arme, meinen übrigen Körper zu benützen, der ja noch frei war! Tatsächlich hob ich darauf mit der rechten Hand den Korb von unten hoch, während ich die

Linke hinter den Tragestrick schob und ihn nach vorn, nach oben zog. Dadurch, dass der Korb sonst von dem größeren Jungen getragen wurde, war die Schlaufe für mich eher zu weit, so gelang es mir jetzt, mich daraus zu befreien. Die Last war ich los! Da fiel mir ein: Ich könnte die Last, gedacht für meine Ermordung, nun für meine Rettung benützen, indem ich den Korb mit dem Kübel umstülpte und mich darauf stützte oder mich wenigstens daran festkrallte! Was mir wiederum ohne größere Schwierigkeiten gelang!

So stand ich nabeltief im Seewasser, gebückt und gestützt auf den umgestülpten Dungkorb, und der länglich runde Holzkübel darunter verhinderte ein weiteres Absinken. Ich aber hielt sehnsüchtig nach einer menschlichen Gestalt Ausschau. Die Mutter war längst spurlos verschwunden. Und es war immer noch früh am Tag. Der Schlamm war so kalt, dass mir die Füße ertaubten, und ich fror und zitterte am ganzen Leib. Da erblickte ich in großer Entfernung einen Reiter, und sogleich fing ich an zu schreien und mit einem Arm zu schwenken und zu fuchteln, während der andere unten bleiben musste, am Korb, mit der festgekrallten Hand daran. Der Mensch hörte und sah mich offensichtlich, denn er kam schnell auf mich zugeritten. Es war ein alter Mann, zu dem alle Kinder der Gegend Bartopa sagten, weil er einen langen, dichten Vollbart trug. Vielleicht war er gar nicht so alt, denn der Bart war noch schwarz.

Nun kam er angaloppiert. Trieb zuerst sein Reitpferd, einen schlanken, jungen Fuchs, an, das vom schnellen Reiten in Schweiß geraten war und so heftig atmete, dass sich die Grube hinter der Niere unaufhörlich hob und senkte. Aber es prallte wieder zurück, sobald seine Vorderhufe anfingen zu sinken. Darauf stieg er vom Sattel, zog die schweren Reiterstiefel mit der gebogenen Spitze und den abgetretenen Sohlen aus und trat, die Führleine in der Hand, an das wacklige Seeufer, ins Wasser. Doch er machte bald halt, da nun auch er anfing einzusinken. Darauf besann er sich kurz, trat zurück, löste vom hinteren Sattelriemen einen gerollten Lassostrick aus schwarzem Leder und warf dessen eines Ende zu mir herüber. Ich fing es auf. »Nun«, rief er mir zu, »wickle den Strick um beide Handgelenke und packe mit den Fäusten fest zu!« Ich tat, wie mir geheißen. Er zog. Ich fing an zu wackeln und klatschte mit einem Mal rücklings ins Wasser. Fast wäre ich ertrunken. Aber zu meinem Glück im Pech war der nasse Strick meinen Händen entrissen worden. So hatte ich die Hände, die Arme wieder frei, und anhand dieser schaffte ich es schließlich, mich wieder hochzuhieven und erneut am Korb festzukrallen.

Dann hörte ich den Bartopa rufen: »Halte durch, mein Kind! Gleich hol ich Hilfe herbei!« Dann sah ich ihn davonpreschen, mit flatterndem Saum seines schwarzbraunen Deel aus enthaartem Schaffell. Ewigkeiten schienen zu vergehen, ohne dass meine sehnsüchtigen Augen etwas am Horizont entdecken konnten. Ich fror und zitterte noch schlimmer, weil jetzt alles, was ich am Leib hatte, klitschnass war. Es war Frühherbst, und die Luft war ohnehin schon kühl. Wieder fühlte ich die fröstelnde Atemnähe des Todes. Und wunderbarerweise wurde ich abermals ruhig. Begann, meinen Geist anzustrengen: Wie kann ich mich der Erfrierung widersetzen? Und erneut fiel mir etwas ein. Ich stülpte mein verlumptes Hemd über den Kopf, wrang es aus und fing an, mich damit an allen Körperteilen, die außerhalb des Wassers waren, keuchend und prustend abzureiben. Irgendwann hatte ich bei meinem Vater gesehen, wie er das bei frisch geschorenen Schafen machte, die bei einem plötzlichen Hagelwettereinbruch zu erfrieren drohten. Eine Weile später stülpte ich mir das Kleidungsstück wieder über, und nach dem ersten fröstelnden Schreck schien es mich etwas weniger zu frieren.

Seit sechzig Jahren denke ich immer wieder an jenen schicksalhaften Tag, und immer wieder erschüttert es mich und ich frage mich: Was oder wer das gewesen sein mochte, der in seiner Güte und Macht mich, das einfältige Kind, so weise hat denken und so heldenhaft hat handeln lassen? Die Antwort darauf lautet von Mal zu Mal unterschiedlich. Einmal heißt sie: Der Himmel, da er dich in sein Planungs- und Rechnungsbuch so eingetragen hat, dass du ihm schuldest, seine Zwillingsfässer abzufüllen, da mit Honig, dort mit Salz! Ein anderes Mal lautet sie: Der Erlik hat sich wieder einmal an Leichen von unschuldigen Kindern überfressen und wollte vorerst keine weiteren mehr sehen! Wieder ein anderes Mal heißt sie: Der Heimatgeist wollte es dem kleinen Steppensee nicht antun, dass dieser eine Leiche in seinen Schoß aufnähme und so sein Wasser, das Getränk von Menschen und Tieren, für alle Ewigkeiten damit verschmutzt wüsste.

Endlich kam die Hilfe. Es waren drei Menschen – der Bartopa zu Pferd und zwei weitere, beide zu Fuß. Sie trugen Gegenstände herbei. Über die Kruppe des Pferdes hing ein großes Stück gerollter Filz herab. Einer der Fußgänger, ein wohlbeleibter Mann in mittleren Jahren, trug eine faustdicke Jurtenstützstange, gegabelt am dickeren Ende und gespitzt am dünneren, und der andere, ein schmächtiger Jüngling, hielt unter dem einen Arm einen weiteren gerollten Filz und unter dem anderen einen Holzspaten. Die beiden waren barfüßig wie fast alle Menschen damals in wärmeren Jahreszeiten. Der Reiter schob die Filzrolle vom Pferderücken, saß ab, fesselte dem verschwitzten und bebenden Tier mit der Führleine die Vorderfüße stramm zusammen und zog die Stiefel aus. Dann machten sich alle drei an die Arbeit. Breiteten von dort an, wo die Füße in den Schlamm einsanken, die Filzstücke aus und traten nun darauf. So kamen sie an mich heran. Anfangs versuchte der wohlbeleibte Mann, mich einfach hochzuhieven, indem er mich unter den Achseln packte. Was ihm aber nicht gelang. Dann gruben sie mit dem Holzspaten meine Füße aus. Und schließlich zogen sie mich aus dem Schlamm. Die lange, dicke Stange wurde gar nicht gebraucht. Später erfuhr ich, man konnte sie gut gebrauchen, wenn ein Pferd oder ein Rind stecken blieb.

Und was tat ich selber währenddessen? So gut wie nichts. Ich hatte keine Kraft mehr, begann wohl schon zu erfrieren. Konnte am Ende die Arme, die Hände nicht mehr bewegen, geschweige denn die Beine, die Füße, die längst ertaubt waren. Doch konnte ich mit meinem Körper nicht stillhalten, zitterte und zappelte ungestüm. Und weinte wie wahnsinnig. Ja, das vor allem. Und dies vor Schreck und Kränkung und gewiss auch vor Freude, dass ich nicht ertrunken, nicht tot war. Trotz der Tränen und des Rotzes vermochte ich doch ziemlich alles wahrzunehmen, was dabei mit mir geschah. Sie zogen mich splitternackt aus, wuschen und rieben meinen ganzen Körper ausgiebig ab und wickelten mich dann in alles ein, was sie an Trockenem und Warmem bei sich fanden. Dann hob mich der wohlbeleibte Mann hoch, presste mich an seine breite, feste und vor allem wunderbar warme Brust und fing an zu gehen. O wie war ich froh, obwohl ich immer noch schluchzte!

Es dauerte wieder ewig lang, wie mir scheinen wollte. Dabei merkte ich, dass der gute Onkel und ich allein waren. Während ich so in seiner Umarmung, an seiner Brust lag und zu dem Knirschen des Steppenkieses unter seinen Fußsohlen auch sein Keuchen vernahm – ich war damals bestimmt sehr mager, dennoch müsste ich zum Getragenwerden über eine so große Entfernung doch recht schwer gewesen sein –, dachte ich dauernd daran, wo die beiden anderen wären, und wunderte mich darüber. Aber kurz bevor wir das Ail erreichten, tauchte wenigstens einer der beiden auf, und zwar der Reiter: Er holte uns im scharfen Pferdetrab ein. Jetzt lagen die Stange und der Spaten quer über dem Sattel vor ihm. Ich erfuhr aus den Worten, die da fielen, was sie noch gemacht und wo der andere blieb: Sie hatten das gesamte Filzzeug geordnet – es vom Schlamm gesäubert, ausgewrungen und zum Trocknen ausgebreitet. Damals waren die Menschen sparsam und ließen nichts verkommen. Ebenso wäre es undenkbar gewesen, dass man im Seewasser Lumpen liegen ließ. Und der Jüngling war mit dem Korb und dem Kübel unterwegs.

Ich hatte Angst vor der Mutter. Sie würde mich schlagen, vielleicht doch noch erschlagen, dafür, dass ich durch meine Ungezogenheit anderen Menschen so viel Mühsal bereitet hatte. Denn ich wusste, sie würde glattweg bestreiten, was sie mit mir gemacht hatte, und behaupten, sie hätte gar nicht gewusst, wo ich war, und sie und ihre Kinder – sie würde ohne zu erröten noch sagen: die Geschwister! – hätten sich gewundert, wo ich mich denn so früh am Tag rumtriebe. Solches hatte sie schon manches Mal dem Vater gegenüber fertiggebracht, und jedes Mal war ich Opfer ihrer geschickten Verleumdungen gewesen. Meine Hauptsorge war, dass ich splitternackt war. Ich schämte mich. Es gehörte einfach zu den damaligen Menschen, dass sie höllische Scheu empfanden, sich am unteren Körperteil nackt zu zeigen.

Ich überlegte krampfhaft, wie ich, daheim angekommen, schnell nach meinem Deel greifen und hineinschlüpfen könnte. Hätte ich das geschafft, wäre die Züchtigung nur halb so schlimm – wenn auch schlimmer als schlimm, weil die Verbrecherin damit das Opfer in den Augen der Mitmenschen und des Himmels erscheinen lassen konnte, als hätte es etwas Verbrecherisches getan! Vielleicht deswegen oder auch, weil sie mich viele Male zuvor gepeinigt und schließlich zum Tod verdonnert hatte, war ich entschlossen, mich an der Mutter zu rächen! An ihr und an ihrem Lieblingssohn und meinem Mitpeiniger auch! Wie ich das zu tun gedachte? Anfangs entsann ich mich der Axt, die dem Vater dazu diente, Schlachtrindern einen schmatzenden Schlag zwischen die Hörner zu versetzen, wovon selbst ein ausgewachsener Ochse auf der Stelle zusammenbrach. Ich würde kommende Nacht, anstatt mit dem Pfriemrohr Milch aus dem Kessel zu stehlen, mit der kurzstieligen Axt in der Hand auf die beiden zukriechen und sie mitten im Schlaf erschlagen! Sogleich aber begann ich an der Richtigkeit meiner Entscheidung zu zweifeln, denn ein Mord dieser Art wäre zu offensichtlich, und man würde mich am Morgen aufgreifen und ins Gefängnis bringen. Daher musste ich mir etwas Verdecktes einfallen lassen wie jene auch. Nach einiger Überlegung erinnerte ich mich an jenes Kraut, von dem es hieß, selbst ein Rind würde sich daran zu Tode vergiften, wenn es davon fräße. Ich brauchte nur ein paar von den scharf gezackten, graugrünen Blättern abzutrennen und den beiden ihren triefenden Saft ins Essen zu melken!

Aber darauf erschrak ich. Denn ich sah Büdshin – so hieß die Tochter – weinend über der toten Mutter und dem toten Bruder hocken. Diese hatte mir nie etwas Böses angetan, im Gegenteil, mir so oft kleine, aber bitter nötige und zum Weiterleben ermutigende Hilfen gestiftet. Ja, es war ein liebes Wesen. Nun sollte ich ihm antun, dass es durch meine Hand alle beiden Menschen verlöre, die ihr im Leben am nächsten standen? Und was, wenn anstatt der Mutter oder des Bruders sie, die unschuldige Tochter und Schwester, sich daran vergiftete?! Denn es war bei den dreien üblich, dass sie ihre Ess- und Trinkschalen untereinander tauschten. Dagegen war es der Vater, der hin und wieder einen Rest in seiner Schale übrig ließ und ihn mir gab. Was er mit den anderen beiden Kindern nie tat, obwohl sie zu ihm auch Vater sagten wie ich. Also gab es eine Grenze, die unsichtbar durch die Jurte lief und deren Bewohner zweiteilte.

Meine ganzen Überlegungen und Befürchtungen waren umsonst. Das erfuhr ich, nachdem wir im Ail angekommen waren. Denn die Frau, zu der ich fast ein ganzes, endlos langes Jahr lang Mutter hatte sagen müssen, war verschwunden, mit ihren beiden Kindern. Ihre Scham vor den Menschen im Ail und ihre Angst vor dem Vater mussten so groß gewesen sein, dass sie die sofortige Flucht bevorzugt hatte, worüber ich mich freute. Aber diese Freude war auch getrübt durch ein Leid. Das betraf Büdshin, mit der ich gern unter einem Dach weitergelebt hätte.

Noch später erfuhr ich den Grund, weshalb die Frau in eine solche Panik geraten war: Der Bartopa, der auf der Suche nach seiner Pferdeherde gewesen, hatte von einer Anhöhe aus die ganze Gegend durchs Fernglas abgesucht und dabei alles gesehen, was sich da in den Falten der Niederung abgespielt hat. Als er dann vom See her in gestrecktem Galopp an unserer Jurte angekommen war, hatte er vom Sattel aus die Frau bei ihrem Namen gerufen. Ich werde ihren Namen nicht nennen, er soll ungenannt bleiben. Als sie aus der Jurte trat und auf den so dringlich Rufenden zueilte, hatte er ihr eine knallende Ohrfeige verpasst, sodass sich für die Übeltäterin jede weitere Frage erübrigt haben dürfte. Dann hatte er das Ailvolk zusammengerufen und nach Jurtenstützstange, Spaten und Filzunterlagen verlangt. Schließlich hatte er unserer Jurte eine ganze Wanddecke herausgezerrt, während er erzählte, was und wie es geschehen war. Und bevor er mit der zusammengerollten Jurtendecke und den beiden Helfern davonritt, hatte er die Frau, die, ohne ein Tränchen zu weinen oder ein Wörtchen zu sagen, bei allem mitgeholfen hatte, angeschrien: »Sollte das unschuldige Kindchen sein Leben verlieren, dann schwör ich vor dem Blauen Himmel, dein Hundeleben eigenhändig auszulöschen!«

Unser Ail bestand damals aus drei Jurten. Was ich zuerst entdeckte, war: Unserer Jurte fehlte die ganze Filzwand an der Sonnenseite, was ein sehr erbärmliches Bild ergab. Schnell dachte ich an ein totes, krüppelhaftes Wesen, an ein Aas. Tatsächlich konnte man von weit her in das Jurteninnere hineinblicken wie in einen halbzerfressenen Tierkörper mit den hier beschädigten, da fehlenden Organen. Denn die wenigen Gegenstände drinnen sahen recht verändert und verunstaltet aus. Und dann war um diese herum kein einziger Mensch zu sehen. Die Bewohner der anderen beiden Jurten standen alle draußen, längst wartend, und bewegten sich nun uns entgegen. Keiner aus unserer Jurte war darunter zu sehen, worüber ich mich sehr wunderte. Aber das war auch alles, was ich von meiner Wahrnehmung sagen kann.

Es waren vielleicht insgesamt sechs, sieben Menschen, die sich uns näherten. Außerdem alles Verwandte und Vertraute, mit denen man seit Monaten oder gar seit Jahren Wand an Wand gelebt hatte. Doch ich bekam einen Schreck. Denn mir kam es so vor, als wäre vor mir ein ganzes Meer von glänzenden Menschenaugen, gierig darauf, mich splitternackt zu mustern. Doch der gute Mensch, der mich trug, musste den Schreck in mir gespürt haben, denn er fragte mich leise, ob mein Vater einen Deel aus Lammfell besitze. Ich nickte. Wieder fragte er, ob ich wüsste, wo der aufbewahrt würde. Ich sagte, in der linken der beiden Truhen. Dann rief er zu den anderen, sie sollten alle draußen bleiben, während er eine Frau hieß, in die Jurte zu treten und das genannte Kleidungsstück herauszuholen und vor ihm ausgebreitet hinzuhalten. Dann folgte er der Frau und wickelte mich, mit seinem breiten Rücken zu den Neugierigen, behutsam in die weite Tracht aus wunderbar weichem und warmem Lammfell ein. Aber auch dann verließ er mich nicht, setzte mich auf das niedrige, an diesem Tag sehr verunstaltete Bett der Eltern, hockte sich selber davor nieder und schaute mich mit einem solchen Blick an, den ich ein Leben lang nicht vergessen sollte. Später fragte ich mich in Gedanken oft, woran er dabei gedacht haben mochte. Vielleicht hatte er selber im zarten Kindesalter Ähnliches erlebt oder einfach an seine Kinder oder an ein bestimmtes seiner Kinder gedacht. Oder aber er dachte über mein Schicksal nach, da er von der Schwägerin bereits gehört hatte, was meine Herkunft und die recht verschlungenen Wege meines kurzen Lebens anbelangte.

Den Mann hatte ich an dem Tag zum ersten Mal gesehen. Er musste in der Vornacht oder am Vortag gekommen sein, ohne dass ich es mitbekam. Lamtschin hieß er. Diesen Namen muss ich hier unbedingt erwähnen, so wie ich es seitdem bei jeder Gelegenheit immer tue. Freilich sagte ich damals Lamtschin – ach, Onkel Lamtschin. Ich sah ihn nie wieder. Denn am nächsten Tag war er schon nicht mehr da. Aber ich erfuhr nach und nach über ihn dies und jenes. Er sollte mit der jüngeren Schwester der Frau, zu deren Jurte er nun zu Besuch gekommen war, verheiratet sein und in einem Landkreis des Zentralbezirks wohnen. War Arzt von Beruf, dabei auch ein namhafter Ringer mit dem Titel eines Kreiselefanten. Später habe ich mir oft vorgenommen, ihn zu besuchen, mit einem schönen, teuren Dankesgeschenk. Aber ich bin nie dazu gekommen. Es gibt viele Dinge, die ich mir in diesem eigentlich nicht gerade kurzen Leben vorgenommen, doch nicht verwirklicht habe.

Also saß ich in das warme Lammfell gewickelt, und vor mir hockte der liebe Mensch, den ich das erste und einzige Mal sah und an den ich mein ganzes künftiges Leben lang denken würde. Während ich feststellte, dass in der Jurte dies und das fehlte, und zwar alles, was der Frau und ihren Kindern gehörte, sagte er zu den Leuten, die draußen standen und durch das offene Scherengitter zu uns beiden herüberschauten: »Etwas Warmes zum Trinken würde unserem kleinen Recken bestimmt wohltun, nicht wahr?« Worauf ein junges Mädchen zu einer der Jurten flitzte und eine Schale heiße Milch brachte. Ich trank sie und spürte daraufhin entlang der Waden und in den Fußsohlen ein Gewimmel, als wären da lauter Ameisen. Der Mann fragte mich, ob ich zu einer der Nachbarsjurten gehen oder lieber in der eigenen bleiben mochte. Ich sagte, hierbleiben. Dann fragte er mich, ob ich noch trockene Unterwäsche hätte. Ich verneinte. Und schließlich sagte er, ich solle mich hinlegen, um zu schlafen. Was ich auch tat. Und er stand auf und ging.

Ich schlief wohl schnell ein. Hatte aber einen Albtraum und erwachte mit Geschrei und fand mich in Tränen. Die Nachbarsfrau, Tante Tessiimaa, hockte dort, wo vorhin der andere gesessen hatte, und nähte an etwas. Dies war, wie ich später erfuhr, eine Hose für mich. Eine so schöne aus einem weichen, leichten, grasgrünen und wohlriechenden Stoff. Am nächsten Tag bekam ich, aus dem gleichen Stoff und von derselben Tante genäht, auch ein Hemd dazu. Ach, war ich da glücklich! Jetzt aber gab mir die Tante ein kinderfingernagelgroßes rundes, weißes Ding und sagte, ich solle es gut zerkauen und herunterschlucken. Dazu reichte sie mir eine halbe Schale kalten, milch- und salzlosen Tee. Ich sollte damit die Arznei runterspülen. Also war es eine Arznei, die erste, die ich im Leben bekam. Sie war scheußlich bitter. Umso besser, meinte die Tante, je bitterer eine Arznei, umso stärker ihre Wirkung. Das hätte der Arzt gesagt. So würde also die, die ich soeben eingenommen, den Albtraum wegjagen. Doch der kam viele Tage lang wieder und wieder und peinigte mich. Aber da war der Vater schon zurück, er hielt mich im Schlaf in seinen Armen fest, und sobald ich zusammenzuckte, weckte und beruhigte er mich durch Tätscheln und Zureden. Ich war so glücklich, dass ich meinen Vater endlich wieder körpernah hatte, wie damals, bevor die Frau mit den Kindern kam.

Ich sagte bereits, der Vater war ein lieber Mensch. Er war es in der Tat. Mein wichtigster Beweis: Er versprach, mich nie wieder mit einer Stiefmutter zu peinigen. Und er hat Wort gehalten. Damals war er ein Mittdreißiger gewesen und hatte dann noch ein gutes Vierteljahrhundert gelebt. Mir blieb er bis zum Ende, gleich, was zwischendurch auch geschah, der liebste Vater. Heute bin ich über viele Dinge froh. Darüber zum Beispiel, dass ich trotz der fehlenden Wanddecke unsere Jurte weiterbewohnte, sodass unser Herd nie erkaltete und mich die Ail-Leute in meiner verkrüppelten Jurte keine Stunde lang allein ließen. Und auch darüber, dass nach zwei Tagen das Filzstück zurückgebracht und wieder dorthin zurückgehängt werden konnte, wo es hingehörte, sodass Vater, der tags darauf von der Jagd zurückkam, unsere Jurte nicht in dem entstellten Zustand hat sehen müssen.

Mein Vater war von den Nachbarn bestimmt ausführlich darüber unterrichtet worden, was geschehen war. Denn mich fragte er nie darüber aus, was die Frau mit mir getrieben hatte, wohl, um meine ohnehin verschreckte Kinderseele nicht noch einmal unnötig zu belasten. Und ich hab es ihm aus demselben Grund nie erzählt, wollte ihn und mich verschonen. Was solls! Schlimm genug, dass solches geschehen war. Und warum die Wunde, die Mühe hat, sich zu schließen, wieder aufreißen?

Und solange Vater und ich zusammen waren, haben wir bei unseren Gesprächen, wie in einer unausgesprochenen Vereinbarung, die Frau und ihren Sohn nie erwähnt. Büdshid dagegen tauchte darin immer wieder auf. Wir sind ihr später so manches Mal auch begegnet. Und da hatte sie sich immer lieb zu mir wie auch zum Vater gezeigt. Einmal hatte sie mich sogar an beiden Schläfen berochen, als meine große Schwester. Hat mich dabei auch ihren kleinen Bruder genannt und mir mit ihrem schönen, samtweichen Händchen über den Kopf gestreichelt. Das hat mich so glücklich gemacht, aber auch traurig. Warum nur war es uns nicht gegeben, weiterhin unter einem Dach zu bleiben, nachdem wir es doch eine unvergessliche und bedeutsame Zeit lang gekonnt?

Da war ich in der zweiten Schulklasse, muss also neun Jahre alt gewesen sein. Es war an dem Tag, an dem die Winterferien begannen und wir Internatskinder uns schon seit Tagesanbruch draußen tummelten, wartend auf unsere Väter oder jemanden aus unserem Ail, die kämen und uns mitnähmen. Endlich wieder nach Hause, zum eigenen Herd und zu den Herden, nach denen man sich genauso gesehnt hatte wie nach den Eltern und Verwandten. Mit einem Mal kam Büdshin angeritten. Sie hatte im letzten Frühjahr die vierte Klasse abgeschlossen, und damit war ihre Schulbildung zu Ende. Nun war sie gekommen, um ihre kleine Schwester abzuholen. Jawohl, ihre kleine Schwester. Da war, ach, so manches passiert.

Büdshins Mutter hatte an jenem verhängnisvollen Tag den kürzesten Weg genommen. Das heißt, sie war zu ihrer eigenen Verwandtschaft zurückgekehrt, einer großen, aber etwas dürftig lebenden Sippe. In der Zwischenzeit war die Jurte der verwitweten und dann wegverheirateten Sippentochter in den Besitz eines anderen gekommen. Ein Bruder von ihr hatte einen seiner herangewachsenen Söhne darin verheiratet. Die Rückkehr der Wegverheirateten mit zwei Kindern musste für die Leute daher einem Blitz aus heiterem Himmel geglichen haben. So blieb ihnen nichts anderes übrig, als die Rückkehrenden in ihre ehemalige Jurte einziehen zu lassen, während die Frischverheirateten weiterhin darin blieben. Denn sie werden die Jurte nicht nur übernommen, sondern auch um einiges erneuert und verschönt haben. Also lebten darin nun zwei Familien zu fünft, wieder mit einem unsichtbaren Trennstrich. Dann aber ereigneten sich seltsame Dinge. Zuerst stürzte sich Büdshins Bruder vom Pferd zu Tode. Monate später, im Frühsommer, kam die Mutter im Hochwasser um. Denn in unseren eigentlich viel zu trockenen Ecken, wo die Steppe vor den Augen aller zu verdursten droht, gibt es hin und wieder Hochwasser, denen Menschen und Tiere zum Opfer fallen. Was da vom Himmel kommt, ist mitunter kein Regen mehr, sondern Flut, heruntergestürztes Wasser wie ein Wutausbruch des Himmels – bei einer solchen Sturzflut muss sie ihr Leben verloren haben. Aber es gab auch ein anderes Gerücht. Das lautete, sie habe sich in einem kniehohen Wassertümpel ersäuft. Man hörte damals in unserer von aller Welt abgeschiedenen Ecke alles. Ist Klatsch die kostenlose Post in der nomadischen Gesellschaft? Oder hat es einfach mit den menschlichen Eigenschaften wie Wissbegier, Neugier, Eifersucht und Bosheit zu tun?

Die als Vollwaise zurückgebliebene Büdshin war jedenfalls von ihrem Onkel und seiner Frau adoptiert worden, daher die jüngere Schwester. Worüber ich mich natürlich freute. Aber es war eine etwas gedämpfte Freude. Denn wäre dies nicht geschehen, ich hätte Vater gebeten, er möge mir die große Schwester zurückholen. Und ich hege gar keinen Zweifel, dass er mir den Wunsch erfüllt hätte. Dann hätten wir zu dritt ein noch besseres, da fröhlicheres Leben gehabt, als Vater und ich es zu zweit hatten.

Es muss wohl erwähnt werden, dass ich als aufgeweckt und geschickt galt, über einen zähen Körper verfügte und gewillt war, meinem Vater helfend zur Seite zu stehen, wo und wann auch immer. Das alles hatte zur Folge, dass auch ich nach der Beendigung der vierten Klasse der Schule den Rücken kehrte, sosehr der Lehrer auch wollte, dass ich den Weg des Wissens fortsetzte, da mein Kopf dafür geeignet wäre. Nein, ich kehrte gleich nach Hause, wie ich damals meinte, für immer, zurück, als die vierten Sommerferien für mich begannen. Und ich war froh darüber, nie wieder von zu Hause wegzumüssen. Es ging mir daheim auch gut. Denn Vater und ich hatten eine stattliche Menge an Vieh, das sich trotz der häufigen Unwetter und des harten Plansolls des Staates nicht verringerte, sondern von Jahr zu Jahr leicht vermehrte, immer spürbarer, je mehr ich heranwuchs. Die Jagdbeute leistete uns dabei eine merkliche Hilfe. Denn jetzt war Vater nicht mehr allein der Jäger. Ich wurde nach und nach auch zu einem, lernte mit dem Wild umgehen und konnte von Anfang an fast noch besser schießen als er. Der Erlös, den man für jedes erlegte Wildstück beim Agenten – so hieß der Angestellte des staatlichen Handels – bekam, war nicht hoch. Dafür aber waren die Jagdausrüstungen billig, und damals wimmelte die Steppe, verglichen mit heute, von vielen Wildarten. Hinzu kam, dass die Preise für alles, was man für die tägliche Lebenshaltung brauchte, für heutige Menschen unvorstellbar niedrig waren. Ich werde nicht viel übertrieben haben, wenn ich sage, damals lebte man nicht von Tögrög-Scheinen, sondern von Möngö-Stücken. Also ging es uns beiden wirtschaftlich besser als den meisten Haushalten ringsum.

Und noch etwas musste den weiteren Verlauf meines Lebens geradezu schicksalhaft beeinflusst haben: Wir hatten eine Handvoll gute Wallache, die gerade keine Berühmtheiten von Passgängern oder Rennern waren, aber einfach ansehnliche und leichtfüßige Reitpferde, gut zum Angeben für mich, den heranreifenden Mann. Ich liebte es, einen langen und weiten Deel aus gutem, möglichst derbem, festem Tuch, darüber eine ebenso weite, mit farbenprächtigen Ornamenten verzierte Jacke, über diesen beiden an einem breiten gelben Chromlederriemen den Mauser mit dem funkelnden Lauf und dem glänzenden Kolben am Rücken zu tragen und mich in dieser Ausstattung in den Sattel zu schwingen und möglichst weite Strecken zu reiten. Hin und wieder hielt ich dazu auch noch eine möglichst lange Fangstange in der Hand und schleifte sie neben dem Sattel her.

Auf solchen Ritten fing ich in Gedanken an, mich mit anderen Jünglingen zu vergleichen, und hatte dabei meistens eine durchaus gute Meinung von mir. Dabei gewöhnte ich es mir auch an, die Augen an den heranwachsenden Mädchen und den noch saftig ausschauenden jungen Frauen zu weiden und meinen Blick und meine Zunge an deren Blicken und Zungen zu wetzen. Mit der Folge, dass ich eines Tages auf eine noch junge Frau stieß und an ihr dann auch ein wenig hängen blieb. Damals war ich siebzehn. Das war eine Verheiratete, die möglicherweise auch Kinder geboren hatte. Aber damals war sie kinderlos und auch ohne Mann, da dieser vor einiger Zeit ins Gefängnis gekommen war, wegen der Verfehlung des Plansolls – falls sie mir die Wahrheit erzählt hatte. So lebte sie mit ihrer Mutter zu zweit in der Jurte. Gerade dieser Umstand löste in mir einen warmen Gefühlsstrahl für die beiden aus, denn ich dachte: Hier Mutter und Tochter, dort Vater und Sohn – viermal die Einsamkeit und viermal die Sehnsucht nach einer Zweisamkeit –, wie ungerecht das Leben mitunter ist!

Die Mutter schien sehr lieb und konnte ihre Freude über mein Auftauchen nur schlecht verbergen – später verstand ich den Grund: Wegen ihrer Tochter, deren Körper und Seele mit der Einsamkeit noch schwerer zurechtkommen mussten als ihre eigenen, ließ sie mich erkennen, dass ihr meine Jugend leidtat, sie durchschaute wohl meine Minderjährigkeit. Ich machte mit der Tochter, die mir leicht hätte Mutter sein können, meine erste, peinliche Erfahrung. Wie es ihr dabei gewesen ist, weiß ich nicht. Ich fragte sie nicht. Für mich war es schrecklich – enttäuschend und betrübend, wenn auch nicht abschreckend. Doch nichtsdestoweniger kam ich nach einem guten Monat schon wieder zu der kleinen, ärmlichen, aber gastlichen Jurte. Da hörte ich aus dem Mund der Mutter sehr deutliche Worte des Mitleids, denn die Leute gehörten einem anderen Landkreis an, und unsere Jurten lagen an beiden Enden eines langen Tagesritts. Diesmal hatte ich den Eindruck, es klappte etwas besser als bei dem ersten Mal. Doch mein Gefühl der Frau gegenüber war nicht so stark, dass ich noch eine weitere Nacht dableiben wollte. Ich ritt gesättigt und ermattet heim. Monate später kam ich wieder dort angeritten. Und da schien es wesentlich besser zu klappen als die beiden ersten Male. Nur, es reichte dennoch nicht, mich dort für länger zu binden. Also traf ich schon am nächsten Abend wieder zu Hause ein, mit einem erschöpften und deutlich abgezehrten Pferd, das ich gleich gegen ein frisches wechseln musste. Das war mitten im Frühling, der magersten Jahreszeit.

Im Frühsommer hieß es, die Namen der jungen Männer, die zum Ende des Sommers zum Militärdienst eingezogen würden, stünden bereits fest, und der meine sei darunter. Das erschreckte und erfreute mich gleichzeitig. Der Schreck deswegen, weil mein armer Vater nun ganze drei Jahre lang mit allem allein auskommen musste. Und Freude, weil erst der, der den Militärdienst hinter sich gebracht hat, überhaupt als Mann anerkannt wird.

Um diese Zeit machte der Vater eine längere Reise bis in das Gebiet des übernächsten Landkreises. Und kam mit einer so feierlich-nachdenklichen Miene zurück, die mich ahnen ließ, dass er etwas Wichtiges mit mir zu besprechen hatte. Tatsächlich sagte er bald darauf, ich solle zwei frische Pferde einfangen und sie über Nacht kurz binden, da er morgen mit mir zum Owoo der Heiligen Jungfrau reiten wolle. Ich fragte nicht, weswegen. Tat aber, was er mich geheißen. In der Frühe brachen wir auf. Vorher fragte ich Vater, ob ich mein Gewehr mitnehmen solle. Nein, sagte er, heute wäre der achte Tag des mittleren Sommermonats, und da vermeide man jeden Blutstropfen. Dafür könnte ich, wenn ich wollte, meine Fangstange mitnehmen. Ich sagte, wir müssten doch keine Pferde einfangen, wozu dann die sinnlose Last? Er sagte, die Fangstange gehöre einfach zu einem Mann. Ich entgegnete, ich sei doch kein kleiner Junge, erpicht darauf, nach Männlichkeit auszuschauen. Da lachte er leise vor sich hin und sagte: »Es stimmt. Du bist kein kleiner Junge mehr. Sondern recht bald ein vollwertiger Mann, ein Krieger, der das Heimatland verteidigt, wenn es sein muss, mit einer Feuerwaffe in der Hand!« *Krieger* sagte man für *Soldat,* wenn man es feierlich meinte. Seine

Stimme klang dabei stolz. Und auch ich war es, dass ich in meinem Vater dieses Gefühl hatte erwecken können. Also nahmen wir weder die Schusswaffe noch die Fangstange, dafür aber die Satteltasche mit einem Büschel Wacholder, einer kleinen Lederflasche Milch, einer weiteren, größeren Flasche Milchschnaps, einem faustgroßen halb getrockneten Quarkbrocken, einer Schachtel Würfelzucker, drei weißen Stoffstreifen, alle gleich fingerbreit und ellenlang. Damit schienen wir dort draußen ein Gebet verrichten zu wollen, wie jeder, der sich zu einem Owoo begab.

Unterwegs hielt ich auf Vaters Geheiß Ausschau nach weißen Steinen. Er sagte, wir brauchten drei Brocken davon, weder zu groß noch zu klein und dabei möglichst fleckenlos weiß. Einige Male stieg ich vom Sattel, um zu prüfen, ob der Stein alle Bedingungen erfüllte. Ein-, zweimal tauschte ich den vorher genommenen gegen einen neuen, da dieser noch geeigneter erschien. So kamen wir ziemlich genau zum Mittag am Ziel an, wo ich vorher noch nie gewesen war. Es war ein eher kleiner, aber sehr besonderer Owoo. Denn er bestand aus lauter strahlend weißen Steinen, ein jeder wie aus gut gepresstem Kamelquark gebrochen oder wie in Mondschnee getaucht. Und dies, obwohl sich ringsum weit und breit nur dunkelgraue Steppen und schwarzbraune Hügel erstreckten.

Wir hielten in einigem Abstand an, stiegen ab, lockerten die Sattelriemen und banden die Pferde an einem Felsen fest. Wir nahmen die drei Steine und die Satteltasche herunter, stellten sie eine Weile auf den Steppenboden, rückten und zurrten unsere Hüte und Ärmel zurecht und knöpften den Deel-Kragen zu. Schließlich nahmen wir unsere Mitbringsel in die Hände und bewegten uns feierlich behutsam auf den Owoo zu. Als wir, dort angekommen, uns anschickten, die mitgebrachten Gaben zu opfern, legte mir Vater zwei der Steine mit zweien der Stoffstreifen in die Hände und sagte: »Einer ist jeweils für dich und der andere für deine Mutter. Sie heißt Tüm-Adijaa.«

Ich meinte, ich würde umfallen. Denn bisher war von einer Mutter, die so hieß, nie die Rede gewesen. Ich hatte immer geglaubt, die hagere, düstere Frau mit der kühlen, schuppigen Haut wäre meine Mutter, und ich wusste, sie hatte einen anderen Namen. Nun war ich verwirrt, aber was bedeutete das schon? Jetzt war nicht die Zeit, Fragen zu stellen. Man stand vor dem Owoo und war dabei, Opfer darzubringen. Also tat ich, was sich ziemte, erfüllte meine Pflicht. Legte den ersten der Steine in eine Kuhle zwischen andere Steine für meine Mutter Tüm-Adijaa, dann den zweiten daneben für mich ab und band daraufhin an einen Zweig blaugrau verwitterten Weidenholzes, der aus der Mitte des Steinhaufens ragte und an dem schon so manche längst verrotteten Stoffreste und Pferdehaare hingen, den ersten Streifen wieder für meine Mutter Tüm-Adijaa und den anderen für mich fest. Dachte dabei jedes Mal an die jeweilige Person und nannte dazu auch deren Namen leise im Mund. Nur hatte ich gar kein Bild von der Mutter mit dem Namen vor meinem inneren Auge, während ich das Opfer für sie verrichtete. Anschließend verspritzten wir Milch, warfen uns vor dem Owoo dreimal nieder und streckten uns der Länge nach aus. Beteten dabei jedes Mal mit flach zusammengelegten Händen, immer vor der Brust beginnend und über der Stirn endend. Worum ich betete? Ich kann es genau sagen: zuerst darum, dass der allmächtige Geist des Owoo meinen Vater samt Jurte und Vieh beschützen und wohlerhalten möge, bis ich zurückkehrte; dann darum, dass Er mich den Militärdienst in einer Reihe mit Söhnen anderer Väter gut ableisten ließe, gesund an Körper und von lauterem Ruf; und schließlich darum, dass Er für meine baldige Vereinigung mit der Mutter Tüm-Adijaa sorgen möge!

Damit war die Opfer- und Gebetsverrichtung beendet. Doch wir traten den Heimritt noch nicht an. Wir blieben in der Nähe der heiligen Stätte und ließen uns wenige Schritte vom Owoo nieder, die strahlend weiße, den Geist belebende wie auch die Seele beruhigende Erscheinung im Blick. Und machten uns an die mitgebrachten Getränke. Vater trank von dem Schnaps, ich von der Milch, anfangs zumindest. Jeder trank sein Getränk aus eigener Schale. Es waren leichte, flache Holzschalen. Die seine war größer und dunkelbraun, die meine kleiner und hellbraun. So war es eben damals – jeder führte sein Ess- und Trinkgefäß in einem mit sich, im Brustlatz. Und Vater erzählte. Zuerst von dem Owoo:

»Vor langer, langer Zeit lebte ein Sammler und Jäger mit seiner einzigen Tochter in dieser Gegend. Weit und breit war keine andere Menschenseele. So war es in früheren Zeiten – damals gab es so wenig Menschen auf der Erde wie heute vielleicht Wüstenbären oder Wildkamele. Der Mann wurde alt und starb eines Tages. Die Tochter blieb also allein und hielt sich mit den Wurzeln und Früchten in und über der Erde und mit dem Fleisch des Getiers und Geflügels, das sie erjagen konnte, am Leben. Nach drei Jahren, drei Monaten und drei Tagen schenkte ihr der Himmel einen menschlichen Gefährten – sie gebar einen Jungen. Aus Dankbarkeit dafür, dass sie nicht mehr allein war, wollte sie einen Owoo errichten und ihn dem Himmel weihen, der den Menschen in ihren Leib gesandt. Es musste aber ein ganz besonderer Owoo sein. So beschloss sie, dafür nur weiße Steine zu nehmen, die es dort, wo sie ihre Wohnstätte hatte, so selten, ja so gut wie nicht gab. Aber sie hatte schon welche gesehen, woanders, auf ihren langen Wanderungen. So fand sie eines Tages den ersten weißen Stein, dann wieder einen und irgendwann einen dritten. Und jene drei Steine trug sie eines Tages herüber und gründete den Owoo hier. Der Junge wuchs heran, und er half der Mutter nicht nur beim Sammeln von Wurzeln und Früchten, beim Erlegen von Getier und Geflügel, sondern auch beim Finden und Herbeitragen von weißen Steinen. Also muss der Owoo schon zu Lebzeiten von Mutter und Sohn zu einer beträchtlichen Größe angewachsen sein.

In späteren Zeiten, als sich das Menschengeschlecht zu vermehren begann, kam es unter den rundschädligen, stelzbeinigen Geschöpfen oft zu Reibereien und Streitigkeiten und sogar zu Kämpfen und Kriegen. Schon damals waren sie in Klassen und Schichten aufgeteilt, wie wir sie heute kennen. Und eine derart aufgeteilte Gemeinschaft von Menschen wurde von einem geführt, der sich Fürst nannte und glaubte, er wäre etwas Besseres als die anderen, vor allem als diejenigen, die er zu seinen Knechten gemacht hatte. Einem solchen Fürsten wurde einmal seine über alles geliebte, einzige Tochter schwanger, obwohl sie an keinen Mann vergeben war. Der Fürst und seine Frau, Fürstin genannt, drohten vor Wut und Scham zu platzen, denn nach der damaligen Vorstellung der Menschen war es eine Schande, wenn eine Unverheiratete ein Kind zur Welt brachte. So fingen sie an, ihre geliebte Tochter zu verhören, von wem sie das Kind hätte. Diese aber antwortete keck: ›Wohl vom Blauen Himmel!‹ Und blieb darauf bestehen, so wenig ihre Eltern daran glauben wollten. Das musste sie auch, da sonst derjenige, von dem sie schwanger geworden, gleich geköpft worden wäre. Und sie selber wohl mit, da sie sich mit einem Knecht in der Gesellschaft der Ungleichen eingelassen hatte.

Schließlich bemerkte der Fürst höhnisch: ›Wie kann ein Menschenkind mit Haar und Haut, Händen und Füßen von einem körperlosen Geist schwanger werden? Denke man doch an einen Bullen und eine Kuh und daran, was sie tun, um ein Kalb zustande zu bringen!‹

Doch die Tochter antwortete darauf mitleidig: ›Wenn Ihr das sagt, mein hoher fürstlicher Vater, wage ich anzunehmen, dass Ihr den Weißen Owoo in der Schwarzen Steppe nicht gesehen habt und auch die Geschichte von der Frau nicht kennt, die schon vor mir vom Heiligen Geist ausersehen worden ist!‹

Der Fürst hatte den Owoo nicht gesehen und kannte auch die Geschichte nicht. Und so fragte er die Beschuldigte: ›Hast *du* die Steppe und den Owoo etwa gesehen, dass du so redest?‹

›Nein‹, stotterte die Tochter zuerst. Sagte aber darauf: ›Ja! Das heißt, dreimal ist mir im Traum eine silberhaarige, baumlange Frau erschienen, hat mich in ihre Arme genommen, ist mit mir davongeschnellt über eine endlose, dunkelbraune Hügelsteppe und niedergegangen an einem schneeweißen Owoo und hat mir erzählt: ›Hier habe ich gelebt, habe meinen Jungen vom Heiligen Geist empfangen und aus Dankbarkeit dafür schneeweiße Steine aus großen Fernen herübergetragen, diesen Owoo errichtet und ihn dem Himmel geweiht. Nun wirst du ihn vergrößern!‹

Sie konnte das erzählen, da sie die Geschichte vom jungen Knecht gehört hatte, den sie mochte und der die Schwarze Steppe und den Weißen Owoo kannte. Der Fürst wurde stutzig, schickte einen seiner Vertrauten hinaus, mit dem Auftrag, zu erforschen, ob es diese Dinge in Wirklichkeit auch gab. Der Vertraute kehrte schnell zurück und berichtete: Es gab sie alle! So?, dachte der Fürst und überlegte fieberhaft, wie sich das alles in eine weitere Geschichte einspannen ließe, die hülfe, seinen gefährdeten Ruf am Ende zu retten. Und bald war ein schlauer Trick ausgedacht.

Mit viel Aufwand wurde der kleine Owoo geweiht, da der Fürstentochter ein bedeutsamer Traum erschienen wäre, und in der Nähe wurde für dieselbe eine Jurte aufgestellt, wie es hieß, für weitere mögliche Träume. Also hatte sie von nun an dort zu wohnen, mit Dienerschaft und Spitzeln gewiss auch. Die Tochter war schlau genug, um jenen hin und wieder weitere Geschichten aufzutischen, die sie geträumt hätte, und so die Gefolgschaft davon zu überzeugen, dass etwas Besonderes zu ihnen unterwegs war. Und recht bald konnte sich jedermann dessen vergewissern, denn der Leib der jungen Person quoll mit jedem Tag deutlich auf, und eines Tages gebar sie das Kind – ein Mädchen. Darauf hieß der listige Fürst wieder ein großes Fest feiern, um dem Spiel noch mehr Gewicht zu verleihen. So ist der Owoo der Heiligen Jungfrau im Bewusstsein des Volks gefestigt worden.

Mit der Zeit wandelt sich alles. So auch das, was mit unserer Geschichte zusammenhängt. Seit geraumer Zeit bereichert jedes unverheiratete Mädchen, das ein Kind zur Welt bringt, den Owoo um einen weiteren weißen Stein. Das soll seinen Anfang genommen haben bei einem Mädchen, das, ob ihrer Schwangerschaft von ihren Eltern recht unsanft gerügt, von zu Hause weggelaufen ist und sich so lange hier in der Nähe herumgetrieben hat, bis ihr Kind zur Welt kam. Und eines Tages soll sie mit diesem, einem bereits laufenden, quickmunteren Knäblein, an der Hand in der Jurte ihrer Eltern erschienen sein und zu diesen stolz gesagt haben: ›Ihr habt mich wie eine Verbrecherin behandelt. Nun schaut her und sagt, ob meinem Kind etwas fehlt, worüber Eure und alle anderen Kinder dieser Welt verfügen!‹«

Bis Vater mit seiner Erzählung hierher gelangt war, hatte er etliche Schlucke aus seiner Schale getrunken, die ich nach jedem Schluck immer nachgefüllt hatte. Jetzt reichte er die Schale mir. Er hatte es ganz am Anfang getan, wie man es immer tut, gleich, wen man vor sich hat. Und ich hatte daran genippt und die Schale zurückgegeben, wie es sich gehörte. Nun wunderte ich mich ein wenig, dennoch nahm ich die Schale entgegen, nippte von Neuem daran und wollte sie zurückreichen. Doch er nahm sie mir nicht ab und sagte kurz: »Trink!« Ich stutzte, trank aber dann einen ordentlichen Schluck. Das war das erste Mal, dass ich in seiner Gegenwart Schnaps trank. In seiner Abwesenheit, bei anderen Leuten, hatte ich natürlich nicht nur den einen oder anderen Schluck, sondern mir auch ein paar Male so manchen leichten Rausch angetrunken. Nachdem er die Schale aus meiner Hand zurückgenommen, sah er mich mit einem durchdringenden Blick an und sprach: »Jetzt bist du erwachsen. Bist ein Mann. Bis du zurückkommst, werde ich ein zu dir passendes Mädchen ausgesucht haben. Ja, das werde ich tun, da ich selber auf meine Eltern nicht gehört und so den Fehler meines Lebens begangen habe. Bis dahin aber darfst du dich austoben, wie es sich eben ergibt!«

Eine Flamme schien mir übers Gesicht zu wehen. Denn jetzt wurde mir klar, dass er längst geahnt haben musste, was ich da draußen trieb. Doch blieb mir keine Zeit zu weiteren Gedanken, geschweige denn zu einem erklärenden, mildernden Wort. Denn er griff den Faden der Erzählung schon wieder auf und sagte, seinen durchdringenden Blick mir erneut ins Gesicht gerichtet: »Ich habe so lange bei der Geschichte vom Owoo verweilt, da sie auch mit dir zu tun hat!«

Ich zuckte zusammen, und das Herz schien mir bis zum Hals zu hüpfen. Aber er fuhr fort: »Ich war mit deiner ersten Mutter bei uns in der Jurte schon vier Jahre verheiratet. Nur, es war eine kinder- und glücklose Ehe, gleich einem feuerlosen Herd. Bei Leuten, die so ein Leben führen, gibt es andere wichtige Dinge, die das fehlende Glück ersetzen sollen. Bei uns waren das die Tiere, denen wir besondere Eigenschaften zudachten. Da war zum Beispiel ein leopardenscheckiger Wallach, noch jung an Jahren und mit einem federnd weichen, andauernden Trab. Dieser ging einmal verloren. Jeder weiß, so ein Pferd kann nicht verloren gehen wie ein Brauner, ein Rappe, ein Fuchs oder meinetwegen auch ein Schimmel. Denn Leopardenscheckige gibt es bei Tausend vielleicht nur einmal. So begab ich mich auf die Suche nach dem verschollenen Edelstück. Stieß dabei, immer Gerüchten und Anweisungen von Leuten folgend, bis ins Gebiet eines weit entfernten Landkreises vor und kam eines Abends, kurz nach Sonnenuntergang, bei einer Jurte an, um mich zu sättigen und zu übernachten. Bald musste ich aber einsehen, dass ich in eine etwas knifflige Lage geraten war. Denn soeben war eine junge Frau niedergekommen. Sie hockte, an die Wand angelehnt, rechts in der Jurte, mit verbundener Stirn, und neben ihr lag das winzige Bündelchen.

Daher wollte ich, kaum den Durst gelöscht und den Hunger gestillt, die gastliche Jurte wieder verlassen. Doch die Leute ließen mich nicht gehen. Der Jurtenherr, ein schon bejahrter Mann von mächtigem Aussehen, sagte, weit und breit wäre kein Volk, und in der Nacht könnte es auch regnen, also sollte ich dort schlafen, wo mich der Himmel eben hingeführt hatte und ich nun saß. Dem fügte seine Alte, eine rüstige, liebe Frau, hinzu, es wäre heute für sie ein besonderer Tag, da sie erstens nach tagelangem Umzug gerade am erstrebten Ziel, dann wenige Stunden später ein neuer Erdenbürger im Leben und schließlich ein weit gereister Gast bei ihnen angekommen, also dicht hintereinander drei Ankünfte sich ereignet hätten. Womit sie durchaus recht haben mochte, denn wer weiß, wie eintönig das nomadische Leben zweier so bejahrter Menschen am Rand der Welt war und wie oft sie sich da nach Menschen gesehnt? Also übernachtete ich dort. Mein Gastrecht genießend, erfüllte ich auch meine Gastpflicht: Ich lag in der Finsternis und erzählte dieses und jenes, was sich in den Ohren solcher Randbewohner durchaus belangvoll anhören dürfte. Erzählte dabei auch von mir, von meiner kinder- und freudlosen Ehe, und spürte dabei, wie ich auf heftiges Mitgefühl stieß. Später erfuhr ich den Grund. Sie waren selber kinderlos. Schlimmer noch, sie hatten zweimal ein Kind adoptiert, und beide waren im zarten Säuglingsalter verstorben. Nach dem Tod des zweiten Kindes hatten sie beschlossen, es für immer sein zu lassen, da sie meinten, dies sei ihr vom Himmel bestimmtes Schicksal.

Einmal fragte mich der Mann vorsichtig, ob wir versucht hätten, ein Kind zu adoptieren. Ich erinnere mich noch sehr deutlich daran, wie und was ich darauf antwortete. Ich schickte einen leisen Klageruf in die Finsternis, die uns alle umgab und mich wohl in dem Augenblick fast zu erdrücken drohte: ›Ach, da müsste es die Kinder erst geben – in unserer Ecke wohnen so wenige und dabei lauter alte Menschen, und die Geburt eines Kindes kommt da einem Wunder gleich!‹ Worauf die beiden zur Linken stillhielten und die junge Mutter mir zur Rechten leise hüstelte. Dann lenkte ich den Gesprächsfaden auf andere Dinge, um die lieben Menschen nicht in Betrübnis zu lassen. Sicherlich dachte ich die ganze Zeit daran: Wenn die beiden Alten keine Kinder haben, wer wird dann die junge Frau sein? Aber ich brachte es nicht fertig, sie danach zu fragen, versuchte, mich nur mit dem Gedanken zu beschwichtigen, sie würden es mir schon von selber verraten. Was nicht verkehrt gedacht war, aber zu dieser befriedigenden Feststellung durfte ich erst am nächsten Tag beim Frühstück gelangen.

Die Wöchnerin war ein junges Mädchen mit einem lieblichen, sehr kindhaften Gesicht. Das stellte ich fest, noch bevor ich aus dem Mund der Alten die wenigen Worte hörte, die Antwort genug erschienen auf meine unausgesprochene Frage. Auch sie waren einander erst gestern begegnet. Die Reiterin, die der ankommenden Karawane begegnet war, hatte sie nicht nur auf den letzten zehn, zwanzig Stricklängen bis zum Ziel begleitet, sondern auch beim Entladen der Kamele und beim Aufbauen der Jurte geholfen. Daraufhin, noch bevor der erste Tee am frischen Wohnort zum Aufkochen kommen konnte, hatten die Wehen eingesetzt. Die Hochschwangere sei angeblich auf der Suche nach einer verschollenen Rinderherde gewesen. Dabei habe sie sich offensichtlich, von nahenden Wehen getrieben, aus der Nähe von Menschen herausgestohlen, wie angehende Tiermütter es auch tun, bemerkte die Hausfrau lachend und mit einem gütigen Blick auf die Wöchnerin.

Auch erfuhr ich, dass das Ail von dem taufrischen Mütterchen einen halben Tagesritt entfernt war. Das Jurtenoberhaupt meinte, ihre Leute müssten sich inzwischen über die Verschollene schwere Sorgen machen, daher sollte man sie so schnell wie möglich benachrichtigen. Ich gab ihm in Gedanken recht, überlegte und schlug vor, selber der Schnellreiterbote zu sein. Das wäre sehr lieb, bemerkte der Alte, nur, die Ecke, wo sie herkam, lag ja gerade in der Gegenrichtung zu meinem Wohnort. Ich sagte, das mache nichts, weil ich dabei meine Suche fortsetzen könne. Jetzt hörte ich die Wöchnerin erstmalig sprechen. Ich solle ihr Pferd nehmen, da das meine bestimmt sehr erschöpft sei, nach einem so weiten Weg. Womit sie recht hatte. Aber ich zögerte, weil mir das kleinlich vorkam. Es roch nach einem Tauschhandel. Die Kleine schien den Grund meines Zögerns zu verstehen und sagte, ich solle ihr Pferd ruhig nehmen, da es nicht nur frisch und leichtfüßig, sondern auch ziemlich frech sei, sodass ihm ein derber Ritt durch einen fremden männlichen Reiter nur guttun würde. Sogleich kam Unterstützung vonseiten der Hausfrau: Welcher junge Mann würde sich denn weigern wollen, die Bekanntschaft eines guten Reitrosses zu machen? Und sie fügte hinzu, sie werde auf mein Pferd schon gut aufpassen. Womit gesagt war, sie wolle mich wieder dorthaben, um weitere Neuigkeiten, nun aus einem anderen Landesteil, zu hören.

Also sattelte ich mir den Grauschimmel, der einen recht frischen und wachen Eindruck machte. Da kam die Wöchnerin und bat mich leise und in einem vertraulichen Ton, die Nachricht nur ihrem Vater zu überbringen und ihm dabei zu sagen, er brauche sich keine Sorgen um sie zu machen, denn sie sei in guten Händen und werde in ein paar Tagen schon selber kommen. Ich versprach ihr, die Worte so auszurichten. Dann bestieg ich das Pferd und stellte fest, es war in der Tat ein sehr leichtfüßiges und feuriges, das mich am Ende denken ließ: es sei doch glattweg eine Zumutung für so manche Menschen, geschweige denn für eine Hochschwangere, sich mit so viel Kraftaufwand gegen den tobsüchtigen Kerl behaupten zu müssen! Aber ich genoss das Kraftspiel mit dem bildschönen jungen Wallach – ich schaute auf seine Zähne: Er war gerade sechsjährig und verfügte außerdem über jenen Buckel über der Kruppe, der nur bei ganz wenigen Pferden vorkam!

Ich dachte die ganze Zeit an die vertraulichen Worte der Besitzerin des Grauschimmels unter mir, dessen Feuer nur noch zuzunehmen schien, je mehr er ins Schwitzen kam. Hatte sie eine Stiefmutter? War sie von zu Hause geflohen? War sie eine Minderjährige, die durch die Schwangerschaft in Schwierigkeiten geraten war? Und je mehr Fragen und Mutmaßungen in mir aufkamen, umso mehr fühlte ich mich mit der jungen Mutter und ihrem Kindchen verbunden. Der erste Anblick, der sich mir im schwachen Kerzenschein geboten hatte: Sie an die Jurtenwand gelehnt, mit verbundener Stirn, und neben ihr das aus dem schwachen Dämmer sich herausschälende Bündelchen. Und das alles in der Hälfte einer Jurte, von der ich mittlerweile wusste, es war eine wildfremde.

Nachdem ich den Gedanken so lange nachgehangen, glaubte ich irgendwann zu wissen: Es handelte sich um eines von jenen bedauernswerten, aber auch bewunderungswürdigen Geschöpfen, deren Schicksal mit dem Weißen Owoo in der Schwarzen Steppe verknüpft war! Und da schoss mir ein Gedanke durch den Kopf, der es durchaus verdiente, als ein Ausbund grellsten Wahnsinns bezeichnet zu werden: Ich wollte in der Jurte bleiben, in der ich die Nacht verbracht hatte und die nächste vielleicht auch verbringen würde – als Sohn, als Ehemann, als Vater! Dass ich als Staatsbürger zu einem anderen Landkreis gehörte, dort meine Sippe hatte und mit einer anderen Frau verheiratet war, hatte ich in dem Augenblick wohl einfach aus meinem Hirn weggewischt! Später habe ich mich wegen des unmöglichen Gedankens oft getadelt, mich aber dabei vor mir selbst doch in Schutz zu nehmen versucht: Die Eltern waren mir gestorben, die Ehe war glücklos, und ein Kind zu haben und ihm Vater zu sein, daran dachte ich tags und davon träumte ich nachts – warum also nicht versuchen, neu anzufangen? Schließlich war ich noch jung genug!

Was ist, dachte ich, wenn Leute mein Reitpferd erkennen und mich zur Rede stellen, ehe ich den Vater der Frau getroffen habe? Und ich bastelte an einer Geschichte: Ich, auf der Suche nach meinem verschollenen Pferd, habe unterwegs eine junge, schwangere Frau getroffen, die ebenso nach vermissten Tieren suchte; wir haben unsere Suche einen halben Tag gemeinsam fortgesetzt, dann hat sie mich gebeten, für einen Tag meinen friedlichen Wallach gegen dieses feurige junge Pferd mit ihr zu tauschen. Doch ich traf den Vater vorher, richtiger: Er traf mich, weil er das Pferd erkannte. Sein misstrauisches Gesicht mit dem forschenden Blick ließ mich gleich erraten, wer der Mann sein könnte, der auf mich zugeritten kam. Ich grüßte und fragte ihn nach Tüm-Adijaas Vater, er sagte, das sei er. Dann übermittelte ich die Worte der Tochter mundgetreu. Der Mann war schon auf Suche nach ihr. Nun war er erst einmal beruhigt. Und fing an, mich auszufragen. Das betraf meine Person wie auch seine Tochter. Vielleicht argwöhnte er, ich könnte der Vater ihres Kindes sein. Und ich antwortete geduldig und ausführlich und berichtete von den beiden Alten nur das Beste. Dann trennten wir uns wieder.

Auf dem Rückweg dachte ich über den Mann und seine Fragen nach. Dabei fiel mir so manches auf. Auf seinem gar nicht so alten und durchaus noch ansehnlichen Gesicht lagen viele Züge der Strenge. Dann hatte er sich nicht nach dem Geschlecht seines Enkelkinds erkundigt – hätte er es getan, hätte ich gar nicht gewusst, darauf zu antworten. Und schließlich hatte er, nachdem ich die beiden Alten als Kinderlose, aber sehr Menschenliebe geschildert hatte, gefragt, ob sie denn das Kind adoptieren wollten. Das alles bekräftigte nur noch mehr nicht nur meine Vermutung über das Schicksal der jungen Mutter, sondern auch das unmögliche Hirngespinst, das mittlerweile meinen ganzen Körper erfasst hatte. So gab ich dem Grauschimmel, der in rinnendem Schweiß längst wasserschwarz aussah, die Zügel frei, dass er vorwärts zu fliegen schien, ohne mit seinen vier Hufen den Erdboden zu berühren. Und ich selber sang dazu, was uns beide, Pferd und Reiter, in einen Rausch versetzte, bei dem Raum und Zeit aufhörten.

Also kam ich bei der Jurte, die mir vorschwebte als mein Daheim mit seinen Bewohnern, nach denen ich mich längst sehnte wie nach den Mitgliedern meiner Familie, wesentlich früher an, als irgendeiner es für möglich gehalten hatte. Und da musste der Rausch, der mich gepackt hatte, immer noch angedauert haben. Denn mir entschlüpften, sobald ich dem fragenden Blick der jungen Mutter begegnete, Worte, die sich sonst von meiner Zunge nie gelöst hätten: ›Ich möchte euch beide adoptieren!‹ Und dies in Gegenwart der lieben Alten! Der Mann war nicht da, war bei den Herden. Wäre er mit dabei gewesen, hätte ich es genauso getan! Worauf sich beiden Frauen die Augen mit Tränen füllten. Wenig später erfuhr ich, dass die Alte zu dem Kind mit dem Kind die gleichen Worte gesprochen und darauf eine dankende, aber ablehnende Antwort gehört hatte. Die

Ablehnung deswegen, weil Tüm-Adijaa die Älteste von fünf verwaisten Geschwistern war und sich um die Jüngeren kümmern musste. Schon zu Lebzeiten der Mutter hatte sie, so das Schicksal jeder ältesten Schwester allüberall, sie mitversorgt wie eine kleine Mutter. Seit zwei Jahren, da die Mutter verstarb, lag die Pflicht gänzlich bei ihr.

Am nächsten Morgen sprach Tüm-Adijaa in Gegenwart der beiden Alten zu mir: ›Ihr könnt das Kind gern haben. Aber wie sollt Ihr es bis nach Hause bringen, wenn Ihr so weit weg von hier beheimatet seid?‹

Ich fuhr zusammen und kämpfte gegen die Tränen, die zu kommen drohten und die dann auch kamen. Denn ich hatte fast die ganze Nacht schlaflos verbracht, fiebernd und hoffend, der neue Tag würde mich mit einer Entscheidung bescheren; zwar hatte ich nicht gewusst, wie sie ausfallen würde, aber sehr darum gebetet, es möge eine erfreuliche für mich sein. Und dabei hatte ich mir in Gedanken ausgemalt, wie ich das Kindchen nach Hause bringen würde: Eine reichliche Menge weicher Lammwolle zum Wechselwickel; eine Flasche Muttermilch, die später durch Ziegenmilch ersetzt werden konnte; eine Trinkflasche, die die Leute für das Jungvieh bestimmt haben würden; wenn nicht, dann ein Rinderhorn finden, dazu vom frisch geschlachteten Schaf die Zitzenhaut abziehen und über die abgesägte Spitze des Horns stülpen. Das Kindchen in den Brustlatz des Deel stecken; im Schritt reiten von Ail zu Ail; es dort trockenlegen und füttern und die Flasche auffüllen oder die alte Milch durch frische ersetzen, vielleicht trifft man auch auf diese oder jene stillenden Mütter! So umständlich sich das alles auch anhören mochte, ich hatte einen Beweis dafür, dass solches geht: Vor Jahren hatte ein Mann, als seine Frau bei der Geburt starb, das Unglücksding im Brustlatz zu seiner eigenen Sippe getragen, die weit weg wohnte. Der menschliche Wurm hatte überlebt – Tessiimaa war es!

Wir besprachen die Sache und beschlossen, das Kind wenigstens sieben Tage lang bei der Mutter zu belassen, damit es sich erst einmal an der Feuermilch ihrer Brüste satt trinken konnte. In der Zeit traf ich die Vorbereitungen. Die Leute hatten Trinkflaschen fürs Jungvieh, aber sie meinten, der neue Mensch brauche eine neue, die seine, so durfte ich einem Rind die Spitze eines seiner Hörner absägen und sie, mit der Schafzitzenhaut versehen, zu einer hübschen wie auch handlichen Trinkflasche bearbeiten. Die Gastgeberin war so gütig, eine Menge watteweiche Lammwolle zu waschen und zu trocknen. Dafür half ich der Familie bei diesem und jenem, nicht anders als ein Sohn. Einmal sagte mir der Hausherr, ich könne ja die Tage für Besseres nützen, nämlich für die Weitersuche nach meinem sagenhaften Leopardenscheckigen. Aber da merkte ich in mir keine Lust mehr. Das Pferd, das mir noch vor wenigen Tagen wie einer der Hauptinhalte meines Lebens vorgekommen war und mich daher jedes Mal am Herzen geschmerzt, sooft ich an dessen Verlust dachte, war mir jetzt gleichgültig.

Sosehr mir in jenen Tagen die fremde, gastliche Jurte wie meine eigene und deren Bewohner alle wie meine engsten Verwandten vorgekommen waren, fühlte ich mich dennoch zu der jungen Mutter und dem Kind am meisten hingezogen – mit ihnen beiden bildete ich eine kleine Familie in der größeren. Waren die beiden Alten nicht gerade in der Jurte, vergaß ich nicht, mich *meinen* beiden schnell zu nähern, das Mütterchen nach etwas zu fragen oder das Kindchen, das übrigens ein sehr stilles war und fortwährend schlief, mit einer lieben Bemerkung zu bedenken oder zumindest einen sanften Blick in die Ecke zu schicken.

Die Alte ließ mich von Anfang an das Kind auswickeln, trockenlegen und wieder einwickeln. Sie hatte durch die beiden missglückten Versuche wenigstens gewisse Übung und Erfahrung in der Hinsicht. Ach, wie ich das Kindchen das allererste Mal sah! Ich bekam einen Riesenschreck. Denn es war dürftig und unansehnlich und glich eher einem blinden Welpen als einem Menschenkind. Ich fragte mich in Gedanken: Großer Himmel! Wo und wie soll ich es anfassen? War entmutigt und verspürte in mir Zweifel, dass ich es irgendwie heil nach Hause schaffen könnte. Als es trockengelegt und wieder eingewickelt war und weiterschlief, ging ich hinaus und versuchte mich zu beruhigen. Dabei rief ich mir das Bild des fleischroten, glitschigen Wesens mit dem klitzekleinen Rumpf, den fingerdünnen Gliedern und dem schweren, wackligen Kopf ins Gedächtnis und begann in Gedanken zu üben, wo und wie ich es anfasse, wohin ich es bewege, womit und wie ich es säubere. Ja, ich wiederholte diese Gedankenübung unzählige Male und bewegte dabei auch meine Finger. Und sieh da, beim zweiten Mal war wenigstens die Angst überwunden, und meine Finger gehorchten mir besser, und das steigerte sich von Mal zu Mal.

Und der Augenblick, der mir beschieden war, das Geschlecht meines Kindes wahrzunehmen! Das geschah erst beim dritten oder vierten Mal. Während ich die Innenschenkel mit einem in lauwarme Hammelbrühe getauchten Wollknäuel säuberte, traf mein Blick wohl das winzige Beutelchen und daraufhin auch das zierliche Würmchen darüber. Es war wie ein Schlag, der mich traf, und ich rief leise aus: »Es ist ja ein Junge!« Das Mütterchen sagte nichts, lächelte kaum merklich und schickte einen kurzen, sanften Blick herüber. Darauf füllten sich ihre Augen mit Tränen. Später, sooft mir die Begebenheit wieder einfiel, dachte ich, jene Tränen hätten mir gegolten, dem erwachsenen, wesentlich älteren Mann. Meiner Männerseele, die sich so lang und so sehr nach einem Kind gesehnt, dass sie mich nun zu diesem Wahnsinnsschritt zwang, und meinem Männerwesen, das dieses so sichtbare Merkmal erst jetzt wahrzunehmen vermochte. Was hatte ich mich über meine neue Entdeckung gefreut, sosehr ich mit gutem Gewissen beteuern möchte, über eine Tochter hätte ich mich genauso gefreut! Einen Sohn, einen Sohn, einen Sohn habe ich!, meinte ich den Schlag meines Herzens wieder und wieder zu vernehmen!

Die sieben Tage waren verronnen, und wir zwei, Vater und Sohn, machten uns auf den Weg. Auch Tüm-Adijaa wollte sich an dem Tag auf den Heimweg begeben. Alle drei nahmen das Bündelchen in die Hände und segneten es. Da war die Rede immer wieder von einem langen Leben und einem stillen Glück. Dann beroch es ein jeder von außen zum Abschied. Die junge Mutter, die einen Fetzen ihres Leibes und einen Hauch ihrer Seele weggab, war still und beherrscht. Ihr Gesicht blieb ernst und ihr Blick trocken. Also wusste sie gut Bescheid: Abschied und Tränen vertrugen einander nicht. Die Alte tröpfelte auf die Kruppe unseres Pferdes Milch und verspritzte welche auch uns hinterher. Vorher hatte sie mich von der Milch kosten lassen. Davor hatte ich mich von allen drei lieben Menschen verabschiedet. Die beiden Alten hatten mich berochen, jeder an meinen beiden Schläfen, was auf eine Endgültigkeit zu deuten schien und mich mitten in der freudigen Aufregung mit einem Hauch Trauer überzog. Mir fiel dabei ein, dass meine eigenen Eltern, so lange sie lebten, mich bei einem Abschied immer an der einen Schläfe berochen, die andere für das nächste Mal beließen, wenn ich zurückkehrte. Und ich als Älterer beroch die Mutter meines Kindes auch, indem ich ihr Gesichtchen in die Hände nahm und eine kleine Weile in ihre Augen schaute. Oh, da bekam ich einen Schauer über die ganze Körperhaut – es war ein Wesen, das so einen mächtigen, betörenden Strom auf einen ausstrahlte! Am liebsten hätte ich sie in der Tat mitgenommen! Aber es ging nun einmal nicht. So beroch ich sie, dem Beispiel der Älteren folgend, an beiden Schläfen, alles abschließend. Tatsächlich habe ich in den vergangenen achtzehn langen Jahren keinen der drei Menschen wiedergesehen. Wohl werde ich sie auch nie wiedersehen.

Es war Frühsommer. Die Sonne schien sanft, und das Wetter blieb beständig. Mein Pferd hatte sich gut erholt, schritt zügig und sicher. Wir hatten Glück: Wieder und wieder zeigte sich in unserer Gehrichtung ein Ail. Und die Menschen, bei denen wir einkehrten, waren von unserm Anblick und unserer Geschichte gerührt, waren also noch gastfreundlicher als sonst. Das Kindchen wimmerte nur selten, schlief und schlief, als wollte es mir und somit auch sich selbst beistehen bei dem großen Vorhaben, das uns beseelte. Und so kamen wir am dritten Tag, noch bei Sonne, im eigenen Ail an. Die Frau wollte wissen, ob ich eine gute Reise gehabt hätte. Ich sagte, ja. Worauf sie mich abermals fragte, wo dann das Pferd sei. Und meine Antwort lautete: ›Das Pferd habe ich nicht gefunden. Aber dieses hier!‹ Das war mit einem so freudigen Stolz gesprochen, und damit holte ich das Bündelchen aus dem Brustlatz hervor. Und da stand ich schon in der Jurte vor unserem Ehebett. Ich hatte mit meiner Freudenbotschaft absichtlich so lange gewartet, bis unser Kind seine künftige Wohnstätte endlich erreicht hatte.

Was aber geschah da? Die Frau schreckte zurück, als sie merkte, dass es ein Kind war. So fing es in unserer Jurte, an unserem Herd an: Wir hatten einen hässlichen Streit, das heißt, sie argwöhnte, ich hätte das Kind einer anderen Frau eingespritzt und würde es nun zu ihr, der gesetzlichen Ehefrau, bringen. Ich versuchte es ihr zu erklären, aber sie glaubte mir nicht. Oder auch so: Sie wollte und konnte sich mit ihrem Schicksal als Kinderlose nicht abfinden. Hinzu kam, dass eine meiner Verwandten sie in einem Streit vor vielen Leuten ein Weib mit vertrocknetem Schoß genannt hatte. Wir hatten uns auch früher schon gestritten, doch zu den hässlichsten Streitereien kam es, nachdem das Kindchen aufgetaucht war.

Ach, war ich enttäuscht an jenem Tag der Ankunft meines lieben Kindes endlich, endlich zu Hause! In den zahllos vielen, endlos langen Stunden der drei Tage unterwegs hatte ich mich so reich und glücklich gefühlt, als wenn ich die Himmelssonne in meinem Brustlatz trüge. Dabei hatte ich mich die ganze Zeit mit ihm unterhalten, meist in Gedanken, stumm, zwischendurch aber auch laut. Woran dachte und wovon träumte ich nicht unter dem eintönigen Geschaukel des Pferdegangs! Jetzt bist du endlich ein vollwertiger Mann, denn du bist Vater!, sagte ich zu mir. Und du machst die erste gemeinsame, lange Reise mit deinem Sohn! Da fiel mir ein, dass mein Sohn einen Namen brauchte. Ich überlegte zwei Tage und zwei Nächte lang, fand viele Namen, die infrage kämen. Dann entschied ich mich für Nüüdül, Umzug. Nicht nur, weil er zum Ende eines Umzugs das Weltlicht erblickt hatte, auch nicht, weil er schon am achten Tag seines irdischen Lebens auf eine große Lebensreise gegangen war, sondern weil das ganze Dasein im All seinem Wesen nach nichts anderes als ein ständiger Umzug durch Raum und Zeit war. Außerdem sollte der Name ein erneutes Geständnis zum Stamm der Nüüdülchid, Nomaden, sein. Durch diesen Namen wollte ich meinem Sohn sagen, er möge zu einem denkenden Menschen heranwachsen, ständig bestrebt, den Gipfel der Weisheit zu erreichen.

Und bei der Ankunft am heiß ersehnten Ziel dann das, o Himmel! Aber sosehr ich aufs Böseste überrascht, aufs Schwerste enttäuscht war, wusste ich doch, dass mir nichts anderes mehr blieb, als um das Überleben meines teuren, lieben Mitbringsels zu kämpfen. Und ich kämpfte, umso mehr entschlossen, das unschuldige, hilflose Wesen zu einem Menschen aufzuziehen. Dabei war ich bestrebt, das Doppelte von dem, worüber ich zu verfügen, wofür ich mich vorher für fähig geglaubt, aus mir herauszuholen, weil ich sah, es mangelte dem Kind die Mutterliebe. Gut nun. Was soll ich zu der Frau noch viel sagen, die es dir trotzdem gestattet hat, sie Mutter zu nennen, die dich immerhin mit aufgezogen hat, wenn auch mit halbem Herzen? Übrigens, es war gut für sie, uns beide zu verlassen. Denn später ist sie mit einem anderen zusammengetroffen und hat sogar ein eigenes Kind. Also muss es an mir gelegen haben, dass der Kindersegen bei uns gefehlt hat. Das zuzugeben hat bei einem nomadischen Mann einen bitteren Beigeschmack. Aber was solls, mit der Wahrheit kommt man immer am besten aus! Doch es scheint in meinem Fall auch seine gute Seite gehabt zu haben. Ich meine damit die nicht allzu lange, aber ausreichend schwere Zeit mit der anderen. Hätte das, was mir mit der ersten Frau versagt geblieben, mit dieser geklappt, wäre das für dich und damit auch für mich eine verdammt schwierige Sache geworden!«

Während die Geschichte hierhin gelangte, war die hammelkopfgroße rauchgesteifte Lederflasche fast leer getrunken, und Vater wirkte entsprechend ziemlich beschwipst. Was mir nur recht war, denn auch ich war nicht ganz nüchtern. Nach einem weiteren Schluck aus der Schale kehrte Vater in die Gegenwart zurück: »Ich habe herausbekommen, dass es deiner Mutter Tüm-Adijaa gut geht. Sie lebt, verheiratet mit einem rechtschaffenen Mann und versehen mit einer stattlichen Menge Vieh, immer noch in ihrem Landkreis. Ihre Jurte steht winters wie sommers im Flusstal Bulugtu, einen Steinwurf vom Kreiszentrum. Und jetzt wirst du, da du erwachsen bist und bald zum Militärdienst aufbrechen wirst, dorthin reiten und sie besuchen …«

Diese so sanft ausgesprochenen, so einfachen Worte versetzten mich in eine solche Gefühlswallung, dass mir Hören und Sehen verging. Von da an wusste ich nicht recht, was mit mir geschah. Irgendwann kamen wir in unserem Ail an, da war die Sonne schon untergegangen, obwohl es mir vorkam, als wären wir den Heimweg mindestens in scharfem Galopp geritten. Also mussten wir lange am Owoo geblieben sein. Die Nacht schlief ich nicht gut. Die Gefühlswallung, die mich da draußen erfasst hatte, kam immer wieder zurück. Ich war aufgeregt. Oder war es gar Angst? Wohl ja. Hätte mich Vater nach meinem Willen gefragt, hätte ich ihm gesagt, dass der weite Ritt in die mir fremde Landesecke nicht sein musste. Aber ich wurde ja nicht gefragt, sondern er hatte mir klipp und klar gesagt, ich solle die Reise machen und meine Mutter besuchen. Also konnte ich meinem guten Vater diesen Wunsch nicht verwehren, vor allem nachdem er mir seine Freude an meinem Dasein von Anfang an so ausführlich geschildert hatte. Dabei hatte er all die Ängste, Sorgen und Ärgernisse, die mit meinem Überleben und Gedeihen verbunden waren, gar nicht erwähnt. Aber ich wusste es, obwohl das, was in meinem Gedächtnis haften geblieben war, nur ein Bruchteil von dem sein konnte, was tatsächlich gewesen war.

Zwei Tage später machte ich mich auf den Weg. Doch vorher

mussten noch Geschenke besorgt werden. Dafür ritten wir, wieder zu zweit, zum Agenten, der in einer beträchtlichen Entfernung zu finden war. Für die Mutter kauften wir einen Deel-Stoff, für ihren Mann eine Flasche Schnaps und eine Menge Süßigkeiten für mögliche Kinder und alle, die dabei sein könnten.

Dann unterwegs und endlich allein nach solchem Trubel, schwirrten einem so viele Gedanken im Kopf herum, gespickt von Gestalten, Gesichtern, Stimmen, Gerüchen, Geschmäckern und vielem anderen. Und aus der Mitte dieses Gewirrs erhob sich, schemenhaft in der Erinnerung, eine junge Frau mit ihrer schmächtigen Gestalt und ihrem schmalen Gesicht wie eine leuchtende Kerze, so auffallend deutlich, dass man die Zwillingsgrübchen in ihren Mundwinkeln zu sehen glaubte, die zum Vorschein kamen, wenn sie lächelte und einen schweigend, aber mit umso ausdrücklicher redendem, loderndem Blick anschaute. Sofort war der Entschluss gefasst, bei ihr vorbeizuschauen, da dies keinen großen Umweg bedeutete.

Also kam ich zu rechter Tageszeit, das heißt, gerade zur Stunde des Milchdämmers, bei der kleinen Jurte angeritten, die ich trotz des bröselnden Lichts schon aus einiger Entfernung wiedererkannte. Und erlebte die peinlichste Überraschung. Dort, wo sonst der Jurtenherr zu sitzen pflegte, zwischen Hoimor und Ehebett, wo auch ich zuletzt gesessen hatte, saß ein breitschultriger Mann mittlerer Jahre barfüßig und mit nacktem Oberkörper. Mutter und Tochter waren beim Säubern von Hammeleingeweiden. Weder die eine noch die andere gab ein Zeichen von sich, dass sie mich kannte; sie blieben stumm, über die Schüssel mit dem dampfenden Inhalt gebeugt, bloß dass sie auf meinen Gruß, gerichtet an alle, eine unbestimmte Antwort murmelten. Genauso sprechfaul wirkte auch der Mann. Auf seine einzige, übliche Frage: woher, wohin, antwortete ich wahrheitsgemäß, fügte aber gleich hinzu, ich wollte unterwegs bei guten Bekannten vorbeischauen. Zum Glück fragte mich keiner, wer diese Bekannten seien. Die halb volle Schale mit dem lauwarmen Tee, den mir die Mutter einschenkte, in zwei, drei Schlucken ausgetrunken, stand ich auf und verließ die Jurte. Keiner sagte ein Wort, obwohl das Üblichste gewesen wäre, mir wenigstens aus Höflichkeit anzubieten, zu bleiben und zu übernachten. Vielleicht hatte der Mann etwas geahnt, da sich Mutter und Tochter zu schweigsam und allzu vertieft in ihre Beschäftigung gezeigt hatten. Den Fuß am Steigbügel, wartete ich eine Weile, in der Hoffnung, die Frau würde aus der Jurte herauskommen, um mir zuzuflüstern, was geschehen war. Aber nichts geschah, und ich schwang mich in den Sattel und ritt davon.

Während der Weiterreise versuchte ich mir auszumalen, was gewesen sein könnte. Am wahrscheinlichsten erschien mir jenes Bild: Erst vor wenigen Stunden war der Mann, wer weiß nach wie vielen Jahren und Monaten, aus dem Gefängnis entlassen worden und kam zu seiner Jurte und seinem Herd. Armer Mann!, dachte ich, diesem Elendsbild folgend. Dann aber malte ich mir aus, was ihm in dieser Nacht bevorstand, und da glaubte ich, mich seufzen zu hören: Glücklicher Mann! Dieser, der so seufzte, war ein doppelt Armer, denn er kam sich wie ein Dieb vor. Was er ja auch war, zumindest nach dem Gesetz, geschrieben wie ungeschrieben!

Ich ritt langsam, dafür aber die ganze Nacht. Und so kam ich schon am Spätvormittag des nächsten Tages am Ziel an. Da war ich längst wieder beruhigt in der Seele, und wie ich glaubte, auch am Körper. Denn je weiter ich mich dem Ziel näherte, umso vertiefter dachte ich: Das ist deine ursprüngliche Heimat! Sie war schön, obwohl sie mit ihren Bergen und Hügeln und Steppen in vieler Hinsicht recht anders aussah, ihre Luft anders roch, ihr Wind sich anders anfühlte und ihre Steine sich anders anfassten. Ja, sie war anders schön. Auf den gewellten Sand an den Hängen und in den Niederungen schauend, konnte ich mir gut vorstellen: Diese Heimat, deren Staub und Luft ich im Kern meines Gebeins und meines Fleisches bis heute tragen musste, dürfte auch anders schwierig und anders hässlich sein!

Das Ail bestand aus nur einer mittelgroßen und auffallend schmucken Jurte. Eine Frau trat heraus und ermahnte den Hund, der einen Furcht einflößenden Eindruck erweckte, mit einem gebieterischen Ruf zur Ruhe und schickte ihn durch eine auffordernde Geste in eine gehörige Entfernung. Ich grüßte sie kurz und höflich, was sie mir in der gleichen Art entgegnete. Anfangs dachte ich, sie müsste eine Tochter der Familie oder eine von den jüngeren Schwestern sein. Denn sie war eine noch junge Person, unmöglich älter als die Frau, derentwegen ich die letzte Nacht so gelitten hatte. Dann, während ich den Tee trank, den sie mit geübter Bewegung in eine recht große Porzellanschale eingeschenkt und mir gereicht hatte, dachte ich an Vaters merkwürdige Worte *Kind des Kindes.* Da zuckte mir im Kopf der Gedanke, es könnte ja auch sie selbst sein! In dieser Zeit von nur wenigen Minuten hatte ich gemerkt, wie aufmerksam, aber unauffällig der Blick der Frau an mir haftete. So blickte ich sie sanft an und fragte sie nach ihrem Namen. Ihre Augen weiteten sich, und sie schaute verwundert herüber. Ich erwartete, sie würde zurückfragen, wozu ich ihren Namen brauchte, stattdessen aber hörte ich sie sagen: »Tüm-Adijaa.«

Sie musste gesehen haben, wie mich ihr Name traf, denn ich sah in ihrem Blick den Schreck. Ich war längst aufgesprungen und stammelte nun: »Dann … dann muss ich wohl … etwas herbeiholen von draußen … ich meine … aus meiner Satteltasche …« Damit eilte ich auf die Tür zu. Sie rief, ebenso in Aufregung geraten, mit brüchiger Stimme: »Der Hund! Er wird in der Nähe sein! Warte, ich komme!« und eilte herbei. Ich ließ sie zuerst hinaus, dann folgte ich ihr und trat an mein Pferd heran. Ich löste die Knoten der Sattelriemen, nahm die Satteltasche herunter und war bei all den nichtigen Handlungen sehr darum bemüht, keinen Fehler zu machen. Die ganze Zeit spürte ich den forschenden Blick der Frau an mir haften, die meine Mutter sein sollte und die, wenn manche Umstände nicht gewesen wären, mein Vater gern zur Frau mitgenommen hätte. Wieder in der Jurte, bestand meine Aufgabe darin, die Satteltasche aufzuschnüren, den seidigen Stoff herauszuholen und nicht zu vergessen, dass er um die zerbrechliche Glasflasche gerollt war, dann aus der anderen Tasche den dünnen, weißen Stoff zu nehmen, in welchen die Süßigkeiten eingewickelt waren, und nun ihr, der Mutter, alles zusammen darzubringen, zuvor aber zu sagen, wer ich war.

Also erhob ich mich, alle drei Teile auf den Flächen beider Hände platziert, wandte mich ihr zu und sah: Sie hatte sich inzwischen auch erhoben, stand mit angewinkelten Armen und aufgefalteten, zittrigen Händen da und blickte großäugig und blass herüber. Ich schaute ihr feierlich ernst ins Gesicht und sprach: »Ich heiße Nüüdül. Und ich bin Euer Sohn. Gestattet, Mutter, dass ich Euch dieses Geschenk als Zeichen meiner Ehrerbietung darbringe!« Und damit ging ich auf sie zu und streckte ihr die Arme entgegen. Sie kam mir mit ebenso ausgestreckten Händen entgegen, die sich an meinen Händen vorbei geschickt unter den Stoff schoben und so die teure Bürde in Empfang nahmen. Darauf trug sie das Bündel zum Hoimor und setzte es sanft auf einer der beiden Truhen ab. Sie stellte die Flasche mit der bebilderten Seite nach vorn, dann drehte sie sich um, streckte die Arme von Neuem aus und sprach: »Komm und lass dich beriechen, mein Sohn!«

Ich, der ich sie bei jeder ihrer Bewegungen beobachtet und dabei die Geschicklichkeit bewundert hatte, eilte ihr entgegen. Während ich mit meinen Handflächen ihre Ellbogen berührte, sprach ich das Grußwort aus wie am ersten Morgen eines neuen Jahres zu einem jeden älteren Menschen: *Amrhn ssaen baenuu*, Seid Ihr wohlauf? Und streckte dabei den Kopf vor, damit sie mit ihrer Nase leichter an meine Schläfen käme. Sie fasste mich beidhändig um die Backen an und beroch mich still an den Schläfen, eine nach der anderen. Und sprach zum Schluss: *Ssaen, amrhn ssaen baenuu*, Ich bins, bist du selber auch wohlauf? Dabei hörte sich ihre Stimme zittrig an, und ich sah auch ihre Augen glitzern.

Ihre Hände wirkten klein und weich, dennoch fest und kühl.

Stunden später, als ich die sengende Hitze ihres Körpers mit dem eigenen wahrnahm, musste ich mich nachträglich fragen, wo die Kühle in jener ersten Stunde des warmen Sommertags hergerührt haben konnte. Und die Antwort, die ich fand, stand mit der Blässe ihres sonst leuchtend rotbraunen Gesichts in Zusammenhang: Es musste von der Aufregung gekommen sein, die sie aber sehr in Zaum gehalten hatte. Sie roch nach Milch, Feuer und Seife. Sie musste sich kurz vor meiner Ankunft die Haare gewaschen haben. Hatte sie vorausgeahnt, dass ich unterwegs zu ihr war? Also duftete sie wunderbar. Während ich dies wahrnahm, musste ich an Vaters Erzählung über die betörende Ausstrahlung denken, die von ihr auf ihn übergegangen war, als die beiden sich das einzige Mal Haut gegen Haut hatten berühren dürfen. Wie bitter es mir jetzt leidtat, dass Vater und ich sie an jenem Morgen nicht hatten mitnehmen dürfen.

Nach und nach kam ein Gespräch zustande, das unser Wissen voneinander Fetzen um Fetzen erweiterte. Ich erfuhr, dass ihr Vater vor vielen Jahren gestorben war und sie sich noch lang um die Geschwister zu kümmern hatte. Erst seit sieben, acht Jahren lebte sie verheiratet, bei einem älteren Witwer mit einer längst erwachsenen Tochter und viel zu vielen Tieren für zwei alte Menschen. So sagte sie. Vielleicht fühlte sie sich verpflichtet, die alte Frau abzugeben, weil sie neben einem alten Mann lebte? Sie selber hatte keine weiteren Kinder geboren, sie meinte dazu, sie hätte wahrscheinlich den Kindersegen gekränkt.

Da stellte sie mir eine sehr seltsame Fraget: Ob ich manchmal auch Gangsselim hieße? Ich sagte Nein, und da ich darauf ihrem erschrockenen wie auch verwunderten Blick begegnete, fragte ich zurück, wie sie auf den Namen käme. Sie sagte, weil sie damals meinen Vater darum gebeten hätte, mich so zu nennen. Darauf hatte ich nichts zu erwidern, da dies in Vaters breiter Erzählung glattweg gefehlt hatte. Sie überlegte, ich auch, aber keiner von uns kam je wieder darauf zu sprechen. Auch später, im Lauf meiner langen Lebens- und Leidenszeit, habe ich immer wieder darüber nachgegrübelt: Vielleicht hatte sie es geträumt, was mir durchaus möglich erschien bei einer so jungen, soeben niedergekommenen und gleich darauf von ihrem Kind getrennten Mutter. Oder Vater hatte es vergessen, obwohl mir solches sehr unwahrscheinlich vorkam. Oder aber, er hatte den Namen, wie die anderen vielen auch, verworfen, zugunsten des jetzigen. Was am wahrscheinlichsten war aus zwei Gründen: Erstens war *gang* chinesisch für Stahl, und mein Vater, wie ein jeder ordentliche Mongole in jener Zeit, war alles andere als ein Chinafreund. Und zweitens, *sselim,* Säbel, wäre auch nicht gerade das Erstrebenswerte für sein geliebtes, noch blasenzartes Kindchen gewesen. Denn er war, obwohl Jäger, ein durch und durch friedlicher, weicher Mensch. Die Überlegung hatte einen Haken. Da Vater nicht nur in mich, sondern auch in meine Mutter verliebt gewesen war, hätte ihm die leiseste Bitte von ihr einem Gebot aus dem Mund der Himmelsgöttin geglichen, und er hätte es schwerlich fertiggebracht, den Wunsch nicht zu erfüllen, geschweige denn, ihn mir gänzlich zu verheimlichen. Ich bin nicht mehr dazu gekommen, Vater darüber zu befragen. Wie befreiend wäre es für meine Seele gewesen, ihn nicht nur dazu, sondern auch zu vielen anderen Dingen zu befragen und seine Worte darüber zu hören! Nun, ich werde diese Unklarheit samt dem ganzen Dunst, der entlang meines Lebenswegs gelegen hat, mit ins Grab nehmen.

Der Mann kam, vor und neben sich die Herden hertreibend. Wahrlich, es waren ganze Mengen von Schafen, Pferden und Rindern – unbegreiflich, wie die beiden es schafften, ihre Herden tagaus, tagein so zu behüten! Er war ein bejahrter Mensch, natürlich in den Augen des Achtzehnjährigen, der ich damals war. Von meinem heutigen Alter aus ein noch rüstiger Mann, um die fünfzig vielleicht oder sogar an die sechzig. Und er erwies sich schnell als ein überaus liebes Wesen. Ja, als er hörte, wer ich war, rief er freudig: »Ist das wahr? So ein Prachtbursche, Himmel! Komm, mein Sohn! Lass dich vom Papa beriechen!«

Seine Freude schien die immer noch in Zaum gehaltene Glut in der Seele der Mutter zu Flammen zu entfachen. Es wurde schon wieder Tee gekocht, ein Hammel geschlachtet, eine Flasche Schnaps – nicht die von mir mitgebrachte, sondern eine aus einer der vielen Falten des Innenfilzes der Jurte herausgezauberte – aufgemacht. Die Jurte wurde immer mehr von einer sonnenhellen, freudig beschwingten Stimmung erfüllt. Später kam die Schüssel mit dem dampfenden Fleisch auf den Esstisch, dann kam auch die von mir mitgebrachte Flasche dran. Der Jurtenherr, dieser gereifte, liebenswürdige Mensch, sagte, bei so einem freudigen Ereignis solle man trinken. Und er leerte seine Schale, wohl um zu zeigen, wie man mit dem Feuergetränk umgehen musste. Wir bemühten uns, seinem Beispiel zu folgen. Wir vermochten zwar nicht, die Schale mit einem Mal auszutrinken, tranken aber anfangs in kleinen nippenden, später in immer größeren saugenden Schlucken. So sie wie auch ich.

Als die zweite Flasche geleert war, musste es recht spät geworden sein. Die Mutter schickte sich an, das Gastbett einzurichten. Da rief der Mann aus: »Wa-as? Du willst dein Kind, das nach einer so langen Scheidung endlich zur Mama zurückgekehrt ist, getrennt von dir schlafen lassen? Nimm es zu dir ins breite Bett, damit ihr, Mutter und Kind, wenigstens eine Nacht lang eure Gerüche einatmen dürft!«

Sie fragte: »Meinst du?«, sagte aber daraufhin: »Dann richte ich es eben für dich her.«

Er sprach: »Nein, ich gehe gleich. Die große braune Stute sieht so aus, als könnte sie noch diese Nacht fohlen. Auch wegen der Kleinen. Heute hörte ich draußen von dem Breitmaul-Mischig, sie haben vor zwei Tagen ein längst gefestigtes Fohlen an Wölfe verloren. Lieber bleibe ich bei meiner Herde und beäuge und behüte sie, als später zu jammern!« Darauf zog er sich an, nahm eine uralt aussehende Flinte und verließ die Jurte.

Die Mutter war emsig und säuberlich. Das merkte man an der ganzen Inneneinrichtung der Jurte und auch an ihrer Art, sich zu bewegen. Sie zog den gesamten Bettbezug ab und wechselte die Teile gegen lauter frische, die mit ihrer strahlend weißen Farbe offenbarten, dass sie ladenneu waren. Während ich mich der Außenbekleidung entledigte und ihrem Hantieren zuschaute, war es mir äußerst unbehaglich. Ich war verlegen und beunruhigt. Wäre sie nicht schon so weit gewesen, hätte ich sie wissen lassen, ich mochte lieber in dem Gastbett schlafen. Aber nun war es zu spät. Ich konnte mir nicht vorstellen, wie es sein sollte, mit der Mutter in einem Bett zu liegen. Nur dumpf vermochte ich mich an die Nähe der Mutter mit der kühlen Schuppenhaut zu erinnern. Mit der anderen war ich lediglich dann in Berührung gekommen, wenn sie mich züchtigte. Außerdem war ich damals ein Kind. Und jetzt, als Erwachsener, als Soldat demnächst, unter einer Decke in der Brennnähe einer Frau zu liegen, die meine Mutter sein sollte, die ich aber bis vor Stunden nie gesehen hatte – großer Himmel, wie sollte das nur gehen?

Als das Bett gerichtet war, sagte sie, ich könnte mich schon hineinlegen, am besten auf die Wandseite, da sie nachts schnell aufspringen müsse, falls die Schafherde scheute. Dann verließ sie die Jurte und blieb lang weg. Jedenfalls kam es mir so vor, weil ich nach meinen Herzschlägen lauschte. Die Schlafstätte war übrigens unübertrefflich. Der Bettbezug roch so angenehm nach dem Laden oder der Fabrik oder nach etwas Unbekanntem, aber Erfrischendem. Ich musste mir eingestehen, dass ich zum ersten Mal in so etwas Schönem und Sauberem lag. Von so etwas Prächtigem umhüllt, genoss ich trotz der Hemmung meine Lage, die mir mit einem Mal traumhaft schön vorkam. Und da fiel mir dummerweise ein, wie ich ein anderes Mal auch in einem anderen fremden Bett gelegen und ungeduldig auf die Rückkehr einer anderen, ebenso fremden, aber mit mir anders verbundenen Frau gewartet hatte. Ein Schlag schien mich zu treffen, ich fuhr zusammen und stöhnte leise. Vor Scham? Vor Schmerz? Ich wusste es nicht genau. Mir stockte der Atem, dröhnte der Schädel, und es hämmerte vor jeder Sinnespforte.

Schließlich kehrte sie zurück, blies gleich die Kerze aus und begann, in der Finsternis zu hantieren. Wahrscheinlich entledigte sie sich einiger Kleidungsstücke. Ich hörte es rascheln, hörte sie atmen. Spürte ihre Nähe und witterte ihren Geruch. Wieder dauerte es so lange! Mit angehaltenem Atem und gespitztem Ohr lauschte ich und spannte dabei alle Körpermuskeln an. Ich litt und war sogar ein wenig ärgerlich, da sie, die Frau mit den wendigsten Händen, die ich je gesehen, plötzlich so ungeschickt tat.

Dann kam sie endlich! Wer aber war sie? War sie das? Weiß der Himmel! Und die, die zu mir ins Bett gekrochen kam, wehte meine Nase mit einer Duftwolke voll und meinen Körper mit einem Flammensturm an! Gut möglich, dass das Gleiche auch ihren Sinnen entgegenschlug, denn wir flogen einander in die Arme und schmiegten uns aneinander. Eine solche Kraft kam zutage, die uns gegeneinander stieß, drückte und beinah quetschte.

Tage, Monate und Jahre später dachte ich unzählige Male daran, was da passiert und warum es passiert war. Und kam ein ums andere Mal auf den Gedanken: Da konnten das Urkindliche und das Urmütterliche einander aus dem Schlaf geweckt und sich zusammengetan haben. Darüber verlor ich bislang kein Wort an andere, aber dir sage ich es hier und heute. Also kämpften wir gegeneinander und miteinander, bebend, keuchend und wimmernd. Ursprünglich ein Ganzes offensichtlich, dann zu zwei Hälften zersprungen und nun in ungestümer Bestrebung, wieder zu dem zu werden, was wir gewesen. Manchmal denke ich: Jenes Urkindliche und Urmütterliche hat sich in der Hitze der Leidenschaft ins Urmännliche und Urweibliche gesteigert. Gewiss kann man das auch anders benennen: *sich in dieses und jenes ausgeartet, zu diesem und jenem umgeschlagen, die bestimmte heilige Grenze überschritten …* Aber das sind letzten Endes nur Wörter, die kann man so und so nehmen, wenden und drehen.

Wesentlich sind die Taten, könnte man sagen. Gut. Welche Taten waren das? Allen voran gab es Küsse. Ja, wir küssten uns, und das gleich von der ersten Berührung unserer Körper an. Denn wir flogen mit allem, worüber diese verfügten, aufeinander zu. Also auch Mund auf Mund. Das war gewiss nicht richtig oder zumindest ungewöhnlich. Aber ich möchte dich, Kind, leise warnen, abzuwarten mit einem zu harten Urteil, da ich ja deswegen, der Himmel weiß es, hart genug bestraft worden bin! Nur, weiß man denn über alles wirklich so genau Bescheid?

Und der süßbittere Gipfel jenes leidenschaftlichen Ausbruchs war: Ich bin mit meinem jungen, strammen Körper in ihren eingedrungen, und sie hat mich in sich hineingesaugt. Ja, was sollte man dazu viel sagen? Oder doch. Das war nicht zu vergleichen mit meinen armseligen Erlebnissen bei jener unglücklichen Frau. Diese hier schien ein anderes Wesen, erschaffen wie für mich. Ohne ein Sterbenssilbchen begriff ich sofort, sie war ausgehungert, wie ich es auch war. Ja, es schien, wir waren füreinander erschaffen und nach einander ausgedurstet und ausgehungert. Gleich mit der ersten Berührung leuchtete es uns ein, dass wir vom Uranfang an ein Ganzes gewesen, dann getrennt und zerrissen worden waren und uns nun wieder vereinen durften. Wir sprachen kaum ein Wort miteinander. Unsere Körper redeten, geführt von unseren Sinnen. Unlöschbar schien unser Durst. Unstillbar unser Hunger. Irgendwann aber ließen wir doch voneinander ab und schliefen Arm in Arm ein.

Der Morgen war seltsam. Ich wusste, dass etwas vorgefallen war, das nicht hätte sein dürfen. Ob ich es aber deswegen bereute? Vielleicht noch nicht, weil ich immer noch im Rausch steckte. Oder vielleicht doch. Denn mein ganzes Inneres kam mir wie versehrt, wie abgehäutet vor. Eine dumpf schmerzende Müdigkeit spürte ich in allem. Diese schloss aber in ihrem Kern auch eine sanfte, jedes Weh lindernde Kraft ein. Wie der Milchtee, dachte ich mit gesenktem Blick auf die trübe Brühe in der Schale unter meiner Nase. Da ist die Milch. Da ist das Wasser. Vermischt nun miteinander. Dann noch Tee, Salz, Butter. Auch das diesige Gefühl, von dem ich erfüllt war, musste viele andere Dinge enthalten, die ich auf Anhieb unmöglich nennen konnte. Ich beobachtete sie, ohne auf sie zu blicken. Auch sie schien von der gleichen Stimmung erfasst zu sein, wirkte schweigsam, dennoch fest und flink wie zuvor. Dabei kam sie mir heute verjüngt und erfrischt vor, noch jünger und frischer als gestern. Also gefiel sie mir erst recht. Ach, was rede ich von gefallen? Ich war von ihr erfüllt, beseelt und besessen. Ja, die Frau, die Tüm-Adijaa hieß und mir gegenübersaß und schwieg und aus einer bunt bemalten Schale Tee schlürfte, das Geschöpf, in dessen Armen ich letzte Nacht eingeschlafen und heute früh wieder erwacht, war mir Mutter, Gefährtin, Geliebte, Kind – alles!

Da trafen sich unsere Blicke. Und das hatte zur Folge, dass sich unsere Hände zueinander hinstreckten, auf halbem Wege trafen, ineinanderfielen und mit den Daumen einander streichelten. Sie sprach leise, aber inbrünstig: »Welches Glück, dass du nicht Gangsselim heißt und noch weniger bist!«

Ich verstand sie, antwortete aber nichts darauf. Sagte, fragte dafür, nachdem sich unsere Hände wieder gelöst hatten: »Wo wird der Mann so lange bleiben?«

»Ja, das frage ich mich auch die ganze Zeit«, sagte sie. Dabei verriet die Stimme Unruhe.

Wenig später erschien er. Und sogleich sollten wir erfahren, wo er gewesen war. Er war im Kreiszentrum gewesen und hatte zwei Amtspersonen mitgebracht, einen jüngeren Mann in Milizionäruniform und einen älteren, dem man gleich ansah, er war ein Darga. Mir wurde plötzlich speiübel, und ich sah auch der Mutter an, wie sich ihre Gesichtsfarbe änderte. Der Darga fragte mich, ohne sich die Mühe zu machen, meinen gehemmten Gruß zu erwidern, nach meinen Papieren. Zum Glück oder zum Unglück hatte ich in der Brusttasche den Jugendverbandsausweis mit. Ich zeigte ihn dem Menschen, der sich beängstigend wichtig gebärdete. Dieser riss ihn mir aus der Hand, schaute so lange hinein, als könne er schwerlich lesen, und gab ihn schließlich an den Milizionär weiter. Ich sah den Ausweis nie wieder. Dann begann er mich zu verhören – wo ich wohnte, was ich machte, wann ich hergekommen sei, warum und so weiter.

O meine gute Mutter! Du liebes, armes Geschöpf! Freilich versuchte sie mich mit ihrem feinen Frauenverstand aus der Schlinge zu retten. So bestritt sie unsere Mutter-Kind-Beziehung, sich festhakend an dem abweichenden, rätselhaften Namen. Dabei schreckte sie nicht davor zurück, ihren Mann, der uns angezeigt hatte, zu Hilfe zu ziehen, indem sie ihm zurief: »Ich habe dir doch erzählt, dass ich einen Sohn habe, der adoptiert wurde und der Gangsselim heißt! Habe ich das oder hab ich es nicht? Sag!« Jener gab zu, dies aus ihrem Mund gehört zu haben, fügte aber hinzu: »Den Namen kann man ja gewechselt haben!« Zu allem Restlichen dagegen bekannte sie sich sofort. Und das mit einem gewissen Stolz, wie mir schien, geschürt von einem reichlichen Schuss unverkennbarer Verachtung für den Ehemann. So sagte sie auf die schnüffelnde Frage des Darga, ob es letzte Nacht zwischen uns beiden, wie er sich ausdrückte, zu einer männlich-weiblichen Berührung gekommen sei: »Jawohl! Es ist zu dem gekommen, was zwischen zwei Menschen unterschiedlichen Geschlechts Nacht für Nacht passiert … allüberall … außer in dieser fürchterlichen Jurte … wo nach außen auch ein Mann und eine Frau zu leben scheinen … in Wirklichkeit aber … zwei Weiber … kümmerlich ihr Leben fristen … ewig voneinander getrennt … durch eine Mauer aus nichts anderem als … Viecher … Viecher … Viecher … denen die ganze Liebe und Fürsorge zu gelten haben!«

Die letzten Worte mit brechender Stimme aus sich herausgeschrien, fing sie an, laut und bitterlich zu weinen. Nachdem sie sich einigermaßen wieder beruhigt hatte, wurde das Verhör fortgesetzt. Auf die Frage, weshalb sie mir nicht gleich gesagt habe, dass sie nicht meine Mutter sei, wenn sie es von Anfang an gewusst hätte, und dann noch den Mann belogen, ihr Sohn sei gekommen, antwortete sie: »Ich hab es nicht übers Herz gebracht, einem Menschenkind, das, geführt von der Hoffnung, seine Mutter zu treffen, eine so weite Reise zurückgelegt hat, zu sagen: Nein, ich bin es nicht! Außerdem hat mich die Gegenwart der schönen Geschenke verblendet. Und was die Lüge gegenüber dem Mann betrifft …« Da warf sie einen verächtlichen Blick auf jenen, und ihre Stimme wurde wieder laut. »… den hab ich, dem Himmel seis geklagt, so selten belogen, nicht, weil ich ihn geliebt oder geachtet, sondern einfach, weil es dazu so wenig Gelegenheit gegeben! Hätte ich ihm gesagt, dass da einer versehentlich mit Geschenken zu mir gekommen ist, hätte er es mir nicht geglaubt und hätte angefangen, seine mückenzüngigen, schlangengiftigen Eifersüchte spielen zu lassen! Übrigens, anfangs wollte ich dem Gast, wie es sich gehört, das Gastbett einrichten. Da hat dieses Scheusal selbst gesagt, ich solle mit meinem Kind in einem Bett schlafen. War es so oder nicht? Sag es in Gegenwart aller!«

Jener gab kleinlaut zu, es gesagt zu haben. Ich erwartete, dass der Darga jetzt den Mann fragen würde, warum er das getan habe. Aber das war nicht der Fall. Später begriff ich, warum es nicht geschehen war und geschehen konnte. Der Mann war Ankläger, und als solcher war er geschützt. So hüllte sich der Amtsmensch in Schweigen. Die Sache schien sich zum Guten zu wenden. Ein matter Hoffnungsschimmer fiel in mein Inneres. Ich atmete leise auf. Doch ach, es war zu früh, mich zu freuen. Der Darga packte die Sache, derentwegen er gekommen war und die ihm Gelegenheit gab, wieder einmal in den Augen der Mitmenschen wichtig zu erscheinen, von Neuem an.

Nun kam er mit der sozialistisch-kommunistischen Familienmoral, die rein zu sein hatte, Fremdgehen sei geächtet. So bekamen wir beide eine eingehende Belehrung erteilt, die uns in jede Richtung hin beschuldigte und verdammte. Erst später erfuhr ich, dass das alles im Mund eines Phrasendreschers zwar richtig war, aber zu einer härteren Strafe nicht ausreichte, selbst dann nicht, wenn die Mutter zugegeben hätte, ja, das ist mein Sohn, und es ist nun einmal passiert! Denn dafür gab es in den mongolischen Gesetzen keinen Paragrafen.

Nach dieser Weichklopferei und Niedertreterei stellte der Mensch eine gezielte Frage an uns beide: Wer damit angefangen habe? Wir schwiegen. Später wurde die Frage, ein wenig abgewandelt, an mich gestellt: Ob ich es gewesen sei, der angefangen habe? Eine kleine Weile schwieg ich wieder und erwog unsere Lage: Die Mutter war von uns beiden schlimmer dran. Erstens war sie eine Frau, und zweitens hatte sie mit diesem Mann unter einem Dach weiterzuleben. Also sagte ich: »Ich.« Sie fuhr auf und schrie: »Nein, das ist nicht wahr!« Darauf trafen sich unsere Blicke. Ich sah in ihrem etwas, das unnennbar war, und sollte dafür ein Name gefunden werden, dann würde es dem Wort *Urleid* am nächsten kommen. Und das verlieh mir Schneid. So beschloss ich, sie zu retten, gleich, was mit mir selbst passieren mochte. Und sprach, jeden Zweifel ausschließend: »Doch, doch. Ich war es! Lange hat sie sich gewehrt. Erst nachdem ich sagte, ich sei ja gar nicht ihr Gangsselim, hat sie nachgegeben!«

Darauf hörte ich einen schrillen Schrei, dem weitere Ausbrüche der Verzweiflung und des Schmerzes folgten. Doch keiner hörte ihr mehr zu. Der Amtsmensch gebärdete sich zufrieden. Er hatte gehört, was er hatte hören wollen, und war sich einer weiteren Sprosse auf der Leiter nach oben sicher. Dann befahl er mir, mitzukommen. Als ich mich zu meinem Pferd begeben wollte, kam sie auf mich zugerannt, fiel vor mir hin, umklammerte mein Knie und jammerte unter strömenden Tränen lauthals: »Erschlage mich dummes Weib, das dich ins Unglück gestürzt hat, gleich hier, mein wunderbares Kind! Ich will unter diesem niederträchtigen Unmenschen nicht mehr weiterleben!«

Da ertönte der Ruf des Mannes: »Habt Ihr gehört? Soeben hat sie zugegeben, wer der Mensch da ist!«

Der Darga antwortete: »Nun ist es selbst für Taube zu hören gewesen und zu verstehen selbst für Blöde!«

Und die Mutter richtete sich an mir empor, umhalste mich und schrie aus allen Leibeskräften: »Nicht nur diese winzigen zweibeinigen Dreckschnüffler, auch der allmächtige Himmel hat zugeschaut und zugehört! Jawohl, du bist, gleich, ob du aus meinem Leib geschlüpft oder nicht, mein wiedergefundenes Kind! Mehr noch, mein wiedergeborener Vater! Mein Mann während einer einzigen Nacht, die aber für ein ganzes Leben andauern wird! Mein Geliebter, den ich diesseits als Frau aus Fleisch und Blut und jenseits als Seele ohne Körper, aber voller Sinne lieben werde! Und das sonnenlichte Geschenk, mir heruntergesandt vom Himmel, um die kalte Finsternis aus meiner sehnsüchtigen Brust zu vertreiben!« Dann küsste sie mich überall, wohin sie mit ihrem Mund gelangen konnte: auf die Augen, an die Wangen, auf den Mund, entlang der Hand und den Fingerkuppen und an vielen Stellen meines Deels, der Jacke drüber und sogar am besäumten Rand des gefilzten Strumpfs, der aus dem breiten Reiterstiefel lugte. Denn sie sank langsam nieder, nachdem sie sich so ausgetobt hatte, und ich konnte sehen, wie ihre Lippen bis zuletzt nicht aufhörten zu küssen.

Ich legte sie behutsam auf die Erde und kniete, keuchend und zitternd, über ihr. Streichelte mit den Ballen beider Daumen die Tränen von ihrem Gesicht weg. Obwohl sie nicht mehr bei Bewusstsein schien, quollen aus ihren Augen immer neue Tränen. Zeichen dafür wohl, dass die Seele immer noch wallte und sprudelte, während der Geist ausgeschaltet war. Da die beiden Männer bereits hoch zu Pferde im Sattel saßen und ungeduldig auf mich warteten, musste ich von ihr ablassen. Vorher aber rief ich nach dem Mann, der die ganze Zeit vor der Jurtentür gestanden und immer noch keine Anstalten gemacht hatte, herüberzukommen. Aber er rief zurück, ich solle sie liegen lassen, da solches bei ihr immer wieder vorkäme – sie würde bald schon von sich aus zu sich kommen.

Also stand ich auf, bestieg mein Pferd und folgte den beiden. Mich entfernend, drehte ich mich wieder und wieder um. Der tiefblaue Stoff ihres dünnen Sommer-Deels hob sich deutlich vom blassen Grün der spärlichen Wiese ab, und ihre liebe Gestalt rührte sich immer noch nicht. Der Mann eilte, anstatt zu ihr, zu den eingepferchten Schafen. Ich betete darum, dass sie sich endlich wieder rührte, aufstünde und sich zur Jurte begäbe! Und sich auszöge und ins Bett legte, noch warm von unserer vereinten Hitze und berauschend voll von unserem vermischten Geruch! Dass sie sich ausstreckte, die Augen schlösse und sofort einschliefe! Und für heute, nein, nie wieder sich mit dem Mann stritte! Und alles vergäße und in Frieden und Glück lange, lange lebte!

Viele bittere Jahre später erfuhr ich zufällig von einem, der aus der Ecke stammte, dass sie nicht wieder zu Bewusstsein gekommen war. War das ein Schlag für mich! Als wäre der letzte schwache Lichtschimmer in mir erloschen. Viele Tage lang lebte ich dumpf und ahnungsvoll dahin. Viele Nächte lang lag ich dumpf und schlaflos da, nicht wissend, wie weiter. Ein einziger Gedanke kreiste damals in meinem Kopf: Also bist du nicht nur Mutterschänder, sondern auch Muttermörder! Da habe ich mir nachträglich gewünscht, der Mann, dem vermutlich nicht nur das ganze Vieh, sondern auch die Jurte gehört hatte, wäre in der Frühe gekommen, während wir im tiefsten Schlaf Arm in Arm lagen, und hätte uns beide mit einem einzigen Schuss erledigt! Aber dann dachte ich jedes Mal enttäuscht: Der war dafür viel zu feige und niederträchtig! Außerdem viel zu geizig, um all die Gebrauchsgegenstände um uns herum mit unserem Blut zu beflecken! Da fiel mir das schöne, schneeweiße Bettlaken ein. Es wird dem armseligen alten Männchen die Spuren einer liebestollen Nacht schreiend deutlich und grausam vorgehalten haben. Schwerlich anzunehmen, dass der verstockte Geizkragen so viel Mut aufgebracht hat, die besudelte Bettwäsche wegzuschaffen. Eher wird er sie stillschweigend aufgehoben haben. Oder er hat sie als Leichentuch für die Frau genommen. Das wäre ganz im Sinne der Toten gewesen.

Aber mein Höllendasein hatte erst angefangen, ich war ein verschreckter Gefangener und hatte den beiden Reitern zu folgen. Es muss ein warmer Tag gewesen sein, ich schwitzte. Aber das störte mich nicht. Denn meine Gedanken waren woanders. Bei der Mutter. Ihre Finger waren sehr kräftig, fassten mich fest an. Die Küsse schmeckten, als flößte sie mit ihrem Mund die Tränen, die ihren Leib zu sprengen drohten, in den meinigen ein. Da hörte ich den Befehl des Dargas, ich solle nach vorn kommen. Ich gab meinem Pferd einen Schenkeldruck und war sogleich neben ihm. Er sprach: »Es besteht keinerlei Zweifel über den Sachverhalt. Deine Mutter hat zuletzt alles gestanden, wie du es mit deinen eigenen Ohren gehört hast. Es ist unerhört, ja, unvorstellbar nicht nur für unser Volk, dem die Reinheit der sozialistisch-kommunistischen Moral ein Herzensanliegen ist, sondern für die gesamte Menschheit, was ihr beiden, Mutter und Sohn, angerichtet habt. Es ist einfach zu hässlich! So lässt es sich vor kein Gericht bringen. Würden wir es tun, würden sich die Menschen vor lauter Ekel und Empörung auf dich stürzen und dich in Stücke reißen. Daher einigen wir uns also auf eine mildere Fassung: Du bist nicht ihr Sohn, und du hast dich gegen ihren Willen als Mann an sie als Frau herangemacht und zum Schluss dein Ziel erreicht. Dann wäre das zwar eine strafbare, aber immerhin gängige Geschichte, die im Leben doch hin und wieder vorkommt. Einverstanden?«

Ich sagte nichts, weil ich nicht wusste, was sagen und was lassen. Dabei war ich in Gedanken immer noch bei der Mutter. Wird sie wieder zu sich gekommen sein? Und wenn ja, was wird sie jetzt tun? Wenn nicht, was dann? Ich war ratlos, war ein Sünder, ein Rechtloser und konnte ihr mit nichts mehr helfen. Ich war traurig, wimmerte vor Verzweiflung still in mich hinein. Dabei erlitt ich solche Schmerzen im Innenleib, dass ich dachte, ich stürbe auf der Stelle. Jene Schmerzen kehrten noch Jahre später immer wieder zurück, und ich bedauerte es jedes Mal, dass ich an jenem ersten blutgerinnselschwarzen Tag meines Lebens, das mit einem Schlag jeden Sinn verloren hatte, nicht gleich gestorben war. Dann wären wir, Mutter und Kind, am gleichen Tag aus diesem Leben gegangen, vor dem wir uns so schuldig gemacht hatten, dass uns jedes Recht zum weiteren

Verbleib auf Gottes Erden von den Mitmenschen verweigert wurde. Doch damals war ich ja noch weit davon entfernt, zu erfahren, was am anderen Ende des Raums längst geschehen war. Vielleicht bin ich deswegen am Leben geblieben. Oder der Schöpfer hatte etwas anderes mit mir vor: In der Hölle, die ja auch sein Werk sein musste, war nämlich gerade ein Platz frei geworden, und er brauchte mich als krabbelndes, wimmerndes Füllsel dort.

Im Kreiszentrum stiegen wir in der Nähe des einstöckigen, durch das angeberisch hohe Dach jedoch mächtig wirkenden, scheckigen Hauses ab und banden die Pferde an. Ich wartete und folgte den beiden, die wichtig auf das Haus zu liefen, ihre sichtlich eingeschlafenen Beine mühsam über die Schwelle aus kamelschenkeldickem Lärchenstamm schwangen und den finsteren, nach Feuchtigkeit und Kernseife riechenden Gang entlangschlurften. Der Darga suchte lange nach dem Schlüssel, dann dauerte es noch länger, bis er das Vorhängeschloss aufbekam. Schließlich betrat er einen Raum, in dem meine Augen später einen Tisch, einen Schrank und zwei Stühle wahrnahmen – ach ja, an der Wand hing auch ein Bild, jenes gerahmte Führerbild, das mich von da an durch manches Bürozimmer begleiten sollte. Ich betrat den Raum als Letzter und wurde vom Milizionär leise, aber unsanft gemahnt: »Du bist trotzdem kein Hund, der du die Tür einfach sperrangelweit offen stehen lässt!« Das waren die ersten Worte, die ich überhaupt aus seinem Mund hörte, und die erste der Zurechtweisungen, die mich von nun an verfolgen sollten, wo ich auch war. Ich eilte hin und schloss die Tür so sanft, wie es sich nur machen ließ.

Die beiden setzten sich, ich blieb stehen. Das war auch der Anfang einer weiteren Erfahrung, die ich auf dem unabreißbar langen Weg durch die Hölle zu machen hatte: Stühle gehörten zu den Raritäten im Höllenland. Wenn es für mich und meinesgleichen irgendwann eine Sitzgelegenheit gab, dann waren es niemals Stühle. Es waren Bänke. Die schmal waren und wackelten … Aber auch darauf durfte man sich nur niederlassen, wenn einem der jeweilige Herr in der jeweiligen Höllennische die Genehmigung dazu erteilte. Und dabei aufgepasst, dass du still sitzt, damit es nicht zu irgendeinem Quietschgeräusch kommt, denn sonst hast du dem Herrenmenschen vor dir einen Anlass geliefert, dich anzuschnauzen, ob dein Arsch voller Maden wäre, die dich nicht ruhig sitzen lassen! Ach, im Höllenreich gibt es so viele Verbote, die du dir immer gleich zu merken hast, damit du nicht schon wieder Strafen einstecken musst!

Aber noch war es nicht so weit. Der Darga machte sich mit einer Behäbigkeit an seine Arbeit, die mich an unseren alten Kater denken ließ, der sich gemächlich seiner Beute, der endlich zu Tode geschundenen Maus, zu nähern pflegte. Und die Arbeit, das waren, wie ich später begriff, das Beschriften eines handspannenbreiten und ellenlangen Papiers und die Abfertigung eines Nachberichts. Dabei stellte er mir keine einzige Frage. Schrieb alles aus dem Gedächtnis nieder und las es dann vor. Der Milizionär schwieg weiterhin. Ich folgte seinem Beispiel, obwohl ich zweimal gefragt wurde. Zuerst: Ob ich Einwände hätte? Dann: Ob ich mit allem einverstanden wäre? Zum Schluss setzten wir alle drei unsere Unterschriften darunter.

Erst als ich längst ein erfahrener Zuchthäusler, ein alter Hase in der Horde von Entrechteten geworden war, begriff ich, was ich da unterschrieben und mir damit angetan hatte. Der Darga, diese erbärmliche und erbarmungslose Beamtenseele, hatte den Wortbrei natürlich so zusammengerührt, wie er sich für ihn selbst und seinen Landkreis am vorteilhaftesten auswirkte. Ja, für seinen Landkreis auch: Nach dem Bericht traf die Schuld für das, was vorgefallen, mich allein – die Frau war nur das Opfer. Einer ist aus einem fernen Landkreis gekommen und hat sie in Abwesenheit ihres Ehemanns vergewaltigt, und daraufhin haben dortige staatliche Angestellte den Übeltäter schnell gefasst und noch spurenwarm den Nachbericht ausgefertigt und ihn mit dem Täter auf dem Weg der Rechtsordnung weitergeleitet. Der kleine Lokalpatriotismus deswegen, weil damals alle Behörden wie

Personen als Teilnehmer am sozialistischen Wettbewerb galten und am Jahresende von der jeweils höheren Behördenstelle beurteilt wurden. Die, die vorne lagen, wurden mit Ehrungen bedacht, während die, die hinten hingen, mit Schmähungen belegt wurden. Belegte also der eigene Kreis einen vorderen Platz, dann würde man als dessen Bediensteter ganz gewiss auf seine Kosten kommen. Wie teuflisch fein, aber auch scheußlich klein gedacht, nicht wahr?

Was nun?, fragte ich mich zuerst. Dann sprach ich es auch gegenüber den Bemächtigten aus. Und bekam gesagt, dass das Bezirksgericht darüber entscheiden würde. Sollte das heißen, ich müsste dorthin reiten? Nein, der Milizionär würde mich mit dem Auto hinbringen. Wann würde das sein? In zwei Tagen, wenn das Postauto käme. Und was sollte ich mit meinem Pferd tun? Das sei nicht ihre Sorge! Was mich wurmte, so sagte ich, ich brächte vorher mein Pferd nach Hause. Das gehe nicht, denn was, wenn ich nicht mehr vor dem Bezirksgericht erschiene? Ich sagte, die hätten doch meinen Ausweis, meine Anschrift. Ja, die hätte man, und man würde mich auf dem ganzen Gebiet der Mongolischen Volksrepublik ausfindig machen, sollte ich es etwa wagen, zum genannten Zeitpunkt nicht zu erscheinen! Dennoch: Wer einen Übeltäter fasste, der brachte ihn eigenhändig dorthin, wohin er gehörte! *Übeltäter! Fasste!* Bin ich denn etwa geflüchtet, dass sie mich erst haben fassen müssen? Und *dorthin, wohin er gehört* – ist damit das Gefängnis gemeint? Der Verschreckte in mir wurde immer wacher und fing an zu überlegen. Irgendwann ging ich zu meinem Pferd, band es los, zog die beiden Sattelgurte fester an, hob den linken Fuß hoch und setzte ihn in den Steigbügel.

Da hörte ich wieder einmal die Stimme des Milizionärs, diesmal panisch krächzend und laut: »Wohin denn?«

»Ich bringe, wie gesagt, mein Pferd nach Hause!«, antwortete ich. Aber da saß ich bereits im Sattel, und der rechte Stiefel war dabei, sich in den Steigbügel hineinzutasten.

»Nein! Sofort absitzen!«

Ich hatte keinen Sinn dafür, auf das Gekrächze und den finsteren Kerl mit dem Gesicht, das an ein entzündetes Schafeuter erinnerte, zu hören. So ritt ich davon. Sogleich stürzte er mir hinterher, zuerst zu Fuß, dann eilte er zu seinem Pferd. Ich ritt weiterhin im Schritt. Er schlug mit dem Ende der Führleine auf sein Pferd ein, dass es anfing zu traben, darauf auch zu galoppieren, und kam mir näher. Da lockerte ich die Zügel, und sofort fiel mein Pferd in einen leichten Galopp. Doch ich war weit davon entfernt auszureißen. So ritten wir eine ganze Weile gemeinsam wie bei einem Pferderennen. Ich hielt die Zügel straff und brauchte sie nur ein wenig zu lockern, sobald der Kopf seines Pferdes an meinen Sattel heranreichte. Dabei saß ich, das rechte Bein angewinkelt, auf dem Schenkel und redete auf ihn ein, versuchte ihm zu erklären, dass ich doch in zwei Tagen, wenn er mit dem Postauto und dem Papier im Bezirk ankäme, vor dem Gerichtsgebäude auf ihn warten würde. Doch er wollte darauf nicht eingehen und gab es nicht auf, mir zu befehlen, sofort zu halten und zurückzukehren.

Das Bild eines Sommeralltags auf dem Land der sozialistischen Mongolei sah damals so aus: eine fast menschenleere, tot wirkende Kreissiedlung, die Büroräume zugeschlossen bis auf ganz wenige, ein Milizionär, lediglich ausgerüstet mit einer sowjetischen Armeeuniform und einem Gummistock. Heute würde man einem Befehlsverweigerer mit einem millionenteuren Jeep hinterherjagen und ihn nach der ersten Warnung erschießen oder mit dem Handy alle möglichen Milizionäre entlang des Wegs benachrichtigen und ihn so zu fassen wissen! Damals musste der arme Kerl nach dem zweiten Hügelsattel die Jagd aufgeben, aber mit einer hässlichen Drohung, ohne die sich ein Milizionär in diesem Land nicht vorstellen lässt, die er dann auch wahr gemacht hat.

Ich eilte heimwärts. Das war kein Ritt, es war eine höllische Jagd, vor allem für das arme Pferd. Stehend und wehend wie eine fliegende Fahne über dem Sattel auf dem klatschend nassen Rücken des schnaubenden und dahinjagenden Tierwesens, heulte und brüllte ich wie ein Wahnsinniger, bis ich keine Tränen mehr hatte und aus meiner Kehle kein Laut mehr drang. Unter dem ersten Lichtschimmer des nächsten Tages kam ich im eigenen Ail an der eigenen Jurte an. Vater hatte das Hufgetrappel offensichtlich von weit her vernommen und stand schon draußen, als ich dahergetrabt kam. Er sah das geschundene Pferd, das röchelte und wackelte, und fragte schnell, was denn los sei. Ich schwankte auf ihn zu, fiel ihm in die Arme und begann wieder zu heulen. Merkwürdigerweise schien sich die Tränendrüse von Neuem mit dem Salzwasser gefüllt zu haben. Ich benässte seit Langem erstmalig wieder die Schulter und Brust meines lieben, armen Vaters.

Später tischte ich ihm eine Geschichte auf, die ich mir unterwegs für ihn und alle anderen, die so oder so von der Sache erfahren würden, ausgedacht hatte. Nach dieser Geschichte hatte ich die Jurte der Mutter gar nicht erreicht, war unterwegs in eine fremde Jurte mit lauter zechenden Fremden geraten, hatte mich dort bis zur Besinnungslosigkeit besoffen, und da war es passiert, dass ich einer jungen Frau Gewalt angetan hatte. Dem ergänzte ich die Sache mit der Polizei ziemlich wahrheitsgetreu. Sicher war das eine Lüge, hässlich wie jede andere Lüge auch. Doch bin ich bis heute dankbar dafür, dass mir diese Geschichte eingefallen war. Denn wie hätte mein armer Vater es ertragen sollen, wenn ich ihm die Geschichte erzählt hätte, wie sie passiert war, unverhüllt und ungeschützt! Ich glaube, vor Schreck und Scham wäre sein Hirn durchgebrannt oder seine Lebensader geplatzt.

Ich sah, wie schwer getroffen er war. Aber dann hörte ich, wie er versuchte, mich zu trösten. O Vater, versehen mit einer so lieben Seele, aber auch mit einem so gemeinen Geschick, da sein Lebensweg sich mit dem des Unwürdigsten gekreuzt hat, der ich war! Welch böses Spiel, welch herzlose Macht wird es gewesen sein, die ihn sich hat in mich, der ich ihn nun mit so viel Kummer und Schande belade, vernarren lassen! Den ganzen Tag blieb ich zu Hause. Er auch. Wir kochten reichlich und taten so, als würden wir gern und viel essen. Kein Wort fiel zwischen uns, aber wir ahnten beide, es war unser letzter gemeinsamer Tag in der eigenen Jurte. Am Ende des Tages legten wir uns zeitig ins Bett, kamen aber nicht zu der erwünschten Nachtruhe. Jeder merkte, dass auch der andere wach lag. Dann standen wir auf. Es war noch nächtlich finster in der Jurte. Vater zündete ein Feuer an und kochte Tee. In der Zeit zog ich mich an, ging hinaus und holte die beiden Pferde, die in der Nähe angepflockt standen. Wir tranken Tee, aßen dazu kräftige Reste vom Vortag, obwohl wir keine große Lust dazu hatten, wir aßen auf Vorrat. Dann traten wir aus der Jurte, um die Pferde zu satteln und aufzubrechen. Die Sonne ging gerade auf.

Da hörten wir Motorengedröhn und sahen eine Staubfahne und einen Augenblick später das Auto selbst. Es war ein leichter Wagen, wie man damals zu dem russischen Jeep zu sagen pflegte, der auf dem Land fast das einzige Fahrzeug neben den vielen Lastern war. Den sieht man heute ganz selten. In der Zeit waren die Pferde schon fertig gesattelt, und wir hätten uns auch in die Sättel schwingen können, doch wir warteten ab. Es kam mit großer Geschwindigkeit angefahren, bremste ein paar Schritte vor uns scharf, dass die Bremsen quietschten und noch mehr Staub aufwirbelte, und hielt an. Ein Milizionär und ein weiterer Mann in Zivil stiegen aus und kamen eiligen Schrittes auf uns zu. Kaum war ein flüchtiger Gruß gewechselt, wandte sich der Mann in Zivil an mich und fragte nach meinem Namen. Ich sagte ihn. Da trat der Milizionär an mich heran und packte mich am rechten Arm. Ich wurde das Eisengerät erst gewahr, nachdem es sich mit einer der beiden Zangen um mein nacktes Handgelenk festgehakt hatte. Dann sollte ich die andere Hand auch hinhalten. Ich tat es. Und, happ, augenblicklich schloss sich um das Gelenk die andere Zange. So begann meine Bekanntschaft mit Handschellen.

Wie merkwürdig! Sobald meine Ohren das Motorengedröhn vernommen hatten, tat mein Herz einen Sprung bis zum Hals. Noch während das Auto auf uns zukam, sah ich meinen Vater in seinem sonst wettergegerbten dunklen Gesicht ganz blass werden. Alles war erschreckend für uns, uns war zittrig zumute, besonders über das, was zuletzt geschah. Wir wurden gefragt, wohin wir denn so früh aufbrechen wollten. Vater sagte, er wollte mich in den Bezirk bringen. Auf dem Gesicht des Mannes in Zivil tauchte ein spöttisches Lächeln auf. Ich wurde von dem Milizionär abgeführt und ins Auto gebracht und hörte und sah, wie draußen Vater auf eine erniedrigend ergebene Art und Weise bettelte, um den Mann zu den einfachsten Auskünften zu bewegen. Dieser aber verweigerte sie ihm, indem er sagte, es sei dienstliches Geheimnis.

Die drei Männer – es gab auch einen Fahrer, und er gebärdete sich mir gegenüber mindestens so erhaben wie die beiden anderen – vergnügten sich an männlich witzigen Geschichten, die sie abwechselnd zum Besten gaben, und lachten dabei dröhnend laut. Einige davon waren für mich zum Erröten, andere zum Kotzen. Doch sie schienen mich vergessen zu haben. Also war ich für diese Übermenschen bestenfalls ein Gepäckstück, mehr nicht.

Derweil sammelte ich weitere Erfahrungen. Nach kurzer Zeit hatte ich gemerkt, dass ich meine Hände möglichst still halten musste, denn sobald ich sie bewegte, spürte ich, wie sich das Teufelsding zusammenzog und drohte, mir ins Fleisch zu schneiden. So saß ich, die Handflächen wie beim Beten zusammengelegt und dabei die Finger auch ein wenig ineinandergekrallt. Ständig bereit, sooft das Auto zum Sprung ansetzte, die Knie gegen den Vordersitz und den Nacken gegen den Oberrand der Rückenlehne zu stemmen und den Körper zu versteifen, um nach dem Fall auf dem Sitz zu bleiben.

Dabei gewahrte ich die ganze Zeit in Atemnähe vor mir die beiden liebsten, lichtesten Gesichter. Das eine war mir zugewandt wie das andere auch. Aus jedem schaute ein leidender, aber auch ermunternder Blick auf mich herüber. Ich glaubte fest daran, dass die beiden in diesem Augenblick voneinander wussten. Ja, sie strengten gemeinsam ihren Geist an; jeder zwirnte den seinigen in eine Richtung, um ihn mit dem des anderen zusammenzulegen, ihn in jenen hineinzuflechten und so auf einen festen Geiststrick zu kommen, der helfen möge, mich am Dasein zu erhalten. So waren wir auf der ganzen Höllenfahrt zu dritt, eine Familie, unbemerkt von der feindlichen, hartherzigen Außenwelt. Waren Vater, Mutter und Kind. Und auf einmal wandte ich mich an die beiden lieben, besorgten Wesen und sprach feierlich ernst zu ihnen: Vater! Mutter! Ich weiß, mit welch schweren Sorgen ich Euch beladen und in was für ein bitteres Leid ich Euch gestürzt habe. O verzeiht mir! Und ich schwöre Euch dreierlei: Erstens, nie wieder werde ich einen Frauenleib anfassen! Zweitens, ich werde, was auch immer geschehe, alles überstehen, mich am Leben erhalten und zu Euch zurückkehren! Drittens, ich werde, so lange ich lebe, danach trachten, alles Edle, was ich von Euch beiden erhalten, in mir unversehrt aufzubewahren und zu vermehren, damit Eure Seelen, die mich nimmer verlassen mögen, ein wenig beruhigt seien!

Irgendwann erreichten wir die Bezirksstadt. Es war noch Vormittag und schon sengend heiß. Ich wurde an einen anderen Uniformierten weitergegeben. Ein hoher Zaun aus dicht aneinandergereihten, ungeschälten Junglärchenstämmen umgab mich, ein ellenhohes Stacheldrahtnetz war darübergespannt. Eine schwere, eisenbeschlagene Tür ging quietschend vor mir auf und fiel hinter meinem Rücken knallend ins Schloss. Ich wurde durch einen schummrigen Gang geführt. Eine weitere Tür wurde aufgemacht. Wieder war zu hören, wie Eisen scheppernd von klemmendem Eisen gelöst wurde. Stockfinsternis gähnte, und Gestank schlug mir entgegen. Ich wurde dort hineingeschoben. Darauf wurde die Tür zugeknallt. Es dauerte eine ganze Weile, bis ich meine Sinne sammeln und darüber nachdenken konnte, wo ich überhaupt gelandet war, und mich in dem Loch einigermaßen zurechtfand. Es war ein sehr enger Raum, ein Loch eben, zwei Schritte lang und anderthalb Schritte breit. Eine nackte, knarrende Holzpritsche stand darin, zwei Handspannen breit, zweieinhalb Handspannen hoch und sechs Handspannen lang. Dann gab es noch einen Blecheimer. Das war alles.

So lernte ich das Gefängnis, die von Menschen erschaffene Hölle, kennen. Später freilich habe ich die richtige Benennung dessen, wo ich erst einmal gelandet war, gehört: Untersuchungshaft. Aber wenn es da einen Unterschied gab, dann nur diesen: Das Gefängnis war um einiges besser, da man sich dort tagsüber bewegen durfte, weil man arbeiten musste und auf diese Weise mit frischer Luft gesegnet war. Bei all der Verwirrung hatte ich es in einer Hinsicht nun wenigstens besser als noch zuvor im Auto: Der erste Milizionär hatte mir bei der Übergabe seine Handschellen abgenommen und der andere mir keine neuen angelegt. So konnte ich meine Hände frei bewegen, und das war viel wert! Auch hatte ich Glück mit der Tür, denn sie war ein echt mongolisches Meisterwerk – hatte an etlichen Stellen fingerbreite Ritzen und Spalten, sodass aus dem schummerigen Gang ein wenig Licht hereindrang, in dessen Schein man die Umrisse der näheren Mitwelt wahrnahm.

Gut, dass ich in den allerschwersten ersten Gefängnisstunden diese beiden Kleinigkeiten realisierte und mich daran erfreute. Denn damit war es mir unbewusst gelungen, selbst dem Schlimmsten stets etwas Gutes abzugewinnen. So fand ich im Lauf der endlosen Zeit in der stickig kalten Finsternis eine ganze Menge Dinge, die ich zu meinem Glück zählen konnte. Zuerst fand ich es gut, dass ich nomadisch dick angezogen war. Wäre ich so dünn und fein bekleidet gewesen wie manche Leute in meinem Alter, hätte ich mittlerweile längst vor Kälte gezittert und wäre am Ende womöglich inmitten des Sommers erfroren. Auch fiel mir ein, dass ich über einen jungen, gesunden und zähen Körper verfügte. Ebenso zählte zu meinem Glück, dass ich von den Hütern des Gesetzes bisher nicht geschlagen und auch sonst nicht körperlich gepeinigt worden war, obwohl der Volksmund in dieser Hinsicht manch Gruseliges zu berichten wusste. Die Suche nach möglichen Begünstigungen, die mir der Himmel trotz allem noch gelassen, ging so weit, dass ich einmal dachte: Wie gut, dass ich mit meiner Mutter in Eintracht geblieben bin! Um wie viel schrecklicher wäre es gewesen, wenn wir uns gestritten und zu böser Letzt einander noch Schaden zugefügt hätten! Da fiel mir etwas Unerhörtes ein, das ich vor nicht allzu langer Zeit gehörtes hatte: Ein junger Mann hatte ein älteres Ehepaar erdolcht, ihre minderjährige Tochter vergewaltigt, sie danach erwürgt, zum Schluss ihre Jurte angezündet und war geflüchtet. Er wurde bald gefasst und hingerichtet.

Wie zur Belohnung für mein Suchen nach Helligkeit inmitten der Finsternis traf ich am ersten Tag in der Hölle einen Menschen, der sich, bestimmt gegen die Dienstvorschriften, mir gegenüber anders verhielt als die meisten anderen. Irgendwann ging mit viel Krach die Tür auf, jemand brachte etwas herein und sagte laut: »Abendessen!«, flüsterte aber dann mit geneigtem Kopf: »Wenn du heute erst angekommen bist, würde ich dir das nicht empfehlen. Denn Hirsesuppe mit Rossinnereien führt anfangs unweigerlich zu Durchfall, und mit dem Eimer da wird es eine schwierige Sache. Den Tee aber solltest du unbedingt trinken, da der Körper Flüssigkeit braucht! Damit allein hält man eine ganze Anzahl von Tagen durch.«

Dann ging er, und die Tür fiel krachend wieder zu. Dankbar merkte ich mir den Umriss des Menschen; es war ein älterer Mann mit einer gedrungenen, leicht gebückten Gestalt. Später kam er noch etwa drei Mal in die Zelle und flüsterte mir dabei jedes Mal einen kleinen, nützlichen Ratschlag zu. Mein Höllendasein dauerte mit eherner Eintönigkeit an. Ich schien mich langsam daran zu gewöhnen. Am einfachsten ging es mit dem Hunger. Nach mancher Pein verwandelte er sich in einen dumpfen Zustand und änderte sich nicht mehr. Ich rührte die Hirsesuppe nicht an. Meine Angst vor Durchfall hinter verschlossener Tür war zu groß. Der gute Mensch hatte mir beim zweiten Mal zugeflüstert, ich solle, wenn ich gefragt würde, warum ich sie nicht äße, antworten, ich hätte einen verdorbenen Magen. Das sagte ich dann auch, und ab da blieb bei mir das warme Essen aus. Ich lebte von Trockenbrot und milch- und salzlosem Sud, der Tee sein sollte, und jedes Gefühl für die Zeit ging mir abhanden. Es verging eine große Ewigkeit, die aus vielen kleineren Ewigkeiten bestand. Dann wurde ich endlich herausgeholt. Später erfuhr ich, dass man mich volle sieben Tage in der finsteren, stinkenden Zelle hatte liegen lassen, ohne einen Blick auf mich zu werfen oder ein Wort an mich zu richten, sodass ich manchmal fürchten musste: Was, wenn sie mich gänzlich vergessen haben?! Später hörte ich von anderen dasselbe und glaubte da als Strafgefangener mit Erfahrung den tieferen Sinn dieser Menschenquälerei zu verstehen: Man wollte einem den Mut sofort brechen, einen für das bevorstehende Verhör vorweg flach- und weichgeklopft haben.

Wieder im Freien, konnte ich die Augen kaum öffnen, da das Sonnenlicht blendete und ich tief im Schädel Schmerzen spürte. Nachher im Auto und später im Raum ging es damit etwas besser. Dennoch fiel es mir schwer, vor dem Menschen, der mich verhörte, die Augen offen zu halten, da er von lauter weißen Papieren umringt saß, auf die das grelle Sonnenlicht fiel. Die ersten Worte dieses Menschen an mich lauteten sonderbar und unmissverständlich: Es würde einzig von mir abhängen, wie lang ich noch in Untersuchungshaft bliebe. Würde ich versuchen, etwas zu verschweigen oder ihn zu betrügen, würde er mich sofort in die Zelle zurückschicken, auf dass ich dort mit meinem dummen Hirn, meinem geilen Glied und meinen Flüchtlingsbeinen verfaulte, da es für das sozialistisch-mongolische Vaterland keinen Verlust, sondern nur Gewinn bedeutete, sich von einem Stück Menschenmüll zu trennen! Diese Drohung war überflüssig. Denn ich hatte ja alles gleich zugegeben, das heißt, alles so ausgesagt, wie der erste Vertreter des Rechtswesens es haben wollte. Und nun brauchte ich mich nur daran zu halten, was bereits auf dem Papier geschrieben stand. So geschah es dann auch. Er stellte eine Frage, ich gab darauf die Antwort, er schrieb sie nieder und verglich sie zum Schluss mit dem, was im Nachbericht stand. Dann die nächste Frage, die nächste Antwort und so weiter, das eigentliche Verhör war schnell beendet.

Dann aber tauchte etwas auf, das nicht auf dem mir bekannten Papier stand. Die Flucht. Die Geschichte war auf einem anderen Blatt untergebracht. Alles, was ich sagte, konnte den Mann nicht überzeugen. Zwar hatte er keinen Grund, daran zu zweifeln, doch seine Dienstvorschriften erlaubten ihm nicht, mir Glauben zu schenken. Tatsache war, dass ich auf den Befehl des Kreismilizionärs, sofort umzukehren, nicht gehört, sondern den mutwilligen Ritt fortgesetzt hatte, also geflüchtet war. Dass mein Vater mich in den Bezirk hatte bringen wollen, daran schienen ihn seine Dienstvorschriften auch nicht glauben zu lassen, denn dafür fehlte der materielle Beweis. »Womöglich wollten Sie weiterflüchten!«, sagte er. Und dies, um nicht mich, sondern sich davon zu überzeugen. Zum Glück verstand ich recht bald, dass ich nicht gegen den Menschen aufkommen konnte, der über die Macht verfügte, jede Sache so hinzustellen, wie er sie haben wollte. So gab ich auf und lieferte ihm lauter Antworten nach seinem Belieben.

Dann setzte ich unter jedes Blatt Papier meine Unterschrift und wurde in meine Zelle zurückgebracht. Diesmal aber ging alles schnell. Vielleicht wurde die Zelle gebraucht. So kam ich schon am nächsten Tag vor Gericht. Doch zuvor besuchte mich eine Frau. Sie sagte, sie wäre meine Anwältin und hätte sich mit meinen Akten vertraut gemacht. Nun stellte sie mir ein paar Fragen. Mir kam es wie ein Spiel vor. Dennoch tat es mir gut, endlich einmal eine weibliche Stimme zu hören oder einfach in einem lichten Büroraum zu verweilen nach der stinkigen Finsternis in der Höhle. Dann fand die Gerichtsverhandlung statt. Es waren an die zehn Leute anwesend, außer der Anwältin und einer jungen Frau, die die Schrift führte, alles andere Männer. Ich erkannte unter ihnen den Kreismilizionär.

Plötzlich entdeckte ich, zwei, drei Schritte von mir entfernt, auf einer Bank meinen Vater sitzen. Mir wollte das Herz zerspringen, Tränen schossen mir in die Augen. Doch ich blieb sitzen, da ich mittlerweile längst begriff, ich war kein Mensch mehr, der von sich aus zu irgendetwas berechtigt war.

Der mittlere der drei Männer vorn auf dem erhöhten Podium hinter einem breiten Tisch, über dem das Staatswappen hervorstach, stand auf und sagte: »Alle aufstehen!« Worauf sich alle von ihren Plätzen erhoben. Darauf ertönte dieselbe Stimme weiter: »Im Namen der Mongolischen Volksrepublik!« Das war schon gewaltig.

Weiter vermochte ich die Worte nicht zu verfolgen. Es fielen deren viele. Die wenigen, die ich einzufangen vermochte, drangen wie aus großer Ferne zu mir herüber, erschallten gleich Echorufen und trafen mich wie Hammerschläge: … *vergewaltigt … geflüchtet … erschwerende Umstände … neun Jahre Gefängnis unter verschärftem Vollzug …* Dann auch Worte, ausgesprochen von der einzigen weiblichen Stimme: … *nicht vorbestraft … gerade erst das Erwachsenenalter erreicht …* Dann dieser vollständige Satz: *Dem Stolpernden einen weiteren Stoß zu versetzen ist nicht der Sinn unserer sozialistischen Gerichtsbarkeit.*

Irgendwann sprach diese liebe Stimme, die sich meiner Verdammnis zu widersetzen schien, auch eine Frage aus, und sie war an mich gerichtet: »Was war der Grund, dass Sie los- und weitergeritten sind, trotz der Warnung des Milizionärs?«

»Es war wegen meines Pferdes«, sagte ich. »Ich wollte es nicht einfach in der fernen, fremden Ecke stehen lassen. Und das Reitgeschirr, das war von meinem Vater im Lauf von Jahren zusammengestellt. Ich hatte den Darga gefragt, was ich mit meinem Pferd machen solle, und darauf die Antwort bekommen, das sei nicht seine Sorge. Also habe ich beschlossen, die Sorge um mein … gutes, liebes Pferd … mit vollem, wertvollem Sattel- und Zaumzeug … selber zu tragen … es irgendwie zu retten …«

Nachdem ich diese letzten Worte mit Mühe aus mir herausgebracht, brach ich in Tränen aus. Diese meine unmännliche Art wäre bestimmt eine weitere Schande in den Augen und Ohren so mancher Hartgesottener gewesen, aber sie hat in dem Augenblick die Herzen selbst mancher an ihre Dienstvorschriften Gebundener ein wenig weich werden lassen. So bin ich meinen losen Tränen nachträglich dankbar, einmal wenigstens.

Zum Schluss wurden wir alle noch einmal aufgefordert aufzustehen. Worauf die mächtige Stimme wieder dröhnte: *Im Namen … vier Jahre Gefängnis … im gewöhnlichen Vollzug …*

Die ehern ernsten Mienen der Menschen dazu. Das war alles, was mir in der Erinnerung blieb, sooft und sosehr ich später versuchte, mir jene Stunde ins Gedächtnis zurückzurufen. Auch musste Nebel über der Reihenfolge der Handlungen geschwebt haben.

Irgendwann wurde ich meines Vaters und dabei auch der Tränen in seinen Augen gewahr. Kaum konnte er mich an einer Schläfe beriechen, da trat auch schon ein Milizionär zwischen uns und legte mir die Handschellen an. Das musste wohl sein als eine Machtdemonstration des Gerichts, als ein Hissen der Siegesfahne der Gerechtigkeit, die sich soeben wieder einmal durchgesetzt hatte. Ich glaube, diese kommunistische Tradition hat unser Gerichtswesen bis heute beibehalten. Der Verurteilte wird in Gegenwart seiner Nächsten noch im Gerichtssaal von einem Polizisten verhaftet und in Handschellen abgeführt – welch eine Selbstherrlichkeit! Vielleicht ist dies ein uraltes Brauchtum, das gepflegt wird, seitdem es den ersten Staat gibt.

Also war ich zu vier Jahren Gefängnishaft verurteilt. Hinzu kam, wie ich später erfuhr, dass mein Vater für die Spazierfahrt der drei Angeber von Männern eine dicke Geldsumme zu zahlen hatte, was eine höllische Tortur für ihn gewesen sein musste, weil kaum ein Hirtennomade in der damaligen Zeit im Besitz von derartig viel Geld war. Eine erfreuliche Begebenheit gab es zum Schluss der düsteren Stunde auch noch. Während ich, in Handschellen, zum Auto geführt wurde, kam die Anwältin hinter mir hergeeilt und sprach leise: »Du hast gesehen, mein Junge, wie ich um dich gekämpft habe. Ganz freibekommen konnte ich dich nicht, weil es nach dem, woran du dich schuldig gemacht hast, gesetzlich nicht möglich war. Aber immerhin, die angekündigten neun Jahre im verschärften Vollzug haben wir zu vier Jahren im gewöhnlichen herunterzudrücken vermocht. Vier Jahre vergehen schnell. Da wirst du gerade zweiundzwanzig, also immer noch sehr jung sein! Nimm diese vom Leben erteilte Lehre wahr, bleib wachsam und lass dich nicht von schlechten Menschen verderben!« Dann küsste sie mich auf beide Backen. Ich witterte ihren schönen Duft und war sehr an die Mutter erinnert. Ich spürte einen Stich ins Herz, und es wurde mir weich in den Knien. Solche Wesen gab es auch. Sie durfte, was anderen verboten war und wieder andere sich selber verbaten.

Es widerstrebt mir, dich mit Gefängnisgeschichten zu beladen, weil ich meine, gewisse Dinge färben auch auf die Seele des Zuhörers ab. Doch eine Sache muss ich dir trotzdem noch erzählen, da sie mich bis auf den heutigen Tag in Gedanken und nachts im Traum verfolgt.

Das Gefängnis sah bei der Ankunft bei Weitem nicht so schlimm aus, wie ich gefürchtet hatte. Es wirkte recht sauber, und es schien dort eine Ordnung zu herrschen, die einen Neuling einfach beeindruckte. Dort bekam ich ein richtiges Bett, versehen sogar mit einer zwar alten und dünnen, aber richtigen Matratze und einem ziemlich ausgeblichenen, zum wievielten Mal gewaschenen Bezug. Da fiel mir die amtliche Bezeichnung des Gefängnisses ein: *Dsassn hümüüdshüüleh gadsr,* Anstalt zum Beschicken und Erziehen. Und für einen Augenblick war ich fast freudig erschüttert, da fest entschlossen, mich in dieser ordentlichen, kühlen Haftanstalt von allem Unfertigen und Ungehobelten an mir zu befreien und zu einem vorbildlichen Menschen zu reifen. Schon kamen die ersten Häftlinge auf mich zu, und ihre erste Frage war, was ich verbrochen hätte? Unerfahren, wie ich war, nannte ich wahrheitsgetreu den Paragrafen 169, nach dem ich verurteilt worden war. O je!, das war genau das Verkehrte – Vergewaltigung galt unter den Häftlingen als das unmännlichste aller Vergehen, und daher wurde der Sünder mit dem Spitznamen *Wicht des faulen Fleisches* belegt.

Sehr bald merkte ich, dass man mich mit einem abschätzigen Blick abtat. Hätte ich die leiseste Ahnung von der Gefängniswelt gehabt, hätte ich natürlich großzügig angegeben, einen Milizionär niedergeschlagen oder sieben Männer windelweich geprügelt oder eine Bank ausgeraubt oder aber am besten: jemanden umgelegt zu haben! Letzteres hätten sie mir wohl schwerlich abgenommen, denn hätte ich die Tat wirklich begangen, wäre ich nicht hierhin, sondern in eine Strafanstalt mit verschärftem Vollzug gesteckt worden.

Die Wächter und Wärter in einem Gefängnis sind schon schlimm. Viele von ihnen peinigen dich einfach aus nackter Lust. Sie sind der Gewalt, der Rohheit verfallen wie andere der Rauch-, Trink- oder einer anderen Sucht. Doch die Schlimmsten stecken unter den Mithäftlingen. Sie sind mitunter keine Menschen mehr, sondern blutrünstige Raubtiere in menschlicher Gestalt. Für einige von ihnen ist das Gefängnis ihr Zuhause. Solche werden alle fünf oder zehn Jahre einmal entlassen, um im Lauf der nächsten Wochen oder Monate zurückzukommen. Für so einen ist jeder neue Richterspruch wie ein weiterer Orden an der Brust eines Ruhmsüchtigen oder eine weitere Million in der Tasche eines Geldhungrigen. Sie geben mit jedem neuen Verbrechen, jedem weiteren Rückfall und jedem hinzugekommenen Gefängnisjahr an. Und je schwerer das Verbrechen, das einer begangen, und je mehr die Jahre, die man abzutragen hat, umso größeren Eindruck macht so einer auf die Mitgefangenen. So einer kämpft sich zum Atman hoch. Viele Jahre später habe ich mich von einem Sprachgelehrten aufklären lassen, woher dieser Name kommt. Vom slawischen *Hetman,* so etwas wie der Leitrüde in einem Wolfsrudel, wie Chef oder Häuptling in einer Menschengemeinschaft. Und in der Gefängniswelt ist er ganz einfach der höchste Herrscher.

So ein Atman also wurde mir gleich am ersten Abend von seinen Dienern und Arschleckern vorgestellt. Das letzte Wort darf man ruhig wörtlich verstehen, denn er lässt sich von den Schwächsten von Mal zu Mal seinen Arsch abschlecken, einerseits, um diesen gesäubert zu wissen, andererseits aber, um sich der Ergebenheit der untersten Schicht seines Volks sicher zu sein. Das alles musste ich sehr schnell am eigenen Leib erfahren. Denn als ich dem Atman vorgestellt wurde, entnahm ich dem Ausdruck seines eiskalten, aber bis zum Platzen selbstgefälligen Gesichts lediglich ein abschätziges Zucken. Was er meinem Gesichtsausdruck entnommen hatte, weiß ich nicht. Aber ganz bestimmt nicht die Bewunderung, wozu die dortige Ordnung, wie ich sehr bald begreifen musste, mich verpflichtete. Dann hörte ich ihn, an einen anderen gewandt, streng sagen: »Mal schauen, ob er wenigstens zum Arschlecker taugt, um nicht schon vom Ehrenplatz im Brautbett zu reden!«

»Ja, das werden wir bald herausbekommen«, sagte der Angesprochene, jenem willig entgegenkommend, und fuhr gleich fort: »Ich weiß nicht, ob Ihr, großer Bruder, selber heute noch Bedürfnis zur langen Sitzung haben werdet, sonst könnte ich –«

Der Eisgesichtige unterbrach ihn schroff: »Werde ich schon! Neulich hast du mir auch die erste Brautnacht streitig machen wollen. Jetzt die Jungknabenzunge. Allzu viel Naschen von den Anteilen des Atman könnte dir schnell übel bekommen – ich warne dich, Einohr!«

Worauf der Eifrige sich im Sitzen eilig verbeugte und mit ergebener Stimme sprach: »Ich, Euer klitzekleiner Diener, habe es gut mit Euch gemeint, in meiner einfältigen Annahme, Euch werde es ja nie an bezungten und bepimmelten Knabenleibern fehlen. Sollte mein wohlgemeinter Dienereifer Euch zu irgendwelchem Verdacht veranlasst haben, so bitte ich Eure Hoheit vielmals um Vergebung!«

Der Atman winkte großzügig ab und sagte mit befriedigter, tiefer

Stimme: »Schon gut, Einohr! Wie könnte ich an deiner Treue zweifeln, wissend, dass das dünne, rote Fädchen deines Lebens wie auch dein eines Ohr in meiner Hand sind?«

Worauf ein dumpfes Geraune, sehr erinnernd an das Geblöke einer Schafherde, durch die Menschen ringsum ging. Sichtbar wurde dabei auf den so unterschiedlichen, von harter Arbeit gezeichneten Gesichtern ein gleichförmiges Lächeln, das Wohlwollen und Unterwürfigkeit auszudrücken schien. Es waren siebenundzwanzig Männer, untergebracht auf schmalen, niedrigen Stahlbetten in drei Querreihen in einer länglichen Halle. Zwei nackte Glühbirnen am Ende je einer ellenlangen Schnur hingen von der Decke herab und beleuchteten den Raum.

Das Abendessen kam. Es war dasselbe, was es im ersten Gefängnis gegeben: Hirsesuppe mit Rossinnereien. Aber diesmal aß ich sie, weil ich meinte, bei so vielen Menschen müsse die Tür über Nacht einfach unverschlossen bleiben. Außerdem hatte ich keine andere Wahl. Um die vier Jahre durchzustehen, musste ich alles zu mir nehmen, was hilfreich wäre, mich am Leben zu erhalten. Den Blechnapf in der Hand und wartend, bis man mich an den Kübel ließ und der Bereitschaftsdiensthabende mich wahrnahm, dachte ich wehmütig: Also bin ich jetzt am Ziel gelandet, bin ein Sträfling, und heute ist der erste Tag von ganzen vier Jahren! Nachher stellte ich mit einer gewissen Erleichterung fest, dass es gar nicht so übel schmeckte. Nach dem Essen stand der Atman auf, gab Einohr, bei dem ich mittlerweile das Fehlen seines linken Ohres festgestellt hatte, ein Zeichen und trat hinaus. Einohr, eher klein als groß von Wuchs, furchteinflößend jedoch schon durch sein Aussehen, gab zuerst einem Hünen ein Kopfzeichen und sprach dann zu mir: »Aufgestanden und mitgekommen, kleiner Wicht des faulen Fleisches! Dein Lehrgang beginnt!«

Ich stand auf und folgte den beiden. Das ganze Gefängnisgelände war von Scheinwerfern beleuchtet. Der Atman ging vorn, ohne Eile, aber mit dem Gehabe eines selbstgefälligen Mannes. Vom Wächterturm oben erklang eine Männerstimme, recht freundlich und sogar wie belustigt: »Wohin, Börtöö?«

Der Atman rief zurück: »Zur langen Sitzung – wohin denn sonst? Eigentlich habe ich kein rechtes Bedürfnis dazu, aber es ist ein Neuer gekommen. Was bleibt mir da übrig – die Pflicht geht vor!«

Später verstand ich, dass Börtöö der Name des Atman war, von Börte Tschino aus der *Geheimen Geschichte der Mongolen*. Er war also nicht davor zurückgeschreckt, sich den Namen unseres Urahnen zuzulegen – so grenzenlos war der Größenwahn des Kerls! In der Ecke der Betonmauer mit der Stacheldrahtbespannung darüber stand das Aborthäuschen aus groben Bohlen, und dort verschwand der Atman. Und wir standen drei Schritte davor und warteten. Während wir so dastanden, beleuchtet von Scheinwerfern und beobachtet vom Wächter, gab mir Einohr ein Blatt Papier, abgerissen aus einem Buch, und sprach in ernstem Ton: »Du hast jetzt die Ehre, dem Atman den Hintern zu putzen. Dazu nimmst du zuerst dieses Papier, das aber vorher sorgfältig weichgerieben werden muss. Zum Schluss darfst du mit deiner Zunge herangehen und alles sauber abschlecken! Na?«

Er schaute mir ins Gesicht, seine schrägen Raubtieraugen halb zugekniffen und seinen schweren Kopf in den Nacken gezogen. Dabei glich sein grobschlächtiges Gesicht mit den vielen Narben einem vielfach beschädigten Fetzen enthaarten, alten Fells. Der andere war nun nah herangetreten und gebärdete sich bar jeder Teilnahme. Später würde ich ihn als einen dumpfen, doch wenigstens ungiftigen Menschen kennenlernen. Sein Spitzname Manaraa sagte eigentlich alles über ihn aus. Unter den Häftlingen galten nur Spitznamen. Zu dem meinigen wurde Wicht, bis zu jenem verhängnisvollen, aber auch befreienden Tag, an dem ich ihn selber sprengen musste.

Ich war sprachlos. Denn mir wurde schon davon übel, dass ich das Papier, mit dem nachher fremde Scheiße abgewischt werden sollte, in der Hand hielt. Und es weich reiben, dem fremden Arsch nähern und den Rest des ekelhaften Breis abwischen zu müssen! Aber nicht genug damit, großer Himmel, die klebrigen, stinkenden Spuren mit eigener Zunge abzuschlecken – nein! Aus meiner Kehle war noch kein Sterbenslaut hervorgegangen, doch mein Gesicht samt meinem Körper musste wohl längst eine unmissverständliche Sprache gesprochen haben. Denn die beiden hatten mich schon gepackt, jeder an einem Arm, und schleppten mich ein paar Schritte weiter bis an den Rand eines gähnenden, schwarzen Abgrunds. Einohr flüsterte, gut vernehmbar und eindringlich: »Willst ausgerechnet du erbärmlicher Wicht des faulen Fleisches etwa dem Atman gegenüber den Gehorsam verweigern? Weißt du, wie tief das Loch ist? Sieben Meter! Zur Hälfte mit Seifenlauge, Auswürfen, Essensresten und Maden gefüllt! Darin ist schon so mancher ersoffen und verfault!« Damit deuteten sie an, mich hinabzustoßen. Ein Gekreisch entfuhr meiner Brust, und ich hörte mich erbärmlich betteln: »Bitte, bitte nicht! Ich werde gehorchen!«

So groß meine Angst gewesen sein mochte, um keinen Deut weniger war mein Ekel vor mir selbst. Hasserfüllt dachte ich unter mächtigem Herzpochen von mir: Feiger Hund! Doch dabei fühlte ich eine Erleichterung darüber, dass ich nicht schon in dem ekelhaften Schlammbrei zappelte, kurz vor dem Ersaufen. Ich armes Wesen, bis zuletzt am Leben klebend, wie alle anderen Wesen wohl auch! Na, dann, o Himmel, o Erde, o Menschen, schlimmste aller Biester! Ja, dann geschah alles, wie die zweibeinigen Bestien es haben wollten. Ich könnte das, was ich dabei gefühlt habe, ausführlich und zum Kotzen genau beschreiben. Aber warum? Warum sollte ich dir das antun, mein Kind? Denn zum Schluss kotzte ich natürlich selber, unter einem dröhnenden Gelächter der Scheusale. Dahinein mischte sich auch ein leises, aber unverhohlen schadenfreudiges, darum teuflisches Gekicher vom Wächterturm her. Das erniedrigte und verletzte mich in meiner bittersten Not noch mehr, gewiss. Doch verstand ich dabei eine Sache sehr gut: Von denen, die da angeblich für Ordnung zu sorgen und das Leben der Häftlinge zu beschützen hatten, war weder Schutz noch Hilfe zu erwarten!

Je mehr Zeit dann verging und sich mir die Augen öffneten, stellte sich jener Schluss vom ersten Abend als gar nicht so falsch heraus, vielmehr fand ich ihn auf Schritt und Tritt bestätigt. Ja, mein Urteil reichte eines Tages so weit: Die Uniformierten und Bewaffneten, die Gehälter vom Staat erhielten, waren nicht nur Dulder, sondern auch Abrichter der Untiere in menschlicher Gestalt! Das war der Endpunkt meines damaligen Urteils. Wie ich heute darüber denke, kann ich dir auch gleich sagen: Der Staat, der Gefängnisse errichtet, Armee, Polizei und Staatssicherheit gegründet hat, ist die Urquelle des Übels! Lebten wir in einer Gemeinschaft, die über all diese Unwesen nicht verfügte, würden wir zwar nicht gerade im Paradies schwelgen, stünden aber solchen Werten wie Frieden, Freude, Glück und Menschlichkeit schon wesentlich näher.

Gleich bei der Ankunft hatte ich alles, was ich auf dem Leib trug, ausziehen und in die Gefängnisklamotten schlüpfen müssen, zum Teil brandneue Sachen. Die kamen aber gleich an jenem unglückseligen ersten Abend weg. Der Atman bekam die Stiefel und die wattierte Jacke – beides fabrikneu. Er schleuderte mir dafür seine getragenen Sachen zu. Doch bekam ich auch sie nicht, da sie, bestimmt dem Vorletzten oder Vorvorletzten abgenommen, recht neuwertig waren. Der, der mir am nächsten gestanden, riss sie mir aus den Händen. Wieder dröhnte ein unmenschliches Gelächter. Mir blieben seine Stiefel und seine Jacke, beide waren abgetragen und zerschlissen. Ebenso kam mir nicht nur das Paar nagelneuer Fäustlinge, sondern auch die ganze Unterwäsche weg. Und dafür bekam ich lauter verdreckte Stücke. Am nächsten Morgen gab es weiteres Hohngelächter, es galt abermals mir. Diesmal, weil die Jackenärmel für mich zu kurz waren und ich in den durchgelatschten, dennoch zu engen Stiefeln schwerlich laufen konnte. Ihr bisheriger Besitzer war ein Zwerg, was auch sein Spitzname war.

So vergingen die ersten Tage, die für mich bittere, aber wichtige Lernzeit bedeuteten. Die Arbeit war hart. Wir brachen mit Brecheisen und Spitzhacken Steine aus Felsen heraus. Aber das machte mir nicht viel aus, da ich bisher als Nomadenkind immer wieder an Hartem und Schwerem zu packen gehabt und so vom Leben nicht gerade verzärtelt worden war. Abgesehen von den Hänseleien war das Gefängnisdasein eigentlich gar nicht so schrecklich, wie es sich anhört. Aber die Hänseleien und Misshandlungen waren unbeschreiblich!

Dann kam jener Abend, der mich an den Rand der Verzweiflung brachte. Der Atman hatte beschlossen, seine angestauten männlichen Gelüste an mir auszulassen. Ich sollte ihm die Braut sein. Seine Lakaien trugen mein Bett dicht an seins heran. Über beide Betten wurde eine Vielzahl von Decken ausgebreitet, sodass ein dickes, weiches Polster zustande kam. Wir beide wurden von den Dienern splitternackt ausgezogen und mit nassen Handtüchern am ganzen Körper abgerieben. Dann wälzte er sich zu mir herüber und umarmte mich, als wäre ich eine Frau. Ich erschrak und erstarrte am ganzen Körper. Er beschwerte sich: »Er ist ja gar keine Braut, sondern ein Klotz von totem Holz!« Dann stellte er eine Frage in den Raum: »Was macht man da?« Ein Chor von Stimmen brüllte: »Weichklopfen!« Er sagte: »Also dann!« Und wälzte sich wieder von mir weg.

Sie stürzten sich auf mich. Das waren keine Menschen mehr, sondern echte Raubtiere. Gut abgerichtete Bluthunde, ausgehungerte Aasgeier oder noch Schlimmeres – Todesboten, Teufelsbüttel – ach, was weiß ich! Ich spürte, wie sie mich da und dort anpackten, in die Luft hoben und sich an jedem der Glieder derb festkrallten und es in jede Richtung zerrten. Dann spürte ich auch Schläge auf jede Hand- und Fußbreite meines Leibes regnen. Ich kreischte und brüllte, denn es tat grausam weh. Meine Haut, meine Muskeln, meine Sehnen, meine Knochen, jedes Stück meines Leibes drohte abzureißen, ich war wohl kurz davor, in lauter Fetzen zerrissen zu werden. Irgendwann sah ich – mein Kopf wurde hochgehalten, damit ich es sah – ein

Messer in einer Hand und spürte dabei auch eine andere, bestialisch grobe Hand an meinem Pimmel. Und ich hörte: »Ab- und zurechtschneiden zu einer Scheide!«

Da passierte es wieder – ein Geschrei entfuhr meiner Brust: »Bitte, bitte, nicht!«

Darauf erdröhnte eine andere Stimme. Sie sprach eine Frage aus: »Wirst du nun tun, was von dir verlangt wird?«

Ich zögerte. Neue Schläge prasselten von allen Seiten auf mich nieder. Einer traf mich an den Hoden. Mir war, in mir zerbarst ein Feuer. Ich hörte mich stöhnen: »Ja, wenn ich es kann.«

Ein ohrenbetäubendes Gelächter folgte darauf, Gegröle, Nachäffungen, Bemerkungen.

»Wenn ich es kann!«

»Du wirst es schon können!«

»Du musst! Denn du bist ja nichts anderes als ein armseliger, pimmelkleiner Wicht des faulen Fleisches, dafür bestimmt, eine süße, arschstramme Möse abzugeben!«

Wieder die dröhnende Stimme: »Die letzte Gelegenheit! Wirst du es können?«

Und meine armselige Stimme mickerte: »Ja. Ich versuche es …«

Dann werde ich hart auf das weiche Bett geschmissen. Sofort wälzt sich der »Bräutigam« zu mir herüber, besteigt mich grunzend. Ich bin nah dran zu sterben vor Ekel, doch die Angst hält mich in Bann. So gebe ich mir Mühe, ruhig zu bleiben. Mit einem Mal spüre ich die fremden Schenkel mit den harten Knien an meinen Rippen, das widerliche Gesäß auf meiner Brust, danach sehe ich über meinem Hals, vor meiner Nase und meinem Mund das Scheußlichste, das ich je gesehen: einen fremden Pimmel! Gleich darauf spüre ich das abscheuliche, fremde Hängefleisch an meinen Lippen und höre gleichzeitig die grunzende Stimme: »Na, Klappe auf!«

In dem Augenblick ist mein Ekel wohl größer als meine Angst. Denn ich beiße die Zähne und presse die Lippen fest zusammen, anstatt sie auseinanderzubringen. Ein Faustschlag knallt mir so gegen die Schläfe, dass mir für eine Weile Hören und Sehen vergeht. Dann spüre ich viele Finger am Leib, sie fassen mich überall an. Jetzt kneifen sie mich in die Waden, in die Innenseite der Schenkel und Arme, in die Hüften, verdrehen mir die Finger, die Zehen, die Ohren … Himmel, Himmel, Himmel, entsetzlich sind die Schmerzen! Die Untiere grölen, erteilen mir Befehle.

»Klappe auf!«

»Lutschen! Lutschen! Lutschen!«

Zu meinem Entsetzen stelle ich fest, dass ich gehorche. Und spüre dabei, wie der sehnige Klumpen in meinem Mund anschwillt und immer steifer gegen meinen Gaumen stupst. Wieder und wieder zieht es sich in mir zu einem Krampf zusammen, und ich bin nah dran zu kotzen. Nach einer Ewigkeit schießt mir in zwei, drei Salven ein brühheißer, salzig pissiger Brei in den Rachen. Weder das Untier noch seine Lakaien sind darauf vorbereitet – da entfesselt sich in mir eine solche Kraft, dass ich mich mit einem Ruck von dem vielfachen Griff befreie, den Brocken über mir wegstoße, vom Bett springe und auf den Boden falle. Dabei übergebe ich mich.

Eine einzige Stimme schrillte kurz auf und verstummte gleich wieder. Es war der Zwerg. Alle anderen blieben still. Später erklärte ich es mir so: Der Atman musste, als er von mir abgeworfen wurde, recht ungünstig ausgesehen haben. Keiner trat mehr an mich heran. Sobald ich einigermaßen atmen konnte, lief ich hinaus. Draußen übergab ich mich weiter und heulte dabei lange Rotz und Wasser. Als ich zurückging, herrschten im Raum Stille und Ordnung. Mein Bett stand wieder an seinem alten Platz. Alle lagen brav in ihren Betten. Allein der Zwerg war dabei, den verunreinigten Fußboden zu säubern.

Die Nacht und die darauffolgenden Nächte schlief ich so gut wie nicht. Ich war erschreckt und erschüttert von meiner Wehrlosigkeit und von der Rohheit der anderen. Ich dachte an Rache, versuchte, Pläne zu schmieden. Hätte ich Zugang zu einem der AKAs gehabt, mit welchen die Wächter übers Gelände stolzierten, hätte ich die vertierte Meute niedergemäht, ohne mit der Wimper zu zucken! Und dabei das Dienstpersonal unbedingt mitbeseitigt! Wären alle erledigt gewesen, hätte ich das ganze Gefängnis angezündet, einschließlich des Abortschuppens! Inmitten dieses blindwütigen Hasses leuchtete mir irgendwann ein: Es war unwahrscheinlich, dass ich zu einer solchen Waffe kommen würde; aber wie wäre es, wenn ich das, worüber ich ständig verfügte, nämlich mich selbst, in eine Waffe verwandelte? Was nicht ganz unmöglich war, denn ich konnte mich, der ich vorerst ein Feigling und Schwächling und sonst auch der Inbegriff alles Untauglichen war, zu einem richtigen Mann abhärten und ertüchtigen. Das schien mir machbar, wenn ich beim Geringsten anfing und mich jeden Tag etwas verbesserte. Mut schöpfte ich aus der Tatsache, dass ich vom Wuchs her nicht kleiner geraten war als der Verhasste und die meisten seiner Lakaien. Also fing ich an.

Für mein Vorhaben sprach, dass wir uns morgens wie abends auf dem Appellplatz sportlich zu betätigen oder richtiger: sportähnlich zu bewegen hatten, und dass dort sogar einige Geräte aus Eisen und Holz befestigt standen. Nur, das alles war zur Schau ausgestellt. Weder die Aufpasser noch die Häftlinge nahmen es ernst. Die ganze Angelegenheit diente bestenfalls zum Zweck zusätzlicher Quälereien der Niedrigsten im Gefängnisstaat. Nun begann ich, davon Gebrauch zu machen. Manchmal ging ich sogar so weit, dass ich mich von jenen grobschlächtigen Kolossen peinigen ließ, indem ich absichtlich etwas verkehrt machte. Außerdem führte ich meine geheimen Übungen aus, wenn ich mich unbeobachtet wusste. Das waren gut überlegte, rasche und gezielte Bewegungen mit Händen und Füßen: Schläge und Tritte. Vor Jahren hatte ich in einem Film einen Mann gesehen, der mit der Kante seiner bloßen Hand zuerst feste Bretter und dann sogar steinharte Ziegel in die Brüche zu schlagen vermochte.

Der Steinbruch war der Hauptplatz meiner Übungen. Jeder Brocken, der festsaß oder schwer lag, bekam hinter meiner Stirn schnell eine bestimmte Gestalt, ein bestimmtes Gesicht und einen bestimmten Namen. Das war immer einer der Mithäftlinge, mal der Atman, mal das Einohr, manchmal auch der Manaraa oder der Zwerg. Ich verfuhr mit ihnen, wie sie es verdienten: mal sanft, mal rau. Und setzte alles daran, mit jedem von ihnen irgendwie fertigzuwerden. Dabei beobachtete ich die Männer um mich herum. Sie arbeiteten lustlos, stumpf und ermüdeten immer schnell. Ich dagegen holte die Brocken, die Dreckskerle, mit Lust heraus, packte sie mit Leidenschaft an und warf sie mit wilder Hingabe von mir weg. So blieb ich in der Seele wach und frisch. Ich fühlte mich körperlich erstarken und lag nachts stundenlang wach und wiederholte in Gedanken die Schläge der Hände und Tritte der Füße immer von Neuem.

Gegen Ende meines zweiten Gefängnisjahres ergab sich endlich die Gelegenheit. Eines Tages, gleich nachdem wir auf dem Arbeitsgelände angekommen waren, schnappte mir der Atman im Vorbeigehen die Fäustlinge weg. Ich griff rasch und fest mit der Linken nach seiner Linken und sagte leise, aber unmissverständlich bestimmt: »Das sind meine!« Er war offensichtlich sehr überrascht, hob die Augenbrauen, grinste verächtlich, ballte die Rechte zur Faust und holte aus. Darauf hatte ich längst gewartet, ich kam ihm zuvor und schlug meine zu einem Klumpen Knochen, nein, zu einem Batzen Stein geballte rechte Faust auf seine linke Schläfe, fuhr ihm einen Lidschlag später mit der linken Stiefelspitze zwischen die Beine und stieß ihn von mir weg.

Der Kerl flog der Länge nach hin und blieb liegen, regungslos, einer hingestürzten Wolfsscheuche gleich. Einen endlos scheinenden Augenblick lang schienen alle ringsum erstarrt. Dann hörte man Schielteufels Stimme. Das war die linke Hand des Atman, wenn Einohr die rechte darstellte. Und diese Stimme rief alle dazu auf, mich auf der Stelle weichzuschlagen. Ich griff nach der körperlangen, armdicken Brechstange und rief, wild vor Begeisterung: »Ja, versucht es nur! Bevor ihr mich zu fassen bekommt, werde ich ein paar von euch Schlappschwänzen längst erschlagen haben!«

Darauf passierte etwas Unglaubliches: Keiner rührte sich! Was meinen Wahnsinn, von dem ich voll gepackt war, weiter steigerte. Ich röhrte flammend: »Schielteufel! Anstatt andere auf mich loszuhetzen, komm doch selber her, wenn du keinen Schiss vor mir hast!«

»Ich vor dir, kleinem Kotzwicht des faulen Fleisches, Schiss haben?« Seine Stimme zitterte, Seine Hoheit war beleidigt. Krummbeinig und zwei große dunkle Fäuste herauskehrend, schritt er auf mich zu. Ich schleuderte die Brechstange weg und ging ihm langsam entgegen. Diesen Zweikampf hatte ich mir so lange gewünscht und hundert-, tausendmal in Gedanken geübt! Nur war es immer der Atman gewesen, der sich da auf mich zubewegte. Dieser Mensch hier war kürzer und breiter als jener. Und älter, ja alt – bestimmt schon Mitte vierzig. Ich glaubte zu wissen, was er von mir dachte: Grünschnabel! So wollte er sicher dem Grünschnabel die Schnauze platt schlagen. Und während ich mich ihm so entgegenbewegte, erwog ich zwei Möglichkeiten. Entweder ihm wie seinem Vorgänger zuvorkommen, da werden meine jungen, biegsamen Muskeln schon schneller zuschnappen! Oder ihm den ersten Schlag lassen, dem ausweichen und, bis seine altersträge Flosse zum nächsten Schlag ausholt, beide Fäuste hintereinander ausfahren, nötigenfalls auch einen Fußtritt zusetzen! Dazu kam es aber nicht. Denn er schien meine Absicht zu erkennen und nahm sich Zeit mit dem Zuschlagen. Er holte aus und ließ den Arm wieder sinken. In diesem Bruchteil einer Sekunde streifte ich mit der Kante der linken Hand unterhalb seines Kinns dicht vorbei, als einen kleinen Versuchsstreich, die rechte Faust, eingezogen, zum Schlag bereit. Der Kerl strauchelte und sank schon auf die Knie. Was mich fast enttäuschte, aber entzündete.

Ja, ich war erst recht zu Feuer und Flamme erwacht. Dachte mit dröhnendem Schädel und juckenden Fäusten: Sollten doch die Biester ruhig auf mich zugestürzt kommen! Ich werde sie alle niederstrecken mit meinen jungen, gedrillten Armen und Beinen, die keine menschlichen Glieder mehr waren, sondern längst zu Knuten und Knüppeln zum Knacken und Brechen gestählt. So schaute ich herausfordernd der Reihe nach auf die Gesichter ringsum. Und glaubte darauf Achtung und Ehrfurcht zu erkennen. Selbst Einohrs hässlich grausame Fresse voller Narben und Flicken verriet keinerlei Zeichen von Widerstand mehr, geschweige denn zu einem unmittelbaren Angriff. Da verstand ich zweierlei. Erstens, die Mär von den gefürchteten, rauen Gefängnisrüden lebte mehr von Getue und Gerücht als von wahrer Leistung. Zweitens, hier herrschte in der Tat dieselbe Ordnung wie bei den Wölfen auch: Es gab keine wirklichen Freundschaften und Feindschaften. Alle fügten sich schnell dem jeweils Stärksten. Es kam kein Ansturm auf mich zustande. Die Bestien blieben mit betretenen Mienen und eingezogenen Schwänzen dort, wo sie waren.

Dem doppelt armen Angeber Schielteufel musste man den eingedrückten Kehlkopf durch Absaugen wieder richten. Der Atman erhob sich nicht wieder. Er war mit dem Schädel gegen einen Stein geflogen, lag bewusstlos da und war zu einer atmenden Leiche geworden. Ich musste ihn auf dem Rücken zum Gefängnis tragen. Hinter mir ging ein Wächter mit einem AKA am Hals. Der galt mir. Denn gleich bei unserer Ankunft wurde ich in den Karzer gesperrt. Aber bis dahin, bis wir auf dem Gefängnisgelände ankamen, dauerte es lange. Der Weg war weit. Der Mensch war schwer. Ich musste mehrmals halten und mich ausruhen. Der Wächter erlaubte es mir. Er trieb mich kein bisschen an. Am Ende einer dieser Atempausen, besonders in dem Augenblick, wo ich aufstand, um nach der ausgestreckt daliegenden und atmenden Last zu greifen, hätte ich den Wächter, der mir dabei zu Hilfe kommen musste, mit einem Handschlag oder einem Fußtritt niederstrecken und ihm die Waffe abnehmen können. Aber wozu das bloß? Jetzt war die ersehnte Rache genommen. Die erwünschte Tat war vollbracht. Dem Wächter sollte ich sogar dankbar sein, denn er und ein anderer, die auf uns aufzupassen hatten, hätten mich erschießen oder wenigstens durch einen Schuss in die Luft von meiner Raserei aufhalten können. Aber sie hatten nichts dergleichen getan, so wie sie bei den anderen Peinigungen der Häftlinge untereinander auch nichts taten. Jede solcher Streitereien und Prügeleien war wohl für die armen Wesen, die mit lauter Verbrechern in die Steppenödnis verbannt waren, eine willkommene Abwechslung. Der heutige Vorfall war für sie sicherlich ein besonderer gewesen, da ein räudiger Jährling zwei berühmt-berüchtigte menschliche Hengste zur Strecke gebracht hatte. Ich war mir fast sicher: Sie und manch andere waren mir für meine von Erfolg gekrönte Auflehnung dankbar.

Ich betrat den stockfinsteren Karzer, der übrigens bei Weitem nicht so hässlich und peinigend war wie das Untersuchungsgefängnis, stolz wie ein Held! Ich war erfüllt von einem befreienden Gefühl und fiel alsbald in tiefen Schlaf, der so lange andauerte, bis die Tür aufging. Da fühlte ich mich körperlich ausgeruht und seelisch entlastet. Gut war, dass das Untier zum Schluss doch nicht krepierte; aber dass es am Leben blieb, war auch alles. Es schien die Fähigkeit, aufrecht zu stehen, für immer verloren zu haben. So musste der berühmt-berüchtigte Häftling bald entlassen werden. Ebenso gut und sogar lobenswert von dem Menschenschänder war, dass er aussagte, er trage mir nichts nach, denn er habe mich umbringen wollen, und da sei ich ihm nur zuvorgekommen. Schlecht war: Ich bekam eine zweite Gefängnisstrafe aufgebrummt. Diesmal acht Jahre! Das Gute daran wiederum war: Ich blieb im selben Gefängnis, bei meinen Mitgefangenen. Denn jetzt verstand sich von selbst, dass ich zum neuen Atman aufsteigen durfte.

Am Abend des ersten Tages meiner zweiten Gefangenschaft, bei meinem Amtsantritt als Atman sozusagen, beorderte ich den Zwerg zu mir und verpasste ihm eine knallende Ohrfeige, worauf ich ihn fragte: »Weißt du, wofür die ist?«

Er sagte: »Ja. Für die Stiefel und die Jacke des Atman, die ich Euch damals weggeschnappt habe!«

»Falsch!«, schnauzte ich ihn an. »Dafür, dass du ein Schwächling geblieben bist!« Und ich ernannte ihn auf der Stelle zu meiner rechten Hand. Ebenso ernannte ich einen armen Kerl, der bislang viele Hänseleien zu erdulden und Schläge einzustecken gehabt hatte, zu meiner linken. Weiter gab ich bekannt, dass ab dieser Stunde jegliche Quälerei eines Mithäftlings durch die anderen aufzuhören hatte, da ich Rohheit hasste. Auch würde ich jegliche Erscheinungsform von Schlamperei, Betrügerei, Dieberei und Faulenzerei hart bestrafen. Zum Schluss sagte ich: »Als Sträfling hinter Stacheldraht eingesperrt zu sein ist schwer und bitter genug. Warum sollten wir einander da das Leben noch zusätzlich vergällen, Männer? Lasst uns ab jetzt versuchen, als Mitglieder einer Familie in Eintracht zu leben!« Hört sich revolutionär an, nicht wahr? Dem gleich, was man im Spätwinter des Jahres des Weißen Pferdes allüberall zu hören bekam.

Wie war die Antwort darauf? Kein Sterbenssilbchen, dafür betretene, erfreute Gesichter und dankbare, spöttische Blicke. Was aus unserer berühmten demokratischen Revolution mittlerweile geworden ist, wissen wir ja: Aus den redegewandten, schmächtigen Burschen, die das Volk zur Freiheit und Gerechtigkeit aufriefen, sind schlimmere Despoten geworden als die verschrienen kommunistischen Diktatoren. Vor allem lauter kugelrunde Milliardäre mit Doppelkinn und Leibwächtern, während denen, die fleißig demonstriert und die alte Macht gestürzt haben, der Bettelsack zugefallen ist. Das Gefängnisvolk profitierte mehr, denn Hänseleien und Schlägereien wurden deutlich weniger. Um dies zu erreichen, strengte ich meinen Geist mindestens so an, wie ich meinen Leib im Steinbruch anzustrengen hatte. Ich arbeitete mit meinen beiden Gehilfen und anderen, die es gut mit mir meinten, erzwang, ermunterte und spornte sie zu körperlicher wie seelischer Ertüchtigung an. Recht bald spürte man die Ergebnisse. Ich kam auf die Zauberformel: Wer seine Faulheit besiegt, wird zum Besseren. Den schlimmsten Störenfried schickten wir weg. Er kam auf meine schriftliche Anzeige mit den Unterschriften von siebzehn weiteren Mithäftlingen hin in eine andere Haftanstalt mit verschärftem Vollzug, was seine Gesinnungsgenossen empfindlich traf. Ab da fügten sie sich, wenn auch mit knirschenden Zähnen, der neuen Ordnung.

Mein Vater besuchte mich zweimal. Zuerst kam er im dritten Monat meines Gefängnisaufenthaltes. Oh, das war ein schweres Wiedersehen für uns beide. Er sah mir gleich an, wie es um mich stand, obwohl ich sagte, es gehe mir gut. Beim Abschied bat ich ihn, nie wieder herzukommen. Das zweite Mal kam er auf meine Bitte hin, dreieinhalb Jahre später. Da las ich seinem Blick ab, wie erleichtert er war. Er sagte, ich sei zu einem richtigen Mann herangewachsen. Vorher hatte er vom Gefängnischef gehört, wie es zu meiner zweiten Strafe gekommen war. Der Chef hatte mich einen richtigen, edelmütigen Volksführer genannt und gemeint, ich würde die Frist wohl nicht voll absitzen müssen. Was mich ermunterte und denken ließ, dass der Weg, den ich gewählt hatte, so verkehrt nicht war, obwohl mich immer wieder schwerer Zweifel geplagt hatte.

Ich bildete mir ein, dass die Veränderung unten im Gefängnisvolk die Gefängnisführung mit dem fragwürdigen Personal da oben ein klein wenig in die gute Richtung bewegt hatte. Und das gab mir Mut. Aber jenes Lob ließ mir wohl auch die Fühler ein wenig einschlafen, die wölfische Wachsamkeit, über welche jeder oben Platzierte zu verfügen hatte, gleich ob Gefängnis-Atman, Sippenhäuptling oder Staatsführer. Eines Nachts bekam ich ein Messer in die Brust gestochen. Es war eine mondlose, bewölkte Nacht, und es passierte draußen vor dem Aborthäuschen. Der Stromerzeuger war seit dem Vortag kaputt, und so herrschte Dunkelheit. Ich war aufs Böseste überrascht und stolperte. Der Meuchler rannte weg. Ich stürzte aber nicht, fing mich gerade noch auf und jagte, dem Getrappel der schweren Stiefel folgend, dem Flüchtenden hinterher. Bald holte ich ihn ein und versetzte ihm einen Stoß, dass er krachend hinklatschte. Aus Vorsicht, das Messer könnte immer noch in der Hand stecken, verpasste ich dem Liegenden einen solchen Fußtritt, dass jeder Widerstand gebrochen war. Ich renkte ihm beide Schultern aus und befahl ihm, mir zu folgen. Ich hatte Glück, das Messer hatte mein Herz verfehlt, und es blutete auch nicht allzu viel. Der Übeltäter war einer, mit dem ich bislang nie zu tun gehabt hatte.

Ich fragte Einohr, welche Strafe für den Kerl angemessen wäre. »Beide Ohren abschneiden!«, sagte er. Die gleiche Frage stellte ich an weitere. Unterschiedliche Antworten fielen.

Die von Schielteufel lautete: »Ein Auge ausstechen!«

Die von Manaraa: »Ein paar Rippen brechen!«

Die von Zwerg: »Gleich gegen gleich!«

»Das heißt?«

»Einen Messerstich in die gleiche Stelle seines Balgs versetzen!«

Siehst du? So denken unsere mongolischen Menschen – alle in Richtung einer körperlichen Peinigung des Strafwürdigen! Und warum sind wir so grausam? Vielleicht ist es die Veranlagung, steckt es uns im Blut, vielleicht aber sind es die Gesetze, die unsere Denkweise so prägen. Wie dem auch sei, ich verkündete das Urteil, das mir nach meinem Ermessen als angebracht erschien: Ab Anbruch des nächsten Tages die Unterkunft samt dem Aborthäuschen und dem ganzen Gefängnisgelände sauber halten, und dies einen ganzen Monat lang!

So wie das Gefängnis einem Staat innerhalb des Staats glich, war meine Entscheidung eine Strafe innerhalb einer Strafanstalt. Und manche fanden dies besser als das, was der Staat in ähnlichen Fällen zu unternehmen pflegte. Das riecht nach Selbstlob und Größenwahn, nicht wahr? Ich bin nicht im Mindesten gekränkt, wenn du mir die Frage bejahst. Später habe ich viel darüber nachgedacht. Vielleicht hat die Zentrale meines Hirns für keinen Augenblick vergessen, was ich meinem Vater und meiner Mutter am Anfang des Wegs in die Hölle geschworen habe. Oder der Schöpfer hat mich mit einer Ader für Größeres als nur mit tierhaftem Trieb bestückt, wer weiß? Ich nahm meine Rolle als Atman ernst, fühlte mich geehrt, aber auch beladen mit Pflichten und erfüllt von Verantwortungsgefühl wie ein Vater gegenüber der garstigen und bösen, aber auch jämmerlich schutzbedürftigen Horde kunterbunter, unglücklicher Wesen.

Hätte mein Meuchler etwas geschickter gearbeitet und mich getötet, er wäre zweifelsohne unentdeckt geblieben. Damals machte ich mir keine Gedanken darüber. Aber später, wieder auf freien Füßen, habe ich es getan: Aus welchem Grund hatte mich der Mithäftling, mit dem ich gar nichts zu tun gehabt, erstechen wollen? Möglicherweise war es der Neid, der ihn dazu trieb. Ich, der vorherige Abschaum in den Augen aller, hatte mich zum Atman heraufgearbeitet, während er in der namen- und gesichtslosen Mitte bleiben musste. Vielleicht aber geschah die Tat auf Bestellung? Wenn ja, wer war es, dem ich im Weg gestanden hatte? Einohr? Schielteufel? Der Gefängnischef? Das war unwahrscheinlich. Das Personal? Eher denkbar. Denn durch mein ungewöhnliches Verhalten hatte ich diesem oder jenem das Gewohnte entzogen. Vielleicht hatten einer oder einige jenes grausige, kostenlose Schauspiel vermisst, an das sich ihre raubtierhaften Gelüste längst gewöhnt hatten?

Viele Mutmaßungen, aber keine einzige Antwort, die den Geist überzeugte und die Seele stillte. So ist das, wenn die meiste Lebenszeit hinter einem liegt: Man lebt von Erinnerungen. Auch die Gefängnisjahre sind Lebensjahre. So habe ich dir eine ganze Menge aus der Zeit erzählt, entgegen meinem anfänglichen Vorhaben, deine Ohren nicht damit zu belästigen und deine Seele nicht damit zu beschmutzen. Nun aber nähere ich mich dem Schluss. Davor jedoch schnell eine traurige Nachricht. Eines Tages wurde ich zum Chef gerufen. Er teilte mir ohne Umschweife mit: Aus meinem Bezirk und Kreis sei die Mitteilung eingetroffen, dass mein Vater verstorben sei. Ich könne gern einen Antrag auf zehn Tage Urlaub stellen. Ich überlegte kurz und bedankte mich, es sei unnötig. Nicht, dass mich die Nachricht nicht getroffen hätte, nein, sie machte alles in mir zunichte. Mit einem Mal drehten sich Himmel und Erde vor meinen Augen, und kalte, leere Finsternis schien mein Inneres zu überschwemmen. Doch es blieb dabei, und es ging mir wie dir: Ich wollte das Bild meines quicklebendigen Vaters in mir nicht gegen eine Leiche oder einen Grabhügel tauschen.

Dann kam endlich die Entlassung! Neun Jahre, zehn Monate und siebzehn Tage waren verronnen. Die Tage im Untersuchungsgefängnis und auf der Flucht und den Tag im Kreisamt dazugerechnet, fast neun Jahre und elf Monate, nahezu ein ganzes Lebensjahrzehnt. Gewiss, es ist eine lange Zeit gewesen, doch wenn ich an den Tag zurückdachte, an dem ich, blauäugig-zutraulich und ängstlich-neugierig, durch das Gefängnistor geschritten war, kam es mir auch vor wie gestern. Meine Art, jeder Sache eine lichte Haut abzuschälen, ließ mich denken: Noch nicht achtundzwanzig, bin ich immer noch ein junger Mensch, doch schon mit einem Haufen Lebenserfahrung beschert und dabei körperlich kerngesund – ich werde anfangen zu leben!

Da passierte etwas Merkwürdiges: Der Chef – ich möchte ihn hier einmal mit Dienstgrad und Namen nennen –, Major Batmagnae, überreichte mir eine Auszeichnung auf dem von mir tausendmal betretenen Appellplatz vor der versammelten Mannschaft aus Häftlingen und Dienstpersonal. Das war für einen vom Schicksal Verwöhnten eigentlich nichts. Aber für mich, einen Häftling bis vor fünf Minuten, war es etwas ganz Besonderes. Der Major gestand, es sei während seiner ganzen Dienstzeit aus über zwanzig Jahren das erste Mal, dass ein Häftling mit einer Auszeichnung entlassen würde. Ein medaillengroßes, silbrig glänzendes Abzeichen, herausgegeben zum fünfzigjährigen Jubiläum der Strafanstalt zur Arbeit und Erziehung war es. Vielleicht war derjenige, der damit einmal hatte ausgezeichnet werden sollen, vorher gestorben oder hatte im letzten Augenblick etwas verbrochen. Aber was machte das aus? Ich freute mich, alle freuten sich, nicht zuletzt der, der mich auszeichnete!

Laut Gesetz hatte ich dorthin zurückzukehren, von wo ich gekommen war, nur wollte ich das nicht. Denn was sollte ich in der

Heimatecke, wo jeder jeden kannte, mutterseelenallein mit einem beschmutzten Ruf? Ich wollte dorthin, wo alle Gestrandeten hinwollen: in die Hauptstadt und dort untertauchen. Der Chef half mir mit einem offiziellen Schreiben. Noch wichtiger: Er gab mir die Anschrift von Leuten, deren Sohn vor Jahren in diesem Gefängnis als Sträfling verunglückt war. »Geh hin!«, sagte er. »Die Armen werden sich freuen, als kehrte ihnen der Sohn heim.« Beim Abschied beroch und küsste ich alle Mithäftlinge, die zum Teil wesentlich älter waren als ich, wie ein Vater. Die meisten der hartgesottenen Männer weinten. Auch meine Augen blieben nicht trocken.

Die Hauptstadt war schön. Vor allem, weil kein Mensch auf mich achtete, der ich in meiner ländlichen Bekleidung von vor zehn Jahren schüchtern am Straßenrand stand und auf das Gewimmel um mich herum gaffte. Doch gab es unter den ameisenhaft vielen und hastenden Menschen offensichtlich auch welche, die unlängst hier aufgetaucht waren und daher ihre Gewohnheit, auf die Mitmenschen zu achten, noch nicht vergessen hatten. Denn nach etlicher Weile fragte mich ein älterer Mann, ob ich auf jemanden wartete. Ich nannte ihm die Anschrift, und er half mir. Bei den Leuten, die ich aufsuchte, kam es zu einer großen Aufregung, als sie hörten, woher ich kam und wer mich zu ihnen geschickt hatte. Dann gab es Tränen, die auch später immer wieder kamen, während ich auf ihre vielen Fragen antwortete. Es war ein älteres Ehepaar. Sie hatten nur den einen Sohn gehabt, und der war im Alter von zweiundzwanzig Jahren wegen einer Schlägerei zu sieben Jahren Gefängnis verurteilt worden und dort dann im dritten Jahr bei einer weiteren Schlägerei umgekommen.

Der Major hatte recht gehabt, sie freuten sich sehr über mein Auftauchen. Gleich am ersten Abend, bei gedämpften Teigtaschen und einer Flasche Schnaps, sprach der Mann die Worte aus: Wie der eigene Sohn nach so vielen Jahren endlich heimgekehrt! Und am nächsten Morgen fragte mich die Frau, ob ich mir vorstellen könnte, ab nun als ihr Sohn mit ihnen beiden zu leben. Nun war ich derjenige, der Tränen weinte, denn die hübsche, gastliche Wohnung mit den beiden liebenswürdigen Menschen hatte mich die ganze Zeit an mein verlorenes Zuhause erinnert. So sagte ich, gegen Tränen ankämpfend, dass ich als Vollwaise und Obdachloser mir dies gar nicht vorzustellen wagte. Diese Worte, kein bisschen gelogen, veranlassten nun auch die beiden zu neuen Tränen. So weinten wir alle drei eine Weile gemeinsam. Daraufhin wurde ich von beiden an den Schläfen berochen und auf die Backen geküsst. Also war ich an Sohnes statt angenommen und hatte Menschen, zu denen ich Vater und Mutter sagen durfte. Sobald ich diese Worte aussprach, tauchten vor meinem inneren Auge die anderen Eltern auf. Der Vater und die Mutter – nicht die Schuppenhäutige, auch nicht die, die mich ersäufen wollte, nein, meine eigene, jene, die die Urquelle meines Daseins, aber auch meines Leidens gewesen war. Ich hatte auch jetzt keinerlei Schwierigkeiten mit ihr und lebte in meinen Gedanken mit ihr in liebevollem Frieden. Da war sie meine Mutter, mein Alles, was die Weiblichkeit betraf. Jenes Doppelbild von Vater und Mutter blieb eine ganze Weile in mir wach, wobei sich der eine Vater dem anderen gegenüber in keinerlei Weise eifersüchtig gebärdete. Vielmehr standen sie wie Zwillinge da, als wollten sie alles miteinander beraten. Mit der Zeit rückten sie immer näher, verschmolzen wohl ineinander. Wie auch die beiden Mütter.

Ich lebte hell und warm in Gedanken, leicht und fest im Körper wie beflügelt. In allem stand ich den beiden bei, die ich damals für Bejahrte hielt. Dabei war er erst Ende und sie Mitte fünfzig. Aber welcher Mensch in dem Alter freut sich nicht über eine helfende Hand? Sie waren mir dankbar für meine kleinen Dienste, lobten meinen Willen zur Tätigkeit sowie meine geschickten Hände und meine Lernfähigkeit. Eines Tages erfuhr ich den Grund ihres lauten Lobes. Mutter Dulmaa – die lieben Namen an dich weiterzugeben, ist mir ein Herzensbedürfnis! – verriet mir, wie ihr eigener Sohn gewesen: Verhätschelt im höchsten Grade und überaus arbeitsscheu. Gerührt von ihrem Vertrauen, sagte ich: »Der große Bruder Ganaa – er hat Gangbat, Stahlfest, geheißen, also wieder ein Gang! – muss dank seiner lieben Eltern wenigstens eine glückliche Kindheit und sorgenfreie Jugendjahre gehabt haben!«

»Hat er!«, kam sie mir willig entgegen und fügte hinzu: »Wir Eltern sind wohl daran schuld, dass der arme Junge aus der Bahn geriet, wir haben ihm einfach zu viel erlaubt, als dass er es ertragen konnte!« Darauf füllten sich ihre gütigen Augen schon wieder mit Tränen.

Ich sagte: »Darum, liebe Mutter, bitte ich Euch, meine kleinen Dienste nicht allzu hoch zu loben. Ich fühle mich sonst unwohl, da ich es nicht gewöhnt bin. Stattdessen wäre ich Euch, Vater und Mutter meiner Wiedergeburt, dankbar, wenn Ihr mich auf jede Kleinigkeit, die nicht nach Eurem Sinn scheint, sofort verweisen würdet. Ich, so wie ich vom Schicksal bedacht worden bin, werde schon jeden Tadel ertragen!«

Sie entgegnete mir darauf: »Dass du solche Worte sprichst, mein Sohn, ist Beweis genug dafür, dass du dich nicht so schnell von uns zum Verderb wirst hätscheln lassen. Doch ich werde schon daran denken!«

Das war unser erstes ausführliches Gespräch. Später hatten wir viele ähnliche Unterhaltungen, die unsere Gedanken immer fester miteinander verwoben. Mutter Dulmaa war ein sehr einfacher, aber herzlicher Mensch, ja die Menschlichkeit und Herzlichkeit in Person. Sie hatte ihr ganzes Berufsleben lang in der Staatskinderkrippe Drillinge und Vierlinge gepflegt, vielleicht rührte auch daher ihr nie versiegender Gefühlserguss. Vater Midir dagegen war ein hochgebildeter, vornehmer und vollkommener Mann, verbrachte die meiste Zeit mit Lesen und der Wahrnehmung aller möglichen gesellschaftlichen Aktivitäten. Er war ein überzeugter und geschliffener Kommunist. Das sagte man damals, wenn man einen lobte. Ich sage es hier in diesem Sinn. Eigentlich ein studierter Arzt, hatte er die letzten zwei Drittel seines Berufslebens verschiedene medizinische Einrichtungen geleitet. Manch einer redete ihn immer noch mit Darga, Chef, an. Dieser gebildete Mensch mit dem regen Geist also wurde zu meinem ständigen Gesprächspartner. Die Frau, die ganze Jahrzehnte neben ihm verbracht hatte, sah seine Hauptschwäche in der Lust, zu reden und zu belehren. Für mich Weltblinden und Welttauben war er genau der Richtige. Aus meiner späteren Einsicht hat seine Schwäche, wie bei so vielen Menschen unserer Zeit, in der Trinklust gelegen. Denn er liebte es, zum Abendessen ziemlich regelmäßig ein Glas zu trinken, wozu auch ich eingeladen wurde. Wollte ich mich manchmal heraushalten, stellte er trotzdem ein Glas hin, schenkte ein und sagte bestimmt, ich sei erwachsen genug. Ihm in irgendetwas zu widersprechen kam Mutter Dulmaa und mir nie in den Sinn.

An dieser Stelle muss ich nun einen kleinen, verspäteten Lobgesang auf die Ordnung mit Namen Sozialismus loslassen, der wir ein gutes Menschenleben lang in bester Absicht gefolgt sind und auf die heute jeder die gemeinsten Schmähungen loslässt. Damals durfte kein Mensch in arbeitsfähigem Alter unbeschäftigt sein. Arbeiten war für jedermann nicht nur Recht, sondern auch Pflicht. So stand ich in nur zehn Tagen nach meiner Entlassung aus dem Gefängnis in den Reihen der ruhmreichen mongolischen Arbeiterklasse, wie es offiziell hieß.

Ich wurde als Be- und Entlader im Kraftwerk Drei angestellt. Wie ich dort aufgenommen wurde, war auch eine kleine, für die heutige Zeit schier unverständliche Geschichte. Der Vater hatte sich dort für mich starkgemacht. Ich wurde am Rande einer Kundgebung feierlich in meine Arbeitsstelle eingeführt. Der Parteisekretär stellte mich der Belegschaft als einen mit Auszeichnung aus der Anstalt für Arbeit und Erziehung zur Front des sozialistischen Aufbaus Zurückgekehrten vor und rief alle auf, mir bei der Wiedereingewöhnung in den freien Arbeits- und Lebensalltag hilfreich zur Seite zu stehen. An mich gewandt, sagte er, dass ich mich bemühen solle, mich so schnell wie möglich ins Kollektiv einzuleben. Dabei merkte ich auf den meisten Gesichtern Wohlwollen, auf einigen freilich auch Hemmung.

Die Arbeit bestand zum größten Teil aus dem Entladen von Steinkohlewaggons und wäre für jemanden, der nicht gelernt hatte, seinen Körper anzustrengen, alles andere als leicht gewesen. Für mich aber, der ich so viele Jahre lang Felsen gespalten und Steinbrocken gewälzt hatte, war sie eher leicht als schwer. Hinzu kam, dass ich gleich am ersten Tag merkte, wie sich die Kumpel zu meinem schweißtreibenden Fleiß verhielten. Ich solle mich nicht übernehmen, meinten sie. Also verstand ich, sie sahen es nicht gern, wenn ich zu schnell arbeitete. Das hatte mir Vater Midir übrigens vorausgesagt und mir empfohlen, auf die Mitmenschen Rücksicht zu nehmen, damit sie mich nicht für einen Störenfried hielten. Denn die Arbeitsmoral, die ich erleben würde, wäre eine andere als die, worüber die Zeitungen schrieben. Also musste ich mich langsamer bewegen, was natürlich einfacher ist als das Gegenteil davon. Nach nur einer Woche erhielt ich mein erstes Gehalt. Das war unvorstellbar viel Geld, obwohl ich vorerst als Hilfsarbeiter auf Bewährung eingestellt war. Schwindlig im Kopf vor Freude ging ich nach Arbeitsschluss in einen Laden und kaufte auf Empfehlung der Verkäuferin für den Vater eine Flasche armenischen Cognac und für die Mutter einen Teeziegel und eine Tüte Feingebäck. Die Freude der beiden schien grenzenlos. Das ganze Restgeld wollte ich der Mutter in die Hand drücken. Sie erschrak und fragte, was ich da machte. Ich sagte: »Für uns alle drei, für die Familie.« Sosehr sie von meiner Fürsorge für unsere kleine Familie gerührt zu sein schien, das Geld wollte sie auf keinen Fall. Ich aber wollte ihr es unbedingt geben. Was zu einem sanften Streit zwischen uns führte und ein Gespräch eröffnete, das ich früher oder später zu führen hatte. Denn sie meinte, ich solle mit dem Geld nicht so leichtsinnig umspringen, da ich bald heiraten würde und eine eigene Familie zu versorgen hätte.

Ich sagte, ich würde nie heiraten.

»Warum das?«, fragte sie verwundert.

»Ich habe ein Mädchen sehr gemocht, sie ist mir dann weggenommen worden. Und darauf habe ich einen Schwur abgelegt«, sagte ich, wie ich es mir vorweg überlegt hatte. Sie schaute mich lange mit ihrem gütigen Blick an, schüttelte dann den Kopf und sagte schließlich leise eher zu sich selber als zu mir: »Ach, du bist mir einer, mein Junge! Sosehr ich mich wegen deiner Gefühle vor dir verneigen möchte, muss ich dir doch sagen, Nüüdül, dass deine Entscheidung nicht richtig ist. Hoffentlich wirst du eines Tages auf ein liebes, hübsches Wesen stoßen, das dich veranlasst, deinen edel gemeinten, aber falsch getroffenen Schwur zu brechen!«

Schließlich nahm sie mir das Geld ab, aber mit der Bemerkung, sie werde es auf meinen Namen aufbewahren.

Mutter Dulmaa und ich redeten nie wieder darüber. Vater Midir kam auf indirektem Weg auf meine Zukunft zu sprechen, doch ich sah, er billigte den Entschluss letzten Endes. Vielleicht hatte er geahnt, dass es mit meiner Gefängnisstrafe zu tun hatte, obwohl der Major in seinem Schreiben den berüchtigten Paragrafen mit keiner Silbe erwähnt und mir empfohlen hatte, für neugierige Ohren eine mittelschwere Raufgeschichte zu erfinden. Dem Rat war ich natürlich gefolgt. Der Mensch mit Bildung und Lebenserfahrung schloss unser Gespräch mit den lieben, Zweifel beseitigenden Worten ab, dass er versuchen werde, mir in jeglicher Sache beizustehen, da er in mir seinen endlich wiedergefundenen Sohn sehe.

Bald brachte ich noch mehr Geld mit nach Hause. Denn ich gewann mit der Zeit das Vertrauen des Kollektivs, so auch das der Führung, und zählte längst zu den besten Arbeitern. Nur wie jegliches Ding im Leben hatte auch das seinen Preis, was ich erst später begriff. Denn mein Bestreben, mich dem Willen der anderen Kumpel anzupassen, raubte mir Schritt für Schritt den inneren Schutz gegenüber der Außenwelt. Leute, die mit ihrer Seele an der Vergangenheit hängen, behaupten heute, die Trinksucht sei wie manch andere Gebrechen auch, erst mit der Demokratie und Freiheit über unser Volk hereingebrochen. Was aber nicht stimmt. Unter den Nomaden, die seit Urzeiten die Kunst beherrschen, aus vergorener Milch Schnaps zu brennen, gab es schon immer berüchtigte Trinker. Die Anbeterei alles Russischen versetzte ihnen den nächsten Tritt in Richtung Verderbnis. Und die von Anfang an falsch verstandene Freiheit, alles machen zu dürfen, war ein weiterer. Nein, auch im Sozialismus wurde viel getrunken, zumindest in dem Menschenkreis, der mich umgab. Wir tranken, dem Beispiel der Russen folgend, harten Schnaps aus Wassergläsern oder Teeschalen oder direkt aus der Flasche. Ja, bevor wir uns an einen zu löschenden neuen Waggon heranmachten, leerten wir zu zweit oder zu dritt eine Halbliterflasche, stehend, innerhalb einer Minute. Die Finger, die sich um die Flasche krallten, stellten das Maß dar. Nach der erfolgreichen Entleerung eines Waggons dann wieder eine neue Flasche. Und nach dem Feierabend eine weitere und so weiter. Den Trinkern fehlt es nie an Anlässen.

Und dass der Vater abends zu Hause seine heilige Gewohnheit mit dem Gläschen weiterpflegte, tat gewiss das Seine hinzu. Hatte ich anfangs noch Hemmung gehabt, wenn die Flasche zum Vorschein kam, hatte ich daran jetzt meine Freude, die mit der Zeit immer zunahm. Das beunruhigte wohl weder den Vater noch die Mutter. Im Gegenteil, sie freuten sich über meine ungezwungene, gesellige Haltung in der eigenen Familie. So war der Zeitgeist damals, und so ist es mit jeder Sache, die man zur Gewohnheit kultiviert und der man einen heiligen Schein verleiht. Hinzu kam, dass die Eltern es als Zeichen für meine Beliebtheit im Kollektiv bewerteten, wenn ich hin und wieder angetrunken nach Hause kam. Ja, sie freuten sich offen darüber, steuerten dem zustimmende, ermunternde Worte bei wie etwa: »Gut mein Junge, wir verstehen, du hast schwer zu arbeiten, dann darfst du dich doch zwischendurch auch ein wenig vergnügen mit deinen Freunden und Kumpeln!« O die grenzenlose, aber auch blinde Güte der beiden lieben Menschen! Also schlitterte ich immer schneller auf den Abgrund der Trinksucht zu. Während ich dir das jetzt sage, will ich weder ihn noch sie nachträglich beschuldigen. Denn die Ärmsten konnten und wollten aus dem Glücksrausch, einen Ersatz für ihren verlorenen Sohn bekommen zu haben, nicht erwachen. Für die Mutter, deren Herz von Tag zu Tag immer fester an mir hing, war es ohnehin unmöglich, etwas an dem geliebten Wesen auszusetzen. Eher hätte mich auf dem Weg der Verderbnis der gebildete und belesene Vater ermahnen können. Doch auch ihm gelang es nicht. Später habe ich viel darüber nachgegrübelt und konnte es mir am Ende so erklären: Er wird mich an sich selber gemessen und gedacht haben: Ich habe zeitlebens getrunken und bin bis auf den heutigen Tag trotzdem zu keinem Säufer geworden. Der Junge, der schon am Vormittag seines Lebens so viel Schweres hat durchleben müssen, soll sich ruhig ein wenig austoben und zerstreuen! Dabei hatte der gute Mensch, obwohl Mediziner, eines nicht verstanden: Die Menschen sind in ihrer Beschaffenheit so unterschiedlich, dass, was für den einen durchaus verträglich ist, den anderen rasch ins Verderben stürzen kann.

Vielleicht war dieser Irrtum für die Vaterseele gar nicht so verkehrt. Denn er verlebte die letzten Jahre seines Lebens in einem fast ungetrübt seligen Zustand. Ja, wir lebten als Eltern und Kind, als eine Familie wieder gute neun Jahre in Eintracht zusammen. Dann verloren Mutter Dulmaa und ich unser liebes Oberhaupt. Das ging ganz schnell, geschah innerhalb einer einzigen Stunde. Unsere Trauer war groß. Ich trauerte vor allem für die gute Mutterseele, die sich mit einem Schlag als unzurechnungsfähig zeigte. Wobei ich mich inmitten der Trauer auch ein wenig freute: Wie gut, dass mich das Schicksal zu den beiden verschlagen hatte, denn was wäre jetzt gewesen, wenn die Mutter ganz allein geblieben wäre!

So blieben wir zu zweit zurück, was uns noch enger aneinanderrückte. Gewiss war ich dabei noch fester entschlossen als vorher, dem verwitweten und verwaisten Mütterchen in allem beizustehen. Aber dann bereitete ich dummer Kerl ihr auch so manchen Kummer. Denn es schlug wohl die Krankheit, die Trinksucht, bei mir durch. Immer öfter kam ich betrunken nach Hause. Und jedes Mal, wenn ich zuerst draußen nach dem Schlüsselloch suchte und dann drinnen versuchte, leise aufzutreten und sogar leise zu atmen, damit sich der Fusel nicht so heftig in der Wohnung verbreitete und die Ärmste weckte, wollte ich schon heulen aus Wut auf mich selbst wie auch aus Mitleid mit dem Wesen, das sich auf mich allein zu stützen hatte. Von wegen leise aufgetreten! Da kam sie schon angeschlichen und fing an, in der Küche zu hantieren, um das warm gehaltene Essen auf den Tisch zu bringen oder, wenn ich mich zu sehr verspätet hatte, es aufzuwärmen. Im Grunde hatte ich ja gewusst, dass ich meine befristete, unsere gemeinsame Lebenszeit wegen des giftigen Teufelsgebräus in einer schmuddeligen Ecke der Großstadt sinnlos vergeudete.

Eines Tages traf ich auf der Straße zufällig einen ehemaligen Mithäftling. Ich begriff sofort, woran ich war, als ich sein rußschwarzes, dabei jedoch bleich durchschimmerndes Gesicht sah: Er war einer von den obdachlosen Säufern, die man bisher nur aus der Ferne gesehen hatte. Doch brachte ich es nicht fertig, von ihm wegzukommen. Wir soffen zusammen eine Flasche, dann ein weitere. Ich hatte ja Geld – je tiefer ich in das Laster versank, umso mehr Geld behielt ich für mich zurück, wenn ich mein Gehalt teilweise auch weiterhin der Mutter zur Aufbewahrung gab. Am nächsten Tag traf ich ihn um die gleiche Zeit wieder. Jetzt hatte er weitere Kumpane mit. Ich verstand, sie hatten mir aufgelauert. Wieder soffen wir. Eine, zwei, drei, vielleicht auch mehr Flaschen. Dabei lobte mich der ehemalige Mithäftling als Gefängnis-Atman in lauten Worten und erzählte denen die bekannten Geschichten mit mancher Übertreibung. Ich hörte zu und stellte verwundert fest, dass diese Heldengeschichten mir gefielen, mit den Übertreibungen sogar noch besser. Dabei begriff ich durchaus, wo ich da hineinschlitterte, doch mir fehlte die Kraft, die Säufermeute stehen zu lassen und wegzugehen.

Eines Nachts traf ich wieder zufällig – ja, was ist schon Zufall? – einen Mann, oder ehrlicher, er traf mich, denn er wohnte im gleichen

Haus, war gut mit dem Vater befreundet gewesen und dürfte auch meine Lebensgeschichte im Wesentlichen gekannt haben. Er hatte auf mich gewartet, da mein schäbiges Treiben ihm längst aufgefallen war. Er wusch mir erst einmal tüchtig den Kopf und fragte mich, wie es mit mir weitergehen solle. Ich sagte, ich wüsste es nicht, und hatte große Lust, mich auf der Stelle auszuheulen. Der Mann war Arzt und arbeitete mit Trink- und sonstigen Süchtigen. Er nahm mich am nächsten Tag mit zu seiner Arbeitsstelle. Dort sagte er mir, dass das Wichtigste mein Wille wäre. Wollte ich mich wirklich von dem Laster befreien, würde ich es mit seiner Hilfe auch schaffen. Ich wollte es sehr, und so blieb ich zwei Wochen in der Klinik und ließ mich von ihm behandeln. Und es half!

Was aber sollte aus der Arbeit mit dem so hohen Gehalt werden? Ich beriet mich mit dem Doktor, und wir beschlossen, sie aufzugeben. Er versprach, mir zu helfen, und tat es auch – fuhr zum Chef der Arbeitsstelle, erzählte die Sache mit den Kumpeln, dem Schnaps und meine besondere Empfindlichkeit. Der Chef musste dem Doktor mein Arbeitsheft herausgeben, da der darauf bestand, mich auf keinen Fall wieder mit den alkoholfesten Gewohnheitstrinkern zusammenzubringen. Am Ende war es auch der Doktor, der mir die nächste Arbeitsstelle vermittelte, und zwar in seiner unmittelbaren Nähe, unter seiner ständigen Aufsicht sozusagen. Ich wurde zum Heizer in dem Spital. Das Gehalt war natürlich nicht zu vergleichen mit dem, was ich vorher bekam – etwa ein Viertel dessen. Aber was machte das – jetzt hatte ich einen weiteren Menschen, der sich um mein Wohl kümmerte!

Die Mutter, die von vornherein Bescheid gewusst haben musste, war so glücklich über die Umstellung und vor allem über deren Folgen. Sie kümmerte sich um mich wie um ein Kind. Gut, dass ich mit reinem Gewissen sagen darf, auch ich war sehr darum bemüht, ihr die gleiche Liebe, die Liebe eines Sohnes zur eigenen Mutter, zukommen zu lassen. Ja, wir waren uns gut und lebten glücklich miteinander! Dafür könnte ich viele Beispiele anbringen, nennen möchte ich aber nur eins. Ich hatte, da ich meine Lebenszeit nun nicht mehr mit Sinnlosigkeiten vergeudete wie früher und außerdem in der kälteren Jahreszeit zwölf Stunden arbeiten musste und mich dann vierundzwanzig Stunden ausruhen durfte, viel Zeit für zu Hause und die Mutter. Und diese widmete ich ihr. Einmal besuchten wir das Staatliche Zentralmuseum. Was sehr schön war, aber auch anstrengend. So konnte sie auf dem Heimweg plötzlich nicht mehr laufen. Ich wollte sie auf den Rücken nehmen und tragen. Sie fragte mich, ob ich mich nicht schämte. Ich sagte Nein und nahm sie tatsächlich auf den Rücken. Sie war recht wohlbeleibt und ziemlich schwer, also kam ich ins Schwitzen. Aber ich war glücklich, dass ich das durfte, und weinte daher klammheimlich Freudentränen. Und was machte sie da? Auch sie weinte, wohl vor Rührung, und streichelte mir dauernd das Kopfhaar und beroch mich liebevoll bald an den Ohren und bald an meinem schwitzenden Nacken.

Das war gerade die Zeit, da ich Geschmack an Büchern fand. Ich las, sobald ich nichts zu tun hatte, anfangs alles, was mir in die Hände fiel, später, als ich ein richtiger Leser geworden war, gezielt gute Bücher. Und ich erzählte, was ich gerade gelesen, der Mutter hirnfrisch weiter. Ganze zweiundzwanzig Jahre lang, dann starb sie, was für mich ein harter Schlag war. Doch was sollte man tun? Schließlich war sie hochbetagt und blieb bis zuletzt gütig, glücklich und dankbar. Ihr Sterben glich einem sanften Hinübergleiten, wofür ich dem Himmel sehr dankbar war. Nachdem ich auf ihrem gütigen, befreiten Gesicht ein feines Lächeln entdeckt hatte, weinte ich Tränen, die so gut aus Trauer und Schmerz wie auch aus Rührung und Freude meinen Augen entquollen. Offenkundig war sie mit ihrem Schicksal nicht nur versöhnt, sondern ihm auch dankbar gewesen.

Ich könnte dir noch viel mehr über weitere, zumindest für mich wichtige Begebenheiten in meinem nicht gerade kurzen Leben erzählen. Doch ich meine, es ist genug, denn ich habe dir bereits eine ganze Menge zugemutet. Nur die Haupterfahrung, die ich in meiner bisherigen Erdenzeit habe machen dürfen, möchte ich dir gern noch mitteilen: Unser menschliches Leben besteht aus viel mehr lichten als düsteren Stunden, da auf Gottes Erde viel mehr gute Menschen leben als böse. Zum Abschluss vielleicht noch ein paar Worte über einen jener anständigen Zeitgenossen, einen wahrhaft edlen Geist. Das ist der Oberst, dir bereits bekannt, ohne dass sich dein Lebensweg mit seinem bislang hat kreuzen können.

An einem Wintertag ging ich einmal an spielenden Kindern vorbei und sah plötzlich, dass eins vom Steilhang oben herunterschlitterte und zur gleichen Zeit da unten ein großes Auto mit Anhänger mit wilder Geschwindigkeit heranfuhr. Ich schätzte die beiden, die sich, jeder auf eigener Bahn, auf dem glatten Eisschnee fortbewegten, rasch mit dem Blick ein und meinte, sie könnten demnächst zusammenstoßen. So sprang ich dem Schlitten in den Weg und versuchte, das Kind abzufangen. Was mir jedoch nicht ganz gelang, denn es stürzte vom Schlitten, purzelte eine Weile durch den Schnee und blieb dann liegen. Der Schlitten aber sauste weiter, geriet tatsächlich unter die Räder des Anhängers und war zertrümmert. Das Kind stand auf und rannte heulend davon, es musste einen tüchtigen Schreck vor mir bekommen haben. Und ich selber war auch ziemlich erschrocken. Denn es hätte ja auch so ausgelegt werden können, als sei ich an allem schuld. Aber einer hat die Sache beobachtet und die Lage ähnlich eingeschätzt wie ich, und zwar ein noch junger Mann, der künftige Oberst, damals erst Kapitän. Als nun dieser, ein uniformierter, strammer Kerl, auf mich zugerannt kam, wurde mir schon schlecht. Doch schnell verstand ich, dass er es gut mit mir meinte, und wieder später, dass er der Vater war, der durch das Fenster des Nebenhauses auf seinen spielenden Sohn geachtet, das so unvernünftig schnell fahrende Auto entdeckt und sich in aller Eile auf die Straße hinausgestürzt hatte. Ich wurde zum Tee eingeladen, und nach und nach wurden wir zu Freunden.

Du siehst, Tochter, er hätte mich flott beschuldigen können, sein spielendes Kind belästigt, es zum Sturz gebracht zu haben. Auch wäre es möglich gewesen, dass er meine gute Absicht zwar erkannt und mir deren ungeschickte Folge verziehen hätte, aber einem Wildfremden in Arbeiterbekleidung keine weitere Aufmerksamkeit geschenkt und mich ohne ein Sterbenswörtchen der Dankbarkeit entlassen hätte. Stattdessen lud er mich in seine vornehme Wohnung ein, ließ mir Tee und Essen vorsetzen und unterhielt sich eine ganze Stunde oder noch länger mit mir. Ich habe einen Freund gefunden, der mir heute hin und wieder unter die Achseln greift. Und wenn ich ehrlich bin, bin ich auf seine Freundschaft stolz. Dabei weiß ich gar nicht genau, was er im Einzelnen über mich denkt. Im Großen und Ganzen jedoch schätzt er meine kleinen Dienste recht hoch. Vielleicht fällt ihm das Wort »hündische Treue« ein, wenn er an mich denkt. Mir wäre es recht. Denn auch Dschingis Khan nennt in der *Geheimen Geschichte* seine mächtigsten vier Feldherren seine vier Hunde, nicht wahr?

Ja, wenn man der Überzeugung ist, es gebe mehr liebe als böse Menschen auf der Welt, sollte man sich ständig bemühen, zu den Ersteren zu gehören. Denn am Ende meines Lebens muss ich den Buddhisten recht geben, die sagen: Unser heutiges Leben ist der Ertrag dessen, was wir gestern getan; und was wir heute tun, dessen Ertrag werden wir morgen ernten!

Dsajaa, die seine Hand mit den knotigen Fingern und der schwieligen Innenfläche die ganze Zeit in ihren zarten, heißen Händen gehalten und ihn mit dem Zucken ihrer geschmeidigen Muskeln und der Wärme ihrer weiblich glatten Haut nicht nur ständig hat wissen lassen, dass sie immer noch wach war und zuhörte, sondern ihn auch zum Fortfahren angetrieben hat, stößt einen langen, geräuschvollen Seufzer aus, als sie merkt, dass die Erzählung am Ende angelangt ist. Darauf drückt sie ihr Gesicht gegen seinen knochigen, sehnigen Arm und fängt leise an zu weinen. Er verharrt eine Weile still und streichelt dann mit der freien Hand ein paar Mal behutsam über ihr Haar. Was sie sichtlich zu beruhigen, jedoch den Tränenstrom kaum zu verhindern vermag. So weint sie weiter und nässt die welke Haut seines Oberarms, gibt dem müden Fleisch und den maroden Knochen darunter ihre Hitze und hält auf diese Weise seine menschlichen Sinne lange wach. Er genießt diese Zuwendung, die zu dem befreienden Gefühl, die nötige Pflicht erfüllt zu haben, passt. Und so versinkt er mit einem Mal, nicht anders als ein gestillter, wohlbehüteter Säugling, in Schlaf.

Am darauffolgenden Abend findet – diesmal am Küchentisch, von Angesicht zu Angesicht – ein weiterer Gedanken- und Gefühlsaustausch statt. Da ist es Dsajaa, die das Wort führt. Sie steigert sich schließlich zu einer Ankündigung, die ihr auf Anhieb Lebensreife und Urteilsklarheit verleiht. Sie spricht auf Augenhöhe, an Nüüdül gewandt: »Nun, nach Eurer Erzählung, glaube ich manches besser zu verstehen. Möglicherweise bin ich die wiederverkörperte Seele Eurer unglücklichen Mutter? Und da Ihr, das Kind, und ich, die Mutter, wir beide unschuldig sind, hat uns der Himmel hier und jetzt wieder zusammengeführt. Nachdem mir das Glück wie auch die Bürde, Mutter zu sein, verweigert worden sind, bin ich in einem erweiterten Sinn des Wortes ins Dasein einer Jungfrau zurückgefallen. Die Verquickungen mit den Menschen, die mir nähergekommen sind, waren womöglich nur Irrungen und Wirrungen auf der Suche nach einem Wesen, das mir das Gegengewicht sei, zu dem, was Ihr zu Eurer Mutter gesagt habt: Tochter, Geliebte, Mutter, Gefährtin – alles! Denn bei wem ich auch landete, in der Tiefe meiner Seele spürte ich weiter die ungestillte Sehnsucht, träumte von einem anderen, ganz Bestimmten und wartete auf ihn. So hat jeder von ihnen mich nur auf einer gewissen Strecke begleitet und ist entschwunden, nachdem er seine Spuren zurückgelassen hat, die meinen weiteren Weg beschatteten oder beleuchteten und mein weiteres Leben beschwerten oder bereicherten. Nun weiß mein Hirn und fühlt mein Herz, dass der Erträumte aufgetaucht, der Erwartete eingetroffen ist! Mein Gebet zum Himmel lautet: Er möge ihn mit einem langen Leben und einer unverwüstlichen Gesundheit bescheren! Und meine Bitte an Euch: Bleibt bei mir und nehmt mich für alles, wonach Euch der Sinn steht!«

Er greift von seinem Sitz aus beidhändig über den Tisch nach ihren Händen und drückt sie lange und fest. Dabei hält er die Augen fest geschlossen. Sie spürt, wie heftig sein Herz pocht. Der Stoß, der aus jeder Fingerkuppe zur ihrigen dringt, gleicht einem Hammerschlag. Sie sieht, wie seine Augenlider hastig zucken, und hört irgendwann: »Ohin«, Tochter! Was hauchhaft, doch einem Schwur gleich geflüstert ist. Darauf entdeckt sie durch die dicht anliegenden Wimpern etwas Glitzerndes hervordringen. Beim Anblick dessen spürt sie, wie es in ihrer Nasenwurzel kribbelt und entlang ihrer Augenränder heiß anläuft. Und da bricht, ebenso ein Hauch nur, dennoch unbeirrbar, ein Gegenschwur aus ihr hervor: »Aaw aa«, Vater!

Die Entscheidung ist gefallen.

Diesem Augenblick, dem Abend, folgt eine herrlich lichte Lebenszeit für die beiden, begleitet und ständig beschützt von Eintracht. Wo sie sich auch hinbegeben, hinausschauen und worauf sie ihre Gedanken auch lenken, scheint die Göttin Eintracht mitzugehen und entlang ihres Wegs eine morgenhelle, traumsanfte Spur zu legen. Der lange Werktag, da Dsajaa im Glashaus des Ministeriums verschwinden und, von den vielen zu lauter Wichtigkeiten hochgestuften Nichtigkeiten umringt, dasitzen und schwitzen muss, während Nüüdül daheim bleibt, vermag die beiden lediglich körperlich zu trennen. Ihr Geist und ihre Seelen sind weiterhin miteinander verflochten. Sie denken in den gezählten, aber grausam langen Stunden unzählige Male aneinander. Die Möglichkeit, mit vereintem Geist zu denken und einer vereinigten Seele zu empfinden, liegt beiden nah. Dsajaa schickt, sooft sie eine Zeitlücke findet, Kurznachrichten an ihn: *Ich trinke gerade eine Tasse Tee.* Was den Hintersinn hat, ihn daran zu erinnern, auch etwas zu sich zu nehmen. Oder: *Nur noch eine Stunde!* Womit ausgesagt sein soll, sie freut sich auf das Zuhause, auf ihn. Manchmal antwortet er ihr gleich, in freudigem Wissen, sie hat etwas Zeit. Dabei ist seine Ausdrucksart noch kürzer: *Ich auch*, *Schön!*, *Nicht wahr?* Oder: *Ach, Tochter!*

Wie man sieht, hat sie ihm auch diese Kunstfertigkeit der Eiligen und Bequemen beigebracht. Überhaupt ist sie glücklich darüber, ihn über die Schwelle der neuen Zeit genötigt und mit einer ihrer zweifelhaften Segnungen bekannt gemacht zu haben. Und er, der sich anfangs dagegen gesträubt hat, ist mittlerweile versöhnt mit dem Zwang, dem er sich hat unterwerfen müssen. Mehr noch, ihm kommt es vor, als würde er nicht nur der Tochter und sich selbst, sondern auch dem Zeitalter und dessen begeisterten Befürwortern einen guten Dienst erweisen, wenn er eine solche Botschaft in den Raum schickt. Denn er ist der Meinung, seine liebesprühende Nachricht würde im Dahineilen ihr Licht verbreiten.

Übrigens, trotz der Ungeduld im Warten auf ihre Heimkehr leidet auch er an Zeitknappheit. Denn er muss nach diesem und jenem Bestandteil eines Fantasiegerichts suchen oder ihm einen künstlerischen Atem einhauchen. Das alles tut er ihr zuliebe. Und sie weiß es so sehr zu schätzen, dass sie sprachlos dasitzt vor dem, was er gezaubert und ihr nun vorgesetzt hat, und höchstens vor sich hinstammelt: »Ach Vater, musste das wirklich sein?« Was ehrlich gemeint ist, denn sie wäre ihm auch dann noch von Herzen dankbar, wenn ihr Abend für Abend ein ungewürzter Nudeleintopf vorgesetzt würde. Es würde ihr nichts ausmachen, wenn er, ohne sich Gedanken um das Abendessen zu machen, auf sie wartete und ihr bestenfalls, wie andere Männer es auch tun, bei der Zubereitung eines Schnelleintopfs zuschaute. Seine bloße Gegenwart genügte. Nun aber dies: Tag um Tag ein Kunstwerk in Gestalt eines wohlüberlegten, gekonnt zubereiteten Nachtmahls! Hätte sie mehr von der europäisch ausgerichteten Erziehung gehabt wie manche junge Städterin, sie hätte ihn jedes Mal, wenn sie ihn in der betörend duftenden, blitzsauberen Küche mit dem fertig gerichteten Tisch traf, umhalsen und sein gütiges, altersedles Gesicht mit Küssen bedecken können. Aber sie traut sich nicht, fühlt sich nicht dazu in der Lage. Nur manchmal fasst sie ihn sanft am Arm, drückt ihr Gesicht dagegen und zieht seinen Geruch genüsslich durch ihre Nase ein. Was die Obergrenze der Äußerung ihres Gefühls ihm gegenüber ist.

Er weiß dies alles und noch mehr dem Ausdruck ihres kindhaften Gesichts und der Haltung ihres schönen Körpers abzulesen, sooft sein von den Gewittern und Sonnen des Lebens geschärfter Blick sie streift. Da ist er tief gerührt von ihrer Dankbarkeit und glücklich, weil sie es auch ist. Dabei fühlt er eine solche Scham, dass es ihn schwindelt, weil er sich selbst mit seinen emsigen, ehrlichen Liebesdiensten hinter ihren stillen Freuden weiß.

So leben sie in einem Rausch, dessen Urquelle eine große Liebe füreinander wie auch für das Leben und alles ist, was dieses Leben ausmacht. Eines Abends legt sie, kaum in die Küche getreten, einen Stapel Geld auf den Tisch und sagt fröhlich: »Habe wieder einmal den mir zustehenden Anteil von einer Großbestechung bekommen!« Er erschrickt und schaut sie sprachlos an. Doch sie tröstet ihn, immer noch lachend: »So sind eben die Zeiten! Alle leben von Bestechungen. Bald werdet auch Ihr Euren Anteil bekommen!«

»Ich soll bestochen werden?«, sagt er verwundert.

»Ja«, fährt sie in unbeschwertem Ton fort. »Alle werden bestochen!«

»Wofür denn? Von mir, einem Rentner, hängt doch nichts ab! Keiner denkt an mich, da ich nicht mehr gebraucht werde!«

»Nein, nein. Ihr werdet schon gebraucht. Der Staat ist es, der Euch braucht und darum auch besticht.«

»Der Staat. Früher war er die Partei. Was ist er nun?«

»Die siebzig, achtzig Männer und Frauen, die an der Macht sind und denen neun Zehntel aller Reichtümer im Land gehören.«

»Und die wollen mich bestechen? Weswegen denn?«

»Wegen der bevorstehenden Wahlen. Dafür, dass Ihr ihnen Eure Stimme gebt. Dann auch dafür, dass Ihr auf die Rufe derjenigen, die Euch zu Protestkundgebungen einladen, nicht hört, brav zu Hause bleibt und dem, was in den Zeitungen steht, das Radio erzählt und das Fernsehen zeigt, Vertrauen schenkt!«

»Und was können wir als Volk dagegen tun?«

»Theoretisch könnten wir uns denen widersetzen. Könnten sie sogar stürzen, wie es wiederholt geschehen ist. Bringt das aber was? Nein. Die Macht fällt lediglich von den einen in die anderen Hände. Die Neuen sind dann nur noch schlimmer. Brutaler, da ihr Heißhunger erst noch gestillt werden muss. Also müssen wir kleinen Leute lieber daran denken, wie wir uns in dieser schweren Zeit selber durchbringen, anstatt den Glutklumpen Macht den einen zu entreißen und ihn anderen in die Hand zu legen. Ich weiß, das ist eine spießige Denkart, aber ich sehe keinen anderen Weg. Darum habe ich den Anteil, der mir zugeworfen wurde, wortlos gegriffen und freudig eingesteckt, im Wissen, dass alle, die es geschafft haben, sich in der Staatsküche unterzubringen, Gleiches tun, je höher auf den Sprossen der Leiter sie sich befinden, umso größer der Happen!«

Nüüdül schaut eine Weile ratlos auf sie und sagt schließlich: »Und wann und wie werde ich bestochen?« Dabei versucht er, seinen Worten einen scherzhaften Ton zu verleihen, was ihm aber nicht ganz gelingt.

»Diesmal wird die Volksbestechung heißen: *Ech orny hischig,* die Gabe des Mutterlandes. Sie wird kurz vor Beginn der Wahlschlachten als Anteil der demnächst zu hebenden Bodenschätze an alle vergeben, in Gestalt einer Bargeldsumme, über deren Höhe noch gestritten wird«, antwortet Dsajaa.

»Also geht es um das Fleisch eines Hirschs, der erst noch erlegt, abgedeckt und zerlegt werden muss«, schlussfolgert er sachlich.

Wenige Wochen nach diesem Gespräch füllen sich eines Morgens alle Zweigstellen der Banken mit Menschenmengen, die bereits am Vormittag aus den Räumen hinausquellen und sich mit jeder weiteren Stunde in immer längere, sich windende Schlangen verwandeln. Die Gesichter der Anstehenden sind vorn von freudiger Hoffnung, nach hinten hin von verzagter Ungeduld gezeichnet. Dieses Bild dauert Stunden, Tage, Wochen und Monate an. Dabei kommt es inmitten des ermüdenden Stehens wieder und wieder zu Zornesausbrüchen, die zu Empfängern von Bestechungen eigentlich schlecht passen. Nicht selten führt es sogar zu Handgreiflichkeiten. Manch Anstehenden reißt irgendwann der Geduldsfaden, und sie machen sich, ohne ein Wort zu verlieren, aber mit einem Blick, der tiefste Rat- und Mutlosigkeit ausdrückt, aus dem Staub. Andere, kämpferischere Naturen dagegen wollen, bevor sie es aufgeben, kurzerhand doch noch ihr Glück erproben, indem sie sich prompt nach vorn drängeln, sodass der anfangs schlanke Kopf der Schlange plötzlich anfängt, zu einem Kropf aus wimmelnden Menschen anzuschwellen. Und eines der Gesetze des Lebens lautet: In jedem wimmelnden Menschenhaufen wohnt eine Kraft, die angesichts eines äußeren Stachels schnell erwacht und zu Gewalttaten ausbricht …

Eines Tages stellt sich auch Nüüdül in so einer Schlange an und erfährt von seinen Vorderleuten, dass viele die Nacht in der Restschlange des Vortages verbracht haben. Etliche Stunden vergehen, ohne dass sich die Schlange nach vorn wesentlich verkürzt, während sie sich nach hinten umso mehr verlängert. Da aber heißt es auf einmal, die Ausgabe sei für heute beendet, weil die Tagesration der auszugebenden Gelder erschöpft sei. Sogleich kehrt Unruhe ein, man hört Gepfeife und Gegröle, Rufe ertönen.

»Es ist doch erst kurz nach vier Uhr!«

»Gestern ist es dasselbe gewesen!«

»Eine ganze Woche steht man hier!«

»Welch gemeiner Betrug wegen einer lächerlichen Summe, die kaum für eine Reichenmahlzeit reicht!«

»*Gabe des Mutterlandes* – ha, welch ein kümmerlicher Beschiss mit großem Namen!«

»Doch wie widerlich süß und verlogen manche Gazetten darüber berichten!«

»Und das Fernsehen! Welch unverschämte Werbung damit getrieben wird – lauter zufriedene Menschengesichter und Dankesworte aus ölig satten Kehlen!«

»Weiter nichts als politisches Spektakel!«

»Und Fortsetzung des gewohnten Wahlbetrugs!«

»Die da oben scheinen den Ersten Juli vergessen zu haben!«

»Höchste Zeit, sie wieder mal dran zu erinnern!«

Mit einem Mal sind zu hören: zuerst ein dumpfer Knall, darauf ein helles Geklirr – herunterfallende Glasscherben. Schon fliegt der nächste Stein und trifft die nächste Fensterscheibe. Eine Bankangestellte in Begleitung eines Polizisten stürmt aus dem Haus und schickt eine Salve schrillster Frauenstimme über die Menschenmenge hinweg, die dabei ist, sich aus der erstarrten Schlange zu lösen und sich angriffslustig in Bewegung zu setzen. »Hört sofort auf, ihr blöden Menschenwürmer!« Augenblicklich erstirbt der Lärm und herrscht betretene Stille. Nun kommt die nächste Wortsalve: »So werdet ihr nichts erreichen außer Gummistockschlägen, Stiefeltritten, Geld- und Gefängnisstrafen und sogar den nächsten Gewittersturm aus Gewehrmündungen mit scharfer Munition, ihr Hirnverbrannten!«

Die Frau, nicht mehr jung und zwergenhaft klein, verrät so viel Kraft durch ihre Körperhaltung und so viel Feuer in der Stimme, dass die schreckhafte Verblüffung der Menschenmasse und die erzwungene Stille weiterhin andauern. So hageln die nächsten Worte nieder: »Was habt ihr gegen die armseligen Fensterscheiben? Was habt ihr gegen uns Kassenangestellte, genauso arm und machtlos wie ihr alle und gebunden an die erniedrigende Arbeit gegen einen kümmerlichen Hungerlohn? Nicht wir sind schuld, wenn die Schlange von Stunde zu Stunde in die Länge wächst, anstatt kürzer zu werden, und wenn das Bargeld tagtäglich so schnell alle wird! Es ist von denen da oben so berechnet und gewollt, Leute! In Wirklichkeit hat der Staat kein Geld mehr, er ist längst pleite, da alles, was an Geldern da war, von den Machthabern geraubt und ins Ausland geschafft worden ist! Aber dieses Schauspiel hat, laut Spielanleitung, so langsam zu sein wie möglich und bis zum Wahltag anzudauern, und das alles, um den Eindruck zu erwecken, das Volk habe rund um die Uhr nichts anderes zu tun, als Hilfsgelder zu empfangen! Das wisst ihr doch genau wie ich, Leute! Euer Zorn sollte also nicht Tagelöhnern wie uns und Fensterscheiben gelten, sondern denen, die euch und uns alle hungern und herumlungern lassen, damit wir bestechlich bleiben und so das Machtverhältnis in der Gesellschaft ein für alle Mal geklärt ist!«

Die putzige Frau scheint eine mutige Natur und eine begabte

Rednerin zu sein. Denn nach den vielen Worten, die sie aus sich herausschleudert, dauert die Stille weiterhin an. Und sie selbst scheint mittlerweile um einiges an Ausstrahlung zugenommen zu haben. Als wüsste sie, welchen Eindruck sie auf die ihr Zuhörenden macht, holt sie weitere Worte aus sich heraus: »Indem ihr hier wegen der lächerlichen Summe Tag um Tag, fern jeder Selbstachtung ansteht wie hungrige Bettler, billigt ihr eure Bestechung durch eine Verbrecherhorde im Namen des Staates! Besser tätet ihr daran, ein wenig über den heutigen Tag hinauszudenken, euch zusammenzuschließen und gegen die satte und fette Diebesbande loszumarschieren, um an die Batzen zu kommen, die euch zustehen, anstatt der Krümelchen nachzujagen, mit denen man euch betrügt! Ja, so sieht es mit der *Gabe des Mutterlandes* aus, weshalb ihr hier Tag und Nacht steht und euren Zorn an unschuldigen Fensterscheiben auslasst, ihr armseligen Menschenwürmer!«

Ein Raunen geht durch die Menge. Anfangs denkt man, das gelte der Rednerin mit den beleidigenden Worten, doch wenig später weiß man, es hat etwas völlig anderem gegolten: Eine behelmte und bestockte Polizeitruppe von etwa einem Dutzend Mann kommt um die Ecke gerannt. Einige Menschen fangen an auseinanderzulaufen. Nun ertönt die höhnende Stimme der Frau: »Bleibt stehen, ihr Helden! Und zeigt, was ihr könnt! Nein, lieber zieht ihr die Schwänze ein und räumt das Feld, ihr Feiglinge!« In der Tat rennen einige weg und verschwinden schnell um alle Ecken.

Nüüdül bleibt wie die meisten Älteren da und muss sich die Fragen eines Polizeileutnants anhören. Wer den ersten Stein geworfen? Ob einer von den Steinwerfern hier anwesend sei? Er, jeder hätte darauf antworten können: Denkst du im Ernst, Junge, dass einer, der sich so schuldig gemacht hat, hier stehen bleibt und darauf wartet, dass ihr kommt und ihn verhaftet? Aber keiner stellt dem Staatsbüttel, der durch Uniform und Ausrüstung so wichtig ausschaut und mit seiner schlagbereiten Truppe nach einem Einsatz zu glühen scheint, diese so naheliegende Gegenfrage. Nüüdül denkt von sich selbst: Ich bin ein gebranntes Kind, denkt von den anderen: Sind sie es denn auch?, und schlussfolgert: Jeder ist in dem Alter gewiss einmal verbrannt worden und trägt seine eigene Wunde. Was, wenn er sich dazu hätte verleiten lassen, auch einen Stein zu werfen – ob die Mitmenschen ihn jetzt anzeigen würden? Schon bekommt er eine Gänsehaut.

Am Abend schwankt er lange, ob er der Tochter erzählen soll, was er am Tag erlebt hat. Schließlich tut er es und hört sie sagen, eigentlich habe die Frau ja recht. Eigentlich, denkt er und spürt dabei eine tiefe Trauer. Warum endet das menschliche Leben immer wieder in einer solchen Hilflosigkeit, wo es doch ein Recht ist? In der Nacht liegt er lange wach und brütet über dieser Frage. Dabei versucht er, sich an die Stelle eines der Überreichen zu versetzen, die öffentlich als Diebe beschimpft werden, und überlegt, ob er vielleicht dann glücklich wäre. Ach nein, schlussfolgert er, Diebe können sich bestimmt zeitweilig freuen, aber Frieden in der Seele zu spüren – was doch die knappste Nennung des Glücks ist! –, vermögen sie nicht. Besonders wenn sie wissen, dass eine Bewegung von Aufwieglern mit dem Namen *Volkstribunal* gegen sie agiert – wer weiß, eines Tages könnten sie hunderttausend und noch mehr Menschen unter einen Hut bringen und damit auf die verhasste Hundertschaft zufluten! Nein, nie und nimmer kann ein Dieb Seelenfrieden erlangen!

Während des Morgentees fragt er Dsajaa, ob sie wisse, wer Battka-Nimmersattka sei.

»Aber gewiss!«, sagt sie. Ob sie ihn auch persönlich kenne. Nein, sie habe ihn nur einmal aus einiger Entfernung gesehen. Dann aber will sie wissen, warum er das frage.

Er sagt, er habe neulich in der Zeitung gelesen, dass dieser Mann zweiunddreißig Autos besitze, die alle in beheizten und beleuchteten Garagen stehen, deren gesamte Fläche einem Fußballfeld gleichkomme.

Sie schaut ihn belustigt an und fragt: »Das habt Ihr gelesen? Ihr solltet Eure Kräfte schonen!«

»Sehe ich sehr müde aus?«

»Wenn Ihr mich so direkt fragt, muss ich sagen: Heute schon, ja. Habt Ihr nicht gut geschlafen?«

»Heute Nacht nein – ich konnte lange nicht einschlafen.«

»Gab es etwa einen Grund dafür?«

»Ja. Ich habe nachgedacht: ob die Überreichen, diese Diebe und Halunken, glücklich sind.«

»Wir wissen doch, lieber Vater, sie können es nie und nimmer sein. Warum müsst Ihr Euch darüber noch den Kopf zerbrechen?«

»Ja, Kind, ich werde mich nachher hinlegen und erst einmal ausschlafen. Also werde ich auch heute nichts Feines kochen, bestenfalls einen einfachen Nudeleintopf.«

»O ja, bitte! Dann werde ich endlich einmal kein schlechtes Gewissen zu haben brauchen!«

Am Tag verbringt Nüüdül viele Stunden im Bett, eine Hälfte davon in einem so trunkenen Schlaf wie in weit zurückliegenden Jahren. In der restlichen, wachen Hälfte der Zeit schmökert er in einem seiner längst abgegriffenen Lieblingsbücher, in Tolstois *Volkserzählungen*. Liest »Wie viel Erde braucht der Mensch?« von Anfang bis Ende noch einmal, nun das wievielte Mal! Diesmal liest er mit dem festen Vorhaben, es bei nächster Gelegenheit Dsajaa möglichst wortgetreu weiterzuerzählen. So empfängt er sie am Abend tatsächlich mit einem einfachen Nudeleintopf, der ihm selbst gut schmeckt und ihn hoffen lässt, auch sie könnte ihn gern essen. Was auch geschieht. Mehr noch, sie sagt, während sie ihn löffelt: »Hauseintopf mit handgemachten Nudeln, zubereitet mit väterlichem Verstand und angereichert mit mütterlicher Liebe – es schmeckt himmlisch!«

Wovon er sich zu der Bemerkung hinreißen lässt: »Es gibt einen Nachtisch dazu.«

»Ein Nachtisch?«, sagt sie und schaut ihn mit einem mahnenden Blick an: War es nicht vereinbart, nichts Umständliches zuzubereiten!

»Ja, ein Nachtisch«, sagt er gelassen. »Aber nicht für Gaumen und Magen, sondern für Hirn und Herz.«

»Ein Nachtisch für Hirn und Herz?«, fragt sie. »Da bin ich aber neugierig!«

Diesmal sind sie bei ihm in der Küche. Sie hat auf dem Heimweg im Bus die Nachricht von ihm bekommen: *Unten.* Und angenommen, dass er wirklich recht lang geschlafen haben dürfte. In der Hoffnung, er täte es, hat sie ihn den ganzen Tag in Ruhe gelassen. Als sie dann die Küche betritt, hat sie sein erholtes, fröhliches Gesicht mit Erleichterung wahrgenommen.

Einmal hat sie Nüüdül sagen hören, dass es ihm im Grunde zu gut gehe. Auf ihren verwunderten Blick hat er dann gesagt: »Wie viele Menschen müssen doch in dieser Stadt in wackligen Notbuden aus Brettern und verrosteten Blechfetzen hausen und sogar in stinkigfeuchten, unterirdischen Heizungsschächten mit Mäusen und Kakerlaken ein Höllendasein fristen! Da darf ich meine verbleibenden Erdentage satt, sauber und zufrieden abwechselnd zwischen zwei beheizten und beleuchteten Wohnungen verleben.«

Womit er recht hatte. Womit er sie aber auch auf einen anderen Gedanken brachte: Zwei Wohnungen für zwei Menschen, die ein gemeinsames Leben führten – war das nicht eine sinnlose Verschwendung in dieser kargen Zeit? Nur, wie es ihm verständlich machen? Sie überlegte lange. Würde sie ihm sagen, wir verkaufen die kleinere der Wohnungen, was gewiss vernünftig wäre, könnte das von ihm als Missachtung seines Quartiers angesehen werden, welches für ihn nicht nur Obdach, sondern auch längst ein Zuhause war. So schlug sie ihm einmal vor, eine Verkaufsanzeige für beide Wohnungen aufzugeben und die, die zuerst Abnehmer fände, wegzugeben und die andere zu behalten. Mit ihrem schlauen Vorschlag stieß sie aber auf seinen nachdenklichen Blick, in dem sie sofort zu lesen vermochte:

Ach, Kind, du bist noch so jung, und wenn du eines Tages jemanden findest, will ich dir keineswegs im Weg stehen! Was sie zuerst fast empörte, aber nach einer genaueren Überlegung musste sie ihm recht geben.

Nüüdül, dem die Verwandlung auf ihrem Gesicht unmöglich entgehen konnte, ergriff da rechtzeitig das Wort: »Wie gut, Kind, dass du diese heikle Angelegenheit angesprochen hast! Denn ich habe mir längst Gedanken darüber gemacht, was mit der Wohnung und den Utensilien darin passieren soll, wenn ich sterbe! Mehr als einmal wollte ich dich fragen, ob ich dich, meine vom Himmel gesandte Tochter, damit belasten dürfe, dir alles, was auf meinen Namen eingetragen steht, zu hinterlassen und dich zu meiner gesetzlichen Erbin zu erklären, so wie die beiden lieben Menschen es damals mit mir getan haben.«

Zuerst bekam Dsajaa einen Schreck, da wieder einmal der Tod, diese unausweichliche bittere Wahrheit, ins Spiel kam. Doch nach einigem heftigen Herzpochen sprach sie überlegt: »Selbstverständlich verfügt Ihr über mein feierliches Ja, wenn Ihr mich mit dem Recht und der Pflicht Eurer gesetzlichen Erbin beehren wollt, Vater. Aber damit bringt Ihr mich auf den gegenseitigen Gedanken auch, nämlich auf mein eigenes mögliches Ende. Denn es ist ja bei Weitem nicht sicher, dass die Älteren zuerst aus dem Leben gehen. Sollte der Schlag des Schicksals mich vorher treffen, dann wäre mein sehnlichster Wunsch, dass alles, worüber ich verfüge, Euch zufällt!«

So beschlossen sie nach einigem Beraten: Sie machten einander gegenseitig zum Mitbesitzer ihres ganzen Eigentums.

Nun der versprochene, geheimnisvolle Nachtisch.

Und Nüüdül weiß es noch schmackhafter zu machen, indem er Dsajaa fragt, wo und wie sie ihn verabreicht haben möchte. Diese verdreht nach Art verwöhnter Kinder ihre Augen und fragt, ob es sich um eine Geschichte handele. Er bejaht mit strahlendem Gesicht. Da sagt sie: »Dann am besten oben als Vorspeise zur Nachtruhe, und zwar auf dem Bett nebeneinanderliegend und mit der zusätzlichen Bedingung, der Vater darf das Kind auf keinen Fall wecken, sollte es beim Zuhören schon einschlafen!«

Nüüdül stockt eine kleine Weile und sagt dann: »Gut, so machen wir es!«

Und genauso tun sie es tatsächlich. Geputzt und angekleidet für die Nacht, liegen beide auf dem verschwenderisch breiten Bett, er auf dem Rücken und sie, ihm zugewandt, auf der Seite. Während er anfängt, sich zu räuspern, greift sie mit einer Hand sanft nach seinem Oberarm. Er murmelt leise: »Hat es das in unserer Abmachung auch gegeben?«

Sie antwortet geistesgegenwärtig: »Nein. Aber wir fügen es einfach hinzu!«

Er unterdrückt ein kleines Lächeln und enthüllt sein bisher geheimes Vorhaben feierlich, wobei er den Namen des großen, fremdländischen Denkers und Schöpfers echt mongolisch-nomadisch ausspricht, nämlich den Laut in der Anfangssilbe in die Länge ausdehnt und den in der Endsilbe gleichsam verschluckt. Während er dabei ist, die Handlung der Erzählung wiederzugeben, freut er sich insgeheim darüber, dass die längst Erwachsene sich die merk- und liebenswürdige Rolle ausgedacht hat, selber das verwöhnte Kleinkind zu sein und ihn so in einen erziehenden Bildungsvater zu verwandeln, der er niemals gewesen ist. Auch sonst freut er sich über ihre körperliche Nähe und über ihren jugendlichen Mut, sich solches zu erlauben. Er hätte es von sich aus nie gewagt, so nah an sie heranzutreten. Er wusste, es lag an der Zeit, die ihn geprägt hat. Und natürlich hatte es auch mit dem Schwur zu tun, den er am anderen Ende der Zeit vor dem Blauen Himmel, der Mutter und sich selbst hat ablegen müssen.

Wie auch immer, er strengt seinen Geist an, den Inhalt der Erzählung mit einer ruhigen, tiefen Stimme wiederzugeben. Was ihm selber einen vorher nie gekannten Genuss bereitet. Je tiefer er jedoch in die Handlung hineingerät, umso deutlicher spürt er ein Unbehagen, witternd und wissend, dass er sich dem Schluss der Geschichte und damit auch dem Ende des seligen Zustands nähert. Da aber deucht es ihn, als dürfte sich das schlaue Kind etwas einfallen lassen, um ihn nicht gleich entlassen zu müssen. Und so geschieht es tatsächlich: Kaum sind die Schlüsselworte, betreffend die Größe des soeben zugedeckten, erdfrischen Grabes, *zwei Schritte lang und einen Schritt breit,* ausgesprochen, muss Nüüdül erst einmal tief Atem holen. Dann wird er auf das gleichmäßige Schnaufen nebenan und auf den so sanften wie auch festen Griff am eigenen Arm aufmerksam. Da lächelt er glücklich-verlegen und bleibt still liegen, die glockenhelle Stimme des großen Kindes im inneren Ohr, die es zur Bedingung gemacht hat, im Schlaf auf keinen Fall geweckt zu werden. Wenig später schläft er ein, erleichtert wie nach einer getanen Arbeit.

Tage später beginnt die seit Langem angekündigte Auslandsreise Dsajaas. Da kommt Nüüdül die Welt wie leer und die Zeit wie in die Länge gezerrt vor. Vor lauter Langeweile fängt er, wie er mitunter meint, zu spinnen an. So sucht er den jungen Leutnant auf und erzählt ihm die Geschichte von Dsajaas Kind, mit der Bemerkung, dass es ihm vorkomme, als wenn darin etwas nicht stimme. Der Leutnant erkundigt sich nach weiteren Einzelheiten und sagt zum Schluss, er würde sich bei ihm melden. Und er meldet sich nach nur drei Tagen, die dem Wartenden jedoch drei Ewigkeiten gleichen. Der junge Mensch scheint vor lauter Eifer erst recht zu glühen, denn er hat herausgefunden, dass in der Geschichte tatsächlich manches nicht stimmt und allem Anschein nach das Kind noch lebt; er hat sogar herausgefunden, wo und unter welchem Namen. Um zu einem endgültigen Schluss zu kommen, brauche man jedoch einen DNA-Test von Mutter und Kind. Also bleibt nur, auf Dsajaas Rückkehr zu warten. Nach dieser umwerfenden Mitteilung bittet der Leutnant Nüüdül, Ruhe zu bewahren und ihr gegenüber das Geheimnis bis zuletzt zu hüten, und hört darauf ein kurzes und klares: »Selbstverständlich!«

Doch der alte, aufgeregte Mensch weiß, wie schwer es ihm sein wird, die Aufregung, die ihm selbst das Atmen schwer macht, niederzuhalten.

Kurz darauf klingelt Nüüdüls Handy. Ihre Stimme!

»Bist du schon da?«, ruft er voller Freude laut.

»Nein!«, lacht sie leise, belustigt über seine Aufregung und möglicherweise auch gestört von der Gegenwart anderer Menschen. »Nach dem ursprünglichen Plan sollten wir schon morgen gegen Abend zurückkehren, aber jetzt gibt es eine Programmänderung, und danach werden wir erst überübermorgen ankommen!«

Ach, welche Enttäuschung war das für ihn! Bis überübermorgen, wieder drei Tage, wieder und erst recht drei Ewigkeiten! Doch er versucht seine Enttäuschung zu verbergen, fragt, wo sie jetzt sei, und erfährt: in Beijing.

In Beijing!, wiederholt er in Gedanken ehrfürchtig und glaubt, etwas Körperhaftes, Riesiges zu spüren, wovon es ihm in allen Gliedern schwach und im Mund trocken wird. Dabei klingt ihre Stimme jedoch so munter und deutlich wie aus dem Nebenzimmer. Und sie will dies und jenes wissen. Wie es ihm gehe? Was er mache? Wie das heimatliche Wetter sei? Ob ihre Nachrichten ihn erreicht haben?

Er vermag all diese Fragen gerade noch aufs Knappste zu beantworten. Bis sie fragt, was er denn habe? Ob denn etwas vorgefallen sei? Ja, wie gern hätte er ihr erzählt, dass er eine große Überraschung für sie habe und sie lieber früher zurückkommen solle, da sie in einer so wichtigen Sache gebraucht werde! Stattdessen will sie sich um ganze zwei Tage verspäten, Himmel! Doch er weiß, dass er es vor ihr bis zuletzt verborgen zu halten hat, um möglicherweise eine spätere, ja vernichtende Enttäuschung zu vermeiden. Und so bleibt er bemüht, jede argwöhnische Frage mit einer arglosen Verneinung abzutun.

Erst nach dem Telefonat merkt er, welche Kraft es ihn gekostet hat. Er stellt einen Schweißausbruch fest, der die ganze Haut mit einem kühlen Überzug bedeckt und das Gerüst darunter an allen seinen

Enden wacklig gemacht hat. Nun, so wie sich der alte Körper hilflos zeigt, weiß der reife Geist sogleich etwas zu finden, was dagegen hülfe: ein Glas kaltes Wasser aus der Leitung. O ja, dieses in kleinen Zügen langsam heruntergeschluckt, erscheint ein sanftes Lächeln auf dem Greisengesicht, wild zerfurcht, dennoch in der Lage, Milde durchschimmern zu lassen und so die angeborene Gütigkeit weiterhin ungefährdet zu behalten.

Nüüdül überlegt, wie er am schmerzärmsten über die unerwartet aufgetauchte Kluft im Zeitkörper gehen könnte. Und beschließt, nach der öffentlichen Bücherei zu suchen, in welcher er in früheren Jahren, als die Menschen noch Bücher lasen, so manche Stunden lesend verbracht hatte. Wie überrascht ist er, als er sieht, dass das zweistöckige, goldgelbe Haus inmitten der betongrauen Hochhäuserschlucht noch steht und die Bücherei immer noch existiert! Sie ist sogar außen schmucker und innen gemütlicher geworden. Also scheint doch nicht alles, was vorher errungen, platt gewalzt oder rückgängig gemacht worden zu sein! Wohl haben wir Alten, die nicht nur die Faustschläge und Stiefeltritte des kommunistischen Staatsvaters haben spüren müssen, sondern auch an den Brustzitzen einer sozialistischen Staatsmutter haben saugen dürfen, eine zu ungerechte Meinung vom neuen Zeitalter!

Hinzu kommt, dass ein Mädchen etwa im Alter von Dsajaa ihn überaus freundlich anspricht und nach seinem Wunsch fragt. Ermutigt von dieser unvermuteten Zuwendung, erzählt Nüüdül der wildfremden jungen Person von den drei freien Tagen, die plötzlich dadurch entstanden seien, dass seine Tochter später von ihrer Dienstreise im Ausland zurückkomme als vorgesehen, und sagt: »Ich wollte in dieser Zeit wenigstens etwas Schönes und Nützliches gelesen haben, um es dann der Tochter zu erzählen, denn sie mag es, wenn ich ihr erzähle, was ich gelesen habe.«

Das Mädchen blickt ihn so gerührt und begeistert an, dass er denkt, vielleicht hat es seinen Vater schon nicht mehr? Oder den beiden fehlt eine innige Beziehung? Da fragt sie: »Wofür interessiert sich denn Eure Tochter?«

»Oh, für alles Ursprüngliche und Wurzelhafte eigentlich«, sagt er. »Alles, was die Welt zusammenhält und das Leben noch lebenswerter macht!«

»Schön gesagt!«, pflichtet sie ihm bei und lächelt ihn an. Wovon ihm warm ums Herz wird und ein lichter Gedanke hinter seiner Stirn zuckt: Ach, liebes Kind! Vielleicht habe ich in dir eine Schwester für meine Tochter gefunden? Da fährt sie schon fort: »Dann glaube ich schon zu wissen, was Ihr nehmt!«

Damit eilt sie weg und kommt mit einem etwa zweifingerdicken Buch in der Hand zurück. Sie überreicht es ihm und sagt mit einer solchen Begeisterung, die man früher nur in Propagandafilmen gesehen hat und heutzutage noch von Verkäuferinnen in Privatläden kennt: »Sucht Euch drüben einen gemütlichen Platz und lest ein wenig, vorn, mitten und hinten. Und wenn es Euch tatsächlich fesselt, dann stelle ich den Titel auf Euren Namen aus!«

Nüüdül lässt sich auf einem der Hocker neben den paar winzigen, hellen Tischen nieder und schaut sich erst einmal das Buch aufmerksam an: *Die Erde ist eine Weinende, am Ende ihrer Kräfte* lautet der Titel, und der Verfasser hat einen langen, umständlichen Namen, ganz gewiss ein Ausländer, und das laufende Jahr ist das Erscheinungsdatum auf Mongolisch. Dann fängt er zu lesen an. Gleich der erste Satz packt und nötigt die Augen schon zum nächsten, der sie samt anderen Sinnen auf den wiederum nächsten zieht. So ergeht es ihm mit jedem weiteren Satz, und schnell ist er von einem Sog erfasst, der seinen Geist immer tiefer hineinführt in eine andere, lichterlohe Welt und ihm immer neue, immer köstlichere Nahrung vorsetzt. Inmitten dieser wundersamen Reise muss er irgendwann doch erwachen und zurückkehren. Denn er nimmt mit einem Mal neben sich das freundliche Geschöpf wahr und hört es sagen: »Ich sehe, Ihr habt Euch vorerst für das Buch entschieden. Also darf ich Euren Namen in mein Journal eintragen? Dafür brauche ich eins Eurer Identitätspapiere.«

Wenig später kommt das Mädchen mit seinem Ausweis zurück und sagt, ihn mit dem warmen Blick aus seinem schönen Antlitz erneut belohnend: »Ihr könnt das Buch mit nach Hause nehmen. In spätestens vierzehn Tagen soll es zurückgebracht sein.«

Nüüdül, der an eine Leihbücherei im Kapitalismus nicht glauben kann, hält diese Geste für einen Vertrauensbeweis und gar Liebesdienst, der nur ihm widerfährt, und ist schon deswegen so beschwingt, dass ihm um ein Haar die Tränen kommen. Selbstverständlich macht er von dem netten Angebot Gebrauch, schon deswegen, weil er meint, er würde auch nachts lesen können.

Auf dem Heimweg beschließt er, gleich hinaufzusteigen und sich im Tochterreich – so nennt er Dsajaas Wohnung – gleich auf die weich gepolsterte, bauschige Liege zu legen und weiterzulesen. Und so macht er es auch.

Doch während er sich der Behaglichkeit und dem Lesegenuss hingibt, ist ihm, als weise die Welt, in der er verweilt, eine kleine lecke Stelle auf, denn eine Strähne seiner Gedanken eilt immer wieder zur Bücherei zurück. So kommt es ihm wie ein Wunder vor, dass das sonnengelbe, schlichte Haus in der Nachbarschaft der aberwitzig angeberischen Beton- und Glasklötze ringsum die große Zerstörung im Namen der Spurenvertilgung einer verhassten kommunistischen Vergangenheit überlebt hat und weiterhin besteht. Eines der letzten Sinnbilder jenes gewagten und siegreich begonnenen, am Ende aber schiefgelaufenen Versuchs, die Menschennatur zu verändern, indem man Licht in die Hirne der dumpfstumpfen Massen bringt. Warum aber war der Leseraum leer? Als wenn der böse Ungeist, der behauptet, der Mensch sei unverbesserlich, schon deswegen, da dessen Hirnschale kein Licht ertrage, recht behielte!

Vielleicht ist das Mädchen so lieb zu ihm gewesen, weil er der einzige Leser war? Sollte das der wahre Grund gewesen sein, so täten ihm, dem vormaligen Sträfling und jetzigen Rentner Nüüdül, alle und alles auf dieser Welt leid: Das arme Kind, gezwungen aus Verzweiflung, nett zu sein, er, der doppelt arme Dummkopf, der darüber abermals die Erdenschwere verloren, der Mongolenstamm, der sich auf sich selbst so viel einbildet, weil erstens jeder seiner Zuwächse bei der Geburt über einen blauen Steiß verfügt und zweitens ihm irgendwann ein Dschingis Khan entsprungen, und schließlich die ganze Menschheit, weil sie, gleich welche Hautfarbe über sie auch gespannt sei, ihren Handlungen nach zu urteilen, dem Befehl eines insgesamt gleich mächtig-ohnmächtigen Hirns zu gehorchen scheint. Ja, was wäre, denkt er während des Lesens, wenn die Mehrheit der Menschheit tatsächlich über ein lichtscheues Hirn verfügte? Er findet darauf keine Antwort. Oder besser, er weigert sich, die Antwort, die ihm vorschwebt, anzunehmen, denn sie anzunehmen hieße doch, das Menschengeschlecht zum Untergang zu verurteilen. Was ja wiederum hieße, er würde sich samt Dsajaa, ihrem Kind, dem Büchereifrauchen, dem Leutnant, dem Oberst und vielen anderen Menschen, deren helfende Hände und wohlwollende Herzen ihn wissentlich und unwissentlich über Wasser gehalten, eigenhirnig dem allüberall lauernden Tode anheimgeben!

Hier erschrickt er, dass er den Blick erstmalig vom Buch trennt und aufschaut. Dabei verspürt er argen Durst am Gaumen und muss aufstehen, um sich aus der Küche ein Glas Wasser zu holen. Das Glas Wasser in der Hand und den ersten kleinen Schluck im Mund, schlendert er auf die Tochterseite des Tisches zu, lässt sich langsam auf ihren Stammsitz nieder und schließt die Augen. Eine gedehnte Minute oder vielleicht auch eine verdichtete Unendlichkeit vergeht. Dann steht er auf, wieder das Glas in der Hand und einen weiteren Schluck Wasser im Mund, und wandert zurück. Bleibt aber vor der Schlafzimmertür stehen und öffnet sie, damit im Zimmer keine abgestandene Luft sei, wenn die Bewohnerin es endlich wieder betrete.

Nun schnuppert er und wittert den anmutigen weiblichen Duft. Ein dumpfes Stöhnen entfährt seiner Brust. Daraufhin begibt er sich eilig zu dem anderen Zimmer. Dort angekommen, zögert er, denn da zerfällt sein Wesen in zwei Einzelteile, ohne dass er es zunächst selber merkt.

Nüüdül eins will das Glas hinstellen und sich wieder hinlegen.

Nüüdül zwei aber will das Buch nehmen und gehen.

Wohin denn?

Zu ihr, zu ihren Düften, dorthin, wo man den zurückgelassenen Spuren ihres Wesens am nächsten sein darf – im Schlafzimmer, auf, in ihrem Bett!

Nüüdül eins ist entsetzt über diese Dreistigkeit, denn so etwas macht man doch nicht!

Nüüdül zwei jedoch ist verwundert über diese Kleinmütigkeit. Beruft sich darauf, dass die Tochter es doch liebt, wenn sie einen ganz in ihrer riech- und fühlbaren Nähe hat!

Nüüdül eins gebietet Vorsicht. Denn jetzt ist sie nicht da, und sich ihr in ihrer Abwesenheit und ohne ihren ausdrücklichen Wunsch nähern zu wollen, hieße ja Missbrauch ihres Vertrauens!

Nüüdül zwei meint, gerade jetzt, wo sie abwesend ist, sei es angebracht, ihren Raum, ihr Bett und alles, was sie von sich selbst zurückgelassen, gegen die Einsamkeit zu verteidigen, vor der sie sich auch sonst fürchtet!

Gegen diese Worte scheint der Nörgler so schnell keine Beweisführung zu finden. Dennoch sucht er nach weiterem Grund, den Widersacher von seinem Vorhaben abzubringen: Sagt, es sei doch keine Art von einem alten Mann, sich ungewaschen in das Bett einer jungen Frau zu legen, selbst dann nicht, wenn es sich um die eigene Tochter handle!

Jetzt gibt der Gemeinte dem anderen recht und lacht dabei innerlich. Denn es heißt, er ist damit einverstanden, dass man das heilige Gebiet betritt, man brauche sich nur genügend zu säubern.

So wäscht und schrubbt Nüüdül, wieder einig mit sich, den alten Körper gründlich wie immer und schmiert zum ersten Mal freiwillig die Haut mit der wohlriechenden, dickflüssigen Kunstsahne ein. Wobei er lächeln muss, da ihm eine Geschichte aus jüngster Vergangenheit einfällt: Dsajaa hatte einmal auf die bauchige Plastikflasche vor dem Badezimmerspiegel gezeigt und gesagt, er solle seine Haut damit einreiben. Wozu das gut sein soll, hatte er wissen wollen. Es verleihe dem Körper einen Duft. Was ihm eine weitere Frage entlockt hatte: »Stinke ich?« Worauf sie den Kopf geschüttelt und herzlich gelacht hatte. Dann hatte sie ihm erzählt, wie er röche: anders als so viele Männer sonst es täten; jene würden tatsächlich stinken, nach Schweiß und Dreck, weil sie sich so selten wüschen. Was er selber bestätigen konnte. Auch konnte er sich erinnern, vor vielen, vielen Jahren in der Parteizeitung einen niederschmetternd kritischen Artikel von einem hohen Staatsfunktionär gelesen zu haben, wo es darum ging, dass sowjetische Menschen naserümpfend vom *mongolischen Geruch* geredet haben sollten, was als offene Kritik von unseren großen Brüdern und Schwestern aufzufassen und diese Rückständigkeit des Feudalismus endlich durch eine bessere Körperpflege zu überwinden wäre.

Jenes Gespräch mit der Tochter musste ihn, trotz seines beruhigenden Ausgangs, an seiner wunden Stelle getroffen haben, denn Tage später stellte er eine weitere Frage an sie: Ob er sich in ihrer Nase geruchsmäßig als ein alter Mann entpuppe. Was sie heftig verneinte. Da kam er schon mit der nächsten Frage: Warum er dann das Zeug zu verwenden habe, das bestimmt nicht billig sei? Es stimmt, lautete ihre Antwort darauf, es sei tatsächlich nicht billig, aber auch nicht *so* teuer, dass man darauf verzichten müsse, denn es verleihe dem Körper nicht nur einen zusätzlich angenehmen Duft, sondern auch ein spürbares Wohlgefühl. Später stellte er fest, sie hatte recht. Gründlich gewaschen und sorgfältig eingeschmiert, verlässt er das Bad und besteigt mit gutem Gewissen das hochheilige Bett.

Doch nachdem er sich genüsslich auf dem so festen wie auch weichen Polster ausgestreckt hat und nun unter der flaumweichen Schlafdecke liegt, wird eine mahnende Stimme vernehmbar: »Pass auf, du alter Kerl! Dir scheint es einfach zu gut zu gehen!«

»Pst!«, lautet darauf eine andere Stimme. »Angsthase! Ich weiß schon, auf dem Pendel zu bleiben, hier Mut und da Demut!«

»So so. Hoffentlich wirst du die Erdhaftung nicht verlieren, wenn dir die Himmelswolken unterm Kinn zu stehen scheinen?«

»Das wird nicht der Fall sein. Denn ich möchte dem armen Kerl, der ein Leben lang in der Stiefkindecke des Schicksals hat hocken müssen, für einen Augenblick den endlich ersichteten und zufällig unbesetzten Prinzenthron überlassen. Nicht allein seinet-, sondern auch des Himmels wegen, der sonst der Hartherzigkeit gegenüber manchen seiner eigenen Geschöpfe beschuldigt werden müsste!«

Dann ist Stille. Nüüdül liest ungestört weiter in seinem Buch. Das tut er, die ungewohnt zarte Streichelhand des Lebens jeden Augenblick auf all seinen Hautporen spürend und den belebenden Duft des Wesens, das ihn mit allen Höhen, Weiten und Tiefen des Alls verbindet und sein Ein und Alles ist, voll einatmend, ganz Lunge und ganz Herz. So liest er bis zum Abend des nächsten Tages das Buch zu Ende und kommt sich innerlich wie aufgewühlt, aber auch gereinigt vor. Da er zwischendurch auch geschlafen, gegessen und getrunken hat, fühlt er sich am Ende sogar wunderbar ausgeruht.

Den letzten Tag widmet er voll dem Empfang der sehnsüchtig Erwarteten. Er schrubbt den ohnehin sauberen Fußboden, wischt alles, was daraufsteht, abermals ab und kocht. Dabei überlegt er. In China wird sie die ganze Zeit Dinge gegessen haben, von denen sie nicht wissen konnte, woher sie stammten. Nun soll sie lauter Dinge bekommen, bei welchen sie gleich sieht, was sie sind! So kocht er bewusst einfach wie in der Jurte: die Vorderkeule eines Ziegenjährlings, behutsam zerlegt nach jedem Knochenteil, mit sorgfältig abgewaschenen Pellkartoffeln und Möhren, alles lediglich in Salzwasser mittelweich gekocht und zum Schluss mit fein gehackten Grünzwiebeln bestreut. Anfangs hatte er an Lammrücken gedacht, dann den Gedanken verworfen, da ihm eingefallen war: Wer sich so lang von anderen Dingen ernährt hat, dem könnte Hammelfleisch zu streng im Geschmack erscheinen; jetzt ist erst Mittsommer, also kann man gut und gern auch Ziege nehmen!

Dsajaa kommt gerade richtig zur Stunde des Abendmahls zu Hause an. Sobald die Tür hinter ihr geschlossen ist, tritt sie scheu und stumm an ihn heran; er legt die Hände, die er eilig am Geschirrtuch hat trocken reiben müssen, sachte um ihre Backen, beriecht sie behutsam zuerst an der rechten, dann an der linken Schläfe und küsst sie zum Schluss auf die Stirn; da greifen mit einem Mal ihre beiden Hände stürmisch nach den seinen, führen sie erneut zu ihren Backen und drücken sie krampfhaft fest dagegen. Währenddessen füllen sich ihre Augen mit Tränen. Und auch er droht, die Beherrschung zu verlieren. Doch ihm fällt gerade noch ein zu sagen: »Ach, auf dem Herd …«, und damit entkommt er ihr und eilt auf die Küche zu.

Nüüdül merkt bei Tisch, er hat richtig gedacht. Denn Dsajaa erzählt in einem Atemzug: »Wir sind rund um die Uhr verwöhnt und kugelrund gefüttert worden, mit so-o-o vielem, eins leckerer als das andere, nur wusste man nie, was man in sich hineinbeförderte, denn alles war schlierig weich gekocht und in einer roten Soße ertränkt. Nun sehe ich, was ich esse, und vielleicht darum schmeckt es nicht nur, es beruhigt und beflügelt zugleich!«

Nach dem Essen packt sie ihren Reisekoffer aus. Nüüdül fühlt sich von den Geschenken erschlagen, die sie für ihn mitgebracht hat: angefangen bei einem Rückenkratzer aus Bambusholz über einen Freizeitmantel aus watteweicher Baumwolle bis zu einem Massagegerät für den menschlichen Körper von Kopf bis Fuß. Er tadelt sie leise, dass sie seinetwegen so viel Geld ausgeben und auch so viel von ihrer gewiss knappen Zeit vergeuden musste. Worauf sie offenherzig beteuert, sie habe es gern getan, glücklich darüber, dass sie wenigstens ihn hatte, für den sie diese Kleinigkeiten hat besorgen dürfen; andere hätten ganze Hügel für die vielen Mitglieder ihrer großen Familien eingekauft. Dabei wird ihre Stimme leise, auch scheint sie selber kleiner zu wirken als sonst. Was ihm im Herzen schmerzt, aber auch eine Flamme aus diesem schmerzenden Herzen herausschlagen lassen will. Ach, wie gern hätte er sie getröstet: Warte nur, mein Kind, bald, sehr bald wird sich unsere kleine Familie um ein weiteres Mitglied – und was für eines! – vergrößern! Doch er weiß, er hat sich zu gedulden. Dann erzählt sie auch, dass sie wie alle anderen Mitglieder der Reise eine Menge Handgeld von der Gastgeberseite bekommen und dabei zweierlei begriffen hat, zunächst, warum ein jeder Mensch darum kämpft, zu einer offiziellen Delegation zu gehören, und dann, weshalb diejenigen, die etwas zu sagen haben, bei den Verhandlungen so nachgiebig werden.

Als sie sich endlich zur nächtlichen Ruhe begeben wollen, sagt sie kleinlaut, aber mit derselben Stimme des verhätschelten Kindes, zu dem sie sich schon einmal gemacht: »Wisst Ihr, Vater, wie sehr ich mich nach Euch, Eurer Gegenwart, Eurer Nähe, Eurem Geruch gesehnt habe? Ihr würdet mir eine zusätzliche Freude bereiten, wenn Ihr zu mir ins Bett kommt und mir erzählt, was Ihr in meiner Abwesenheit alles gemacht habt!«

Ihm fahren das Herz hoch und der Körper zusammen. Denn er hat vorhin während des Essens sehnsüchtig an diese Laune der Tochter gedacht und sich wieder einmal alterstöricht gescholten. Nun aber dies!

Im Bett dann erneut die Haltung: Er gerade ausgestreckt, auf dem Rücken, und sie ihm zugewandt, die Beine leicht angewinkelt und ihn am Oberarm fassend – erzählt er von seinem Besuch in der Bücherei, dem Mädchen und dem Buch. Und eine längere Atempause später auch davon, dass er sich beim Lesen zuerst auf die Liege, später aufs Bett und ganz zum Schluss in das Bett hineingelegt habe.

»Um die bequemste Haltung auszuprobieren«, sagt er dazu. Ja, er verschweigt sowohl den sehnsüchtig machenden Duft als auch den Streit, den er mit sich selbst hat austragen müssen.

Und was geschieht? Sie packt seinen Arm noch fester, drückt ihr Gesicht dagegen und erzählt: »Die ganze Zeit habe ich immer wieder an zu Hause gedacht. Habe mir dabei gewünscht, Ihr betretet jeden Tag einmal die Stätte meines Rückzugs und setzt Euch wenigstens ein paar Herzschläge lang auf den Rand des armen Waisen- und Witwenbettes, damit das bisschen, was von mir dort zurückgeblieben, seien es auch nur Schweißgerüche oder Tränenspuren, nicht zu sehr an Einsamkeit litte, wie deren Quelle, ich, es brennend vor Sehnsucht in der Ferne tat! Und Ihr habt es wohl verspürt, wofür ich Euch noch zusätzlich danke, o himmelhoher Vater, mein beschützendes Ein und behütendes Alles!«

Die Worte, immer schneller und leidenschaftlicher aus ihrer Brust hervorgesprudelt, werden begleitet von Tränen, die schließlich auch den Augen Nüüdüls welche entlocken. Jetzt ist er nah daran, ihr zu gestehen, dass er, zurückgelassen im Herzraum ihrer Wohnung, auch an das gedacht und ihren Duft gewittert, ja sich daran berauscht habe. Aber er bringt es doch fertig, diese knifflig-knistrige Feinheit weiterhin für sich zu behalten. Darauf schläft sie ein, längst nah an ihn gerückt und das Gesicht ihm an die Brust gedrückt. Und er liegt still, wie wachend über ihren Schlaf und erfüllt von einem Glück, wie zu dieser Stunde die Erdoberfläche mit Spätsommernachtluft und der Himmelsraum mit dem sanftem Schein der Sterne erfüllt sein dürften. Dabei nimmt er in seiner nebelhaften Innenlandschaft ein gewaltiges Feuer wahr, das von einem flammend hellen Docht auszugehen und eine Unendlichkeit finsterer, kalter Räumlichkeiten zu beleuchten und zu wärmen scheint. Nach einigem Sinnen glaubt er es zu erkennen: Liebe nennt er es in Gedanken und wandert auf dem stillen Pfad der Erkenntnisse weiter. Und glaubt irgendwann zu wissen, es ist die Quersumme aller Empfindungen, die dem Menschen in den Augenblicken seiner göttlichen Abwandlung entspringen.

Am nächsten Tag besucht der Leutnant, der genauso ungeduldig auf Dsajaas Rückkehr gewartet hat wie Nüüdül, sie im Ministerium. Er ist diesmal in Zivil, führt aber einen jungen Mann im Arztkittel mit sich. Er bittet sie um eine kleine Blutentnahme zu einem Forschungszweck, wofür Menschen aus allen Teilen der mongolischen Lande gebraucht würden. Da er aus ihrer Ecke keinen anderen Menschen kenne, sei er zu ihr gekommen. Sie macht sich keine weiteren Gedanken, streckt dem Bekittelten den Arm entgegen und sagt lachend: »Da es nun der kleine Bruder ist, der bittet, weiß die große Schwester: Jeder Wunsch muss erfüllt werden!« Worauf der Arzt aus einem kleinen Metallkoffer dieses und jenes heraus- und ihr etwas Blut entnimmt, was nicht länger als eine Minute dauert.

Am Abend erzählt sie Nüüdül von dem Besuch des Leutnants und der Blutentnahme. Nüüdül nimmt es gefasst, sogar fast kühl auf, wie es ihr erscheinen will und worüber sie sich ein wenig wundert. Doch darauf glaubt sie, ihm recht geben zu müssen, was geht so eine Forschung einen Außenstehenden auch an? Er wird innerlich noch mit dem Buch beschäftigt sein, von dem er mir gestern erzählt und versprochen hat, mir eine Kostprobe zu schenken! Und tatsächlich erzählt er daraus, und zwar ausführlich und gekonnt – sie verbringen die Nacht wieder nebeneinander, Haut gegen Haut, in ein und dieselbe Wärme, in dasselbe Zauberlicht der Wortkunst und später in eine geruhsame Stille eingetaucht.

Auf diese beiden lauschigen Nächte folgen für die ministeriale Sekretärin harte Arbeitstage voller Verpflichtungen. Auch für den verpflichtungsfreien Rentner ist es eine kaum leichtere Zeit, da sie nur aus untätigem Warten besteht und darum endlos lang erscheint. Acht Tage später – endlich! – meldet sich der Leutnant. Der Test habe bewiesen, dass Dsajaa und das Kind in ihrem Blut übereinstimmende Werte trügen, während die des Kindes und seiner angeblichen Mutter voneinander abwichen!

Nüüdül drückt das Handy krampfhaft gegen die Ohrmuschel und bringt die Frage aus sich heraus: »Was nun?«

»Dsajaa darf endlich aufgeklärt werden!«, antwortet der Leutnant und fragt dann: »Wird sie aber bereit sein, sich zu ihrem Kind zu bekennen und sich in eine Schlacht zu stürzen, die schwer sein könnte?«

»Davon bin ich fest überzeugt! Aber ich hätte auch noch zwei Fragen.«

»Sprecht sie bitte aus!«

»Erstens, weiß der Oberst davon? Und zweitens, was wäre Euer Rat an mich?«

»Natürlich läuft die ganze Unternehmung unter Leitung des Herrn Oberst. Und was Euch betrifft, bitte – als ein weiser Berater und eine feste Stütze für die Tochter, die nun vor einer Lebensprüfung steht – vorerst im Hintergrund bleiben!« Das alles ist in einem amtlich kühlen Ton ausgesprochen. Dem folgen weitere Worte, in einem persönlichen, ja nahezu scherzhaften Ton: »Und bereitet Euch schon einmal auf Eure bevorstehende und wohlverdiente Rolle als Großvater vor! Denn es kann schneller gehen, als man bisher zu hoffen gewagt hat!«

Tatsächlich nehmen die Ereignisse eine schwindelerregende Fahrt auf. Denn Minuten nachdem das obige Telefonat stattgefunden hat, meldet sich Dsajaa. Ihre Stimme zittert und wirkt heiser. Ob er nicht sofort zu ihr kommen könne? Er weiß, von seinem jetzigen Verhalten wird ihr Mut und damit der weitere Verlauf der Dinge abhängen. So kommt er ihr mit ruhiger, fester Stimme entgegen: »Ja, Tochter. Die Polizei hat dich benachrichtigt, nicht wahr?«

Sie fängt an zu stottern: »Ja … nein … der Leutnant …«

Er wartet ein paar Herzschläge ab und redet dann, weiterhin ruhig und fest: »Tochter. Beruhige dich. Und jetzt sprich!«

Und sie spricht: »Es hört sich an, als wenn Ihr längst Bescheid wüsstet, worum es geht – richtig?«

Er bejaht die Frage und sagt noch: »Es geht um unser Maamuu.«

»Welches Maamuu denn?«

»Na jenes, das du einst im Schoß getragen hast und dir böse Menschen dann entrissen – es ist nicht gestorben, es lebte und lebt und gedeiht immer noch!«

»Großer Himmel, lieber Vater!«

»Tochter. Eine derartige Nachricht so plötzlich zu erfahren ist zu viel, ich weiß. Doch sag ich dir, du hast jetzt keine andere Wahl, als dich zusammenzunehmen und mir gut zuzuhören. In der Vergangenheit hast du manche Prüfung abgelegt, nicht wahr? Nun wartet eine Lebensprüfung auf dich. Um sie zu bestehen, brauchst du einen kühlen Kopf und viel Mut im Herzen. Wobei du wissen darfst, du hast viele dir Wohlgesinnte auf deiner Seite: Das ist die untrügliche Göttin Wahrheit. Das ist die trotz allem bestehende Gerichtsbarkeit des Staates, an dessen Anfang ein Dschingis Khan gestanden. Das ist mein Freund, der Oberst. Das ist unser Freund, der Leutnant. Das bin ich, dein Vater. Das sind alle guten Geister dieser Welt. Aber wir alle müssen während dieser Prüfung schweigend und für dich betend im Hintergrund bleiben. Du als Landkind weißt, wie furchtlos und dennoch feinfühlig eine ihrer Welpen beraubte Wölfin ans Werk geht. Nun, du Betrogene und Bestohlene! Begib dich wölfisch kühn und menschlich weise in den Kampf und erobere deine Brut von den Dieben zurück!«

Das ist das längste Telefonat, das Nüüdül und Dsajaa je miteinander führten. Und es verleiht der Verwirrten Klarheit im Kopf und Festigkeit im Körper. So begibt sie sich, wach und entschlossen, dahin, wohin sie einbestellt wurde: in die Hauptverwaltung der Polizei. Dort wird sie vom Leutnant empfangen; zugegen sind der, der damals den Arztkittel getragen, und ein weiterer, nun älterer Mann. Heute stecken alle drei in Polizeiuniformen. In amtlichem Ton berichtet ihr der Leutnant über den Hergang der Dinge: Auf die Anzeige Nüüdüls – er sagt: des Bürgers Nüüdül – hin habe man in den Unterlagen der Frauenklinik nachgeforscht und widersprüchliche Eintragungen festgestellt; darauf wurden die Personen verhört, die bei Geburt und Tod des Säuglings anwesend waren, zwei Hauptverdächtige verhaftet und schließlich bei zwei Personen, die als Mutter infrage kämen, Blutproben entnommen. Nun sagt er in einem warmen Ton: »Habt bitte Verständnis, große Schwester, wenn ich den Grund der Blutentnahme vor einigen Tagen anders habe darstellen müssen!«

Dsajaa hätte allzu gern mit dem Kopf genickt oder ein bereitwilliges Lächeln gezeigt. Doch sie beherrscht sich und wartet geduldig ab, harrend des Wichtigsten, was sie bereits weiß, aber endlich aus dem Mund eines Offiziellen in diesen Wänden einer staatlichen Behörde noch einmal hören möchte. Doch der Mensch, der ihr, einer Bürgerin, gegenüber in diesem Augenblick das Sprachrohr des Staates ist, schweigt, indem er eine Pause einlegt und sie betrachtet. Will er sie damit einer Vorprüfung unterziehen? Oder den Augenblick genießen, bevor er mit dem krönenden Ergebnis seiner Untersuchungen herausrückt? Oder fragt er sich, ob die Neuigkeit nicht zu viel für sie wird? Wie auch immer, er verharrt, und sie – ja, sie versucht, sich an die Stimme und die Worte Nüüdüls zu erinnern. Und darüber verstreicht die Zeit, die in Wirklichkeit lediglich aus ein paar Momenten besteht.

Endlich spricht er weiter. Aber wie?, wundert sie sich, denn jedes Wort hört sich teiggleich in die Länge gezerrt an und hallt und schallt wie in einen unendlichen Hohlraum hineingehaucht. Und sie lauten so ungefähr: *»Nununun stehtehteht festestest, dassassass Ihrihrihr Kindindind damalsmalsmals nichtichticht gestorbentorbentorben, sondernondernderndern gegengengen eineinein toteseses getauschtauschtauscht wordenordenorden undundund ananan dessenessenessen Mutterutterter ü-ü-berge-ge-ge-ben wordenordenorden istististist undundund beibeiei* *dieseriesereser bisbisis heuteuteut immermermer lebtlebtebt undundund wohlohlohl gedeiteiteit …«*

Damit scheint es aufzuhören. Da fängt sie an zu weinen, obwohl sie sich sichtbar bemüht, die Tränen zurückzuhalten. Es ist ein leises, darum umso mehr kraftraubendes Weinen, so lässt man sie ausweinen. Dann ist sie es, die zuerst spricht: »Darf ich erfahren, wo sich das Kind jetzt befindet?«

Der Leutnant antwortet: »Es befindet sich in gesetzlicher Obhut.«

Von ihr kommt die nächste Frage: »Und wie geht es weiter?«

Der Leutnant muss sich räuspern, bevor er spricht: »Wir haben in Zusammenarbeit mit der Staatsanwaltschaft alles, was von uns abhängt, abgeschlossen und die Akten an das Gericht weitergeleitet. Wann der Gerichtsprozess stattfindet und wie die zu fällenden Entscheidungen lauten werden, darüber kann ich Euch nichts sagen. Denn das Gericht ist unabhängig und entscheidet selbstständig.«

Hier entgeht ihr eine gewisse Unsicherheit in seiner Stimme nicht, die sie ebenso in seinem Blick feststellt. Dann schaut sie hintereinander in die Augen der anderen beiden und glaubt, Spuren derselben Unsicherheit auch da zu entdecken. Jetzt läuft es ihr eiskalt in die Bauch- und Brusthöhle, denn ihr fällt das aus verschiedenen Mündern Gehörte ein: Die Polizei und die Staatsanwaltschaft seien nicht übel, aber das Gericht! Da würden die Schlimmsten sitzen, deren Urteilssprüche sich nur danach richteten, wie bestechungskräftig und -willig die Person wäre, die hinter dem Fall steckte. Sie entschließt sich, wenigstens einen ersten Geschmack von dieser nebelhaften Welt des Gerichts zu bekommen. Und so fragt sie, wann sie etwa mit einem Gerichtsverfahren rechnen dürfte. Die Antwort darauf lautet: Am besten solle sie das Gericht selbst um Auskunft bitten. Der das sagt, ist der Leutnant. Da aber macht erstmalig ein anderer den Mund auf. Es ist der ältere Mann mit müdem Gesicht und einem großen Stern auf den Schultern, und er sagt: »Das hängt von vielen Dingen ab.«

Dsajaas Mund entschlüpft unversehens: »Was für Dinge könnten dies sein?«

Die Frage bringt alle in Bestürzung. Das sieht sie den Gesichtern an und bekommt einen Schreck. Ja, sie ist taktlos gewesen. Denn jede Weiterführung des Gesprächs könnte allzu leicht zuungunsten des Gerichts enden, das zwar gründlich in Verruf geraten ist, aber ursprünglich als hochheilig gegolten hat und daher immer noch ein gewisses Gewicht darstellt. Das niedrige Volk mag über die Bestechlichkeit und sonstige Unredlichkeiten in den öffentlichen Dienststellen tratschen, doch als Staatsangestellte unter dem beflaggten Dach einer Behörde mit einer Außenstehenden über Unzulänglichkeiten in den Mauern einer anderen Behörde zu reden, das geht nicht!

Da nimmt der Mann, der den Anlass zu der unpassenden Frage gegeben hat, den Faden wieder auf, jetzt direkt an sie gewandt, mit unverkennbaren Zügen eines Lehrers auf seinem müden, ältlichen, aber auch gütigen Gesicht. Vielleicht sollten damit die Spuren des Unangenehmen getilgt und mögliche Knitter in den Hirnen der Arbeitskameraden wieder geglättet werden? Oder er hat sich entschlossen, ihr behilflich zu sein, nachdem er gesehen, wie hilflos sie dasteht, aber auch wie bedenkenlos sie entschlossen ist, wieder zu ihrem Kind zu kommen? Die Worte, die diesmal aus seinem Mund kommen, lauten jedenfalls so: »Jedes Gericht ist heute überlastet, und ein Gerichtsverfahren kann nicht so schnell zustande kommen, da es einfach an Richterköpfen fehlt, die sich damit befassen; auch mag eine der beteiligten Personen oder einer deren Anwälte verreist oder erkrankt sein; aber der Hauptgrund für eine Verzögerung kann in einem solchen Fall die Frage der Wiedergutmachung des geschehenen Unrechts oder der entstandenen Schäden sein.«

»Was wäre«, sagt Dsajaa nach kurzem Überlegen, aber voll geistesgegenwärtig, »wenn ich als Hauptleidtragende von vornherein eine Erklärung abgebe, dass ich im Fall einer Zurückerlangung meines Kindes auf jede Wiedergutmachung verzichte?«

Alle drei Männer machen große Augen. »Das habt Ihr, große Schwester, hoffe ich, nur einfach so dahergesagt«, sagt der Leutnant.

»Nein, das ist durchaus mein Ernst, wenn dadurch das Haupthindernis zur Verzögerung des Gerichtsverfahrens beseitigt wäre!«

»Das könnt und sollt Ihr nicht tun! Denn Ihr seid die Hauptgeschädigte bei der ganzen Geschichte, und so habt Ihr gesetzlich den vollen Anspruch auf eine Wiedergutmachung des geschehenen Unrechts.«

Worauf sie von Neuem anfängt zu weinen, diesmal keinesfalls bemüht, die Tränen zurückzuhalten. So spricht sie weinend, laut und zornig: »Wiedergutmachung! Wie soll sie geschehen? Können meine vergossenen Tränen je wieder eingesammelt und in die Augäpfel zurückgepumpt werden? Können die Demütigungen, die ich als kinderlose, einsame Witwe an meinem Körper und meiner Seele habe erleiden müssen, je wieder ungeschehen gemacht werden? Oder meint man damit eine Handvoll bebildertes Papier, genannt Geld und göttlich geheiligt? Gewiss werde ich weitere Demütigungen auf mich nehmen müssen, um es zu bekommen! Und möglicherweise wird man mir nur deswegen mein Kind weiter vorenthalten! Nein, ich will es nicht, will einzig mein Kind zurückhaben, und zwar so schnell es nur geht, um es zu sehen, zu fühlen und meine verwaiste Leber an seinem Geruch erweichen zu können!«

Diesmal zeigen sich alle drei Männer berührt. Das Amtliche, jener Anstrich aus Angst, Anmaßung und Kälte, ist aus ihren Gesichtern gewichen. Eine Weile herrscht Stille, das weibliche Schluchzen im Hintergrund bleibt freilich. Es ist abermals der Ältere, der die Stille bricht: »Ich verstehe deine wohl nie erloschene, nun aber wieder aufgeflammte Sehnsucht nach dem dir entrissenen Kind. Lass dir dennoch zwei Dinge sagen, kleine Schwester! Erstens, heute lebt ein jedes menschliche Wesen letztendlich vom Geld. Du wirst mit der Zeit immer mehr Geld brauchen, um deinem Kind ein menschenwürdiges Dasein zu gewährleisten. Zweitens, was wäre, wenn die andere Frau eine hohe Geldsumme als Entschädigung von dir fordert, dafür, dass sie all die Jahre dein Kind als Mutter versorgt hat?«

Bevor Dsajaa dazu kommt, den Mund aufzumachen, steigt der Arzt, der bisher geschwiegen hat, ins Gespräch ein: »Ich würde, Herr Major, Eure erste Bemerkung voll und ganz teilen. Eure zweite Befürchtung jedoch halte ich für unbegründet, denn die Frau muss doch vom Tod ihres eigenen Kindes erfahren haben. Also ist sie keineswegs das Opfer, sondern muss mit allem Grund als Beteiligte und letztendlich als Hauptnutznießerin einer Verschwörung betrachtet und so zur Verantwortung gezogen werden! So wende ich mich jetzt an Euch, liebe Schwester: Bitte, anstatt eilends zu erklären, auf Euer Recht auf Wiedergutmachung zu verzichten, verlangt doch vom Hohen Gericht gleich bei der ersten Gelegenheit, alle – ich betone das Wort *alle!* – Beteiligten an der Verschwörung strikt zur Verantwortung zu ziehen!«

Blass geworden, schüttelt Dsajaa heftig den Kopf, spricht aber darauf leise: »Nein, lieber Bruder! Nur das nicht! Ich möchte bei der ersten Gelegenheit erklären, dass ich nicht nur auf jede Wiedergutmachung verzichte, sondern auch allen, die sich, aus welchem Grund auch immer, an dieser Geschichte beteiligt und schuldig gemacht haben, vergebe!«

»Weshalb denn das?«, fährt der Arzt hoch. »Die haben Euch doch alle geschadet!«

»Ja, das haben sie«, fährt sie mit einer ruhigen, aber festen Stimme fort. »Das haben sie getan, da jedermann seinen kleinen Grund gehabt haben muss. Pochte ich nun auf ihre Bestrafung, dann lieferte ich ihnen doch erst recht weiteren Grund, mir erneut zu schaden. Um solches zu vermeiden, möchte ich lieber ihr Gewissen ansprechen, indem ich mein Herz in die Hand nehme und sie ihnen entgegenstrecke.«

»Das ist eine gute Denkweise, kleine Schwester«, sagt der Major nachdenklich. »Die sollte man vielen Menschen und sogar Staaten empfehlen.«

»Purer Idealismus, der nichts bringt!«, schießt der Arzt recht schroff quer.

»Sag das bitte nicht, Kamerad! Ich find es schön, dass es in der heutigen Zeit noch eine solche Idealistin gibt«, widerspricht ihm der Leutnant.

»Oder habt Ihr Angst, Schwester?«, fragt wieder der Arzt.

»Natürlich habe ich Angst«, gibt Dsajaa offenherzig zu. »Denn ich ahne doch, was am Anfang der Verschwörung gestanden haben muss und nicht nur die daran Beteiligten, sondern auch die Welt lenkt: Geld und Macht.«

In diesem Augenblick wird ein kurzes, kräftiges Klopfen hörbar, und die Tür geht auf. Ein Mann mittleren Alters erscheint und lässt alle drei Männer wie auf Befehl auffahren. Auch Dsajaa steht auf, denn sie ahnt sofort, wer dieser Mensch sein könnte, obwohl er in Zivil steckt: der Oberst, jener gute Geist, der bisher zwar unsichtbar, aber immer gegenwärtig und hilfreich gewesen war! Und tatsächlich stellt ihn ihr der Leutnant als den Abteilungsleiter Oberst Tschuluunbat vor. Vorher jedoch wird sie ihm vorgestellt als die Bürgerin, die um ihr Kind gebracht worden ist. »Aha!«, sagt er, während er seinen wachen, warmen Blick auf sie richtet, und fährt fort: »Dann nehme ich an, eine Wohnnachbarin von meinem guten Bekannten und Freund Nüüdül.«

»Ja«, pflichtet sie ihm zögernd bei und setzt dann mit einem Mal entschlossen hinzu: »Genauer gesagt, wir sind einander Vater und Tochter, haben uns gegenseitig adoptiert.«

Der Oberst kneift die Augen zusammen und wiederholt das soeben Gehörte leise: »*Wir haben uns gegenseitig adoptiert.* Wie soll das gehen?« Er scheint eine kurze Weile zu überlegen und sagt dann: »Jetzt glaube ich, es verstanden zu haben.« Nun streckt er ihr gutmütig seine Hand entgegen, in welche sie schüchtern die ihre legt. Da spricht er: »Meinen herzlichen Glückwunsch, kleine Schwester! Und gib bitte diesen meinen Glückwunsch auch an den Papa weiter!«

Er lässt ihre Hand los, wendet sich an seine Untergebenen und fragt, ob sie das gewusst hätten. Bis soeben nicht, ist die Antwort. Nun spricht er: »Das erscheint mir als ein Weg, eine soziale Not zu vermindern, die zusehends zunehmen wird. Überlegt mal, wie viele Menschen heute an Einsamkeit leiden, und um wie viel besser manche dran wären, wenn sie andere Einsame fänden, deren sie sich annehmen könnten, indem sie von diesen selber auch angenommen würden, in welcher Form auch immer, nicht wahr?«

Die Angesprochenen zollen ihm darauf einheitliche Bejahung.

Also fragt der Chef mit unverkennbarem Nachdruck, an seine Untergebenen gewandt, ob sie die Bürgerin bereits über den Verlauf der Nachforschungen und die Ergebnisse der Untersuchung informiert hätten. Da er ihre Antwort womöglich als nicht ausreichend empfunden, spricht er, nun an Dsajaa gewandt: »Wir als Polizei haben das Unsere getan. Die letzte Entscheidung hängt nun vom Gericht ab. Wie sie ausfallen wird, können wir nicht voraussagen. Doch ich als Leiter der Mannschaft, die daran gearbeitet hat, würde dir, kleine Schwester, empfehlen, dich nach allen Möglichkeiten umzuschauen und vorzuarbeiten. Du bist doch, wenn ich mich richtig entsinne, persönliche Sekretärin bei einem Minister, nicht wahr? Ich hoffe, du hast eine gute Beziehung zu deinem Chef. In dem Fall würde ich ihm schon anvertrauen, was dir bevorsteht, und ihn um Hilfe bitten. Ein Anruf eines Kabinettsmitglieds beim Justizminister oder einem seiner einflussreichen Untergebenen würde schon manches bewirken. Lass nun also alle Fädchen deiner Verbindungen spielen! Ich hoffe, meine Kollegen haben dir das nicht gesagt, denn sie dürfen es nicht. Ich übrigens auch nicht. Doch da du es nun bist, Wahl- und Schicksalstochter meines guten Bekannten und Freundes, möchte ich einmal die Dienstvorschriften verletzen und mit offenen Karten an dich Schutzbedürftige herantreten. Nicht weil ich ein schlechter Staatsangestellter sein möchte, sondern weil ich dich angesichts der traurigen Lage unserer Gesellschaft warnen und dir sagen will: Gesetze und Vorschriften sind notwendig, aber sie wirken vorerst am zuverlässigsten über Beziehungen! Zum Schluss noch ein Wort zu meiner Entschuldigung, sollte ich damit tatsächlich etwas verbrochen haben, was dem Staat schadet, dem ich diene: Ich halte die augenblickliche Lage unserer Gesellschaft keineswegs für den Endzustand, vielmehr für eine Kinderkrankheit, die wir überwinden müssen und werden, wofür wir, als sehendes Auge, hörendes Ohr und geballte Faust des Volkes, rund um die Uhr schuften und kämpfen!«

Der Oberst hat sich ausgesprochen. Dsajaa ist sprachlos über so viel Offenheit und merkt, auch die Untergebenen sind davon schwer betroffen.

Der Leutnant begleitet sie hinaus, und während sie die Treppe hinabsteigen, flüstert er fast: »Ihr habt recht mit Eurer Angst, große Schwester. Wer hat sie heute nicht? Doch es gibt auch Menschen, die ihre Angst hin und wieder überwinden, und der Oberst gehört unbedingt zu diesen.« Als sie den leeren Gang entlanggehen, sagt er, immer noch gedämpft, aber eindringlich: »Bitte vergesst nicht, alles heute hier Gehörte nur für Euch zu behalten. Und Euren Entschluss auf Verzicht auf eine Wiedergutmachung und Vergebung der Schuldigen solltet Ihr dem Gericht vorher mitteilen, so bald wie möglich, und zwar schriftlich!« Während sie den Ein- und Ausgang mit dem strammstehenden Wächter erreichen und der Leutnant ihr die Hand zum Abschied hinstreckt, spricht er laut und dienstlich korrekt: »Also, viel Erfolg bei der bevorstehenden Prüfung! Und auf Wiedersehen!«

Nüüdül hat geradezu gefiebert, während er auf ihre Heimkehr warten musste. Dabei hat er gearbeitet, ist durch die nahe liegenden Geschäfte gehastet und hat eingekauft. Leckere, teure Getränke vor allem. Und Spielsachen für ein vierjähriges Kind – ein handgroßes, leopardenscheckiges Füllen aus Filz und einen Spielball aus Gummi in Größe und Farbe einer Melone und ein Malheft mit Farbstiften. Aus seiner Wohnung hat er eine kamelaugengroße Silberschale mit einem uralten, blassblauen Hadak heraufgeholt und auf den Küchentisch gestellt. Also hat er damit gerechnet, dass das neue Mitglied der Familie bereits eintreffen könnte. Dann hat er fein gekocht, mit wägendem Hirn, flammendem Herzen und zwei geübten, flinken Händen.

Dsajaa, die sich, sobald sie über die Schwelle getreten, an Nüüdüls Brust geschmiegt und angefangen hat, leise zu schluchzen, bricht, nachdem sie das alles gesehen hat, noch einmal in Tränen aus und weint diesmal länger. Waren es vorher Tränen aus Freude und Schmerz gewesen, kommt nun noch die Rührung dazu, eine Gefühlsaufwallung aus so viel Dankbarkeit, die zu lähmender Ergriffenheit führt. Ach, wie schön wäre es gewesen, wenn alles so einfach und schnell zum glücklichen Ende verlaufen wäre, wie es sich der betagte Mensch mit der kindhaft sonnigen Seele vorgestellt hat!

Doch jetzt ist er es, der sie tröstet: »Hör zu, Tochter, dein Kind lebt und ist gefunden. Und das ist das Allerwichtigste. Wir werden unser Maamuu bald hierhaben und eine vollständige, standhafte Familie sein!«

Nachdem sich Dsajaa beruhigt hat, liefert sie dem väterlich-kindlichen Wesen einen ausführlichen, bild- und wortgetreuen Bericht darüber ab, was sich an diesem denkwürdigen, randvollen Tag alles ereignet hat. Davor hat sie sich sehr wohl an die Bitte des Leutnants, alles nur für sich zu behalten, erinnert, dann aber gedacht: Ich erzähle es doch keinem Fremden, gieße es lediglich von einer Hälfte meines Geistes und meiner Seele in die andere um, damit sich alles mit vollem Kopf durchdenken und bei voller Leber entscheiden lässt! Auch spart sie hierbei an eigenen Auslegungen der Geschehnisse nicht. Besonders der Oberst nimmt in ihren Schilderungen breiten Raum ein. Sie himmelt ihn als bodenständig, grundehrlich und in höchstem Maße wohlwollend an.

Nüüdül lauscht solch hochtrabenden Worten breit lächelnd und mit nickendem Kopf. Und mit demselben Wohlbehagen nimmt er ihr Vorhaben zur Kenntnis, auf jegliche Wiedergutmachung verzichten und den Schuldigen vergeben zu wollen. »Richtig, denn es ist eine Tugend, die eigenen Grenzen zu erkennen«, sagt er. Und fährt unverdrossen fort: »Indem wir kleinen Leute dies tun, ersparen wir nicht nur uns selbst künftige Schmerzen, sondern tragen auch dazu bei, Herde für künftige Feindschaften auf unserer Erde auszulöschen.«

Also bringt sie ihre Bereitschaft als eidesstattliche Erklärung aufs Papier und eilt damit am nächsten Morgen zum Gericht. Die junge Frau, die nach langem Hin und Her willens ist, ihr das Schriftstück endlich abzunehmen, zeigt ein eiskaltes Gesicht und stellt ihr eine Unzahl von nichtssagenden Fragen, aus welchen Dsajaa die nicht ausgesprochene herauszuhören glaubt: Zu geizig, zu dumm oder zu feige, nicht wahr, um die Schlacht um das freigelegte Gold zu schlagen? Als Bittstellerin hat sie freilich keine andere Wahl, als solche und noch üblere Gemeinheiten zu ertragen, indem sie so manchen Zwischenton der bestechungsverwöhnten Gerichtsangestellten überhört. Doch irgendwann fängt sie an zu überlegen, ob es denn ganz gescheit sei, den Kampf, der so langwierig wie auch schwierig zu werden scheint, so ungünstig zu beginnen? Denn sie weiß aus eigener Erfahrung, wie die Entscheidung manch wichtiger Angelegenheit mitunter vom Willen und Tun irgendwelcher namenlosen Randpersonen abhängt! Was ist, denkt sie voller Unruhe, wenn diese da das Schriftstück einfach unterdrückt? Oder wenn sie es, eine gewöhnliche Schlampigkeit vortäuschend, bewusst fehlleitet und den Weg zu der bestimmten Aktenmappe versperrt? Solche unheilvollen Gedanken führen dazu, dass sie in ihrer Handtasche herumwühlt, einen Geldschein erwischt und ihn, einem ungeübten Dieb gleich, mit zittriger Hand unter das Schriftstück schiebt. Die Frau tut so, als hätte sie nichts gemerkt. Aber die Fragen fallen von nun an anders aus als bisher, ohne die Feindseligkeit, und am Ende hört die arme Bittstellerin sogar eine fast freundliche Stimme.

Die Bittstellerin ist eine Bettlerin! Das hat Dsajaa in den wenigen Minuten begriffen, die sie, selbst Bürofrau, in einem fremden Bürozimmer vor einer anderen, fremden Bürofrau hat verbringen müssen. Das hat sie gepeinigt und ernüchtert auch. Während sie das Gerichtsgebäude verlässt und auf die Straße tritt, fragt sie sich: Bin ich auch so? Allein die Frage bereitet ihr Herzklopfen. Sie findet zwar keinen Grund, eine bejahende Antwort aus sich herausholen zu müssen, glaubt dennoch, am eigenen Bild, das vor ihrem geistigen Auge aufersteht, eine lecke Stelle zu entdecken: Du bist zu Frauen, besonders, wenn sie dir fremd, dabei jung und schön sind, nicht ganz so nett wie zu Männern! Dieses Geständnis erschreckt sie, obwohl sie weiß, sie ist alles andere als männertoll. Nach einigem Grübeln kommt sie auf die Antwort: Das muss an ihrer weiblichen Natur liegen, denn alles Weibliche zieht es zum Männlichen so wie alles Männliche zum Weiblichen! Und sie spinnt den Gedanken weiter: In jungen, schönen Gleichgeschlechtlichen sieht man unbewusst Konkurrenten, daher muss der Grund nicht unbedingt in mir, sondern in der Natur der Dinge selbst liegen! Jetzt lächelt sie erleichtert, als wäre ihr eine wichtige Entdeckung gelungen.

Doch während sie die nächste Kreuzung überqueren und sich vor den motorisierten Rohlingen ohne jegliche Rücksicht auf Fußgänger in Acht nehmen muss, fällt ihr die ganze Zerbrechlichkeit ihrer Situation ein, und sie wird sich ihrer augenblicklichen Rolle als Bittstellerin noch einmal bewusst. Sosehr sie den tränenbitteren Nachgeschmack in ihrer Kehle auch spürt, weiß sie, es ist ihr Schicksal, dem Lauf der Dinge tapfer zu folgen, will sie je zum Ziel, zu ihrem Kind, kommen. Ja, mein Kind, mein wieder aufgetauchter Hoffnungsschimmer hinter so vielen Finsternissen!, denkt sie, die Zähne zusammenbeißend. Deinetwegen bin ich entschlossen, weiterhin zu betteln und, wenn es sein muss, die restlichen Tage meines Lebens als Bettlerin zu verbringen!

In ihrem Büro angekommen, sitzt sie eine Weile unbeweglich mit geschlossenen Augen am Tisch und versucht, ihre Gedanken zu sammeln. Minuten später steht sie entschlossen auf, greift nach der Klinke der dick getäfelten, schalldichten Tür, öffnet sie und betritt, nun einmal ungerufen, das Kabinett ihres Chefs.

Der Minister, gerade fertig mit einem Telefonat, schaut mit fragender Miene von seinem Thron herüber. Während sie auf ihn zugeschritten kommt und fast die Mitte des langen Sitzungstisches erreicht hat, fragt er: »Ist was Dringendes?«

»Ja«, sagt sie. »Vorher aber muss ich Euch, Exzellenz, vielmals um Verzeihung und Verständnis bitten, denn es betrifft mich persönlich.« Dann leiert sie, stehend, die Geschichte in einem Atemzug herunter und sagt zum Schluss: »Ich sehe mich gezwungen, Euch unerschrocken und schamlos anzuflehen, bitte, bitte, mir auf irgendeine Art und Weise behilflich zu sein, damit das Gerichtsverfahren bald stattfinden möge und ich mein Kind zurückbekommen darf!«

Der Minister schaut sie schweigend ein paar Pulsschläge lang an. Dann spricht er leise und sachlich: »Ich habe verstanden. Du kannst gehen.«

Sie ist verblüfft von dieser kurz angebundenen und kühlen Art. Später meint sie, eine Erklärung dafür zu finden: Er muss informiert gewesen sein, von welcher Seite auch immer. Erst ganz zum Schluss wird sie eine knappe, aber erschöpfende Antwort darauf bekommen, wem sie bisher gedient hat: einem abgefeimten, seelenlosen Händler! Doch bis zu dieser Erkenntnis hat sie noch drei endlose Tage zu warten, die wie eine schwere Masse auf ihr liegen und den ganzen Lebenssaft aus ihr herauszupressen scheinen. Während dieser drei Tage wird sie zweimal zum Gericht bestellt und muss auf eine Unzahl von Fragen antworten. Sie lernt ihre Anwältin kennen und bekommt eine Menge Auskünfte von ihr, erfährt aber nichts, was darauf hindeutet, wann denn das Gerichtsverfahren stattfindet.

Dann wird sie endlich zu ihrem Chef gerufen. Sie betritt das Ministerkabinett schüchtern, jedoch erwartungsvoll. Er gibt ihr durch eine stumme Geste zu verstehen, sie soll sich setzen, was sie auch tut. Zuerst schaut er sie mit einem so durchdringenden Blick an, wie sie ihn bei ihm in all den Jahren noch nie gesehen zu haben glaubt, und sie bekommt eine Gänsehaut. Dann endlich spricht er: »Wollen wir einen Tauschhandel miteinander eingehen?«

Sie schaut ihn verständnislos an.

Ohne den Blick von ihr abzuwenden, sagt er: »Ich habe vorgearbeitet. Habe auf unterschiedlichen Ebenen mit etlichen Verantwortlichen verhandelt, darum hat es so lange gedauert.«

Sie sagt mit zittriger Stimme: »Bekomme ich mein Kind zurück?«

Darauf fällt eine vieldeutige Antwort: »Es hängt davon ab …«

»Wovon denn?«

»Ob du und ich einig werden.«

Sie ist nah dran, in Tränen auszubrechen: »Sagt mir, was ich tun muss!«

Er antwortet mit schonungslos harter Stimme: »Du musst deinen Platz räumen und hier weggehen!«

Sie fährt zusammen und fängt an zu weinen. Sagt schluchzend: »Ist das Euer Wille, mich wegzuhaben? Ich bitte vielmals um Vergebung, wenn Euch meine Frage ungehörig vorkommt. Aber ich wähne mich dazu berechtigt, da ich Euch all die Jahre treu und nach Kräften zu dienen versucht habe!«

Er hüstelt und zeigt damit erstmalig eine kleine Unsicherheit. Oder es kann genauso gut aus einem ganz anderen Grund geschehen sein, denn bei solchen weiß man nie. Dann sagt er: »Teils, teils. Ich möchte, dass du mich richtig verstehst, weshalb ich deine Frage nicht verneine. Denn jede Sekretärinnenstelle ist für eine leichtfüßige, kinderlose und, wenn es noch geht, unverheiratete Person mit entsprechendem Aussehen wie auch Benehmen geeignet. Bisher hast du alle Bedingungen erfüllt. Nun aber taucht ein Kind auf, und es bringt schon ein Fragezeichen mit sich. Dann kommt noch Folgendes hinzu – wir wollen doch mit offenen Karten spielen, nicht wahr? Der Bemächtigte, den ich deinetwegen angesprochen habe, macht es für die Erfüllung meiner Bitte zur Bedingung, dass ich eine bestimmte junge Person bei mir anstelle.«

Sie, durch das gespannte Zuhören nun einigermaßen beruhigt, fragt vorsichtig: »Was wäre, wenn ich Eurem Vorschlag zustimmte?«

Er antwortet sachlich: »Dann wird morgen Vormittag das Gerichtsverfahren stattfinden, und du wirst spätestens am frühen Nachmittag dein Kind mit nach Hause nehmen können.«

»Und was wäre, wenn ich dem Vorschlag nicht zustimmte?«

»Dann wird es nicht so schnell zu einem Gerichtsverfahren kommen. Und wenn es irgendwann stattfindet, wird die große Frage bleiben, wer das Streitobjekt bekommt.«

»Warum? Es ist doch mein Kind!«

»Das ist zwar von einer Kommission behauptet worden, aber eine neue Kommission kann jederzeit zustande kommen und alle Untersuchungen noch einmal von vorn durchführen!«

Die Bittstellerin, nein, die Bettlerin, welche gegen einen erneuten Tränenausbruch kämpfen muss, hat alles, alles verstanden und bringt es mit Mühe fertig, ihre Entscheidung auszusprechen: »Nun, ich nehme Euren Vorschlag an!«

Dsajaa weiß nicht mehr, was er darauf geantwortet hat. Ihre Sinne müssen für eine Weile ausgesetzt haben. Denn irgendwann findet sie sich im Sekretariat wieder. Zum Glück ist niemand im Raum. Sie spürt großen Durst und schaut auf den edlen Wandschrank, der so manche Getränke birgt. Da fällt ihr ein, dass sie hier bald, wohl ab morgen schon, eine Fremde sein und selbst auf ein Glas Wasser kein Recht mehr haben wird. Der Gedanke löst schmerzhafte Krämpfe in ihrem Magen aus und lässt brühheiße Tränen aus ihren Augen strömen. Doch den schlimmen Leibschmerzen und dem dummen Augenwasser zum Trotz, erwägt sie die Lage: Nicht an die Quelle des täglichen Futters kommen zu können, ist in dieser Zeit des tierhaften Überlebenskampfs ein wahrlich großer Verlust! Aber die Brut, aus dem Leib getrieben und seither tot geglaubt, quicklebendig zurückzubekommen, an den Schoß drücken und das gewaltsam unterbrochene Menschenleben wieder fortsetzen zu dürfen, ist ein viel größerer, mit nichts zu vergleichender Gewinn!

So erlangt sie ihre Festigkeit wenigstens halbwegs wieder und fängt an, all die vielen Gegenstände, die sie bisher als ihre gewähnt, zu ordnen, für den Fall, dass eine andere kommt und sie haben will.

Inmitten des Aussortierens schrillt ihr Bürotelefon, und eine amtliche Frauenstimme teilt ihr mit, sie solle sich morgen um elf Uhr im Gerichtssaal des Stadtbezirks Tschinggeltej einfinden, da das erwartete Verfahren stattfinde. Benommen von der Mitteilung, schaut sie auf die Uhr – kaum eine Stunde ist vergangen, seitdem sie auf das zweifelhafte Angebot des Herrn Staatsministers eingegangen ist. Schaudernd wird ihr bewusst, mit welcher Macht der Mensch ausgerüstet ist, den sie lang abgöttisch verehrte, bis er sich an diesem Tag als ein scham- und gewissenloser Teufel mit Krämerseele entblößt hat.

Am Abend sieht Nüüdül der heimkehrenden Dsajaa einen eigenartigen Zustand an: ermattet wie auch aufgewühlt, doch er wartet mit seiner Nachfrage ab. Und bei der zweiten Schale Tee rückt sie auch schon damit heraus, und zwar in verdächtig nebensächlichem Ton: »Morgen um elf beginnt das Gerichtsverfahren.« Er fährt zusammen und bringt lediglich ein geflüstertes *So?* zustande. Zu mehr reicht ihm die Kraft nicht. Diese gedämpfte, doch angespannte Stimmung zieht sich über den ganzen Abend hin. Sie verschweigt ihm das andere.

Nüüdül hat seit Tagen über eine Geschichte nachgedacht, die er zu Zeiten, als die Kunst billiges Volksfutter darstellte, mit seinem Arbeitskollektiv im Schauspielhaus erlebt hatte. Es war ein fremdländisches Stück, aus welchem Land genau, wusste er nicht mehr. Auch der Titel war seinem Gedächtnis zur Hälfte entfallen. Lediglich an einen *Kreidekreis* konnte er sich erinnern. Es war aber noch ein Wort davor: *Kasachischer? Kakarischer?* Irgendetwas mit einem *Ka*... vorn. An die Geschichte selbst erinnerte er sich noch recht gut. Es war die Geschichte zweier Frauen, die sich um ein Kind stritten. Der Richter zog auf dem bretternen Fußboden einen Kreis, stellte das Kind hinein und ließ jede der Frauen es an einem seiner Arme packen; dann hieß er sie ziehen. Eine der Frauen zog mit aller Gewalt und riss das Kind aus dem Kreis zu sich heran, die andere aber ließ es los. Diese wurde gefragt, warum sie es getan; ihre Antwort lautete: Zwei erwachsene Menschen hätten ja ein Kind zerreißen können. Der Richter sprach dieser Frau das Kind zu, mit der Begründung: Der Mütterlicheren sollte das Kind gehören!

Nun beschließt Nüüdül, die Nacht, die bestimmt lang werde, mit der Wiedergabe der Geschichte zu verkürzen und bei der um den kommenden Tag Bangenden zu bleiben, die seine Nähe jetzt besonders brauchte. So geschieht es auch. Nur während er erzählt, wird ihm bewusst, dass dies eigentlich eine Geschichte gegen Dsajaa ist, denn ihm fällt mit einem Mal ein, dass die Frau, die zum Schluss das Kind bekommen hat, die Adoptivmutter war. Doch es ist längst zu spät, und so fährt er mit der Erzählung fort. Seltsam, sie hört sich die Geschichte mit angehaltenem Atem an und zeigt sich am Ende so beruhigt, dass sie bald einschläft. Er aber bleibt lange wach und liegt still, dankbar ihre Nähe spürend, die den Anschein erweckt, seine Nähe täte ihr ebenso gut.

Er denkt nach, grübelt schwer. Versucht sich den nächsten Tag, die bevorstehende Zeit auszumalen. Das Kind, ahnungslos über die eigene Herkunft und längst gewöhnt an seine Umgebung wie an die Menschen, wird diese, gleich, wer und wie sie auch seien, als seine Eltern und Nächsten und die Wohnstätte als sein Zuhause wahrnehmen. Und darum wird es für Dsajaa und ihn alles andere als einfach sein. Unvermeidlich wird es für sie, die sich für die natürliche Mutter hält, was sie ja auch ist und weshalb sie mit einer gewaltigen Menge unverbrauchter Mutterliebe auf das Kind zugeht, eine Enttäuschung geben, weil es sie zunächst ablehnen dürfte.

Da zuckt ein Gedanke durch sein Hirn, der ihn heftig erschreckt: War es überhaupt richtig, an dem einmal geschehenen Unrecht zu rühren und das zwischenzeitlich geregelte Leben von Menschen hier wie dort aus seinen fest geronnenen Gehäusen zu sprengen? Irgendwann münden die wirren Gedanken in einen: Es geht letztendlich um Dsajaa, die auf keinen Fall in der Einsamkeit enden darf. Und so hat die Aufnahme des Kampfes um ihre Zukunft schon eine Berechtigung, gleich, über welch dornigen und steinigen Weg er auch führen mochte! Beruhigt von diesem Schluss, schläft auch er bald ein.

Am Morgen sagt er ihr zweierlei. Erstens empfiehlt er ihr, gleich, wie das Urteil des Richters auch lauten möge, freundlich zu den Leuten zu bleiben.

»Bin ich das nicht schon im Voraus gewesen, mit meiner schriftlichen Erklärung?«, fragt sie verwundert.

»Sicher, das warst du«, sagt er, »aber die Erklärung, so großzügig und selbstlos sie auch sei, liegt unsichtbar in der Aktenmappe. Menschen mit kurzem Gedächtnis könnten sie bereits vergessen haben. Also seien sie jetzt mit deiner lieben Stimme und deinem lichten Gesicht noch einmal hörbar und sichtbar daran erinnert!«

Dsajaa schaut Nüüdül stumm an.

Und er fährt schon fort: »Die einzige Waffe des Schwachen ist die Freundlichkeit. Die kostet außerdem nichts. So täte es gut, wenn du, falls du dein Kind zugesprochen bekommst, den bisherigen Eltern ein Hadak reichst, um deine künftige Haltung zu ihnen sichtbar zu machen. Vielleicht gewinnt man sie zu Freunden oder gar Verwandten. Wenn nicht, dann sei damit wenigstens versucht, einer denkbaren Feindschaft aus dem Weg zu gehen. Denn Feindschaft wäre das Allerletzte, womit du dich belasten dürftest!«

Dsajaa sagt nichts, schaut ihn aber mit einem Blick an, der die

Sprache des Einverständnisses spricht, begleitet mit einem Schein der Dankbarkeit, der ihr ganzes Gesicht aufhellt.

Dann sagt Nüüdül sehr bestimmt: »Und heute komme ich mit!«

Ein Hauch von Schatten huscht über ihr lichtes Gesicht. Denn ihr fällt die Empfehlung des Leutnants ein – er solle ihr weiser Berater, ihre zuverlässige Stütze sein, aber im Hintergrund bleiben. Außerdem hat sie in den letzten Tagen immer wieder einen Tagtraum gehabt: Sie kommt mit dem Taxi, steigt aus, nimmt ihr Kind in die Arme, betritt das Haus, eilt zum Fahrstuhl, fährt hoch, klingelt an der Tür, die Tür geht auf, Nüüdül steht mit einem so verlegenen wie auch glücklichen Gesicht da, so alt, wie er eben ist, ein Greis, aber auch so jung, wie er sein kann, ein Kind. Und dieses Greisenkind, dieser Kindgreis eilt in die Küche, kommt mit dem uralten, da und dort löchrigen, sturmwolkengrauen Hadak über beiden Armen, darauf die randvoll mit Milch gefüllte Silberschale, auf den kleinen Heimkehrer zu; dabei wittert sie, Dsajaa, den Duft kochenden Milchtees und nimmt im Hintergrund den festlich gedeckten Tisch wahr …

Nun erwähnt sie den Ratschlag der ihnen wohlgesonnenen Amtsperson, erzählt den Tagtraum und fügt hinzu: »Ich würde mich wahnsinnig freuen, wenn ich wenigstens einmal im Leben einen Traum erfüllt sehen dürfte, wie ich ihn geträumt habe!«

Nüüdül sieht sie liebevoll an und spricht dann: »Es ist ein schöner Traum. Doch ich sage dir, Kind, wenn er in Erfüllung geht, wird er, wie alle menschlichen Träume auch, um einiges gewandelt ausschauen. Übrigens, die Empfehlung ist klug, und darum sind wir ihr bisher gefolgt. Auch heute habe ich versucht, dich nach meinen Möglichkeiten zu beraten, und werde nachher im Hintergrund bleiben, ein Namenloser, von dem keiner weiß, wer er ist und zu wem er gehört. Doch ich muss im Gerichtssaal sein, erstens, weil ich in der Hinsicht über gewisse Erfahrungen verfüge, und zweitens, weil mein Dabeisein auch mit einem Traum zu tun hat, den ich einmal gehabt habe und nun vorerst für mich behalten muss.«

Somit endet das Morgengespräch, das die letzte Beratung vor der Entscheidung bleibt.

Im Gericht erfahren sie, dass das Verfahren nicht öffentlich stattfindet. Und so werden alle Begleiter der Beteiligten von vornherein nicht in den Gerichtsraum eingelassen. Nüüdül bleibt also draußen. Zum Glück stehen einige Bänke im Gang. Man kann sich wenigstens hinsetzen und alle, die herein- und hinausgehen, aber auch diejenigen, die draußen bleiben müssen und so die ermüdende Zeitmenge des Wartens zu teilen haben, genauer beobachten.

Die schwarzen Umhänge mit den merkwürdigen Mützen kommen dem vormaligen Gesetzesbrecher allzu bekannt vor und rufen in ihm wehmütige Erinnerungen wach. Was Nüüdül besonders auffällt, ist: Die überwiegende Mehrheit des Gerichtspersonals besteht aus Frauen, und zwar aus recht jungen, auffallend geschminkten und darum auch Wolken von Düften ausströmenden Wesen. Dabei sind auch die Beteiligten am Verfahren weiblich, und zwar ausschließlich. Ist denn das weibliche Geschöpf längst dabei, die Führung der Gesellschaft zu übernehmen?, fragt er sich. Doch wenig später liefert ihm sein Verstand eine verneinende Antwort: Ganz oben sitzen überall immer noch Männer. Frauen eignen sich wohl als Dienerinnen auch im Staatsgeschäft besser als Männer, so wie sie seit jeher in einer Jurte mit männlichem Oberhaupt das meiste erledigen!

Als Hauptschuldige werden, in polizeilicher Begleitung, zwei Frauen vorgeführt, die eine in mittleren Jahren, betont selbstbewusster Haltung und aufgedonnerter Erscheinung, und die andere spindeldürr, im Aussehen fast wie halbwüchsig. Das Gerichtsverfahren beginnt pünktlich, was selbst den draußen Wartenden Eindruck abverlangt und sie zur Stille nötigt, um den dumpf hallenden Stimmen hinter der verschlossenen Tür etwas abhorchen zu können.

Unter den Mitwartenden fallen Nüüdül bald zwei Menschen auf. Der eine ist ein Mann mittleren Alters und der andere eine alte Frau, die seine Mutter oder Schwiegermutter sein dürfte. Zu dieser Annahme gelangt Nüüdül, weil vorhin eine andere Frau, vermutlich die Ehefrau dieses Mannes, in den Raum eingelassen wurde. Merkwürdig war nur, dass man sie durch den Türspalt neben Dsajaa, also auf der Opferseite, erblickt hat. Er wird auf die beiden Wartenden aufmerksam, weil zuerst der Blick der Alten und, nachdem diese dem Sohn oder Schwiegersohn neben sich etwas ins Ohr geflüstert hat, auch dessen Blick ihn immer wieder streift. Dabei scheinen diese Blicke nichts Störendes, geschweige denn Feindseliges, sondern etwas durch und durch Warmes und Helles auszustrahlen. Gibt es einen Grund dazu?, fragt sich der Beobachtete und sagt sich darauf: Das Leben ist eine Wuseltasche mit mehr Falten als der Blättermagen des größten Ochsen – wer also vermag es zu wissen! Und schwimmt schmunzelnd auf seinem Gedankenfluss weiter: Auch möglich, dass ich meinem alten Tick erliege, überall Licht erblicken zu wollen! Was solls – so lebt es sich wenigstens geschützt vor Verbitterung! Dies Hirngespinst führt zu einer mehr auf Tatsachen beruhenden Begründung zurück: Wir beide sind, denkt er, die Gegenwart der bejahrten, fülligen Frau mit dem gütigen Gesicht in sicht- und sogar greifbarer Nähe verspürend, die einzig Alten in dieser Nische der Welt, und schon deswegen haben wir keinen Grund, uns irgendwie nicht zu mögen, nicht wahr, Mütterchen?

So schickt er ab da hin und wieder einen unverhohlen milden Blick zu den beiden, vor allem aber zu ihr, welcher das Hocken auf der Holzbank mit den scharfen Kanten und das Warten ebenso schwerfallen müsste wie ihm selbst. Dabei scheint sie seinen Blick längst zu merken, ihn auch ohne Hemmung zu ertragen, ja seine Gedanken dahinter zu erkennen. Denn nun blickt sie immer öfter herüber, freimütig wie unter Bekannten. Ein- oder zweimal bleiben ihre Blicke länger aneinander hängen, und darüber vergeht die Zeit.

Da fährt mit einem Mal Bewegung in die Wartenden, denn am anderen Ende des langen Korridors erscheint eine junge Frau im Arztkittel, ein Kind von etwa vier, fünf Jahren an der Hand und begleitet von einem Polizisten, und kommt forschen Schritts auf sie zu. Die Alte zuckt zusammen, dabei entfährt ihrem Mund ein lautes, kurzes *Uj*. Fast im gleichen Augenblick hört man von der anderen Seite her auch ein helles, fieberhaftes Piepen. Und kurz darauf eilen Kind und Alte in ungleicher Geschwindigkeit aufeinander zu. Die Begleiterin des Kindes will sich hinter ihm herstürzen, aber es kommt nicht dazu. Stattdessen prescht das Kind ungehindert weiter und erreicht die Alte, die es nun auffängt und in die Arme schließt. Ergreifend wirkt die Begegnung der beiden auf die Anwesenden, denn beide stoßen dabei Laute aus, vom inneren Klang her ähnlich: Aus jeder Kehle bricht eine solche Freude aus, hinter der sich eine zurückliegende qualvolle Trennung vermuten lässt, dann fallen beide in ein gemeinsames Weinen ein.

Erschüttert schauen alle auf die beiden, am meisten aufgewühlt ist der Mann neben der Alten. Er steht, händeringend und erblasst, einen Schritt hinter den Weinenden, die ineinander verschlungen am vereinigten Körper beben und zittern. Sprachlos und tiefrot über Gesicht und Hals, steht die Frau im Arztkittel in einiger Entfernung. Ihre ganze Körperhaltung drückt Ratlosigkeit aus. Einmal blickt sie fragend ihren Begleiter an, dieser zuckt lediglich mit den Schultern. Für Nüüdül steht fest, wer diese Leute sind: Vater und Großmutter von dem Kind, das vor Kurzem in staatliche Obhut gegeben worden ist.

Irgendwann beruhigen sich die beiden, dann übernimmt der Mann das Kind, hebt es hoch und küsst es heftig. Der Kleine – es ist ein Junge – lässt es geschehen. Doch erkennbar wird, dass das innere Band, das Vater und Sohn miteinander verbindet, bei Weitem nicht so stark ist wie das mit der Alten, die sich mittlerweile wieder hingesetzt hat. Auch der Mann nimmt wieder Platz, den Jungen zunächst auf dem Schoß, der aber gleich hinüberwechselt und sich nun, selig lächelnd, an die Großmutter schmiegt.

Ach, wie dumm, sinnt Nüüdül vor sich hin. Wie das Gerichtsurteil auch ausfallen mag, es wird nachher auf Dauer gebrochene Menschenherzen geben, begleitet von Tränen und Seelenschmerzen! Sosehr man sich in diesem Augenblick nichts sehnlicher wünscht, als dass über das vor Jahr und Tag geschehene Unrecht endlich wieder die Gerechtigkeit siegt und die natürliche Mutter ihr gestohlenes Kind zurückbekommt, so bereitet einem schon der Gedanke, dieses unschuldige, ahnungslose Wesen von seiner längst verwachsenen Familienwelt trennen zu müssen, höllisches Unbehagen. Dabei kommt man sich, als der, der an dieser schlafenden Geschichte zuerst gerührt hat, wie ein gemeiner Verbrecher vor.

Die Frau im Arztkittel spricht mit einer nicht allzu lauten, aber nachdrücklichen Stimme: »Oldsbaatar!« Ihr Blick ist auf das Kind gerichtet. »Genug jetzt! Komm!«

Doch der Angesprochene senkt den Blick und verkriecht sich in die Arme der Großmutter, die gerade dabei ist, ihm etwas ins Ohr zu flüstern. Worauf das Kind wieder aufschaut und seinen Blick scheu über die Sitzenden auf den Bänken gegenüber wandern lässt. Dann geschieht es, dass an zwei Enden eines Bogens, gerade eben entstanden, fast zeitgleich ein Blitz einschlägt.

Nüüdül, der mit seinem Schuldgefühl das Kind sanft gemustert, auf der Suche nach Ähnlichkeiten mit seinen natürlichen Eltern, begegnet plötzlich dessen Blick, in welchem er einen aufflammenden Schreck entdeckt, wovon er selber nicht weniger erschrickt. Doch es ist eine Gefühlsaufwallung, die ihn nicht etwa lähmt, sondern belebt. So lächelt er und streckt dem Jungen seine Hände entgegen. Und was geschieht?

Sogleich klettert das Kind vom Schoß der Großmutter und kommt auf ihn zugerannt. Aber nicht nur das – dabei stößt es ein so helles Geschrei aus, stürzt sich auf die aufgefalteten Hände mit den knittrigen Innenflächen und den knotigen Fingern, drängelt sich ihm zwischen beide Knie und drückt sein blütenzartes Gesichtchen heftig gegen den Schoß des alten, fremden Mannes. Dann weint es, laut und röchelnd, gar nicht wie ein Kind, sondern wie ein erwachsener, ja sogar wie ein betagter, leidgeprüfter Mensch.

Und was macht der alte, fremde Mann? Er packt das Kind mit seinen großen, knochigen Händen behutsam, aber fest, hebt es auf seinen Schoß, drückt das frisch geschorene Köpfchen gegen die Brust, beugt darüber seinen schweren Kopf mit den schütteren grauen Haaren und weint so hemmungslos, dass der Flur seine zittrige, raue Stimme mithört und so manche neugierige Augen auch die herabstürzenden hellen Tränenkugeln zu sehen bekommen.

Vielleicht eine Minute, unendlich lange und unerträglich peinigend für die Anwesenden aber, vergeht. Dann beruhigen sich die beiden. Jetzt schaut das Kind auf. Es ist ein fragender Blick. Der erwachsene Mensch versucht, die Frage zu deuten. Vielleicht: *Wer bist du?* Oder aber auch: *Bist du mein Opa?* Er weiß nicht, wie darauf antworten. Oder doch: Er lächelt ihn an und lässt seinen gütigen Blick über der Frage ruhen, geduldig wartend und sanft streichelnd.

Da wird die Frage ausgesprochen: »Wo wart Ihr so lang, Großvater?«

Das war es also!, denkt der erwachsene Mensch und sagt nach kurzem Überlegen: »Ich war die ganze Zeit auf der Suche nach dir, mein Kind.« Und diese Worte haben zur Folge, dass es ihm in der Nasenwurzel schmerzt und die Augenränder sich von Neuem heiß anfühlen.

Das Kind gibt sich mit seiner Antwort nicht zufrieden: »Aber Ihr wart doch schon vorher verschwunden, als ich noch zu Hause war!«

Nüüdül ahnt, wie es gewesen sein muss, und fängt an zu überlegen. Da fällt ihm etwas ein, und er fragt mit gedämpfter Stimme das Kind: »Und was hat dir die Großmutter gesagt?«

»Sie hat gesagt«, antwortet es flott, »Ihr würdet lang wegbleiben und erst zu mir kommen, wenn ich so groß bin wie Vater.«

Jetzt hat der erwachsene Mensch verstanden, dass das Kind ihn tatsächlich für seinen verstorbenen Großvater hält. Doch er kommt nicht dazu, eine passende Antwort zu geben, denn die Frau im Arztkittel tritt forsch heran, packt das Kind am Handgelenk an und zieht es vom Schoß Nüüdüls herunter: »Eigentlich ist es nicht gestattet! Doch wir wollten nicht ganz so hartherzig sein. Jetzt aber genug!«

In diesem Augenblick geht die Tür auf. Eine junge Frau, zur Hälfte des Körpers sichtbar, spricht mit befehlerisch scharfer Stimme: »Herein die Betreuerin mit dem Kind!«

Alle lauschen angestrengt, aber nur am Anfang glaubt Nüüdül, trotz seiner Schwerhörigkeit, einen kurzen Wechsel zweier heller Stimmen vernommen zu haben. Dann ist man erneut durch eine schalldichte Tür von dem Raum getrennt, wo gerade die Schlacht um das Schicksal zweier Familien tobt.

Dafür werden die Blickverbindungen der einander fremden Menschen, die sich möglicherweise im Interessenkonflikt miteinander befinden, wieder aufgenommen. Und da geschieht es, dass einer der beiden alten Menschen das Eis der Fremdheit bricht und mit der Sprache herausrückt. Es ist die Frau. Sie fragt, indem sie sich hinüberbeugt, mit gedämpfter, leicht zittriger Stimme den Mann: »Könnte es sein, dass Ihr Törbat heißt?«

Nüüdül verneint, nachdem er sie mit einem dankbaren Lächeln belohnt, ihre Frage zwar, aber er tut es äußerst sanft. Und fährt dann, um den Gesprächsfunken nicht gleich ausgehen zu lassen, beherzt fort: »Wenn Ihr so fragt, muss es mit dem Namen eine besondere Bewandtnis haben, oder?«

Sie beugt sich, ohne eine Spur von Enttäuschung zu zeigen, noch näher herüber und legt los: »Mein Mann hatte einen Zwillingsbruder, der so hieß. Erbat – mein Mann – war angeblich der Erstgeborene, darum mit gewissen Vorrechten und Pflichten versehen. Erbat und Törbat glichen einander so sehr, dass selbst der Vater sie mitunter verwechselte. Der einzige Mensch, der sie auseinanderhalten konnte, war die Mutter. Später, als jeder seine eigene Familie hatte, kam es auch vor, dass ihre Ehefrauen, von denen ich die eine war, sie miteinander verwechselten. Bis eines Tages meine Schwägerin zu mir sagte, du, wir ändern mal die Gewohnheit, dass sie die gleichen Kleider tragen. Ja, sagte ich und sorgte auch dafür, dass der Meine eine andere Farbe trug als der Zwillingsbruder. Von da an hörte es mit der Verwechslung auf, die mitunter peinliche Folgen hatte.«

Hier fängt sie an zu kichern. Dann dreht sie sich schwerfällig nach ihrem Begleiter um. Nun fährt sie mit jener grenzenlosen Vertrauensseligkeit bejahrter nomadischer Frauen fort: »Einmal nur ist man hart am Rand einer Peinlichkeit gewesen. Eines Abends kehrt der Mann mit der Herde nach Hause zurück. Ich empfange ihn mit dampffrischem Milchtee, setze ihm das Essen vor und richte, während er isst, auch unser Ehebett. Da kommt der andere herein. Und beide fangen an zu kichern. Am Ende dieser unmännlichen Albernheit kommt heraus, dass die beiden draußen ihre Deels ausgetauscht haben, weil meiner auf einen Kurzbesuch musste und sich wegen eines zerrissenen Ärmels vor Fremden genierte. Später fragte ich mich voller Schauder, ob ich den Schlingel als den Falschen erkannt hätte, wenn er den Scherz noch weiter getrieben und sich in das gerichtete Bett gelegt hätte. Vielleicht hätte ich ihn zu guter Letzt doch erwischt und mit einem Klaps aus dem Bett gejagt, vielleicht aber auch nicht, o Schande! Dieser Schwager kam von einem Ausritt auf der Suche nach verschollenen Tieren nicht zurück. Wir warteten viele Tage, dann suchten wir nach ihm. Er blieb spurlos verschwunden. Bis auf den heutigen Tag weiß kein Mensch, was mit ihm geschehen ist.«

So also ist es!, denkt Nüüdül schwermütig. Aber trotzdem ist etwas unklar. Also bleibt er auf der Hut und richtet bei der ersten Gelegenheit eine Frage an das gute Mütterchen, das nun einmal in Fahrt gekommen und schwer zu bremsen ist: Was denn mit Erbat sei. Sie stockt, schaut betreten vor sich hin und spricht schließlich leise: »Mein guter Alter ist vor zwei Monaten heimgegangen.«

Um sie zu trösten, sagt er nach einigen schweren Pulsschlägen: »Hoffentlich hat er ein gutes Alter erreicht.«

»Wie mans nimmt. Er war ein Kind des Schwarzen Pferdes.«

»So wie ich auch.«

»Ach ja?«

Ihr Blick, der ihm vorhin ausnehmend mild vorgekommen, hat sich jetzt gespitzt und scheint sich immer tiefer in ihn hineinzubohren. Was dafür sprechen könnte, dass sie an seiner Verneinung auf die Frage, ob er Törbat heiße, Zweifel hegt. Tatsächlich folgt eine tastende Frage: Wie er denn heiße. Nüüdül sagt seinen Namen. Dem schließt sich sogleich eine weitere an: Aus welchem Bezirk er komme.

»Südgobi«, sagt er. Worauf ihr Gesicht eine deutliche Enttäuschung zeigt. Es hätte auch Erleichterung sein können, aber es ist Enttäuschung, denn sie sagt: »Wir sind aus einem ganz anderen Ende des Landes, kommen aus der Nähe des Sees Uws.«

In diesem Augenblick geht die Tür auf. Hörbar wird das helle Geschrei des Kindes und dahinter etliche dumpf schluchzende weibliche Stimmen. Die Wartenden, alle aufgefahren, schauen den Heraustretenden voller Ungeduld entgegen. Merkwürdig, dass im Hintergrund das Kind laut schreiend und wild zappelnd versucht, der Frau im Arztkittel zu entkommen, die es an ihre Brust gepresst hält, und der Polizist, der die beiden vorhin begleitet hat, davorsteht und sie abschirmt. Weitere zwei Polizisten führen eine der beiden Hauptbeschuldigten, das spindeldürre, nun schluchzende und schwankende Mädchen, in Handschellen aus dem Saal und flotten Schritts den Gang entlang. Ein kleiner Menschenschwarm folgt ihnen. Die andere, die ältere Frau in der aufgedonnerten Erscheinung, schreitet lächelnd und erhobenen Hauptes aus der Saalmitte herüber und winkt ihren Leuten schon zu, noch bevor sie über die Schwelle tritt. Ihr Selbstbewusstsein scheint in diesem Augenblick jede Grenze sprengen zu wollen.

Nüüdül bekommt einen Schreck, als er Dsajaa wahrnimmt, die sich gebückt und langsam daherbewegt, mit knallrotem Kopf. Er meint nichts anderes, als dass sie den Prozess verloren hätte. Und so wagt er, als sie endlich bei ihm ankommt, nicht, sie nach der Gerichtsentscheidung zu fragen.

Sie sieht ihrerseits, dass er erblasst und am Körper erstarrt dasteht, und erschrickt zunächst darüber. Jedoch weigert sie sich, dieses Elendsbild eines Menschen, den sie in Gedanken während der ganzen Höllenerlebnisse vorhin neben sich gewusst hat, so stehen zu lassen. Sie sucht in ihrem Geist nach dem Grund, der den erhabenen Vater in diese jämmerliche Lage genötigt haben könnte. Und sogleich wird ihr bewusst, dass es mit ihrem eigenen Erscheinungsbild zu tun haben könnte. So versucht sie zu lächeln und sagt: »Sie haben mir das Kind zugesprochen.«

Aus dem Lächeln wird nichts, während ihre Worte jedoch ankommen und das blasse, hagere Gesicht voller Furchen sofort mit einem warmen Lichtschein überziehen. Ja, anstatt des bezweckten Lächelns bricht aus ihr ein fast stummes Weinen mit umso reichlicheren Tränen hervor. Dabei vermag sie auf seinen verwunderten Blick hin noch ein paar Wortbruchteile aus ihrer verkrampften Kehle herauszuwürgen: »Aber das Ki… Kind … das … wei… wei… weigert sich … zu mir zu … ko… ko… kommen …«

Nüüdül atmet erleichtert auf. Schaut sie liebevoll und heiter an. Und spricht schließlich mit seiner tiefen, weichen Stimme beruhigend sanft, aber auch bestimmt: »Das Kindchen, ach Kind, es kann ja nichts dafür. Das ist doch nur allzu natürlich, es weiß ja von nichts. Und du bist für es noch eine Fremde. Aber mit der Zeit wird sich alles ändern. Ich werde euch beistehen, das verspreche ich!«

Dsajaa hält das alles zwar für leeren Trost, ist Nüüdül aber trotzdem unendlich dankbar.

Während hier, hinter dem einen Flügel der nach außen sperrangelweit geöffneten Tür, solches geschieht, geschehen drei, vier Schritte weiter, hinter deren anderem Flügel, ganz andere Dinge: Die Frau, die mit Dsajaa auf der Opferseite gesessen hat, weint aus vollem Hals und wirft dabei laut mit unschicklichen Worten um sich. Ihr Mann hält sie in seinen Armen und versucht sie durch Streicheln und Zureden zu trösten. Doch sie scheint ihm zeigen zu wollen, dass er sie nicht trösten kann, nicht trösten darf, da er, nur er, an allem schuld sei. Er, ihr Ehemann, habe bei der Bestechung der Gerichtsleute aus lauter Knauserigkeit zu niedrig gegriffen.

Die Alte weint auch, doch ihr Weinen ist ein anderes, ein zahmes.

Da treffen sich die Blicke der beiden alten Leute erneut und reden miteinander. Der seine sagt: Ach, Mütterchen, ich fühle deine Schmerzen mit! Nur, was könnte ich für dich tun? Und der ihre antwortet: Hab Dank dir, Mann. Ich weiß, du kannst nichts für dieses Unglück, genauso wenig wie ich auch. Aber ich möchte mich wenigstens damit trösten, dass du ein lieber Mensch bist; unsere kleine Spätsonne hat dich mit seinem kindlich-göttlichen Verstand als solchen erkannt und dich daher auch so schnell angenommen!

Gut möglich, dass Nüüdül, behaftet mit der Eigenschaft, jeglichem Ding Milde, Wärme und Heiterkeit anzuheften, dem Blick einer unglücklichen Fremden mehr abgelesen, als jene wirklich gedacht hat. Doch sein Geist geht gern darauf ein, was seine Seele wahrgenommen hat. So tritt er an die Alte heran und greift nach ihren Händen, worüber sie sich keineswegs verwundert oder gar erschrocken, sondern dankbar und gerührt zeigt. Fest drücken ihre Hände die seinen, und ihren Augen entströmen mit einem Mal noch mehr Tränen.

Nüüdül zieht sie sanft zur Seite, um dem Lärm, verursacht von ihrer Tochter oder Schwiegertochter, ein wenig zu entgehen. Sie lässt sich gern von ihm führen. Und während sie so flüchten, spricht er: »Jetzt habe ich die ganze Zeit überlegt, was ich tun könnte, um Eure Schmerzen zu lindern, und da fiel mir ein: Wir knüpfen unter uns ein Band, um zu vermeiden, dass dem unschuldigen, ahnungslosen Geschöpf all seine bisherigen Wurzeln abgerissen werden.«

Verwirrt schaut ihm die Alte ins Gesicht, dann fragt sie: »Wie soll das gehen?«

Er lächelt schlau und sagt nach kurzem Zögern: »Ganz einfach. Unsere vier alten Hände haben bereits den Anfang getan, nun ein wenig Mut, ein wenig Güte und auch ein wenig Weitsicht. Wir zwei gehen vor, und jeder zieht seine Sippe nach.«

Sie schaut ihn begeistert an, was ihn zu weiteren Worten ermuntert: »Ich kenne den Menschen nicht, der mich gezeugt hat. Dafür hatte ich zwei Väter und drei, ja, sogar vier Mütter. Warum darf unser kleiner Recke nicht zwei Wohnstätten mit zwei Vätern, zwei Müttern, zwei Großvätern, einer Großmutter und vielen anderen Verwandten um sich herum haben? Wenn Ihr damit einverstanden seid, haben wir ihm doch nichts und keinen weggenommen, sondern ihm nur ein weiteres Zuhause mit weiteren Verwandten gegeben!«

Sie weint erneut, doch diesmal sind es Freudentränen. Es ist still geworden, denn die schimpfende junge Frau hat mit einem Mal wahrgenommen, dass sich ihre Schwiegermutter mit dem Alten zusammengetan hat und ihm freundlich zuhört. Sie ist zunächst entrüstet, denn sie hat den Mann als einen von der Gegenseite wahrgenommen. Dann aber bekommt sie einen Schreck, denn beim genauen Hinschauen glaubt sie für einen Augenblick, ihren verstorbenen Schwiegervater zu sehen. Und sie fängt an, ihren Mann auszufragen, der auch nicht viel weiß, bis auf eins: Oldsbaatar hätte vorhin auf seinem Schoß gesessen! Diese Nachricht trifft sie wie ein Schlag.

Ebenso ratlos ist Dsajaa. Sie wundert sich schon mächtig darüber, dass die beiden Alten so leicht ins Gespräch gekommen sind. Da sie aber das versöhnliche Wesen Nüüdüls und seine auf Freundlichkeit gerichtete Ansicht kennt, hält sie es für sein Werk und versucht, dieses Gefühl für sich umzumünzen. Dabei spürt sie jedoch brennende Schmerzen wie von einer blutenden Wunde in sich. Diese hat ihr die Frau zugefügt, die soeben für ein solches Spektakel gesorgt hat.

Mittlerweile ist auch die zweiflügelige Außentür geschlossen. So wirkt der Korridor erneut lang und leer. Und dort stehen die letzten fünf Menschen, ursprünglich gespalten in zwei Parteien, jetzt aber, nach geschlichtetem Streit durch eine dritte Macht, noch fern vom Frieden, wie einander ausgeliefert zu beiderseitiger Pein.

Da spricht Nüüdül: »Kinder, hört zu. Wir beiden Alten sind in etwas übereingekommen.« Und damit gibt er der Alten ein Zeichen, und diese gibt sinngemäß wieder, was sie vorher gehört hat. Er beobachtet dabei die drei Jüngeren und findet Folgendes: Der Mann hört nickend zu, die Frau macht ein freudiges und Dsajaa ein saures Gesicht. Nüüdül tritt an die Tochter heran, flüstert eindringlich: »Hab Vertrauen in den Verstand der Vorfahren!« und fragt dann etwas lauter nach *jenem Ding*. Sie zögert, immer noch bitter im Gesicht. Er schaut sie streng an, da gibt sie nach und holt aus ihrer Handtasche ein zusammengefaltetes Hadak heraus. Ihr Blick verliert zusehends an Strenge und nimmt eine ermunternde Färbung an. Sie faltet es auseinander, nimmt es in beide Hände und geht mit ausgestreckten Armen auf die junge Frau zu. Diese schaut ihr schreckhaft entgegen und rückt an ihren Mann heran.

Was die andere mit dem Großmut der Siegerin zu erfüllen scheint. Vielleicht ist auch ein Hauch trotziger Stolz mit dabei? Wie auch immer, sie geht, ohne ihre Körperhaltung zu verändern, auf das Ziel zu, bleibt davor stehen und spricht: »Große, weise Schwester! Ihr wisst, dass das, was mit mir und meinem Kind damals geschehen ist, unmenschlich war und das, was hier und heute geschieht, dessen folgerichtiger, gerechter Abschluss ist. Vieles könnte man dazu sagen, ich aber begnüge mich mit nur einem Satz, und zwar mit einem Dankeswort. Und dies gilt Euch, dafür, dass Ihr all Eure mütterliche Liebe und Fürsorge meinem Kind gewidmet habt, so lange und so gut, dass das einstige glitschige Wesen mittlerweile zu einem handfesten Knaben herangewachsen ist!«

Jeder weiß, dass man ein Hadak, besonders dann, wenn es derart dargebracht worden ist, auf keinen Fall abschlagen darf, sondern unbedingt annehmen muss. So geschieht es auch. Das Hadak, wo es auch immer sei, heißt es, ziehe den Frieden nach sich. Auch das scheint zu stimmen. Denn der Mann, der bisher stumm gewirkt und abseits geblieben ist, tritt an Dsajaa heran, reicht ihr seine Visitenkarte und bittet sie um ihre Telefonnummer, worauf sie ihm die ihre reicht.

Währenddessen hat die Alte an Nüüdüls altmodischer Anzugjacke einen lockeren Knopf entdeckt, zupft daran, um festzustellen, ob man ihn vorerst noch dort lassen könne oder schon abnehmen müsse, damit er nicht verloren gehe, und sagt dann zu ihm: »Ihr könnt Euch mit Kleinigkeiten wie festzunähenden Knöpfen oder abzuändernden Hemdkragen immer an mich wenden. Ich bin Fabrikschneiderin gewesen und verbringe so manche Stunden am Tag immer noch mit Nähereien und Stopfereien.«

In diesem Augenblick geht die Tür auf, eine junge Frau erscheint und sagt, an Dsajaa gewandt, sie solle mit ihrer Begleitung hereinkommen. Nun müssen sie, die soeben angefangen haben, sich näher kennenzulernen, schon wieder auseinandergehen. Sie tun es auch, mit Händedruck und dem Versprechen, in Verbindung zu bleiben. Daraufhin betreten die beiden den Raum zum Abschlussgespräch mit der Gerichtsbarkeit, und die drei anderen machen sich endlich davon.

Der Gerichtssaal ist groß und wirkt erhaben, was wohl daher kommt, dass er mit lauter Staatssymbolen geschmückt ist: Fahne, Wappen, gerahmtem Präsidentenbild und zahlreichen Gesetzesauszügen. Nüüdül hat einen Saal von dieser Größe und Vornehmheit noch nie gesehen, trotzdem kennt er im Grunde alles. Denn auch damals hatte das Gerichtsverfahren in so einem staatlich verzierten Raum stattgefunden. Er vermag sich noch gut daran zu erinnern: Das ewige Babyantlitz des Genossen Zedenbal, welchem die Meinungsmacher zu dessen offiziellen Titeln auch noch das Beiwort *der geliebte Führer* beizugesellen gewusst, hatte an der Wand hinter dem Richtertisch gehangen, groß und farbig herausragend aus der Mitte der acht schwarzweißen alten, verbeulten Männergesichter, genannt *Politbüro*.

Die Gerichtsleute lassen es sich nach getaner Arbeit, gefällter Entscheidung gut ergehen und sind in gelöster Stimmung und bereit für die abschließende Unterredung mit den Gewinnern des Prozesses. Sie sitzen in einer Runde, trinken Tee und plaudern fröhlich miteinander. Auch das Kind hat längst aufgehört zu schreien, hockt neben der Betreuerin und macht sich an einem Schokoladenkringel zu schaffen. Es scheint die Hereingeholten anfangs gar nicht zu bemerken, nimmt aber nach einem oder zwei Pulsschlägen zuerst Dsajaa wahr und wirft einen starren Blick auf sie, worauf sich sein Gesicht verfinstert. Einige weitere, peinigend träge Pulsschläge später schaut es in Richtung der anderen neuen Gestalt im Raum, und sogleich huscht ein Lichtschein über das unkindlich ernste Gesicht. Daraufhin stürzt es sich auf den alten Mann mit den sanften Augen im sehnig hageren Gesicht zu den silbrig hellen Haaren.

Nüüdül versucht sich dem Herbeiflitzenden entgegenzubewegen, streckt die Arme aus und will sich schon bücken. Da knicken ihm die Knie ein, sodass der Zueilende ihm schwungvoll in die Arme fällt und diese sich sogleich um das zarte muntere Körperchen schließen. Die Szene ist filmreif, und schlagartig bekommen manche der Anwesenden feuchte Augen. Am heftigsten trifft es Dsajaa, sie wird von einem ungestümen Weinkrampf gepackt, dem sie ohne Widerstand nachgibt.

Das Kind umhalst den Alten mit seinen dünnen, kurzen Ärmchen und sagt leise, aber eindringlich: »Ich hatte Angst, Großvater, Ihr könntet wieder weg sein!« Dieser tröstet es beschwichtigend: »Nein doch, mein Schläuchen, ich werde dich nie wieder verlassen!« Worauf das Kind erleichtert mit einem festen Druck antwortet und der Alte über sein ehrlich gemeintes, aber allzu großzügiges Versprechen selber erschrickt.

Alle Anwesenden sind sprachlos. Keiner hat eine Erklärung dafür, woher dieses Verhalten zweier Menschen aus den widerstreitenden Parteien kommt. Das betrifft auch die Betreuerin, die die beiden schon vorhin miteinander gesehen hat. Da hatte sie aber angenommen, der Alte würde zur derzeitigen Familie des Kindes gehören. Und jetzt! Sie schaut der Szene ebenso ungläubig wie bestürzt zu.

Nun kommt es freilich zu Fragen und Antworten, die den geheimnisvollen Alten unmittelbar zur Hauptfigur erheben. Eröffnet wird die lockere Plauderei vom Richter, dem einzigen Mann im ganzen ansonsten weiblichen Juristentrupp: »Ihr, Bürger, gehört doch zu der ursprünglichen Opferseite – richtig?«

Nüüdül, immer noch das Kind umarmend, sagt: »Ja. So wird es schon seine Richtigkeit haben.«

Der Richter hakt nach: »Wie dürfen wir uns dann erklären, was hier gerade geschieht?«

Nüüdül, mit dem Blick auf das Kind deutend: »Wir zwei haben nacheinander gesucht. Und sind hier und heute endlich fündig geworden.«

Der Richter: »Ihr habt aber eine merkwürdige Redeweise, Bürger!«

Nüüdül schweigt und überlegt.

Eine der jungen Juristinnen fragt belustigt: »Opa! Darf ich raten, was Ihr von Beruf seid?«

Nüüdül: »Bitte.«

Die Frau: »Professor!«

Nüüdül: »Danke für die Ehre. Aber das bin ich nicht.«

Eine andere Frau: »Philosoph!«

Nüüdül: »Nein, auch nicht.«

Die erste Frau wieder: »Bleibt nur – Schamane!«

Nüüdül: »Ich sehe, ihr werdet nie darauf kommen, weil ihr zu hoch stecht, meine Kinder. Also verrate ich es euch. Zuerst bin ich Schäfer gewesen. Zuletzt Heizer. Und zwischendurch dies und jenes – alles schweißtreibende Ämter.«

Die lustige Runde verfällt ins Schweigen, Enttäuschung wird sichtbar auf den Gesichtern.

Doch da spricht wieder der Richter: »Könnt Ihr uns bitte das mit dem Suchen und Fündigwerden, das Ihr eingangs gesagt habt, noch einmal erklären?«

Nüüdül überlegt ein Weilchen und spricht dann: »Erklären wäre vielleicht zu hoch gegriffen, da die heutige Zeit und der hiesige Raum nach unumstößlichen Fakten verlangen. Doch das, was mir in meinem nicht gerade kurzen Leben immer wieder zugefallen ist, berechtigt mich zu glauben, dass quer durchs All unzählige Fäden laufen und einige wenige davon zwei beliebige Menschen, wie weit sie auch voneinander leben mögen, immer miteinander verknüpfen. Nähmen wir uns genügend Zeit füreinander– «

»Wir sind noch weit vom Rentenalter entfernt und haben nicht so viel Zeit, Opa!«, unterbricht ihn eine der Frauen scharf. »Ihr solltet nicht zu sehr ausschweifen und endlich auf die Frage eingehen!«

Dsajaa zuckt heftig zusammen, und sogleich errötet ihr Hals. Auch andere Anwesende lassen merken, dass die Grobheit sie peinlich berührt hat. Allein der erst Gefragte und daraufhin Zurechtgewiesene macht eine geschickte Kehrtwende und sagt sanft: »Dann sei meine Antwort deiner knappen Zeit angepasst, mein Kind. Also, wir haben voneinander geträumt, ich im Schlaf und Schrumpfen, er im Wachsein und Wachsen. Und hier und heute sind wir einander mit eurer Hilfe begegnet und haben uns gleich wiedererkannt.«

»Das habt Ihr aber jetzt einfach so dahergesagt!« Das ist wieder die Frau, deren Blick vor Kampfeslust brennt.

»Ihr seid also doch ein Schamane!« Das ist die Betreuerin, und ihr Gesichtsausdruck verrät Begeisterung.

»Damit habt Ihr aber noch nichts von dem Gesagten bewiesen!« Das ist abermals die kampflustige Frau.

Nüüdül schaut sie sanft an und hält inne. Sein Blick ist ein sprechender, und alle können darin mitlesen: Ich habe keinerlei Lust, mich mit dir zu verfeinden, mein schönes Kind. Nur, die Angesprochene zeigt keine Lust auf Frieden. Nach einem geduldigen Harren tritt in Nüüdüls Blick eine kleine Veränderung ein, sie geschieht allmählich, aber unausgesetzt wie das Tagen oder das Dämmern. Und der Endzustand ist sanft, aber eine klagende Frage, wieder leserlich für jedes zuschauende Auge: O warum können wir Menschen nicht in Frieden miteinander leben?! Daraufhin spricht er mit klarer, kühler Stimme: »Sind wir beide denn, alt und jung, zwei Menschenkinder, verschränkt mit ihren vier Armen und gleichzeitig das Pochen ihrer beiden Herzen verspürend, nicht Beweis genug?«

Die Frau fährt auf, aber der Richter kommt ihr zuvor, mit einer strengen Stimme, die keinen Zweifel lässt und keine Widerrede dulden will: »Aber Burmaa!«

Die Runde erstarrt. Nüüdül kommt sich wie ein Schuldiger vor und denkt reuevoll: Alt geworden, doch dumm geblieben ist der Kerl, der ich bin!

Da spricht der Richter leise und betont langsam: »Schäfer. Heizer. Zwischendurch dies und das. Alles schweißtreibende Ämter, also körperlich anstrengende Arbeiten. Wie aber kommt es, dass Ihr weder im Aussehen noch in der Beredsamkeit einem Hirten oder Arbeiter gleicht?«

Nüüdül senkt verlegen den Blick. Überlegt eine Weile, anscheinend, ohne den gesuchten Gedankenfaden zu finden. Und sagt schließlich in der Art eines Schülers, der den Stoff sehr mäßig beherrscht: »Nun, ich wusste nicht, dass ich so aussehe und rede, wie Ihr sagt, Darga. Aber wenn Ihr, hoher Richter, Hirn und Zunge des Staats, es so seht, wird es damit gewiss etwas auf sich haben. Vielleicht kommt es daher, dass ich in meinem langen Leben viel habe erleben und darüber nachdenken müssen. Auch könnte es damit zusammenhängen, dass ich einer lesenden Generation angehöre.«

»Lest Ihr viel? Und was lest Ihr?«

»Ob das viel ist, weiß ich nicht. Aber ich lese. Ziemlich alles, was sich finden lässt. Mit beinah dreißig Jahren gelangte ich zu der Erkenntnis, dass ich sehr ungebildet war, was mich zutiefst beschämte und bedrückte. Also fing ich an zu lesen. Und Lesen stillte einen gewissen Hunger, der in meinem Geistraum herrschte, aber es erzeugte auch immer neuen Hunger. Zum Glück hatte ich viel Zeit ...«

»Andere Leute hatten sie auch, haben es aber nicht getan ...«

»Sie hatten ihre Familien ...«

»Ihr habt keine gehabt? Ihr habt doch aber eine Tochter!«

»Das ist eine spätere Geschichte. Wir haben einander angenommen ...«

»Einander angenommen ... Wie geht das?«

»Das geht. Dafür muss man ein offenes Herz haben, zu erkennen, dass man mit allen Wesen verbunden ist. Darüber sprach ich doch vorhin. Dies ist kein angelesenes, sondern selbst erlebtes Wissen. Übrigens bin ich von vielen guten Menschen mehrmals angenommen worden, mal zum Sohn, mal zum Bruder, mal zum Onkel. Und ich habe im Gegenzug all die guten Wesen auch angenommen, sodass ich mich in meinem Herzen nie allein gefühlt habe.«

Der Richter schaut ihn gerührt an und fragt dann leise: »Schreibt Ihr auch?«

Nüüdül fährt zusammen und antwortet schnell: »Nein doch!«

Der Richter lacht herzlich und sagt: »Macht nichts! Wenn alles, was Ihr uns erzählt habt, nur Gedankengespinst gewesen wäre, was wir nicht hoffen, selbst dann war es geisterfrischend und seelenberuhigend schön. Es gibt Menschen, die nicht in der Lage sind, etwas selbst Erlebtes so zu erzählen, dass man es glaubt. Dann gibt es welche, die sind in der Lage, Beliebiges aus der Luft zu greifen und es so aufzutischen, dass man dem verfällt. Ihr scheint zu diesen Letzteren zu gehören.«

Nüüdül schaut ihn lange nachdenklich an, macht dann eine plötzliche Kopfbewegung, als wenn er aus einem Schlaf erwachte, und spricht: »Wenn du es so meinst, lieber kleiner Bruder, dann möchte ich dir wohl auch ein Geheimnis anvertrauen. Da alte Männer wie ich mitunter ein offenes, sehnsüchtiges Herz haben, hat mich dieses kindliche Wesen auch gleich erkannt, zumal es sehr in der Sehnsucht nach einem Großvater gelebt haben dürfte. Und … ich bitte dich um Vergebung … wenn das … was ich jetzt sagen will … zu dreist klingt. Während dieses langen, für mich unverhofft lieben Gesprächs mit Staatsangestellten in deren Amt habe ich dich als einen mir geistig und seelisch Nahestehenden erkannt, so … mich … deiner längst angenommen und fange in diesem Augenblick an zu glauben, es könnte durchaus ein auf Gegenseitigkeit beruhendes Gefühl gewesen sein. Ja, ich wage anzunehmen, du hast mich in deine Herzjurte ebenso eingelassen und mich somit angenommen als einen, der dir bisher irgendwie gefehlt hat. Vielleicht einfach als einen Mitbewohner der großen Erdenjurte, oder aber auch als einen ganz Bestimmten, nach dem du in deiner Geistessteppe, deinem Seelenozean seit Jahr und Tag gesucht hast, oder gar als einen, der dir den bitter fehlenden Vater, Onkel, Bruder ein wenig ersetzte. Dasselbe gilt auch für euch andere mit euren unterschiedlichen Gesichtern, Gestalten und Veranlagungen. Ich habe meinen Innenraum so bedenkenlos für euch geöffnet, dass ihr mit eurer jugendlichen Frische und weiblichen Milde eingetreten seid wie rinnende Wasser, die Rillen brauchen. Und ich wage zu glauben, dass auch jede von euch mich auf ihre besondere Art und Weise aufgenommen hat und ich von nun an zu einem Teilstück der Gedanken- und Erinnerungswelt einer jeden geworden bin und auf diese Weise in jeder eine weitere Tochter habe gewinnen dürfen …«

Auf den Gesichtern der Anwesenden ist, während Nüüdül spricht, immer deutlicher Dankbarkeit und Ergriffenheit zu erkennen. Jetzt spricht der Richter mit einer bewegten Stimme, und dabei glitzern in seinen Augen Tränen: »Meine Kolleginnen wissen es alle, ich habe vor Kurzem meinen Vater verloren, was Ihr nicht habt wissen können. Doch habt Ihr es geahnt und angesprochen, und damit habt Ihr mein Herz endgültig erreicht. Die Kolleginnen haben Euch diese und andere Berufe zugesprochen, womit sie von einer höheren Wahrheit so entfernt nicht waren. Ich aber sage: Euer Hauptberuf sei der Mensch!«

Die Unterhaltung dauert noch länger. Das Kind scheint endgültig eingeschlafen zu sein. Oder stellt es sich schlafend, damit es weiter an der Schutz bietenden Brust bleiben darf? Dann findet ein herzlich warmer, menschenwürdiger Abschied statt. Die ganze Gerichtsmannschaft zeigt sich zutiefst bewegt. Das Verfahren, welche Spiele dahintergesteckt haben und wie es auch verlaufen sein mochte, nimmt also ein würdevolles, bewegendes Ende.

Die Betreuerin, die längst angefangen hat, sich an das Kind zu gewöhnen, oder mit Nüüdüls Zunge gesprochen, deren Seele es angenommen hat, bringt die drei mit polizeilicher Begleitung im Dienstauto nach Hause.

Unbeschreiblich ist die Freude, die Vater und Tochter erfüllt! Überwältigend ist das Bewusstsein, dass der Vater auch zu einem Großvater und die Tochter zu einer Mutter hat werden dürfen. Das Kind, das die ganze Zeit an Nüüdüls Brust geklebt hat, schläft in seinem künftigen Zuhause seelenruhig weiter. Dsajaa macht in aller Eile das Bett zurecht, mit dem Gedanken, es möge dort ankommen, von wo es einst seinen Anfang genommen hat. Und in dem Augenblick fühlt sie tief in sich eine so heftige Sehnsucht nach Bumlham wie seit Langem nicht mehr, und die restliche Kraft droht ihr zu schwinden.

Sie beschließt dem zum Trotz, sämtliche Bürden, die sie bei aller Freude noch bedrücken, ein für alle Mal aus sich herauszubringen. Also beginnt sie mit dem kleineren der beiden Brocken. Berichtet, während sie kocht, vom Verlauf des Gerichtsverfahrens, unter anderem, dass die bisherige Mutter, unterstützt von der kampflustigen Gerichtsangestellten, versucht habe, die Rolle des Nebenopfers zu spielen. Und dass sie, nachdem das Kind schließlich ihr, Dsajaa, zugesprochen wurde, sogar so frech gewesen sei, von ihr, dem Hauptopfer, sämtliche materiellen Ausgaben für das Kind in all den Jahren und noch eine stolze Summe Schmerzensgeld zurückzufordern.

Dsajaa weiht den Vater auch in die Vorgeschichte des gewonnenen Rechtshandels ein, ganz beiläufig, mit einer sehr ruhigen Stimme. Doch trifft es Nüüdül mächtig. Denn er weiß, was eine staatliche Arbeitsstelle für einen jungen Menschen in dieser kargen Zeit bedeutet. Dennoch bringt er es im nächsten Atemzug fertig, den zu erleidenden Verlust dem bereits erlangten Gewinn gegenüberzustellen und so den Schmerz abzudämmen.

»Genauso habe ich auch gedacht!«, ruft Dsajaa erfreut und fügt nüchtern hinzu: »Und darum habe ich mich auf den Tausch eingelassen.«

Von da an erwähnt sie jene niederdrückenden Dinge mit keiner Silbe mehr. Und weiß dafür Nüüdüls Auftreten im Gerichtsgebäude mit lobenden Worten zu preisen, wobei sie ihn mit einem Blick anschaut, der zur gewohnten warmen Bewunderung auch kühle Ehrfurcht zu enthalten scheint. »Ihr wart einfach großartig. Ihr müsst über mächtige, treue Hilfsgeister verfügen! Das dachte ich zuerst, als ich die Alte, Hand in Hand mit Euch, dahinschmelzen sah. Dann, als das Kind auf Euch zueilte. Und schließlich, als dem Richter die Tränen in die Augen traten. Am heutigen Tag wart ihr für mich einerseits der liebe Altvertraute, andererseits auch ein Neuer, den ich zwischendurch als unheimlich empfinden musste.«

Nüüdül wirkt nachdenklich, keinesfalls erfreut von solchen Offenbarungen, und bringt schließlich aus sich heraus: »Also unheimlich …« Was so leise ausgesprochen ist, dass es nicht dem Gegenüber, sondern sich selbst gegolten haben dürfte.

Doch Dsajaa fühlt sich schon angesprochen und sagt ebenso leise: »Der Schamane …«

»… der ich aber nicht bin!« Diesmal klingt seine Stimme lauter, sogar mit einem Schuss Zorn.

»Der Ihr wohl doch seid«, sagt sie beharrlich. Und fährt in einem weichen, fast bittenden Ton fort: »Zu dem Ihr in *dem* Augenblick geworden seid, wer weiß. Ich habe einmal irgendwo gelesen, dass in jedem Menschen Veranlagungen zu vielen Möglichkeiten schlafen und bei gewissen Gelegenheiten schnell wach werden können.«

Er widerspricht ihr sanft: »Ach, nein. Nichts mit der Schamanerei.«

»Ach, Vater! Was jammert Ihr darüber? Genau richtig war das. Wir haben die Schlacht in jeder Hinsicht gewonnen. Haben unser Kindchen zurückbekommen. Haben die Widerstreitenden in Verwandte und Bekannte verwandelt. Und Ihr habt, wie Ihr sagtet, weitere Kinder für Euer steppengroßes, liebesdurstiges Herz gefunden, die ihrerseits wenigstens den Hauch Eures gütigen Wesens in sich aufgenommen haben. Was wollen wir mehr? Sagt!«

Nüüdül überlegt und schweigt, da er offensichtlich kein Wort zur Widerrede findet. Schließlich schaut er sie mit seinem redenden Blick an: Du hast recht … Zwischenzeitlich haben sie gegessen, sitzen aber weiterhin in der Küche, nun bei einer belanglosen Unterhaltung, die zur Hälfte aus Schweigen besteht, währenddessen ein horchendes inneres Ohr Dinge zu vernehmen scheint. Und dieses aus der Stille Abgelauschte ist im Gegensatz zu dem Gesprochenen nicht so belanglos, denn es sind alles Dinge, die das Kind betreffen.

Mit einem Mal fährt Nüüdül hoch und eilt ins Schlafzimmer. Das Kind ist gerade dabei zu erwachen. Sie hat nichts gehört, doch er hat es mitbekommen. Dsajaa, die dem sonst oft Schwerhörigen nacheilt, findet es wieder einmal merkwürdig und ist davon begeistert wie auch enttäuscht. Letzteres Gefühl betrifft sie selbst, denn sie denkt: Was für eine Mutter, die die Belange ihres Kindes später wahrnimmt als ein Außenstehender! Darauf schämt sie sich für diesen Gedanken: Wie undankbar und unbedacht von ihr, in dem urlieben, selbstlosen Wesen Nüüdül einen Außenstehenden sehen zu wollen! Wer weiß denn überhaupt, durch welch starke Fäden diese zwei beseelten und begeisteten Enden einer Zeitepoche miteinander verknüpft sind?

Der Großvater ist schon beim Enkel, noch ehe dieser die Augendeckel aufzuschlagen und seine Umgebung wahrzunehmen vermag. Nun treffen sich ihre Blicke, der eine ernst fragend, der andere heiter lächelnd. Die Mutter hält sich im Hintergrund und beobachtet die beiden. Der eine streckt von oben die Arme hin. Der andere gähnt und reckt sich, streckt ihm schließlich die Ärmchen entgegen. Die Hände greifen ineinander, und das Kind wird mit einem ermunternden, spielerischen Laut hochgehoben und an die Brust gedrückt.

Nun fängt es über die Schultern des Erwachsenen und an dessen Kinn und Hals vorbei an, die Umgebung zu betrachten. Dabei trifft sich sein Blick mit dem der Beobachtenden in der fernen Ecke des Raums. Die Augen weiten sich, und über das ausgeschlafene, lichte Gesicht huscht ein Schatten. Dann schmiegt es sein Gesicht ans Ohr des Großvaters und flüstert etwas. Dieser antwortet leise, aber hörbar: »Das ist das Zuhause vom Opa und der Mama. Und ab jetzt auch deins.« Das Kind hält inne. Dann flüstert es wieder etwas ins Ohr des Erwachsenen, was sich nun mehrmals wiederholt. Und es folgen hörbare Antworten auf die unhörbaren Fragen: »Das ist deine Mama … Sie ist schon immer deine Mama gewesen … Sie hat dich nach deiner Geburt verloren … Und hat dich jetzt wiedergefunden … Sie ist auch deine Mama … Ja, das gibt es … Ich hatte vier Mamas … Die Oma? Sie wird uns besuchen kommen, wenn du willst …«

Die beiden verlassen während ihrer Unterredung das Schlafzimmer und betreten das Bad. Dsajaa geht in die Küche, holt das, was Nüüdül schon vor Tagen vorbereitet hat, aus dem Schrank hervor und stellt es auf den Tisch: das Hadak und die Silberschale, die sie mit Milch füllt. Dann richtet sie an der Stirnseite des Tisches den Platz für das Kind. Dabei stellt sie alles bereit: einen Teller, eine Schale, eine Gabel, einen großen und einen kleinen Löffel. Und daneben den zur Warmhaltung dick verpackten Topf mit Essen. Sie tut es in panischer Eile, mit zittrigen Händen und klopfendem Herzen, nicht viel anders als vor Stunden während des Prozesses.

Da kommen die beiden. Jetzt führt der Großvater den Enkel an der Hand. Und dieser beobachtet aus forschenden Augen aufmerksam alles um sich herum.

Dsajaa empfängt sie mit verspielter Stimme: »Aha, ihr zwei! Ihr habt euch hübsch gemacht! Hier warten ein Spiel und ein Essen auf euch!« Damit gibt sie dem Vater ein Zeichen und deutet auf das Bereitgestellte auf dem Tisch. Nüüdül lächelt schlau und sagt zum Kind: »O ja, wir spielen Hadak-Reichen und trinken aus der schönsten Silberschale der Welt die köstlichste Milch zu deinem Willkommensessen!« Dann pickt er das hauchfeine Tuch auf, lässt es durch die Luft flattern, breitet es dann über seinen ausgestreckten Armen aus und sagt zu dem Kind, es soll die seinen ebenso ausstrecken. Es zögert kurz, tut aber dann, worum es gebeten worden ist, woraufhin es das wohl vom Jurtenrauch und Zeitstaub gebräunte Tuch mit manchen aufgelösten Stellen im Gewebe über seine ausgestreckten Ärmchen geschoben bekommt. Dann kommt die Silberschale mit Milch. Man braucht dem Kind nur zu sagen, es solle daraus kosten, und es tut es. Nun will der Großvater an der Reihe sein und bekommt beides, Tuch und Schale, zurückgereicht. Er kostet von der Milch und meint schmatzend, sie würde sooo gut schmecken. Dann reicht er beides an Dsajaa weiter, indem er sagt: »Hier, Mama. Du bist dran.« Diese nippt aus der Schale, schmatzt ebenso, im Zeichen eines genossenen Wohlgeschmacks, und reicht beides an das Kind zurück: »Jetzt bist du wieder daran!« Es zögert mit irrendem Blick. Der Großvater eilt ihm mit seinem Blick zu Hilfe. Das Kind nimmt der Frau mit den ausgestreckten Armen die Last ab, indem es selber die Arme auch ausstreckt. Dann kostet es von der Milch und reicht beides an den Großvater weiter. Jetzt hat er die Regel des Spiels begriffen. Sie spielen so lange reihum, bis die Milch alle ist.

Da spricht der Großvater zum Enkel: »Behalte beides. Wir haben es dir geschenkt. Wenn du willst, können wir immer damit spielen. Jetzt aber isst du etwas. Die Mama hat für dich gekocht.«

Dsajaa fragt: »Woraus isst du lieber, aus einem Teller oder aus einer Schale?«

Das Kind schaut woandershin und schweigt. Nüüdül muss sich

einschalten: »Oder willst du aus deinem Silberschälchen essen?« Es nickt mit dem Kopf.

Dsajaa schöpft hinein und fragt wieder: »Womit möchtest du essen, mit einem Löffel oder mit einer Gabel?«

Es schweigt wieder. Nüüdül sagt zu Dsajaa: »Besser mit der Gabel.«

Da redet es: »Aber Opa! Ihr habt doch selber gesagt, ich darf keine Gabel benutzen!«

Nüüdül hält inne und sagt dann: »Damals bist du ja noch ein kleines Kind gewesen. Jetzt bist du schon ein großer Junge und kannst sicher mit der Gabel umgehen. Oder?«

Das Kind hört aufmerksam zu und nickt dann mit dem Kopf, der unverkennbaren Stolz verrät. Es isst gern und schafft auch eine beträchtliche Menge. Worüber sich Dsajaa mächtig freut, sosehr sie auch eine niederziehende Schwere in sich spürt. Gleich einer Wunde oder einer Kränkung unbekannter Herkunft. Vonseiten des Kindes, weil es ihr gegenüber so hartnäckig kühl bleibt? Oder vonseiten des Vaters, weil er beim Kind Gunst genießt, während sie ihr selbst verweigert wird? Das wäre eher Neid! Jedenfalls ist es ein Gefühl, welches sie sich gegenüber unmöglich zugeben kann, das sie aber nichtsdestoweniger bedrückt und quält.

Nüüdül hat die leidvolle Lage der Tochter natürlich erkannt, kommt sich zuletzt wie ein Keil zwischen Mutter und Kind vor und grübelt daher nach einem Ausweg aus der misslichen Lage. So sagt er nach dem Essen: »Ach, Mama. Du hattest doch Spielsachen für dein Kindchen. Können wir nun damit spielen?«

Dsajaa zuckt zusammen, mehr beschämt als erfreut, denn es ist ihr, als hätte der alte, weise Mensch ihre verworrenen, ungerechten Gedanken durchschaut. Doch holt sie den grellbunten Einkaufsbeutel schleunigst herbei und breitet das leopardenscheckige Pferdchen aus Filz, den melonenähnlichen Gummiball und das Malheft mit den Farbstiften auf dem Tisch aus.

Das Kind hält das Pferd für einen Hund und scheint Heft und

Stifte glattweg zu übersehen. Dafür gilt sein Blick sofort dem Ball, und schnell platzt aus seinem Mund ein *Goal!* heraus, in jenem wilden Ton, wie manche Jugendliche dieses fremde Wort neuerdings voller Hingabe aussprechen. Das Fernsehen!, denkt Nüüdül wehmütig. Denkt sogleich trotzig hinzu: Wir werden schon sehen, liebes Kindchen, wo dich der Alte noch entlangführt! Wenig später schilt er sich selbst: Sachte, sachte, Alter! Wenn die halbe Welt über den prallen Ball stolpert und du mit, indem du ihn kauftest, und wenn neun Zehntel der Menschheit in die Flimmerkiste starren, wie ihrer Sinne beraubt, und deine Tochter zwischendurch auch, bis sie rote Augen und einen wirren Kopf kriegt, dahinter steckt doch eine zerstörerische Kraft?

Das Ergebnis dieser letzten Überlegung ist, dass er dem Kind den Ball lässt, den Fernseher einschaltet und dabei zu seinem Schreck gleich einen Kanal mit einer rollenden Kugel, zwei Dutzend rennender Männer und einem Stadion voll grölender Menschen erwischt. Dsajaa hockt sich stumm auf den Hocker in der Zimmerecke. Nun geht Nüüdül hinaus und kommt nach einer Viertelstunde zurück. Da findet er das Kind unverändert in derselben Körperhaltung – nach vorn gebeugt und mit bohrendem Blick, als wollte es jeden Moment auf- und in die Kiste hineinspringen. Gut zu wissen, mein Junge, denkt der erwachsene Mensch, es gibt also stärkere Dinge als deine Ablehnung der eigenen Mutter, die Anziehungskraft eines hüpfenden Balls hinter einer Glasscheibe zum Beispiel! Und denkt mit einem Seitenblick auf Dsajaa weiter: Deine Gegenwart hat es doch nicht dermaßen zu stören vermocht, dass es aus dem Raum flüchten und sich von seiner Lieblingsbeschäftigung hätte losreißen müssen – weißt du, was das heißen will?

Er hatte die Oma angerufen und mit ihr das längste Ferngespräch in seinem ganzen bisherigen Leben geführt. Die gute alte Frau hatte sich so sehr über den Anruf und über die Nachricht gefreut, dass das Kindchen bis jetzt kein Tränchen mehr geweint, dafür aber geschlafen, gespielt und gegessen hatte und nun dabei war, still und vergnügt vor dem Fernseher zu sitzen.

Er hatte eine Menge wichtiger Auskünfte von ihr erhalten: Der Junge hieße auf dem Amtspapier Oldsbaatar, würde aber von jedem in der Familie anders genannt: vom Großvater Oldsod, vom Vater Olsen, von der Großmutter Oldskuu, von der Mutter Oldsko und von allen vier älteren Schwestern Ookaa. Dieser Beutejunge sei zwar von allen Seiten reichlich verwöhnt worden, verfüge aber über eine durch und durch liebe Natur. Und er sei von den ersten Wochen und Monaten seines Erdendaseins an von den Großeltern gepflegt und beaufsichtigt worden und zum Schluss durch und durch zu deren Kind geworden. Er habe eine Zeit lang nachts mit dem Großvater in einem Bett geschlafen, und seitdem jener vor zwei Monaten heimgegangen war, habe er ausschließlich die Nähe der Großmutter gesucht, tags wie nachts.

Dies alles erzählt Nüüdül in der Küche der Mutter, während das Kind immer noch vor dem Fernseher hockt, und sagt, merkwürdig schmunzelnd: »Ich werde mein Kind weiterhin Oldsod nennen, mich gern ebenso an meinen Vorgänger wie auch an den großen, sagenumwobenen Faustkämpfer mit diesem Namen erinnernd.«

Dsajaa verharrt eine Weile stumm-nachdenklich, bis sie sagt, sie habe sich vorerst für den vollen Namen Oldsbaatar entschieden, um nach und nach auf dessen zweiten Teil überzuwechseln, denn in der Grundschule habe sie einen Klassenkameraden mit Namen Baatar gehabt, der von einem sehr lieben Wesen gewesen sei.

Nüüdül hat Verständnis dafür, dass sie die Frau nicht nachahmen will, die es ihr vor wenigen Stunden noch so schwer gemacht hat. Außerdem findet er Oldsko albern, weil da ein mongolisches Wort mit einer fremdländischen Silbe endet.

Dsajaa schlägt vor, dass Großvater und Enkel im Bett schlafen. Der Vorschlag stößt nicht direkt auf Widerrede, ruft aber eine Frage hervor: »Und was ist, wenn du wieder ängstlich wirst?«

»Dann werde ich mich wohl zu meinen beiden Männern flüchten und um Aufnahme bitten müssen.«

»Tu das bitte, und wir werden dich herzlich gern aufnehmen!«

Damit kehrt die Heiterkeit endgültig zurück, und sie bereiten sich für die Nachtruhe vor. Zu dritt machen sie die Tasche auf, die ihnen von der Betreuerin mitgegeben wurde. Es sind gute, fürs Erste ausreichende Kleidungsstücke mit einem kleinen, hübschen Kulturbeutel darin. Alles, was erkennen lässt, dass dahinter eine vermögende und ordentliche Familie steckt. Auch verrät Oldsbaatar, zumindest, was das Waschen und Zähneputzen betrifft, eine gute Erziehung. Dann gehen sie ins Bett.

Dsajaa, die sich – erstmalig – auf die Liege bettet, braucht lang, bis sie einschlafen kann. Sonst aber verbringt sie die Nacht recht friedlich. Für Nüüdül nimmt in dieser Nacht ein völlig neues Leben seinen Anfang, denn er liegt zum ersten Mal mit einem Kind im Bett. Und findet es herrlich aufregend und gleichzeitig herrlich besänftigend. Betörend und berauschend ist der liebliche Kindergeruch für die Nase, den Hals, die Lunge und den ganzen Innenraum. Belebend und erquickend wirkt die Berührung mit der knospenzarten Kinderhaut für den alten Körper mit seinem zähen Gewebe und den rauen Knochen. Er genießt es in höchstem Maße. Dabei weiß er, dass er verdammt aufpassen muss, damit er durch eine ungeschickte Bewegung dem Kindchen kein Leid antut!

Nach diesem ersten endlos langen, schweren Tag und der gut überstandenen Nacht nimmt das gemeinsame Leben der drei eine gewisse Form an und scheint mit großer Geschwindigkeit auf einer unsichtbaren Schiene zu verlaufen. Jedes Glied der kleinen Gemeinschaft gewöhnt sich schneller an das Gegebene als gedacht. So sagt Oldsbaatar schon eine knappe Woche später zu Dsajaa: »Mama, wollen wir wieder Hadak-Reichen spielen?« Was die Mutter fast erschüttert – sie fährt zusammen und nimmt darauf die Welt vor sich verschwommen wahr, was von den Tränen kommt, die ihre Augenränder längst gefüllt haben.

Was aber war in dieser knappen Woche nicht alles geschehen?

Dsajaa hat ihre dienstlichen Pflichten an eine Neue übergeben und das Glas- und Steinhaus des Ministeriums verlassen. Aber nicht einfach so. Sie hat dabei die Schlacht ihres Lebens geschlagen, die den Minister, diesen kleinen selbstgefälligen Gott in der Welt der Macht, zu einem Geständnis zwang. Diese Schlacht hat sie gewagt, nachdem es danach aussah, als wolle er sie einfach wegschmeißen wie ein Stück Müll. Da hat sie ihm eine Kopie des Zettels mit seiner Unterschrift vorgelegt und gesagt: »Die vereinbarten zehn Jahre sind bei Weitem nicht um. Also verlange ich eine Abfindung, und zwar eine gute! Andernfalls werde ich mich an die Öffentlichkeit wenden!«

Der Minister hat sie fassungslos angeschaut und gefragt: »Soll das eine Erpressung sein?«

Ihre seelenruhige Antwort lautete: »Ihr dürft es nennen, wie Ihr wollt. Doch sollt Ihr wissen, wenn ich einmal so weit gehe, kommt das daher, dass ich lange darüber nachgedacht habe und zu allem entschlossen bin!«

Die nun aufquellende Wut hat die Verwunderung im Blick des Ministers gelöscht, doch seine Worte, leise durch die Zähne gezischt, waren noch leiser geworden: »Wie viel willst du denn haben?«

»Das, was mein seliger Mann Euch gegeben hat und dessen Erhalt Ihr mit Eurer Unterschrift quittiert habt!«

»Unmöglich!«

»Wieso?«

»Du hast immerhin ganze sechs Jahre hier arbeiten und Gehälter beziehen dürfen!«

»Aber die Vereinbarung galt für zehn Jahre! Durch den Wortbruch Eurerseits ist sie nun außer Kraft gesetzt. Eigentlich solltet Ihr mir noch Strafe zahlen und den Gesamtbetrag mit Zinsen zurückerstatten!«

»Hör auf! Du hast hier im Ministerium viel mehr verdient als die schäbigen zehn Millionen.«

»Das mag sein. Aber ist es nicht gebräuchlich, dass alle Menschen nach ihren Kräften und Kenntnissen zum Wohl des Staats arbeiten und den Lohn dafür bekommen? Auch Ihr bezieht ein Gehalt, und zwar ein viel höheres als jeder andere in diesem Haus!«

»Du bist eine Hexe! Hätte ich das nur früher erkannt!«

»Sicher habt Ihr recht, so wie ich recht haben werde, wenn ich jetzt sage, Ihr seid ein Ungeheuer. Aber weder ich noch Ihr sind von unseren Müttern als solche geboren worden. Wir sind es später geworden. Hier und an anderen Orten in der großen Küche des Lebens. Ihr habt die Reifeprüfung eines mongolischen Staatsangestellten längst glänzend abgelegt und steht darum dort, wo Ihr seit Jahren herrscht und Geld verdient. Und ich lege meine Prüfung heute erst einmal vor Euch ab, um zu zeigen, was ich gelernt habe!«

Darauf hat es eine lange Pause gegeben. Der Minister hat sie weiter angeschaut, und sie hat zurückgeschaut. In seinem Blick lag verzweifelter Grimm, der sich auch als Anerkennung in folgende Worte kleiden ließe: Allerhand, was in so einem Persönchen aus dem Keller des Machtgebäudes steckt! Und aus ihrem Blick blinkte Warnung: Gebt nach, Herr Minister, denn im Hirn einer ausgedienten Sekretärin liegen Dinge gespeichert, die man besser nicht abrufen sollte! So wie sie ihn verstand, verstand er sie auch. Denn gleich gab er nach und sagte: »Gut, wir machen es, wie du willst. Du bekommst also deine zehn Millionen als Abfindung. Dann aber musst du mir versprechen, für immer aus meinem Blickfeld zu verschwinden und mich nie wieder zu belästigen!« Sie nickte im Zeichen des Einverständnisses, ließ aber ihren Blick weiterhin bohren mit dem Gedanken: Jene zehn Millionen sind in deiner Tasche verschwunden, Schuft!, und diese zehn Millionen werden aus der Staatstasche genommen, nicht wahr? Dann griff er nach seinem Stift und einem Zettel, schrieb darauf: *Personalabteilung, Leiter Nindag. Beschluss fassen. Sek. Dsajaa ab heutigem*

Tag entlassen, Abfindung 10 Mio. Darunter setzte er seine elegante Unterschrift, wie immer schwungvoll, und schob ihr ebenso schwungvoll den Schrieb zu, jedoch ohne den Blick dabei zu heben.

Sie bekam das Geld noch am gleichen Tag bar ausgezahlt, in lauter Zehntausend-Tögrög-Scheinen. Es war ein ganzer Stoß von solchem Gewicht, das wohl ausreichte, einen Menschen zu erschlagen. Aber wieso Menschen erschlagen, wenn die Unmenschen quicklebendig herumliefen und sogar zweifelhafte Siege davontrugen und schmutzige Gewinne machten?

Mit dem Unmenschen war nicht der Minister allein gemeint, Dsajaa selbst war mitgemeint. Denn sie war sich während ihres ganzen Lebens noch nie so niederträchtig vorgekommen wie an jenem Tag. Den gewichtigen Geldstoß in der Hand, fühlte sie sich wie beschmutzt und hatte Angst und Ekel vor sich selbst. Sie versuchte zu denken, sie habe das lediglich getan, um sich zu rächen. Was ihre Seele wohl ein wenig beruhigte, aber bei Weitem nicht ganz. Denn darauf fiel ihr ein anderer Gedanke ein: Du warst gezwungen, es zu tun, da du ab sofort arbeitslos, also eine Verstoßene bist, aber als Lebewesen weiterhin Futter brauchst wie jeder andere auch … Du hast es nicht allein deinetwegen getan, sondern und vor allem wegen der beiden hilflosen Wesen, die auf dich angewiesen sind … So hast du keine schlechte, sondern eine gute Tat vollbracht, weil du verstanden hast, dass in der heutigen wölfischen Gesellschaft kein Lebensraum für ein Menschenschaf ist … Somit hast du nur eine Möglichkeit, und das ist: Wolf unter Wölfen, eine Wölfin zu sein, wenn du dich samt deinen beiden Welpen vor dem Untergang retten willst …

Noch nie hatte sie die Quelle des Verbrechens und die Gründe der kleinen Verbrecher so gut verstanden wie an diesem schmutzig-heroischen Tag – was und wie man auch verbrechen mochte, es ließ sich immer eine Rechtfertigung dafür finden! Und da es bei jedem Verbrechen auch Gewinner gibt, kam man sich als Verbrecher nicht nur als Held, sondern auch als Wohltäter vor! Doch blieb dies ein recht oberflächliches, denn gewaltsam herbeigeschundenes Gefühl und vermochte die Sache nicht wesentlich zu ändern – die Seele zeigte sich unbestechlich. So trug unsere zweibeinige Wölfin, die Heldin, den Geldstoß zur Bank, gab ihn dort ab, gegen einen handtellergroßen, federleichten Zettel, und begab sich immer noch schweren Herzens heimwärts. Gern hätte sie sich auch noch die Hände gewaschen, was sie gleich nach der Ankunft zu Hause auch tat.

Dann hatte es in diesen ungestümen ersten Tagen der kleinen, neu zusammengesetzten Familie noch etwas gegeben, was vor allem für Nüüdül von umwerfender Bedeutung war. Es betraf die Änderung der Papiere des Kindes. Zu dritt wanderten sie, ausgerüstet mit dem Beschluss der Gerichtssitzung und mit allen möglichen weiteren Amtspapieren, das Labyrinth der Behörden ab. Als sie fast am Ziel gelandet waren und vor einem Schalter standen, hörte der mit dem Enkel beschäftigte Großvater eine Frauenstimme nach dem Namen des neuen Vaters fragen und darauf Dsajaa seinen eigenen Namen aussprechen. Er erstarrte vor Schreck und brachte er es gerade noch fertig »Aber Kind!« zu flüstern, während er mit den Fingerkuppen den Ellbogen der Tochter berührte. Diese antwortete ebenso leise, jedoch bestimmt: »Ihr habt es verdient!«

Auf dem Heimweg konnte er nicht umhin, Dsajaa vom Anfang seiner Ahnung, jenem Traum, zu erzählen. Er musste es tun, obwohl ihm, wie jedem anderen aus der Nomadenwelt, geläufig war, dass man besonders gute Träume für sich behalten sollte. Sein Leichtsinn, dieses uralte Gebot zu verletzen, rührte nicht nur daher, dass es sich um einen nunmehr erfüllten Traum handelte, sondern er fühlte sich seiner Tochter gegenüber auch verpflichtet, selbst das Innigste und Geheimste mit ihr zu teilen. Und diese belohnte ihn, nachdem sie aufmerksam zugehört hatte: »Das ist ja nur die Bestätigung dafür, wie sehr Ihr es verdient, dass der Junge Euren Namen trägt. Ohne Euch hätte ich ihn nie zurückbekommen, ich hätte nicht einmal erfahren, dass ein menschliches Wesen, Fetzen meines Fleisches und Tropfen meines Blutes, umhergeht und das Licht der Sonne und des Mondes, den Atem des Himmels und der Erde mit mir teilt und selber ebenso wenig ahnt, dass es mich gibt, die Spenderin seines Leibes und Lebens!«

Als wenn das Kindswesen diese verzwickte Begründung verstanden hätte, hat es am nächsten Tag die vor Mutterliebe geradezu Flammende mit der kurzen Nennung *Mama* über die Maßen belohnt. Ach, wer weiß schon, welch feine Fühler an der Pforte der Seele eines ahnungslos wirkenden Kindes wachen? Der viereinhalbjährige Oldsbaatar jedenfalls hatte mit seiner ersten vertrauten Anrede in seiner leiblichen Mutter auf Dauer ein leuchtendes Licht und wärmendes Feuer angezündet.

Seit jenem Tag also führen die drei ein durchaus erträgliches, ausgewogenes Familienleben miteinander, in welches ein jedes Mitglied jedoch erst hineinzuwachsen hat. Dass die beiden Erwachsenen es dabei einfacher haben und von einem nie da gewesenen Glücksgefühl erfüllt leben, steht außer Zweifel. Ob man solches auch von dem Kind annehmen darf? Ob auch über seine Innenlandschaften ein so mildes, sonniges Sommerwetter herrscht? Ob es sich nicht einfach verstellt, nachdem es begriffen hat, dass es machtlos ist in der Welt der Erwachsenen? So wachen die Erwachsenenaugen und -ohren bewusst oder unbewusst über das Kind und jede seiner möglichen Äußerungen, was bald auch sie selbst zu stören beginnt. Und aus diesem Grund geraten sie einmal, während das Kind schläft, in ein Gespräch.

Die Tochter fragt den Vater, ob es eine gute Idee wäre, wenn man die Großmutter einmal zu Besuch einlüde. Dieser zeigt ein erfreutes Gesicht und verrät, er habe schon öfter daran gedacht, jedoch Bedenken gehabt, ob es ihr als der leiblichen Mutter passen würde, den ehemaligen Dieben den Weg zur neuen Heimstätte des Kindes zu zeigen.

Dsajaa stockt kurz und sagt mit einer Stimme, die auch einen

Hauch Kränkung enthalten könnte: »Aber Vater! Ihr hättet mich ja trotzdem fragen können …«

Nüüdül eilt ihr sogleich entgegen: »Nein, Tochter. Das war nicht der einzige Grund. Ein weiterer lag bei mir selbst, oder richtiger, bei der guten Alten, die eine solche Einladung mit aller Gewissheit sofort annehmen würde. Und dies schon des Kindes wegen. Dann aber auch wegen des Großvaters. Ja, es wird ihr unmöglich sein, in mir nicht ein wenig ihren Alten zu sehen, neben welchem sie wer weiß wie viele Jahre ihres Lebens verbracht hat und von dem sie erst vor Kurzem getrennt worden ist. Über unser gleiches Aussehen, die gleiche Stimme habe ich mir schon Gedanken gemacht: Vielleicht hat sie recht und ich bin doch eine Kopie, oder sagen wir lieber, einer der Brüder ihres seligen Mannes! Denn wenn wir Menschen Schöpfung eines höheren Wesens sind, noch bevor wir zu Kindern unserer Eltern werden, dann könnte es ja auch beim Schöpfer selbst zu Mehrlingen kommen. So gesehen, hat sie ein Recht darauf, in eine nähere Verwandtschaftsbeziehung mit mir zu treten. Auch mir machte es nichts aus, ihr ein Schwager zu sein oder die Stelle ihres Schwagers einzunehmen. Nur, wie würde das in den Augen anderer Menschen ausschauen, die nicht so weit denken und nur daran glauben, was sie im engen Kreis ihres Lebens selbst erlebt oder mit eigenen Augen gesehen haben? Noch verwickelter würde die Geschichte werden, wenn die Alte in mir nicht einen Schwager, sondern ihren aus dem großen Schlaf erwachten, ins Leben zurückgekehrten Ehemann sehen wollte. Denn sie ist ein bejahrter Mensch und als solcher längst wieder auf dem Weg zum Kind, und so würde sie gut und gern auf die im Grunde armselige Vernunft der Menschen in mittleren Lebensjahren pfeifen und sich lieber an das nun einmal atemnah und griffecht gegebene Wunder festzukrallen versuchen. Nun, ich, der ich den einen Fuß schon über die Schwelle des Wunderlandes setze – wie lang werde ich der Wundersichtigen und -süchtigen die Rolle des Schwagers verweigern? Und was, wenn sie noch darüber hinauswill?!«

Dsajaa schaut ihn eine Weile betreten an. Fängt sich aber dann und sagt schließlich entschlossen: »Ich werde dafür sorgen, dass dies nicht vorkommt. Also laden wir sie ein!«

Tatsächlich nimmt die Großmutter die Einladung sofort an und ist schon am nächsten Morgen da. Dabei ist sie nicht allein, ihr Sohn bringt sie, denn sie hat manches Gepäck mit. Kleidung, Spielsachen und auch Geschenke – nicht nur für das Kind, so auch für den Großvater und die Mutter. Oldsbaatar, obwohl seit dem Vortag unterrichtet, empfängt die beiden merkwürdig gedämpft.

Mutter und Sohn zeigen sich als aufgeschlossene Menschen mit aufrechtem, herzlichem Wesen. Er, Inhaber einer Baufirma mit Hunderten von Beschäftigten, erzählt, während er den angebotenen Tee trinkt, unumwunden: Die Entscheidung der unerfreulichen Geschichte durch das Gericht habe jeder der beiden Seiten wenigstens eine gute Sache gebracht. Der einen das Kind, der anderen die Lösung für ein Rätsel: Er als Vater habe einen Schreck bekommen, als die Frau mit dem Baby vom Krankenhaus nach Hause kam, denn das winzige Mitbringsel habe schreiend anders ausgesehen als seine vier Schwestern; sosehr er dann versucht habe, sich über den lang gewünschten, nun endlich geborenen Jungen zu freuen, sei er sich als Ehemann so manches Mal dumm vorgekommen. Ja, die Bemerkungen der Verwandten und Bekannten über das abweichende Aussehen des Jungen von dem seiner Schwestern hätten ihm jedes Mal brennende Scham und bittere Schmerzen bereitet. Einmal sei er sogar so weit gewesen, seiner Frau zu sagen, das Kind sei nicht von ihm, worauf sie schwer beleidigt gewesen sei. Seitdem habe er geschwiegen und sich mit dem Gedanken getröstet: Gleich, woher der Junge auch kommt, ich werde ihn in der warmen Mitte meiner Familie behalten und zu einem Menschen nach meinem Geschmack erziehen!

Der Sohn fährt bald zur Arbeit, und die Mutter bleibt da. Und legt mit der Lockerheit einer glücklichen Mischung von nomadischer Treuherzigkeit, menschlicher Reife und beginnender Kindlichkeit los: »Wir Alten haben es von Anfang an immer gewusst«, erzählt sie. »Denn das Kind hatte doch keinerlei Ähnlichkeit mit seinen Geschwistern. Wir haben der Schwiegertochter sogar gesagt, das Baby müsse im Krankenhaus vertauscht worden sein. Worauf sie uns streng unterwies, Derartiges nie wieder in den Mund zu nehmen. Also schwiegen wir von da an, doch unter uns tuschelten wir weiterhin, dass da etwas nicht stimme. Außerdem hatten wir einen Grund dafür, denn vorher hatte es geheißen, die Ärzte hätten die Schwangere durchleuchtet und festgestellt, es sei – nach vier Töchtern – wieder ein Mädchen! Dann jedoch kam sie plötzlich mit einem Jungen nach Hause, und unsere Freude kannte keine Grenzen! Wie der Sohn dachten auch wir Alten: Wo es auch herkommen mag, es ist unser Kind! Darum hatte ihm mein Alter den besonderen Namen gegeben: Oldsbaatar, Beuteheld. Er kommt doch einem Außenstehenden etwas verdächtig vor, nicht wahr? Als der Streit anfing, war die Schwiegertochter ihrem toten Schwiegervater nachträglich böse für diesen verräterischen Namen!«

Dann lassen sie das Kind für ein paar Stunden mit der Großmutter allein und bekommen anschließend von ihr einen ausführlichen Bericht von deren Unterhaltung. Das Kind hat gefragt, und sie hat geantwortet.

Oma, warum ist der Opa nicht mehr drüben bei uns, sondern hier?

Weil deine neue Mama seine Tochter ist.

Warum ist er nicht vorher bei ihr gewesen?

Weil er nicht gewusst hat, dass sie allein wohnt.

Warum hat sie allein gewohnt?

Weil jemand ihr das Kind gestohlen hat.

Warum hat man ihr das Kind gestohlen?

Vielleicht, weil ein Kind gebraucht wurde.

Wo ist dieses Kind jetzt?

Es ist jetzt hier, bei mir.

Hier, bei Euch, wer ist das?

Das bist du.

Darauf soll es sie groß angeschaut und eine Weile geschwiegen haben. Dann aber hat sich das Frage-Antwort-Spiel fortgesetzt.

Ist die neue Mama auch Eure Tochter?

Hier hatte die Großmutter eine Weile gezögert, dann aber Ja gesagt.

Ist sie dann, wie Tante Düüriimaa, auch Papas Schwester?

Ja.

Ist denn Mama Ssaraa meine Mama?

Hier hatte sie wieder eine Weile gezögert und dann wieder Ja gesagt.

Kann ein Mensch zwei Mamas haben?

Ja, anscheinend. Du musst den Opa fragen. Er hat drei oder vier Mamas gehabt.

Hier war das Kind in ein längeres Schweigen gefallen, sichtbar grübelnd. Da hatte sie gesprochen: Deine neue Mama hat dich in ihrem Bauch ausgetragen und geboren. Und deine andere Mama hat dich mit der Milch ihrer Brüste ernährt und sich um dich gekümmert.

Aber Oma! Ihr habt Euch doch um mich gekümmert. Ihr und der Opa. Seid Ihr deshalb auch meine Mama?

Richtig. Groß-Mutter und Groß-Vater sagt man auch dazu. Aber Opa und Oma sind einfacher und kürzer. Wir mussten uns um dich kümmern, weil Papa und Mama arbeiten und Geld verdienen mussten.

Ihr habt doch gesagt, man hat mich der neuen Mama gestohlen. Wer ist der Dieb gewesen?

Wieder Zögern, dann fällt die Antwort: Wohl die Krankenschwester.

Hat sie mich dann an die Mama verkauft?

Verkauft … Das nicht. Gegen ein totes Kind getauscht.

War ein Kind tot? Warum war es tot?

Ja, ein Kind war gestorben. Vielleicht war es zu früh geboren. Vielleicht aber auch einfach zu schwach. Das gibt es manchmal.

Wem aber gehörte das tote Kind?

Der Mama.

Der Mama! Mama hat ein totes Kind gehabt? Wo war denn das?

Im Krankenhaus.

Hat sie ihr totes Kind einfach dort gelassen, mich mitgenommen und ist nach Hause geflüchtet?

Nicht ganz, aber so ungefähr. Mama sagt, sie hat es nicht gewusst.

Sie hat ihr Kind nicht wiedererkannt? Mir hat Mama erzählt, sie hat mich durch ihr Bauchfell immer wieder erfühlt und gewusst, welche Augen und Ohren und was für eine Nase ich habe!

So? Davon wusste ich nichts. Wie auch immer, es war nicht gut von ihr, dass sie dich deiner leiblichen Mama entführt und mit nach Hause genommen hat. Sosehr ich über unsere Trennung traurig bin, gefällt es mir, dass du endlich bei deiner leiblichen Mutter bist. Und bei deinem Großvater auch natürlich!

Oma, könnt Ihr, wie der Opa auch, hierbleiben?

Nein, das kann ich nicht.

Warum nicht?

Wegen der anderen Enkelkinder, die mich auch brauchen. Aber ich werde dich hin und wieder hier besuchen.

Werden die anderen auch mitkommen?

Vielleicht … Ich nehme an, ja … Deine neue Mama ist ein lieber Mensch. Mein Kleines, du bist vor allem ihr Kind und darfst sie nie enttäuschen!

Es besteht weder für Nüüdül noch für Dsajaa der geringste Zweifel daran, dass das Gespräch zwischen Großmutter und Enkel in der Tat so verlaufen ist.

Es wird Abend. Der Sohn kommt und kommt nicht. Dann wispert Dsajaas Handy. Ein kurzes, herzliches Gespräch findet statt. Dann erfahren die anderen: Er kann nicht kommen, wegen einer Havarie in einem Betrieb. Sie müssen den Gast über Nacht bei sich unterbringen, was in den allermeisten Fällen keiner weiteren Überlegungen bedurft hätte. Aber hier? Die Großmutter wie auch der Großvater scheinen einen kleinen Schreck zu bekommen. Und das Kind? Als Schlüsselfigur in solchen Fällen spricht die Gastgeberin ein paar beruhigende Worte und richtet dann eine Frage an die Hauptperson: »Ach, der Herr Direktor soll sich natürlich um den dringenden Fall kümmern. Wir werden unserer lieben Oma ihr Gastrecht schon gewähren! Wo und wie jeder seine Schlafecke findet, wird vom Willen unseres kleinen Prinzen abhängen. Nun, Oldsbaatar, bei wem möchtest du schlafen, bei der Oma oder dem Opa?«

Der Gefragte schaut zuerst den Großvater, dann die Großmutter und zuletzt die Mutter an, hält eine Weile inne und rückt schließlich mit einer so unkindisch ernsten oder doch urkindisch direkten Antwort heraus: »Opa und Oma haben einander so lang nicht gesehen. Sie möchten gewiss endlich wieder beieinander sein. Daher möchte ich bei Euch schlafen, Mama.«

Knisternde Stille folgt auf die Worte. Alle sind betroffen. Dabei freuen die beiden Alten sich sehr für die Mutter, während sie sich fast zu Tode schämen.

Dsajaa ist erschrocken: Kann es denn wahr sein, dass ich endlich, endlich mein Kind ganz allein für mich und hautnah neben mir haben darf? Dann fühlt sie auch tiefe Sorge für den Vater, der ihr seine geheimsten Gedanken anvertraut und dem sie versprochen hat, es mit der guten Alten nicht so weit kommen zu lassen.

Der Gast kommt sich, das erblassende Gesicht und die in sich schrumpfende Gestalt des Alten vor Augen, wie ein Eindringling vor. Und dieser, Nüüdül, beschließt zuerst, die Alte mit der Liege im Gästezimmer zurückzulassen und selber in seine alte Wohnung zu flüchten. Dann aber geht er dem nach und meint: Nein, solches wäre ein Betrug gegenüber dem Kind. Also entschließt er sich zu einem

Schritt, der dem Willen des Kindes voll entspräche – er sagt: »Gut. Dann gehen Opa und Oma in die untere Wohnung!«

Nüüdül weiht den Gast, während sie auf den Fahrstuhl warten, in das Geheimnis ein, was es mit der anderen Wohnung auf sich hat. Die blitzsaubere, beinah museal anmutende Zwergwohnung gefällt der Frau auf Anhieb. Gleich schwärmt sie von ihrer alten Wohnung, die sie bis vor gut zehn Jahren gehabt und hätten verlassen müssen, weil der Sohn sich ein ganzes Haus mit zwei Stockwerken bauen und die Eltern dort mit einziehen ließ. »Ganz bestimmt nicht allein aus Liebe zu den Eltern, sondern auch aus der so sachlichen Überlegung heutiger Menschen«, zwinkert sie Nüüdül zu. Und fährt sogleich, herzlich lachend, fort: »Wir sind die treuesten und billigsten Arbeitskräfte, vor allem Aufpasser auf die Kinder und das riesige Haus mit all den kostbaren Gegenständen!«

»Dann bist du ja eine verwöhnte Hausbewohnerin, gewöhnt an weiche, klafterbreite Betten, Ziegenflaumdecken mit weißseidenen Bezügen, großer Himmel! Wie werde ich dich nur in meiner Junggesellenhütte unterbringen?«, ruft Nüüdül aus.

Was sie verlegen zu einem Gegenausruf veranlasst: »Nein doch, nein! So vornehm wohnen wir überhaupt nicht. Wir begnügen uns mit den Dingen, die bei den jungen Menschen abfallen!«

Der Hausherr überlässt sein Bett dem Gast, was zunächst auf heftigen Widerstand stößt, der aber doch gebrochen wird. Als sie endlich darauf liegt, in frische, weiße Wäsche gehüllt und mit rauer Schafwolle zugedeckt, kommt sie erneut auf den Unterschied zwischen ihrem ehemaligen und jetzigen Leben zu sprechen: »Verglichen mit vielen anderen Menschen ringsum, leben wir gewiss gut, meinetwegen auch vornehm. Aber blass und blind!« Da er sie verwundert anschaut, fährt sie fort: »Früher wusste man, was einen umgab. Es waren Gegenstände, an welchen Spuren des Lebens hingen, das man selber verlebt hat. Oder lebhafte Erinnerungen, die einem die Seele immer warm halten. Heute aber ist es lauter glattes und kühles, taubstummes und stockblindes Zeugs, das einem nichts weiter zu sagen vermag, als dass die jungen Menschen sie einmal benutzt haben, bis sie ihnen nicht mehr fein genug waren. So kommt man sich vor, als lebte man von lauter Abfällen.«

Jetzt versteht er, bringt sie aber von der Bahn ab, indem er die Geschichte der kleinen Wohnung erzählt. Dabei errichtet er sich selbst ein Lager dort, wo damals Dsajaa gelegen hat. Später bei Dunkelheit setzen sie das Gespräch fort, das immer weiter in die Vergangenheit führt. Da stehen sie mit einem Mal auf vertrautem Boden, umgeben von Bergen, Hügeln und Steppen. Und Tieren und Menschen, die eine gemeinsame Herkunft und auch eine gemeinsame Sprache haben. Inmitten dieses langsamen, leisen Geplauders schlafen sie ein.

Am nächsten Morgen tuschelt die Alte ihrer jungen Gastgeberin bei der ersten Gelegenheit zu: »Du hast einen goldigen Vater, mein Kind, der zwar wie ein Abbild von meinem seligen Alten zu sein scheint, doch ein anderer ist als jener. Dieser hier muss einen anderen Schliff vom Leben bekommen haben als der Meine, er kommt mir wie geläutert, fast wie ein Heiliger vor. Meine dumme Befürchtung hat sich als unbegründet erwiesen. Man weiß es ja bei solchen alten Männern nie ganz, nicht wahr?« Darauf kichert sie fast jungmädchenhaft und fügt beim nächsten Atemzug flüsternd hinzu: »Ich kannte den Meinen, und er war nicht so zurückhaltend!«

Oldsbaatar wirkt von da an wie verwandelt. Zeigt sich anhänglich, zu Nüdüül und Dsajaa gleichermaßen, fast diplomatisch, möchte man meinen. Das kommt den beiden ein wenig verdächtig vor, doch genießen sie die ausgewogene Stimmung in ihrer kleinen Familie. Und diese Stimmung kommt vor allem von den langen Busfahrten und anschließenden Spaziergängen, die sie fast täglich unternehmen. So begeben sie sich aus der Stadt hinaus, in die Berge und Wälder. Was dem Kind Nahrung für seinen Entdeckergeist zu sein scheint. Ja, es entdeckt erstmalig im Leben die Natur. Aber nicht nur das Kind, auch für die Erwachsenen ist vieles dabei neu. Abends, wenn das Kind im Bett liegt, schwärmt es von seinen Beobachtungen, und morgens, wenn es aufgewacht ist, fragt es gewöhnlich, ob sie heute wieder hinausfahren. Da bleibt wenig Zeit fürs Fernsehen. Und nachts schläft es abwechselnd bei einem der beiden, daher der Gedanke an die Diplomatie und der leise Verdacht.

Eines Abends liegt wieder einmal die Mama bei ihm, sieht, dass hinter dem Kind noch viel Platz ist, und flüstert ihm ins Ohr: »Baatar, hinter dir ist doch genug Platz für den Großvater, oder?« Kaum vernimmt er es, erschallt ein lauter Ruf: »Opa! Kommt doch her!« Und nachdem dieser herübergeeilt ist, sagt er: »Hier ist Platz für Euch!« Nüüdül schaut verlegen auf Dsajaa, und diese zwinkert ihm zu. Also liegen sie zu dritt im Bett. Da spricht der Knirps etwas aus, was die beiden erschüttert und für die nächsten Abende und Nächte auch Folgen haben wird: »Lag ich bei der Mama, hat mir der Opa gefehlt. Lag ich beim Opa, hat mir die Mama gefehlt. Denn von der einen Seite her war ich nicht beschützt. Und da habe ich immer gedacht: In der Nacht könnte die andere Mama kommen und mich wieder stehlen und hier wegbringen. Jetzt aber bin ich von beiden Seiten beschützt!«

Da denkt Nüüdül wieder einmal an das höhere Wesen, das in einem Kind wohnt und manchmal auch spricht. In den Ohren Dsajaas aber dröhnt das Wort *stehlen* wieder und wieder, und es fällt ihr die Schwägerin ein, die damals mit Sicherheit hinter dem Diebstahl gesteckt haben musste und während des gesamten Gerichtsverfahrens mit keiner Silbe erwähnt worden ist. Übrigens, auch vorher hat sie immer wieder an sie gedacht, doch ihrem Vertrauten, dem Vater, kein Sterbenswörtchen davon verraten.

Von jenem Abend an besteht Oldsbaatar darauf, dass sie zu dritt ins Bett gehen. Was keinen Widerspruch findet. Freilich steht irgendwann einer auf und geht in das andere Zimmer, zu der ohnehin vorher eingerichteten Liegestätte. Eines Nachts kommt es zu einem

Gewimmer. Das Kind ist wach geworden und hat die Großvaterseite leer vorgefunden. Daraufhin eilt Nüüdül herbei und sagt, er hätte gerade nach dem Pferd geschaut. Seitdem ist man auf beiden Seiten vorsichtiger geworden. Und so kommt es öfter vor, dass sie die ganze Nacht zu dritt in einem Bett verbringen. Was, übrigens, keinen ernstlich stört.

Indes wächst in Dsajaa die Sorge. Dafür gibt es Gründe. Zuerst sieht sie einen Menschen, der ihr verdächtig vorkommt, im Fahrstuhl verschwinden. Später glaubt sie, demselben Menschen, der sich aber schnell umdreht und wegläuft, an der Hausecke zu begegnen.

Eines Tages ruft der Leutnant an. Er will kommen und endlich das Versprechen einlösen, die beiden zu porträtieren.

»Wir sind aber inzwischen zu dritt«, sagt Dsajaa stolz.

»Ja eben!«, entgegnet der Leutnant. Und kommt bald und macht sich nach einer Schale Tee gleich an die Arbeit. Das Gemälde scheint in seinem Hirn längst zu bestehen. Er hat einen Vorentwurf davon und die entsprechenden Gegenstände mitgebracht: einen kleinen Teppich und vier Schafsknöchel. Der Maler platziert die Personen: Großvater und Enkel sitzen zu beiden Seiten des Teppichs einander gegenüber und würfeln mit den Knöcheln, der eine flach und breit mit untergeschlagenen Beinen, der andere schmal und sprungbereit in Hockstellung, während Dsajaa in der Mitte der Bildfläche, weiter hinten und auf einem Stuhl thront und den beiden zuschaut.

»Unser Recke scheint mir noch keine Bekanntschaft mit den Knöcheln gemacht zu haben«, sagt Nüüdül unschlüssig.

»Ja darum!«, ruft der Mann aus. »Nun führt Ihr ihn in dieses Würfelspiel ein, so wie Ihr ihn mit weiteren Spielen des Lebens vertraut machen werdet!«

Nüüdüls Augen glänzen. Er hat verstanden. Der Unterricht, das Spiel, beginnt. Die Hausfrau und der Besuch schauen dem zu. Irgendwann ist es so weit. Der Besuch verwandelt sich in den Künstler und fängt an zu malen. Anfangs denken zumindest die Erwachsenen an ihre Rollen, daran, dass sie porträtiert werden, und fühlen ein gewisses Unbehagen. Aber mit der Zeit vergessen sie es und vertiefen sich in das Spiel. Stunden vergehen. Sie sind entlassen.

Man kann sich das Ergebnis der langen, mühsamen Arbeit anschauen. Die Gestalten sind erkennbar, die Gesichter weniger. Der Maler sagt, dies sei wieder ein Entwurf, er würde noch ausgemalt und verfeinert werden. Der Künstler, wieder Besuch, will gehen.

Dsajaa bietet ihm frischen Tee und Gebäck an und erzählt dabei von dem verdächtigen Mann und von ihren Befürchtungen. Der junge, flotte Mensch, nun Leutnant von Neuem, sagt kurz: »Ich werde das nachprüfen.« Während er jenes hört und dieses sagt, meint er, dass ein Rätsel sich gelöst hat: woher der Hauch Sorge auf ihrem Gesicht stammt.

Tage später kommt er mit dem fertig gemalten Bild zurück. Es hat den Namen *Mutter* bekommen. Sowohl Nüüdül als auch Dsajaa sehen sofort: Die leeren Stellen auf den Gesichtern sind jetzt mit farbigem, pulsierendem Leben ausgefüllt. »Kommt her!«, sagt der Künstler zur Mutter, stellt sie an eine bestimmte Stelle und lässt sie in die Hocke gehen. Sie versucht seinen Anweisungen zu folgen. Stille. Doch mit einem Mal entfährt ihr ein kehliges *Aha,* und einen Pulsschlag später schreit sie fast: »Jetzt! Jetzt sehe ich es!«

»Was seht Ihr?«, fragt er.

»Zwei kleine Jungen, die bei kleinster Änderung des Sichtwinkels zu zwei Alten werden!«

»Seht Ihr Euch selber?«

Sie sieht entweder nichts oder will, kann es nicht aussprechen, denn sie schweigt. Aber Nüüdül, der längst herbeigeeilt ist und über ihre Schulter schaut, ruft aus: »Eine ältere Frau mit einer sorgenvollen Miene!«

»In gleicher Höhe anhalten und den Kopf ein kleines bisschen nach links bewegen!«

»Jetzt ist es ein Mädchen im Oberschulalter!«

»Also doch, großer Himmel, lieber Vater!«

Dsajaa hat bis jetzt still gegen ihre Tränen gekämpft. Nun weint sie laut.

»Vielen Dank, große Schwester, für Eure Tränen! Lieben Dank Euch auch, weiser, weißhauptiger Großvater, für Eure jung und klar gebliebene Sicht! Ich habe das Bild mit diesen Verwandlungen gesehen, aber meine Frau hat weder die eine noch die andere zu erkennen vermocht und gemeint, ich hätte es mit Sinnestäuschungen zu tun, da ich eine zu hohe Meinung von der eigenen Begabung hätte. Jetzt ist mir ein Stein vom Herzen gefallen! Denn endlich kann ich sagen: Ich bin ein Maler, ein Künstler, wie Repin einer gewesen ist, wie Michelangelo, Rubens, van Gogh und all jene es haben sein dürfen: Wesen mit einem durchdringenden Blick, unverrückbarem Mut und neu erschaffendem Verstand!«

Beim Tee und einem anschließenden Essen wird die angeregte Unterhaltung, welcher etwas Festliches anhaftet, noch eine Weile weitergeführt. Dann scheint in dem Künstler, der seine Erdenschwere für eine gute Weile verloren hat, plötzlich der Polizeioffizier zu erwachen, denn er erzählt, an Dsajaa gewandt, dass er seine Fühler nach der Firma und der Person ein wenig ausgestreckt und etwas sehr Verdächtiges erfahren hat: Vor etlichen Monaten ist in der Wohnung des ehemaligen Firmenchefs ein Feuer ausgebrochen, und dabei sind dessen beide Kinder ums Leben gekommen. Dsajaa erstarrt vor Schreck bei der Nachricht. Denn sie glaubt nicht nur zu spüren, wessen Hand hinter dem Feuer gesteckt hat, sondern auch, dass jene Hand sich längst nach ihrem Kind, dem möglichen Miterben, ausstreckt! Der Leutnant, der diesen Angstschreck aus der Nähe mitbekommen hat, sagt: »Verbrechen mit Erbmotiven häufen sich in der letzten Zeit. Aber dahinter stecken bezahlte, berufsmäßige Killer, die es verstehen, keine Spuren zu hinterlassen. Und auch wenn sie irgendwann erwischt werden, bleibt die Suche nach den Auftraggebern in der Regel eine Unmöglichkeit. Deshalb gilt das Sicherste: Jeder passt gut auf sich selbst auf!«

Seit diesem Gespräch nimmt in Dsajaa die Angst um das Leben ihres Kindes mit jedem Tag und jeder Nacht zu. Dabei muss sie immer wieder an eine Filmfolge denken, die sie vor Jahren gesehen hat. Diese handelt vom Schicksal einer armen Familie, deren einer Sohn von einem kinderlosen steinreichen Firmenboss abstammt. Es gibt einen erbitterten Kampf, der für den Armen mit dem Sieg endet, aber auch seinen Gegenpreis hat – der Sieger verliert dabei seine halbe Familie und seine beiden Beine. So betritt er am Ende im Rollstuhl das Büro des Generaldirektors der milliardenschweren Firma. Das ist einer der ersten Filme aus Korea gewesen, die über Nacht die mongolischen Fernsehkanäle überschwemmten und so zum Gesprächsthema der Leute wurden. Vielleicht denkt auch Bumlhams Schwester neuerdings daran und kann nicht mehr ruhig schlafen?

Hinzu kommt noch etwas. Eines Abends, als der Großvater und das Kind draußen sind, schaltet Dsajaa den Fernseher an, da erfährt sie, dass ihr Chef, der Herr Minister, zum neuen Ministerpräsidenten gewählt worden ist. Sie bekommt einen solchen Schreck, als wenn ihr der Boden unter den Füßen weggezogen würde. Seitdem sind bedrohliche Gedanken in ihrem Hirn erwacht, und Dsajaa versucht, die beiden unter allen möglichen Vorwänden von den Spaziergängen abzubringen. Und wenn sie sich doch nicht abhalten lassen, lässt sie alles stehen und liegen und geht selber mit und bewacht sie, jeden Augenblick bereit zu kämpfen, gegen wen und was auch immer. Sie kommt sich vor wie eine Mutterwölfin, grenzenlos entschlossen, alles aus sich herauszuholen, um ihre Welpen zu retten. Doch ist sie sich dabei bewusst, dass ihr weiblicher Körper dem, was im Unsichtbaren lauert, nicht gewachsen sein könnte. Am liebsten würde sie mit Nüüdül reden, nur ist ihr wenig daran gelegen, ihn zu beunruhigen. Aus demselben Grund hatte sie ihm damals nur erzählt, dass sie ihre Abfindung bekommen habe, aber kein Wort darüber, welchen Kampf es gekostet hatte. Nun aber droht er sich und das Kind möglichen Gefahren auszusetzen! Es kommt ihr schier unglaublich, ja unverzeihlich vor, dass er, dieser alte, weise Mensch, nicht von selber darauf zu kommen scheint, zumal er doch in der Nähe war, als der Leutnant sie in die beunruhigende Nachricht eingeweiht hatte!

Eines Tages, als das Kind gerade schläft, spricht sie Nüdüül endlich auf die wunde Angelegenheit an. Und er zeigt sich kein bisschen überrascht, denn er hat auf diese Unterredung gewartet. Seine Rechtfertigung lautet: Deswegen müsse man den Jungen körperlich fest, seelisch gesund und geistig klar und wach erziehen. Und dies sei nur in und mit der Natur, bei gezielter Bewegung und unter viel Schweiß möglich!

»Das ist alles richtig. Aber was ist, lieber Vater, wenn gerade in dem Augenblick etwas passiert?«, stellt sie sich ihm entgegen.

»Diese Möglichkeit ist nicht völlig ausgeschlossen. Aber du musst wissen, das ganze Leben besteht eigentlich aus Jetzt, diesem Augenblick. Wie heißt es bei unserem großen, alten Weisen: Das Gestern ist nichts als Traum, das Morgen nur eine Vision, das Heute jedoch, recht gelebt, macht jedes Gestern zu einem Traum voller Glück und jedes Morgen zu einer Vision voller Hoffnung, darum achte gut auf diesen Tag!«

»Das ist wunderschön gesagt, stammt ja auch vom großen, gottgleichen Rumi, es ist aber Dichtung!«

»Dichtung ist Leben! Und Leben ist Dichtung!«

»Ach, Vater! Könnt Ihr nicht ernster werden?«

»Mein Ernst ist: Leben ist Dichtung. Mehr noch: ist Traum. Geträumt von einem höheren Wesen für einen jeden, zugeschnitten nach dessen Geistes- und Seelenumfang. Wer der Hexe Angst Einblick in sein Inneres gewährt, dem ist der ganze noch verbleibende Teil seines ohnehin befristeten Lebens verdorben!«

»Mit diesem einen meint Ihr mich?«

»Ja!«

»Ach, was ist bloß in Euch gefahren, Vater?«

»Vielleicht die Erleuchtung. Oder aber die beginnende Altersblödheit! Doch ich meine, es sind eher Erkenntnisse eines Menschen, der unter der Last des schon Erlebten stöhnt und sich angesichts der Knappheit des noch Verbliebenen beeilt. Mein Hirn hat sie mir geliefert, während ich über die Wandlungen in deinem Leben nachdachte. Du hast dein tot geglaubtes Kind quicklebendig in die Arme geschlossen, was ein Gewinn ohnegleichen ist. Doch jeder Gewinn verlangt auch seinen Preis. Und so geschah es auch dir. Zuerst verlorst du deine Arbeit, dann bekamst du die Angst. Und nun sehe ich, sie droht von dir Besitz zu nehmen. Ja, du willst das Kind, dein Ein und Alles, am liebsten in die Wohnung einsperren und dein eigenes Leben als Wächterin deines Schatzes verbringen. Wie lange geht das gut?, frag ich dich!«

»Das Kind soll wenigstens etwas größer werden.«

»Größer werden, ha! Kleines Kind, kleine Sorge, großes Kind, große Sorge! Hast du dir überlegt, was aus dem Kind wird, wenn es, wie du hoffst, in dieser Schublade eingeschlossen, zehn, fünfzehn Jahre alt wird und dich an Körperlänge überholt? Einer von Abermillionen, von denen die Welt brechend voll ist: ein körperlich verfetteter, seelisch verkrüppelter und geistig verblödeter Dauerverbraucher, bestückt mit ein paar technischen Fähigkeiten und vollgestopft mit allem möglichen Hirnmüll, irrwitzigerweise für Wissen gehalten!«

»Ich weiß, Ihr übertreibt manchmal, aber …«

»Nein, hier und jetzt nicht. Denn es geht um eine Wahnvorstellung, die jede Übertreibung übertrifft. Das Fernsehen und die Schule bringen dieses Geblähe zustande, womit beide lediglich den Auftrag des Staates erfüllen. Denn der braucht ein Volk, das aus lauter Fachidioten, unersättlichen Verbrauchern und willfährigen Steuerzahlern besteht, die ihrerseits geistig verblödet, seelisch verängstigt und körperlich vollkommen abhängig sind.«

»Angenommen, Ihr habt recht, aber ein Einzelner kann doch sowieso nicht dagegen angehen.«

»Warum denn nicht? Sind denn all die wunderbaren Menschen, die den Mut besaßen, aus den vorgezeichneten Rillen herauszutreten und ihre Dienstvorschriften ein wenig zu verletzen, dabei aber das Gesetz der Menschlichkeit zu bewahren, indem sie dir und mir in schwierigen Zeiten ihre helfende Hand ausgestreckt haben, nicht Beweis genug dafür? Denk an den Gefängnischef! An den Oberst, den Leutnant! An den Richter! Und nicht zuletzt an deinen seligen Mann, der sich trotz des Widerstands aus der eigenen Sippe bedenkenlos für dich, das ahnungslose Landmädchen, entschieden und wohl deshalb auch sein Leben verloren hat!«

»Ich verstehe schon, was Ihr meint. Aber sind solche Menschen nicht in der Minderheit?«

»Im Augenblick vielleicht, da der Schwips vom allzu plötzlich und zu leicht Erlangten noch in den meisten Köpfen steckt. Aber jede blindwütige Volksmenge setzt sich letzten Endes aus Einzelmenschen zusammen. Ich habe gelesen, dass eigentlich nur neun Prozent der Menschheit ausreichten, um eine qualitative Änderung der Entwicklung herbeizuführen.«

»Bis sich diese neun Prozent zusammengetan haben, werden wohl Jahre vergehen, wenn nicht Jahrzehnte. Unser Leben wird nicht ausreichen, wollten wir auf den Zeitpunkt warten!«

»Wieso warten? Vorangehen und das unternehmen, was in unseren Kräften steht! Damit der Zeitpunkt möglichst noch zu meiner oder deiner Erdenzeit eintrifft! Wenn nicht dann, dann mit Sicherheit zu der unseres Recken!«

»Wie können wir vorangehen? Und was genau sollen wir unternehmen?«

»Weggehen. Der Stadt, dieser von Gier und Gewalt verseuchten

Vorhalle zur Hölle, den Rücken kehren und uns in eine Ecke zurückziehen, wo es noch wahre Menschen und wahres Leben gibt!«

»Die Flucht ergreifen also?«

»Nenn es, wie du willst! Ich würde lieber andere Worte nehmen: aus dem Schiff abspringen, das auf eine Klippe zusteuert. Der Verrücktenmannschaft und ihren ohnmächtigen Geiseln entkommen. Uns vor einer Tollheit, deren Ende besiegelt ist, retten. Um zuallererst einmal dem, wovon die Bedrohung auf dich ausgeht, zu entgehen und es unserem Kind zu ermöglichen, gesund heranzuwachsen und glücklich zu leben. Und Gleichgesinnte um uns herum sammeln. Das haben manche großen Kämpfer zu manchen Zeiten getan.«

»Meine Güte, was für Flausen Ihr Euch in den Kopf gesetzt habt! Eine wahrlich verworrene Geschichte!«

»Verworren, aber wahnsinnig schön! Auf alle Fälle viel besser, als tatenlos hier zu hocken, von zehrender Angst gefesselt, und dabei die ohnehin befristete Lebenszeit sinnlos zu vergeuden!«

Da wacht das Kind auf, und so muss die hitzigste Auseinandersetzung, die je zwischen diesen beiden Menschen stattgefunden hat, vorerst abgebrochen werden.

In der Nacht schlafen beide schlecht. Am Morgen fragt sie ihn: »Wie habt Ihr Euch das vorgestellt, was Ihr gestern mit Weggehen gemeint habt?«

»Ganz einfach«, antwortet er prompt. »Beide Wohnungen mit sämtlichen Möbeln verkaufen, nur das Nötigste auf einem gemieteten Kleintransporter verladen, auf die Taiga des Nordens zufahren, so weit kommen, wie es das Auto überhaupt schafft. Uns dort niederlassen. Eine kleine Jurte nehmen oder eine hübsche Hütte bauen. Ein Pferd, zwei Kühe und zehn Schafe kaufen. Und neu anfangen zu leben – so zu leben, dass wir unser Dasein zwischen Himmel und Erde Tag für Tag von Neuem wie ein soeben geschehenes Wunder, wie ein großes, göttliches Geschenk empfinden!«

Sie schaut ihn lange an. Und merkt, welche Überzeugung aus ihm spricht, welches Feuer immer noch in dem Menschen steckt. Dann sagt sie bestimmt, jedes Wort wie ein Hammerschlag: »Ja, das machen wir!«

Von da an nimmt alles einen jähen Verlauf. Beide Wohnungen finden, schneller als gedacht, Abnehmer. Offensichtlich hat man die Preise zu niedrig angesetzt, oder die Abnehmer gehören zum gut unterrichteten Kreis, und ein Preisanstieg für Immobilien steht unmittelbar bevor. Denn im einen wie im anderen Fall verlangt der jeweilige Käufer eine zusätzliche, handgeschriebene Erklärung, dass mit der gesetzten Unterschrift jeder Anspruch auf ein Rückgängigmachen des Handels erlösche. Sowohl Nüüdül wie auch Dsajaa müssen ihre Unterschriften verblüfft daruntersetzen, finden es aber nachträglich doch in Ordnung, sogar förderlich: Wer wirklich vorwärtswill, dem tut es gut, wenn hinter ihm jeder Weg verwischt, jede Brücke zerstört liegt!

Unschwer bekommt man ein Mietauto mit Fahrer. Tatsächlich findet alles, was sie mit auf den Weg nehmen wollen, auf der Ladefläche des Geländegängers bequem Platz. Im Fahrerhäuschen, neben dem Fahrer, sitzen sie selber. Sitzen eng und warm und gut, in ihrer Mitte das Kind, das vor Reisefieber und Abenteuerlust bibbert und glüht. Sehr viel anders sieht es auch bei den Erwachsenen nicht aus. Sie sind aufgeregt wie geflügelte Wesen, die ihre Schwingen endlich wieder frei bewegen können, nachdem diese viele Jahre lang in Fesseln gelegen haben.

Sie brechen bei Anbruch eines Spätapriltages auf. Absichtlich haben sie ihren Umzug vor aller Welt geheim gehalten. Selbst gegenüber den Käufern der Wohnungen haben sie getan, als würden sie in ein soeben fertiggestelltes Haus auf dem stadtnahen Land einziehen. Die guten Geister wie den Oberst, den Leutnant und die Großmutter würden sie später über den Umzug benachrichtigen, und selbst da könnte es gut sein, dass sie die Himmelsrichtung ihres neuen Wohnortes verkehrt angeben.

Stumm und voller Ungeduld schauen sie mit sechs Augen auf die Stadt, die einem Gefängnis gleicht und durch ihre vielen Zubauten, Sperrungen, Umleitungen und Irrwege tut, als wollte sie keinen ihrer Insassen herauslassen. Es vergeht eine ganze Stunde, dann eine zweite, bis sie dem gesichts- und grenzenlosen Durcheinander von Häusern und Mauern, Jurten und Zäunen unter brodelnder und wallender Qualmwolke entkommen. Nach einer weiteren Stunde fängt endlich die gelbbraune Hügelsteppe mit den rauchblauen Schatten und da und dort unterbrochenen Streifen abgewetzter Reste des Winterschnees an.

Da holt Nüüdül tief Atem und spricht feierlich: »Das urmongolische Heimatland, das man kennt und, selbst unter manchen Anstrengungen und Entbehrungen, gern erträgt! Streckt es nicht die Arme aus, um uns zu empfangen?«

Spätestens von da an kommt den Ausbrechenden alles hochfeierlich vor. Es ist, als senkte sich eine unsichtbare, aber fortwährend fühlbare, blasenweiche Schutzhülle über sie. Und in dieser schält sich ein Märchen ab. Jeder malt es sich selbst aus.

Bei Nüüdül sind es drei Schüler eines Weisen, die auf der Suche nach dem Sinn des Lebens in die weite Welt hinausziehen. Bei Dsajaa ist es eine Mutter, die mit ihren beiden Schützlingen, der eine zu alt und der andere zu jung, losgeht, um das Verjüngungswasser und das Wachstumskraut zu finden. Und bei Oldsbaatar bricht ein Junge mit seinem Großvater und seiner Mutter zu einer Lustfahrt auf, um die schönste Ecke zu erkunden und selber dort im endlosen Glück ein Leben ohne Alter zu führen, wie in dem Märchen, das ihm die Großmutter einmal erzählt hat.

Am Abend, mit der untergehenden Sonne, erreichen sie einen Owoo auf einem Gebirgspass. Das Auto hält, alle steigen aus. Nüüdül geht vor, schaut nach lockeren Steinen in der Nähe, findet schließlich drei davon und geht auf den mannshohen, jurtenbreiten und -runden Haufen zu und legt seine Funde ehrfürchtig leise und behutsam hin. Dabei murmelt er, den Blick in sich gekehrt, Gebete. Die anderen tun es ihm gleich. Auch das Kind, ja, am eifrigsten dieses. Dann laufen sie weiter.

Ein kurzes Hufgetrommel vom Pass entfernt, in einer windgeschützten Mulde am Berghang, halten sie an und legen sich zur Übernachtung nieder. Die ersten Sterne gehen auf. Oldsbaatar, der zwischen Großvater und Mutter eingezwängt und warm zugedeckt auf einer Filzmatte liegt und darunter die Halt bietende Festigkeit des Erdkörpers verspürt, ist stumm vor so vielen Neuheiten, die ihm entgegenfluten. Die würzige Steppenluft, die streichelnde Abendbrise, die da und dort aufblühenden und lustig flackernden Leuchten am end- und randlosen Himmelszelt – alles den Sinnen so ungewohnt, der Seele jedoch auch irgendwie vertraut. So nimmt er die unzähligen Sendungen des Alls mit allen Zellen seines Gehirns und mit allen Poren seines Körpers wahr. Dabei muss er vor lauter Trubel unterschiedlichster Empfindungen den Atem immer wieder anhalten und tiefes Schweigen bewahren. Aber dann fällt ihm etwas ein, das er doch fragen muss. Also stößt er mit dem Ellbogen sanft gegen den festen Erwachsenenkörper und spricht: »Großvater! Wofür habt Ihr vorhin am Owoo gebetet?«

Der Gefragte überlegt eine Weile und sagt dann: »Ich habe den Himmel um Kraft gebeten für uns alle drei. Für mich, um gesund und am Leben zu bleiben, bis ihr beide in der neuen Heimat Fuß gefasst habt und imstande seid, auch ohne mich auszukommen. Für die Mama, um nicht zu verzagen, was auch geschehe. Und für dich, um alles Licht deiner Zeit aufzunehmen, dabei aber dich nicht an ihrem Gebrechen anzustecken.«

Dann fragt er das Kind zurück: »Und du – wofür hast du gebetet?«

Die Antwort kommt zögerlich und lautet: »Ach, das sind viele und lauter unnötige Dinge gewesen. Da habe ich den Geruch der Erde und den Blick des Himmels noch nicht gekannt. Nun brauchen es gar nicht so viele Dinge zu sein. Ich möchte bloß beflügelt sein, damit ich zu allen Sternen fliegen kann, um den schönsten Flecken im All herauszufinden, auf dass wir zu dritt dort endlos glücklich und lang leben dürfen!«

Bald schlafen sie ein. Der Himmel erfüllt dem Kind den Wunsch. Schenkt ihm Flügel. Es fliegt auf einer der vielen strahlend hellen Bahnen in den endlosen Raum mit dem tiefschwarzen Hintergrund hinaus, schwebt von einem Gestirn zum anderen, einem Adler gleich, und schaut zwischendurch auch auf die Erde hinunter. Einmal wird es in der Böschung eines sehr grünen Waldabhangs auf drei runde helle Punkte aufmerksam und erkennt sie als Jurten.

Am Morgen setzen sie die Reise mit neuer Lust und Zuversicht fort. Dem Tag folgt ein weiterer, der sie längst durch die Falten der Taiga vorwärts und immer steiler bergauf führt. Als sich auch dieser Tag neigt, erklettert das Auto auf schmalen Pfaden einen Bergrücken, und da wird eine Landschaft sichtbar, deren Anblick allen den Atem verschlägt. Glänzende Gipfel mit weißem Schnee und violettem Schatten, zackige Felsgrate mit steilen, schwarzen Abhängen, bucklige Bergkämme, borstige Hügelketten, gespreizte Täler und gewölbte Flächen, alles bewaldet und einem zugewandt!

Inmitten dieser belebten, beseelten Landschaft, in einer hufförmigen Böschung am Rand eines Waldabhangs, springt einem schnell ein Ail von drei hellen Jurten ins Auge. Oldsbaatar fährt zusammen, hält kurz inne und sagt: »Großvater! Lasst uns bitte dorthin fahren!«

Nüüdül wie auch Dsajaa schauen auf, beide mit verwundertem Blick und besorgter Miene. Denn sie haben bisher absichtlich vermieden, bei fremden Leuten einzukehren, um keine unnötige Aufmerksamkeit auf sich zu lenken.

Die beiden Guten! Sie ahnen es noch nicht. Ich aber weiß es. Und dies nicht, weil ich der Erfinder der Geschichte, sondern der Schriftführer von meinen Helden bin, denen ich nun einmal diene. Und ich weiß es spätestens seit dem Traum des Jungen, in welchem, wie in jedem unbefleckten Wesen, ein Gott innewohnt. Ja, sie werden zu dem Ail hinfahren, und die Reise wird vorerst dort zur Ruhe kommen. Uns bleibt, lieber Leser, lichte Leserin, von unseren Freunden Abschied zu nehmen. Und dabei ihnen etwas Gutes zu wünschen. Lasst mich schnell überlegen, was ich ihnen genau wünschen darf, zum Abschied, nachdem ich ihre Urmaterie aus meiner Hirnmilch und meinem Herzblut gesiebt, sie belebt, bekörpert und mit einem ganzen Jahr meines befristeten Lebens gefüttert habe.

Nun, hier ist der gute Wunsch, mit dem ich euch auf eurem Weiterweg segne, ihr Lieben: Lebt euren Träumen nach, holt sie ein und macht sie zu euren treuen Dienern!

WORTERKLÄRUNGEN

Ail Jurtengehöft, Jurtendorf
AKA Landesübliche Bezeichnung für Kalaschnikow
Aufseherin über vertraute Schriften *Sekretärin* in der Landessprache wörtlich
Bars Mongolisch: Tiger
Battka-Nimmersattka Wortspiel, gemünzt auf einen jungen Menschen mit dem häufigen Namen Bat
Darga Mongolisch: Chef
Deel Mantelartige Nationaltracht der mongolischen Nomaden
Dshamuha Dschingis Khans Schwurbruder und späterer Gegenspieler
Erlik Der Herrscher im Jenseits
Erster Juli Gemeint ist der Volksaufstand am 1. Juli 2008, bei dem das Hauptgebäude der Macht ausübenden Partei der Kommunisten, im Westen mit dem Adjektiv *Reform* vertuscht, niedergebrannt wurde und dabei Polizei und Armee fünf Menschen erschossen und weit über tausend Menschen ins Gefängnis brachten.
Geheime Geschichte der Mongolen Das früheste mongolische Schriftdenkmal aus dem 13. Jahrhundert, beschreibt Leben und Werk Dschingis Khans, wonach Börte Tschino, der Graue Wolf, und Gua Maral, die Weiße Hirschkuh, die Urahnen der Mongolen darstellen.
Hadak Seidene Schärpe, verwendet zu feierlichen, kultischen Zwecken
Hoimor Mongolisch: Ehrenplatz, gelegen gegenüber der Tür
Jahr des Weißen Pferdes Gemeint ist das Jahr 1990, da die demokratische Revolution die kommunistische Ordnung stürzte.
Kind des Schwarzen Pferdes Laut asiatischem Mondkalender, gestaltet nach einem Zwölfjahresrhythmus, steht das Pferd an siebter Stelle. Jeder Zyklus hat fünf Farben: Weiß, Gelb, Rot, Blau, Schwarz.
Maamuu Mongolisch: Kleinkind, Baby

Manaraa Spitzname für einen Dummen
nach dem Pferd schauen Nomadische Redewendung für austreten gehen
Oldsbaatar Beuteheld
Owoo Steinanhäufung zu kultischen Zwecken
Schuuz Mongolisch: klein geschnetzeltes, im eigenen Saft trocken gekochtes und im Fett abgekühltes Fleisch. Bleibt in einem luftdichten Gefäß beliebig lange frisch.
Tang Pflanzliches Medikament in Pulverform, oft in Wasser aufgelöst oder sogar ausgekocht
Taviul Bei Fremden untergebrachtes Vieh oder Kind
Temudshin Dschingis Khans vorheriger Name
Teneg, dsönög Nüüjäh! Tan ruu bi nüüjeh! Mongolisch: Dummer, sturer Nüüjäh! Lasst mich zu Euch ziehen!
Tögrög Mongolische Währung: 1 Tögrög = 100 Möngö. Dieses Letztere aus Münzen ist seit der Inflation im letzten Jahrzehnt des letzten Jahrhunderts so gut wie verschwunden.
Zedenbal Jumdschaagin Tsedenbal, mongolischer Politiker, 1916–1991. Stand von 1940 bis 1984 ununterbrochen an der Spitze der Partei- und Staatsführung.

Auf der großen blauen Straße

Als der Junge aus der mongolischen Steppensiedlung in Deutschland ankommt, gibt es viel zu staunen und zu lernen – und da ist eine neue Sprache mit wundersamen Wörtern: Topinambur!

»Tschinag träumt wie ein Tuwa, handelt wie ein Schamane und schreibt wie ein Europäer – immer auch mit romantischer Ironie und einem Augenzwinkern.« *Ralf Koss, Bayerischer Rundfunk*

Dojnaa

Schon in der Hochzeitsnacht wird den beiden klar, dass diese Ehe ein Missverständnis ist: Die starke Dojnaa und der schmächtige Waise Doormak passen nicht zusammen. Dojnaa muss auf neuen Wegen Liebe und Glück finden.
»Eine fesselnde, eindringliche Geschichte über die Menschheitsthemen von Liebe und Sehnsucht, Verletzung und Heilung.« *Petra Faryn, Lesart*

Das Ende des Liedes

Die dreizehnjährige Dombuk fühlt sich nach dem Tod der Mutter so verlassen wie ein verwaistes Fohlen – bis eines Tages die resolute Gulundschaa, die Jugendliebe des Vaters, ihre Jurte ganz in der Nähe aufstellt.

»Die Schönheit der Erzählung wächst aus der Kraft ihrer Bilder.« *Hark Bohm, Die Zeit*

Gold und Staub

Mit einer Million Bäume will der Erzähler die Steppe begrünen. Doch es fehlt an Geld, Material und Durchhaltewillen. Da taucht eine rätselhafte Kasachin auf, die ihr eigenes bedrohliches Ziel verfolgt.

»Das Verdienst dieses Grenzgängers zwischen den Kontinenten beruht darauf, dass er uns immer tiefer in die Natur asiatischer Nomaden einweiht.« *Ulf Heise, Dresdner Neueste Nachrichten*

Im Land der zornigen Winde (mit Amélie Schenk)
Die Ethnologin Amélie Schenk und Galsan Tschinag berichten in einem Zwiegespräch über Leben und Tod, Kindheit und Schamanentum und geben dabei vielschichtige Einblicke in die Gedankenwelt einer nomadischen Kultur.

»Ein Einstieg in eine Welt, in der Himmel und Erde den Menschen näher sind, in der die Stille gewaltig ist und Worte eine überraschende Wucht haben.« *Reutlinger General-Anzeiger*

Die Karawane
Galsan Tschinag erfüllte sich 1995 einen Traum: Über zweitausend Kilometer führt er einen Teil seines zwangsumgesiedelten Volkes zurück zu den Weideflächen und Jagdgebieten des Hohen Altai.

»Tschinags Karawane wird zum Inbegriff der menschlichen Suche nach Herkunft und Identität.« *Rüdiger Siebert, Lesart*

Die Kraft der Schamanen (mit Tschingis Aitmatow und Juri Rytchëu)
Aitmatow, Rytchëu, Tschinag: Die drei großen Autoren der asiatischen Steppen und Berge haben sich – jeder auf seine Weise – mit der Realität des Schamanismus in ihren Ländern beschäftigt. Hier schildern sie Szenen von der Arbeit und Wirkung von Schamaninnen und Schamanen, die ihr Leben prägten.

»Es ist eines dieser Bücher, die mit der Seele gelesen werden möchten.«
Gerhard Zirkel, Der Buchleser Emmering

Der singende Fels
Zum ersten Mal erzählt Galsan Tschinag über seine schamanische Arbeit: als Heiler, der das uralte Wissen seines Volkes vom Altai nach Europa bringt. Eine Brücke zwischen schamanischer Weisheit und westlichem Wissen.
»Schamane wird man nicht, das ist man. Aber Begabung ist nur ein Teil, der Rest ist harte Arbeit, Bildung, Lernen. Ich bin schon mit etwa vier oder fünf Jahren in die Lehre gekommen. Die erste Ausbildungsstunde – schrecklich.«

menschlichen Nahrung nähme, wäre das nicht nur eine Dummheit, nein, es wäre glattweg ein Verbrechen!

Somit machte er sich daran, zumindest die Stücke, die schnell schlecht werden konnten, in den Kühlschrank zu stauen, wobei er sich in Gedanken schalt, es nicht schon in der Nacht getan zu haben. Und er ertappte sich bei dem Gedanken, fremdes Gut in einen so verborgenen Teil seines Haushalts wie in den Kühlschrank zu stecken, wäre wie der Anfang eines Diebstahls. Nun war das Allerempfindlichste dort, der Kühlschrank damit aber schon so gut wie voll.

Nachdem dies Notwendigste getan, nahm der Gedanke weiteren Lauf: Was, wenn sie gar nicht mehr zurückkäme? Das ließ den Mann erstarren: Das geht doch nicht, sie muss doch zu ihrem Eigentum zurückkommen! Doch sogleich fiel die Frage in einer genaueren, doppelten und dreifachen Fassung: Was, wenn ihr etwas zugestoßen ist? Ein Mensch kann doch plötzlich krank werden oder sogar sterben!

Das war zu viel! Eine Bewegung lief durch seinen ganzen Körper, als hätte in ihm etwas geknackt, und mit einem Mal kam ihm der vorherige Gedanke an das verderbende Fleisch nichtig und unverzeihlich töricht vor. Denn jetzt war ihm klar, dass der guten Frau, dem lieben Kind, ganz bestimmt etwas zugestoßen sein musste. Kein menschliches Wesen dürfte und könnte doch sonst so schändlich untreu sein Wort brechen und so sträflich grausam mit einem Mitmenschen umspringen, nein, selbst in der heutigen wirren Zeit nicht! Und das innerhalb eines Hauses, auch wenn dieses einander entfremdende, auseinanderdriftende Splitter einer gesprengten Welt beherbergen mochte!

Zwar hatte der Wert des Fleischs im Hirn des Mannes einen jähen Sturz erlitten, aber das vermochte dessen allzu wirkliche Gegenwart um ihn herum nicht zu vermindern. Im Gegenteil, nun schienen die Augen samt anderer Sinne dauernd an den sperrig-störrischen Häufungen zu kleben, als hätte das Unglück, das längst passiert sein musste, den Unwert des sündbehafteten Zeugs gesteigert. Am liebsten sollte man alles gleich aus dem Auge schaffen oder selber wegflüchten, um nicht fortwährend von dem grausigen Kram angestarrt zu werden. Was aber dann, wenn das Menschenkind doch noch käme?

Mit jeder Viertel-, halben und vollen Stunde, die verging, quälte er sich sinnlos weiter, und es verfestigte sich seine Einbildung, ihr sei etwas zugestoßen. Unbarmherzig fühlte er sich dem Ticken der Wanduhr ausgeliefert und in seine kleine Wohnungswelt eingeschlossen, die mit nichts anderem vollgestopft war als mit rotem Fleisch und nach nichts anderem roch und stank.

So verging der halbe Tag. Dann aber raschelte und klopfte es an der Tür! O wie hatte man darauf gelauscht und sich solches herbeigewünscht! Nun geschah es, endlich! Da war wieder ein leises, zaghaftes Klopfen. Man vernahm es sofort – nicht mit dem Ohr, sondern mit dem Herzen, denn dieses blieb einem für einen Lidschlag still stehen, hüpfte dann bis zum Hals und schien ganz herausspringen zu wollen. Man eilte hin und öffnete die Tür, wieder, ohne zu fragen. Und fuhr vor Schreck zurück.

Sie betrat die Schwelle zögerlich, machte einen schüchternen Schritt ins Wohnungsinnere und schloss die Tür leise hinter sich. Ihr Kopf war über das linke Auge mit einem breiten, weißen Band verbunden. Stummheit breitete sich im Raum aus – Stille war es nicht – und dauerte zwei, drei, vier Pulsschläge vielleicht. Dann ein gleichzeitiger und beiderseitiger Gefühlsausbruch, genauso heftig und diesmal echter als echt. Nun waren es Tränen, die aufschossen, bei ihr aus unverhoffter Freude, bei ihm aus Schreck und Mitgefühl zunächst. Dann ebenso aus Freude, ja, vor allem aus Freude, darüber, dass sie trotz des Schadens, den man ihr ansah, am Leben geblieben war und es geschafft hatte, wieder über die Schwelle zu treten, hinter der sie so lange und so sehr erwartet worden war!

Zuerst war er es, der aufhörte zu weinen. Sie aber ließ ihren Tränen Zeit, ließ sie ungehindert und ausgiebig strömen, stellvertretend für die Worte, die sie sonst hätte aussprechen müssen. Denn seitdem sie ihn mit dem Hammel zurückgelassen hatte, hatte sie keinerlei innere Ruhe mehr gehabt. Sie hat ja gewusst, wie es dem betagten Menschen in der Wohnung mit dem lärmenden Hammel gehen würde, und hat sich beeilt. Und als ihr das Missgeschick passierte und sie wusste, so schnell würde sie nicht zurückkehren können, war sie sich wie eine Betrügerin, ja eine Verbrecherin, wie eine Tier- und Menschenschänderin vorgekommen. Dabei hat sie während der vielen Stunden die klagende Stimme des gepeinigten Tierwesens im Ohr und die Mühen des dem ausgelieferten Menschen auf ihrem Gewissen gehabt. Zum Schluss hat sie von dem wildfremden Mann, den sie in so eine missliche Lage gebracht hat, erwartet, er würde sie anschreien oder sogar ohrfeigen. Was ihr auch recht gewesen wäre. Aber was erwartete sie stattdessen?

Der Hausherr, der sich gefasst hat, stützt sie, die nicht aufhören kann zu weinen, mit der Handfläche sanft am Ellbogen und führt sie in die Küche. Sie geht willig mit und nimmt Platz, ohne erst aufgefordert zu werden. Schnell greift er nach einer Schale, füllt sie mit dampfheißem Milchtee aus der Kanne auf dem Herd und reicht sie ihr beidhändig. Wie gut, denkt er dabei, dass frischer Tee gekocht ist! Das hat man in der Hoffnung getan, sich vielleicht für eine Weile von den unerträglichen Gedanken ablenken zu lassen. Nun aber meint man, sie ist gerade zum Tee erschienen – ein sehr gutes Omen! Und sie, die die Gabe mit Dankesgeste entgegennimmt, schlürft gleich den ersten Pflichtschluck. Dann stellt sie die Schale auf den Tisch und weint weiter, ungehemmt, und dabei rollen ihr die Tränen in perlengleichen Kügelchen über die Wange.

Der Hausherr schweigt und hält sich, während er seinen Tee laut und bedächtig schlürft, an die Worte: Frag Weinende nicht! Dabei denkt er: Tränen kommen auch aus dem verbundenen Auge, also darf es nicht allzu sehr beschädigt sein! Was seine Seele mit einer gewissen Freude anhaucht. Auch findet er es eigentlich wunderbar, dass sie in diesem Augenblick, zwar weinend, aber quicklebendig neben ihm sitzt, in seinen vier Wänden, und seine vom Geruch eines gepeinigten Tiers und dessen rohen Fleischs betäubte Nase erfüllt und belebt mit ihrem jugendlich-weiblichen, lieblich frischen Duft.

Irgendwann sagt sie, noch schluchzend, aber mit der befreiten Stimme Ausgeweinter: »Verzeiht mir, lieber Mann, alles … Zuerst die Tränen … Ich war einfach so erleichtert beim Anblick des Fells und des Fleischs … Ihr seid ein weiser, lieber Mensch und habt die richtige Entscheidung getroffen … Ich finde einfach keine Worte, die ausdrückten, wie dankbar ich Euch bin …«

Da eilt er ihr entgegen: »Ach, Kind. Wenn du wüsstest, welche Last du mir mit diesen Worten abnimmst! Denn ich war mir nicht sicher, ob ich richtig gehandelt habe. Nicht die Güte, nicht die Weisheit war es, ich musste es einfach tun, wegen der zimperlichen Nachbarn und des armen Tierwesens und nicht zuletzt wegen meiner eigenen Ruhe. Nun aber bin auch ich erleichtert!«

Mit dieser ersten ungeschminkten Entladung von Gefühlen von zwei Seiten wurde der Weg eröffnet zum dauerhaften Austausch von Freuden und Kümmernissen zweier Hoffender und Wartender. Weitere Aussagen entfalteten sich Wort um Wort zu einer offenherzigen Unterhaltung, die in Richtung späterer Bekenntnisse und Eingeständnisse zielte und dabei beiden schon so manchen Druck von der gequälten Seele nahm.

Bald wusste man, wen man vor sich hatte. Er hieß Nüüdül und sie Dsajaa. Er fand ihren Namen gut, wegen der Kürze. Sie äußerte sich zu seinem ähnlich erfreut, aber ausführlich und leidenschaftlich, was dem Zuhörenden erst einmal Kopfzerbrechen bereitete, aber ihren Wert in seinem Bewusstsein noch mehr steigerte: »Ach, wie schön! Weder ein tibetisch-buddhistischer Zungenbrecher noch einer von den chinesisch-kommunistischen Seelenschrubbern, sondern eine urige Benennung, leise im Laut, gewichtig im Gehalt und hervorgegangen aus einer nomadisch-mongolischen Bewandtnis – Ihr seid während eines Umzugs geboren worden, nicht wahr?«

»Wohl ja, wenn einer so heißt.«

»Doch nicht jedes Menschenkind, das während eines Umzugs das Licht der Welt erblickt, ist mit dem Glück gesegnet, diesen Namen zu bekommen und ihn ein Leben lang zu tragen. Stammt es von Eltern ab, die sich für den safrangelben Glauben ereifern, könnte es ja schnell mit einem Zungenbrecher wie Dshugderdemtschikragtschaa beladen werden. Oder bei Leuten, deren erklärter Glaube der Unglaube ist, zugesetzt mit den verherrlichten Götzen Gewalt, Besitz und Fortschritt, könnte so ein Sprössling einen stechend oder schneidend rauen Namen mit dem chinesischen *Gang*, Stahl, aufgebrummt bekommen!«

Diese Worte, gegriffen aus einer gewissen Höhe, verunsicherten ihn für einen Augenblick. Er versuchte, dies mit ihrer Bildung und Stellung in Verbindung zu bringen, und fragte sie nach ihrer Arbeit.

Ihre Antwort darauf fiel kurz und einfach aus: »Sekretärin.«

Und er fragte nicht weiter nach.

Nüüdül, der Mensch mit Lebenserfahrung, hatte es fast richtig erraten: Der Hammel war der Hauptpreis von einer Spielerei im Fernsehen gewesen. Sie hatte sich daran beteiligt und angeblich alle Fragen richtig beantwortet. Dem Fahrer vom Fernsehen, der sie nach der Sendung mit ihrem Gewinn heimzufahren hatte, fiel anscheinend nicht ein, der fettpralle Hammel könnte für die schmächtige Frau zu schwer sein, denn er ging gleich weg, nachdem er die sprudellebendige Last bis an die Tür der Fahrstuhlkabine geschleppt hatte. So fuhr sie, den Hammel zurücklassend, schnell hinauf, um Hilfe zu holen, aber niemand öffnete ihr die Wohnungstür, sosehr sie klingelte und pochte; und ihren eigenen Schlüssel fand sie in der Handtasche auch nicht! Das war zwar merkwürdig, doch nicht bedenklich. So begab sie sich zurück nach unten und wartete dort mit dem Hammel auf die Rückkehr ihres Mitbewohners, da sie annahm, er hätte sich nur kurz aus dem Haus begeben.

Später, nachdem sie den Hammel in der fremden Wohnung gelassen hatte, fuhr sie wieder hinauf, drückte ihr Ohr ans Schlüsselloch und lauschte, da ihr mittlerweile alles irgendwie verdächtig vorkam. Und bald vermochte sie deutliche Geräusche und sogar menschliche Stimmen wahrzunehmen. Nun fing sie an, minutenlang zu klingeln und an die Tür zu pochen. Doch nichts half. Da nannte sie den Mitbewohner beim Namen und rief, sie würde gleich die Polizei herbeiholen. Worauf plötzlich die Tür aufging, hinter welcher Dunkelheit gähnte. Sie trat ein und tastete nach dem Lichtschalter. In diesem Augenblick spürte sie einen Schlag im Gesicht, und eine grelle Flamme nahm ihr die Sinne. Die große, stille Finsternis schien sie zu verschlucken.

Wie lange sie weg war, konnte sie nicht erinnern. Als sie zu sich kam, lag sie in ihrem Bett, halb ausgezogen, mit einem brummenden Schädel und einem zuckenden, brennenden Auge; neben ihr lag jemand, wohl auf dem Rücken und mit ausgebreiteten Armen, denn dieser schnarchte donnernd laut, und ein süßlich herber Fuselwind wehte sie von der Seite her an. Ihr wurde speiübel. So wälzte sie sich vom Bett, tastete sich ins Badezimmer und übergab sich über dem Toilettenbecken. Dann sah sie sich im Spiegel an und erschrak. Eins ihrer Augen war geschwollen, und die Gesichtshälfte sah tiefrot und entstellt aus. Eine Weile vermochte sie nur stoßweise zu atmen. Da fiel ihr der Hammel ein, und dabei entfuhr ihrer Brust ein lang gezogenes Winseln. Sie horchte, dann trat sie an die Wohnungstür, um hinauszulauschen. Doch die war abgeschlossen, und kein Schlüssel hing daran.

Sie überlegte. Ins Schlafzimmer wollte sie nicht wieder. Sie wollte sich im Nebenzimmer auf die Liege setzen und darüber nachdenken, was zu tun wäre. Aber als sie die Tür aufstieß und das Licht anschaltete, schrak sie zusammen und schaltete es gleich wieder aus. Denn dort lagen Menschen. Später, erneut im Bad, am Rand der Badewanne, versuchte sie, sich an das zu erinnern, was sie dort erblickt hatte. Es waren drei Personen, zwei Frauen und ein Mann. Und sie sahen nicht aus wie normale, schlafende Menschen. Sie lagen quer und längs herum und erinnerten an eine Gewaltszene aus einem Film. Und nach Verwüstung hatte das ganze Zimmer ausgeschaut. Jetzt fielen ihr noch der von Alkohol und Tabakrauch geschwängerte widerliche Geruch der Raumluft ein und das voll tönende, vielstimmige Geschnarche.

Sie tastete sich in die Küche und setzte sich dort in die Polsterecke. Dabei vermied sie es, Licht anzumachen, da sie ahnte, was sie auch dort anstarren würde: ein weiteres grausiges Bild der Verunstaltung. In immer neuen Schüben flossen ihr die Tränen, die seit ihrem Blick mit dem fürchterlichen Gesicht in den Spiegel aus ihr geströmt waren. So saß und flennte sie eine ganze Stunde oder länger, kehrte aber dann doch in ihr Bett im Schlafzimmer zurück. Sie musste, da ihr der Kopf so entsetzlich schmerzte, dass sie fürchtete, von Neuem in Ohnmacht zu fallen. Aber sie wollte es auch, wollte wieder neben dem Unmenschen liegen, sich unter seinem Schnarchen quälen und von seinem Gestank weiterhin anekeln lassen – so wollte sie sich strafen für die vielen Dummheiten, die sie in ihrem bisherigen Leben begangen hatte. Vor allem wegen ihrer letzten, so offensichtlichen Dummheit, auf die klebrig süßen Worte und die ruppige Männlichkeit eines solchen Rohlings abermals hereinzufallen, nach allem, was sie von solchen Typen hatte erfahren müssen. Ja, sie war durchaus gewillt, sich für ihre Einfalt und Lüsternheit mit härtester Bestrafung zu quälen!

Gedacht, geschehen. Was sie dann auszuhalten hatte, war schlimm. Doch es hätte ihre Seele noch rauer treffen können, hätte in ihr nicht der Wille zu einer selbst auferlegten Strafe gepocht. So lag sie stundenlang wach und täuschte Schlaf vor. Irgendwann erhob sich der Mitbewohner und verschwand im Bad. Später waren auch Geräusche und Gepolter von anderen zu vernehmen. Dann waren sie offenbar alle in der Küche versammelt und lärmten lange dort. Vielleicht tranken sie wieder Schnaps, wie alle Säufer es Morgen für Morgen gegen den Katzenjammer tun. Schließlich schwappte der Lärm in den Flur hinüber, die Tür wurde aufgeschlossen und die Fremden hinausgelassen. Darauf krachte das Türschloss wieder zu, sogar das Herausziehen des Schlüssels war zu hören.

Der Mitbewohner betrat eine ganze Weile später das Schlafzimmer. Sie hielt auch das gesunde Auge geschlossen und verharrte still. Er blieb am Bett stehen und fragte leise, ob sie noch schliefe. Sie witterte den stechenden Alkoholdunst und antwortete nicht sogleich. Nach etlichen Pulsschlägen sagte sie leise: »Mir droht der Schädel zu platzen, ruf mir den Notarzt.«

»Es tut mir leid, bitte, verzeih und versteh es richtig, ich war wohl in der Nacht besinnungslos betrunken, da wir zwei Geburtstage auf einen Schlag gefeiert haben«, sagte er.

Sie ging nicht darauf ein und fuhr leise, aber bestimmt fort: »Ich sterbe wohl. Wenn ich sterbe, gibt es jemanden, der mich gesehen und gehört hat, als ich dich in der Nacht an der Tür beim Namen rief. Es wäre wohl das Beste für dich, wenn du jetzt wenigstens den Notdienst benachrichtigen würdest!«

Er hörte schweigend zu und ging aus dem Zimmer. Kurz darauf hörte sie ihn mit jemandem telefonieren. Es schien endlos zu dauern, bis es an der Tür läutete, vielleicht waren aber auch nur ein paar Minuten vergangen. Denn der Arzt oder der, der den Arzt spielte, war aus demselben Haus, wie sie aus den nebenan gewechselten Worten verstand.

Der junge Mensch in kurzen Hosen, einem grell beschrifteten Sporthemd und mit einer kleinen Metallkiste in der Hand rief verwundert am Bett: »Hei, es sieht ja richtig schlimm aus! Was ist denn passiert?«

Sie antwortete leise: »Bin letzte Nacht überfallen worden.«

Der Mensch kniff die Augen zusammen und wollte sie wohl weiter ausfragen, schien sich aber dann zu besinnen. So schwieg er und